ROUSSEL Arnaud

La dernière chronique d'Yrneh

Collection Lost chronicles

©The Last Chronicle Production 2002-2022
Arnaud Roussel
Internet : www.last-chronicle.com
Mail : arnaudroussel@free.fr

ISBN : 2-9525214-0-9
EAN : 9782952521406

Avec le cœur, le fer et... la foi !

Merci à ma famille, et à tous mes amis qu'ils soient loin ou près de moi. Et spécialement à toutes celles et à tous ceux pour leur infinie patience à lire, corriger et critiquer cette œuvre pour l'améliorer sans cesse.

À l'aube des temps,
N'existait aucun être vivant.
L'univers paraissait nu,
Mais cela n'était que le début.
Apparut alors Yrneh,
Un monde parfait.
Avec cette nouvelle Terre,
Commençait la première ère.
Ils furent quatre Dieux,
Nés pour la gouverner au mieux,
On les nommait les Gaïanor,
Incomparables car beaux et forts.
Le premier du nom de Naör,
Gouverna en tant que premier Gaïanor.
Son pouvoir s'exerçait sur la strate des airs,
Qu'il cherchait constamment à parfaire.
La deuxième s'appelait Floëls,
Emplie d'une infinie tendresse,
Elle commandait le royaume de la Terre,
D'un caractère plus pur que la lumière.
Le troisième était Rîîga,
Tout comme ses pairs, il œuvra.
Et prédominant le monde des Océans,
Il semblait plus doux que le printemps.
Le dernier des Commandeurs,
Avait pour nom Maahar,
Il ne connaissait pas la peur,
Et maîtrisait le feu des profondeurs.
Ainsi par eux fut codifié,
Le nouveau monde d'Yrneh,
Ils créèrent le Continent unique,
Leur œuvre la plus magnifique,
Vivant désormais sur le Délios,
Étendue de vie plus belle que le cosmos.
Grâce à toute leur science,
Voilà comment notre histoire commence.

Poème anonyme conservé dans les chroniques.

Prologue

Toute chose dans l'univers possède un Commencement. L'histoire qui va vous être contée ici en est la démonstration. Au début, il n'y avait rien, rien que le cosmos froid et glacé, aucune vie n'émanait de ce noir béant, il faudrait plutôt dire presque aucune. En effet, dans cet espace immense sans point de départ ni d'arrivée, n'existaient que quatre entités. Elles n'étaient pas de forme humaine, il s'agissait d'êtres supérieurs, constitués d'énergie pure. Les quatre entités qui n'étaient autres que des Dieux décidèrent d'édifier un monde et de concevoir des êtres à leur image pour le peupler, tout en donnant à ces créatures la possibilité de vivre par elles-mêmes et ainsi de choisir leurs voies.

Il y a plusieurs cycles de cela, bien au-delà des sept mille ans d'histoire que les chroniques de la Troisième Ère nous ont rapportés, le monde fut façonné. Selon les plus vieux d'entre nous, il naquit d'un chaos préexistant, et quatre Dieux façonnèrent ce monde à leurs convenances. Tout d'abord ils remplirent les océans, puis dessinèrent un continent unique. Des montagnes, des prairies, des plages, des lacs et des fleuves furent conçus et animés en un temps dont la durée nous est inconnue pour nous autres Humains mais aussi pour tous les autres peuples qui vécurent avec nous. Le nouveau monde prit forme, une forme que seuls les anciens, et certaines races ont pu connaître avant les nombreux changements qui survinrent par la suite.

Une fois l'ordre établi et la vie possible, les quatre Dieux décidèrent de prendre définitivement une apparence plus réelle et changèrent leur appellation. Les plus grands personnages de notre monde devinrent les Gaïanor, signifiant dans l'ancienne langue : Commandeurs des strates. Chacun d'entre eux décida de porter un nom en prévision de l'avenir. Celui qui pouvait se prévaloir d'être leur chef était Naör, le Régent des Dieux.

Son pouvoir était tel qu'il ordonnait toute chose au sein de la strate supérieure de l'air. Ensuite celle qui était la deuxième entité prit une apparence féminine, il s'agissait de la douce et puissante Floëls, la Commandeur de la strate intermédiaire de la terre. Toutes les choses sur les continents dépendaient de son pouvoir. Le troisième se nommait Rîîga le Seigneur de la strate intermédiaire de la mer. Son pouvoir commandait aux mers mais aussi à l'ensemble de la faune qu'il avait créée avant même les Humains, les Elfes et les autres créatures. Enfin le dernier s'appelait Maahar, il dirigeait tous les mouvements existants dans la strate inférieure, celle du feu souterrain. Leur toute première décision commune devant ce magnifique décor fut de donner un nom à cette majestueuse réalisation. Ils réfléchirent longuement et parvinrent à se mettre d'accord et choisirent de le nommer Yrneh, signifiant Terre dans la langue des anciens. Ils lui attribuèrent aussi les caractéristiques d'une saison unique pour que les créatures n'aient jamais à souffrir de variations qui auraient pu leur porter un grand préjudice.

Une fois l'édification du monde achevée, les quatre Seigneurs des strates continuèrent de façonner les paysages et les diversifièrent harmonieusement en s'appliquant à faire apparaître d'innombrables particularités au sein de ce monde nouveau. Chacun mena ses propres édifices, il en résulta une diversité et un état que l'on pouvait caractériser de perfection absolue puisque c'était ce que les Dieux avaient voulu. Longtemps après les premiers jours de la vie, qu'on pourrait sûrement appeler des siècles, voire des millénaires, les Dieux décidèrent d'établir de nouvelles espèces pour peupler ce monde. Ils avaient fait naître les trois Animaux Fondamentaux garants de la stabilité du climat d'Yrneh, mais aussi tous les autres animaux, aussi bien sur la terre et sous terre que dans la mer et même dans les airs.

Naör mit d'abord en place le conseil des Magus, les seules créatures de ce monde, maîtres de la magie. Après la constitution de l'ordre des mages, le Gaïanor Suprême consulta ses pairs pour tirer du néant une nouvelle race dotée de raison comme nous autres Humains nous la concevons. En effet, Naör, par son titre de Régent était parmi ses pairs le seul à pouvoir créer une vie possédant une conscience et une indépendance. C'est à partir de cet instant que nos chroniques commencent.

Les plus anciens Ogariths apparurent un peu partout sur Yrneh, des hommes et des femmes capables d'engendrer et de développer cette race. Les Ogariths furent sans doute l'une des plus magnifiques créations des Dieux, ils étaient pareils aux Elfes dont ils ont été les ancêtres, mais contrairement à leur branche cadette, ils possédaient une particularité des plus incroyables. Ces Ogariths arboraient de grandes ailes blanches dans leur dos, des ailes plus puissantes que celles de l'aigle, plus grandes que celles d'un albatros et plus belles que celles du cygne. Les premiers-nés étaient capables d'évoluer dans les airs avec la bénédiction du Régent.

Plus tard, certains parmi les Ogariths décidèrent de s'aventurer de plus en plus sur la terre ferme et de marcher sur le sol. Ceux-ci finirent par perdre leurs blanches ailes. Les Elfes venaient d'émerger, ils étaient la seconde race peuplant le Délios, aussi beaux que leurs prédécesseurs, pareils en tout point, immortels comme eux et aussi talentueux. La seule distinction qui existait pour ne pas les confondre, hormis les ailes, résidait dans leurs types de chevelures. Les Elfes avaient de longs et beaux cheveux, tandis que le peuple des airs possédait des cheveux courts et souvent ébouriffés ou plaqués en arrière. Tous, en cette lointaine époque habitaient dans l'unique cité, construite près du Palais de Naör, Ogarithia que les êtres volants avaient réalisé avant la venue des Elfes. Ils parlaient la même langue, l'Ogarudh. L'harmonie régnait encore dans ce monde merveilleux.

Après plusieurs siècles, ces jours féeriques disparurent. En effet, à la demande de Naör, les trois autres Gaïanor s'en allèrent parcourir l'ensemble du monde pour trouver d'où provenaient certains défauts de la nature. Ce fut le plus fort et le plus téméraire des Gaïanor, Maahar, qui réussit à mener sa mission au-delà de tout espoir. Longtemps il avait cherché comme ses autres pairs et il découvrit finalement que le mal venait d'une faille qui, minuscule d'abord par rapport à la taille du continent, s'étendit pendant des siècles jusqu'à devenir immense. Maahar, loin d'être effrayé, décida de s'y aventurer et, dans les profondeurs de la terre qu'il commandait, ce dernier disparut.

Ce furent les Elfes qui prévinrent les autres Dieux de la soudaine disparition de Maahar dans cet endroit resté invisible aux yeux de tous. On n'entendit plus parler de l'inébranlable Maahar pendant de très longues années. Les Ogariths et les Elfes chantèrent bien plus tard un lai en symbole de sa perdition et son retour de l'abîme :

Maahar était l'égal de son frère,
Le Commandeur de la strate des airs.
Sur la demande de ce dernier,
Il reçut une tâche dont il devait s'acquitter.

De nombreux maux survenaient dans la nature,
Et n'émanaient pas d'une origine sûre,
La recherche fut longue et dure,

Mais le Gaïanor refusa que cela perdure.

Longtemps il chercha,
Comme le Seigneur Rîîga,
Sa mission le mena,
Loin de la cité d'Ogarithia.

Il arriva près de la faille de Dion,
Lieu vide de toute compassion,
Maahar venait de trouver la source,
Mais ce n'était pas la fin de sa course.

Englouti dans la faille, il fut,
Par les Elfes, les Dieux en furent prévenus,
Le Commandeur disparu était le plus fort,
Il n'y avait pas plus indestructible corps.

Pendant près de sept cents ans, ce chant fut la seule vérité connue sur l'effacement du Seigneur Maahar. Finalement contre toute attente et de manière très discrète, il réapparut aux abords du Palais de Naör. Une fois montées les marches du bâtiment, le Commandeur se retourna pour admirer Ogarithia, connue aussi sous le nom d'Eä. Après cette action, il se décida à pénétrer dans la belle demeure de son frère. On l'annonça et, Naör le Régent, accompagné de Rîîga et Floëls, l'accueillit à bras ouverts, mais Maahar n'était pas de retour pour des réjouissances et il repoussa ce geste amical.

Une fois au milieu de la salle du trône de son frère, il engagea une longue et âpre discussion et pointant de son index le Régent, il lui réclama des territoires sous son entière autorité. Il s'arrogea même le droit de mener à maturation de nouvelles créatures sans contrôles ni accords des autres Gaïanor. Cette tension finit par déboucher sur la sédition ferme et définitive du Gaïanor commandant aux forces souterraines. Il affirma que sa suzeraineté devait s'exercer sur le Continent unique et sur tous les peuples du Délios. Il tenta d'usurper le pouvoir de Naör qui s'opposa à lui. Dans cette rupture, le chef des quatre Commandeurs put trouver de l'aide auprès de Floëls et de Rîîga qui chassèrent le renégat une première fois. Maahar entama dès lors la première de toutes les guerres que l'on nomma La bataille des Mille Jours et qui se solda par son échec.

Après avoir tenté une première prise de pouvoir, Maahar, qui possédait encore son aspect de Commandeur, repartit une fois de plus au sein de la Faille de Dion jurant de se venger et de revenir encore plus fort et plus ardent. Aux termes de sa seconde retraite, Maahar changea radicalement. Personne ne le reconnut car il n'était même plus un Gaïanor, il avait changé de caractère mais aussi d'aspect. Maahar se trouvait désormais entièrement voué au mal. C'est alors qu'il revint dans un nouvel habit.

Il arborait maintenant une aura verte nimbée de ténèbres qui vibrait autour de lui, et il était recouvert par une immense cape noire, cachant de ce fait son visage sous une large capuche. Celle-ci ne laissait plus entrevoir que des yeux rouges comme le sang et incandescents comme des flammes. À son retour, Maahar prit le nom de Fulk Arken signifiant simplement Le Sombre Seigneur dans la nouvelle langue qu'il avait inventée. C'est parce qu'il changea d'aspect et de nom que les Ogariths et les Elfes modifièrent le lai qu'ils avaient chanté auparavant en y ajoutant ces lourdes paroles :

> *Tout le monde avait tort,*
> *Car le puissant Dieu avait survécu à la mort,*
> *Mais désormais changé,*

Il revint pour tous nous dominer.

Ainsi Maahar, le Sombre Seigneur,
Paré du nouveau nom de Fulk Arken,
Instaura dans le monde un sentiment de peur,
Et incarna jusqu'alors l'expression de la haine ...

A partir de ce jour funeste, scellant son retour sur la terre ferme, Fulk Arken entama une nouvelle ère de terreur. Il commit dès lors, de nombreuses exactions. En premier lieu il érigea sa propre Forteresse sur les pentes d'un volcan éteint transformé en un piton rocheux, près d'un autre volcan auquel il donna son nom, signe de sa mégalomanie. Le Castrum of Durtal vit le jour, placé dans un alignement parfait avec le Palais de Naör afin de défier son pouvoir. Au reste, en près de quinze ans, il fonda une gigantesque armée et, déclara une nouvelle fois la guerre à ses pairs. Cet affrontement sanglant s'étala sur une centaine d'années.

Fulk Arken combattit férocement les autres Gaïanor et lança dans cette seconde guerre, l'ensemble de ses légions composées de bêtes féroces et de nouvelles créatures issues de croisements plus machiavéliques que les autres. Les Damalochs apparurent en Yrneh, et décimèrent en grande partie la population de la cité divine d'Ogarithia. Après des tractations qui échouèrent avec son frère Rîîga dans la nouvelle cité elfique de Montsaureau, Fulk Arken provoqua son frère en duel. C'est de leur combat psychique que le premier désert vit le jour. Le désert du Mogforn apparut non loin de la première cité d'Yrneh.

Le Régent des Dieux intervint pour soutenir Rîîga et passa l'éponge sur ce triste évènement afin de ne pas renchérir sur l'agitation du Seigneur Noir. Naör décida finalement, en accord avec Floëls et Rîîga, mais aussi avec l'aide des Magus, une sortie de conflit. Il puisa l'intégralité son pouvoir afin de partager le Continent unique en quatre entités bien distinctes. Chacun recevrait un royaume. Le Septrion, Continent du Nord alla à Floëls, le Nirvë, continent du Sud devint la propriété de Rîîga et le Damalioch revint à Fulk Arken. Floëls fut ensuite désignée comme la nouvelle Régente du continent central, l'Yrneh. C'est elle qui aurait désormais le pouvoir de créer de nouveaux êtres. Juste avant de disparaître, Naör plaça stratégiquement les Magus sur l'île d'Angwë afin de garder et de verrouiller l'accès au continent central. De plus, il interdit à Fulk Arken, par un incroyable sortilège, l'accès aux territoires libres par des moyens magiques. Aux termes de sa décision, il salua ses pairs et ses sujets avant de disparaître pour toujours.

Plus tard, la douce Floëls régna sur le monde, mais elle se garda toutefois de s'occuper des terres laissées au soin de Fulk Arken. Rîîga quant à lui fit dériver son continent pour l'ancrer hors de portée de la vision de ses pairs. Floëls mena un projet, celui de créer également une nouvelle race : les Humains qui peuplèrent à leur tour le continent central mais aussi, en partie le Septrion. Les Humains, plus faibles que les autres peuples, furent atteints par les maléfices et les sombres sentiments engendrés par Fulk Arken. Un beau jour pourtant tout rentra dans l'ordre. Le Sombre Seigneur s'engagea de son côté dans des expéditions qui restèrent secrètes pour nous tous.

Bien plus tard, on nous rapporta qu'il avait lancé des campagnes pour capturer les trois Fondamentaux, chose qu'il réussit aux termes de longs efforts, il captura le Phénix qui régnait sur la stabilité du climat, le tua et s'abreuva de son sang. L'Ouroboros, serpent régulateur des mouvements de la terre, fut capturé et torturé à mort dans le Ravin Solitarius au Sud du continent Noir, et sa peau servit à fabriquer une armure indestructible à la couleur noire et aux reflets verts en accord avec l'aura du Sombre Seigneur. Enfin, après un âpre combat avec le Léviathan, cet animal mythique qui régulait les océans il s'empara des dents du Léviathan les combina avec force physique et magie. D'un magma émergeant de cette manipulation alchimique, il se forgea la plus fabuleuse des épées : Levïaïa.

À la fin de ce qui fut le deuxième cycle de vie pour Yrneh, l'ère du repos et du calme relatif s'acheva sur une note sanglante. Fulk Arken qui était en possession de tous les atouts nécessaires à sa victoire lança ses armées après avoir réuni dans ses mains les pouvoirs des Fondamentaux et de ce fait une partie du pouvoir des autres Commandeurs. De surcroît, le cruel personnage possédait la plus grande des armadas qu'il pouvait rassembler jusqu'alors. Cette dernière épreuve scella, pour un temps, le destin des peuples libres. Face à cette nouvelle menace, ils scellèrent leur première alliance. Alors que tout semblait perdu pour les peuples libres, la situation s'inversa, sans même que Floëls n'intervint face à son alter ego, le Maître de Durtal. De son côté, la déesse se chargea des légions présentes depuis peu sur son territoire. Les forces de l'Alliance dans un sursaut mythique, réussirent à écraser les ennemis, les Magus se s'occupèrent de bloquer le pouvoir en provenance directe de la forteresse noire et réussirent à couper Fulk Arken d'une grande partie de son pouvoir qu'il tirait des Magii, ces Magus rebelles nouvellement acquis à sa cause.

Déstabilisé par cette action et alors qu'il allait tuer les dirigeants Yrnéens, il fut précipité par ceux-ci du haut de la falaise appartenant à la fameuse colline du Vendôr. L'impressionnante chute de Fulk Arken lui fit renoncer à ses prétentions et le priva pendant plusieurs millénaires de sa puissante épée. Le Seigneur des Ténèbres se sortit de cette mauvaise passe grâce à l'intervention de son destrier volant. Les forces alliées en marche vers sa demeure l'obligèrent à s'enfuir plus au Sud, sur une île dépendante de sa volonté.

Fulk Arken était maintenant vaincu, mais pas définitivement éliminé. Floëls intervint dans ce qui fut le Miracle de la Trinité du Vendôr en interdisant, par magie, l'accès du Castrum Of Durtal. L'accès à la puissante Forteresse fut refusé à son légitime propriétaire. Le Continent Noir fut reconquis en très grande partie. Mais Fulk Arken n'avait pas dit son dernier mot. Éloigné de son fameux Castrum of Durtal, Fulk Arken, dans sa lointaine retraite du Mont Oreros, échafauda pendant très longtemps un nouveau plan.

Ce plan machiavélique mit beaucoup de temps à germer dans son esprit. Il voulait quelque chose de méticuleux à souhait et surtout il attendit que sa sœur Floëls eût disparu dans l'éternité pour se venger de ses descendants et des Peuples Libres. Le sombre Seigneur avait aussi une partie de ses pensées tournées vers son dernier frère, le talentueux et puissant Seigneur Rîîga. Mais, n'ayant reçu aucune manifestation de ce dernier pendant plusieurs siècles, il comprit que son heure était enfin venue. Il revint de son exil encore plus fort, plus cruel et plus noir que jamais. Il rassembla la plus Grande armée des Ténèbres que le monde porta à ce jour. Dans un premier temps, il reconquit son propre royaume, le Damalioch, et récupéra sa demeure dans laquelle il revint pour tuer les Magii et prendre définitivement leur potentiel.

À la suite de ce massacre, en possession de presque la totalité de son pouvoir et sûr que personne ne pouvait lui barrer la route, il s'orienta en direction d'Yrneh. Il pensait pouvoir la soumettre totalement et définitivement et commença à tuer les Elfes et les autres races qui résistaient. Il prit l'île d'Angwë et supprima en grande partie les Magus, puis il envoya son immense armée rejoindre le Roi de la Guerche, un de ses fidèles sujets parmi les Humains. Aux termes d'une longue lutte, déjà entamée avant même le retour du Sombre Seigneur, l'Extrême-Occident passa sous contrôle des forces du Mal, la Grande Muraille protégeant le territoire de Sertrach tomba et les Noires légions purent envahir cette belle contrée et décimer ses habitants puis d'aller jusqu'à faire le siège de la Forteresse de Dol dans la capitale du royaume de l'Ouest : Sertrach…

Chapitre Premier : Le siège de la cité royale de Sertrach

- Au feu, vite il nous faut pomper de l'eau pour éteindre l'incendie qui vient de se déclencher sur cette tour !
- À vos ordres Prince Gondebaud !
- Messire, la cité est attaquée sur le flanc sud, la muraille tient, mais les hommes de la Guerche sont très nombreux et ils semblent épaulés par des Orcs, c'est incroyable.
- Des Orcs ? Il me semble bien étrange que les Orcs sortent de leurs tanières. Mais ce félon de Xanten n'aura pas reculé pour s'adjoindre ces monstres.
- Que devons-nous faire ?
- Tenez bon ! Nous nous sommes enfermés dans la capitale, mais nos forces principales sont complètes et nous avons assez de vivres pour tenir plusieurs mois. Maintenant je dois aller trouver le Roi Emergard pour lui faire part de votre découverte. Couvrez bien cette partie de la muraille !

Le Prince Gondebaud était le second des trois fils du Roi de Sertrach, le Suzerain de tout l'Extrême-Occident. Depuis plusieurs semaines, il menait, avec ses fils, une résistance acharnée face à un vassal renégat. Les places fortes étaient tombées une à une après la massive invasion venue de la pointe ouest du royaume. Le jeune homme avait rejoint sa monture et la mena jusqu'à dans la Forteresse de Dol, là où son père, dans la salle du trône, actualisait les informations lui parvenant par pigeons voyageurs. Les nouvelles qui s'amoncelaient devant lui n'étaient pas fameuses.

Toutes les villes étaient rasées les unes après les autres aux termes de méticuleux pillages. Le dernier message l'informa du massacre des troupes sous le commandement de son benjamin Nærius et de son fils aîné Baldric, futur Héritier de la couronne.

- Père !
- Oui, Gondebaud, je t'écoute.
- Je dois vous informer que le flanc sud est exposé à une attaque mixte d'hommes à la solde de Xanten et d'Orcs.
- D'Orcs ?
- Oui, père, c'est très étrange.
- Sont-ils nombreux où sont-ce des groupes épars ?
- Une véritable armée, mon Roi.
- Alors c'est bien plus grave que ce je pensais. Nous pouvons tenir face aux hommes de La Guerche, mais avec une pleine armée d'Orcs, la partie sera plus que serrée.
- Avez-vous reçu d'autres nouvelles de Nærius et de Baldric ?
- Rien depuis près de trois jours. J'ai grande peine à croire qu'ils en soient réchappés.
- Mon Roi, je repars de suite à la muraille de notre belle cité. Souhaitez-vous que nous tentions une sortie ?
- Non, tenez les positions c'est tout. Nous attendrons encore une journée avant de considérer tes frères comme perdus. Moi, je vais continuer à faire évacuer la population civile par le passage secret qui traverse de part en part la montagne. Il ne faut surtout pas que nos ennemis pénètrent dans la cité avant que leur sauvegarde ne soit assurée. Gondebaud, je te demande d'envoyer un pigeon voyageur, demain à l'aurore au Seigneur Enoguëra
- À vos ordres.

Une nouvelle nuit passa, pendant laquelle la cité de Sertrach connut un autre répit. Aux aurores, obéissant à la volonté de son père, le Prince envoya un message auprès d'Enoguëra, Maître du domaine elfique de la Forêt de Sertrach. La journée, quant à elle, ne connu que très peu de soubresauts et seuls quelques tirs de flèches se firent entendre çà et là. Il semblait au Prince Gondebaud que l'armée, stationnée au pied de la muraille attendait d'autres renforts. La nuit finit par tomber et, le jeune chef de guerre s'en alla dans la Forteresse de Dol et soupa avec le Roi Emergard. C'est là que tous deux se concertèrent pour concrétiser les funérailles de Baldric et de Nærius :

- Nous édifierons un bûcher demain matin !
- Je me charge des préparatifs père.
- Je te remercie, j'ai le sentiment que je vais vite en besogne, mais la guerre est cruelle.
- Bonne nuit père, je vais prendre un peu de repos, le sommeil me manque depuis deux jours.
- J'assurerai le commandement toute la nuit. Il faut continuer et accélérer l'évacuation des civils et faire en sorte que certains restent pour se charger de nos besoins.

Gondebaud se retira dans ses appartements. Il entra dans son lit pour s'endormir, mais ne trouva le sommeil qu'après s'être tourné et retourné de nombreuses fois sur son matelas, une seule pensée le traversait :

- Où sont mes frères ? Sont-ils captifs ? Pire encore ?

Pendant toute la nuit, qui fut très longue et froide, le Roi Emergard passa en revue ses troupes et parcourut les murailles de long en large. Le lendemain, toute la matinée fut dédiée à la construction du bûcher funéraire. Le Roi de Sertrach versa une larme et s'avança pour allumer le bois en prononçant cette phrase :
- Aucun père ne devrait avoir à perdre un fils… encore moins deux !

Le tas s'enflamma de suite et une longue colonne de fumée s'échappa au-dessus de la ville. Pourtant, Baldric et Nærius n'étaient pas morts. Ils se trouvaient à couvert dans un des nombreux bosquets bordant la capitale et tous deux attendaient le moment le plus propice pour tenter de s'approcher de leur demeure.

- Nærius, tu as encore assez de force ?
- Bien sûr Baldric, je survivrai à ces égratignures.
- J'ai besoin de ta précision et de ta maîtrise au tir à l'arc pour envoyer un message sans que nous nous fassions remarquer par les soldats de Xanten.
- J'ai compris. Donne-moi le message, je vais l'enrouler et l'attacher. Je vais viser la colonne de fumée, avec de si grandes flammes avec cette couleur bleue, il semble que ce soit un bûcher funéraire qui ait été déclenché !
- Pour nous tu crois ?
- Sans aucun doute, on nous croit morts. Toi-même tu as dit que personne ne pouvait avoir de nos nouvelles, le dernier pigeon n'a même pas pu s'envoler vers Sertrach.
- Bande au maximum la corde de l'arc, je prie pour que la flèche se plante aux pieds de notre père, de Gondebaud ou d'un de nos soldats.
- La muraille n'est pas si loin, j'y vais !

Nærius tendit son arc jusqu'à ce que la corde atteigne son efficacité maximale. Une fois sûr de son coup, Nærius relâcha la pression qu'il exerçait, laissant la flèche, dont les plumes portaient ses couleurs, s'échapper de sa main. Le trait monta rapidement dans le ciel, continua sa course bien au-delà des colonnes de soldats ennemis. Au sommet de son envol, la direction que prenait la flèche s'inversa et celle-ci s'orienta vers l'intérieur des murs de la blanche cité. Par la plus grande des chances, le coup se figea à la base du bûcher. Emergard crut d'abord à une nouvelle attaque de leurs assaillants, puis rapidement, il remarqua le parchemin qui entourait la tige de la flèche.

- Voilà un parchemin inattendu. Il me semble qu'il porte le sceau de Baldric !

- Et la flèche est celle qu'utilise Nærius ! Ouvrons vite ce message.

- Ils sont en vie tous les deux, selon ce message, mais Nærius est légèrement blessé.

- Où sont-ils ?

- Dans un bosquet au sud de la ville, ils attendent pour pouvoir rentrer ici. Il faut que nous organisions une percée pour leur permettre de revenir.

- Ils doivent avoir beaucoup de choses à nous dire. Vite père, le temps presse !

- Je prends mon cheval et je réquisitionne une formation de soldats !

- Pas question ! Vous êtes le Roi et si l'armée vous perd, elle ne servira pas sous mes ordres, il n'y a que Baldric qui puisse vous succéder et il est à l'extérieur de la ville.

- Tu as raison, la fougue est mauvaise conseillère.

- J'y vais père. Cavaliers en formation de combat ! Nous devons percer une tranchée pour que Baldric et Nærius réussissent à rentrer dans Sertrach. Que les hommes ouvrent la porte d'acier.

L'ordre du Prince Gondebaud fut suivi à la lettre par plusieurs hommes qui activèrent les mécanismes et les rouages permettant à la porte de s'ouvrir. La masse d'acier était très impressionnante. Il était impossible à quiconque de l'ouvrir puisque celle-ci coulissait sur un rail depuis l'intérieur de la partie droite de la muraille principale face à l'Ouest et, venait s'enchâsser sur une longueur de cinq mètres dans l'autre flanc de la muraille. La grande porte s'ouvrit lentement. Les assiégeants furent d'abord intrigués par ce spectacle puis ils hurlèrent de terreur quand à la tête de centaines et de centaines de cavaliers, s'avança le Prince Gondebaud.

Depuis le bosquet, Baldric et Nærius en selle sur Geriis s'élancèrent dans un rythme fou et traversèrent tel un carreau d'arbalète le camp de fortune établi par les hommes à la solde de Xanten.

-   Pour le Roi et pour Sertrach, laissez-nous passer !
-   Cavaliers déployez-vous en force !
-   Baldric …
-   Oui, Nærius ?
-   Nous y sommes ?
-   Presque, il reste moins d'une centaine de mètres à parcourir pour Geriis. Dans un instant nous y serons. Reste bien près de moi, les jets de flèches, les lances et les épées nous courent après, telle la mort en furie.
-   D'accord mon frère.
-   Ça y est, nous y sommes, les cavaliers de notre frère protègent nos arrières. Voilà Nærius, nous avons passé l'arche de l'entrée et le dernier des chevaliers vient de rentrer. La porte est de nouveau scellée.

Nærius descendit du cheval avec l'aide de son frère Gondebaud et d'un soldat, tandis que Baldric encore plein d'entrain sauta depuis Geriis. Il salua son frère et se tourna en direction de l'allée centrale où son père s'avançait vers eux. Il prit, tour à tour, Nærius puis Baldric dans ses bras.

-   Je suis heureux de vous revoir mes fils.
-   Père, je vois que vous êtes allés un peu vite en besogne avec ce bûcher. Mais c'est une chance que vous l'ayez allumé. Nærius a pu ainsi tirer dans cette direction.
-   Il a eu beaucoup de chance que son tir nous parvienne.
-   De la chance Père ? Moi Nærius, je suis le meilleur archer de tout le royaume, mon coup était parfaitement calculé.

- Père, je pense qu'il n'est pas bon de contrarier Nærius, il supporte les blessures, mais vous connaissez comme moi l'orgueil dont il sait faire preuve.
- Nærius rends-toi tout de suite à Dol pour y recevoir les soins nécessaires ! Ces blessures risquent de s'infecter.

Nærius boitillant et soutenu par Gondebaud s'éloigna vers les remparts de la Forteresse de Dol. Pendant ce temps-là, Emergard et Baldric déambulèrent dans la ville discutant de l'avenir du territoire et surtout d'une information vitale que possédait le Prince Héritier.

- Mon Roi, je dois vous informer d'une chose très grave.
- Je t'écoute mon fils, quelle est cette chose si inquiétante ?
- Eh bien, comme vous nous l'aviez conseillé, Nærius et moi, avons mené une contre-offensive, mais nous n'avons jamais pu les contenir.
- Les hommes de La Guerche ne sont pas aussi nombreux… Seriez-vous des couards ?
- Les apparences sont contre moi père, mais ce ne sont pas les soldats de Xanten qui me posent problème, ce sont les créatures qui les accompagnent.
- Des Orcs sans doute !
- Non, ce ne sont pas des Orcs, ils ne ressemblent en rien aux monstres de la Horde.
- Mais alors qui sont-ils ?
- Père, je pensais que ces créatures ne parcouraient plus nos terres depuis l'époque de la guerre du Vendôr. Les armées qui s'avancent vers nous et qui nous ont submergés se composent essentiellement de Damalochs !
- Des Damalochs ? – Baldric hocha la tête. – C'est purement impossible, nos ancêtres et leurs alliés les ont vaincus il y a des siècles.

- Je sais ! Mais ce que j'ai appris dans les livres je l'ai constaté de mes yeux. J'ai encore plus grave, lisez ce message d'un de mes espions qui a réussi son infiltration dans les territoires rebelles puis jusque sur l'île d'Angwë.

Emergard déplia rigoureusement le message et se mit à le lire. À un moment, il interrompit sa lecture et s'écria :

- Non !!! Je ne peux pas croire ce qui est dit là. Si c'est vrai, nous sommes vaincus. Nous serons balayés si nous ne trouvons pas d'alliés rapidement.

Baldric observa longuement son père. Il lui expliqua la pérégrination qu'il avait faite en compagnie de Nærius depuis les champs de bataille. Il raconta que, partout où il était passé la ruine et la désolation régnaient en maître. Son séjour au sein de la Forêt de Sertrach lui avait été salvateur et avait contribué à un peu de répit. Là-bas, Enoguëra, le chef de ce domaine elfique, s'était longuement entretenu avec les deux Princes, et leur exposa ce que les Elfes de cette partie d'Yrneh envisageaient.

Le Prince Héritier informa son père que tous émigraient vers l'Est, au sein d'un lieu dénommé le Ravin Bleu pour y constituer une nouvelle alliance. Il fallait, selon les termes de Baldric, tenir encore quelques jours et attendre le premier jour du dixième mois pour évacuer par le biais du passage secret tous les soldats et civils encore présents. Le Roi Emergard acquiesça à la proposition de son fils car il avait commencé l'évacuation de la population lorsque des Elfes de Sertrach s'étaient rendus auprès de lui pour l'informer de leurs soupçons sur une éventuelle armée du Damalioch. Ils devaient tenir bon encore un peu et permettre aux Forces se réunissant dans le Ravin d'être assez nombreuses pour contre-attaquer.

- Baldric, nous tiendrons coûte que coûte, même au risque d'y laisser la vie. En aucun cas il ne doit rester un seul civil à la fin de cette semaine, tout le monde sera évacué. Quant aux hommes qui étaient sous tes ordres, il n'en reste plus ?
- La majeure partie de mes troupes et de celles de mon frère a été éradiquée par la puissance adverse, mais j'estime que si la plupart de nos soldats, présents dans Sertrach, parviennent au-delà des Monts Anciens alors, avec ceux qui en sont réchappés, il nous restera un quart de notre armée.
- Si peu …
- Oui, mais les Forces dans le Ravin sont en marche, le Seigneur Enoguëra a décidé de mettre en branle toutes les races d'Yrneh. Si la chance est avec nous et si les Dieux nous protègent, l'armée qui se prépare pourra largement tenir le choc.
- Bien Baldric, maintenant il est temps de nous reposer, nous serons à nouveau sur le qui-vive demain.

Le lendemain matin, les trois Princes et le Roi Emergard se réveillèrent après avoir passé une nuit tranquille. Ils prirent ensemble le petit-déjeuner avant de vaquer chacun à un poste bien précis, Gondebaud se chargea du flanc nord de la forteresse, Nærius la partie ouest des murailles, tandis que Baldric scrutait les forces massées au sud de la capitale. Emergard, quant à lui, s'activait dans l'évacuation de ses derniers sujets civils et d'un grand nombre de soldats. Ceux-ci seraient plus à même d'être utiles dans une immense armée composée de tous les alliés potentiels.

Cette nouvelle journée connut quelques remous, mais rien de vraiment important. Ce n'est que tard dans la soirée qu'un gros contingent de Damalochs et d'autres humains arrivèrent à proximité de la flamboyante cité qui brillait encore de mille éclats dans le soleil couchant. Baldric se rendit auprès de son père pour lui raconter ce à quoi ils devaient s'attendre pour le lendemain et le surlendemain.

- Père, les forces du Continent Noir sont arrivées en contrebas de nos murailles.
- Je vois Baldric, c'est le début de la fin. J'ai fait évacuer la quasi-totalité des civils. Beaucoup de nos soldats et certains cavaliers ont déjà transité par le passage secret. Mais il reste tellement de combattants ici.
- Mon Roi, pourquoi ne pas évacuer nos hommes d'ici cette nuit, ainsi nous surprendrions nos ennemis et cela nous donnerait une longueur d'avance. Je veux éviter un massacre généralisé.
- Mon fils, tu es mon Héritier et je peux t'affirmer que les gens de notre armée sont fiers d'être là à défendre, non pas leur Roi, mais leur cité. Ils n'accepteront pas de l'abandonner si facilement.
- Mais alors ?
- Alors c'est très simple, je suppose que Xanten s'est accordé les services de spécialistes de la poliorcétique et de la sape. Nous n'abandonnerons la cité que pour résister au sein de la Forteresse de Dol !
- Très bien père, je ne peux que vous suivre dans votre décision.
- Ne soit pas déçu d'une telle décision, parfois un Roi ne peut pas aller à l'encontre de son peuple. C'est demain qu'il va falloir mettre nos dernières forces dans la bataille.
- Tenons-nous sur nos gardes !

Les deux hommes s'éloignèrent des murailles pour rejoindre la Forteresse, afin de se restaurer et de prendre du repos. Aucun ne put trouver le sommeil. Baldric, tout comme ses frères, tourna et se retourna dans son lit. L'inquiétude le gagna et finalement il s'habilla puis sortit de sa chambre. Une fois hors de ses appartements, il parcourut le château et en sortit. Il s'en éloigna et décida de traverser tranquillement l'avenue principale de la cité partant de l'entrée de la Forteresse et allant tout droit jusqu'aux portes de la citadelle. Une fois à proximité des murs, le jeune Baldric escalada les marches une à une pour atteindre le passage de garde. Il était équipé d'une armure légère et d'une épée. Il s'approcha des créneaux pour regarder en bas dans la plaine.

- Prince Baldric, tout est calme ce soir, il n'y a pas eu de mouvement agressif à notre encontre.
- C'est trop calme, je n'aime pas ça ! Si mon père était là il dirait la même chose !
- Mais je suis là mon fils.
- Que faites-vous ici Père ?
- Je n'ai pas trouvé le sommeil, contrairement à tes frères ont pu eux.
- Ils en ont de la chance. Si ces dernières semaines, j'avais eu autant de répit…
- Père attention ! – Fit Baldric en jetant son père à terre et en tranchant en deux une flèche destinée au Roi. –
- Fils ! Pourquoi m'avoir poussé si brutalement ! – Fit le Roi, encore secoué du choc. –
- Je n'ai pas eu le choix, cette flèche vous était destinée, mais je pense qu'elle cache autre chose.
- Là-bas au loin, il y a des mouvements de troupes. Que peuvent-ils bien faire ?
- Mon fils, je crois que Xanten fait creuser sous nos terres, pour mettre en place une stratégie de sape qui fera tomber nos remparts demain j'en suis sûr.
- N'y a-t-il pas moyen de les déloger ?
- Non, les sapeurs sont sous terre et sont inatteignables. Ils creusent et acheminent du bois pour faire des brasiers sous les murailles. La terre, sous l'effet de la chaleur, va devenir très

meuble et nos murs vont s'effondrer.

- Nous n'avons pas d'issue possible, à moins que vous ne pensiez à une chose !

- Laquelle, jeune Stratège ?

- Père, vous êtes fin calculateur et vous estimez que la sape ne sera pas opérationnelle avant le milieu de la matinée. Cela nous laisse une bonne marge pour les cribler de flèches et pour faire quelques sorties.

- Tout à fait exact, hormis que nous n'effectuerons aucune percée. Nous ne sommes plus assez nombreux, je ne veux pas nous exposer trop vite. Toi et moi devons être dans les derniers à quitter la ville et à prendre le passage secret plus tard. Dol sombrera, mais jamais elle n'abdiquera.

Les deux dirigeants restèrent sur leurs gardes toute la nuit. Ils scrutèrent l'horizon nocturne afin d'y entrevoir des signes qui pourraient les informer sur les plans des félons. Le soleil finit par se lever et le coq poussa son cri dans la campagne. Gondebaud et Nærius s'étaient reposés et étaient prêts à tenir les positions jusqu'au bout. Ils passèrent en revue toutes les troupes encore présentes dans la ville tandis que les tous derniers habitants évacuaient en transitant par les portes encore ouvertes de la forteresse. Baldric donna les dernières instructions et, à son commandement, les tirs de flèches et les jets de carreaux traversèrent la plaine pour abattre une grande partie des soldats adverses.

Vinrent les javelots et les lances qui décimèrent de nombreuses phalanges de soldats. Pourtant la partie devint plus difficile lorsque les premières machines de siège, béliers et autres beffrois, firent leur entrée sur le champ de bataille. Les remparts de la ville étaient bien plus hauts que ces armes mécaniques, mais ils ne tiendraient pas longtemps s'ils étaient attaqués en plusieurs endroits. Les calculs de Baldric et d'Emergard s'avérèrent très justes puisque, au milieu de la matinée, ils purent constater que certaines parois commençaient à s'enfoncer dans le sol.

- Ceci est un ordre, repliez-vous maintenant.
- Tenez vos rangs, partez vers la Forteresse, mais à reculons. S'il faut nous battre dans la ville nous le ferons.
- Gondebaud ! Nærius ! Vos soldats doivent rester en formation compacte, nous devons perdre le moins d'hommes possible.

Alors que les armées d'Emergard reculaient prudemment vers la forteresse, tous constatèrent l'effondrement des premiers pans de murs. Au milieu de cette agitation, les Orcs empruntèrent en premiers les failles, tandis que d'autres soldats commençaient à décocher des flèches à la pointe enflammée. La Forteresse demeurait encore loin des soldats de Sertrach. Baldric siffla Geriis et l'enfourcha. Il dépêcha des cavaliers pour le suivre et couvrir la retraite des quelques civils encore présents.

Le Prince Héritier n'avait plus qu'une seule idée en tête, faire s'effondrer l'entrée du passage secret afin d'empêcher que les soldats adverses ne l'empruntent. Pour cela, certains soldats devaient à son signal, activer une chute de pierres, retenues jusque-là par un savant mécanisme. La lutte à cheval fit vite rage dans l'aile sud de la cité, là où se trouvait le fameux passage. Baldric avait rassemblé un grand nombre de cavaliers qui chevauchaient çà et là pour repousser les Orcs mais aussi les Damalochs et les Humains félons. De leur côté, Nærius et Gondebaud permettaient au Roi de se rendre dans la Forteresse de Dol.

De part et d'autre, les murailles continuaient de tomber sous les assauts violents et répétés de cette étrange armée. Une fois le dernier civil sauvé, Baldric ordonna à une dizaine de soldats de rejoindre le passage secret et indiqua aux deux derniers d'activer le mécanisme sans se soucier de la suite des évènements. Les deux hommes obéirent sans discuter et bientôt le passage devint totalement impraticable laissant les troupes sous les ordres de Xanten désemparées de n'avoir pu satisfaire l'une des missions confiées par leur chef. Le jeune Prince exhorta ses cavaliers à se rendre au plus vite dans la Forteresse car le pont-levis n'allait pas tarder à se refermer sous les yeux des légions à la solde du Seigneur rebelle. Baldric, toujours prêt à protéger son prochain, se mit derrière ses propres hommes, confiant dans la célérité de son coursier.

Baldric, lancé à pleine vitesse sur son cheval, s'apprêtait à franchir la barrière qui se redressait pour bloquer toute intrusion. Mais dans sa folle course, il entendit au milieu de ce capharnaüm, les pleurs d'un enfant.

- Comment ! Il reste encore un enfant dans la cité. Comment est-ce possible ?

Baldric siffla à l'oreille de Geriis et celui-ci s'orienta rapidement vers le lieu où se trouvait l'enfant. Baldric se jeta de son cheval alors que celui-ci achevait son galop. Le jeune Prince tua trois soldats ennemis qui tentaient de s'emparer de l'enfant. Il était cerné de toute part et le pont-levis venait de se fermer lourdement dans un grand fracas. Emergard en haut des murailles de la Forteresse pria Baldric de trouver refuge sur l'un des toits des maisons bordant la place forte. Mais maintenant toute la cité était en feu, les toits étaient délestés des émeraudes qui les ornaient et Baldric n'avait pas d'échappatoire. Son seul véritable souci fut de mettre le jeune garçon sur la selle de Geriis. Une fois celui-ci accroché à la croupe de l'animal, le Prince de Dol s'adressa à son cheval :

- Cours mon fidèle Geriis, galope plus vite que le vent et mène cet enfant loin dans l'Est, va jusqu'au Seigneur Enoguëra et seulement une fois auprès de lui tu arrêteras ta course. Va mon bon cheval !

Le cheval s'orienta vers le sud de la capitale là où les défenses avaient laissé un trou béant. Plus rapide que les flèches et les coups des Orcs, des Damalochs et des félons Humains, le cheval transperça les lignes ennemies en s'éloignant vers l'Est et disparut à l'horizon. Baldric venait de se verrouiller toutes ses portes de sortie, rien ne pouvait plus lui venir en aide. Pourtant, même seul au milieu de ces envahisseurs, le Prince de Dol ne se laissa pas abattre car une idée lui vint à l'esprit. Il courut vers un cadavre de Damaloch s'empara de son arc et d'une flèche. Il se mit à couvert puis courut derechef pour attraper une corde. Ensuite, il pénétra sur l'une des plus hautes maisons de la cité, qui se trouvaient à une centaine de mètres des murs de la place forte. Il monta quatre à quatre les marches des divers escaliers parcourant la demeure. Une fois dans une des plus hautes pièces, il sortit sur un des balcons, escalada le toit encore couvert d'émeraudes.

Là, il fixa un bout de la corde, attacha l'autre à la flèche puis, au milieu des jets de lances et de carreaux, il banda l'arc et tira. La flèche suivit une trajectoire descendante et vint se fixer à moins de deux mètres d'un des créneaux de la façade. Il passa l'arc au-dessus de la corde et s'en servit pour glisser. Il atteignit très vite la muraille, mais il ne put s'arrêter et encaissa le choc. De surcroît, un énorme rocher projeté par une des machines de siège détruisit la maison d'où il s'était élancé tandis que des Damalochs montés sur le toit tentaient de le rejoindre. Baldric avait joué d'une manière insolente sur sa chance car la corde détachée de ce côté-ci lui permettait d'exercer un balancement rapide et régulier de gauche à droite. Il réalisa ce mouvement de plus en plus vite et, une fois au faîte de son effort, sentant que la flèche allait céder, il lâcha la corde et finit par se rattraper à l'un des créneaux. Très vite il se hissa à la force de ses bras jusqu'aux créneaux, afin de se mettre à l'abri au sein de la Forteresse.

- Baldric tu as une chance insensée !
- Je sais Nærius…
- Oui, c'est la deuxième fois que tu me fais une telle frayeur.
- Mon fils, tu es en vie, c'est le plus important.
- Je suis en vie père, mais j'aurai quelques bleus aux côtes et aux bras, et puis, regardez mon épaule, la flèche n'est vraiment pas passée loin.
- Baldric vieux fou ! – Affirma Gondebaud. –
- Quoi qu'il en soit de ma folie, nous ne tiendrons pas plus d'un jour, surtout si l'on se bat cette nuit.
- Demain est un autre jour, mon fils !
- Demain est le dixième mois mon père !

Après cet échange d'avis, Baldric mit vite un terme à cette discussion. Il fallait appliquer une stratégie pour tenir la nuit. Nærius tenta de se montrer optimiste quant à la résistance des hommes de Sertrach et des murs du château. La nuit s'acheva de tomber sur la capitale de l'Ouest et les combats redoublèrent d'intensité. Les ennemis continuaient de revenir sans cesse à la charge, toujours renforcés par de nouveaux contingents. Les vaillants soldats repoussaient avec force leurs assaillants, mais bien vite la fatigue se fit sentir et ce qui pouvait arriver de pire arriva. Nærius, placé à son poste de combat, reçut une flèche qui lui transperça l'œil.

Baldric et Gondebaud encore concentrés sur la bataille ne s'en aperçurent pas tout de suite, mais le Roi Emergard accourut pour le rattraper. Celui-ci, pendant un instant, posa son épée et alors qu'il soutenait son fils cadet, fut frappé par une arme de Damaloch qui lui déchira le dos et lui laissa une plaie béante. Gondebaud et Baldric tournèrent les yeux et les soldats hurlèrent leur désarroi, puis ils se rendirent auprès des deux corps meurtris. Gondebaud prit son père dans les bras voulant s'assurer que celui-ci demeurait en vie, Baldric se chargea du corps de son frère qu'il fit transporter jusque dans les appartements princiers aux abords du donjon. L'Héritier du trône avait ôté la flèche de l'œil de son frère et l'avait brisée entre ses mains. Il se tourna vers son père qui dictait ses dernières paroles à Gondebaud :

- Je sais que je vais mourir !
- Père, Baldric et moi nous ne le permettrons pas.
- Il suffit ! Le coup porté a eu raison de moi, nous aurions dû fuir !
- Ne dites pas cela père.
- Maintenant que tout est fini pour moi, défendez du mieux que vous pouvez notre refuge.
- Je défendrai mon héritage jusqu'à la mort père !
- A…. Adieu !
- Ba… Ba… Baldric, le Roi Emergard est mort, notre père est mort !
- Messires, je vous informe que votre frère le Prince Nærius est dans ses appartements, ils vous demandent tous deux.
- Nous y allons, quant à vous Capitaine, je vous donne l'ordre d'utiliser toutes nos réserves d'huiles bouillantes, nous ne devons pas laisser ces monstres poser un pied dans la Forteresse. Laissez-nous descendre le corps du Roi, d'autres soldats prendront en charge nos postes dans la ligne de défense.

Les deux Princes se retirèrent des lignes de front et parcoururent le château jusqu'à la chambre de leur frère. Ils entrèrent dans celle-ci et s'approchèrent du lit où Nærius continuait de perdre beaucoup de sang :

-    Baldric ... Gondebaud, je regrette ma stupidité, j'aurais dû porter ma visière.
-    Ce n'est pas de ta faute ! Le destin et les Dieux en ont décidé autrement.
-    Tu partiras avec les honneurs et avec notre père.
-    Le Roi est mort ?
-    Oui ! Baldric a tous les pouvoirs désormais.
-    Moi, je vais aussi vous quitter. Jamais je ne reverrai Sertrach au zénith de sa gloire. Mes frères, vous devez tenir le siège et rester dans le donjon aussi longtemps que possible.
-    Princes de Dol !
-    Oui ?
-    Les forces de Xanten et celles de ses alliés ne nous ont pas encore submergés, mais d'ici une heure ou deux nous aurons épuisé toutes les réserves d'huile.
-    Eh bien, nous utiliserons de l'eau bouillante. Nos ennemis ne doivent pas abaisser le pont-levis. Et faites préparer un bûcher funéraire pour le Roi et son fils cadet. Nærius qui vient de rendre l'âme.

Baldric pressa son frère d'aller enfiler, tout comme lui, une armure plus lourde au cas où ils devraient combattre pied à pied avec les soldats rebelles. Chacun se retira dans sa chambre où ils prirent respectivement le temps nécessaire pour s'armer plus efficacement. Les heures passèrent bien vite. Les réserves finirent par s'épuiser, l'huile et l'eau finirent par manquer. Baldric rejoignit son frère qui s'était préparé pour enflammer les corps d'Emergard et de Nærius. Le Prince de Dol ordonna à certains soldats de disposer du bois sec et de la paille, le tout arrosé de corps inflammables, et de n'exécuter son plan qu'une fois retranchés dans le donjon. Le soleil se leva timidement et, à la demande de Baldric, un des cavaliers alluma le bûcher qui consuma lentement les deux cadavres avant de devenir un brasier gigantesque.

Tandis que l'accalmie semblait régner, il y eut une nouvelle attaque bien plus féroce et les hommes de Sertrach se retrouvèrent en difficulté, n'ayant que le donjon en guise de retraite. Les deux Princes furent pris de court et aucun des deux ne put récupérer les cendres car les corps n'avaient pas fini de brûler. Tous se retirèrent dans l'immense tour qui surplombait largement la Forteresse elle-même. Alors que les portes se refermaient et que le pont-levis s'abaissait, Baldric ordonna que le peu d'archers encore en vie mettent le feu aux divers tas disposés ci et là dans le château.

-      Puisque vous êtes entrés, eh bien, vous succomberez dans nos flammes. Même si je ne vous tue pas tous, bon nombre mourront. Fermez les portes et scellez-les !

Une fois à l'intérieur de la tour, Gondebaud et son frère savaient que leur dernière heure s'annonçait. Gondebaud indiqua à son frère de se rendre au premier étage, pendant que lui-même resterait au rez-de-chaussée pour retarder un peu plus l'ultime échéance. Dans cette matinée qui naissait, les portes ne constituèrent pas un rempart durable et les gonds finirent par céder, laissant une marée d'Humains, d'Orcs et de Damalochs s'engouffrer.

Gondebaud, protégé par ses hommes, rejoignit le premier étage. Là, il expliqua, encore haletant, ce qui arrivait sur eux. Ils engagèrent un combat lorsque la porte s'effondra mais, perdant toujours plus d'hommes, les deux frères se virent acculés à monter les étages les uns après les autres. Une fois au dernier étage, Baldric et Gondebaud n'étaient plus soutenus que par trois soldats qui, bien vite, tombèrent sous les coups puissants des envahisseurs. Finalement, Gondebaud obéit au précepte de son père, il jeta Baldric sur l'esplanade qui dominait la tour et referma l'accès par un mécanisme qu'il détruisit avant de se jeter sur ses assaillants. Le Prince de Dol hurla à son frère de revenir, mais celui-ci ne l'entendait déjà plus. Pour l'Héritier de ce royaume en flamme, ce court instant de tranquillité s'abrégea lorsqu'il vit que même la majeure partie de la coiffe du donjon n'était plus qu'une ruine béante. La gorge nouée et le regard tourné vers les montagnes, Baldric fut rappelé à la réalité après que le bloc de pierre qui avait bloqué le passage ait cédé sous les nombreux coups des assaillants s'engouffrant maintenant un à un sur l'esplanade et poussant Baldric vers la paroi rocheuse …

Chapitre II : La Forteresse de Dol et la fin de Sertrach

Nous sommes maintenant au dixième mois de l'an de grâce 7337, Yrneh est au bord du gouffre au terme de batailles ayant duré deux mois, tout l'Extrême-Occident se trouve aux mains du Seigneur Noir et de ses alliés. Les places fortes en deçà des Monts Anciens, sont tombées les unes après les autres. Les prairies, les collines, les champs et les villages ont été pillés, dévastés par le déferlement des Orcs, des Damalochs et des autres alliés du Noir Seigneur.

La puissante et belle cité de Sertrach ne ressemble plus à ce qu'elle fut autrefois, une grande citadelle avec ses murs blancs, ses routes parfaites, les toits entièrement recouverts d'émeraudes et le donjon de la Forteresse couvert de rubis qui lui donnait un éclat sans pareil dans le soleil couchant. Les rues sont ruinées, dévastées, les maisons sont toutes détruites, la statue du Roi sur la place centrale a été mise à bas. Une fois les murailles tombées, les Noires Légions se sont engouffrées et ont pu avancer au pied de la demeure Royale. Les habitants ont été prévenus par les Elfes de la Forêt de Sertrach et ont été évacués par un passage au sein de la roche longeant les Monts Anciens jusqu'à la Trouée du Mogforn. Dans tout ce beau pays, la Forêt sous protection magique bien qu'elle ait été désertée demeure tel un îlot isolé.

Le Dernier Bastion vient de tomber. Tous les hommes présents pour défendre la demeure royale sont morts et gisent çà et là sur le sol, dans les tours et les différentes parties du château. La blanche couleur de la dernière Forteresse est désormais salie et ses murs sont maculés par le sang de ses enfants. Les Orcs sont entrés les premiers dans la Forteresse, et suivis par les renforts de Damalochs. Le Roi de Sertrach, le grand Emergard a été tué la veille du dernier assaut, il a été mis sur le bûcher funéraire par son fils aîné pour que sa dépouille ne soit pas maltraitée par les hordes Noires. Toute la famille royale a été passée par le fil de l'épée. Il ne reste plus qu'une seule personne face à cette puissante armée, Baldric de Dol, l'aîné des trois fils d'Emergard, le Prince Héritier du territoire.

Il ne s'avoue pas encore vaincu, il a tué plus de soldats des forces du Mal que n'importe qui. Il a vu tomber tous ses compatriotes et sa famille au cours des combats. Il a réussi à monter en haut du donjon, laissant ses assaillants dans les escaliers de la formidable tour qui se trouve désormais sans toit après qu'un projectile eut fait voler en éclats la splendide toiture de rubis. Baldric de Dol se désole, en cet instant, de ce qui est survenu au sein de son pays depuis des semaines :

- Où est passée ma blanche cité, celle qui éblouissait les ennemis de la liberté lors du soleil couchant ? Où sont donc nos alliés en ces temps de guerre ? Pourquoi avons-nous échoué alors que nous avions le courage, la force et les armes ? Même mon père n'a pu nous mener à la victoire. Je suis seul désormais, je ne suis plus capable d'exploits et seuls les Dieux sont pourvoyeurs de miracles.

C'était là un discours inhabituel dans la bouche du jeune Prince. Les légions de Fulk Arken tentaient de forcer la porte pour déboucher sur l'esplanade où se trouvait un personnage qui, même dans la guerre, demeurait d'une grande noblesse. Aucun espoir ne semble pouvoir ranimer la flamme dans son cœur et ses yeux aux couleurs de la nuit semblent vides. Baldric est épuisé par les combats, il n'a pas dormi depuis plusieurs jours, il a combattu toute la journée après avoir réalisé la crémation du corps de son père. Les larmes ruisselaient le long de ses joues. Sa seule satisfaction résidait dans le fait de savoir tous ses sujets à l'abri. Ils avaient pu s'enfuir par un passage secret que le Prince avait ordonné d'ensevelir juste après le départ des derniers habitants. C'est, lui aussi, qui avait provoqué l'écroulement du chemin menant à l'ancien Palais des Ogariths au sein des Monts Anciens.

Baldric rouvrit les yeux lentement, le soleil venait de poindre au-delà de l'horizon des Monts Anciens à l'Est de sa Forteresse, juste derrière lui. Le goût âpre de la bataille nocturne était encore présent dans sa gorge nouée. Malgré sa bonne volonté, sous l'immense puissance de l'armée adverse et la volonté de conquête de Fulk Arken, il devait, comme une grande partie du monde libre, s'avouer vaincu et s'incliner devant le pouvoir du Mal. Pourtant, pris d'un sursaut, animé par l'énergie du désespoir, le Prince de Dol se résolut à utiliser toutes ses dernières forces pour repousser les ennemis qui l'entouraient maintenant, après avoir fait sauter la dernière défense. Un à un, les Orcs, les Damalochs, les Humains rebelles périrent sous ses puissants coups. Il les extermina les uns après les autres, mais leur nombre était trop important pour un seul homme quels que soient sa force et son courage.

Baldric sentit que sous peu, il allait se trouver submergé de tous les côtés, il savait que désormais il ne combattait plus que pour l'honneur. Désabusé et comprenant que son second souffle se tarissait devant tant d'ennemis, il ne put que soupçonner sa fin d'être proche. Totalement exténué, il finit par lâcher son épée endommagée par les innombrables affrontements. Alors que les autres soldats de l'Armée des Ténèbres montaient les marches, Baldric vit, en un instant, le théâtre de toute sa vie défiler devant lui, de sa naissance jusqu'à aujourd'hui, année de ses vingt-cinq ans. Malgré ses tristes pensées, le jeune Prince se mit à sourire car, il se remémora la dernière bonne action qu'il avait effectuée. Il restait dans la cité aux abords de la Forteresse un petit garçon âgé d'une dizaine d'années qui n'avait pas pu s'échapper et qui avait été oublié.

Baldric de Dol l'avait sauvé in extremis et l'avait mis en selle sur son rapide et splendide coursier. Il avait renoncé à se protéger pour assurer la fuite du jeune enfant par une brèche dans la muraille. Son fidèle cheval nommé Geriis, n'avait pas été intercepté par les soldats du Sombre Seigneur grâce à sa légèreté et sa célérité, emmenant l'enfant loin du champ de ruine qu'était devenu Sertrach, lui permettant ainsi de rejoindre les peuples en exode vers les terres de l'Est.

Le Prince de Dol revint à la réalité au moment où les Damalochs et les Orcs arrivèrent en haut du donjon. Leur nombre était impressionnant, ils allaient en finir avec lui. Tous s'arrêtèrent en face de lui, l'entourant et ne lui laissant aucune échappatoire. Baldric fut surpris et eut un sursaut en entendant un bruit sourd, un bruit qui venait de loin, depuis les montagnes, et qui se rapprochait rapidement. Ce bruit ne lui était pas inconnu, on pouvait dire qu'il le connaissait par cœur. Il fixa d'abord le ciel, sans rien voir à cet instant puis il devina une ombre, haute dans le ciel juste au-dessus de sa tête. L'ombre tournoyait maintenant comme lui faisant signe. Sûr de lui et de cette créature au-dessus du donjon, il regarda ses adversaires décontenancés par cette chose qui s'approchait de plus en plus de la tour et qui semblait accélérer au fur et à mesure.

Se synchronisant avec l'ombre qui commençait à amorcer une descente, Baldric s'appuya sur ses facultés auditives, se concentra pour déterminer avec précision comment évoluait le bruit et comprendre ainsi dans quelle direction cet allié allait plonger. Cet étrange bruit qui effrayait les derniers assaillants était en fait provoqué par un battement d'ailes, un très puissant et majestueux mouvement effectué par de larges ailes blanches.

Le Prince de Dol avait, depuis plusieurs minutes compris que, contre toute attente, un Ogarith se trouvait dans le ciel, hors d'atteinte des armes de jets ennemies, et que ce dernier venait le secourir et le sortir de ce mauvais pas. En fait, il ne s'agissait pas de n'importe quel Ogarith, il s'agissait en fait de Danreb, le Prince des créatures volantes, ancêtres des Elfes. Danreb était là pour tenir sa promesse de secourir l'un de ses plus fidèles amis. Cette arrivée inopinée permit à l'espoir de réapparaître, une nouvelle fois, dans les yeux du dernier Humain libre en vie dans la Forteresse de Dol. Une fois le premier étonnement passé, les soldats de l'Armée Noire décidèrent de se ruer en force sur le descendant d'Emergard qui avait refusé de prêter allégeance au Seigneur des Ténèbres.

Dans un ultime effort, le jeune Prince lança son épée qu'il avait ramassée afin de se frayer un chemin, au même instant. Puis, il prit son élan et après une course effrénée entre les armes ennemies qui tentaient de le tuer, s'appuya de toutes ses forces sur un des créneaux endommagés du puissant donjon pour s'élancer dans les airs. Les Humains sont incapables de voler et Baldric le savait, mais ses capacités physiques lui permirent de bondir au-delà de tout ce qu'on pouvait imaginer. Après cet incroyable saut, Baldric fut projeté sur une immense distance, mais la chute était inévitable et derrière lui défilait la haute tour abîmée par les projectiles de l'armée adverse.

Le Prince de Dol tomba inexorablement dans le vide avant d'arriver pratiquement à la hauteur des bâtiments jouxtant le donjon. À ce moment-là, il fut à portée de tir et, les Légions Noires lui décochèrent en cet instant, un nombre incalculable de flèches pour l'abattre. C'est alors qu'en ce dernier laps de temps, le Prince Danreb plongea en piqué pour atteindre une vitesse vertigineuse, identique à celle d'un faucon lancé au maximum de ses possibilités. De façon judicieusement synchronisée, il arriva à la hauteur de Baldric qui chutait encore et, dans un geste aussi précis que sûr, il rattrapa le Prince de Dol par les deux bras. Une fois le sauvetage accompli, Danreb remonta en recourant à toute la force de ses grandes ailes et il dépassa en quelques secondes le donjon afin de rejoindre les montagnes et ainsi sortir de la ligne de mire des archers de l'armée de Fulk Arken.

Les deux comparses s'éloignèrent rapidement très haut dans le ciel au-dessus des nuages et en direction des fameux Monts Anciens. Le Prince de Dol se retourna pour apercevoir au loin la mise à sac de sa demeure. De leur côté, les Orcs et les Damalochs rageaient de l'avoir laissé s'échapper et s'en prenaient aux restes des ruines de la cité. Baldric, quant à lui, baissa les yeux, emplis d'amertume et de souvenirs :

-      Ma douce cité flamboyante, je te quitte pour toujours. Le Seigneur des Ténèbres te conquiert en ce funeste jour. Pardonne-moi de ne pas avoir été à la hauteur de mon père pour te défendre…

Danreb baissa la tête, interpella le jeune Baldric et lui indiqua qu'ils allaient se réfugier dans les Monts Anciens et que leur seule et unique destination était au sein de la plus ancienne chaîne montagneuse. Il précisa qu'ils prendraient tous deux du repos sur l'un des pics de la montagne, près des ruines de l'ancien Palais qui avait été détruit par un éboulement du sommet la montagne suite à un tremblement de terre d'origine peu naturelle. Le Seigneur Danreb s'adressa positivement à son ami :

-      Mon ami, ne regarde pas en arrière car tu n'y trouveras que tristesse et désolation ! Certes, ta ville est détruite, ta Forteresse ruinée et les territoires dévastés de ton père, mais en ce monde, rien ne perdure indéfiniment. Les jours que tu as vécus, ont été sombres pour toi et ton peuple. Mais désormais, c'est vers l'avenir que tu dois regarder même s'il te semble incroyablement imposé par le Noir Seigneur.

Les deux compères volèrent jusqu'au soir dans les montagnes afin de se rendre au centre du territoire Ogarith, dans la partie Sud-est des montagnes. Le puissant Prince Danreb qui avait vu se présenter leur étape, s'adressa de nouveau à son ami :

-       Nous allons nous poser d'ici peu dans une des demeures originelles de mon peuple après que nous ayons, par le passé, quitter la cité d'Ogarithia. Le Palais n'est plus habitable mais nous allons tout de même y passer la nuit, bien que cela ressemble désormais à une sorte de grotte. Actuellement nous sommes hors de portée de nos ennemis mais nous ne pouvons en aucun cas nous attarder. Tu peux lâcher mes bras désormais et te laisser tomber sur la terre ferme. Maintenant que nous sommes posés je puis t'expliquer les évènements dont nous avons convenus avec les autres alliés.

Le Prince de Dol acquiesça tout à fait naturellement à la recommandation de son ami, il lâcha les bras de celui et se posa en douceur sur le sol rocailleux. Baldric, une fois sur la terre ferme, rumina quelques instants, il avait encore beaucoup de mal à accepter cette défaite qu'il jugeait humiliante. Danreb, qui s'était posé et qui venait de replier ses ailes, ne prêta pas de suite attention à Baldric. Puis, se tournant vers lui pour comprendre ses marmonnements, le preux et vaillant chevalier se résolut à se confier :

- Danreb mon ami, je ne sais plus que penser. J'ai enterré toute ma famille et incinéré le corps de mon père, je n'ai même pas pu purifier son urne. J'ai peur que Fulk Arken ne réclame les corps de ma famille.

- Ne t'en fais pas Baldric, jusqu'à présent le Sombre Seigneur n'utilise pas les morts, mais il pourrait bien mettre à sac les tombes de tes ancêtres et de ta famille pour une question d'honneur et ainsi marcher sur le nom des tes ancêtres. Je prie toutefois le ciel pour qu'il ne trouve pas les cendres de ton père et ne les utilise à des fins encore plus noires que l'ensemble des actions qu'il n'ait jamais entreprises.

- Pourquoi ?

- Non, pour rien, jeune Baldric, ne t'en fais pas, une folle idée m'avait traversé l'esprit.

Baldric ne dit plus mot, il s'assit en tailleur et regarda la part d'horizon que les montagnes lui laissaient entrevoir. Danreb regardait, lui aussi, l'horizon, il jugea que les cieux de la nuit ne semblaient pas plus cléments que ceux des nuits précédentes. Tout à coup, un bruit monstrueux se fit entendre, Danreb se retourna :

- Un Troll des montagnes ! C'est impossible, il n'a pas pu nous pister !

- Non, ce n'est pas un Troll, c'est mon estomac qui crie famine, Danreb. Je n'ai pas mangé depuis trois jours ! – Fit le jeune Prince. – Et je manque d'eau.

Baldric se tint le ventre des deux mains car il souffrait de cette diète forcée. Le Prince ailé ria, à gorge déployée et répondit tout simplement :

- Ne t'inquiète pas Baldric, j'avais tout prévu en revenant te chercher. Je savais bien que les vivres commençaient à manquer et que l'eau se faisait rare, mais j'avoue que je pensais que la défense de ta Forteresse tiendrait plus longtemps et que vous aviez pu rationner les vivres, l'eau et les soldats. Je suis désolé de ne pas avoir fait plus vite. Maintenant, déplace ces pierres et regarde dans le renflement de cet ancien accès.

-    Je n'osais te le demander, Danreb.

Baldric trouva un stock de nourriture assez conséquent pour deux convives. Il y avait des fruits, de la viande séchée, mais aussi de la viande crue et fraîche, une jarre de vin, deux jarres d'eau et d'autres petites douceurs pour leur repas. En enlevant toutes les provisions il se rendit compte aussi de la présence de plusieurs bûches et bouts de bois destinés à faire du feu pour les réchauffer en cette froide saison, au milieu des montagnes enneigées. Tandis que Danreb regardait au loin dans la direction prise par les nombreux rescapés, Baldric disposa le bois pour allumer le feu et pouvoir aussi cuire un peu de nourriture.

-    Je m'excuse, Seigneur Ogarith, mais je n'ai pas ce qu'il faut pour démarrer le feu !
-    Pousse-toi un peu, jeune Prince !

Danreb, sans se retourner, prononça une formule dans sa langue originelle, l'Ogarudh. Il la maîtrisait à merveille, bien qu'en ces jours sombres elle ne soit plus connue que par les anciens peuples et encore moins utilisée chez les Hommes.

-    Eüz istedh ! (Que le feu soit !)

Au même moment, il orienta sa main en direction du petit amas de bois. Avec un revers de sa main, le bois s'enflamma instantanément. Le regard de Baldric était positivement rieur car il appréciait les pouvoirs magiques des gens de ce peuple, il avait même tenté d'apprendre quelques formules secrètes. Jusqu'à présent, sa pratique laissait à désirer. Le Prince de Dol s'adressa à son ami :

- Je suis toujours étonné lorsque tu as recours aux sortilèges. Tu maîtrises la magie mieux que quiconque ! Moi, malheureusement, je ne suis bon que dans les combats à l'épée et dans les techniques des Hommes.

Pendant que Baldric disposait la viande dans le feu et qu'il buvait de l'eau pour étancher sa soif, Danreb répondit en de belles et simples paroles pour rassurer Baldric dans l'apprentissage de la magie :

- Oui, je sais, j'admets que je suis l'un des plus grands experts en magie. Mais si je dispose de ce pouvoir, c'est que j'ai pu l'acquérir au terme de longues années d'expérience. La magie m'a été très utile aussi, car avec elle m'est venu mon don pour la poésie.
- Justement Danreb, je me suis toujours posé des questions sur les performances dont tu es capable dans ce domaine, c'est ta fameuse poésie qui, si souvent emplit mon cœur de mélancolie, une douce tristesse que j'apprécie. Maintenant je sais comment te vient cette inspiration incroyable, mais j'avoue que je suis presque jaloux de ton don.
- Ne sois pas envieux, mon ami, comme l'est notre ennemi. La magie te viendra bien assez tôt. L'inspiration, que tu n'as pas encore trouvée naîtra quand ta muse se présentera dans ta vie. Je soupçonne les cieux de t'être clément d'ici quelques temps, les terres de l'Est sont inspiratrices pour les Humains.

Baldric sortit la viande du feu, il en émanait un fumet délicieux, même Danreb montrait des signes d'impatience. Le Prince des

Ogariths passa à son hôte les quelques légumes présents dans un des plats et le reste des mets qu'il avait entreposé sur un linge propre. Le Prince de Dol reprit un air grave, il resta muet, continuant de regarder, au travers des flammes qui dansaient, son fabuleux camarade qui l'avait sauvé quelques heures auparavant d'une mort certaine. Tout à coup, il parla à Danreb :

- Tout à l'heure, pendant notre longue traversée depuis mon château jusqu'ici, tu m'as demandé de laisser le passé de côté et de regarder vers l'avant. Tu as aussi suggéré que tu m'expliquerais les plans et les décisions qui allaient être prises. Je ne suis au courant de rien. Qu'avez-vous décidé ? Et mon père en était-il informé ?

Danreb rétorqua :

- Je vais te répondre franchement Baldric, ton père le savait, il avait convenu avec nous de certaines choses, mais sa fierté lui laissait penser qu'il pourrait repousser puis battre les armées adverses. Il ne soupçonnait pas autant que nous de la taille de cette armada. Il ne croyait pas à un retour aussi rapide de Fulk Arken. Il est mort en héros, son sacrifice n'a pas été inutile et je pense que les cieux en avaient décidé ainsi. Baldric, tu es un élément positif pour nous, nous comptons beaucoup sur toi, ta valeur et ta droiture.
- Merci pour ces compliments ! Mais quelles sont les décisions souhaitées par les autres dirigeants d'Yrneh ?
- Eh bien voilà ! Avec les Magus, les Elfes et les autres Princes Ogariths, nous avons décidé de te confier une mission d'une importance considérable. C'est sur toi que repose une grande partie de la réussite de notre plan. Tu es libre de refuser, vu ce qu'il vient d'advenir de ton pays. Mais je te connais et je sais que tu ne choisiras pas cette alternative, ton sens de l'honneur, ton

code moral et l'amour que tu portes à la liberté ferons de toi notre émissaire. N'oublie pas que la vengeance est mauvaise conseillère, même si je conçois qu'elle puisse être un des éléments qui te poussera à faire cette quête.

- Émissaire ? Moi ? Comment puis-je faire cela ? Je ne comprends pas comment je pourrais m'acquitter de cette tâche. Je n'ai jamais été ambassadeur et je ne connais pas les chemins au-delà des Monts Anciens et du désert de Mogforn.

- C'est fort simple mon jeune ami. Tu es un Humain, nous sommes d'accord ! Tu es Prince de ton royaume. De plus, la flamme qui t'anime permettra de rallier la totalité des Humains dans le reste d'Yrneh. La mission que nous allons te confier est relativement simple dans sa forme, mais pas dans le fond. Comme tu le sais, le temps a divisé les peuples, et ton royaume s'est divisé, lui aussi. Tu devras voyager en direction de l'Est pour arriver jusqu'au royaume de l'Aurore, un allié qui sera le plus puissant si tu réussis à le convaincre. Ne t'inquiète pas, tu auras ce qu'il faut pour te repérer et tu seras aidé dans ton voyage.

- Je veux bien convaincre tous les Humains mais je ne vois pas ce qui va me donner du crédit auprès des différents territoires que je vais parcourir, enfin si tu dis que je suis accompagné, peut-être que… Et puis le sud d'Yrneh est peuplé d'Humains, si mes souvenirs sont bons, ils doivent aussi se joindre à nous sinon…

Danreb interrompit Baldric en faisant de grands gestes avec les bras.

- Tout est prévu Baldric, tu ne dois pas t'en soucier. Nous avons tout détaillé, mais il ne nous est pas permis la moindre erreur, fusse-t-elle minime, les conséquences seraient pour nous plus que fâcheuses. Voilà le détail de ce qui doit se passer. Tu prendras d'abord la route du nord pour convaincre le royaume d'Ach juste avant le fleuve Nivë. Il s'agit d'un territoire vassal de feu ton père. Ensuite, tout en suivant la route, tu iras jusqu'au Fleuve Le Mans et les villes qui en sont proches. Il te faudra contourner les Monts Nivéal ou les passer. Une fois ce long chemin parcouru, tu devras être sûr de piquer vers l'Est afin de rejoindre Anviliä la capitale du royaume de l'Aurore. Pour cela tu devras longer la partie Est de la Chaîne Corcyréenne, puis prendre la route qui coupe le fleuve Orï et tu atteindras ta destination finale.

- Oui mais pour le Sud ?
- Cela ne t'est pas dévolu. Dans le sud, il y a beaucoup moins d'Humains et nous avons confié cette périlleuse mission à quelqu'un que tu connais.
- À qui donc ?
- Eh bien tu le connais par son nom d'emprunt, le seul qu'il utilise depuis de nombreuses années. C'est Enië, il s'agit en fait du Seigneur Niiru, le descendant de Floëls. Nous l'avons chargé de rallier la cité de Sudarïa, puis de s'embarquer à bord d'un navire pour rejoindre le Nirvë. Si nous avons de la chance, il préviendra Rîîga le dernier des Gaïanor. Enië… pardon Niiru, est déjà parti depuis plus de quinze jours.
- Il est le descendant de Floëls ? Comment cela est-il possible ?
- Je vais te raconter tout simplement ce que je sais. Niiru est le fils de Kanwë, il est né il y bien longtemps, mais ces parents ont été tués par des envoyés de Fulk Arken. Ce sont les Elfes de ton royaume qui l'ont recueilli ou plutôt ceux de la Forêt de Sertrach, sous l'autorité du Haut-Roi Enoguëra. C'est précisément sa fille la charmante Hersendis, qui m'a confié cette information des plus inattendues. Niiru, sur les conseils vigilants de son père adoptif, accepta de se faire passer pour un être commun, faisant profil bas le temps d'acquérir les qualités nécessaires et une puissance phénoménale afin de s'opposer aux agissements sanguinaires de Fulk Arken.
- Et Hersendis était au courant naturellement. Elle ne m'a

jamais rien dit, ni lui d'ailleurs. Je ne comprends pas !

- Tu poses beaucoup trop de questions, la prudence m'impose de me taire. Mais voilà, la belle Princesse s'est récemment portée volontaire pour partir sur le Continent de glace afin de trouver, auprès des Simériens, des alliés de qualité. Pour finir c'est de ton chemin que je parle. Ce qui te donnera crédit et foi auprès de tes hôtes et surtout du Roi de l'Aurore n'est pas un être vivant, en fait c'est un ancien artefact que j'ai conservé et que je te confierai, une fois arrivés au Ravin Bleu. Maintenant, il nous faut dormir. La route sera longue demain pour nous rendre à notre camp de fortune, et crois-moi Baldric, tu es un colis bien lourd à transporter.

Le jeune Prince fit semblant d'être vexé, puis il ria aux éclats :

- Même les plus sérieux des Ogariths ont un sens de l'humour. Orleïa cuspuleïa Danreb ! (Bonne nuit)

Baldric se retourna et se recouvrit avec sa cape. Il ne fallut pas longtemps avant que le Prince en exil ne s'endorme épuisé par tous les combats qu'il avait menés. Danreb, quant à lui, scruta les étoiles, il espérait un signe des Dieux. Le ciel ne fut déchiré que par les quelques bruits d'oiseaux qui surplombaient ces lieux. L'Ogarith était capable de récupérer vite de sa fatigue, mais après avoir fait les cent pas, il s'installa de nouveau à proximité du feu et se protégea de l'air frais avec ses nobles ailes. Le lendemain, Baldric fut réveillé précipitamment par Danreb qui le secouait.

- Mon frère, je sens le pouvoir du Sombre Seigneur se remettre en marche, nous avons peu de temps devant nous et nous ne pouvons plus nous attarder très longtemps ici.
- Très bien Danreb, partons sans délai !

L'Ogarith déploya ses somptueuses ailes et décolla. Le jeune Baldric attrapa les bras que lui tendait Danreb et dans un puissant battement ils s'envolèrent pour rejoindre le camp des exilés. Tous deux fermaient maintenant la marche du plus gigantesque exode jamais connu depuis le début des chroniques…

Chapitre III : Fulk Arken, le Seigneur des Ténèbres

Fulk Arken restera le plus grand fléau de toutes les chroniques de notre monde. Déchu de son titre de Gaïanor, il n'a en rien perdu de son potentiel divin. Du statut de personnage positif créateur de vie, il passa totalement de l'autre côté du miroir, devenant ainsi l'antithèse de ses pairs. Il commandait dorénavant au Mal, à la destruction et à toutes les choses négatives en ce monde. Fulk Arken se distinguait largement de Floëls et de Rîîga depuis qu'il était le Maître des Ténèbres.

Alors que les Gaïanor ressemblaient à des Humains de taille colossale, le visage éclatant de beauté et de bonté, avec de longs cheveux fins et soyeux, Fulk Arken était affublé d'une taille de trois mètres, possédait une armure lui protégeant l'intégralité du corps hormis le bas du visage qui laissait apparaître son cruel sourire. Seuls ses longs cheveux sombres, comme le plus profond des gouffres, réminiscences du passé, dépassaient de son casque qui se terminait par une couronne aux multiples pointes. Le haut de son équipement se constituait de larges épaules sur lesquelles se trouvaient des griffes acérées.

Les jointures de son armure laissaient entrevoir des contours verts brillant, symbolisant la circulation de son pouvoir dans tout son corps. Son casque voilait son visage et la légende disait que le mal l'avait rongé jusqu'à le rendre hideux à tel point que personne n'aurait pu soutenir son regard. D'autres disaient qu'il s'était voilé la face car il estimait qu'aucun être de ce monde n'avait le droit de le regarder. En bref, le Seigneur des Ténèbres était un être extrêmement imposant dont le charisme n'avait pas d'égal, et sa simple présence suffisait pour terrifier tous les habitants du monde libre. Il s'était attaché deux montures pour le combat, un cheval recouvert d'une cuirasse, une bête impressionnante, mais aussi depuis fort longtemps un destrier volant, une sorte de chauve-souris géante aussi perfide et cruelle que son maître.

Il s'était enfui dans sa seconde demeure, le Mont Oreros dressé sur une île au Sud de ses territoires. Il avait passé des siècles sous la montagne. Une fois Floëls disparue, il attendit de voir si Rîîga allait lui disputer la succession de la déesse disparue. Finalement, sans nouvelles de son frère, il était revenu de sa lointaine retraite située aux limites des frontières de son noir royaume, très loin de son immense et imprenable Forteresse. Fulk Arken avait réussi, au fil du temps, à reconquérir la totalité de ses possessions sur le Damalioch par la mise en branle de toutes les légions qui lui étaient fidèles.

Il s'était fait fort de capturer puis de mettre à mort les nombreuses créatures d'Yrneh en charge de garder les points stratégiques de ce Continent. Ni les hommes, ni les Elfes et encore moins les Ogariths présents sur le territoire du Seigneur des Ténèbres ne purent s'opposer à lui. Certains furent tués, capturés et soumis à d'inqualifiables tortures, d'autres plongés en partie ou en totalité dans la lave du Volcan Arken, et les derniers suspendus et jetés de la falaise Desperatis, dans la Faille de Dion ou encore mutilés, estropiés et achevés sur les Monts Tranchants.

De retour au sein du Castrum of Durtal, Fulk Arken continua à se tenir au machiavélique plan qu'il avait édifié pendant de nombreuses années. Il fit cela en haut de son donjon qui surplombait en hauteur toutes les constructions existantes. Du sommet de sa tour, dont le toit ressemblait fortement à la finition de son propre casque, il reprit les rênes du pouvoir et de la guerre. Il dirigeait toutes ses troupes depuis le sommet de sa forteresse, assis sur son sombre trône face, à l'Yrneh. Après avoir été vaincu, humilié et banni, il n'avait maintenant plus qu'un seul but, celui de se venger, de faire payer à ses ennemis encore en vie et de restaurer la maléfique splendeur de son royaume en étendant son pouvoir sur l'ensemble d'Yrneh. Il cherchait désormais à effacer de l'Histoire les revers qu'il avait connus auparavant et principalement l'épisode qu'il vécut sur la colline du Vendôr.

En premier lieu Fulk Arken s'occupa de régler lui-même le sort de tous les Magii qui lui avaient prêté serment bien des siècles plus tôt, lors du Second Cycle. Il descendit dans les entrailles de son inexpugnable forteresse, dans les cachots les plus noirs, au cœur du Monde. Fulk Arken passa en revue chaque cachot où les sorciers étaient enchaînés et où ils étaient liés par un sortilège qui drainait l'ensemble de leurs forces. Il prit grand soin de les exécuter un à un, sans sourciller. Dans chaque cellule, il s'avança à hauteur de ses prisonniers, les regardait droit dans les yeux, et leur enfonçait tour à tour ses mains au revêtement métallique, la chair de ses victimes qu'il pénétrait sans retenue. Une fois la main dans leurs cadavres, il pouvait s'abreuver de leur dernier souffle de vie et de leurs pouvoirs.

C'est de cette manière qu'il s'affranchissait du seul point faible lui ayant causé la précédente mésaventure lors de la Trinité du Vendôr. Ainsi, ne pouvant plus être privé de ce surcroît de puissance par l'ancien sortilège des Magus, il avait réussi à augmenter, par là-même, ses capacités propres. Le Sombre Seigneur, une fois revenu dans sa demeure, avait dressé de nouveau, une armée encore plus grande, plus féroce, plus violente et plus dévouée qu'autrefois. Son ost mêlait désormais l'ensemble des troupes utilisées pour les guerres du Premier Cycle et les légions employées durant le Deuxième Cycle.

Le Noir Seigneur avait, depuis plusieurs semaines, réussi en grande partie ses objectifs. Suite à son retour, son maléfique pouvoir s'était étendu sur Angwë, l'ancienne île des Magus. Sa domination s'était prolongée ensuite sur toute la région du Vendôr par le biais des Soldats de la cité de La Guerche et grâce aux promesses faites à un certain nombre d'Hommes de cette région. Des rébellions à l'ordre établi avaient éclaté un peu partout et avaient eu pour but de provoquer une sédition des territoires Ouest du royaume de Sertrach au sein de l'Extrême-Occident. Pendant plusieurs décennies, ceux qui n'avaient pas prêté allégeance à Fulk Arken purent arrêter la lente et sinueuse avancée de ses armées en érigeant une gigantesque muraille infranchissable qui allait de l'Océan du Nord jusqu'aux abords de la Mer Centrale.

Les Humains qui avaient œuvré pour la gloire du Seigneur des Ténèbres détruisirent finalement la muraille et envahirent de toute part les territoires qui, jusque-là, leur avaient été interdits. Le Sombre Seigneur ne quitta pas son trône avant que ses ouailles ne prennent pieds sous les murs de la cité de Sertrach. Mais, fier de cette victoire et du revers infligé au plus puissant royaume humain, il délaissa son éternelle demeure et prit la peine d'en descendre pour mener l'aboutissement de la guerre. C'est sur son propre cheval, accompagné de son imposante escorte personnelle, mais aussi de la plus grosse partie de ses troupes qu'il partit en direction de l'Est en suivant la Route Glorieuse construite dès les premiers jours de son règne sur le Damalioch.

Une fois au bout de son immense route, il prit un de ses navires qui l'emmena jusqu'à la fameuse île d'Angwë où ses esclaves, sur ses propres directives, avaient édifié sous ses ordres directs, une incommensurable statue représentant Gaïanor déchu. Cette œuvre était si haute, si sombre qu'elle cachait presque toujours le soleil à ceux qui se trouvaient à proximité et ce, quels que soient les angles de vue, allégorie de sa volonté de recouvrir le monde de ses ténèbres. Fulk Arken y séjourna un bon moment et passa son temps à s'admirer ou plutôt à admirer cette fabuleuse reproduction de sa personne, flattant, par ailleurs, son monstrueux ego. Pour des raisons techniques il avait souhaité rester sur l'île en attendant qu'on lui apporte des nouvelles de l'Est. En fait, bien que Fulk Arken puisse mener une formidable expédition, il ne se trouvait pas encore en possession de son arme préférée, la plus destructrice de toutes les lames de ce monde, sa légendaire épée Levïaïa. Cette arme démoniaque, qu'il avait forgée au cours du Second Cycle, lui conférait un surplus de potentiel non négligeable en comparaison de ce que son pouvoir avait été capable d'atteindre lors du précédent Cycle.

Il rageait aussi bien intérieurement qu'extérieurement de l'avoir perdue lors de la Trinité du Vendôr et de sa chute depuis la colline. Elle avait été cachée et restait encore hors de portée de sa vue. Pourtant, il avait eu récemment vent de certaines rumeurs indiquant que son redoutable artefact se trouvait dans le Désert du Mogforn, au centre de cette région déserte et invivable, dans un lieu appelé Agôn. Fulk Arken voulait rejoindre ses troupes à proximité de Sertrach et avait finalement choisi de ne pas s'y rendre, ayant jugé que ses légions avaient une capacité de destruction incalculable. De plus, il ne voulait pas révéler tout de suite ses funestes intentions et préférait faire croire à une guerre entre Humains. Il se délectait des différentes avancées et des victoires de ses Noires Légions au sein du monde libre et avait en tête un plan. D'abord diviser pour mieux détruire ensuite ses adversaires de toujours dans une apothéose apocalyptique.

Après plusieurs semaines passées au sein de l'île, Le Seigneur des Ténèbres s'était décidé à repartir pour sa puissante forteresse. Celle-ci était entièrement restaurée et dégagée. Les constructions elfiques qui avaient été érigées tout autour furent totalement rasées. De retour dans ses pénates, Fulk Arken inspecta chaque parcelle de sa forteresse. Il vérifia, une à une, les huit gigantesques murailles qui se superposaient sur le flanc de cet immense piton rocheux. Cette forteresse restait la seule possession qui ne fut pas souillée par ses adversaires puisqu'elle ne possédait aucune entrée fixe.

Les portes du château s'ouvraient selon sa volonté, et toujours en face de la seule route de son territoire. Le Seigneur des Ténèbres était remonté en haut de son immense tour qui culminait presque jusqu'aux nuages. De là haut, son regard se portait en direction des nouveaux territoires conquis. Malgré ses capacités de Gaïanor déchu, il ne pouvait pas regarder ce qu'il s'y passait car le sortilège que Naör avait élaboré à la fin de son règne continuait de couvrir en grande partie ce qui se passait en Yrneh. La vision de Fulk Arken s'arrêtait juste avant l'influence de la Forêt de Sertrach. Il ne put connaître la conquête totale de l'Extrême-Occident qu'en étant prévenu de l'arrivée d'un coursier.

On le prévint alors d'une bonne nouvelle pour lui, les Elfes de la Forêt de Sertrach avaient fui rapidement sur ordre d'Enoguëra. Ensuite, l'envoyé de fidèles lieutenants vint lui rapporter que le puissant royaume de Sertrach s'était effondré, que son Roi avait été tué durant le dernier siège et que la Forteresse de Dol avait été prise le lendemain des funérailles du Roi. Fulk Arken quitta son trône brutalement, descendit le long escalier depuis le sommet de son donjon, fit sangler son cheval et partit pour une longue route. Une fois au bout de ses terres, il s'embarqua sur son vaisseau personnel qui se dirigea sans plus attendre, en direction d'Yrneh.

Le Maître des Ténèbres arriva sur les côtes ouest du territoire de l'ancien royaume d'Emergard et, une fois débarqué avec son gigantesque destrier noir, il monta en selle puis, dans une chevauchée aussi lourde que rapide, rallia en moins d'une journée la région du Vendôr. À dos de cheval, il s'arrêta durant très peu de temps auprès des troupes encore stationnées dans les collines. Il se renseigna pour savoir si toute résistance avait été définitivement éradiquée. Satisfait des nouvelles, il continua son chemin à bride abattue, ne s'arrêtant que pour se reposer et nourrir son destrier.

Deux jours plus tard, après quelques haltes auprès de ses troupes à qui il donnait des ordres de mouvement, il arriva enfin pour voir devant lui se dresser les restes des murailles délabrées. Les toits de l'ancienne cité, sertis de rubis et d'émeraudes n'existaient plus, pillés et dévastés par les nombreuses créatures avides de richesses. Fulk Arken venait d'être rejoint par sa garde personnelle qui avait parcouru d'autres itinéraires afin de rallier toutes les légions. Ils informèrent leur maître que les principautés et les terres visitées ne représentaient plus rien. Il ne restait des anciennes routes et des villes d'autrefois que d'immenses tas de cendres encore fumantes provoquées par ses armées.

En face de l'antique et puissante cité de Sertrach qui se trouvait en proie aux dernières flammes, le Seigneur du Mal fit comprendre sa pleine satisfaction et ordonna qu'on établisse son camp de fortune. C'est là qu'il prit ses nouveaux quartiers, le temps d'attendre des nouvelles qu'on pourrait lui apporter sur Levïaïa. Il fut toutefois extrêmement mécontent en apprenant la fuite du jeune Prince Baldric par la voie des airs et l'évacuation d'une immense partie de la population. Ces deux départs symbolisaient pour lui une sorte de résistance et toujours ce même refus de se soumettre à son ténébreux pouvoir. Il finit par calmer sa colère, temporisa et affirma qu'il aurait Baldric tôt ou tard, mort ou vivant.

Plus tard, il exposa une partie de ses machiavéliques plans qui n'avaient que très peu évolué depuis le début des combats. Il désirait envoyer une expédition dans le Désert du Mogforn pour qu'on lui rapporte son épée. Il cherchait aussi à replacer ses troupes en vue de passer par la brèche que les Magus avaient faite lors de l'Exode.

En premier lieu, Fulk Arken décida de dépêcher une imposante légion en direction du mince passage qui existait entre les Monts Anciens et le désert, celui que les Magus avaient élargi le temps de laisser passer tous les réfugiés et que l'on nommait la Trouée du Mogforn. Ce passage avait été réduit après l'Exode pour empêcher l'Armée Noire de passer par le même endroit puisque les montagnes étaient infranchissables et le désert trop inamical pour les créatures des ténèbres qui ne pouvaient supporter des chaleurs extrêmes. Les puissants magiciens n'avaient pas eu la possibilité de modifier le paysage pour empêcher totalement l'intrusion des légions. Jusqu'à présent une poignée d'Orcs seulement avait réussi cet exploit. Les Magus suite à l'incursion de ces ennemis, avaient finalement dressé un mystérieux sortilège pour bloquer totalement tout mouvement des troupes du Sombre Seigneur.

Quelques jours passèrent après l'arrivée du Maître de Durtal, ce dernier se délecta des divers champs de ruines disséminés tout autour de l'ancienne demeure du Prince Baldric et encore fumant des batailles passées. Fulk Arken se trouvait dans l'enceinte de la Forteresse de Dol qui lui servait de lieu de méditation et surtout de nouveau quartier général durant sa campagne. Le Seigneur Noir fut dérangé par un premier soldat puis un deuxième homme. Le premier personnage était un Damaloch, une sorte de créature à la peau couverte d'écailles comme les sauriens, une fine silhouette et d'une taille supérieure à celle d'un homme.

Ce dernier faisait partie de l'expédition qui revenait de la Trouée du Mogforn et il avait été pressé par les autres soldats de prévenir leur maître. Il pénétra lentement dans l'antre de Fulk Arken et, avant de s'adresser à son Seigneur, posa le genou gauche à terre, puis posa son bras gauche sur le genou droit qui était situé devant lui. C'était le salut normal que tous effectuaient devant le Seigneur Noir en signe de soumission. Fulk Arken apparut dans la salle qui lui servait à convoquer ses lieutenants et à exposer les stratégies sur les cartes géographiques en sa possession. Il avança d'un pas lourd, s'assit, posa ses mains sur chaque accoudoir de son siège. Du haut de son impressionnante stature, il se racla la gorge et laissa comprendre à son simple soldat que le Seigneur de la Mort lui donnait enfin le droit de parler pour l'informer des nouvelles qu'il lui apportait de l'expédition envoyée vers la Trouée.

-     Parle soldat, quelles sont les nouvelles que tu m'apportes ?
-     Votre grandeur, Seigneur Arken, je viens vous informer d'un évènement qui n'était pas prévu dans votre plan.

Le soldat attendait la réaction de son cruel maître, il ne pensait pas avoir ulcéré ce dernier. Le Maître des Ténèbres ne laissa d'abord rien paraître. Fulk Arken se leva magistralement de son siège laissant sa cape flotter grâce au mouvement, il s'avança, fit les cent pas à l'intérieur de sa demeure temporaire. Puis, le Sombre Seigneur s'arrêta un long moment, se retourna et ragea intérieurement. Il serra son poing, ses articulations claquèrent bruyamment. En regardant son soldat, il lui indiqua froidement :

-     Rien ne m'est jamais inconnu, je suis un Dieu, je sais tout sur tout et je crois savoir ce que les Magus nous ont réservé. Je veux juste en être certain. Ces magiciens sont des êtres très aléatoires, ils pourraient tenter de nombreuses choses.
-     Certes, Maître, pardonnez-moi mon erreur.
-     Dis-moi plutôt soldat, qu'avez-vous découvert au niveau de

la Trouée, quelle est cette chose impromptue qui nous barre la route et empêche ainsi notre progression ? Je soupçonne, un tant soit peu, qu'il s'agit d'un puissant champ de force.

-       Oui Maître des Forces du Mal ! Nous sommes bien en présence de ce que vous envisagiez, aucun d'entre nous ne peut y pénétrer ! Nous avons d'ailleurs été surpris car nous ne l'avons pas aperçu de suite, il a fallu que l'un d'entre nous s'y heurte pour comprendre.

Le Gaïanor déchu prit alors son menton dans sa main droite et esquissa un large et odieux sourire.

-       Soit ! Je m'en doutais ! Moi, l'omniscient, l'omnipotent, j'avais prévu qu'ils auraient pris leurs précautions. Ce sont vraiment des scélérats, je maudis ces satanés Magus. En attendant ma victoire totale, je me ferai un malin plaisir de les passer par le fil de ma lame. De surcroît, je suppose, mon fidèle serviteur, que ce champ protecteur vous a surpris parce qu'il était invisible à vos yeux, car il ne laissait paraître aucun reflet. C'est là une bien belle ruse de mes ennemis !

-       Certes, glorieux Maître ! Nous nous sommes heurtés à un mur invisible et indestructible, nous n'avons pas réalisé de suite à quoi nous avions à faire. Nous avons utilisé toutes nos armes et aucune n'est parvenue à le briser.

Fulk Arken, de sa haute stature, hocha lentement la tête puis s'approcha de son soldat. Il se positionna devant lui, le toisa et, d'un revers de sa gigantesque main le décapita. Il le remercia de sa piètre utilité et n'hésita pas à marcher sur la dépouille qui se trouvait à ses pieds. Il s'en retourna par là où il était venu puis s'enfonça dans les méandres du château en ruine. Ce n'est que quelques instants plus tard que le cruel personnage revint sur ses pas et se posta devant le second personnage qui le salua de la même manière que le premier envoyé. Il tremblait et frémissait à l'idée de savoir qu'il pouvait mourir comme son prédécesseur. Fulk Arken le somma de s'expliquer :

- Quelles nouvelles m'apportes-tu, Humain ? Dépêche-toi de parler, sinon tu risques de faire les frais de la colère qu'a provoqué cet immonde cadavre.
- Monseigneur, je vous apporte de bonnes nouvelles. Le petit groupe, dont je fais partie et qui a été envoyé dans le désert par Xanten de la Guerche, a localisé et retrouvé l'endroit où a été cachée votre épée. Je suis le seul rescapé. La chaleur, les animaux des sables nous ont décimés.
- Très bien, Humain. Tu seras récompensé pour ce que tu as accompli en mon nom et à ma gloire. En attendant ramasse ce futile cadavre qui jonche ce sol.

Fulk Arken sortit ensuite et, se retrouva au milieu de toutes les troupes composant son effroyable armée qui couvrait maintenant sous les derniers rayons du soleil, l'ensemble des terres, au-delà des anciens murs de la cité de Sertrach. Le Sombre Seigneur se mit à marcher et, à chacun de ses pas, son armure faisait des cliquetis angoissants, provenant des articulations de son armure.

Lorsqu'il soulevait un de ses pieds, on pouvait voir que chaque trace de pas faisait près d'un demi-pouce de profondeur marquant le terrible poids du Noir Seigneur et laissant après son passage une émanation de vapeurs brûlantes. La terre, au contact du pied de Fulk Arken, crépitait et toute la vie qui y résidait s'en allait. Le Seigneur des Ténèbres, une fois arrêté, balaya de son regard la totalité de ses puissantes troupes. Sa haute stature impressionnait l'ensemble de son armée qui marmonnait encore, çà et là, de plus en plus faiblement.

De part sa seule présence, Fulk Arken obtint le calme, un calme qui devint total et absolu à partir du moment où il racla violemment sa gorge. Ce bruit spécifique qu'il venait d'émettre fut entendu jusque loin dans l'horizon. On pouvait désormais comprendre que chaque soldat de l'Armée des Ténèbres s'arrêtait de parler ou de brailler en entendant son Maître. Une fois le silence instauré, la voix de Fulk Arken résonna comme un écho et il put haranguer l'intégralité de la foule par sa puissante et monstrueuse voix de stentor :

- Nous venons d'anéantir notre premier ennemi. Le royaume de Sertrach nous est soumis. Bientôt nous vassaliserons ses habitants avant de les réduire à néant. Je suis fier du début de cette conquête. Maintenant personne ne peut s'opposer à nous. Même les puissants Elfes ont fui devant notre puissance. Prochainement, nous allons nous rendre à la Trouée du Mogforn. De là, nous continuerons de vaincre les habitants d'Yrneh.
- Gloire ! Gloire à Fulk Arken, puissance et vie au Sombre Seigneur !

La rage et la cruauté émanaient de sa personne et de ses paroles. Tout en s'adressant à ses ouailles, ses yeux rouges que l'on percevait au travers de son casque brillaient d'une lueur incandescente digne du plus violent des feux. Il ordonna que des volontaires se fassent connaître pour une mission dans le Désert du Mogforn. Toutes ses légions, excitées par son état, répondirent unanimement à cet appel en criant et en soulevant leurs armes respectives.

Il temporisa l'enthousiasme de ses foules et s'adressa à son armée en demandant que chaque légion présente vingt soldats. Pour chaque garnison, il promit de fortes récompenses, en plus d'un statut particulier, à celui ou ceux qui lui ramèneraient son épée, la chose la plus chère à son cœur depuis la création du monde.

La nuit passa très rapidement et, dès le lendemain, l'expédition commença à se constituer. Elle prit deux jours avant de se lancer en direction de son but. Au bout du troisième jour un contingent de vingt mille soldats s'orienta vers l'immense Désert. Fulk Arken, quant à lui, décida d'avancer son camp jusqu'au pied du champ de force que les Magus avaient disposé pour ralentir la progression du Dieu.

Le Sombre Seigneur se savait, par son pouvoir, capable de passer par un chemin détourné afin de contourner l'obstacle, mais il lui était nécessaire de détruire le sortilège afin de faire passer toute son armée vers le prochain lieu de bataille. Il souhaitait parachever son pouvoir en se retrouvant en présence de Levïaïa puisque cette dernière le rendait invulnérable à tout type d'attaques magiques et lui facilitait le franchissement du champ de force.

Chapitre IV : Le Ravin Bleu

Le voyage, depuis le sommet du donjon de la cité de Sertrach, avait pris plusieurs jours de vol. Baldric de Dol et Danreb, après s'être arrêtés au sein des puissantes montagnes de l'Ouest, étaient repartis vers l'Est pour rejoindre au plus vite l'Alliance. Ils avaient suivi un sentier connu seulement par quelques hommes et surtout par un petit groupe d'Ogariths. Danreb, le Prince ailé, avait décidé de passer la moitié du chemin à pied afin de ne pas éveiller les soupçons de Fulk Arken. C'est pour cela qu'il avait pressé Baldric de se lever et de se mettre en marche.

Ils durent ponctuer leur parcours par un certain nombre de haltes afin de se restaurer et de se reposer. La suite du chemin s'effectua par les airs et fut donc plus rapide pour les deux amis. Ils volèrent en direction de l'Est puis pointèrent légèrement vers le Sud. C'est à tire-d'aile que Danreb et Baldric arrivèrent enfin en vue d'un paysage étrange qui n'existait pas ailleurs en Yrneh, un relief accidenté, très large, avec des flancs presque verticaux. L'endroit était très spécial, il s'agissait d'un immense ravin dont le centre était un énorme croissant de lune. Au Nord de ce paysage singulier se trouvait une sorte de défilé permettant d'évacuer les hommes et femmes en cas de nécessité. Il permettait aussi l'arrivée de renforts. Danreb s'adressa à Baldric :

-        Voici notre dernière ligne de défense, il s'agit du Ravin Bleu. Je me doute que le nom ne t'étonnera pas puisque, comme moi, tu peux constater que ce ravin est d'une couleur bleue claire. La roche ici est spéciale, elle a des qualités bien spécifiques connues par certains.
-        C'est un endroit magnifique vu d'aussi haut, mais quelle est cette agitation en bas ? Je vois qu'une partie des gens qui sont ici

campent derrière le massif rocheux, et dans le centre en forme de demi-cercle, je vois une construction. Qu'est-ce donc ?
-     Tu es étonné mon ami, nous allons descendre afin que tu puisses admirer de tes yeux, cette merveille de la nature.

Les deux compères descendirent rapidement et, Baldric put apercevoir que l'on construisait les bases d'une puissante forteresse dont la couleur était d'un vert pâle. Cette construction était incroyablement grande et pouvait tenir la comparaison avec Durtal l'incommensurable forteresse du Seigneur Noir. L'Alliance avait l'avantage du terrain car ce ravin était une œuvre issue de l'esprit de Naör, le premier Gaïanor Régent. Il l'avait dressé aux premiers instants du monde, en entrevoyant un possible futur. Il était l'initiateur de ce ravin qu'il éleva près de ce qui fut longtemps la plus grande cité de ce monde avant la dispersion des peuples, la belle Ogarithia, connue alors sous le nom d'Eä et qui avait été ravagée par la guerre. C'est à cette époque que Naör avait imaginé un plan de forteresse pour préserver le maximum de population.

Baldric pouvait sentir que c'était un lieu très tranquille, où régnaient encore la faune et la flore, présentes depuis plusieurs millénaires. Le Dieu avait, de surcroît, laissé dans l'air une infime partie de son essence, protégeant ainsi les peuples libres du regard vicié de Fulk Arken. Les exilés avaient trouvé refuge ici. La proximité de l'ancien Palais sacré du Commandeur de la strate des airs permettait une ambiance qui apaisait leurs souffrances. D'autres raisons bien plus simples avaient poussé les chefs du monde libre à choisir cet endroit. En effet, ils eurent connaissance de très vieux plans imaginés et dessinés par Naör, ce qui leur donnerait la possibilité de fortifier rapidement cet immense ravin. L'ensemble des nombreuses créatures venues de l'Extrême Occident avaient contribué à l'édification de la plus grande, la plus incroyable et fabuleuse place forte dont certaines parties épousaient la forme des falaises et pénétraient, en son centre, le roc qui constituait la structure géologique. L'immense bâtisse pouvait contenir en ses murs presque la totalité de la population civile en cas de bataille et de siège.

Baldric dans sa descente avait pu constater qu'il y avait, au sein de cette construction, de nombreuses galeries taillées dans la roche laissant ainsi prévoir un réseau souterrain très développé pour le combat et pour l'évacuation des foules par l'arrière de la colline. L'autre côté du ravin était, en fait, une sorte de colline avec un large replat se finissant en pente douce se resserrant à sa base.

- Ces galeries peuvent nous permettre de faire sortir, si nécessaire, une partie de nos hommes et ainsi de prendre en étau les légions de Fulk Arken, si toutefois elles arrivent aux pieds de la muraille. Mais j'en doute fortement car la forteresse est déjà sur un replat rocheux, une sorte de plateau à dix mètres d'altitude, la hauteur des murs s'y ajoutant, aucun beffroi ne pourrait s'y ancrer.
- Qui a eu cette idée géniale ?
- Les Magus ont dressé cette partie du plan. Ces derniers restent réalistes, ils savent que le champ de force qui a protégé leur fuite ne tiendra pas bien longtemps devant le pouvoir de Fulk Arken, tout du moins tant qu'il n'est pas en possession de Leviaïa.

Danreb déposa avec attention Baldric après avoir réalisé un dernier survol de l'endroit. Une fois le Prince des Humains de l'Ouest à terre, le majestueux Ogarith se posa. Il cessa de battre des ailes et les replia sans plus attendre.

- Attends-moi ici mon jeune ami, je vais prévenir les chefs de la Résistance que tu es sain et sauf mais que je n'ai pu sauver ton père et que ta forteresse est désormais réduite à néant.

- Je peux vaquer à mes occupations ?
- Oui ! Va Baldric. Je te ferai mander en temps voulu. Pars te restaurer un peu et vois tout de même si tu retrouves des gens que tu connais.

Baldric de Dol, sur les indications de Danreb, décida de se promener en attendant son retour. Au cours de sa déambulation parmi les nombreux exilés, il reconnut, grâce aux emblèmes de son royaume, certains de ses sujets. Il choisit de s'adresser à eux. Tous le reconnurent à ses beaux vêtements même si ceux-ci étaient déchirés et le saluèrent comme il se doit puis se turent afin d'écouter les nouvelles de la puissante capitale. Le Prince de Dol les informa de la triste nouvelle, celle de la mort du Roi de Sertrach son père et de la prise, puis de la destruction, du territoire, de la cité et de la Forteresse Doliesque. Ses compatriotes furent abattus puis ils demandèrent alors à Baldric de les suivre.

Il accepta de les accompagner et monta sur un cheval qu'on lui avait amené. Il fut conduit par ses compatriotes au-delà de la trouée du Nord. Là, il fut étonné de trouver la majorité de ses sujets massés et attendant l'heure de l'ultime affrontement. Baldric, en haut d'une butte, salua les hommes et les femmes de son pays. Ils retinrent tous leur souffle lorsque Baldric répéta les paroles tenues plus tôt. Les gens de Sertrach baissèrent la tête de désappointement puis, se ressaisissant, ils décidèrent de prêter allégeance au Prince de Dol afin de venger à la fois la mort du Roi et la mise à sac du territoire de Sertrach.

- Seigneur Baldric, nous vous devons allégeance. Comptez sur nous pour vous aider dans cette guerre. Tout ce dont vous aurez besoin se trouvera à votre entière disposition.
- Merci à vous tous, vous me réchauffez le cœur, mais combien d'entre vous ont réussi à venir jusqu'ici ?

- Eh bien mon Prince, nous sommes actuellement environ quatre cent mille, venant de tout votre territoire. Il y a près de deux cent mille guerriers fidèles à Sertrach.
- C'est un nombre important. Vous en êtes sûr ?
- Oui. Les Magus et Enoguëra ont demandé un recensement pour voir quelles sont les forces en présence.
- Encore une fois merci. Je vous sais gré de votre serment. Permettez-moi de circuler parmi vous maintenant, je cherche une personne en particulier. Il s'agit d'un petit garçon aux cheveux blonds et longs, il avait un immense sourire, ses vêtements étaient tout déchirés et il est arrivé sur un splendide cheval blanc.

Tous les Sertrachois se regardèrent mutuellement. Au milieu d'un brouhaha, le Prince de Dol fut interpellé par une petite voix fluette, celle d'un petit garçon, du petit garçon en question. Baldric arrêta de regarder au loin, il baissa les yeux et à son grand étonnement vit le jeune enfant qu'il avait sauvé quelques jours auparavant au moment de la chute de la Forteresse de Dol.

- Bonjour Messire, je suis venu vous remercier de m'avoir sauvé la vie
- Ce n'est rien petit ! Je n'ai fait que ce qui devait être fait, tu es sain et sauf et cela me remplit de joie.

Le petit garçon rétorqua :

- Je dois vous informer que votre fabuleux cheval m'a porté jusqu'ici comme s'il volait. Il se trouve là-bas, il mange de l'avoine. Il est très gentil et terriblement attachant. Il ne s'éloigne jamais bien loin de moi. Je vous le rends puisqu'il est vôtre. Je l'aime beaucoup, mais je n'ai pas le droit d'abuser de votre amabilité et puis, vous risquez d'en avoir besoin. J'oubliais ! Je m'appelle Loth.
- Merci Loth, je te suis reconnaissant d'avoir entretenu mon

coursier. Geriis est toujours aussi resplendissant !

Le Prince de Dol esquissa un petit sourire et remercia encore une fois l'enfant. L'enfant siffla alors pendant quelques secondes et, le fabuleux cheval blanc arriva en trottant vers lui et Baldric. En voyant l'arrivée du cheval, le Prince s'inclina et le salua. Celui-ci lui répondit d'une façon tout à fait identique. Loth donna la bride au Prince et il repartit jouer avec les autres enfants.

Baldric s'approcha de l'oreille gauche de son cheval, et murmura quelques phrases au splendide animal. Il se décida à repartir en direction de la forteresse, laissant son coursier accompagner le petit garçon. Le jeune Prince demanda à ce qu'on lui prête un cheval et une fois en selle, parcourut le chemin en sens inverse pour se rendre en direction de la Forteresse et rejoindre Danreb.

Baldric quitta son destrier à proximité de la tente, où se concertaient, depuis près de deux heures, les chefs de l'Alliance.
Il s'assit en tailleur, non loin de l'entrée et décida de méditer sur ce qu'il allait advenir de ce monde. Il laissa ses pensées vagabonder et, tandis que de sombres pensées submergeaient son esprit, Baldric fut rappelé à la réalité par son ami, le Prince des Ogariths, qui venait de poser la main sur son épaule droite pour le tirer de sa torpeur :

- Chasse ces noires idées Baldric, et viens avec moi mon ami. Les Magus et les autres dirigeants veulent te voir.
- Tu en es sûr ? N'est-il pas suffisant ? Ce que tu m'as indiqué pendant notre voyage ?
- Suis-moi et ne pose plus de question.

Baldric se releva puis s'empressa de suivre Danreb dans la partie de la tente qui servait de salle du conseil. Là, se tenaient plusieurs personnages importants On y trouvait des Seigneurs Humains ayant échappé à la déroute de l'armée royale de Sertrach. Il y avait ici les chefs Nains qui avaient aidé les Hommes, mais aussi les Elfes, représentés essentiellement par Soünor Roi des Nains, le Haut-Roi Enoguëra et sa fille, la courageuse et magnifique Princesse Hersendis, ainsi que des chefs Ogariths qui complétaient le tableau. On demanda au Prince de raconter les derniers jours du territoire de Dol. Le jeune Prince se lança dans un très long discours :

- La Grande Muraille est tombée il y a plusieurs mois. Au début mon père, ses généraux et moi-même avons crû à une révolte des territoires de La Guerche. Lorsque les habitants se sont réfugiés à Sertrach et qu'Enoguëra est venu avec l'ensemble des Elfes de son territoire, nous étions éclairés sur la réalité de cette invasion. Fulk Arken nous a envoyé la majeure partie de ses forces. La cité a tenu longuement, nous permettant l'évacuation d'une grande partie des sujets de mon père. Ma citadelle a résisté pendant deux mois avant son écrasement et celui de la Forteresse. Je suis le dernier de mon pays à être arrivé ici, je dois ma survie à la sagacité de Danreb. J'ai une dette envers lui.

En réponse à Baldric, le Magus qui commandait la confrérie des magiciens, qu'on appelait le Regnus, et qui présidait cette assemblée, s'adressa à lui. De sa haute et mystérieuse stature enveloppée d'une longue cape et d'une capuche ne laissant rien paraître de lui, il fit un discours à Baldric :

- Baldric, Prince de Dol, Héritier unique du royaume de Sertrach, comme te l'a déjà dit Danreb, nous avons décidé de te confier une des plus importantes missions comme nous l'avons déjà fait avec Hersendis et Niiru. Tu es, pour nous, un des agents capables de sauver l'Yrneh. Le Prince des Ogariths m'a informé que tu acceptais, ainsi tu paieras ta dette envers ton ami. Ce dernier te remettra, juste avant ton départ, un très ancien artefact qui te permettra de prouver au sein des contrées que tu traverseras, essentiellement dans le royaume de l'Aurore, la valeur de ton rang et le bien-fondé de ta mission.

Baldric demanda à pouvoir se retirer de la tente après les échanges d'informations qui durèrent jusqu'au soir. Après quelques civilités, il salua l'assemblée, et quitta ses hôtes. Il avait besoin de repos avant de partir, mais il avait vu son amie Hersendis et d'un regard subtil lui avait fait comprendre qu'il voulait en savoir plus que ce qu'on avait bien voulu lui dire. Il la rejoignit pour veiller une partie de la soirée avec la plus belle des Elfes.

Il connaissait très bien la Princesse des Elfes car tous les deux faisaient partie, avec Niiru, d'un groupe d'amis très unis. Pendant de longues années, Hersendis s'était comportée comme une grande sœur pour le Prince de Dol. Durant toute la soirée, il parla longuement avec elle afin de connaître la mission qu'elle devait accomplir en partant pour le Nord. Il lui demanda où était passé Enië et la pressa de lui avouer toute la vérité sur Niiru car il n'avait pas digéré d'ignorer l'histoire de son meilleur ami.

- Hersendis, pourquoi m'avoir tenu aussi longtemps à l'écart ? Vous ne me faisiez pas confiance tous les deux ? Je suis déçu que vous n'ayez pas cru à ma loyauté.
- Seuls mon père et ma mère étaient au courant depuis le début. Niiru s'est confié à moi, sur ses origines, lors de sa dernière visite au domaine de mon père. Il s'est senti obligé de me l'avouer.
- Dis-moi qui est réellement Enië, d'où vient-il ? Que sais-tu de lui ?
- Ouvre tes oreilles et ton cœur, tu comprendras mieux ton ami, celui que j'aime depuis longtemps !

La soirée continua sans un mot plus haut que l'autre mais dans une franchise totale. La nuit avança et se passa tranquillement autour du feu. Hersendis déclama le poème que Niiru lui avait chanté dix jours auparavant. Puis, à la fin de la soirée, devant la mélancolie de son ami, elle se comporta comme la grande sœur qu'elle avait toujours été pour le Prince de Dol. Elle se rapprocha de lui et, lui confia ces quelques paroles :

- Baldric ne te désespère pas. Je sais que tu te languis de trouver l'amour. Mais je pressens que, pour toi le royaume, de l'Aurore sera le lieu d'une fabuleuse découverte.
- Dis m'en plus Hersendis, je t'en prie !
- Non je ne peux pas le faire, l'avenir doit être découvert par chacun…

Les Elfes prophétisaient l'avenir, mais tous les oracles Elfes restaient flous, en s'exprimant par énigmes ou bien à demi-mot. Après cette phrase, relativement mystérieuse pour lui, le jeune Baldric décida finalement de rejoindre sa tente afin de se reposer et d'être en forme pour se mettre en route dès le lendemain matin. La nuit avait été douce et reposante. Les rayons de lune bercèrent l'ensemble des réfugiés, dont Baldric qui dormit d'un trait.

Le lendemain aux aurores, le Prince de Dol s'éveilla complètement reposé. Il sortit à moitié de ses couvertures, s'étira avant de se lever et s'habilla avec une tenue que lui avaient offerte des couturières de son ancienne cité. Ce tout début de matinée était frais mais très agréable. Un sentiment de calme planait au-dessus du Ravin Bleu et de la grande prairie qui la jouxtait. Après un petit-déjeuner frugal, Baldric finit de préparer les provisions que lui avaient fournies ses sujets ainsi que le nouvel équipement digne de son rang.

Il remercia les quelques personnes qui se trouvaient là et leur promit de revenir le plus vite possible pour s'opposer à Fulk Arken. Regardant au loin dans la verte plaine adjacente au ravin, le Prince siffla une douce musique, une mélodie étrange et envoûtante. La réponse à son appel ne se fit pas attendre très longtemps puisqu'un murmure de sabots s'éleva au loin. En un éclair, Geriis, le plus fabuleux cheval de Sertrach arriva devant son maître. Il s'arrêta et se laissa harnacher sans rechigner. Baldric s'assura de la bonne tenue de sa selle puis s'y installa. Alors qu'il allait partir, après avoir salué les quelques représentants de son peuple tout en évitant de réveiller trop de gens, il fut interrompu par une voix :

-       Baldric ! Attends ! Ne pars pas de suite car je ne t'ai pas encore remis l'artefact qui t'aidera dans ta quête.

Le Prince de Dol tira sur la bride de son cheval qui se retourna. Il vit son ami Danreb qui lui tendit le fameux artefact dont le Prince ailé lui avait parlé de nombreuses fois pendant leur fuite :

-       C'est donc ça ! Et quelles sont les particularités d'Anarya ? Ce n'est qu'une arme ! En plus, elle est inutile, je ne peux l'enlever de son fourreau !
-       Là n'est pas le but. Amène le Sabre du Dragon jusqu'au Roi de l'Aurore. Voici un complément pour toi.

Le Prince ailé remit aussi un plan de voyage à Baldric ainsi qu'un parchemin où il racontait ce que représentait exactement le sabre qu'il lui avait confié. Le Prince de Dol installa le sabre en bandoulière, ce qui venait compléter sa panoplie de guerrier. Après une poignée de main à son ami, Baldric orienta son cheval en direction du Nord pour passer par la trouée mais avant de partir dans sa folle chevauchée en direction de sa première étape au sein de la cité d'Ach, il écouta les dernières recommandations de Danreb :

\-   N'oublie pas que la chevalière que tu portes pourra t'aider aussi. Elle certifiera ton rang auprès des différents Seigneurs que tu vas rencontrer. Bonne chance dans ta fastidieuse quête. Que les Gaïanor te protègent ! La route que tu prends n'est pas aussi sûre que tu puisses le croire et Fulk Arken jouera, comme il peut, s'il apprend le but de ton voyage. D'ailleurs, il l'a peut-être déjà fait !
\-   Merci Danreb, j'ai tout ce qu'il faut pour m'aider maintenant.

Le cavalier et sa monture s'éloignèrent plus loin que la trouée et ne furent bientôt plus qu'une simple ombre à l'horizon.

\-   Oui, Baldric, tu as ce qu'il faut pour t'aider, et même des choses dont tu ne soupçonnes pas les facultés. Va en paix mon ami, mon frère ! Pour la sauvegarde de notre monde, unis les hommes !

Chapitre V : Niiru, le Fukanreï

Baldric chevauchait sur Geriis, son fabuleux coursier. Durant cette partie du voyage, il n'avait de cesse de se rappeler les précédentes discussions avec Danreb dans les montagnes puis avec Hersendis autour du feu le soir de son arrivée au sein du camp de fortune dressé par l'Alliance. Baldric, en quelques jours, venait de constater de nombreux changements : la fin de sa belle cité et de sa prestigieuse forteresse. Il avait dû faire face à cette mission mais surtout aux révélations sur son meilleur ami, celui qu'il considérait comme son frère et qui n'avait pas été là lors de la bataille. Enië n'était pas un simple Humain, il était autre chose, quelque chose de plus grand, bien au-delà de tout ce que les peuples pouvaient imaginer.

Le Prince de Dol s'était vu révélé les nombreuses raisons de ne pas avoir été prévenu sur les origines illustres de Niiru, le descendant des anciens Dieux. C'était là une bien grande révélation. Niiru n'était autre que celui que l'on nommait le Fukanreï, traduit en langue commune par le Héros légendaire dans la langue des Humains. Le sauveur annoncé par la prophétie de l'ancienne déesse Floëls, celle qu'elle prononça juste avant de rejoindre l'infini :

> *De par mon ascendance,*
> *Naîtra une grande puissance.*
> *Il sera le Fukanreï,*
> *Et fera disparaître la nuit.*
>
> *Il engendrera l'espoir,*
> *En détruisant le Seigneur Noir.*
> *Sa venue sera signifiée,*

Par l'étoile du matin qui aura scintillé.

Et ma gloire restaurée,
Commencera au solstice d'été.

Pour se faire pardonner auprès de Baldric de Dol, la belle Hersendis s'était expliquée sur les secrets qui entouraient l'homme qu'elle aimait depuis presque toujours. Le Prince exilé avait fait preuve de plus d'amabilité et de sagesse en écoutant les propos d'Hersendis et en l'encourageant à plus d'explications sur les années passées. Il voulait tout savoir de cet ami qui lui avait appris de nombreux tours, l'escrime mais aussi comment parler aux animaux et ainsi les dompter. Durant sa longue chevauchée, il se remémorait en son esprit les nombreuses images du repas et de la veillée qu'il passa en compagnie d'Hersendis.

Il ne lui fut pas difficile de se remémorer sa dernière soirée au sein du Ravin Bleu. Son excellente mémoire lui permettait de se souvenir du moindre détail. Tout en s'entretenant avec celle qu'il considérait comme sa sœur, il se délectait de viandes, de légumes mais aussi de fruits tout en réclamant de plus amples explications sur cette révélation que Danreb, le Prince des Ogariths, lui avait déjà laissé entendre. La Princesse elfique ne se refusa aucunement à parler au Prince de Dol et à lui fournir les détails de la longue vie que le Fukanreï avait menée jusqu'à très récemment. Sa chevauchée continuait et le Prince exilé, laissant son cheval le mener tout en suivant la route, se souvenait des paroles que la formidable Elfe porta à sa connaissance pour assouvir son envie de savoir la vérité :

- Niiru est le dernier descendant en droite ligne de Floëls la seconde Gaïanor. La mère de Niiru s'appelait Uria et elle fut une illustre Ogarith. Son père, le grand Kanwë était lui-même un sang mêlé, le fils d'un Humain nommé Lingün et de Judeïha fille unique de Floëls la Gaïanor et du Demi-Elfe Thulfanor. Niiru est donc l'arrière-petit-fils de la grande Déesse.

- Il est de sang divin alors ? Il a le patrimoine de chacun des peuples ou presque, c'est incroyable !

- Oui Baldric et pour préciser, Niiru est venu au monde en l'an de grâce 7100, au matin du solstice d'été. Sa naissance très attendue coïncida avec l'apparition de l'étoile du matin qu'on appelle Athora, la plus brillante de toutes. Sa venue au monde faisait écho à cette étoile. Il allait guider le monde comme l'étoile guidait tous les marins sur les océans. Ce jour là, avant que le soleil ne pointe à l'horizon, elle brilla d'un éclat incroyable, comparable à l'astre du jour. Son ascendance divine fut scellée par l'apparition de deux symboles sur chacune de ses mains, l'emblème de Naör et celui de Floëls.

- Mais qu'est-il advenu de la famille de Niiru ?

- Eh bien Baldric, le destin s'est montré funeste avec eux. Fulk Arken, depuis sa retraite du Mont Oreros, fut mis au courant, par ses espions, de la prophétie promulguée des années auparavant par sa sœur. Le Seigneur des Ténèbres, déterminé à ne pas la laisser s'accomplir, dépêcha plusieurs de ces vils serviteurs présents en Yrneh pour le trouver et le tuer. Mais, béni des Dieux, il en réchappa grâce au courage de ses parents. Ils le sauvèrent en se battant contre les Trolls et les autres créatures maléfiques pénétrant dans leur demeure. Kanwë, égal à lui-même, tua de nombreux ennemis mais, sous leur nombre et leurs assauts répétés, il mourut. Sa femme se défendit aussi jusqu'au moment où elle rendit la vie. Son instinct de mère la poussa à couvrir son fils de son corps.

- Et que firent les envoyés du Seigneur Noir ?

- La dépouille d'Uria fut brutalement repoussée pour laisser le champ libre aux hommes du Sombre Seigneur venus pour le tuer. Pourtant, aux dires de mon père, quand il arriva avec ma mère sur les lieux du carnage, ils constatèrent que bon nombre des soldats ennemis n'étaient tout simplement plus que des tas de cendres.

-       Et tes parents que décidèrent-ils ?

-       Enoguëra le recueillit, et le confia à Ysolina, ma propre mère. Après avoir procédé à la crémation des corps des parents de Niiru, ils jurèrent de l'élever de manière à ce qu'il n'oublie jamais ses illustres ancêtres. Mon père, le Haut-Roi des Elfes, cria vengeance et, en représailles, il se lança avec son petit corps expéditionnaire dans une mission punitive. Les assaillants furent poursuivis avant que l'un d'entre eux ne puisse repartir au Damalioch pour prévenir leur Maître. Tous ceux qui avaient pris part, de près ou de loin, à ces meurtres furent massacrés par les Elfes de Sertrach.

-       Et l'histoire s'arrête là ?

-       Non, car peu de temps après cette date, les hommes de La Guerche avouèrent leurs liens avec Fulk Arken. Juste avant que la Grande Muraille ne scinde l'Extrême-Occident en deux, mon père informa l'ancêtre de Xanten de la Guerche, le dirigeant de l'extrémité du continent, de prévenir Fulk Arken qu'il avait réussi son exaction et que Niiru était mort, mais néanmoins cela n'empêcherait pas les peuples libres de l'affronter quand il reviendrait.

-       Et toi, à quel moment apparais-tu dans l'histoire de Niiru ?

-       Pour ma part, j'étais déjà née depuis de nombreuses années, mais, pendant près de vingt six ans je m'étais éloignée des terres de mon père, j'étais partie afin de m'instruire dans différents lieux. Je revins parmi les miens à la fin de mon périple et je découvris Niiru adulte, il entrait dans sa vingt-septième année. Niiru était encore tout jeune en comparaison de moi, mais il avait déjà appris tous les us et coutumes, ainsi que l'ensemble des sciences et la magie de mon peuple. Aux termes de l'année sept mille cent vingt-six, juste avant qu'il ne parte pour un très long voyage, après des années à se découvrir, à s'apprivoiser, une chose magnifique nous arriva, Niiru me fit la plus belle, la plus tendre et la plus ardente des cours, et nous tombâmes éperdument amoureux l'un de l'autre. Il me promit alors de revenir après avoir parcouru le monde.

Baldric se souvint qu'il avait interrompu Hersendis, car les dates qu'elle lui avait communiquées semblaient très étonnantes :

- Niiru est né en sept mille cent, je n'en crois pas mes oreilles, cela signifie qu'il a aujourd'hui près de deux cent trente sept ans. C'est incroyable ! Il n'a aucun attribut elfique, ni Ogarith, comment cela se peut-il ? Son ascendance divine a pris le pas sur le reste de ses origines alors. Je t'en prie Hersendis pardonne-moi de t'interrompre avec toutes ces questions.
- Ce n'est rien Baldric ! C'est bien évidemment parce qu'il est du sang de Floëls qu'il possède cette longévité et tous les avantages, ou presque, des différentes races qui le composent.

Sur ce, le Prince de Dol avait pressé la jeune femme de reprendre, sans plus attendre, ce passionnant récit. La belle jeune femme ne se fit pas prier plus longtemps :

- En l'an sept mille cent vingt-six, comme je viens de te le dire, aux termes de l'année de notre rencontre, en plein hiver, il disparut de ma vie. Je fus la dernière personne qui lui parla alors qu'il était encore Niiru, la dernière à prononcer son nom. Ce départ coïncida aussi avec sa disparition de la surface du Continent libre. En effet, avant de partir, il s'entretint avec Enoguëra. Sur les conseils de mon père, afin de se faire le plus discret possible, et d'évoluer comme un Humain, il prit plus tard un autre nom, celui que tu as toujours connu, ton ami de longue date, c'est-à-dire Enië qui, comme tu le sais signifie en Ogarudh, l'ami. Ce choix fut fait pour une unique raison. En dehors de la Forêt de Sertrach, le pouvoir de dissimulation, dont mon père avait la maîtrise, ne pouvait s'exprimer. En fait, il savait qu'il n'avait pas pu duper entièrement le Seigneur des Ténèbres qui, de loin, tentait de surveiller l'évolution de tous ses adversaires potentiellement capables de l'inquiéter.

- Et ensuite ? Fit Baldric.

- Bien plus tard, en l'an sept mille cent soixante-treize, Niiru revint dans la Forêt de Sertrach. Je ne le reconnus pas de suite, il avait changé, mûri et surtout il avait laissé ses cheveux pousser et son corps s'était modifié. Il séjourna au sein de la demeure de mes parents, ce qui lui permit de me revoir et, pendant la durée de son séjour, il ne cessa de m'affirmer qu'il tenait plus que jamais à moi. Il est reparti en sept mille deux cent trois, l'année où nous enterrâmes ma mère. Niiru partit car il ne pouvait supporter d'avoir perdu sa mère adoptive. Il refusait de rester plus longtemps s'estimant coupable de ne pas avoir pu la sauver alors qu'elle tentait de secourir la dernière des licornes, celle qu'elle me confia. Par la suite, je n'ai plus eu de nouvelles de lui pendant très longtemps.

Baldric coupa à nouveau la parole d'Hersendis en s'exclamant :

- Moi, je connais Enië, pardon Niiru, depuis l'an 7324, c'est-à-dire l'année de mes douze ans. Je l'ai rencontré alors que tu étais partie en visite à la Forêt de la Roë et c'est là que j'ai sympathisé avec lui. Il m'a appris certains de ses secrets, mais au bout d'un an entre le domaine de ton père et ma cité, il est parti. Qu'a-t-il pu faire ? Qu'advint-il de lui ? S'il te plaît, Hersendis raconte-moi !

Hersendis s'arrêta, prit une jarre et se servit un grand verre de nectar de framboises. Elle reprit son discours juste après avoir bu quelques gorgées de cette simple mais néanmoins succulente boisson. Cette longue conversation avait séché sa gorge et ainsi provoqué sa soif :

-     Eh bien, pour tout te dire, Niiru est d'abord parti pendant un an pour la côte Est d'Yrneh dans le puissant royaume de l'Aurore où il a commencé à apprendre d'autres coutumes, il a en plus passé une partie de son temps à perfectionner sa science de la magie auprès des Magus. Là-bas, jalousé par certains, il fut accusé de vol par un des conseillers du Roi et il dut prouver son innocence en ayant recours à la coutume ancestrale du duel. Il vainquit son adversaire et l'amputa de la main. Aux termes de l'année sept mille trois cent vingt-cinq, il repartit avec armes et bagages prenant la direction de Montsaureau puis de Sudaria. De là, il s'embarqua sur un navire pour rallier Anviliä et ensuite le continent de glace. Il y demeura pendant plusieurs mois, puis revint enfin dans la Forêt de Sertrach pour nous visiter. Il resta auprès de moi jusqu'à la veille de l'année sept mille trois centre trente-six. Au cours de ces onze années, notre amour se renforça. Quant à votre ton amitié profonde et sincère se renforça avant que tu ne partes toi-même visiter l'ensemble du Septrion. Après ton départ, il resta auprès de moi avant de se rendre dans les ruines du Palais de Naör y chercher l'inspiration. Enfin, lorsque Niiru eut vent de la guerre qui venait de débuter sur tes terres, il vint nous rejoindre au Ravin Bleu. Alors que tu défendais ton territoire, il voulut te porter secours, mais les Magus et mon père lui intimèrent une autre mission, bien plus grande encore.

Baldric rétorqua :

-     Je comprends mieux maintenant pourquoi il n'est pas venu nous visiter, mes frères et moi, et pourquoi il n'a pas pu nous venir en aide. J'ai tout d'abord cru qu'il m'avait abandonné et qu'il fuyait la bataille. Ô Hersendis ! Je m'en veux d'avoir douté de sa loyauté et de son courage. Je sais en fait qu'il avait martel en tête avec sa propre quête. Grâce à toi tout s'éclaire et mon jugement hâtif ne vaut plus. Pourtant une autre question me vient à l'esprit, Fulk Arken sait-il que Niiru, le descendant de la Commandeur de la strate de la Terre, est toujours en vie ?

L'Elfe hocha la tête de façon négative :

- Non, et heureusement ! Par contre, je ne sais pas comment il a pu tromper les serviteurs du Prince des Ténèbres.
- Moi, je sais comment il a fait, ou du moins je crois le savoir.
- Comment ?
- Eh bien, c'était un tour qu'il m'avait montré : un sortilège d'inversement. Il pouvait l'appliquer à tout ce qu'il voulait, aussi bien à son apparence physique qu'à son langage et ses écrits. Il était capable d'inverser complètement la signification d'une chose ou d'un mot. Il l'avait exercé sur moi en me faisant écrire sur un parchemin. Tout au long de sa dictée j'ai pensé écrire certaines phrases et lorsqu'il a levé le sortilège, tout m'est apparu clair, j'avais écrit tout le contraire. Il a sans doute, par le biais du même sortilège, inversé son image. Devenant brun pour tous alors qu'il est blond cendré.
- En effet, mon Aimé est bien capable d'un tel subterfuge.

Baldric se souvint de la suite de la soirée passée avec Hersendis et de son visage qui s'était illuminé d'un très beau sourire. Nul doute que cette expression laissait paraître la satisfaction que, la Princesse Elfe éprouvait sur la puissance du sortilège pratiqué par le Fukanreï. Cela leur donnait encore un avantage considérable. Il revint ensuite au souvenir du jeune Prince que la belle Hersendis semblait toutefois accablée par une immense mélancolie. Durant leur conversation il la questionna :

- Quel est ce trouble qui vient endolorir ce si fabuleux visage, et laisse tes paroles imprégnées de tristesse ? Et où est Niiru ? Je ne l'ai pas vu en ces lieux !

La fille d'Enoguëra répondit à son ami :

- Eh bien mon ami, Niiru est parti depuis près de quinze jours, peu de temps avant que ta Forteresse ne cède. Son voyage est long et hasardeux, je ne sais guère jusqu'où il le mènera réellement. Il est sorti d'Yrneh et désormais je n'arrive guère à percevoir ce qui se passe pour lui et autour de lui. Je prie tous les soirs depuis son départ pour qu'il me revienne vivant. Il m'a, en plus, laissé un doux souvenir de lui, un si doux souvenir… La nuit précédant le début de son périple, il m'a, une nouvelle fois, déclaré l'amour qu'il me portait, un hommage d'une puissance sans égale, bien au-delà du doux poème qu'il m'a chanté et qui me reste encore très présent à l'esprit depuis qu'il a quitté ma couche.

Geriis continuait de mener sa course, sans que Baldric n'ait à l'orienter pour se rendre dans la grande citadelle d'Ach. Le soleil déclinait lentement dans le ciel et revenant à lui, le Prince de Dol décida de s'arrêter au bord d'un étang, non loin d'un petit bois. Il descendit de cheval et le laissa vagabonder à sa guise. Le cheval brouta de l'herbe pendant un certain temps. Au bout d'un moment, Geriis vint à la hauteur de son maître lui donnant amicalement quelques coups de museau car il sentait que l'esprit de Baldric divaguait.

Le Prince en exil, assis sur un rocher face à l'étang, se tenait la tête entre les mains et continuait de se rappeler le fameux instant de la soirée, celui où, il avait fait pareil qu'en ce moment. Sous la marée d'informations de plus en plus douce et romantique, Baldric avait finit par poser sa tête entre ses mains, sentant la fatigue s'emparer de lui. Ce geste était aussi conforté parce que la belle Elfe avait consenti à lui déclamer le poème que Niiru lui avait chanté avant de partir pour des horizons lointains, tout en affirmant qu'elle était la seule inspiration de ses vers. La Princesse Elfique se leva dans sa robe bleue comme la nuit, ceinte de broderies et d'une ceinture dorée, la rendait divinement gracieuse. La douce damoiselle, tout en regardant les étoiles dans le ciel, commença à déclamer les vers de son doux amant :

Je veux croire,
Que notre amour,
Est porteur d'espoir,
Pour toujours.

Lorsque tous deux,
Nous vivons cette passion,
Je suis heureux,
Toi remplie d'émotion.

Pour notre avenir,
Pour notre bonheur,
Je me dois de partir,
Loin de ton cœur.

Tu ne peux me retenir,
Même avec toute ton ardeur,
Mon devoir m'appelle même au risque de mourir,
Je ne t'oublierai pas, car au-delà de la peur,
Ton amour et ce doux sourire,
Je les emporte dans mon cœur.

Baldric se savait désormais loin du Ravin Bleu et encore plus loin de ses anciens territoires. Après cet instant de nostalgie, il partit chercher de quoi faire un bon feu, le temps était plus froid par ici. Il dîna en compagnie de son blanc destrier. L'animal décida de se coucher tandis que Baldric venait de lui enlever la selle. Le Prince de Dol passa une nuit relativement calme auprès de Geriis, emmitouflé dans une grosse couverture. Le lendemain, à l'aube, il se leva, déjeuna rapidement, remit la selle sur le dos de son cheval et l'harnacha. Une fois assuré que tous ses bagages tenaient sur sa monture, il repassa Anarya en bandoulière, monta son cheval et reprit fermement les rênes en main. Il relança sa course folle en direction de sa première étape.

Baldric reprit ses pensées où il les avait laissées la veille. Le jeune Prince en exil soupira à nouveau, comme il l'avait déjà fait trois jours auparavant. Il se souvint avoir applaudi au terme de son émerveillement que ces quelques vers lui avaient procuré. Le poème était court et loin d'avoir la taille des odes ou des lais d'autrefois, mais il était pour Baldric, chargé d'une incroyable force de sentiments dont était capable son ami, bien au-delà des preuves matérielles de ses amours ou de ses amitiés. Avant d'aller se coucher, afin de recouvrer toutes ses forces, la Princesse Hersendis avait été très agréable avec lui car elle avait lu la mélancolie dans le regard et le cœur du Prince de Dol. Elle lui avait alors prononcé de mystérieuses phrases sur la venue prochaine de l'inspiration poétique mais aussi d'un probable amour :

- Ne te soucie guère de l'instant présent, l'amour, tu le découvriras à la fin de ta quête loin dans l'Est. C'est souvent dans l'Est que les Muses apparaissent aux hommes de valeur.

Cette phrase, ou plutôt l'idée qui en émanait, continuait à hanter l'esprit du jeune homme. Il était persuadé de ne jamais s'accomplir en matière amoureuse, la peur d'être seul lui revenait sans cesse, mais cette idée lui paraissait finalement futile face à la menace des Ténèbres et de son puissant Seigneur. Enfin, comme toujours, les paroles prophétiques des Elfes doués de prescience, restaient souvent mystérieuses. C'est sur ces derniers instants que Baldric fut rappelé à la réalité car la course effrénée de son cheval s'accéléra. Le fabuleux coursier de l'Ouest sentait dans l'air la présence d'écuries dans la ville d'Ach. Baldric, écarquillant les yeux, aperçut à l'horizon un ensemble de constructions grandioses au-delà d'un immense gouffre, au-dessus duquel un pont unique et massif permettait l'accès à la ville fortifiée. Le jeune Prince se trouvait maintenant à une courte distance de la belle cité d'Ach.

Chapitre VI : Anarya, le Sabre du Dragon

Aux termes de ses trois jours de voyage menés à grande célérité, Baldric arriva dans la contrée du Nord. La région était très jolie et, la grande et fabuleuse cité d'Ach se dressait fièrement devant lui. C'était une très belle citadelle aux couleurs relativement neutres. On ne pouvait y accéder que par le Sud, au-delà d'un grand gouffre creusé par les hommes afin de renforcer les fortifications qui existaient déjà avec des tours et une muraille ceignant en presque totalité la ville. Baldric passa le pont qui surplombait le gouffre, entra dans la ville sous la tour principale de la muraille, entre deux battants de porte en acier très travaillés et très résistants. Une fois dans l'enceinte de la grande ville, Baldric avança lentement dans les premières rues de la cité, puis se décida à descendre de sa belle monture pour continuer à pied afin de soulager Geriis et de se dégourdir les jambes.

Il mena son destrier par la bride et, au détour d'une petite rue, il sangla son cheval à l'entrée d'une auberge aussi commune que les autres. Le Prince de Dol avait décidé de s'arrêter, afin d'étancher sa soif et de se restaurer car il avait pratiquement épuisé la totalité de ses quelques vivres emportés pour la première partie de sa longue quête. Baldric ouvrit la lourde porte en bois de la taverne et y entra. Une fois à l'intérieur, il observa le lieu afin de voir si l'aubergiste se trouvait à proximité de l'entrée et s'il y avait une table de libre. Alors qu'il repéra une petite tablée, Baldric fut légèrement dévisagé par le tenancier du lieu qui s'adressa à lui pour savoir ce que le jeune homme désirait. Le Prince de Dol réclama :

-    Eh bien aubergiste, je souhaiterais une table pour me restaurer, une bouteille de ton meilleur vin, un morceau de viande bien cuit. Si tu pouvais aussi me procurer une chambre pour cette nuit.

-     Jeune homme, veuillez vous installer dans ce coin, là-bas. – Fit le tenancier en désignant la table avec son index. – Je viens vous servir très rapidement. Vous aurez tout ce que vous désirez, du moment qu'il vous est possible de me payer en monnaie sonnante et trébuchante !

-     Soit ! Je pense que ceci suffira pour ma demande. – Rétorqua Baldric tout en jetant plusieurs pièces d'argent. –

-     Ce sont des pièces de la cité de Sertrach, elles ont très grande valeur et font donc très bon client. Vous venez de loin voyageur !

-     Oui !

Baldric ne déclina pas son identité et s'installa rapidement à la petite table au fond à droite, non loin du comptoir.

-     Cher monsieur, voici le vin et le morceau de viande que vous m'avez demandés. Pourrais-je savoir ce qui vous amène dans notre belle citadelle ?

-     Une affaire au Palais de votre Roi, mais rien qui ne puisse vous intéresser. Je préfère être discret sur mes affaires et je vous saurai gré de ne pas vous en mêler.

-     Pour ce que j'en dis monsieur, votre politesse n'est en rien égale à votre générosité.

-     Je ne vous agresse en rien, aubergiste ! Mais, en ce moment la courtoisie, n'est pas ma préoccupation principale.

Le tavernier repartit vaquer à son comptoir laissant le jeune Prince tranquille à dévorer sa généreuse pitance. Alors qu'il était attablé et qu'il avait bien entamé son repas, il se réjouit de goûter le vin et commença à le déguster tranquillement tout en continuant de manger son morceau de viande de bœuf. Les personnes dans l'auberge s'agitaient bruyamment, plaisantaient et s'enivraient.

Quelques instants après il fut dérangé malencontreusement par un habitué de la taverne, qui le bouscula sans le vouloir, tandis que Baldric tentait de porter à nouveau son verre à la bouche. La deuxième bousculade qui fut provoquée ne fit pas sourciller le jeune Prince, mais il grommela rapidement une injure, son verre venant d'être renversé par le geste brusque de l'intrus, et marqua son désappointement de voir la boisson répandue sur le banc et la table.

À l'audition de ces mots peu dispendieux, l'homme en question se retourna en direction de Baldric et il commença à l'insulter. Le vaillant Prince avait très bien compris la situation, son interlocuteur se trouvait sous l'emprise d'une trop grande quantité d'alcool. Baldric de Dol ne bronchait toujours pas aux provocations de l'ivrogne. Le Prince exilé observa attentivement cet homme qui appuyait son regard sur lui. Le personnage en question était très bien bâti, sa veste sans manche, ses biceps et ses poignets de force laissaient présager une grosse brute. Sous ses cheveux longs et crasseux, Baldric devinait un unique œil torve. Il décida de calmer la brute épaisse en parlementant, mais ce dernier en avait décidé autrement, il était résolu à se battre contre Baldric et à le corriger plus que violemment. L'étrange personnage hurla :

- Toi mon petit freluquet, je vais te rosser jusqu'à ce que tes lèvres embrassent mes bottes. Quand j'en aurai fini avec toi, même ta mère ne pourra pas te reconnaître !

L'Héritier du trône de l'Ouest se racla la gorge au moment où son opposant parla irrespectueusement de sa mère qui était décédée. Il continua à regarder cette brute, debout face à elle sans dire mot. À peine l'homme eût-il fini cette phrase qu'il se jeta agressivement sur Baldric équipé d'une dague dont la lame était impressionnante. Le Prince était loin d'être aveugle, il avait remarqué l'arme de son agresseur et, grâce à son incroyable célérité, qu'il devait à ses amis, il put anticiper l'action puisqu'en un éclair il se retrouva derrière l'odieux personnage sans que celui-ci ne parvienne à comprendre ce tour de passe-passe.

Le Prince de Dol avait déjà contre-attaqué son adversaire en lui tenant fermement le bras jusqu'à le faire souffrir pour ainsi l'obliger à lâcher son arme. Tout en bloquant fermement le bras de son agresseur et en verrouillant toute tentative de riposte, Baldric prononça une parole :

- Alors monsieur l'ivrogne, on parle et l'on insulte facilement, mais pour ce qui est de frapper on est un peu mou, me semble-t-il ! Tu n'aurais jamais dû parler de ma mère. C'était une femme droite et honnête, une épouse aimante. Les serviteurs de l'ombre ont eu raison d'elle. J'exige des excuses immédiatement.
- Je m'excuse…
- Comment ?
- Je vous prie de bien vouloir m'excuser pour ma conduite désobligeante…
- Plaît-il ? C'est auprès de ma mère que vous devriez vous repentir.
- Pitié ! Je requiers votre pardon, j'ai mal, je souffre.

Baldric, toujours égal à lui-même, satisfait de la repentance du bougre se décida à relâcher son assaillant. Il voulut partir dans sa chambre se reposer, mais l'infâme scélérat se retourna et courut quelques pas dans la direction du Prince qui s'éloignait vers les escaliers. Il entendit les pas lourds du maraud, et tout en se retournant, le Prince de Dol effectua un puissant saut en l'air d'environ un mètre lui permettant d'asséner un puissant coup de pied directement sur la partie gauche du visage de l'ivrogne.

L'impact fut très violent et, sous la violence du coup, la brute épaisse fut projetée en l'air à son tour, tout en réalisant plusieurs vrilles sur elle-même avant d'atterrir avec fracas sur une des tables en bois de l'auberge qu'il brisa sous son poids, rendant furieux les autres personnages qui s'y trouvaient attablés. Les personnes assises sur leurs bancs se levèrent d'un coup, bondirent de colère suite à l'action, entraînant de ce fait une bagarre générale ne laissant personne de neutre, hormis le tavernier qui se cachait sous son comptoir.

Baldric pressentit que tous ces hommes avaient pas mal bu et qu'ils étaient enclins à se battre. Sans regarder, il se rendit compte que plusieurs mécréants venaient dans sa direction. Il frappa tout d'abord le plus exposé des quatre bougres de son point gauche, attrapa le second et lui porta un coup de genou dans le ventre avant de donner un coup de coude au troisième. Le dernier des assaillants directs de Baldric reçut le plat de la botte du jeune Prince directement dans la tête. En voyant arriver en renfort d'autres brutes dont le regard ne reflétait pas l'intelligence, Baldric comprit qu'il n'aurait pas le dessus sans adopter une autre stratégie.

Il fallait ruser, et ruser rapidement. Dans un mouvement de réflexe, il attrapa une grosse pinte de bière encore pleine, et après l'avoir empoignée fermement, il explosa cette dernière contre le comptoir en bois. L'effet fut immédiat car, une fois brisé, le récipient en verre laissa jaillir des morceaux qui s'envolèrent partout dans la pièce, et le liquide bien mousseux se répandit sur la surface plane, arrosant de ce fait le comptoir dans sa totalité. Maintenant glissant, le meuble de bois permit à Baldric une issue incroyable, il se recula un peu afin de prendre de l'élan et sauta promptement dessus et dérapa à pleine vitesse.

Le jeune Prince en exil évita de justesse les mécréants qui venaient pour l'agresser. L'un d'entre eux chancela sur un peu de bière répandue sur le sol et s'assomma en se cognant le crâne. Dans le feu de l'action et toujours aussi prompt à réagir, Baldric vit qu'au bout du comptoir un homme s'était approché pour pouvoir l'attraper et le rudoyer. Par anticipation, le valeureux Prince continua sa glissade tout en changeant la position de ses pieds. Il se trouva, à ce moment très précis, dos à son adversaire. Alors qu'il allait presque buter contre le bord du comptoir, il réalisa un saut périlleux arrière évitant, par là, ce nouvel assaillant qui tentait de le poignarder dans la jambe.

Une fois son magistral saut accompli par-dessus son adversaire, il laissa le bougre se retourner pour lui laisser une chance de se battre dignement. L'homme d'un âge légèrement plus élevé que Baldric resta éberlué par la cascade du Prince. Baldric n'attendit pas le coup de poignard et, réalisant un tour complet sur lui-même, porta un incroyable coup de pied qui fouetta l'air par sa célérité, ne laissant aucune chance au gredin. Celui-ci, après le contact de la botte de Baldric, tomba par terre, complètement sonné.

Une fois qu'il eut fini avec cet homme, le Prince de Dol se jeta à nouveau dans ce véritable capharnaüm. Baldric ne s'était pas battu comme cela depuis longtemps, pas depuis que son père lui avait interdit de passer ses soirées en compagnie de certains soldats qui avaient la boisson facile. Maintenant il était tout seul dans une ville inconnue, et il se défendait comme un beau diable. Baldric faisait tourner en bourrique certains des ivrognes de la taverne, il corrigeait ses adversaires, se sentant capable de les affronter, tandis que, les uns après les autres, ils revenaient sans cesse à la charge.

Baldric usa de toutes ses ressources et de tous les stratagèmes possibles jusqu'à ce qu'il ait pu les envoyer tous au tapis. Quand il eût fini, la taverne était bien détruite et l'aubergiste se lamentait sur ce qui restait de son immeuble. L'un des ivrognes tenta de se lever mais Baldric lança un couteau en direction du plafond, coupant ainsi la corde qui retenait une roue en bois sur laquelle étaient disposées des bougies éteintes par le souffle du combat. Une fois la corde coupée, la pièce de bois s'abattit sur l'homme qui tomba évanoui. Le Prince de Dol se retournant vers l'aubergiste alla dans sa direction, et se frotta les mains de satisfaction. Il paya sa consommation sans attendre mais l'aubergiste l'arrêta :

-    Qui va payer tous les dégâts causés par cette bagarre ? C'est de votre faute, Etranger ! Quelqu'un est parti chercher la garde, vous paierez tout cela, je vous le jure !
-    Soit !

Baldric jeta, en plus des quelques pièces pour son repas, une bourse pleine d'écus en or pour compenser la destruction du mobilier et ainsi dédommager le commerçant. Il ajouta néanmoins une phrase assez tranchante et sarcastique :

-    Voilà pour le désordre et aussi pour payer les pansements de ces malfaisants. Dorénavant, tu devrais surveiller les fréquentations de ta taverne, tes clients tiennent aussi mal l'alcool que mes coups. Et encore toutes mes excuses pour le dérangement. Je m'en vais trouver un hôte plus accueillant et de meilleure qualité.

Alors que le Prince de Dol se dirigeait vers la porte pour quitter le lieu totalement dévasté, celle-ci s'ouvrit et une escorte de soldats pénétra dans l'auberge et se stationna devant Baldric. Le tenancier affirma qu'il était l'instigateur de cette agitation brutale et qu'il fallait l'arrêter. Le chef de l'escouade demanda très poliment à Baldric de le suivre sans opposer de résistance, car hormis le tavernier, quelqu'un d'autre avait témoigné qu'il était à l'origine de la dispute. Le Prince de Dol, toujours incognito, ne voulut pas se laisser faire et tenta alors de se justifier en affirmant qu'il n'était pas le seul à l'origine de cette bagarre. Cela ne servit à rien, le capitaine de la garde le somma de venir avec lui. Baldric se trouva obligé de suivre la dizaine d'hommes du Roi d'Ach composant la garde.

On prit son cheval que l'on décida d'emmener dans les écuries royales du fait de sa beauté. Quant à Baldric, les soldats l'escortèrent directement jusqu'aux geôles du château. Il attendit tout le reste de la journée dans cet endroit sombre. Il s'assit pendant un certain temps puis, malgré l'obscurité, se leva et tenta de se diriger dans sa cellule en touchant les murs pour se déplacer sans rien y voir. Il découvrit une inscription en langue ancienne, celle-ci était mal gravée, et laissait comprendre une chose étrange :

-       Tenerius n'est pas mort, seulement endormi.

Baldric fut très étonné de trouver ces quelques mots, de surcroît le nom de Tenerius lui rappelait des idées floues et lointaines. En s'appuyant sur cette inscription, il déclencha un mécanisme inattendu qui ouvrit un passage secret. Un soldat vint devant la porte du cachot et indiqua à Baldric qu'il passerait la nuit ici et que son cheval se trouvait bien traité dans les écuries du Roi. Le Prince de Dol acquiesça afin de ne pas préoccuper le soldat qui s'en alla après avoir donné du pain, une étrange bouillie et de l'eau au prisonnier.

Baldric but un peu d'eau et mangea une partie du pain, mais il délaissa le reste de la nourriture car l'odeur était peu agréable. Il se décida à passer par le passage secret qui s'était révélé à lui. Peut-être trouverait-il par là une sortie ou un chemin jusqu'aux appartements du Roi. Il y trouva une toute autre surprise, car en avançant dans les méandres du petit couloir il déboucha dans une crypte. Cet endroit se trouvait éclairé par quelques torches.

Baldric prit l'une d'entre elles et observa attentivement ce que représentaient les différentes peintures. Il s'aperçut qu'une histoire se déroulait devant ses yeux, celle de Tenerius Dragon-Roi et la création du Sabre du Dragon. Il put lire une inscription en Ogarudh courant, elle indiquait simplement :

- Le Dragon-Roi reviendra pour accomplir le bon droit. Le Commandeur de la strate des airs a mêlé le destin du saurien et celui de la lame bénie.

Baldric explora encore un peu l'endroit sans trouver plus que ce qu'il n'avait déjà vu. Il repartit d'où il était venu et referma le passage. Il finit l'eau qui se trouvait encore dans sa geôle puis se coucha sur la paille et s'endormit rapidement alors que de faibles rayons de lune passaient au travers des barreaux de son unique fenêtre. Le lendemain matin, on vint le tirer de sa cellule pour le présenter immédiatement devant le juge. Le soleil venait de se lever et il n'était pas plus de neuf heures du matin. Une fois devant le juge, il tenta de se disculper mais ce dernier, d'une sévérité exemplaire, l'accabla de charges :

- Étranger, vous êtes inconnu dans notre cité. Vous venez dans notre belle cité d'Ach et la première chose que vous faites c'est de blesser des hommes et de détruire une taverne. Je crois que l'alcool vous est monté à la tête et que vous êtes un individu violent, irresponsable et irrespectueux. Même si votre jeune âge pourrait plaider en votre faveur, nous ne pouvons pas vous laisser en liberté plus longtemps. La nuit que vous avez passée dans les cachots n'était qu'un avant goût de votre punition. Je vous condamne à trente jours de prison. Par la suite, nous vous rendrons votre cheval s'il est vraiment à vous et nous procéderons à votre expulsion de notre citadelle. Alors jeune homme qu'avez-vous à dire pour votre défense ?

Baldric ne fut pas désappointé par ses accusateurs, il s'avança fièrement devant l'assistance et face à son juge et il répondit une seule chose :

-       Oui. J'ai commis une erreur, celle d'avoir voulu manger et boire tranquillement. Je n'aurais jamais imaginé qu'il y aurait autant d'ivrognes dans une taverne. Je suis effroyablement déçu de voir que cette cité manque totalement d'hospitalité.
-       Comment pouvez-vous vous permettre ces insinuations ? Pour qui vous prenez-vous ?
-       Je ne tergiverserai pas plus longtemps dans ces propos futiles, mais pardonnez mon indélicatesse. Aucun juge ne m'a jamais fait peur, ni ici, ni dans le grand royaume de Sertrach. La seule véritable justification à ma présence ici et le désordre que j'ai engendré, c'est que je suis un jeune prince turbulent et fier. Je suis le Prince Baldric de Dol, unique Héritier du royaume de Sertrach, fils aîné d'Emergard de Sertrach et émissaire de Danreb le Prince des Ogariths, délégué par Enoguëra, Haut-Roi des Elfes, et par les Magus.

À cet instant le visage sévère du juge changea, une goutte de sueur perla sur son front et il devint légèrement plus clément. Dans l'assemblée, des murmures s'élevèrent. Un homme s'avança au devant de l'assemblée afin de réclamer la preuve de cette noblesse. L'homme était grand, portait une barbe de couleur claire, des yeux noirs et était habillé de somptueux vêtements. Baldric de Dol ne se laissa pas impressionner par cet imposant personnage, il lui dit sans faiblir :

- Eh bien je vais vous le prouver gentilhomme. Car je n'ai aucune raison de vous mentir !

Le Prince Baldric, pour prouver sa bonne foi, prononça un discours, un très vieux discours qui témoignait de la suprématie de son territoire sur celui d'Ach, un édit secret qui confirmait l'acceptation d'allégeance, prononcé bien des décennies auparavant par le Roi de Sertrach envers son vassal, le Roi de la cité d'Ach et des provinces du Nord :

- Moi Emergard Roi, de Sertrach, époux d'Iva de Craon, fils de Nü de Dol et de Floria, natif de la blanche cité de Dol, en présence de témoins, je rappelle à tous mes vassaux leur serment de fidélité à mon peuple et à ma couronne. J'accepte la loyale soumission faite par le Seigneur d'Ach à travers le serment qu'il m'a prêté pendant la cérémonie de mon couronnement. Souverain d'Ach, en tant que lige, fais-en sorte que ta descendance demeure fidèle à ma personne et à ma famille. N'aliène en aucun cas tes possessions afin que ton territoire garde son autonomie. Va en paix mon frère et regagne ton trône afin de gouverner au mieux ton territoire. Le serment réciproque qui nous unit perdurera. Mais maintenant mon père est mort, et je ne suis pas encore couronné.
- Votre père est peut-être mort mais vous êtes là monseigneur, mon Suzerain. – Fit le Roi de la citadelle du Nord face au Prince tout en posant un genou à terre. –
- Seul votre père connaissait ces phrases !

En voyant ce personnage s'agenouiller devant lui, le Prince de Dol comprit que le personnage avec tant de prestance n'était autre que le puissant vassal de feu son père. Toute l'assistance fut ébahie devant cette révélation et fit de même que le Roi Mu-Erech. L'Héritier de Sertrach demanda que tous se relèvent. Mu-Erech cassa le jugement et se confondit en excuses. Baldric demanda le calme dans l'assistance, il voulait expliquer aux représentants de la cité d'Ach les raisons de sa venue. Fulk Arken était revenu de sa longue retraite et avait rasé la cité de l'Ouest. Désormais, il était en marche pour l'ultime bataille au sein du Ravin Bleu.

Le Roi Mu-Erech invita Baldric au sein de sa demeure pour y prendre le repas du midi et au terme de celui-ci, convenir des accords de guerre. Une fois à la tablée du Roi, le Prince en exil expliqua qu'il ne pouvait pas rester très longtemps dans cette région et qu'il lui fallait au plus vite rallier différentes étapes avant de rejoindre le royaume de l'Aurore. Le Roi d'Ach pressa Baldric, au sortir du repas, de le suivre dans la salle du conseil. L'Héritier du trône de Sertrach s'y rendit gaillardement. Il discuta longuement avec Mu-Erech et ses généraux. Finalement, le Roi de la citadelle du nord accepta, sans restriction, de mettre la totalité de son armée aux ordres de Baldric.

Le jeune homme expliqua que sa quête était plus importante que le commandement d'une armée, qu'il aurait accepté dans d'autres circonstances mais qu'actuellement il lui était impossible de se départir de sa mission.

- Je ne requiers qu'une chose, Mu-Erech, que tes hommes ne répondent qu'à ma volonté de les voir se joindre aux forces présentes dans le Ravin Bleu. Et qu'ils servent l'Alliance sous ton commandement.
- Très bien monseigneur, votre requête m'honore. Je serai au rendez-vous. Une fois que vous serez parti, je réunirai tous mes soldats et nous marcherons en directions du Sud jusqu'à la trouée

du Ravin. J'attendrai votre retour.

Une fois toutes les convenances établies, le jeune Prince de Dol salua son allié et expliqua qu'il ne se rendrait pas au repas du soir. Il souhaitait se reposer le plus possible durant la nuit et repartir vite le lendemain. Au matin, il récupéra Geriis qui se trouvait aux bons soins de l'écurie royale. Baldric vérifia une dernière fois son paquetage avant de remonter en selle. Il reprit Anarya et l'installa en bandoulière après que le Roi Mu-Erech la lui ait rendue et il lui remit également un précieux parchemin. Le vassal de Baldric lui avait conseillé de ne plus perdre de temps et de lire ce document tout en chevauchant vers l'Est. Le Prince de Dol salua son ami et repartit à bride abattue vers sa seconde étape.

Durant le voyage, il prit le temps de lire le parchemin qui transcrivait une conservation incroyable. Il s'aperçut que qu'il s'y trouvait la légende de Tenerius Roi des dragons de feu, que seul le sabre consacré pouvait commander. Ce document complétait ce qu'il avait appris lors de son excursion dans la crypte durant son emprisonnement. Il comprit que la race des dragons avait disparu le jour où Naör décida de rejoindre l'éternité. Mais une prophétie, à l'instigation du Commandeur des airs, annonçait qu'un jour, au moment le plus inattendu, le Dragon-Roi Tenerius connaîtrait un nouvel envol, qu'il viendrait se battre contre les forces du Mal. Baldric ouvrit un second parchemin dans lequel, le Roi d'Ach avait retranscrit la fameuse prophétie sur le puissant Tenerius :

Dans le lointain passé,
De notre monde d'Yrneh.
De la volonté de notre Gaïanor,
Le grand Seigneur Naör,

Et de l'accord des autres esprits,

La race des dragons naquit.
Parmi eux, la race du feu
Possédait des pouvoirs fabuleux.

Leur chef se nommait Tenerius,
Longtemps il fut l'ami des Magus.
Une fois son cycle échu,
Le premier Commandeur disparut.

Le groupe des sauriens le rejoignit,
Et Tenerius à jamais s'endormit.
Pendant des siècles le Sabre du Dragon,
Fut laissé à l'abandon...

Son pouvoir disparu,
Et la formule sacrée fut perdue,
Pourtant après un long sommeil,
Le chef des dragons revivra l'éveil,

Par la douleur,
La peine,
La peur,
Et la haine,

D'une immense colère,
Et d'une souffrance amère,
Naîtra une conjugaison de sentiments,
Et Tenerius viendra promptement !
Au maître d'Anarya,
Pour toujours, il obéira.

C'est ainsi que sur les chemins de l'Est, Baldric de Dol apprit de nombreuses histoires de l'ancien temps. Dans sa tête, une multitude d'images lui vint, les idées se mélangèrent et le Prince continua aussi de se préoccuper des paroles de son ami. Durant cette partie du voyage, sa vision envers le mystérieux artefact changea, rendant le Prince plus attentif à celui-ci, curieux de comprendre son fonctionnement tout en tentant de dégainer la lame...

Chapitre VII : Hersendis part pour le Septrion

Voilà près de deux jours que le Seigneur Baldric avait quitté le lieu où se rassemblait l'ensemble des forces armées déjà prévenues de l'arrivée prochaine du Noir Seigneur. Hersendis, la fille d'Enoguëra, s'était occupée de soigner un grand nombre de personnes, des rescapés de l'exil et des travailleurs participant à la fortification du gigantesque ravin. Le lendemain du départ de Baldric, elle avait été convoquée par son père, Danreb et le conseil des Magus.

- Hersendis, Haute-Princesse des Elfes, ton père nous a recommandé tes services pour la dernière mission qui doit compléter l'ensemble de l'Alliance. Nous savons que tu as parcouru Yrneh du Nord au Sud et que tout comme ton père, tu possèdes une aura immense. Il se dit, dans les murmures du monde, que tu es en très bons termes avec les gens du continent de Glace, avec les fameux Simériens dont nous n'avons plus que quelques nouvelles depuis la chute de Fulk Arken. Nous aimerions que tu les préviennes du danger qui s'insinue dans le jardin du monde. Tu dois les convaincre du bien-fondé de tes dires et leur rappeler que le Sombre Seigneur, dans son courroux revanchard, n'épargnera personne, et certainement pas les cousins des Humains.
- Je réponds présente à votre demande Seigneur Magus. J'accepte la mission que vous me confiez, ô Seigneur Regnus. Mais comment vais-je pouvoir les convaincre outre mesure ?
- Ton père te confiera un bien précieux qui légitimera ton rôle de Héraut. Nous ne craignons pas le refus de nos pairs du Nord, nous pensons simplement que l'isolement par la glace, les neiges et l'océan a dû leur faire perdre la notion du danger. Ils sont loin de nos préoccupations du moment. Partez vite Damoiselle Elfe, le

temps presse !

La Princesse des Elfes de Sertrach ressortit de la tente prestement, pour s'affairer à la préparation de son départ prochain. Elle vérifia les vivres à sa disposition, et prit des vêtements chauds pour le chemin des glaces. Elle demanda à un de ses compatriotes de partir en éclaireur afin qu'un bateau soit préparé pour son arrivée permettant ainsi de ne pas perdre de temps, si précieux pour la survie des peuples présents dans le Ravin Bleu. Elle était heureuse d'avoir reçu ses instructions par l'ensemble des chefs d'Yrneh, elle se sentait bien plus utile en allant quérir l'aide et la force du peuple nordique.

Elle se rendit compte que la date de son départ se faisait vingt jours après celui de Niiru. Son départ plus tardif que celui de l'homme qu'elle aimait et celui de Baldric s'expliquait par la proximité du Continent du Nord. Celui-ci n'était séparé d'Yrneh que par l'Océan des glaces, et les rives des deux continents étaient bien plus rapprochées que la distance qui restait à parcourir au Prince de Dol ou à Niiru.

La Princesse elfique savait que le choix des dirigeants était opportun car elle connaissait très bien le Septrion pour l'avoir parcouru pendant une grande partie du troisième cycle, après la disparition de la Gaïanor Floëls et l'abandon du Palais de Diamant. Mais surtout, la décision des Magus et des autres dignitaires d'Yrneh avait été motivée par le fait qu'Hersendis se trouvait être en grande amitié avec la femme qui régnait encore sur cette partie du monde.

Hersendis avait résidé chez elle pendant un long moment et les deux femmes s'étaient juré une amitié sans faille. La belle damoiselle se souvenait des paysages du Grand Nord. Ceux-ci se reconnaissaient à l'enchevêtrement d'immenses montagnes enneigées et aux grandes étendues de glace qui se perdaient à l'horizon où se confondaient le ciel et les neiges de même couleur. Elle se remémora la fin de l'entrevue qu'elle avait eue avec les hauts dignitaires :

- Hersendis, nous avons pleinement confiance en toi. Amène avec toi les cousins des Humains, leur force physique et leur taille impressionnante seront plus qu'utiles. Floëls ne s'était pas trompée en emmenant avec elle un peuple qui, au fil des siècles, est devenu une race plus puissante que jamais.
- Leur participation fut très limitée dans le précédent conflit, Seigneur Regnus. Pensez-vous qu'ils se joindront en grand nombre ?
- J'ai lu les étoiles avec mes pairs, et le ciel nous a répondu. La Race des hommes du Nord est maintenant mûre pour cette guerre, la dernière de toutes, celle qui nous verra vaincre Fulk Arken ou mourir libres.

Hersendis savait qu'elle était très appréciée par les Simériens, un peuple fort et très résistant. Lors de ses séjours là-bas, en échange de ses connaissances en magie de guérison, elle avait suivi différents apprentissages sur les sortilèges de Glace, participé à la chasse et aux longues pêches dans cette rude région. La belle damoiselle, pour les remercier de leur hospitalité, composa une multitude de chants dans lesquels elle mettait en avant le courage et la valeur des hommes du Nord, tout en faisant de fabuleux éloges sur les femmes de ce peuple, pourvues des mêmes qualités que leurs homologues masculins.

La Princesse des Elfes, de par ses liens d'amitié avec ce peuple, avait toutes les chances de les convaincre puisque, par le passé, les femmes Simériennes, les dirigeantes de ce continent, l'élevèrent au rang de conseillère du Septrion.

Hersendis était prête pour son départ vers le Nord. Elle savait qu'il lui faudrait deux jours pour parvenir sur les côtes d'Yrneh avant de débarquer sur les rives enneigées. Elle vérifia que tout ce dont elle avait besoin se trouvait bien au sein de ses quelques bagages.

Après avoir fini de boucler son paquetage, elle s'équipa d'une tenue de guerrière. La belle Princesse dans son armure légère, se dressa de sa magnifique stature, se tourna et pointa son regard loin à l'horizon afin d'appeler sa monture. Elle exécuta un magnifique chant, mélodieux au plus haut point et s'évanouissant dans les airs tout en rendant grâce à sa voix de cristal. Une fois son doux appel terminé, une légère brise se leva, souffla et, dans le brouillard matinal, apparut une silhouette proche de celle d'un cheval. La monture s'approcha lentement, un pas après l'autre, jusqu'à parvenir devant Hersendis. Les Humains, les Ogariths et les Elfes déjà éveillés s'aperçurent qu'ils se trouvaient en présence d'une des créatures les plus légendaires de ce monde, une licorne, la dernière de toute, celle qui symbolisait la fin d'une lignée millénaire.

Cet animal avait pour seule maîtresse la fille d'Enoguëra. Cette licorne avait été sauvée au cours du second cycle par Ysolina la mère d'Hersendis, juste avant que la guerre du Vendôr ne débute. Le lieu de vie des licornes n'existait plus. La plaine du Vendôr avait été dévastée puis occupée par les anciennes troupes de Fulk Arken. Les serviteurs du Mal, sur ordres de leur Maître, s'occupèrent du sort de ces créatures en les exterminant jusqu'à la dernière. Ysolina avait sauvé, au péril de sa vie, le fier animal. Une fois revenue avec la dernière des licornes, elle l'avait placée sous la responsabilité d'Hersendis qui l'avait nommée Aluca-Enië, en référence à sa magnifique couleur d'une blancheur et d'une pureté incroyable ainsi qu'à son doux caractère.

Hersendis venait d'harnacher son destrier. Alors qu'elle était sur le point de partir avec sa demoiselle de compagnie et quelques soldats, elle fut interrompue par Enoguëra. Hersendis se vit remettre par son père un artefact très précieux qu'il conservait depuis plusieurs siècles. Il s'agissait d'un très bel anneau se distinguant en toute singularité par la présence de trois pierres précieuses, deux pierres de plus petite taille, précisément un saphir et une émeraude, de part et d'autre d'un immense rubis brillant d'un éclat incroyable. Cet anneau n'était pas le seul de ce type, il faisait partie d'un ensemble de trois bagues, les anneaux des Légats, un pour chaque race primaire d'Yrneh.

Chacune de ces bagues étaient confiée à des Hérauts délégués par Naör lorsqu'il voulait faire connaître certaines de ses décisions à l'ensemble des peuples sous sa protection. Celle des Humains possédait les mêmes pierres avec la prééminence de l'émeraude, tandis que celle des Ogariths était gouvernée par le saphir. Désormais un seul de ses artefacts avait perduré au travers des âges et des guerres et, Enoguëra la remettait précieusement à la belle Elfe.

Ainsi, en possession de ce bijou, elle ne pouvait connaître aucun refus quel que soit la requête émise. En montrant l'anneau à ses hôtes, elle leur dévoilait le rôle et les intentions qu'on lui avait confiés. Elle plaça l'anneau à son index droit. Cela symbolisait, au travers de ce geste, le commandement et les pouvoirs conférés par les dirigeants de l'Alliance Yrnéenne. Désormais affublée du rôle de Héraut des peuples libres, elle pouvait entamer une longue et rapide chevauchée en direction du Nord, là où un navire l'attendait pour appareiller.

L'expédition menée par Hersendis emprunta le même chemin que celui par Baldric. Au passage, entre les différents camps de fortune, elle promit de revenir au plus vite en compagnie des Simériens. Après deux journées et demie de chevauchée, Hersendis arriva en vue des côtes nord d'Yrneh. Elle était fermement attendue car elle avait mis un peu plus de temps que prévu et le temps au-dessus de l'Océan Septria dans cette région était connu pour être imprévisible. Elle trouva là, comme prévu, un grand navire elfique avec un équipage au complet, et une fois sur le bateau, elle ordonna l'embarquement et l'appareillage immédiats pour la mer.

Elle s'excusa auprès du commandant et lui expliqua ce contretemps. Elle s'était arrêtée en chemin afin de s'entretenir avec les Elfes de la Forêt Pagalsique dont elle traversait le domaine. Elle réalisa de courtes tractations avec ceux-ci qui acceptèrent de se constituer en une armée et de se rendre auprès d'Enoguëra, sous le commandement de leur propre Roi. L'expédition maritime se passa sans aucune anicroche puisqu'il n'y eu pas d'attaque de la part des Noires Légions. Seuls les courants marins et les aléas du climat ne jouèrent pas en leur faveur, les obligeant à manier le navire avec la plus haute précision. Aux termes des trois jours de navigation, la puissante et imposante nef elfique accosta sans encombre sur la rive sud du Septrion.

Là, Hersendis débarqua du navire en compagnie de sa suivante et de sa garde rapprochée. Ils continuèrent leur longue route, la Princesse sur le dos de sa licorne et le reste des Elfes sur leurs chevaux qui ne ralentissaient pas malgré la neige et la glace. Le rapide galop les rendait aussi légers que le pas des Elfes. Après plusieurs heures de course et, alors que la nuit allait tomber, la Princesse Hersendis, qui passait près des ruines de l'ancien Palais de Floëls, indiqua qu'ils camperaient ici pour laisser les chevaux se reposer. Elle pourrait ainsi se mettre en stase, puis contempler la splendeur d'autrefois lorsque le soleil se lèverait le lendemain. Elle descendit de sa monture, comme le firent les autres soldats Elfes. Toutefois, la damoiselle de compagnie fut envoyée en éclaireur, en direction du plus grand village Simérien, de taille équivalente aux grandes citadelles d'Yrneh. Le soleil se couchait à l'Ouest tandis que des abris de fortune avaient été établis. La belle Elfe se promena un moment parmi les restes de cette fabuleuse demeure. Des siècles auparavant les Orcs avaient commencé et poursuivi la mise à sac de l'édifice. Cela avait continué au fur et à mesure des années, avant que les hommes du Nord ne puissent les confiner très loin du splendide Palais. Elle revint d'un pas gracieux, léger et rapide tout en criant à ses compatriotes :

- Dépêchez-vous de prendre vos armes ! Si vous voulez sauver votre vie préparez-vous vite !
- Mais que se passe-t-il, Princesse Hersendis ? Pourquoi semblez-vous autant sur vos gardes ?
- J'ai... une mauvaise nouvelle et j'ajouterai même une très mauvaise nouvelle !
- Laquelle ?
- Il y a une troupe de Trolls des glaces qui s'avancent depuis les ruines du Palais, ils ont senti notre présence.
- Nous n'avons qu'à partir avec nos montures !
- Pas question ! Je ne fuirai pas devant eux ! De toute façon, une autre raison nous empêchera de partir !
- C'est-à-dire Princesse ?
- Ils ne sont pas seuls ! Avec eux s'avancent trois créatures du Premier cycle, les anciens lieutenants de Fulk Arken ceux qui l'ont renié après la guerre des Mille Jours. Ce sont les Morlochs, de puissantes entités guerrières.
- Des Morlochs ? Mais je croyais que ceux qui n'avaient pas été tués avaient été chassés dans les profondeurs de la terre.

-       Exactement, mais la strate souterraine est le domaine privilégié du Noir Seigneur, c'est là où il a engendré bon nombre de créatures. Et nos puissants adversaires, que sont les Morlochs, ont senti que le Seigneur Noir était de retour en Yrneh. Il a mobilisé toutes ses forces.

-       Vous pensez qu'il est au courant de l'Alliance ?

-       Probablement pas, mais il a un droit de regard sur le Septrion car Floëls n'a pas masqué son monde au regard de Fulk Arken. Elle lui en a seulement interdit l'accès, par sortilège. Tenez tous les rangs et maintenez fermement vos armes, le combat va être rude. Bonne chance à tous !

Finissant sa phrase, elle serra encore plus fort son bâton de défense. Elle prononça une formule magique et une lame en Uldarium apparut pour faire de son arme une puissante lance. Les Trolls de glaces qui étaient une bonne cinquantaine, se déversèrent sur les marches du Palais en face des Elfes. Le sol trembla juste après la charge ennemie et au-delà du Palais apparurent les trois grandes créatures.

Apparemment deux d'entre elles avaient une taille égale à trois fois celle d'un cheval. L'autre qui était leur chef avait une taille supérieure à cinq chevaux mis bout à bout. Tous se tenaient serrés les uns contre les autres, prêts au choc qui s'annonçait très violent. Les secondes passèrent très vite et la horde de Trolls rentra en contact avec les armes des Elfes. Le combat fit rage et les monstres sanguinaires tombaient face aux valeureux soldats accompagnant la belle Princesse.

-       Tenez bon mes amis, les Trolls ne nous submergeront pas ! Faites attention aux Morlochs, ils sont sournois et cruels, si vous les attaquez, faites cela à plusieurs.

-       À vos ordres Altesse !

Loin de s'affoler face aux adversaires, qui semblaient toujours plus nombreux, Hersendis rappela son destrier et remonta en selle. Un des trois Morlochs atterrit devant elle et il s'adressa à elle de sa voix caverneuse :

-       Vous ne pourrez pas vous échapper, frêles Elfes, même si vous parvenez à abattre nos serviteurs Trolls, vous ne serez jamais en mesure de nous vaincre.
-       Eh bien serviteur de Durtal, vous vous trompez et vous ne savez pas à qui vous avez à faire !
-       Vos pitoyables pouvoirs ne sont rien en comparaison des charmes maudits dont nous avons la maîtrise !
-       Soit Morloch, à votre guise de me croire si faible, mais je pense que vous regretterez de m'avoir affrontée. Je peux vaincre deux d'entre vous, quant au troisième je m'en départirai en temps voulu !
-       AHAHAHAHAHAHAHAH ! Que vous êtes drôle jeune femme, qui croyez-vous être ? Les Morlochs sont les créatures les plus puissantes après le Sombre Seigneur.
-       Et moi Hersendis, je vous affirme le contraire. Mon père a déjà vaincu certains de vos congénères !
-       Personne n'a pu réussir cet exploit ! Mais dis-moi, qui est ton père ?
-       Enoguëra !

Le monstre écarquilla les yeux d'étonnement avant de retrouver son regard dur et noir.

-       Je vois ! J'affronte la fille du Haut-Roi des Elfes, tu es peut-être son héritière, certes, mais tu n'as pas encore ses pouvoirs millénaires !

Le Morloch qui faisait face à Hersendis, était plus que gigantesque, recouvert d'une cuirasse verte et sombre, avec des griffes marrons aux mains, trois cornes d'ivoire plantées sur sa face, l'une au milieu du front et les deux autres de chaque côté de sa mâchoire qui était très impressionnante et hérissée de crocs plus acérés les uns que les autres. Il commença à se ruer vers elle malgré sa lourde démarche. Ses yeux vomissaient la haine et la cruauté. Source de sa puissance, ses pieds gigantesques, ne comportant que trois orteils, laissaient des traces noires dans la neige jusque-là immaculée, mais Hersendis était déjà en train de charger dans sa direction. Le premier choc n'eut pas lieu entre les deux protagonistes car le Morloch sauta dans les airs et évita la lance de la belle guerrière. Au deuxième passage, elle partit à pleine vitesse dans la direction du gigantesque monstre et, alors qu'il tentait de l'éviter à nouveau en s'envolant, elle prononça un sortilège :

- Ogaë eï aratadh Elves, acreadh-eor proskyneïa naria of enya-eor, lameïa of almeä-eor peredh an heïa of prokyneïa-eor o esteredh xeno-eor! (Par le souffle de vie qui gouverne les Elfes, j'en appelle aux forces ancestrales de ma famille, que la lame de ma lance puise une partie de mon pouvoir afin d'abattre mon ennemi !)

Sa lance atteignit son but, en touchant le Morloch dans l'œil droit, celui-ci retira la lance et la jeta par terre avant de s'affaler dans la neige en provoquant de nombreuses projections de neige. Hersendis fit volte-face et entendit le Morloch l'insulter et la maudire sur plusieurs générations.

- Tu m'as crevé l'œil, bougresse ! Je ne te laisserai pas partir d'ici vivante !
- Non ! C'est toi qui vas mourir, monstre des enfers !

C'est là qu'elle lança encore une fois sa monture pour parvenir jusqu'à son arme. Elle se baissa pour récupérer sa lance, se releva sur sa monture et sauta de celle-ci pour courir le long de l'abdomen de l'adversaire jusqu'à de son visage. Elle n'attendit pas que celui-ci réagisse et elle lui creva le second œil.

- Sans tes yeux tu n'es plus rien, tu ne retrouveras jamais le chemin de ton refuge et tu mourras dans les glaces ou l'Océan te noiera.

Le Morloch hurlant de douleur se releva, tenta de s'en prendre à Hersendis, mais ne réussit plus à s'orienter. On le vit courir vers l'horizon sans savoir ce qu'il advint de lui. La Princesse des Elfes, entourée de ses soldats, s'apprêtait à affronter les deux autres monstres encore en vie. L'un d'entre eux, légèrement plus grand et plus menaçant semblait être le chef, il la regarda et lui dit :

- Tu as eu l'un de mes meilleurs combattants, je vais m'occuper de toi sans plus attendre !

Il projeta son poing de toutes ses forces en direction des Elfes, mais, à son plus grand étonnement, il heurta un gigantesque mur de glace dont l'épaisseur n'avait d'égal que sa transparence. La Princesse des Elfes tourna la tête et aperçut une ombre, celle d'une femme plus grande que la moyenne, plus altière et plus robuste. Le personnage mystérieux ne le resta pas très longtemps et se dévoila rapidement. Il s'agissait de Dame Daskalia, l'amie d'Hersendis. Celle qui commandait le peuple des Simériens était venue à la rescousse de la troupe elfique et avait usé de sa magie des glaces.

- Je vois que j'arrive au meilleur moment pour vous prêter

main forte.

- Merci mon amie.
- Ce n'est rien Hersendis. Mais mon mur ne tiendra pas longtemps, je ne pourrai pas les tuer, mon pouvoir ne va pas jusque là.
- Mais que faire ?
- Il n'y a que toi qui puisses nous sortir de là. Utilise tout ton potentiel de magie, révèle-nous tes pouvoirs, ceux qui sont enfermés au plus profond de ton âme. Surprends-les par la puissance du sang de ton père ! Concentre-toi, je vais tenir aussi longtemps que je le pourrai.

Hersendis quitta sa licorne, et maintenant les deux pieds sur le sol, elle posa sa lance et sur les conseils avisés de son amie, elle se concentra afin de recourir à tout son potentiel. Dame Daskalia tint autant qu'elle put mais les Morlochs possédaient, eux aussi, des pouvoirs et ils réussirent à annuler le sortilège de glace. La dirigeante Simérienne dans un geste prompt réussit à éviter le premier Morloch qui tentait de l'écraser. Elle pressa alors la belle Elfe de se dépêcher et, tandis qu'elle tourna la tête en direction de la Princesse l'espace d'un instant, le chef des trois Morlochs lui envoya un revers de main magistral qui toucha de plein fouet la puissante Dame. Hersendis ouvrit les yeux, son potentiel ne s'était pas encore élevé, mais à la vue du sang qui recouvrait les plaies de la Simérienne, la jeune guerrière elfique se mit en colère.

Les Elfes s'écartèrent de l'endroit où se trouvait leur chef, et pour la première fois de leur vie, ils craignaient un membre de leur peuple. Des larmes coulèrent sur les joues d'Hersendis, ses yeux changèrent de couleur et devinrent aussi transparents que la glace qui se trouvaient au sol et tournoyaient maintenant autour d'elle, l'air s'agitant violemment. Elle pointa son index droit, où se trouvait l'anneau du légat, et elle vociféra des menaces à l'encontre des deux féroces créatures :

- Vous avez tué ma meilleure amie et ça, je ne pourrai jamais vous le pardonner. Si vous réussissez à vous enfuir, je n'aurai de cesse de vous pourchasser et de vous anéantir ! Mais il n'est pas question que je vous laisse partir.

Tout en avançant vers eux, elle laissa une aura blanche émaner de sa personne et vibrer tout autour d'elle. Au fur et à mesure que sa colère grandissait, son aura augmentait et devenait de plus en plus visible aux yeux de tous. Les deux monstres effrayés par les vibrations magiques provoquées par la jeune Princesse, commencèrent à reculer lentement, un pas après l'autre jusqu'à se retrouver en haut des marches du Palais. Là, elle les fit s'enfoncer entre les colonnes de l'ancienne demeure divine. Un Elfe sans doute plus curieux que ses congénères, décida de la suivre afin de voir ce qui allait se passer. Il observa attentivement la scène et se rendit compte de l'incommensurable pouvoir de la Princesse.

Celle-ci prononça des paroles en vieil Ogarudh qu'il ne put retranscrire dans ses mémoires et qu'Hersendis ne répéta jamais plus. Toutefois, l'Elfe vit la déchéance des deux Morlochs lorsque, du haut des ruines du Palais, d'énormes morceaux du plafond palatial se détachèrent venant tuer le plus petit des deux Morlochs en le transperçant au niveau du thorax et de la tête. Quant au chef Morloch, son bras gauche fut complètement disloqué par le coup presque mortel que la fille d'Enoguëra proféra au travers de sa formule magique. Il réussit tout de même à prendre la fuite en jurant de se venger sur le champ de bataille.

Hersendis, totalement épuisée par son action, ne put le suivre, et s'effondra sur les marches du Palais. L'Elfe qui avait surveillé la totalité du combat s'occupa d'elle. Il la souleva alors qu'elle s'était étendue sur le sol et, la ramena jusqu'au lieu du camp. Lorsqu'elle rouvrit les yeux, elle s'aperçut que Dame Daskalia lui prodiguait ses bons soins. Elle lui indiqua que ni l'une ni l'autre n'avait souffert et qu'il n'y aurait aucune séquelle de ce titanesque combat. La dirigeante du Septrion insista sur la nécessité de reprendre le chemin malgré la nuit. Toutes les deux, côtes à côtes, et en compagnie des autres Elfes, reprirent le chemin d'un pas cadencé mais moins violent qu'auparavant. Au bout de quelques heures, la troupe arriva enfin, pour son plus grand bonheur, au village central de Simérie.

Hersendis fut vite reconnue, les Simériens virent sa longue et fine silhouette, ses oreilles pointues. Les habitants du royaume des glaces eurent alors la certitude de cette présence féerique lorsqu'ils entendirent Dame Daskalia annoncer la venue de la Princesse des Elfes. Certains la reconnurent à ses magnifiques cheveux blonds, ainsi qu'à ses splendides yeux vert émeraude. Une fois au chaud, elle enleva sa cape et laissa apparaître toute sa majesté, mais surtout le fameux anneau du Légat qu'elle portait à son doigt.

Dame Daskalia pressa, dès lors, la belle Princesse elfique de se rendre avec les autres Elfes dans sa demeure, la plus grande de toutes, celle de la chef de l'ensemble des villages de Simérie. Alors que les Soldats elfiques s'émerveillaient de la beauté de cette demeure, la Princesse elfique, quant à elle, ne fut pas étonnée des décorations présentes en ces lieux. Elle retrouva sa suivante et confidente. L'ensemble de la troupe, hormis Hersendis, fut étonné de voir que, dans ce pays si rude, une femme commandait la destinée d'un peuple aussi puissant qu'on le disait. Hersendis demanda à Dame Daskalia de leur raconter l'histoire des Simériens.

- Il y a longtemps, lorsque la déesse Floëls vint s'installer ici sur le Septrion, continent qui lui avait été attribué lors du partage des Commandeurs, les ancêtres de notre peuple, qui vinrent sur le continent de glace, étaient alors des Humains. La première personne qui posa pied sur le rivage fut une femme. Floëls, qui avait vu la scène depuis son trône se téléporta afin d'accueillir les représentants du peuple. Elle leur accorda le droit de s'installer et de fonder un territoire, presque un royaume, mais la Gaïanor indiqua, dans toute sa bonté et sa gentillesse, qu'une femme deviendrait la dirigeante de ce nouveau peuple. La femme du chef originel fut celle-ci, une de mes parentes.

- C'est pour cela que le peuple Simérien repose depuis des siècles et des siècles sur un système matriarcal. Les femmes donnant la vie aux générations suivantes sont reconnues comme celles qui doivent guider la population sur le chemin de la vie. – Fit la Princesse elfique. –

Ils furent tous très bien accueillis. On leur montra leurs appartements où ils prirent juste un succulent repas dans un moment rare de convivialité et d'échanges basés sur les connaissances des deux peuples et de leurs souvenirs respectifs, bien au-delà des simples civilités. Hersendis profita de ce fabuleux repas pour prendre un air plus grave et plus anxieux, exprimant son impatience sur les décisions qui allaient être prises ici. L'état du reste du monde libre empirait et son amour était loin, hors de ses pensées. Elle mangea tout de même malgré ses inquiétudes.

Après le repas, la fille d'Enoguëra exposa les raisons de sa venue dans ces plaines désolées par la glace :

- Si tu as vu les Morlochs tout à l'heure et les Trolls c'est parce que le monde bouge, les choses évoluent et pas en bien j'en ai peur ! Fulk Arken, le sombre Seigneur, mon ennemi, notre ennemi, celui qui souhaite annihiler toute vie, s'avance sur nous depuis des jours en apportant la terreur. Il a emmené avec lui la plus grande de toutes les armées qu'il n'ait jamais créées. Le royaume de Sertrach en Extrême-Occident est tombé et le Roi Noir est prêt à nous écraser. Sans ton aide Daskalia, sans l'appui de ton puissant peuple, toutes les terres d'Yrneh connaîtront une peine infinie et seront baignées dans la haine à tout jamais. Nous sommes trois émissaires, Niiru, Baldric et moi, envoyés par nos pères afin de trouver auprès de nos amis l'espoir et la survie. Je te conjure de toute mon âme, accorde-moi le soutien de ton peuple, accède à ma requête, gente dame, car sans la puissance des Simériens, d'ici peu nous ne serons plus rien !

-    Je comprends, Princesse des Elfes, nous aussi nous avons à nous départir avec les Orcs et les Damalochs que Fulk Arken a installé à l'Ouest d'ici. Je ne peux décider seule de l'avenir de notre Continent et du vôtre. Le recours à toutes nos forces rendrait notre territoire esseulé et nous pourrions alors le voir conquis par les forces ténébreuses. Je me dois d'en référer à mes sœurs, les autres femmes chefs de clans qui doivent arriver ce soir. Mais s'il ne tenait qu'à moi, d'office la réponse serait positive car la présence des Morlochs ne me laisse guère augurer une vision rassurante sur ce qui pourrait advenir de notre continent.

Hersendis acquiesça de la tête et, à la demande de Dame Daskalia, sortit de la grande salle et alla se reposer dans ses quartiers. Les autres chefs de tribus venaient d'arriver pour le conseil, la nuit serait longue et les femmes allaient discuter âprement entre elles. Les femmes qui dirigeaient l'ensemble des clans étaient toutes au complet. Elles réfléchirent de façon appuyée sur la suite des évènements. Le débat dura très longtemps, presque toute la nuit.

-    Nous ne pouvons pas quitter nos habitations comme cela, il y a tellement de souvenirs derrière nous.
-    Et qui protégera nos enfants, les plus petits, contre les Trolls

?

- Je ne suis pas partisane d'un départ en force de notre territoire, donnons leur trois à quatre mille guerriers, ça devrait suffire.

Les débats durèrent inlassablement et Dame Daskalia sur son trône laissa ses pairs exprimer leurs points de vue. Elle prit la parole alors que le petit jour pointait à l'horizon :

- J'ai entendu votre discours mes sœurs. Je vous ai exposé des arguments que je pensais suffisants. Oui, je sais que nous avons déjà participé à la dernière guerre contre Fulk Arken et que notre peuple en est las. Tous les peuples le sont depuis que les Dieux sont partis aux termes de leurs cycles.
- Daskalia ma sœur, je ne veux pas voir ma famille partir avec moi au combat !
- Assez ! Finit de geindre et de combattre de vulgaires Trolls. J'aurais préféré ne pas vous alerter mais je ne puis me taire. Hier, j'ai prêté main forte à Hersendis.
- Oui ! Face à des vulgaires Trolls comme tu viens de le dire !
- Tais-toi et laisse-moi finir, j'ai omis de vous parler des trois Morlochs qui accompagnaient la horde sauvage. C'est bien plus grave que vous ne pouvez le croire. Fulk Arken a sollicité tous les appuis disponibles pour sa réussite, et l'armée qui est en marche est bien plus puissante que celle du temps jadis.
- Puissent les Dieux nous venir en aide Daskalia !
- Jamais, dans les écrits ni dans les paroles laissés par les Gaïanor, il n'a été question qu'ils nous sauveraient. Souvenez-vous de ce que Floëls a dit à nos ancêtres : « Si quelqu'un doit sauver tous les peuples d'Yrneh, ce ne sera pas les Dieux, mais les peuples libres eux-mêmes ! ». L'alliance est notre unique destinée ! Quoi qu'il en soit, la Princesse des Elfes est en possession de l'anneau du Légat, on ne peut en aucun cas refuser.

Elle porte la bague des Hérauts dépêchés par le Régent des Commandeurs des Strates.

On fit mander Hersendis afin de lui donner la réponse. Dame Daskalia avait changé de vêtement et était maintenant en habit solennel tout comme ses sœurs. Elle exprima la décision du conseil :

- Charmante Hersendis, nous avons discuté intensément. Même si nous ne sommes pas parvenues à un accord, la décision me revient au final. Nous accédons sans restriction à ta requête, cela n'est pas seulement motivé par l'anneau que tu portes. Cette décision est mûre, elle s'appuie aussi sur la présence des Morlochs. J'estime que nous sommes restés trop longtemps auprès du Palais de notre déesse, nos esprits se sont habitués à la glace et nos cœurs se sont refroidis avec la neige. Il est temps pour nous de revenir en Yrneh, car ici il ne reste rien, à part l'étendue infinie que les glaces nous proposent et les ruines d'un Palais tombé en désuétude depuis le départ de notre Déesse. Nous avons été très fidèles à Floëls, mais nous nous devons désormais de retourner dans notre contrée d'origine comme elle l'aurait souhaité. Nos ennemis ici ne sont pas si nombreux, mais lorsque Fulk Arken aura décidé de venir nous envahir nous n'aurons plus aucune chance de réagir, il sera trop tard. Nous sommes pour la plupart conscientes des besoins d'Yrneh. Tu devras repartir seule avec tes compatriotes dès demain pour le Ravin Bleu et informer les dirigeants du monde libre que nous viendrons d'ici quelques jours, le temps de rassembler toutes nos forces.

La Princesse elfique rétorqua par un simple « Enorga », le remerciement en langage Ogarudh. Hersendis se retira à nouveau dans ses appartements pour recouvrer des forces. Le sommeil ne se fit pas attendre et la belle Elfe rêva toute la nuit de l'homme qu'elle aimait. Au sein de ses songes, elle entrevoyait, de façon floue, Niiru dans l'avancée de sa quête. Le lendemain matin, Hersendis participa au petit-déjeuner donné en son honneur. De nombreux et succulents mets Simériens avaient été confectionnés. La Princesse elfique et sa compagnie se restaurèrent avec plaisir devant la multitude de douceurs. Plus tard, elle rappela son fidèle et splendide destrier. Une fois sur le dos de sa licorne, elle demanda à Dame Daskalia :

- Comment puis-je apporter une preuve de votre appui à mon père ?
- C'est simple Hersendis, ces deux hommes et ces deux femmes compléteront ta garde rapprochée, ils seront notre avant-garde et t'escorteront jusqu'au Ravin Bleu. De plus, ils sont équipés de plusieurs armes en acier uldéré qu'ils offriront aux dirigeants d'Yrneh pour leur défense. Va Princesse des Elfes ! Nous avons déjà dépêché nos pairs et dès que possible notre armée se joindra à la vôtre.

Hersendis, accompagnée des quatre Simériens, chevauchait désormais en direction des navires. Le spectacle fut assez irréel. La Princesse elfique se trouvait juchée sur sa licorne, les Elfes sur des chevaux et les Simériens qui les accompagnaient étaient montés sur d'énormes tigres des glaces. La Princesse des Elfes fut, dès lors, moins inquiète, en sachant que la force des Simériens et leur maîtrise de la magie des glaces seraient de leur côté au moment de la dernière bataille. Au terme d'une course rapide, ils arrivèrent en vue des navires. Hersendis s'entretint avec le capitaine de la plus grande nef et l'informa qu'ils avaient été légèrement retardés par une petite troupe d'Orcs et de Damalochs qu'ils avaient décimés. Il ne faisait aucun doute que les forces du Mal prévoyaient d'investir la région.

Chapitre VIII : D'une étape à l'autre

La halte dans la cité d'Ach avait été très fructueuse. La rencontre avec Mu-Erech fut profitable au jeune Prince en exil. Il y avait obtenu ce qu'il était venu chercher, une puissante armée et plus encore, des réponses sur Anarya, le Sabre du Dragon. Baldric s'était orienté plein Est pour contourner les montagnes. Il se rendit compte que ce chemin rallongeait son voyage, le temps lui manquait et il lui fallait une meilleure solution, en somme, un raccourci. Il se souvint de vieilles paroles prononcées par Danreb l'Ogarith :

-       Les montagnes sont les royaumes et les refuges des Ogariths. Il y a toujours un passage pédestre qui rallie le monde des Hommes et celui des créatures ailées. Ils ne sont pas cachés, mais restent discrets. Si jamais tu vas dans l'Est passe par les Monts Nivéal. Les Princes de ce territoire t'accueilleront sans problème. Par contre, le chemin est rude. Ne te perds pas et reste sur tes gardes !

Le Prince de Dol changea ses plans. Il se décida de piquer dans une direction suivant un axe Sud-est afin de s'orienter vers la chaîne des montagnes de cette partie du Continent. Il mit près d'une journée entière pour parvenir sur les bas flancs que l'on nommait les Monts Nivéal en raison de la présence des neiges éternelles, ces neiges n'étant jamais verglacées. Le jeune Prince avait eu une chance innée et un flair incroyable car il avait réussi à trouver l'entrée du chemin du premier coup.

Fatigué par sa longue course, il s'imposa de s'arrêter pour manger et dormir. Contrairement aux sommets des montagnes, les bas versants produisaient une sorte de climat très doux et peu humide.

La nuit que passa Baldric fut juste fraîche à souhait, c'était là une des nombreuses particularités du continent central. Le lendemain matin, très tôt, il emprunta ce chemin qui lui était jusque là inconnu. Le sentier était très escarpé, afin de décourager les intrus, et ne possédait qu'une largeur égale à celle d'un homme menant son cheval.

Montant sans relâche, il avait pu s'apercevoir que le passage emprunté se transformait au fur et à mesure en une vieille route qui tombait en ruine. Le chemin qu'il suivit était composé en premier lieu de pavés, puis se constituait de trous de plus en plus nombreux et, au fil de la progression, le Prince Baldric constata que ce sentier devenait de plus en plus escarpé. À tous ces défauts apparents, s'ajoutait la présence croissante d'un épais manteau neigeux qui, en fin de compte, ralentissait de plus en plus le Prince exilé et son cheval. Au bout d'un certain temps, l'aspect de la route se transforma, les parois de la montagne s'éloignaient pour laisser de grands boulevards blancs dont la neige montait jusqu'en haut des bottes de Baldric.

Le jeune homme se couvrit d'une superbe cape, offerte à son départ par le Roi d'Ach, comme s'il avait prévu que Baldric modifierait son itinéraire. Geriis, le fabuleux cheval de Baldric, commença, lui aussi, à accuser le coup et à souffrir du froid et de la neige. Pourtant, loin de refuser d'avancer, il continuait de suivre son maître. Le cheval tint bon et prouva encore sa fidélité. Sans lui, la quête du Prince de Dol n'aurait jamais pu avoir lieu car le Héraut de l'Alliance, bien que prudent au milieu des étendues enneigées, eût la malchance de mettre un pied dans une crevasse. Ne pouvant retenir son poids, Baldric chuta dans le vide.

Tout aurait dû se finir ainsi, si Baldric, chanceux et prévoyant, n'avait pas tenu fermement la bride de son fabuleux destrier.

Désormais, le Prince de Dol se retrouvait dans une posture très fâcheuse, il réalisait maintenant la gravité de sa situation, suspendu au-dessus de l'abîme. Dans un état de stress relativement contrôlé, il jugea la situation de plus en plus inquiétante au fil des secondes. La bride qui entourait la gueule de l'animal, faite d'un cuir de grande qualité, commença à céder sous le poids de Baldric ainsi que du froid qui s'y cristallisait. Geriis se montra le plus courageux des chevaux puisque, malgré le froid et la neige qui l'agressaient, il tentait de sortir le Prince exilé de ce piège mortel tendu par la montagne. S'efforçant de reculer, afin de tirer les liens, il tenta de remonter son maître suspendu au-dessus d'un vide sans fond.

Malgré toute la bonne volonté et la force du pur-sang, rien n'y fit. La bride, lentement mais sûrement, se brisa au niveau de la boucle métallique sur le côté droit de la gueule du cheval. Le Prince de Dol, en un réflexe inespéré, eût tout juste le temps d'enrouler l'une de ses mains dans ce qui restait de son ultime chance de survie. Sa vie ne tenait alors que par un fil ! Le cheval, qui jusque là avait affirmé son courage, commença à prendre peur.

Il s'affola car il savait en son for intérieur qu'il ne pouvait plus rien faire pour sauver Baldric. Geriis hennit violemment, se cabra et, assista impuissant à la chute du Prince Baldric. A cet instant le cheval resta seul. Sa respiration s'était accélérée et la buée sortant de sa gueule devint de plus en plus conséquente. Le blanc destrier avança et recula d'un pas avant de baisser la tête. Il était seul dans cet immense désert et son instinct d'animal lui indiquait que sa propre fin se rapprochait inéluctablement. Seul le vent soufflait dans cette étendue sans fin et personne ne saurait rien de ce qui venait de se produire.

Funeste aurait pu être le sort de l'Alliance, car tout espoir venait de s'enfuir, une fois de plus, avec la chute du jeune Prince de Dol. C'était sans compter sur un miracle inespéré. Contre toute attente, Baldric fut soulevé et ramené sur la terre ferme par une matérialisation physique, une sorte d'aura magique, d'un côté, la manifestation d'une puissante tornade ascendante, de l'autre, qui projeta le Prince de Dol loin de la crevasse.

L'émissaire des peuples libres en visite dans le monde oriental, atterrit, le visage en premier dans la neige, seulement à quelques dizaines de mètres de la crevasse. Sans comprendre ce qui lui était arrivé, il resta là quelques instants sans réaction. Le choc de la projection l'ayant rendu hagard, il mit du temps pour réaliser ce qui lui était vraiment arrivé et comment il avait été sauvé in extremis. Baldric se décida à relever la tête, la secoua de gauche à droite pour chasser la matière froide et humide.

Sa vision encore trouble, il se retourna et aperçut un personnage se trouvant à quelques pas de lui en train de calmer le beau Geriis. Baldric se releva, frotta sa tête avec sa main, un œil encore fermé par la douleur, puis s'éclaircit les idées. Sa vue s'améliora rapidement et il se rendit compte, après que l'aura lumineuse se soit dissipée, qu'un Ogarith se trouvait devant lui. Celui-ci se tourna, esquissant un sourire bienveillant à l'égard du Prince.

-    Bonjour, Humain ! Tu as eu une chance inouïe que j'ai pu entendre les hennissements apeurés et répétés de ton magnifique cheval. Il a fait preuve de bravoure en tentant de te sortir de ce guêpier ! Humain, sais-tu que ce n'est pas un endroit pour lui ? La neige et la glace ne sont pas les alliées des chevaux, même si le tiens est particulier.
-    Je le sais Seigneur Ogarith, mais je n'avais pas le choix, je me devais de passer ici pour rallier au plus vite la cité de Le Mans, et cette montagne constitue un vrai raccourci. Je savais que le

chemin le plus court ne serait pas le plus facile et je n'ai aucunement forcé mon destrier à me suivre. Nous avons convenu de nous soutenir mutuellement, lui et moi, c'est à la vie à la mort. Pardon de m'étendre en justifications, je me rends compte de mon manque de savoir vivre. Je me présente à vous, je suis Baldric de Dol, fils d'Emergard de Sertrach. Je vous dois la vie, je vous remercie du fond du cœur et je suis votre obligé !

- Enchanté de vous connaître, fils d'Emergard, je suis Bir-Keren, Seigneur de la montagne Nivéal, un des membres de la communauté d'Ogariths vivant ici. Je suis aux ordres de mes Princes.

- C'est un plaisir de vous rencontrer Bir-Keren. Je savais que je ne me trompais pas en m'engageant dans les hautes sphères montagneuses. Les conseils de mon ami m'ont été plus utiles.

- Qui est votre ami ? Comment connaît-il l'existence des vieux chemins escarpés ?

- Mon fidèle ami est le Seigneur de tous les Ogariths, le Maître des Monts Anciens !

- Tu connais donc Danreb, notre Prince ?

- Oui !

- Alors les murmures du monde et les échos disent vrai ! Le monde est en cours de changement, de nombreuses transformations sont en marche, Fulk Arken est de retour pour l'ultime affrontement et les peuples libres s'en vont en guerre.

- Malheureusement !

Le sympathique Ogarith chercha dans sa besace. Il en sortit une très belle flûte, en joua quelques instants et de nombreuses notes cristallines formèrent une mélodie bien précise et typiquement connue par les créatures des airs. Baldric l'observa et se demanda à quoi servait cette composition musicale.

Voyant Bir-Keren scruter le ciel, Baldric en fit de même et vit apparaître, en réponse à cette musique entraînante, plusieurs créatures ailées qui atterrirent doucement.

\- Nous allons te conduire, toi et ton cheval, auprès de nos Seigneurs, car ce sera à eux de décider de ce que nous ferons. À ce que tu viens de m'apprendre, le puissant Seigneur Danreb est donc ton ami. C'est un bon point pour toi et je gage qu'ils t'écouteront ou que, tout du moins, ils t'accorderont le passage sur notre territoire.

\- Merci de ta précieuse aide Bir-Keren. Je te sais gré de ce que tu as déjà fait pour moi. Comment puis-je te remercier ?

\- Si tu accomplis ta mission, ce sera une façon de me remercier.

Bir-Keren s'entretint avec ses quatre camarades dès que ceux-ci s'orientèrent dans sa direction. Après plusieurs minutes d'entretien, et sur les ordres de Bir-Keren les quatre personnages ailés emportèrent Baldric et son cheval au-dessus de la chaîne de montagnes. Le Seigneur Bir-Keren les mena alors un peu plus vers l'Est, orientation indiquée par le soleil qui se couchait derrière eux, derrière l'horizon des hautes montagnes en partie déjà parcourues.

À la nuit tombée, tous les membres de cette expédition arrivèrent à proximité d'une immense esplanade juste en contrebas d'un majestueux pic avec en contrefort l'existence d'un des Palais du peuple des Ogariths, sur le flanc de cette montagne reposait la demeure des Princes de l'Est. Baldric, une fois sur la terre ferme, vit que de cette place on pouvait apercevoir un sentier montant vers l'Ouest et dont la partie descendante se dirigeait vers l'Est. Il s'agissait de la suite du chemin que le courageux Prince de Dol aurait pu emprunter si sa mésaventure, cette chute dans la crevasse, n'avait pas eu lieu.

- Eh oui, jeune Baldric, tu serais forcément passé devant notre demeure et tu aurais continué ton chemin. Je devrais dire en temps normal, car je gage que le froid intense qui règne sur le pic se trouvant sur ta gauche là-bas t'aurait tué. Maintenant, il est temps de me suivre, de te restaurer puis de te présenter à nos sages et puissantes Altesses.

Baldric pénétra par l'entrée principale du Palais. Elle était splendide, ornementée comme savaient le faire les créatures volantes, et les Elfes qui y avaient eux-mêmes séjourné longtemps. On le mena d'abord dans les cuisines pour qu'il se restaure correctement, puis il se réchauffa auprès d'un bon feu et enfin, à la demande des chefs de ce domaine se rendit dans la salle du trône. Une fois sur place, il constata la beauté de l'endroit, caractérisé par la présence de tapisseries de velours rouges, de rideaux dorés et d'un sol en marbre gris clair. Au fond de l'immense salle, il fut étonné de trouver deux sièges, deux trônes royaux totalement identiques dans les plus infimes détails.

Ces trônes étaient posés sur une estrade relativement surélevée et étaient tournés en direction du centre de la pièce et se faisaient très légèrement face. Bir-Keren lui avait expliqué que les Seigneurs de ces lieux arrivaient à se concerter simplement du coin de l'œil. Baldric fut surtout fort étonné par cette dualité car, de tout ce qu'il avait pu voir, toutes les salles principales des différents royaumes qu'il connaissait, seul un trône présidait toujours et les sièges de la Reine ou des Princes rattachés à la couronne se avaient, en règle générale, une taille inférieure ou une finition moins somptueuse.

Tout s'éclaira pour le Prince de Dol lorsqu'il vit les deux personnages altiers entrer majestueusement dans la pièce surplombée d'une voûte impressionnante. Baldric posa un genou à terre sur le long tapis rouge qui courait des marches de l'estrade jusqu'à l'entrée de la pièce. En relevant la tête, il remarqua alors que ses deux hôtes se ressemblaient étrangement. Pourtant de son ouïe alerte, il dénota une seule et unique différence, celle des voix lorsqu'ils s'adressèrent à lui. Celles-ci indiquaient qu'il s'agissait d'un frère et d'une sœur, des jumeaux. Baldric ne montra pas son étonnement plus que ce qui était nécessaire car il savait la chose possible et en avait eu vent. On lui avait parlé par le passé d'une chose pareille au sein du peuple des Elfes, mais celle-ci demeurait rare, voire exceptionnelle. En découvrir, chez ceux qui venaient de lui faire bon accueil, se révélait être incroyable.

Son ami Danreb ne lui avait jamais fait mention de possibles gémellités, puisque les Ogariths étaient encore moins nombreux que les Elfes. Malgré sa grande curiosité, Baldric tenait l'inexistence de jumeaux dans ces deux peuples comme une vérité absolue. Le jeune Prince se remit vite de son étonnement et baissa la tête en signe d'humilité face à ces dirigeants. Même si l'ensemble de la région relevait du pouvoir de son père, il savait que ce territoire demeurait l'entière propriété des Ogariths car, comme l'indiquèrent les Gaïanor, au début des temps, aucune race ne primait sur les autres.

Baldric en était très conscient et, même si les Humains peuplaient majoritairement ce Continent, il demeurait que les autres races d'Yrneh possédaient leurs propres territoires sur lesquels pesaient leurs propres libertés, des pouvoirs souverains et inaliénables. Les deux Altesses s'installèrent lentement sur leurs trônes, posèrent leurs mains sur les accoudoirs et, en même temps, leurs bouches s'ouvrirent et leur voix s'unirent sous la montagne pour s'adresser à Baldric :

-      Prince de Dol, fils d'Emergard, nous venons de sonder les abymes de ta mémoire. Les souvenirs que nous avons trouvés nous laissent présager un avenir noir. Le destin de notre monde en ces jours se joue sur la puissance des armées du Ravin Bleu et du succès de ses trois émissaires. Nous combattons les forces du Mal depuis les premiers jours et Fulk Arken ne doit pas réussir dans ses projets. Il ne doit pas réduire ce monde à néant ! Nous refusons catégoriquement cette apocalypse qu'il a prévu depuis longtemps. Nous t'accueillons avec plaisir et révérence. Va, émissaire d'Yrneh ! Nous ne te retenons pas plus longtemps, prends un repos bien mérité, nourris-toi et, dès demain, le Seigneur Bir-Keren t'accompagnera tout au long du chemin.

- Merci vos Altesses ! Je me retire.
- Vas-y, quant à toi, Bir-Keren, reste ici, nous avons encore à te parler.
- Oui, je suis à votre disposition.
- Bir-Keren, tu emmèneras le Prince sur le sentier qui va en direction de la Forêt de Sirkons. Mène-le jusqu'au bout de celui-ci. Une fois que vous serez arrivés, laisse-le prendre son avance au sein du domaine des Elfes de L'Est. Tu le suivras discrètement, il aura besoin de toi par deux fois. En aucun cas tu ne dois le laisser seul. Si jamais il n'arrive pas chez le Roi de l'Aurore alors les Humains ne seront pas assez nombreux et la guerre sera perdue.

Le Prince de Dol se retira dans la chambre qu'on lui avait préparée pour la nuit. Il ne trouva le sommeil qu'après avoir réfléchi à la puissance télépathique du Prince et de sa sœur. Le matin il se leva de bonne heure et se réapprovisionna, avant de rejoindre son nouveau camarade Bir-Keren qui, après quelques heures de marche, lui indiqua de continuer dans la même direction avant de prendre son envol. La traversée du reste de la chaîne montagneuse dura deux jours avant que Baldric ne franchisse les limites de la Forêt de Sirkons, lieu de vie des Elfes Gris connus pour l'étrangeté de la couleur de leurs cheveux.

Le noble Prince, qui était rempli de motivations pures, passa près du havre de paix qui se trouvait au sein des grands séquoias. Un envoyé Ogarith des montagnes précédentes ayant été dépêché pour faire suivre la nouvelle auprès des Elfes et on autorisa Baldric à installer son campement au milieu des maisons elfiques.

Le Prince de Dol rencontra le chef de ce territoire qui, contre toute attente, se révéla être une femme. Baldric analysa la structure qu'il jugea de type matriarcal comme chez les Simériens. On lui indiqua que le fonctionnement de la communauté reposait sur une alternance des sexes au pouvoir, tout en gardant la même famille dirigeante. Cela permettait, un siècle sur deux, d'équilibrer les intérêts des membres de la Forêt. Baldric savait que la majorité des femmes Elfes demeurait peu encline aux guerres, même si certaines d'entre elles s'illustrèrent par le passé, lors des autres grandes tragédies.

On remercia le Prince de sa venue et on le pria de vaquer à ses occupations pendant que le conseil se retirait afin de cerner le problème qu'avait exposé le jeune homme. Il visita une grande partie des lieux, des constructions, vit des objets elfiques, mais ces derniers n'avaient que peu de secret pour lui, du fait des liens qu'il possédait avec Hersendis. Il se délecta de sa douce et longue promenade au milieu des grands arbres, et ce, même si son cœur l'appelait à partir vers l'Est pour achever sa pressante mission.

Le soir même, il fut convié dans une clairière tout à fait circulaire. Il y remarqua la présence de douze sièges et d'un trône. Les femmes Elfes étaient toutes habillées de longues robes blanches simples, mais Elanïa, la chef du territoire, possédait des broderies dorées sur sa tunique. Leurs cheveux gris les rendaient âgées physiquement, démontrant ainsi le fardeau des années passées dans ce monde, comme si elles portaient les stigmates de la guerre et des exactions commises par le Seigneur des Ténèbres. Elles prirent toutes solennellement place sur des sièges en bois précieux disposés en cercle. La dirigeante entama son laïus :

- Présentez-vous, Messire ! Exposez les motifs de votre venue.
- Je suis Baldric, Prince de Dol, Héritier exilé du royaume de Sertrach.
- Vous avez été chassé de vos terres ? Vous vous êtes rebellé contre votre père ? – Fit une des femmes Elfes. –
- Nullement. Je n'ai plus de royaume, tout simplement. Je pensais que tous les Elfes lisaient dans les cœurs et les esprits !
- Nous nous y refusons, nous le faisons uniquement si notre invité y consent. Mais, parlez-nous plutôt de ce qui vous mène jusqu'ici !
- Pour être honnête et totalement franc avec vous, je n'aurai jamais dû transiter par votre domaine. Mais les méandres du destin ne sont pas prévisibles pour les Humains. Ma mission doit me mener jusqu'à la capitale du royaume de l'Aurore où je dois convaincre le Roi de conduire une armée en ma compagnie jusqu'au Ravin Bleu.
- Une armée ? Il y a la guerre là-bas ?
- Pas pour le moment, mais bientôt elle sera présente. J'ai l'impression que vous êtes coupés du monde, les murmures dans l'air ne vous parviennent donc pas ?
- Non pas du tout, nous vivons en autarcie depuis très longtemps et rien ne filtre ici, hormis la venue de quelques Ogariths. Mais continuez !
- La guerre se prépare dans l'Ouest, nous sommes trois émissaires et nous tentons de rallier tous ceux qui souhaitent lutter et s'opposer à Fulk Arken.
- Fulk Arken ? Le Seigneur des Ténèbres est de retour ? Après tous ces siècles ?
- Oui, et il vient pour l'ultime affrontement, ni armistice, ni

reddition. La mort nous attend si nous ne faisons rien. Je profite d'être ici pour requérir votre aide.

Pendant plus de cinq minutes, pas un seul mot ne fut prononcé. Baldric analysa le moment et comprit que d'intenses échanges télépathiques se déroulaient entre les dirigeantes. Tout à coup, Elanïa se leva et de toute sa majesté s'adressa au Prince de Dol :

- Mes sœurs et moi avons convenu d'une issue à ta proposition. Après mûres réflexions, nous avons décidé que nous ne participerions pas à cette guerre, nous sommes las des changements survenus dans ce monde depuis qu'il existe. Les combats sont trop loin pour nous. Ce sont vos affaires. Nous sommes désolés.
- QUOI ! Vous êtes désolées ? Je ne conçois pas votre refus. J'ai toujours eu les Elfes en très haute estime mais là je désapprouve totalement votre attitude. Vous êtes des êtres fiers mais j'ai honte pour vous. Je ne resterai pas plus longtemps ici. Dès demain je m'en irai.
- Comment osez-vous nous parlez de la sorte ? Je ne tolère pas un tel affront. Je vous demande immédiatement des excuses.
- Il n'est pas question que je présente des excuses.
- Mais …
- Rien du tout ! Je manque peut-être à tous mes devoirs de Prince, mais en perdant mes territoires j'ai perdu mon rang. J'espère qu'Enoguëra n'apprendra jamais votre refus. Si seulement Hersendis avait été là !
- Vous connaissez le Haut-Roi des Elfes et sa fille ?
- Certainement ! Je suis un dignitaire dans leur communauté. Mais laissons là ces dignes personnages. La conversation est terminée. Votre décision est prise, et comme me l'ont dit les Seigneurs Naëw et Niëw, une fois votre choix fixé vous n'en changez pas. Sur ce, bonne nuit.

Baldric déçu de cette décision, détourna son regard de l'assemblée et partit en direction de son maigre campement où, sans se restaurer, il se coucha rapidement. Il savait qu'il ne pouvait rien changer à cette décision et, même si ces Elfes n'étaient pas très nombreux, il aurait vu d'un très bon œil l'adjonction de cette communauté. Il ne pensait plus désormais qu'à une seule chose, repartir pour Le Mans, puis la côte de l'Aurore. Pourtant, un évènement imprévu survint. Au milieu de la nuit dans le secret de l'obscurité, les hommes Elfes envoyèrent un Héraut pour s'entretenir avec lui.

Le personnage ne dévoila pas son nom, mais il expliqua que les mâles se joindraient à l'armée d'Yrneh, ils étaient en total désaccord avec la gente féminine de leur peuple. Le Prince de Dol se recoucha rassuré après cet entretien et, dès le lendemain matin, repartit pour continuer sa quête. En se mettant en selle, il fouilla dans l'un de ses sacs et se rendit compte de la présence d'un parchemin, un message laissé par un des Elfes. Il lut ce qui lui était adressé :

Noble Prince,
L'espoir demeure mince.
Mais ton entrain,
Fait refuser une funeste fin.

Pour la première fois,
Nous bafouons la loi.
Et si nous défions nos femmes,
Ce n'est que pour sauver nos âmes.

Depuis longtemps nous pensons à cette ultime guerre,
En signe d'acceptation,
Nous nous préparons à la faire.

Sache que bientôt nous nous retrouverons.

Le cœur du Prince exilé se remplit à nouveau de satisfaction car, il sut dès lors que le soutien militaire des Elfes de cette région lui était définitivement assuré.

Chapitre IX : Bonnes et mauvaises rencontres

Baldric mena sa course très rapidement. Au cours de la journée, il traversa le fleuve du même nom que sa prochaine destination, la citadelle de Le Mans. Il ne se doutait pas, le moins du monde, que Bir-Keren le suivait là-haut dans le ciel, toujours en retrait, afin que son ombre ne plane jamais sur son ami. Finalement, peu de temps après avoir laissé le fleuve derrière lui, Baldric arriva au pied de la cité représentant sa dernière étape dans les possessions des Humains avant d'arriver à Anviliä. Baldric ne séjourna guère plus d'une journée et d'une nuit dans la grande ville.

Contrairement à sa venue dans la cité d'Ach, Baldric fit profil bas, et s'arrêta dans une auberge dont la qualité et les prix laissaient entendre la bonne tenue des lieux. Le Prince de Dol y prit une petite chambre, juste de quoi passer une nuit tranquille. Il ne s'attarda pas dans ce bâtiment, prit la clé et indiqua au propriétaire et à son épouse, qu'il rentrerait en fin de soirée et qu'il aimerait pouvoir dîner dans sa chambre. Les deux charmants personnages acquiescèrent et affirmèrent qu'ils n'avaient aucune objection à la libre circulation de Baldric dans l'auberge. Le Prince en bon client avait déjà réglé le prix de sa chambre et de ses repas.

Baldric les salua chaleureusement et leur demanda, avant de sortir, quel était le chemin le plus rapide pour se rendre auprès du Seigneur de la citadelle. Le tenancier du lieu indiqua le chemin le plus court pour se rendre au château. Le Prince en exil reprit Geriis, son coursier, qu'il avait attaché dans l'écurie attenante à l'auberge. Ne lui ayant pas encore enlevé la selle, il put remonter rapidement sur son dos et se dirigea sans plus attendre vers le Palais. Geriis se lança au triple galop sur la grande route pavée qui menait, par quelques détours, aux portes de la demeure du

Seigneur et vassal du Roi de l'Aurore.

En arrivant à la porte du château, Baldric nota que celui-ci était d'une taille inférieure à celle de sa forteresse ou à celle d'autres grands rois. Baldric demanda qu'on l'annonce auprès du Suzerain de la ville et donna à l'un des gardes un premier parchemin. On le fit venir dans une salle de taille moyenne décorée très sobrement avec des banquettes, de lourds sièges, quelques tapisseries et une modeste cheminée où crépitait une belle flambée déjà bien avancée. Baldric n'hésita pas à se réchauffer devant les flammes qui dansaient avec vigueur sous ses yeux. Il patienta près d'une bonne heure et, alors qu'il montrait des signes d'impatience, il fut appelé par un page qui lui demanda de suivre le chambellan. Le haut fonctionnaire l'attendait peu après la porte, au milieu d'un long couloir éclairé par des torches soigneusement disposées.

Baldric salua l'homme qui s'était présenté à lui et se contenta, dans un premier temps, de lui donner un second parchemin confié par Danreb, mais rédigé par les Elfes, comme tout document officiel.

- Qui dois-je annoncer, Monsieur ?
- C'est pour le protocole ?
- Oui, absolument.
- Eh bien, vous me présenterez auprès de votre chef comme étant Baldric, émissaire de l'Alliance Yrnéenne.
- Très bien. Suivez-moi, et surtout lorsque vous serez en présence de Monseigneur, saluez-le avec révérence. Je vous en saurai gré.

Le Prince de Dol rentra dans la salle du trône où se trouvaient quelques nobles, des femmes et des hommes, et, au milieu de tous, se trouvait, de dos, le fameux chef de la cité. Il se retourna lorsque le chambellan l'annonça :

- Votre Seigneurie, voici Messire Baldric, émissaire de l'Alliance Yrnéenne.
- Je vous salue Baldric !
- Je vous rends grâce Monseigneur.
- Je me présente à vous, je m'appelle Jarius Comte du Mans, vassal fidèle du Roi de l'Aurore. Quel sujet nous gratifie de votre visite ? J'ai lu le parchemin apporté par mon garde. Il est écrit en Ogarudh commun, de la main d'Enoguëra. Il vous dit digne de confiance et il me demande instamment de répondre à votre requête de façon positive. Mais pour quelle raison devrais-je accepter ?
- Monseigneur, je ne viens pas pour exiger quelque chose de votre part, mais pour vous proposer de vous allier à nous.
- Une alliance et pourquoi ? Éclairez-nous, moi et ma cour !
- Soit ! Je dois encore passer par tous ces cérémonials ! Je suis Baldric, mais je ne suis pas qu'un simple émissaire. Je suis le Prince de Dol, fils aîné et Héritier légitime du trône de Sertrach. Je viens demander votre aide, quérir toutes vos forces armées afin que vous les meniez jusqu'au Ravin Bleu.
- Mon armée complète ? Et pourquoi donc ?
- Tout simplement parce que Fulk Arken est en marche vers l'Est. Il a détruit une partie de mon peuple et dévasté mes territoires. Bientôt, il supplantera le champ de force des Magus et parviendra jusqu'au Ravin pour la bataille finale.
- Ahahahahahahaha, Fulk Arken ! Rien que le Seigneur des Ténèbres ! Mais il a disparu depuis des siècles.
- Ne vous moquez pas de lui ainsi, s'il vainc les forces en présence dans le Ravin alors il s'en prendra à votre territoire et croyez-moi ou non, vous ne tiendrez pas plus de quelques jours.
- Soit, vous ne semblez pas plaisanter et, bien qu'étant jeune, je sais que les forces maléfiques sont souvent imprévisibles. Mais

quelles preuves, hormis ces deux parchemins, pouvez-vous me fournir ?
- Ces deux choses !

Baldric tendit sa main, plia les doigts sauf l'index et dit :

- Ma bague, dont le chaton fait sceau. Mon père me l'a donnée, c'est la preuve de mon rang. Et voici l'artefact qui vous convaincra.

Alors, Baldric prit dans ses deux mains, un objet qu'il avait mis à l'abri et qu'il portait comme un sac sur son épaule droite. Il montra l'objet, le sortit de sa couverture, et là apparut le manche du sabre, représentant la tête du dragon.

- Voici Anarya, le Sabre du Dragon, celui que l'ancêtre de votre Suzerain confia autrefois pour prouver son alliance de toujours. Si ça ce n'est pas une preuve…
- Anarya ! L'arme que réalisa Naör avec l'aide de Tenerius. Mais l'as-tu utilisée ?
- Non, on m'a juste confié sa garde et la mission de la ramener auprès de son légitime propriétaire. Mes amis m'ont indiqué que personne n'avait plus la capacité de l'utiliser ni de sortir la lame du fourreau.
- Ils avaient raison. Je te crois mon cher Baldric et ta requête est acceptée. Si tu veux, tu peux résider ici et repartir demain.
- Je vous remercie de votre hospitalité, mais j'ai pris une chambre dans une auberge. Elle est plus proche de la porte d'entrée de votre cité. Et je ne veux perdre aucune seconde en repartant demain. Je me retire et vous salue avec les honneurs dus à votre rang.
- Que les Gaïanor te protègent durant la fin de ton voyage. Va en paix Baldric et sois assuré de ma venue dans le Ravin Bleu.

Une fois sorti du château de Jarius, Baldric s'en retourna à l'auberge où l'attendait un bon repas chaud et un lit plus que confortable. Il arriva devant l'entrée de l'écurie attenante à la bâtisse, poussa la porte en bois à moitié fermée et mena son coursier dans un box aménagé à cet effet. Il y trouva de l'eau et du foin en quantité suffisante pour les besoins de Geriis. Le Prince de Dol laissa son cheval, et referma la porte de l'écurie. Une fois hors de ce lieu, il gravit les trois marches donnant l'accès à la salle inférieure de l'auberge. Il frappa vigoureusement à la porte en s'annonçant, le tenancier lui ouvrit et l'accueillit chaleureusement.

-       Vous êtes de retour cher ami ! Ma femme est en cuisine et elle prépare votre repas. Vous aurez droit à une bonne soupe, des patates accompagnées de poisson et d'une petite sauce et enfin, en dessert, vous goûterez notre spécialité. Je vous ai fait mettre de côté une petite bouteille de vin blanc pour accompagner le repas.
-       Je vous remercie, cher hôte !
-       Comme convenu, je vous le monte dans votre chambre dès que tout sera prêt.
-       Eh bien, je monte de ce pas prendre possession de ma chambre.

Le jeune émissaire monta les escaliers et referma la porte de sa chambre derrière lui. Quelques instants plus tard, on vint lui monter sa nourriture. Par la suite, il ne tarda pas à se coucher dans son confortable lit et s'endormit tranquillement. Le lendemain matin, il se leva et prit rapidement son petit-déjeuner. Il sella à nouveau Geriis et une fois prêt, quitta rapidement la cité et repartit à bride abattue en direction de la capitale du grand royaume de l'Est.

Il mit près de quatre jours pour dépasser la longue chaîne

Corcyréenne en la longeant. Il s'arrêta au sud de celle-ci dans un magnifique bois beaucoup moins étendu que les autres forêts mais extrêmement sombre et compact. Il décida de ne s'installer qu'à la lisière de ce dernier.

Une fois son camp de fortune établi, le Prince exilé alla chercher du bois pour faire un feu. La nuit commençait à tomber et Baldric jeta alors deux fioles, que Danreb lui avait confectionnées. Elles détenaient chacune un élément réagissant au contact de l'autre et permettaient ainsi le déclenchement de flammes, puisque le temps avait manqué pour former le prince aux rudiments de la magie des Ogariths.

Alors qu'il s'apprêtait à manger, en relevant les yeux, il fut surpris par deux pointes de flèches très proches de son visage. Il releva lentement la tête et fixant d'un regard sombre ses deux assaillants, vit qu'il s'agissait d'Elfes aux cheveux bruns. Tout en continuant à le tenir en joue, les Elfes, qui étaient frères, interrogèrent Baldric sur sa présence en ces lieux :

-      Humain, que fais-tu ici près de notre domaine ? Ne sembles-tu pas au courant de la nouvelle. Les parages se font dangereux ces temps-ci, pleins de malandrins viennent rançonner les voyageurs.

Le second Elfe continua :

-      Qui nous prouve que tu n'en es pas un ?

Baldric, éclairé désormais par les seules flammes de son feu, rétorqua :

-      Analë Seigneurs Elfes ! Eh bien je suis seul ici dans mon camp de fortune et je ne ferai pas grand mal à qui que ce soit. Mon voyage n'a pour unique but que de me mener à Anviliä la capitale de l'Aurore.

Les deux Elfes ne dénotèrent pas de mauvaises intentions dans le timbre de la voix du Prince et sa connaissance du salut Ogarudh prouvait en partie sa bonne foi. Voyant les deux Elfes rengainer leurs flèches, Baldric de Dol pria ses interlocuteurs de se joindre à lui pour dîner. Les deux personnages ne refusèrent pas cette invitation et engagèrent alors une autre conversation, bien plus amicale :

- Nous sommes tous deux frères comme tu as dû le remarquer, nous gardons cette partie de territoire contre les pillards et les autres malandrins qui rôdent. Je m'appelle Urn-Herian et voici Urn-Ferus, mon cadet.
- Quant à moi je suis Baldric de Dol, Héritier du royaume de Sertrach, émissaire du Prince Ogarith Danreb et ami d'Hersendis et d'Enië.

Les deux Elfes froncèrent les sourcils en entendant les deux derniers noms.

- Si tu es un ami de la Princesse Hersendis et d'Enië, tu n'as que de pures intentions.

Après le repas frugal partagé avec ses convives, le Prince décida de dormir et les deux Elfes proposèrent de surveiller les environs pour lui assurer un sommeil sans faille. Ils le conseillèrent par ailleurs de s'installer dans une petite clairière au sein de la Forêt où les pouvoirs elfiques s'exerçaient. La dernière chose qu'il vit avant de s'endormir, non loin de son fidèle Geriis, fut la voûte du ciel éclairée par les milliers d'étoiles scintillantes. Le lendemain, il se réveilla alors que le soleil se trouvait haut dans le ciel. La cime des grands arbres tamisait les rayons qui lui parvenaient sur le visage. Il regarda autour de lui, constata que le feu s'était maintenu durant toute la nuit et finit par voir les Elfes, perchés dans les arbres en bordure du bois. Baldric alla d'abord se laver dans un petit ruisseau qui coulait non loin de là puis il prit ensuite son repas du matin en leur compagnie. Urn-Herian s'adressa à lui :

- Si le feu crépite encore c'est mon œuvre, j'ai fourni le bois nécessaire pour que tu n'aies pas froid, le vent circule puissamment dans la région.
- Je te remercie de ta bienveillance mon ami.
- Urn-Ferus et moi nous aimerions savoir ce qu'un homme de l'Ouest fait ici, et pour quels motifs tu es ici ?
- Je suis en mission et celle-ci demeure secrète. Pourtant sa raison en est fort simple. Fulk Arken, le Maître des Ténèbres est de retour, il a abattu le royaume de mon père et je fus le dernier Humain libre en vie dans ma forteresse. Les chefs de l'Alliance Yrnéenne m'ont donné la mission, ainsi que les moyens, de rallier le territoire de l'Aurore et de convaincre son Roi de mener l'ensemble de ses forces armées. J'ai obtenu l'appui de la cité d'Ach, celles des Ogariths des Monts Nivéal, de la ville du Mans et des Elfes de Sirkons.
- Mon ami Baldric nous te croyons, nous avons vu la qualité de ton cheval et la façon, dont vous êtes proches. Tes intentions sont louables et en tant que Princes de ces lieux, nous conviendrons avec notre père de monter une armée elfique. Il n'est pas question que nous restions à l'écart. Sois assuré de notre nouvelle fidélité, Seigneur Baldric.
- Je suis honoré de votre proposition et je m'en vais de ce pas en direction d'Anviliä.
- Avant de partir, un petit conseil. Méfie-toi de la nuit et des voyageurs égarés à la lisière des bois, ce sont des maraudeurs, des

voleurs et des fourbes. Protège-toi, fais attention à ta vie.

-       Mon frère Urn-Herian a raison, mais je sais qu'un pouvoir insoupçonnable est en ta possession. Pourras-tu l'utiliser ?

Sur ces bonnes paroles, le Prince de Dol finit de sangler son cheval, rangea sa couverture et ses bagages et se mit en selle. Ses acolytes lui assurèrent encore une fois qu'ils préviendraient leur communauté et celle des Ogariths de la chaîne Corcyréenne. Baldric les salua très amicalement et repartit sans se retourner pour tenter de compenser les nombreuses haltes imposées. Il suivit le fleuve Orï sur les indications elfiques, et continua de longer le cours d'eau jusqu'à la nuit tombée.

Le Prince de Dol ne souhaitait pas s'arrêter, mais de trop nombreux nuages cachaient le clair de lune qui aurait pu le guider dans le noir. Il descendit prestement de son cheval et l'attacha consciencieusement à un gros arbre pour se donner juste le temps de trouver des branchages et des rondins de bois nécessaires pour faire un bon feu. Dans la profonde noirceur de la nuit, Baldric s'enfonça sans sourciller. Il lui était difficile de voir où se trouvait le bois mort, et ce, malgré sa vue perçante. Il décida de procéder prudemment puisque les rayons de lune n'éclairaient pas le sous-bois.

Il posa alors délicatement ses pieds sur les branches mortes entre les troncs de cette minuscule forêt et découvrit ainsi des rondins et des brindilles. Alors qu'il venait de finir de ramasser du bois, le Prince de Dol retourna à son camp. Mais, soudainement, son cheval se mit à hennir de peur. Loin d'être paralysé par son manque de vision, le Prince laissa tomber son bois et se fraya tant bien que mal, un chemin dans le noir en s'aidant de son ouïe et des cris de son animal. De colère, ne trouvant plus son cheval là où il l'avait laissé, il prit un bâton se trouvant à terre, rassembla à ce moment toute sa volonté, et tenta la formule que Danreb avait exercée dans les Monts Anciens :

-   Eüz istedh !

Un courant d'énergie mystique monta dans son bras et le bâton prit feu en son sommet. Baldric découvrit alors dans le noir les empruntes fraîches que son coursier venait de laisser en se débattant. Il remarqua rapidement des traces de pas humains autour. Promptement il les suivit et découvrit que plusieurs hommes tentaient d'emmener Geriis qui se cabrait sans cesse pour se défendre. Le Prince de Dol lança un regard rapide et compta cinq hommes. Les haranguant violemment, son sang ne fit qu'un tour et il s'opposa au groupe de voleurs en face de lui. Ces derniers, en surnombre, se mirent à rire. Ils étaient fortement armés et Baldric n'avait que sa torche avec lui, son épée étant restée attachée à la selle de son destrier. L'un des pillards, visiblement leur chef, s'adressa à lui :

-   Nous sommes cinq, et nous sommes armés. Comment vas-tu faire sans ton épée ? Tu vas te battre avec tes poings ? Tu penses pouvoir y arriver ainsi ? Peut-être utiliseras-tu ton gourdin enflammé !
-   Eh bien oui, bande de mécréants, vous ne savez pas à qui vous avez à faire ! Relâchez mon cheval immédiatement avant que je ne vous rosse.
-   AHAHAHAHAH, bouffon que tu es ! En voyant ton cheval on imagine tes nobles origines. Il vaut mieux que tu payes un droit de passage et nous te laisserons partir sans encombre.
-   Là c'est vous qui me faites doucement rire. Il n'est plus question de parler. Battons-nous maintenant !

Baldric eût tout de même un léger moment d'hésitation, et se souvint qu'il n'avait pour seule arme que le Sabre du Dragon porté en bandoulière. Pourtant jusqu'à ce jour, il n'avait jamais pu ôter Anarya de son fourreau, une force verrouillant son utilisation. Le combat s'engagea lorsque les cinq hommes s'approchèrent de lui. Le Prince de Dol s'occupa du sort de ses assaillants. Le premier fut jeté à bas par un coup de coude dans le nez, le second, qui avait tenté de s'approcher par derrière, se retrouva sonné par un grand coup de pied.

La grande souplesse de Baldric, lui permit de s'appuyer sur son cheval pour atteindre le troisième personnage qu'il saisit et projeta contre un tronc. Le quatrième bandit fit connaissance avec le poing gauche du prince, quant au dernier c'est par un coup de tête qu'il se retrouva par terre. Ils finirent par se relever et leur chef siffla bruyamment, appelant ainsi d'autres hommes de sa bande. Deux des malotrus se jetèrent sur lui et le pauvre Baldric, avec un peu de chance, réussit à éviter leurs lames acérées, mais fut touché quand même à plusieurs endroits par des coupures superficielles.

Il utilisa sa torche qu'il avait récupérée et brûla le chef de la bande au visage. Celui-ci hurla de douleur et de rage tandis que ses complices se jetaient encore une fois contre Baldric, certains parvinrent à le faire reculer après lui avoir administré de nouveau des entailles à l'épaule, à la cuisse et à l'abdomen. De quelques légères égratignures, il se retrouva alors avec de grandes blessures qui, s'il ne se soignait pas vite, pourraient avoir raison de lui. Le Prince de Dol perdait ses forces, il déclinait rapidement, mais ne voulant pas s'avouer vaincu, il se risqua à un dernier fol espoir, celui que représentait Anarya. Conscient du surnombre des bandits qui se dressaient contre lui, il rassembla toutes ses forces, laissa éclater sa colère pour finalement sentir en lui bouillir le mélange de ses sentiments.

Tandis que les mécréants couraient dans sa direction pour le mettre à mort, le jeune Prince, prenant fermement le manche du Dragon de sa main gauche, réussit son geste, et put sortir lentement la magnifique lame. Toute la troupe se rua sur lui mais Baldric, après s'être mis en garde, réalisa un nouveau geste très vigoureux malgré cette situation peu avantageuse pour lui. Le Prince n'attendit pas que ces ennemis se lancent à nouveau à son encontre et présenta alors la lame de façon perpendiculaire à celles de ses assaillants comme s'il souhaitait toutes les bloquer.

En cet instant son visage marquait la rage qu'il avait en lui, son regard plus sombre que jamais laissait entendre qu'il voulait absolument les abattre tous d'un coup et ainsi en finir le plus vite possible. Son souhait fut entendu puisque le mouvement qu'il exécuta avec Anarya produisit un effet des plus inattendus. De cet acte désespéré résulta un immense souffle dont la puissance n'avait d'égale que celle d'une tempête miniature.

Une onde de choc très violente et visible à l'œil nu, provoquée par le tranchant de la lame, eut pour résultat de projeter une grande partie de la bande des pillards bien au-delà d'une centaine de pieds de distance. Certains, plus en retrait, finirent par s'enfuir, tandis que d'autres se trouvaient çà et là un peu hagards. Les plus proches de Baldric furent tout simplement tués comme si la lame du sabre les avait entaillés de gauche à droite. De nombreux arbres se retrouvèrent eux aussi découpés tel des fétus de paille. Baldric disposait, dès lors, de quoi faire son feu de campement.

Baldric fut à la fois étonné et satisfait de ce qui venait de lui arriver. En cet instant il put admirer, la lame du sabre légendaire qui brillait d'un très bel éclat. Un halo diffus de couleur rouge entourait la lame en Uldarium forgée par le pouvoir divin. Le Prince de Dol, en admirant l'arme, finit par découvrir les gravures à la base de la lame, mais ne put déchiffrer l'inscription qui s'y trouvait. Estimant son devoir de défense accompli, il rengaina ce fabuleux artefact et s'aperçut que les rubis formant les yeux du Dragon sur le manche brillaient d'un éclat intense, presque hypnotique. Baldric en détacha son regard et se dirigea vers les malotrus encore en vie. Il leur demanda d'accepter leur défaite mais affichant de vives réticences ils refusèrent jusqu'à l'instant où Baldric leur assena quelques coups de poings et de pieds bien placés. Une fois évanouis, à l'aide des cordes trouvées dans le butin des bandits, il les attacha fermement et les suspendit les uns après les autres, à quelques arbres en bordure du bois. La nuit était maintenant bien avancée, et le Prince de Dol devait désormais retrouver son cheval et soigner ses blessures.

La fierté de Baldric le poussa à vouloir chercher Geriis qui s'était enfui et à ignorer l'état de ses blessures. Alors qu'il avançait le long du sous-bois, il finit par s'écrouler, affaibli par les coups portés par ses ennemis. Le lendemain, le jeune aventurier fut réveillé par les rayons du soleil levant. De nombreuses douleurs le tiraillaient mais ce qui occupa son esprit c'était de comprendre comment son cheval était revenu près de lui, attaché à un arbre et comment il était possible qu'un feu de camp puisse finir de se consumer à quelques coudées de l'endroit où il était couché. Le Prince de Dol s'agita et poussa ses vêtements pour voir l'état de ses blessures qui semblaient moins grave que la nuit passée. Il pouvait sentir que ses coupures avaient été nettoyées avec de l'eau et que les baumes d'Hersendis étaient appliqués pour l'aider à cicatriser. Cette situation étrange se confirma lorsqu'il se retourna et découvrit deux pommes posée sur un rondin de bois.

Baldric ne s'attarda pas sur place pour manger ces pommes et préféra remonter rapidement en selle car le temps lui était compté. Après ces évènements, son douloureux périple dura pendant près de trois jours et trois nuits sans s'arrêter. Même si la route était belle et large, facile à chevaucher, Baldric n'en profita pas car ses blessures commencèrent de nouveau à lui faire mal. Une étrange fièvre se manifesta rapidement et, de manière insidieuse, l'affaiblissait encore et encore. Le Prince de Dol réalisa alors qu'un poison extrêmement lent devait être présent sur l'une des lames qui l'avait blessé.

Des pensées confuses lui venaient en tête et alors que son état empirait, il n'y avait plus qu'une seule image en lui, celle de la destruction prochaine du champ de force par le Sombre Seigneur. Tandis que ses forces l'abandonnaient et qu'il ressemblait de plus en plus à une loque, la chance survint à l'aube du quatrième jour. Le jeune émissaire vit enfin, loin à l'horizon, la plus grande citadelle humaine, la plus belle des capitales d'Yrneh. Le Prince savait que son périple s'achevait, et Geriis conscient du sort qui se profilait pour son maître montra toute sa célérité, qui faisait de lui le cheval le plus rapide de tout le continent.

Baldric s'accrocha aux rênes et à la crinière de son cheval et, se rapprochant des oreilles de l'animal, le remercia tout en esquissant un grand sourire de satisfaction. Ce qu'il ne savait pas c'est que Bir-Keren le surveillait depuis plusieurs jours. Il n'était pas intervenu contre les pillards mais seulement pour soigner son ami et limiter l'aggravation des nombreuses plaies. Il pensait que le jeune Baldric pourrait résister le temps nécessaire pour parvenir jusqu'à la cité du levant. Il n'avait pas conscience du poison qui courrait dans les veines de l'Héritier de Sertrach mais connaissait les vertus de la médecine de ce pays et la grande connaissance des guérisseurs à propos des poisons. Il n'interviendrait qu'en tout dernier ressort, au risque de s'attirer le courroux de ses chefs.

Chapitre X : Préparatifs au Ravin Bleu

Les Elfes et les Ogariths, peu enclins à connaître le doute, s'interrogeaient depuis le départ des trois émissaires. Les Seigneurs de l'Alliance n'étaient pas sûrs d'avoir fait le meilleur choix en laissant partir Niiru puis Baldric sans une escorte de soldats. Ils pensaient que cette erreur de stratégie de discrétion n'était finalement pas la meilleure des solutions dans le cas où leurs émissaires auraient à affronter des créatures et des alliés de Fulk Arken.

Le cas d'Hersendis était quelque peu différent et le Haut-Roi Enoguëra était moins inquiet. Bien qu'elle fût la dernière à partir, elle était accompagnée d'une forte escorte pour se rendre dans les terres lointaines du continent de glace. Leurs pensées se concentraient surtout sur Niiru et ils s'inquiétaient d'autant plus de son sort que son départ vers Sudaria remontait déjà à plus d'une dizaine de jours. Quant au jeune Baldric, il avait normalement, déjà dû rallier la cité d'Ach, Néanmoins aucun message par voie des airs ne leur était arrivé.

- Il est inquiétant Danreb que nous n'ayons pas de nouvelles de la cité du Nord. Baldric a peut-être échoué dès le départ de sa mission, il a pu tomber dans un piège plus vite que prévu.
- Je ne sais pas Enoguëra, tout ce que je sais c'est qu'il ne se détournera pas de sa mission, même si je doute qu'il utilise forcément la voie qui se dressait devant lui.
- Pour le moment, nous devons nous occuper des gens qui affluent de leurs villages et des fermes alentours pour se joindre à notre Alliance. Il va falloir les former rapidement au combat !

Les paroles du Haut-Roi ne pouvait pas être démenties car la plaine du Ravin Bleu n'avait jamais connu autant de population et ce, depuis la disparition au cours du Premier Cycle, de la première cité du monde, la flamboyante Ogarithia. Bon nombre de personnes venaient s'ajouter aux forces déjà présentes dans la Plaine Bleue. Les travaux d'édification la Forteresse atteignaient un point très avancé. L'endroit fourmillait d'artisans et de spécialistes en tous genres qui s'activaient fiévreusement à la tâche. Ils menaient de front simultanément la réalisation de la puissante forteresse au centre du Ravin et celle d'une muraille comportant une porte qui ne pouvait s'ouvrir qu'en direction de la plaine, en contrebas du Ravin, là où un canyon permettait de pénétrer plus à l'Est en Yrneh.

Les fabuleuses bâtisses n'avaient d'égales que l'ancienne forteresse de Dol et la grande muraille de l'Ouest. Tout était prévu dans leur architecture dès la conception. Les maîtres d'œuvre, conscients de la puissance de Fulk Arken et de son armée, avaient demandé conseil aux Magus et aux deux plus hauts dirigeants des Elfes et des Ogariths pour optimiser la résistance du bâtiment et de ses dépendances lors de la bataille. Un site extraordinaire fut choisi pour recevoir le gigantesque ouvrage. En fait, après le départ de Baldric, la Forteresse se trouvait encore au début de son érection, les sous-bassement sortant à peine du sol de la plaine.

Les Magus dans un premier temps usèrent de leurs pouvoirs pour élever la forteresse sur un très large piton rocheux dont la hauteur équivalait à celle des murs de Sertrach. Ils adjoignirent de profondes douves pour augmenter la hauteur afin de renforcer la protection de ce nouveau quartier général. Maintenant Enoguëra et Danreb pouvaient être fiers de cette forteresse aux doubles murailles l'une plus haute que l'autre. Les puissants mages avaient facilité le travail des hommes qui avaient creusé un large renflement en forme de croissant de lune afin de pouvoir loger un très grand nombre de personnes dans les divers niveaux de cours et en creusant dans le ravin pour multiplier les lieux de réserve.

Des bâtiments hors à l'intérieur et à l'extérieur roche venaient compléter l'inexpugnable château et un immense donjon, dont la taille était équivalente à celle du phare de Sudaïa. En contrebas, une foule extraordinaire d'hommes demeurait. Là, ils suivaient les conseils et les indications nécessaires à leur bon entraînement pour les plus expérimentés, tandis que les autres tentaient d'apprendre à se battre comme de valeureux soldats. Les Magus, en bons magiciens, étaient plus que conscients que tous les hommes, du fait de leurs diversités physiques et culturelles, ne se trouvaient pas dans les meilleures conditions pour porter les armes et assurer la défense de la nouvelle base de l'Alliance.

Bien que maîtrisant de puissants charmes et sortilèges, ils ne pouvaient pas modifier les capacités physiques des Hommes car ceux-ci avaient été créés par les Dieux et il s'avérait, dès lors, impossible pour les Magus d'intervenir avec leurs pouvoirs sur la nature des Humains. Mais, loin d'être désemparés face à cette grande population inexpérimentée, ils eurent recours à un de leurs sortilèges. Ils permirent ainsi aux Humains de posséder une capacité accrue d'apprentissage, facilitant, par-là, l'assimilation des diverses techniques guerrières inventées par les différentes races et de parfaire au plus haut point l'art de la guerre aussi rapidement que chez les Elfes et les Ogariths.

Cette incroyable vision réchauffa les cœurs des deux dirigeants. Ils s'inquiétaient malgré tout de la réussite des trois ambassades. Ils finirent par changer de point de vue lorsque, du Nord, arriva un petit détachement de cavaliers qui apparaissaient à l'horizon. Les deux chefs de guerre aperçurent les armoiries de la cité d'Ach, composées du dessin d'une épée et d'une hache. Danreb s'empressa d'aller à leur rencontre. Il compta une centaine de cavaliers et, leur demanda si c'était la seule force disponible que pouvait envoyer la puissante Cité du Nord. L'un des cavaliers, qui n'était autre que le neveu du Roi, répondit à cette question en faisant non de la tête puis le salua aimablement. Il lui parla sans plus attendre :

-       Messire, je suis envoyé par mon oncle le Roi Mu-Erech et ici, vous ne voyez que ma garde rapprochée. Un petit groupe d'éclaireurs, issu de l'ensemble des troupes constituant la force militaire de mon oncle. Nous avons juste trois heures d'avance sur les cavaliers et les soldats de Mu-Erech. Je suppose, à la vue de vos ailes, de votre couronne et de votre anneau que vous êtes le Prince des Ogariths.
-       Oui. Je suis bien Danreb. Ainsi, mon ami Baldric est parvenu jusqu'à vous !
-       Oui. Mais malgré quelques petites anicroches, il est parvenu à rencontrer notre Roi.
-       Eh bien, vous me raconterez cela plus tard. Venez plutôt rassurer mes pairs.

Enoguëra qui était resté en arrière devant l'une des tentes, se présenta peu après le Prince des Ogariths et invita les preux cavaliers à se restaurer abondamment avant de discuter de la venue prochaine de leur Roi. Aux termes du repas, ils suivirent Enoguëra et Danreb sous la tente de réunion où ils furent questionnés sur la qualité de l'armée du Nord d'Yrneh.

-       Combien êtes-vous ? Votre armée est-elle au complet ?
-       Eh bien Haut-Roi Enoguëra, nous disposons de quatre-vingt-treize mille hommes venant de la cité elle-même et une adjonction de trente mille mercenaires venant de tout notre territoire. Je me porte garant de la qualité de mes hommes et des mercenaires que nous avons en réserve. Nos troupes sont loin d'être inactives, notre

races. Ils modifièrent ainsi les plans originels et proposèrent d'installer des plaques d'acier très épaisses sous la roche et même sous le sol de la forteresse. Ce furent finalement les Magus qui facilitèrent la technique. Le but des Magus n'était pas d'arrêter Fulk Arken par des méthodes communes mais plutôt de faire appel à des savoirs encore inédits pour que l'armée de ce dernier ne puisse pénétrer dans la forteresse. Ils décidèrent d'unir leurs pouvoirs pour maintenir la structure de défense en place tout en faisant pénétrer le métal en fusion à l'intérieur de la structure rocheuse. L'acier, soigneusement préparé, pénétra dans les cavités géologiques et refroidit au contact du reste du piton rocheux. En solidifiant ainsi l'acier, aucune arme ne pourrait pénétrer la construction, et les possibilités d'assauts par des tunnels seraient reléguées aux oubliettes.

Danreb, de son côté, en appela aux archers. Il avait convenu de prendre en charge l'organisation, le placement et le commandement des soldats qui défendraient les positions alliées, grâce à leurs flèches. Il indiqua les positions que devaient prendre les hommes, au-dessus du ravin, dans les tours de garde et sur les murailles afin de couvrir la plus grande partie possible de la plaine. Il s'évertua à calculer des angles de tirs pour que le quadrillage soit le plus efficace, une fois l'affrontement venu. Enoguëra, en accord avec ses pairs, décida, quant à lui, de se charger de la majeure partie des armées que constituait la piétaille.

Il avait pensé et repensé ses plans de batailles pour que les rangs ne défaillent pas. Quant à la cavalerie lourde, il fut décidé qu'elle se trouverait unifiée sous le commandement du Roi d'Ach. Aux termes de cette journée décisive, les convives se rassemblèrent tous et firent une belle fête en l'honneur de la venue des gens du Nord-Est. La nourriture était abondante et les boissons ne se tarissaient pas et durant toute la soirée et le début de la nuit, chacun oublia enfin les préoccupations de la journée.

Le lendemain, les gens présents dans la grande plaine se réveillèrent avec une charmante surprise. Un écho se fit entendre par le Sud, il venait de l'autre côté des gigantesques falaises. Les guetteurs postés en haut des tours constatèrent la venue d'un grand nombre d'hommes se dirigeant vers la trouée sud du Ravin, seul endroit que l'on n'avait pas pu fortifier, du fait de la présence des premières terres du désert de Mogforn. Les nouveaux arrivants étaient les soldats de la fabuleuse armée du Roi Narsos de Sudaïa.

Les renforts ne s'arrêtèrent pas de sitôt. De l'aube jusqu'à midi les troupes menées par Le Roi du royaume du Sud défilèrent longuement et représentèrent au final près de trois fois celles du Roi du Nord. Narsos se présenta avec des dizaines de milliers de cavaliers, ainsi que des légions entières de fantassins fermement organisés. Il avait convoqué tous les villages de son territoire et annonça à ses interlocuteurs un chiffre légèrement supérieur à trois cent quarante-cinq mille soldats.

Ils s'ajoutèrent à ceux de Mu-Erech, aux Elfes de Sertrach, aux Humains de Dol et aux Ogariths sous les ordres de Danreb. Le Roi de Sudaïa, une fois descendu de cheval, fit venir plusieurs chariots dans lesquels se trouvaient une multitude de cadeaux. Il ordonna à ses hommes d'offrir à chacun de ses pairs, des boucliers Sudaréens connus pour être les plus résistants de tous. Ces offrandes renforçaient celles qui furent données par Mu-Erech auprès des chefs de l'Alliance, c'est-à-dire des armures forgées entièrement en acier uldéré, l'alliage à la fois le plus robuste et le plus fin de tout le Continent et de toutes les époques.

Danreb et Enoguëra retrouvèrent dès lors leur confiance car ni Baldric ni Enië n'avaient failli aux premières étapes de leur voyage. Il leur restait à attendre maintenant la venue des forces de la cité de Le Mans, celle de l'Aurore et des Simériens. Là où ils furent très surpris, c'est que, contre toute attente, des chants elfiques leur parvinrent en résonnant contre les parois du ravin et les murs de la Forteresse. Les Elfes de la Forêt Pagalsique apparurent dans le Nord de la plaine, débouchant de la Forêt qui, sous les charmes magiques des Elfes, verrouillaient le passage aux cœurs impurs. Ils expliquèrent que la Princesse Hersendis les avait informés sur la teneur de la situation dans le Ravin et l'avancée des troupes de Fulk Arken vers l'Est du continent quand elle fit sa seule halte au milieu de leur territoire, juste avant de partir pour le Septrion.

Par la suite, vinrent s'adjoindre, de façon quasi-simultanée, des colonnes d'Elfes Sirkoniens que Baldric avait pu convaincre, grâce à l'appui secret de Bir-Keren. Cet afflux de population en armes semblait sans fin puisque le surlendemain, l'ensemble des Nains, retirés sous les montagnes du Lanep, se joignirent eux aussi à l'expédition. On entendit de très loin le son de leurs cors sous les puissants battements d'ailes des Ogariths venus des quatre chaînes montagneuses, Le Nivéal, les Monts du Sud, le Lanep et la Corcyréenne se présentèrent devant leur chef suprême. Danreb était ravi que ses frères et sœurs soient venus en renfort. Toutes les armées Elfiques et Ogariths étaient présentes pour la bataille finale.

Les convives se réunirent à nouveau le soir autour d'un banquet pour fêter les nouveaux renforts. Chaque personne appartenant aux différentes races discuta avec ses voisins de tablée, même se jurant tous fidélité et hommage pour le jour de la bataille et plus tard, une fois qu'ils auraient vaincus leurs ennemis communs. On ranimait les souvenirs, on racontait les vieilles légendes d'autrefois. Les Elfes déclamaient des proses ou chantaient en chœur avec les Ogariths tout en jouant de la lyre et de la harpe. À un moment de la soirée, au sein des festivités, les dirigeants furent interrompus dans leurs réjouissances par la venue d'un messager.

Il relayait les nouvelles en provenance des éclaireurs postés par Enoguëra et Danreb aux abords du Désert de Mogforn. Une partie des plans insidieux de l'ennemi avait été découverte et une forte troupe circulait dans les méandres des dunes et des steppes pour retrouver ce qui avait été dérobé à leur maître. Les hommes du Seigneur Noir s'apprêtaient à retrouver l'effroyable Levïaïa. Les visages se durcirent lorsque l'Elfe messager leur annonça plus précisément que c'était près de vingt mille soldats Damalochs qui se trouvaient dans le plus grand Désert de tout l'Yrneh. Les deux Seigneurs se fiaient pleinement aux rumeurs et ne les relativisaient guère. Les tout derniers messages délivrés par les éclaireurs affirmaient que les Damalochs étaient sur le point de trouver Agôn, le lieu de perdition de la ténébreuse épée. Leur proximité de l'édifice caché faisait tomber l'ultime rempart se dressant entre Fulk Arken et l'intégrité de son pouvoir.

Les espions d'Enoguëra avaient pu constater qu'un grand nombre de soldats envoyés par le Seigneur Noir avaient tout de même péri au cours du voyage, à cause de la chaleur intolérable pour ces viles créatures habituées au froid et à la noirceur des ténèbres. Les Magus, Danreb et Enoguëra, ainsi que les autres seigneurs, se concertèrent sur l'utilité ou non d'envoyer un nouveau corps expéditionnaire dans cette région sableuse. Tous, finalement, se rallièrent à la proposition du Haut-Roi des Elfes qui refusait de gâcher des vies dans une simple mission de surveillance. Néanmoins il accepta la requête d'une petite centaine de soldats qui était prête à partir avec le messager pour l'aider recueillir des informations complémentaires.

Avec ces alarmantes nouvelles, la priorité des autres chefs présents dans le Ravin, se soucièrent davantage de l'absence de Baldric qui n'était toujours pas de retour de son périple. Il avait réussi à convaincre un Roi et un Comte ainsi que bon nombre d'Ogariths et d'Elfes de mener leurs armées respectives au pied des falaises. Pour eux, le plus puissant Monarque de l'Est d'Yrneh devait déjà avoir été convaincu par les dires du Prince de Dol.

D'autre part, l'odyssée de Niiru restait dans un flou complet depuis son départ pour le Nirvë. Seule la venue de Narsos indiquait son passage dans la citadelle du Sud. Enoguëra quant à lui tentait de se fier aux liens empathiques et télépathiques qu'il avait créés avec sa fille pour correspondre sur de longues distances, mais l'Océan représentait un barrage indéfectible. Après cette grande soirée qui réunit les hommes de bonne volonté, Danreb, Prince des Ogariths, et le Haut-Roi des Elfes se retirèrent de l'assemblée qui s'étiolait au fur et à mesure que la nuit avançait et prirent le chemin de la muraille au Nord du Ravin, Enoguëra sur son propre cheval tandis que Danreb volait à ses côtés.

Une fois la porte passée, ils contournèrent le Ravin afin de rendre en contrebas du talus de la colline proche. Ils s'arrêtèrent et continuèrent leur chemin à pied car ce dernier devenait trop pentu pour le cheval d'Enoguëra. Ce n'est qu'une fois en haut de la colline, sur la plus haute butée, qu'ils choisirent de s'installer pour parler de leurs craintes et de leurs doutes. De là, ils contemplèrent ensemble l'immense armée qui s'était constituée au fil des jours et dont les torches scintillaient dans l'obscurité au milieu des tentes.

Ils surplombaient la nouvelle forteresse dont les travaux s'achevaient de plus en plus vite. Ils se sentirent fiers de tout ce qui se passait ici, de cette Alliance plus grande et plus forte que jamais. Après avoir jeté leur regard encore une fois vers le ciel, ils tentèrent de lire l'avenir du monde dans le firmament étoilé. Malgré leur savoir et leurs pouvoirs, beaucoup de choses continuaient de rester étrangement floues. Seule la présence de l'étoile du matin raviva de vieux souvenirs et laissa ainsi présager des évolutions positives. Enoguëra et Danreb, comme portés par l'inspiration, se mirent à chanter à l'unisson les louanges des trois émissaires envoyés loin de leurs contrées.

En ces temps obscurs,
Etaient trois cœurs purs.
Les chefs d'Yrneh,
Les avaient missionnés,
Comme les émissaires,
D'une proche guerre.
L'une possédait l'anneau du Légat,
L'autre le sabre Anarya,
Quant au troisième, il descendait des Dieux,
Tous devaient œuvrer pour le mieux.
Il fallait convaincre le Grand Nord,
Afin de connaître du renfort.
Par le Continent austral,
Viendrait une puissance magistrale,
Et l'Est,
Pour l'union serait un test.
Leurs exploits,
Seront connus,
Par-delà les Monts et les bois,
Seulement si nous ne sommes pas vaincus,
Et, plus loin dans le temps,
Leur action rappellera aux enfants,
Que s'ils existent alors,
C'est que les trois héros auront été les plus forts,
Que la peur, le mal et la haine,

Auront été engloutis avec Fulk Arken.

Les deux personnages plusieurs fois millénaires, sur ces belles paroles, se résolurent à retourner dans le camp au milieu des leurs. Ils s'accordèrent pour écrire ces vers dans les langues communes et la langue ancienne. Danreb, avant de quitter cet espace de quiétude, déclama une prière pour porter chance aux trois jeunes gens partis dans une quête sans précédent.

-      Que la puissance de Naör favorise leur chemin, et par la grâce de Floëls, qu'ils soient protégés.

Enoguëra sourit en entendant ces paroles remplies de magie et d'espoir, il posa sa main sur l'épaule gauche de son vieil ami puis, le réconforta avec des paroles apaisantes :

-      Ami, rassures-toi pour nos enfants. L'avenir est flou, mais il n'est pas totalement sombre puisque aucune image ne penche en faveur de la réussite du Mal. Ce sont moins nos prières que les paroles et les agissements de nos émissaires qui assureront notre avenir proche.
-      Oui. J'en suis persuadé autant que toi mon frère. Nous ferions mieux de continuer à nous préoccuper des mouvements à l'Ouest et de la finalisation de nos fortifications. Nous avons encore le répit du champ de force.

Les deux compères se regardèrent du coin de l'œil, et se mirent à rire l'un après l'autre. Enoguëra remonta sur le dos de son coursier tandis que Danreb déployait ses ailes pour s'envoler. Ils reprirent la route d'où ils étaient venus et s'en retournèrent dans leurs quartiers après avoir repassé la grande porte refermant la muraille nord. À leur retour, ils se demandèrent pourquoi le Magus Regnus vint à leur rencontre. Celui-ci tint à les informer qu'il avait prêté attention aux murmures portés par les feuilles et par les eaux, et qu'une bonne nouvelle lui était parvenue. Hersendis se trouvait sur le chemin du retour, elle se préparait à appareiller pour l'Yrneh. Il leur indiqua aussi que Baldric avait enfin passé le fleuve Orï et qu'il se dirigeait directement sur Anviliä. Par contre, il ne fut pas capable de dire ce qu'il advenait du sort de Niiru car aucune vibration, aucun souffle, aucun indice n'émanait au-delà de l'Océan Australis. L'Héritier des Dieux semblait se trouver au sein du monde austral, un lieu en dehors de toute influence magique. Le Continent Perdu se gardait bien de laisser transparaître quelque information. Rîîga le Seigneur de la Strate des mers s'était détaché du reste du monde et bloquait les communications éventuelles vers ses territoires.

Chapitre XI : Niiru à Sudarïa

Niiru, l'héritier de Floëls était le premier émissaire à être parti sur la demande des Magus. La tâche qui lui avait été confiée était la plus longue et la plus rude des trois ambassades. Il avait été choisi en raison de sa fabuleuse ascendance mais aussi car il avait été l'un des premiers à ressentir la menace venant de l'Ouest. En effet, alors qu'il se trouvait chez Hersendis, on le prévint que d'étranges groupes de créatures étaient en mouvements dans le Nord-ouest du Pays, à proximité du fleuve Chemillé, mais aussi aux abords de la Grande Muraille à proximité de la ville de La Guerche, royaume rebelle à celui de Sertrach. Niiru fut tout d'abord désigné comme espion et se dirigea dans la région de La Roë.

Là-bas, il prêta main forte aux habitants des plaines et de la Forêt jusqu'à ce que les Hommes liges à Fulk Arken ne franchissent, par plusieurs endroits, la Muraille. C'est lui qui, à la demande d'Enoguëra, se rendit à Angwë afin de faire passer les Magus qui étaient pourchassés par les soldats de Durtal depuis leur fuite de l'île Sacrée. Il les avait menés à destination, au sein du Ravin Bleu. Une fois de plus on lui confia une tâche, celle d'aller quérir les peuples du Sud afin de les associer à l'Alliance. Entre temps, il était reparti pour la Forêt de Sertrach et avait participé à certains combats.

Il s'était évertué à protéger la fuite des nombreux réfugiés et pendant un bref instant au cours d'un affrontement, il entrevit au loin Baldric et tous deux échangèrent un seul regard, signe de leur amitié, ne pouvant se retrouver du fait de la somme des ennemis. Alors qu'ils auraient pu se rejoindre, un pigeon voyageur apporta un message. Niiru fut contacté par les Magus qui le sommaient de revenir sans délai.

Le Magus Regnus le convoqua pour lui donner les détails de sa nouvelle mission, celle là même qu'il effectuait en cet instant. Après les explications et les recommandations du Regnus, Niiru était parti à dos de coursier confié par Emergard. Il avait rapidement rallié le lieu du refuge des populations exilées par cette récente guerre. Il fut vite rejoint par Hersendis qui reçut, elle aussi, ses propres instructions nécessaires à sa quête. C'est lors de cette réunion, pour la première fois que les hauts dignitaires le qualifièrent très officiellement de Fukanreï.

Niiru ne resta pas très longtemps sur place et s'en alla deux jours après son entretien avec Danreb, Enoguëra et les magiciens. Il prenait très à cœur la réussite de sa mission et voulait atteindre les étapes successives qu'on lui avait indiquées, notamment la cité de Sudarïa, qui était la troisième plus grande concentration d'Humains juste après les cités de Sertrach et d'Anviliä. Enfin, il devait parvenir le plus rapidement possible jusqu'aux rives du Nirvë, le Continent perdu, lieu de résidence du Seigneur de la strate des mers, Rîîga.

Niiru mena une des plus longues chevauchées des trois ambassades. Le chemin fut rude et parsemé d'embûches. Le Fukanreï prit la direction d'Eä, les ruines de l'ancienne Ogarithia, puis fut obligé de passer par le désert du Mogforn où il eut maille à se départir avec un troupeau de taureaux des sables lors d'une cavalcade effrénée et où il dut affronter de violentes tempêtes qui le ralentirent. Au cours de son périple dans les dunes, un bon nombre de serpents et d'autres créatures peu aimables tentèrent de l'attaquer lui et sa monture.

Sur la route du Sud, il prit la peine de s'arrêter au pied du Lanep où il réussit à contacter les Ogariths de la région. Lors de cette halte, il réussit aussi à inviter les Elfes de la Forêt Potarii. Un soir, il fut reçu secrètement par des émissaires dépêchés par les créatures de la région. Là, il leur exposa les faits, fit en sorte de montrer que ces soubresauts de violences n'étaient que les prémices du retour de Fulk Arken. Après avoir été béni par les Elfes et les Ogariths, il se retira et repartit dès le lendemain pour le Sud.

Au cours de son aventure, il avait bifurqué vers des Forêts vers l'Est. Là, il rencontra, coup sur coup, les Elfes du Bois-Vert puis ceux de la Forêt du Lacidaï. Ces deux peuples retirés dans la tranquillité de leur demeure, furent plus difficiles à convaincre mais le renfort d'un Ogarith et d'un Elfe de son précédent arrêt permit de donner plus de poids à sa parole. Au terme d'une présence de deux jours chez eux, il put repartir à bride abattue en direction de Sudarïa. Il avait croisé, brièvement au cours de son voyage, quelques Ogariths des Monts du Sud qui tentaient de se défendre contre les attaques répétées d'une armée de corbeaux et de chauve-souris. Niiru les aida fougueusement en ayant recours à la magie des airs et en utilisant de puissants sorts de tornades et d'ouragans d'une violence sans égale.

Les Ogariths le remercièrent en lui offrant une armure qu'ils avaient forgée il y a fort longtemps. Cet artefact réalisé en secret était constitué d'or et d'Uldarium pur. Chose possible par les célestes créatures à l'époque reculée où ils commerçaient encore avec les Simériens. Ils lui révélèrent la vérité sur cette armure qui était une légende de guerre. Les gens du Mont du Sud expliquèrent qu'ils étaient les dépositaires du bien de Thulfanor le Terrible, le compagnon de Floëls. Cette incroyable protection qui avait été portée lors de nombreuses campagnes devait revenir au dernier Descendant des Dieux. C'était la dernière volonté du terrible guerrier juste après avoir été mortellement blessé dans un combat l'opposant au Sombre Seigneur. Au-delà de cette incroyable offrande, les Ogariths acceptèrent de rejoindre l'armée d'Yrneh afin de lutter une bonne fois pour toute contre le Seigneur des Ténèbres.

Niiru en était donc à la dernière partie de sa mission sur le sol du continent central. Sa course effrénée l'avait ainsi mené jusqu'à Sudaria. Le Fukanreï connaissait très bien cette ville qu'il avait déjà visitée des années auparavant. Féru des paysages et des lieux d'importance, il avait entrepris la rédaction d'un codex dont un exemplaire se trouvait dans la capitale du Sud. Selon les descriptions de Niiru, celle-ci possédait de nombreuses particularités qui en faisaient un endroit sans pareil.

Tout d'abord la citadelle se détachait par des murs et des routes qui étaient constituées d'argent massif et d'un marbre blanc très pur. La grande cité scintillait de mille éclats et la plus haute tour du château, qui s'élevait très haut au-dessus des constructions, était en fait un phare servant à orienter les voyageurs sur les mers et les autres pèlerins venant par les nombreuses routes, dans la nuit et dans le brouillard. En effet, son faisceau lumineux en son sommet couvrait un rayon de plus de trente lieues sans pour autant déranger les habitants en contrebas par son puissant éclairage. Ainsi l'imposante citadelle apparaissait dès le crépuscule, à plus de vingt lieues dans tout l'horizon.

Niiru se trouvait toujours aussi émerveillé devant le spectacle époustouflant que proposait ce lieu légendaire et profitait à chaque fois de la beauté du site. Il suivit, comme à son habitude lorsqu'il se rendait dans les environs, la route qui se finissait à l'entrée de la ville. Une fois au pied de la première muraille, il passa l'arche de la porte principale dont l'immense taille en faisant un monument unique. Comme les remparts, elle était faite de pierres granitiques dont la couleur ocre participait à rendre la cité plus agréable à vivre. L'architecture de la ville ne trouvait aucune construction identique dans tout le Continent car, son premier Souverain avait souhaité se démarquer des deux autres capitales fondées par ses homologues.

La citadelle se constituait et se reconnaissait par ses cinq niveaux de dimensions très différentes qui allaient en se rétrécissant au fur et à mesure que l'on s'orientait vers le centre de la citadelle. La ville était construite sur un plan ovoïde et ressemblait à un cercle écrasé en son Nord et son Sud au profit de l'Ouest et de l'Est. Elle était établie sur une importante colline en pente douce. Son premier faubourg, en bas de la colline, épousait la forme géologique et se voyait ceinte dans une inexpugnable muraille constituée de trente deux tours de garde dont l'épaisseur en faisait une vraie place forte.

En avançant vers le centre de l'agglomération, les constructions du second niveau continuaient de s'intégrer à la pente et se trouvaient entourées d'une autre muraille caractérisée par seize tours. Le troisième niveau avait aussi sa propre enceinte et huit tours, le quatrième étage, quant à lui, possédait quatre énormes tours pour enfin parvenir au sommet de la colline qui était d'une uniformité exceptionnelle. C'est là que demeurait le puissant château dont les très hauts murs n'avaient que deux tours.

La demeure du Roi de Sudaïa se composait de nombreux bâtiments dont la présence d'un donjon mineur, très large mais beaucoup moins haut que sa partie majeure où se trouvait le fameux phare couronnant la demeure royale. L'intérêt de cette place forte, la clé de voûte du système défensif de la cité résidait uniquement dans des petits ponts, des relais de pierres existant entre les tours des différents niveaux.

Ces passages, intelligemment pensés, étaient une fois sur deux alternés afin de rendre encore plus difficiles les accès entre les faubourgs en cas de siège. Les rues de la ville, étaient d'une largeur très importante, et étaient pavées de marbre blanc extrait des carrières situées à quelques lieues de là. Les avenues étaient cerclées par des trottoirs en argent ou complété par un système de canalisations et d'égouts modernes. La végétation d'une densité, d'une luxuriance et d'une variété exceptionnelle, se révélait ordonnée par de nombreux jardiniers qui la sculptaient pour l'incorporer au mieux à l'architecture urbaine.

On pouvait sans aucun doute remarquer la richesse de la population et la puissance de ce pays car aucun habitant ne semblait souffrir de la pauvreté et que seuls les deux derniers niveaux logeaient les nobles. Niiru, une fois à l'intérieur de la ville, descendit lentement de son cheval et le mena tranquillement par la bride jusqu'aux portes du château. Il passa les quatre niveaux sans encombre, mais dut s'arrêter devant les portes fermées du château. Il se tint alors immobile devant celles-ci, leva la tête en direction des remparts et regarda le soldat qui se trouvait à son poste surveillant les entrées et les sorties. Ce dernier baissa la tête et lorsque le regard des deux hommes se croisa, le garde interpella le Fukanreï :

- Qui va là ? Déclinez votre identité !
- Je suis Niiru, ton maître me connaît !
- Il vous connaît peut-être, mais je suis nouveau à ce poste et je ne vous ai jamais encore vu ici. De toute façon, aucune entrevue n'est prévue avec lui.
- Ouvre cette porte, je suis un émissaire des forces d'Yrneh ! Je suis ici en ambassade sur la requête des Magus et des …

\- Je ne peux pas t'ouvrir, j'ai reçu des ordres. Rien ne me prouve que tu sois celui que tu prétends.

\- Eh bien, quitte ton poste et va prévenir ton officier !

\- Non ! Je ne peux pas quitter mon poste. Pars et reviens un autre jour.

\- Il n'en est pas question, laisse-moi rentrer.

\- Si tu insistes, je serai dans l'obligation de te tuer avec ma lance.

\- Tu es borné, et tu mets ma patience à rude épreuve ! Je n'ai pas le temps de discuter avec un simple soldat. Si tu n'ouvres pas cette porte, je le ferai moi-même !

\- À la garde !

Au cri du soldat, une dizaine de gardes se dressèrent sur la muraille. Armés d'arcs et de flèches, ils pointèrent Niiru et tirèrent sans sommation car le Fukanreï continuait d'avancer sans faire attention aux injonctions de son interlocuteur. Les flèches ne purent atteindre leur destination car le descendant de Floëls utilisa un sortilège qui eut pour effet de faire flamber instantanément les flèches lancées, et s'appuya sur sa légendaire célérité pour intercepter toutes les autres au vol.

Pour les gens qui le connaissaient sous le nom d'Enië, Niiru se mettait rarement en colère et ne sortait quasiment jamais de ses gonds. Cette fois-ci son emportement s'avérait nécessaire car il s'agissait là de la survie de toutes les formes de vie des Hommes jusqu'aux animaux et la flore, il devait s'entretenir avec le Roi sur la venue prochaine de Fulk Arken. Il avait lâché son cheval qui s'était éloigné de son maître légèrement apeuré par les flèches qui fusaient. Niiru, une fois appuyé contre l'épaisse porte composée de deux battants en acier, ferma les yeux et apposa ses deux mains sur celle-ci. Il prononça une formule apprise jadis quand il était en apprentissage avec les Magus. Sa voix se changea et ne ressemblait plus à celle d'un Humain, la prononciation était spécifique et sa phrase commença très faiblement et se finit d'une manière tonitruante :

- Proskyneïa firnél panewë ! (Que mon pouvoir pénètre cette porte)

Au moment précis où il acheva la formule, l'obstacle qui lui barrait la route devint chaud, puis brûlant jusqu'à voler littéralement en éclats. Les immenses portes en acier laissèrent un trou béant en leur milieu, d'une taille double à celle d'un homme. Le Fukanreï traversa le passage qu'il venait de se créer et s'avança dans la basse-cour encore vide mais qui, en l'espace de quelques secondes, se remplit d'une importante escouade de soldats et d'officiers préparés à cette éventualité et armés jusqu'aux dents.

Ils chargèrent Niiru après l'avoir encerclé fermement. Mais, alors que les pointes de leurs lances allaient entrer en contact avec l'émissaire du Ravin Bleu, les soldats furent complètement soufflés par l'onde de choc. Niiru provoqua le puissant souffle quand il se baissa un genou à terre, pour frapper violemment avec sa main droite le sol. Les soldats furent affolés en face de ce sortilège peu commun. Éjectés comme des brindilles, certains gisaient à demi-conscients contre les murs du château, les autres pensaient avoir en face d'eux un puissant sorcier au service des Ténèbres. Pour les autres, le Seigneur de Durtal était là en personne.

Paniqués ils ne savaient plus quoi faire, surtout quand un des gardes, sortant du couloir principal, tira une flèche et que Niiru l'intercepta en plein vol. Le cauchemar leur semblait si réel que Niiru comprenant la situation, tenta de les rassurer en les haranguant :

- Je vois que vous me prenez pour Fulk Arken, mais si j'avais été ce démoniaque personnage, je n'aurais jamais tenté de tractations avec vous et chacun des soldats qui se trouvent ici serait déjà mort. Fort heureusement, le coup que j'ai porté, malgré la puissance que je lui ai insufflée, n'a blessé aucun d'entre vous. Il m'a juste servi à vous repousser sans trop de difficultés. La pire des choses qui puisse arriver à certains, c'est un bon mal de cou car les murs du château sont très durs. Maintenant, trêve de bavardages !
Menez-moi prestement jusqu'à votre Suzerain ! Laissez-moi plutôt me rendre jusqu'au Roi Narsos, je n'ai pas de temps à perdre en cérémonial !
- Mais nous ne pouvons pas…
- Tu ferais mieux de te taire. Si nécessaire, je peux faire une entorse à mon code moral ! Quelqu'un souhaite me barrer le chemin ? Personne ! Tant mieux !

Un des gardes qui se trouvait à proximité de la porte principale menant à la salle du trône lui ouvrit les portes, tremblant de peur. Niiru entra d'un pas lent, ferme et décidé. Il avançait les poings fermés, tout en regardant autour de lui dans cet immense couloir. Il ne vit personne et comprit alors que son action pour parvenir dans le château avait dû résonner dans tous les murs ou qu'un des gardes placés sur le toit de la bâtisse avait prévenu les dignitaires de la cité. Le peu de torches présentes dans le couloir menant à la salle du trône le laissait encore dans une pénombre angoissante pour les hôtes de ses lieux, et seuls les pas du Fukanreï résonnaient au fur et à mesure de son parcours.

Même si les soldats postés sur les toits avaient sans doute prévenu le Roi, personne dans l'assistance ne pouvait voir son visage ni le reconnaître. Narsos, Grand Roi de tous les territoires du Sud d'Yrneh, se redressa sur son siège. Il se montra tout d'abord inquiet par ce qui lui avait été rapporté, puis il appuya son bras gauche sur son accoudoir. Il tint son menton entre ses doigts signifiant auprès de sa cour la curiosité qu'il éprouvait en entendant ce personnage inconnu qui s'avançait vers lui. Niiru parvint enfin devant le trône.

Personne ne put deviner de suite sur son identité car il portait un capuchon qui cachait son visage et d'où ne sortaient que quelques cheveux en bataille. La longue tunique de Niiru cachait complètement sa stature et, ses vêtements renforçaient aussi le malaise qui régnait dans la salle. Avant qu'il n'abaisse sa capuche, certains nobles de Sudarïa tirèrent leurs épées. Pour éviter toute éventualité malheureuse, Niiru jeta un charme empêchant les lames des épées de sortir complètement des fourreaux, et laissant ainsi stupéfaits les dignitaires Sudaréens. Il s'adressa une première fois à la cour et à Narsos :

-      Je suis quelqu'un que vous connaissez très bien, un fidèle du Roi et de ses parents. Je suis venu ici plusieurs fois, mais jamais je n'avais trouvé les portes du château closes, même la nuit. Je vois que les voyageurs solitaires ne sont plus les bienvenus et que les idées préconçues courent dans la région. Roi Narsos, aurais-tu oublié tes frères d'armes, aurais-tu oublié ton ami, l'ami de tous ?
-      Qui es-tu ?
-      C'est vrai que je ne suis pas venu depuis des années !

Niiru retira sa capuche et laissa apparaître son visage. Les yeux du Roi se plissèrent puis s'écarquillèrent, laissant Narsos totalement ébahi de revoir ici son très vieil ami. Il se leva et s'adressa au Fukanreï de sa haute et majestueuse stature :

-      Enië mon frère d'armes, c'est bien toi ? Cela fait si longtemps que tu n'es pas venu nous visiter. Tu... Tu es de retour mais pour quelle raison ? Je suis désolé, je ne t'ai pas reconnu de suite à cause de ta cape.

- Oui, mon ami, c'est bien moi. Je pense que tu sais ce que signifie mon retour. Moi qui pensais être reçu comme un Prince ici, je constate que tes gardes m'ont reçu en ennemi, j'ai eu à me départir de leur hostilité. Je suis déçu d'avoir eu à me défendre !

- Mille excuses Enië, je ne sais pas si tu es au courant mais les murmures dans le vent nous laissent entendre que les forces de Durtal s'agitent et le retour de Fulk Arken est probable. Ces informations m'ont obligé à prendre de nombreuses précautions, surtout depuis que certaines créatures ont été aperçues dans nos cieux et que de nombreux bateaux ennemis croisent au large de certaines îles.

- Quand tu parles des créatures, tu fais référence aux oiseaux, je suppose ? Mais comment avez-vous su pour Fulk Arken ?

- Pour ce qui est des créatures, oui ce sont bien des oiseaux et des chauves-souris. Pour le Seigneur des Ténèbres. Eh bien, dans un de nos navires que nous avions remorqués dans notre port, les Damalochs et les Orcs avaient laissé un message nous menaçant de l'attaque prochaine de Fulk Arken. Cet évènement a été pour nous une vraie déclaration de guerre et depuis nous préparons notre défense.

- J'ai rencontré moi-même quelques créatures volantes, et j'ai prêté main forte aux Ogariths. Quant à Fulk Arken, je crois bien que vous devriez non pas l'attendre mais plutôt l'attaquer.

- C'est impossible ! Nous avons déjà du mal ici. Nous essuyons des raids de la flotte adverse.

- Eh bien Narsos, je vois que Fulk Arken vous a déjà attaqué, tout comme il l'a fait contre Sertrach.

- Contre Sertrach ? La cité a-t-elle tenu le choc ? Je suppose que grâce à votre formidable armée, les assauts ont été repoussés !

- Désolé de briser ton optimisme sur notre puissance, mais

Sertrach est tombée, la Forteresse de Dol demeurait la seule place forte qui résistait encore lorsque je suis parti du territoire d'Emergard.

-   Non, c'est impossible ! Je ne puis te…
-   Me croire ! Malheureusement c'est la stricte vérité. Et j'ai d'autres choses à te dire.
-   Lesquelles ?
-   J'espère que tous les nobles de ton territoire sont ici, ils sont tous concernés !
-   Oui, ils sont tous là. Allons-nous installer dans la salle du conseil.
-   Très bien !

Tous les hauts dignitaires, le Roi Narsos en tête, accompagné de Niiru, se rendirent dans la salle et prirent place autour de la table. Seul le Fukanreï resta debout pour exposer les faits :

-   En premier lieu, je dois te dire Narsos, et à vous mes seigneurs, qu'une immense armée se rassemble dans le Ravin Bleu. Je suis le premier émissaire parti en quête, mais depuis, deux autres personnes ont été envoyées vers le Nord et l'Est. Tous les Humains, Elfes, Ogariths, Nains et Simériens mettent leurs forces en commun.
-   Je ne me trompe pas si je suppose que tu viens ici quérir mon aide !
-   Oui, Narsos, je t'implore de te joindre à nous. Mais je dois te préciser que je n'ai pas fini mon voyage, je dois partir pour le Nirvë et ramener Rîîga.
-   Rîîga, le Gaïanor disparu ? C'est pure folie ! Personne n'a jamais pu atteindre le rivage du Continent Perdu ! Comment pourrais-tu y parvenir ?
-   J'ai un certain nombre de révélations à te faire. Je dois t'avouer une chose Narsos. La vérité sur mon nom. Tu me connais

en tant qu'Enië, mais, en fait, je m'appelle Niiru !

- Pourquoi un tel mensonge, mon ami ?

- Pardonne-moi Narsos, mais j'ai dû cacher ma réelle identité à tout le monde, seuls Enoguëra et Hersendis le savaient.

- Mais qui es-tu alors ?

- Je te confirme, je suis Niiru, le fils d'Uria et de Kanwë, descendant de Judeïha…

- L'Héritier de Floëls ?

- Je suis celui qui est né durant le Solstice d'été en l'an de grâce 7100, lorsque Athora l'étoile du matin brilla de son plus bel éclat. J'ai plus de deux cent trente ans.

- Qu... Quoi……… – Narsos rumina avant de rester longtemps silencieux – Je dois donc me rendre à l'évidence, la prophétie de Floëls, que je prenais pour un mythe, était vraie et elle est en train de se réaliser. Ton destin est en marche, et rien ne l'empêchera de s'accomplir. Je ne peux pas aller à l'encontre de ta mission. Quelle que soit ta requête, j'y répondrai favorablement je m'acquitterai des dettes que j'ai envers toi. Que désires-tu exactement ?

- Une armée comprenant la totalité de tes hommes, que tu conduiras jusqu'au Ravin Bleu pour grossir nos forces. Mais j'ai d'autres projets pour achever ma mission. Tout ceci est loin d'être terminé !

- Oui, c'est vrai ! Comment vas-tu aller au bout de ta mission, mon noble ami ?

- Il me faut le navire le plus rapide et le plus puissamment armé pour aller en direction du Nirvë et y accoster.

- Tu veux que je te fournisse un navire pour le Continent Austral ? Mais tu n'y penses pas ! Comme je te l'ai déjà dit, la mer n'est pas sûre depuis plusieurs semaines et la navigation est très difficile à cause des violents courants qui changent continuellement et annulent les vents dans la région. L'usage de la voile te sera impossible dans cette direction !

- J'avais prévue cette éventualité mon ami, et c'est pour ça

Narsos que tu vas me fournir le navire absolu, le meilleur vaisseau de ta flotte, le seul bateau avec lequel rien n'est impossible sur les océans. Je te demande celui que ta famille fabriqua autrefois et qui servit pour certaines guerres. Donne-moi le Lameïa Alucae. Je sais qu'il n'est plus utilisé et qu'il a été caché afin que le Seigneur des Ténèbres ne puisse jamais le détruire ou s'en emparer.

- Narsos, Ô mon Roi, c'est impossible, ce navire n'existe plus. Ce que demande Niiru n'a pas de sens ! – Fit l'un des Généraux de Sudarïa –

- Si, Seigneur de Nuria, le navire de mes ancêtres existe encore et je sais où il se trouve. Niiru, tu auras ce que tu réclames et plus encore, je te fournirai les rameurs pour le propulser. Toutefois, il demeure un problème. Je ne vois pas comment nous allons pouvoir le sortir de son emprisonnement minéral. Son enclavement nous est inaccessible !

- Mène-moi au navire dès demain, et conduis-y aussi ton équipage, je me chargerai du reste.

- Quant à moi, je demande à accompagner Niiru et à commander le vaisseau, je vous en prie Père ! – Supplia le prince Këros –

- Très bien Këros, si Niiru l'accepte.

- J'en serai plus qu'honoré. Merci de ton aide Këros !

Après ces échanges plus que fructueux pour Niiru, l'ensemble des Seigneurs et le reste de la cour se dispersèrent en cette toute fin d'après-midi avant de se réunirent au coucher du soleil pour se restaurer et se détendre autour d'un banquet. À l'issue de la longue soirée, chacun se retira pour rejoindre ses appartements afin de se reposer et d'être prêts aux aurores le lendemain.

- Niiru, j'ai fait préparer ta chambre, un bon lit t'attend.

- Merci Këros, je vous sais gré de tout ce que vous faites pour l'Alliance, toi et ton père.

- Ce n'est rien mon ami, cela fait partie de notre devoir. Il se pourrait que le monde coure à sa ruine si le moindre maillon d'une chaine venait à se briser. Et nous ne serons pas celui là !

Narsos et sa femme prirent congés et allèrent dormir. Niiru et le fils de Narsos décidèrent, quant à eux, de monter au sommet du donjon, là où se trouvait l'éclairage du phare. Ils s'installèrent pour discuter et restèrent un long moment là-haut, à regarder le firmament et la mer qui montrait un visage un peu trop calme. Këros clôtura la discussion avec son ami :

- Dis-moi Enië, pardon … Niiru. Sais-tu ce qui nous attend réellement demain ?
- Mon ami, je n'en sais pas plus que toi. Je suis sûr d'une seule chose. Je réussirai à sortir le navire de sa prison et toi tu mèneras le commandement. Tu es jeune encore, mais tu possèdes les qualités requises pour commander ce vaisseau. Viens, il est temps de redescendre d'aller nous reposer. La journée commencera tôt demain et…
- … Le chemin sera long !
- Niiru, puis je te demander une chose ?
- Laquelle ?
- Tu n'as pas tout expliqué à mon père à propos de ton identité secrète ! J'aimerai savoir…
- Eh bien, je vais te résumer les choses… Mon ancêtre, la Gaïana Floëls avait prophétisé l'apparition d'un personnage, une sorte de sauveur qui descendrait de la ligne divine. La prophétie s'est réalisée avec ma naissance au solstice d'été, au moment où l'étoile guidant les marins et les voyageurs a brillé d'un éclat pareil au soleil pendant quelques instants.
- Et ?
- Fulk Arken avait prêté une attention particulière à ce qu'avait prédit sa sœur. Il a fait rechercher mes parents pour les faire

massacrer, et moi-même par la même occasion.

- Mais tu n'es pas mort ! Commentas-tu réchappé à ce massacre ?

- Emergard le Haut-Roi des Elfes m'a expliqué que lorsqu'il est arrivé pour porter secours à mes parents, il m'a retrouvé dans les bras de ma mère. J'étais sain et sauf, mais autour de moi toutes les créatures liges au Sombre Seigneur avaient été réduites en cendre.

- Ton pouvoir ?

- Oui, il semble. Mais n'ayant aucune maîtrise sur ceux-ci à l'époque, Enoguëra a fait un choix. Il a annoncé publiquement la mort de ma famille et il m'a fait disparaître pour ne pas compromettre mes chances d'arriver à l'âge adulte. Et tu connais la suite de mon histoire… enfin en partie !

- Merci pour ta franchise et ton amitié. Ton histoire est bien passionnante et je serai curieux d'apprendre d'autres détails mais je crois que le sommeil va avoir raison de nous et si nous n'allons pas dormir, nous serons épuisés demain au lever du soleil.

- Oui, allons dormir !

Les deux compères hochèrent la tête en signe d'acquiescement et retournèrent dans leurs chambres. Chacun se permit une bonne nuit de sommeil bien méritée. Le lendemain, aux aurores, Niiru apparut calme et serein tandis que Këros laissait entendre qu'il avait passé la nuit à cauchemarder. Les deux amis rejoignirent enfin Narsos qui était accompagné de plus de cinq cents hommes suréquipés. La troupe se mit en marche et arriva une heure plus tard près des falaises de la baie du Sud. Ils contournèrent l'édifice naturel et Narsos, une fois en bas de la pente, ordonna à ses hommes de s'arrêter. De son doigt, il pointa le centre dc la structure géologique :

- C'est ici, derrière cette portion de la falaise. Le navire se trouve à l'intérieur, mais aucune personne n'a pu l'en délivrer, ni y accéder d'ailleurs.

- Ne t'inquiète pas Narsos, je vais solutionner ce problème dans quelques instants !

Narsos l'arrêta :

- Niiru, personne n'a assez de force pour déloger le navire !
- C'était sans compter sur moi Narsos ! La jonction de la force physique que mes aïeux m'ont léguée avec la maîtrise de la magie que je possède, grâce aux Magus, va me permettre de parvenir à mes fins. Quand je veux quelque chose, je mets tout en œuvre pour y parvenir. Prépare-toi à voir la splendeur de tes ancêtres.
- Je suis impatient de voir l'héritage légué par ma famille, Niiru.
- Regarde Narsos, mais reste en retrait, tu vas voir ce que donne une alchimie comparable à un mélange d'Uldarium Simérien et de techniques elfiques.

Le Roi hocha la tête et demanda à ses hommes, mais aussi à son fils de se reculer. Niiru s'avança de façon résolue face à la paroi et, comme il l'avait fait pour le château, apposa ses mains sur la roche. Fermant les yeux, il entama une série de gestes et récita une incantation consacrée en langue Ogarudh avant de faire apparaître un cercle magique autour de lui :

- Acreadh-eor navë simerië, ae navii terraen Septrii elpenedh navedh felïa ! (J'en appelle au froid Simérien, que l'air glacial des terres du Nord m'aide à geler cette falaise !)

Këros et Narsos ne comprirent pas les paroles dont le son devenait de plus en plus fort. Ils constatèrent alors qu'en un instant très bref, l'air se refroidit jusqu'à devenir étonnamment glacial. Au final, la paroi s'était cristallisée sur toute sa surface. Le Fukanreï se recula d'une vingtaine de pas, s'arrêta, prit une posture bien spécifique et se concentra avant de porter un coup de poing. Celui-ci fit résonner sa force contre la falaise, mettant en branle aussi bien le sol que l'air. Le coup fut si violent et rapide que le bras de Niiru sembla alors entièrement recouvert de flammes. Les hommes de Narsos furent extrêmement surpris lorsqu'ils virent que la main de Niiru avait, en une incroyable explosion, transpercée toute l'épaisseur de la roche composant la falaise. Au moment de l'impact, elle vola en éclats.

Quelques instants plus tard, tous les soldats, Narsos, Këros et le Fukanreï purent admirer le plus beau de tous les navires créés par des hommes, le fameux et légendaire Lameïa Alucae : la Lame Blanche. Narsos estima que cet évènement marquait la renaissance du bateau qu'il décida de rebaptiser en « Thaal Asul » c'est-à-dire, « Navire Céleste » en langue commune, afin de lui porter chance. Le vaisseau ressemblait à ce que les chroniques indiquaient, immense, plus haut et plus grand que n'importe quel moyen de transport. Niiru constata que leur navire se trouvait bien plus puissamment armé que n'importe quel autre bâtiment aménagé pour le combat naval. Parmi les hommes présents dans ce lieu, personne n'avait jamais rien vu d'aussi grandiose, hormis le grand phare de Sudaria.

- Voilà ce que ton peuple à toujours voulu contempler, c'est désormais chose faite Narsos. Maintenant pressons-nous ! Il est temps d'appareiller rapidement. Le temps nous est compté !

Le navire se remplit fiévreusement des cinq cents hommes et le Roi confia le commandement à son fils, assisté de Niiru. Avant de partir chacun s'activa à prendre un poste bien spécifique. Les rameurs dans la partie centrale de la cale, des soldats en cale haute pour l'armement composé de harpons et de lance projectiles, et d'autres hommes sur le pont pour s'occuper des voiles ou assurer la défense si jamais ils devaient faire face à un abordage. Narsos s'en retourna en direction de la capitale avec deux de ses lieutenants, afin d'y préparer son armée. Niiru et Këros saluèrent son départ tandis qu'eux s'éloignaient sur une mer totalement calme et largement éclairée par le soleil au zénith. Le bateau glissait majestueusement sur l'océan, ne laissant derrière lui que quelques fines rides sur l'eau...

Chapitre XII : L'expédition des Damalochs et Levïaïa

Durant les deux jours qui précédèrent le départ vers le désert du Mogforn, Fulk Arken passa en revue la totalité de ses troupes afin de désigner les vingt mille soldats qui formeraient les deux légions d'élite. Légions, dont le seul et unique but était de rechercher les traces de son épée, une arme dont les capacités lui offraient une extension de son pouvoir. Les soldats composant la petite armée, dépêchée par le Seigneur des Ténèbres, étaient d'une nature différente.

Ils avaient été recrutés par leur Maître dans les diverses races qu'il avait par sa volonté, soumises au cours de ses précédentes campagnes. De surcroît, tous les hommes de Durtal savaient l'attachement que le Sombre Seigneur portait à son arme favorite. Il en avait perdu sa jouissance et surtout sa trace lors de l'épisode de l'ultime affrontement avec les dirigeants d'Yrneh au cours de la bataille du Vendôr.

Le Sombre Seigneur se souvint de ce cinglant échec qui lui avait valu de fuir en retraite loin de son empire près de sept millénaires auparavant. Le temps s'était écoulé depuis et le Second Cycle était achevé. Mais Fulk Arken gardait toujours en tête de quelle façon l'ultime épisode de la plus gigantesque des batailles lui avait ôté son infernale épée. Son plan était pourtant parfait. Il avait mené la plus grande des incursions dans les terres libres, au fil d'une guerre d'usure qui avait durée plus de trente ans. Il ruminait son échec et l'imputait aux dirigeants Yrnéens ainsi qu'à la traîtrise de sa sœur Floëls.

Le rassemblement d'une immense et puissante armée qui lui avait permis autrefois de franchir la Grande Muraille, ne suffisait pas cette fois-ci. Les manœuvres du Noir Seigneur avaient seulement permis d'envahir le royaume de Sertrach et d'avancer avec ses fidèles jusqu'à la colline du Vendôr où il pensait avoir acculé l'ensemble de ses ennemis. Et même si son armée, plus nombreuse et plus forte physiquement, avait pu réduire à néant près de la moitié de l'Alliance de l'époque après plusieurs semaines de combat. Floëls, encore présente dans ce monde, permit au peuple l'ayant suivi dans les contrées enneigées de rejoindre les Yrnéens, et de prendre à revers les Damalochs. Ensuite, elle engendra un miracle, nommé depuis ce jour : « La Trinité du Vendôr ». En effet, après avoir accepté que l'armée Simérienne parte et chevauche en direction du Sud de Sertrach, elle favorisa le retour des Magus qui n'avaient pas vendu leur âme au Mal et qui avaient survécu au massacre d'Angwë. Ceux-ci usèrent de leurs pouvoirs en se concentrant pleinement sur l'une des parties du pouvoir de Fulk Arken. Par un puissant sortilège, la source d'énergie procurée par les Magii rebelles, enfermés dans les cachots de la forteresse noire, s'estompa et n'alimenta plus le Seigneur des Ténèbres.

Ce renversement de situation joua grandement en défaveur de l'immense personnage. Privé d'une grande partie de sa superbe force magique et de ses capacités physiques, il se retrouva à la merci de ses ennemis, dont Danreb et Enoguëra, qui luttaient déjà pied à pied contre lui. Alors qu'une seconde plus tôt, il les tenait sous la menace de son épée, la fin de l'afflux d'énergie maléfique permit une action conjuguée des chefs des armées libres qui le précipitèrent du sommet de la plus haute colline de la région du Vendôr. Acculé sur le haut du pic, il perdit pied et tomba.

Durant son inexorable chute, sa machiavélique Levïaïa lui fut dérobée par un groupe d'Ogariths qui se jetèrent sur lui tout en déployant leurs ailes. Pourtant, Fulk Arken eût une chance démoniaque car, bien que vaincu, et chutant rapidement vers le sol, il fut rattrapé, in extremis, par son puissant destrier volant. Le Sombre Seigneur ne put que regarder Levïaïa disparaître, submergée par un grand renfort de soldats Elfes.

Sa fuite l'emmena loin d'Yrneh et il ne sut pas ce qu'il advint de son arme. En effet, Danreb, Cyrus, Namarius de l'Aurore, Terios de Sudarïa, Sunna de Sertrach ordonnèrent à un groupe de soldats composé de toutes les races d'Yrneh, de construire un mausolée pour la maléfique épée, de la dissimuler au plus profond de la terre et de la protéger par un sortilège qui empêcherait toute intrusion ennemie. Cette tâche fut accomplie dans le désert du Mogforn connu pour son aridité et l'impossibilité d'un voyage de retour. Pendant plusieurs milliers d'années, elle resta à l'abri, cachée de la vue et du vice infernal de Fulk Arken. Les membres de l'expédition Yrnéenne moururent tous les uns après les autres dans le désert, soit en emmenant l'artefact, soit en édifiant le mausolée, ou encore en tentant de revenir.

Durant près de sept mille ans le Sombre Seigneur tenta sans succès d'en rechercher la localisation précise. Les années suivantes il délaissa Levïaïa car il possédait d'autres plans pour le futur. Une autre raison s'ajoutait : le charme magique que Naör avait lancé pour l'empêcher de tente toute localisation. Après la disparition de Floëls à la fin du cycle précédent et la chute de l'Extrême-Occident avec sa récente victoire sur Sertrach, le Noir Seigneur avait pu apprendre très récemment par ses espions, où pouvait se trouver son épée.

Après de nombreuses semaines, le Seigneur des Ténèbres, eut en main bon nombre d'informations parlant précisément du lieu où se trouvait cachée Levïaïa. Il la fit rechercher activement mais sans succès. Avec la mort de Kanwë et celle prétendue de Niiru, ses plans changèrent et son arme de prédilection devint à nouveau sa priorité. Fulk Arken, dans son noir esprit, ressassait l'histoire de la création. Il se souvenait encore et encore de la réalisation de son deuxième plus grand chef-d'œuvre. Pendant des années il envoya des expéditions maritimes de par le monde pour traquer le troisième Fondamental, le gigantesque Léviathan. Ce n'est que lorsqu'il participa à la dernière chasse qu'il finit enfin par capturer cette créature mythique régnant sur les océans. Dans un combat acharné, il le captura et, une fois soumis temporairement à son pouvoir lui amputa l'ensemble des crocs de sa gueule béante.

Une fois en possession de cette matière première, il relâcha le plus puissant serviteur de Rîîga. À partir de cette dent prélevée dans la mâchoire de la plus puissante créature maritime, Fulk Arken travailla pendant plus de cinquante longues années pour réaliser un incroyable artefact. Ce croc fut d'abord taillé, puis affiné, corrompu et forgé par les propres mains du Seigneur des Ténèbres afin qu'il sied au plus juste à sa stature et qu'elle se conjugue au mieux avec sa personne.

Fulk Arken avait fait de cet organe, appartenant à la créature équilibrant une partie du monde, l'arme la plus efficace et la plus dangereuse entre toutes. Cette lame, aussi noire que son âme mais aussi brillante que ses ambitions, concentrait la majeure partie de son pouvoir maléfique, à la fois sa force physique inégalable et l'ensemble de ses pouvoirs magiques. L'objet issu de l'esprit machiavélique du Noir Seigneur était ainsi capable de détruire n'importe quelle armure, les boucliers les plus résistants, de pulvériser les armes, briser les meilleures défenses adverses et pouvait même annihiler les plus résistants des sortilèges.

Cette fameuse épée, qu'il avait nommée Levïaïa en souvenir de sa provenance, ne pouvait servir que ses noirs desseins puisqu'en

Yrneh, comme ailleurs, aucune créature ne se trouvait être assez vile, perverse, cruelle et ambitieuse que le Maître de Durtal. Son maniement était réservé à son unique créateur, à tel point que l'arme de prédilection de Fulk Arken, l'artefact le plus destructeur que le monde ait jamais porté, possédait sa propre âme. Une arme vivante mue par une soif ininterrompue de sang et d'âmes. La Noire Epée d'un poids écrasant, présentait sur tout le manche, une infinité de picots acérés sur tout le manche qui se nourrissaient du sang, de la cruauté du terrible Seigneur des Ténèbres lorsqu'il la brandissait.

Maintenant, le retrait des Magus dans le Ravin Bleu, affaiblissait une partie du sortilège protégeant l'accès à Levïaïa. Elle venait d'être localisée au sein du Désert de Mogforn. Dans le périmètre le plus inaccessible situé au centre de l'étendue sableuse, à l'intérieur d'un temple qui avait été érigé pour l'occasion, après la dernière guerre menée contre Fulk Arken. Ce tombeau n'avait jamais été profané par les soldats dévoués aux Ténèbres.

L'expédition d'Orcs, de Damalochs et de Trolls, traversa d'abord le Sud de Sertrach par les régions de Néatis, longeant une partie du Mont Roëus avant de passer le fleuve Orb pour pointer plein Est, en direction du Mogforn. Une fois dans le désert, l'expédition dura près de cinq jours, durant lesquels la forte troupe périclita au fur et à mesure des kilomètres qui s'amoncelaient derrière eux. Les hommes au service de Durtal tinrent bon les deux premiers jours en suivant le rationnement prescrit par leur chef et aucun d'entre eux ne prononça de mot ni même de grognement afin de s'économiser. De plus les Orcs demeuraient emmitouflés dans de grandes couvertures pour ne pas souffrir au contact des rayons du soleil.

Au troisième jour, les Damalochs commencèrent à souffrir de la chaleur étouffante et tombèrent les uns après les autres sur les grandes langues de sable. Les Orcs, quant à eux, tinrent bon jusqu'au soir, mais certains s'écartèrent du chemin que suivait le pisteur et s'embourbèrent dans des sables mouvants qui eurent raison d'eux. Le lendemain, la troupe amputée dût affronter une puissante tempête de sable qui semblait s'accroître en force et en volume tandis que la troupe du Seigneur des Ténèbres avançait vers son but

La violence du vent et des mouvements du sable se révélèrent aussi tranchants que des lames aiguisées qui dispersèrent en plusieurs groupes l'expédition et acheva une grande partie d'entre elle. La tempête finit par s'arrêter et, sur le groupe encore en vie, il ne resta plus qu'un Troll, le deuxième ayant perdu sa grande cape fut pétrifié par les rayons du soleil couchant. L'un des Orcs commença à s'impatienter et s'adressa violemment à son chef, une créature hybride présentant les différentes caractéristiques des races servant le mal, dotée d'une intelligence humaine et capable de résister aux épreuves du désert.

- Grrrrrr ! Chef, y'en a marre de continuer, on reviendra jamais de cette expédition. On se s'ra sacrifié pour rien, Fulk Arken nous a envoyé à la mort.
- Ne parle pas ainsi du Maître, sinon je serai obligé de te tuer pour l'exemple. Nous ne sommes plus loin de notre but, d'ici une journée au plus tard nous trouverons l'épée de notre Seigneur.
- Rmmmmmmmf ! – Rumina la créature –
- J'ai faim et je ne suis pas le seul ! Moaaaaaaaaarfff ! – Fit l'Orc en se raclant la gorge –
- Mangez les cadavres de ceux qui viennent de mourir. Dommage que le Troll soit devenu une gargouille de pierre ça nous aurait fait un énorme repas.

Le dernier des Trolls se rebiffa et se mit dans une colère noire :

- On parle pas comme ça de frère à moi ! On a accepté de suivre vous pour satisfaire Maître de Durtal. Idée saugrenue de manger un Troll. Pas bon le sang de Troll. Si quelqu'un reparler comme ça de Troll, moi le tuer. Mfrrrrrrrrrrrr ! – Grogna le Troll –

- C'est bon, on ne mangera pas de Trolls, on se satisfera de quelques Orcs et de quelques Damalochs car eux aux moins ne se posent pas la question.
- OUAAAAIIS – Firent plusieurs Orcs. – Y'a d'la viande ce soir ! Mangez tout ce que vous pouvez !
- La journée de demain sera longue, ceux qui sous ma conduite parviendront jusqu'au mausolée seront récompensés.
- Moi j'y crois pas, on va tous crever comme des chacals !
- Tu aurais dû fermer ta gueule d'animal – Grogna le chef de la troupe en décapitant l'Orc qui se rebellait. –
- Prenez du repos, c'est un ordre !

Le dernier jour de leur calvaire la mission dépêchée par Fulk Arken s'écarta plusieurs fois de leur but mais, par une chance inespérée pour cette armée qui souffrait encore des conditions climatiques, ils trouvèrent le fameux temple où reposait Levïaïa. Pour la gloire de leur Maître, ils se consacrèrent à déterrer le temple qui se trouvait entièrement recouvert par l'accumulation de sable depuis des siècles et oublié. Une fois désensablé, cet édifice, marqué par le temps, accusait de nombreuses fissures, des altérations dans sa structure, laissant entendre qu'il se trouvait totalement à l'abandon.

Si l'une des créatures n'avait pas buté dans le sommet de la pyramide, demeure de la plus maléfique des armes, jamais ils ne l'auraient trouvée. Le temple, presque sept fois millénaire, était de multiples couleurs grisâtres, couronné par un toit pyramidal noir. C'était un édifice très sobre et relativement triste sans aucun ornement se détachant de la masse.

L'édifice était extrêmement imposant vu de l'extérieur. Leur chef savait que trouver l'artefact de Fulk Arken serait d'une très grande difficulté. Tout d'abord, il leur fallut déterrer complètement l'édifice pour s'assurer qu'une seule porte permettait d'accéder à la chambre où résidait l'épée. Les quelques rescapés de l'immense détachement armé, trouvèrent une monumentale porte unique, fermée et fortement verrouillée. Rien ici ne laissait entrevoir de possibilité d'y pénétrer, le dernier des Trolls qui avait survécu, grâce à sa tunique, attendit que la nuit soit tombée pour jouer son rôle. Plus massif et trapu que ces congénères, il fut en mesure d'utiliser sa colossale force à plusieurs reprises, enfonçant la porte au bout de plusieurs coups violents d'épaules qui firent sauter les énormes gonds en acier.

-    Porte pas résistante, le temps facilite mon travail ! Grommmffff ! – Grommela le Troll –
-    C'est bien ! Je vois que les Trolls ne sont pas inutiles finalement, grands et stupides pour la plupart, mais recommandés pour les travaux massifs.
-    Chef allons-y ! L'épée du Maître nous attend !
-    Non ! Nous allons pénétrer dans ce bâtiment avec prudence, je ne tiens pas à chuter devant des pièges insoupçonnés. Je suis persuadé qu'il y a un labyrinthe sans fin là-dedans. Allumez des torches et suivez-moi ! Je sens l'odeur du mal, l'épée nous indique le chemin à suivre. Dommage pour les Elfes et les Ogariths, leurs pouvoirs spirituels et magiques n'ont plus cours pour nous tromper. La victoire est à nous !

Après que la porte eût cédé, les hommes du Noir Seigneur

s'engouffrèrent rapidement dans l'édifice. Ils suivirent sans rechigner la créature désignée pour les mener. Elle les conduisit comme promis au détour des couloirs sinueux et mal éclairés jusqu'à la pièce enfouie le plus profondément sous terre, et après plusieurs heures de marche.

Une fois à l'intérieur de celle-ci, ils constatèrent sa taille monumentale et trouvèrent enfin l'autel, au fond près du mur arrière et sur lequel se trouvait l'épée plantée dans un bloc surplombant l'autel. Les créatures du Sombre Seigneur, les Damalochs en tête, ressentirent une rapide régénération de leur santé au fur et à mesure qu'ils s'approchaient de l'arme légendaire. Les vingt soldats faisant partie des survivants de l'expédition comprirent, tout comme leur lieutenant que l'épée dégageait un immense pouvoir maléfique et que son aura les protégeait.

- Incroyable ! La puissance du Maître est ici, il nous protège !
- Non ! C'est l'âme de l'épée qui nous redonne vie ! Prosternez-vous devant Levïaïa, devant la terreur qui hante le cœur des Yrnéens.
- Sombre Seigneur, que ta puissance domine sans partage Yrneh, ton épée légendaire a été retrouvée ! Gloire, Gloire à toi sur tous les continents !

Une fois leur force restaurée intégralement, les soldats de l'armée du Mal, tentèrent d'ôter l'épée de son socle. Après plusieurs essais infructueux, le chef de l'expédition s'empara du manche de la lame en l'extrayant avec une facilité déconcertante.

- Comment avez-vous pu la retirer ?
- Fulk Arken, avant de nous laisser partir, m'a marqué de son sceau et m'a béni comme porteur de son artefact. Le temps est

venu, nous allons retourner auprès de notre Seigneur qui doit nous attendre devant la Trouée du Mogforn.

Les soldats de l'Armée Noire remontèrent dans les méandres du bâtiment bien plus rapidement grâce à l'épée qui facilitait leur déplacement. Levïaïa put les guider jusqu'à la porte d'entrée. Toutefois, le porteur de l'épée ne put sortir de la demeure millénaire car un charme magique encore vivace empêchait l'extraction de l'artefact de sa prison. Ce fut, encore une fois, le Troll qui réalisa un tour de force. Ulcéré par le fait d'attendre pour quitter le désert, le Troll pénétra dans la prison de pierre et demanda à son lieutenant qui portait l'épée de le laisser soulever l'immense épée. Dans un geste aussi violent qu'inattendu, le Troll rassembla toutes ses forces et projeta violemment l'épée, lui luxant les épaules. Cela permit à Levïaïa de se retrouver hors de la bâtisse. Au passage, l'épée alla s'enficher dans un autre soldat présent devant la sortie qui, sous le choc, fut éjecté bien loin de l'entrée. Désormais, l'expédition venait de libérer la totalité de la force du plus intransigeant et du plus cruel des Seigneurs.

- Comment as-tu réussi ce tour Troll ?
- Moi pas être très intelligent, mais moi savoir déchiffrer les inscriptions gravées autour de la porte. Elles disent que L'épée des Ténèbres ne pourra être délivrée que si sa lame verse le sang d'un être et que celui-ci passe la porte en tenant l'épée de ses mains.
- Tu sais lire l'Ogarudh ? Parce que Fulk Arken ne m'en a pas donné le pouvoir. Et notre frère est sorti avec l'épée fichée dans le corps !
- Ça être Ogarudh commun. Moi avoir entendu Elfes et Ogariths en parler pendant que moi prisonnier.
- Bête mais discipliné. Très bien, tu n'en seras que plus récompensé par le Noir Seigneur. Maintenant partons ! La puissance de l'épée nous protégera contre toutes les agressions

possibles.

Il avait raison car, maintenant en possession de cette immense et puissante arme, le chemin du retour dans le Désert fut moins dur. Plus aucune perte ne se produisit, même lorsque l'expédition ou plutôt quelques soldats se retrouvèrent en présence d'un petit groupe d'Elfes qui tentèrent de s'emparer de l'épée et auxquels ils firent face. Fulk Arken, très prévoyant, avait entre temps envoyé des renforts pour attendre le retour de Levïaïa et l'escorter au sortir du Mogforn. Les Elfes furent tous très vite mis en pièces par la formidable armada dépêchée sur place, certains soldats succombèrent en tentant de toucher la lame.

Après cette bataille, l'ensemble des Damalochs revint en grande pompe au nouveau camp constitué par Fulk Arken à la frontière des territoires libres. Son impatience se faisait oppressante pour ses troupes, mais il fut vite informé du retour de la chose qu'il désirait le plus au monde juste après la conquête d'Yrneh. Un des soldats qui avait précédé la légion confirma au Seigneur des Ténèbres la présence de l'artefact non loin de là.

À cette nouvelle, Fulk Arken poussa un rire démoniaque, le plus glaçant bruit que tout Yrneh ait jamais entendu. Le Seigneur des Ténèbres se leva lentement de son trône de fortune et sortit de la pièce où il élaborait les détails des affrontements. Il vint parmi l'ensemble de ses hommes, au milieu de son camp. Le reste de l'expédition s'avança en direction de leur Roi et le lieutenant de Fulk Arken planta la lame dans le sol à une distance de six pas. Celle-ci se maintenait avec un aplomb parfait et dans un alignement impeccable avec son créateur.

Le Maître du Damalioch et de l'Extrême Occident observa de loin sa magnifique épée. Elle était grande, aussi noire que le cœur de son légitime propriétaire, elle possédait de puissants reflet verts qui apparaissaient le long de sa lame ainsi qu'un étrange halo de la même couleur courant de la base à la pointe de l'épée. Levïaïa était aussi impressionnante que dans les souvenirs du Seigneur des Ténèbres et de ses plus anciens serviteurs, aussi haute que la taille d'un simple Humain. Son poids s'exprimait par une lourdeur au-delà des capacités de levage pour le commun des mortels, mais Fulk Arken n'avait, au cours du temps où il la posséda, jamais de mal à la manier. Un spectacle angoissant pour les hommes, mais jubilatoire pour les sombres créatures, se déroulait car, plus le chef des forces du mal s'approchait de celle-ci, plus elle se mettait à vibrer en réponse à la négativité de son aura.

De plus près et pour qui avait le temps de s'attarder à regarder cette épée maléfique, on remarquait que Levïaïa possédait une garde imposante, ornée de sculptures minuscules et de gravure dans la langue pervertie de Durtal, le Damalior. Une fois dans les mains de son créateur, elle était rehaussée par deux lames supplémentaires venant s'adjoindre à la lame principale. Sa poignée permettait au Seigneur du Mal de porter des coups à deux mains. En bref, c'était l'épée parfaite pour son seul et unique détenteur originel.

Fulk Arken s'approcha encore d'elle, provoquant ainsi son arrachement de terre rien que par la puissance maléfique qui se concentrait en ce lieu. À ce moment précis, le Sombre Seigneur l'attrapa de la main gauche, les minuscules picots acérés entrèrent en contact avec la paume de sa main et s'abreuvèrent de son sang. Celui-ci éprouva autant de douleur et de plaisir lorsque les infimes épines pénétrèrent la seule partie de son corps non recouverte par l'armure. Fulk Arken souleva alors son épée, et la brandit en l'air puis pointa celle-ci en direction de la Trouée :

- Ahahahah, quel plaisir jouissif de te retrouver Levïaïa ! Cette séparation a été longue, tu as rongé mon esprit de la même façon que tu t'abreuves de mon sang. Maintenant, je vais m'occuper de ce champ de force. Lieutenant, ordonnez aux troupes de se mettre en formation. Nous allons progresser vers l'Ouest.
- Très bien, Monseigneur.
- Quant à tes compères, pour les remercier d'avoir ramené mon épée, dis-leur qu'ils peuvent prendre ce qu'ils veulent dans nos butins et autre prises de guerre. Si jamais ils désirent commander une de mes légions, dis-leur qu'ils devront s'adresser à moi.

Le Roi Noir, en s'emparant de son arme, retrouva instantanément la totalité de son pouvoir. Il récupéra aussitôt la maniabilité qu'il n'avait pas pu exercer au cours des siècles passés. Fulk Arken s'orienta derechef face au champ de force. Evènement qu'il répétait tous les jours depuis son arrivée dans la Trouée. Là, de toute sa glorieuse stature, il leva sa surpuissante épée au-dessus de lui. Tenant Levïaïa avec ses deux mains, Fulk Arken porta un coup très violent de haut en bas, qui eût pour effet de déchirer la protection magique réalisée par les Magus.

Il trancha le mur invisible en deux parties bien distinctes. Le Seigneur des Ténèbres rengaina son artefact puis, de ses deux mains, il enserra les deux franges survivantes du champ de force qui demeuraient encore très proches l'une de l'autre. Il les écarta lentement mais sûrement à l'aide de sa force de Gaïanor déchu. Une fois les deux parties largement séparées, il finit par les annuler en créant instantanément un champ de force négatif à son tour. Maintenant, ce que redoutait le monde libre depuis des jours et des jours se produisait. Fulk Arken franchissait désormais la barrière qui avait été édifiée entre les Monts Anciens et le désert central.

Le Roi Noir posait pied dès lors dans une partie d'Yrneh qui n'avait pas été foulée depuis les derniers jours du Premier Cycle lors de sa sédition et de son affrontement avec Naör. Le sombre destin des peuples libres semblait inévitable, il se répétait encore. L'avancée des Noires Légions s'annonçait inébranlable et aucun Dieu ne semblait pouvoir venir les renforcer dans leur défense. Le Sombre Seigneur siffla son destrier qui, hennissant du fond du camp arriva aussi rapidement qu'une bourrasque. Grimpant sur le dos du repoussant coursier, il cria à ses fidèles :

- Soldats, l'avenir est à nous ! La fin de ce monde est proche et mon règne sur toutes les terres de ce monde sera bientôt effectif. En avant et pas de quartier !

Chapitre XIII : Voyage pour le Nirvë

Niiru, en délivrant de la roche le Navire Céleste par l'entremise de ses fabuleux pouvoirs, avait joué son va-tout. L'emploi de l'extraordinaire vaisseau de guerre demeurait, dans l'esprit du Fukanreï, le seul moyen de parvenir de la façon la plus rapide au Continent Perdu de Rîîga. Këros et lui laissèrent en arrière le Roi Narsos dont le but était de rejoindre au plus vite le Ravin Bleu avec une armada étendue. Niiru avait accepté la proposition du Prince de Sudaria de l'accompagner car il ne possédait pas les compétences d'un capitaine de navire de guerre. De surcroît, le jeune Këros passait pour le meilleur navigateur de son peuple. Il était connu pour avoir affronté des ennemis et ramené plusieurs équipages lors de grandes tempêtes sur les océans du Sud et de l'Est.

Niiru et son nouveau compère se promenèrent sur les différents ponts de leur transporteur afin de l'admirer et d'étudier ses possibilités et ainsi réagir selon les différents cas de figure. Ils inspectèrent de long en large le fleuron de la marine sudaréenne. Le navire se distinguait des autres constructions navales par une longueur de sept cents pieds, une largeur équivalente au quart de la longueur et une hauteur totale de cent pieds du fond de cale jusqu'au sommet du mat. Le navire ne possédait qu'un tirant d'eau de deux mètres ce qui l'avantageait grandement par rapport aux autres bateaux. Sa propulsion principale se répartissait entre une gigantesque voile et trois rangées de quarante rames.

Telle la robe d'une jeune vierge, l'arche, anciennement nommée Lameïa Alucae, se distinguait par un revêtement d'une blancheur éclatante et de nombreuses parures dorées. La faramineuse nef lors de sa conception fut élaborée à partir d'un alliage d'acier et d'Uldarium, la rendant aussi résistante que légère. Cette particularité expliquait ainsi la fameuse légende du Bâtiment Invincible, car le navire ne perdit aucun affrontement par le passé et remporta même, lors de certaines campagnes, la victoire définitive.

Le vaisseau royal, le Navire Céleste se déclinait en trois ponts de tailles différentes. Le gaillard arrière plus large que les deux autres ponts, accueillait le gouvernail ainsi que différentes armes de jets. En descendant les marches, on accédait sans difficulté à la passerelle centrale, celle-ci était séparée par un bloc central de soixante quinze pieds de large pour trois cent vingt pieds de long, dans lequel se logeaient les rameurs mais aussi leur lieu de repos. Chaque bord du pont central faisait à vue d'œil près de sept à huit mètres de large, ce qui permettait aux soldats de se circuler sans se gêner.

Au centre de la construction trônait un magistral mât en haut duquel se postait la vigie. Sous le bloc aussi brillant que l'or s'empilaient quatre étages bien distincts. Un niveau rassemblait des canons et des lance-harpons nécessaires pour l'abordage. En dessous, les trois niveaux regroupaient l'ensemble des soldats chargés de faire avancer le navire, tandis que les dortoirs et la cambuse occupaient le centre de la cale. Enfin un dernier étage totalement inaccessible se localisait sous la dernière rangée des rameurs. La nef suprême se terminait par un pont avant plus resserré que les deux précédents, il était plus exigu contenant le guindeau et les ancres.

Le Fukanreï savait que la route en direction du Nirvë serait dure et longue. Il savait que de nombreux problèmes se poseraient à cause des courants marins qui, dans cette région ramenaient sans cesse les bateaux près des côtes sud d'Yrneh lorsque ces derniers tentaient de s'appuyer sur le vent ou les courants. Les rames comme alliées dans la première partie du voyage s'avéreraient utiles. De surcroît, Këros, en tant que meilleur expert maritime de son royaume, savait comment éviter les désagréments de l'océan depuis la disparition du Léviathan. Le jeune Prince de Sudarïa avait un autre avantage car il était en possession du codex où étaient compilés les plans et les explications sur le fonctionnement du Navire Céleste.

Le Fukanreï se postait très souvent à la proue car il aimait sentir le vent souffler sur son visage. A un moment, Këros quitta la dunette arrière pour le rejoindre et discuter avec lui :

- Alors Niiru, comment trouves-tu ce vaisseau ? Je suis heureux que tu aies pu le libérer. Franchement ta puissance m'étonne ! Où et quand as-tu appris tout cela ?
- Le vaisseau est encore plus magnifique que je ne le pensais. De plus je n'imaginais pas qu'il serait aussi gigantesque et aussi bien armé. Pour ce qui est de mon intervention sur les portes du château et sur la roche, je ne dois cela qu'à mes racines légendaires. Je suis venu au monde comme le Fukanreï annoncé par Floëls. La magie m'a été enseignée par les Magus et je ne fais que combiner les différentes capacités qu'on m'a permis de développer.
- Oui ! Parlons de la porte du château de mon père, tu l'as reconstruite aussi simplement que tu l'avais détruite !
- C'est fort simple mon ami ! Dans ce monde, rien ne se perd, rien ne se crée, tout se transforme. La matière se décompose et se recompose, c'est aussi simple que ça l'alchimie. Par contre changeons de sujet ! Pourquoi le Navire Céleste s'appelait-il la Blanche Lame ?
- Ça, c'est un secret que je me réserve de te dévoiler. Tu comprendras ce nom assez rapidement si nous croisons des nefs de

Durtal.

Grâce à son très faible tirant d'eau par rapport à sa taille, le mouvement des rames assurait au bateau une puissance certaine pour lutter contre les courants marins et avancer dans l'expédition. Pendant les trois premiers jours, les soldats se relayèrent aux rames et aux postes de défense. Niiru et Këros alternèrent régulièrement au poste de commandement. La nuit était propice à l'utilisation de la voile car le vent soufflait dans la direction de l'archipel constituant le point le plus loin jamais atteint par les hommes du Sud.

Les hommes purent se dégourdir et ainsi stopper le dur mouvement des rames qui les fatiguait malgré le nombre de soldats préposés à la propulsion du bateau. Le calme régna à bord jusqu'au lendemain car, au quatrième jour de navigation, l'illustre vaisseau de guerre dut faire face à un évènement inopportun. Un gigantesque monstre marin fit son apparition près du navire. Tous crûrent d'abord, et à tort, que la créature qui se manifestait là était le légendaire Léviathan. Niiru et Këros, bien plus au courant des vieilles légendes que les soldats, savaient que le dernier des trois Fondamentaux avait disparu des eaux de la surface pour trouver définitivement refuge au fond des Océans. L'amputation d'une de ses dents par le Seigneur des Ténèbres avait traumatisé la créature la plus imposante et la plus puissante des mers. Le troisième Elémental n'avait jamais reparu depuis.

Le monstre d'une taille plus que conséquente était, en fait, une abomination au service de Durtal, un rejeton involontaire du Léviathan, engendré par le combat titanesque entre Fulk Arken et la créature de Rîîga. L'étrange être ressemblait fortement à un serpent de mer mais d'une taille incroyable et qui, une fois dressé s'élevait bien au-delà du mât. Celui-ci exprima très vite sa colère et manifesta sa furie envers les intrus en heurtant à plusieurs reprises le vaisseau, parvenant à briser un grand nombre de rames, entravant de façon définitive les chances d'avancer vers le Nirvë par ce biais. Tout espoir semblait alors perdu puisque les hommes d'équipage s'affolaient de plus en plus, face à cette créature démoniaque. Ils avaient beau lui lancer des flèches, des armes d'hast, rien n'y faisait, aucune attaque ne perçait les flancs de l'animal.

Niiru, alors sur le gaillard avant, revint au centre du vaisseau. Il ordonna aux Sudaréens de rentrer dans la soute et indiqua à Këros d'abaisser rapidement le levier gauche sur le tableau de navigation, et ce, afin de provoquer instantanément la fermeture des fosses où se trouvaient les soldats de Sudarïa, désormais protégés par la structure de la cuirasse en Uldarium. Le Fukanreï n'écoutant que son courage et faisant preuve de sa légendaire témérité, décida d'escalader l'échelle taillée dans le mât afin de grimper en haut du mât pour prendre la place de la vigie. Il était ainsi à une place de choix pour s'opposer au monstre. Niiru arriva finalement en haut du mât, dégaina son épée et se prépara à affronter l'incroyable bête qui venait de plonger sous le bateau pour reparaître à bâbord. La laideur du monstre provoqua d'abord, chez le Prince Këros, un certain dégoût, une inquiétude puis une frayeur intense lorsque le corps de la créature se trouva contre le bord de la passerelle centrale.

Niiru, quant à lui, continuait de provoquer allègrement cette chose qui ressemblait au pire cauchemar d'un homme. La tête du monstre culminait bien au-dessus du mât car il s'était dressé de toute sa hauteur. Le Fukanreï faisait de grands gestes pour l'attirer, mais la créature des mers refusait d'attaquer, comprenant la tactique de son opposant. La monstrueuse créature, adoptant sa propre stratégie, eut recours à ces longues et tranchantes griffes pour frapper dans la direction du seul personnage ayant eu la folie de l'affronter. La puissance du coup, lorsque les griffes atteignirent le mât fit vaciller le navire, projetant Niiru hors de la grande hune. Le Fukanreï prompt à la réaction ne chuta pas, il se rattrapa aux cordages qui enserraient encore la grand-voile. Suspendu dans le vide, il chercha vivement au plus profond de son esprit la solution la plus adéquate pour terrasser ce gigantesque adversaire. Dans un premier temps Niiru commença à éviter les assauts répétés des griffes meurtrières de la créature qui n'en finissait pas de s'exciter contre l'immense navire encore presque indemne de ses attaques.

Niiru n'attendit pas plus longtemps, suspendu par une seule main au cordage. Il remonta à nouveau en haut du mât qui commençait à accuser la violence du combat. Il marcha sur la vergue de la grand-voile. Le Fukanreï revint dans la grande hune qu'il dépassa pour se retrouver sur le point le plus élevé du navire. Il fit signe au monstre de l'attaquer en l'haranguant :

- Alors immonde créature, déshonneur des Océans commandés par Rîîga, viens, approche, attaque-moi courageusement ! Aurais-tu peur de moi ? Je suis prêt à t'affronter !

La créature rugit violemment, modifia sa position d'attaque afin de porter un coup direct et définitif pour ôter la vie à Niiru. Elle s'abaissa jusqu'à se trouver au niveau de son ennemi et lança sa gueule à la rencontre du Fukanreï tel, un prédateur s'apprêtant à déchiqueter sa proie. Niiru, aussi vif que l'éclair en voyant la gigantesque face venir dans sa direction, fit un spectaculaire bond dans les airs, ce qui lui permit de se retrouver largement au-dessus de la créature sur laquelle il n'eut aucun mal à atterrir. Il évita par cette réaction intrépide, le contrecoup du choc que produisit le contact fracassant entre le crâne de la bête et le mât.

Ce dernier chancela de plus en plus fortement avant de finir par s'écrouler et sombrer dans l'Océan Australis. Le lointain descendant de Floëls, une fois sur le sommet de la tête du plus hideux des animaux, tenta de porter plusieurs coups magistraux de façon répétée et rapide dans la chair de l'animal. Malgré sa force et sa ténacité, le résultat ne se révéla pas très probant, puisque la lame de son épée s'émoussa à vue d'œil tant qu'il continuait d'agresser son redoutable adversaire. En effet, le monstre marin possédait une peau composée totalement d'écailles très résistantes et pour ainsi dire impénétrable. Là-dessus, le monstre se débattait sans arrêt avec une ardeur incroyable pour réussir à désarçonner ce minuscule intrus au sommet de son crâne.

Le Fukanreï, conscient qu'il n'aurait pas le dessus de façon conventionnelle, modifia sa tactique. Il courut alors jusqu'au bout du museau de la créature pour l'exciter et ainsi provoquer un geste brusque de sa part. Il sauta haut dans le ciel une fois au bout du museau de l'animal, qui comme prévu le poursuivit. Niiru avait déjà réfléchi à sa nouvelle stratégie et, comme il l'avait entrevu, le monstre se laissa prendre dans son piège et avala le fougueux jeune homme dans son immense gueule. Le fils de Narsos, horrifié par la tournure des évènements, se mit à hurler, totalement impuissant face à la scène.

Il ne pouvait rien faire contre cet immense assaillant, hormis lui tirer une multitude de carreaux d'arbalète. L'ignoble monstre ne réagit pas tout de suite à ces futiles attaques puis, s'arrêtant net, se tourna en direction de Këros pour l'attaquer. La créature des mers lança tout son corps d'une façon inouïe, pour engloutir le Prince de Sudarïa et en même temps le navire. Pourtant, il n'y parvint pas, car au moment où il atteignait sa pleine vitesse de charge, en plein élan, le monstre des mers se trouva arrêté violemment par une série de convulsions en provenance de ses entrailles et plus précisément de sa gorge.

Loin de s'être avoué vaincu, Niiru bien que dans une posture fâcheuse, n'était pas mort. Au moment où il aurait dû être avalé, il s'était rattrapé à une partie de la gorge de son adversaire et put ainsi se remonter dans sa gueule. Këros ne comprit pas de suite le coup d'arrêt dont fut victime le puissant monstre. Il se posa des questions tandis qu'à l'intérieur de la créature hideuse Niiru, souriait encore une fois du même sourire de satisfaction qu'il avait laissé paraître sur son visage lorsqu'il avait été happé par son opposant.

Il se retrouvait maintenant dans une position de force à l'intérieur de la gueule du monstre. Là, au centre de la gigantesque gueule, il avait alors réagi promptement en apposant ses mains de chaque côté de l'entrée de la gorge, là où se resserrent les crocs, et il avait gelé en l'espace de quelques secondes la presque totalité de l'eau présente dans le corps de ce gigantesque saurien des mers. Après cette première action, il s'occupa derechef des crocs de l'inamicale créature et lui décocha un de ses plus puissants coups de poing dont lui seul avait le secret. Le résultat ne se fit pas attendre et Niiru n'eût pas besoin de s'y reprendre à deux fois. Il pulvérisa instantanément une partie de la mâchoire de l'immense serpent de mer qui, sous la pression et la violence du choc, ouvrit la gueule de la manière la plus béante qu'y soit.

La créature engendrée par Fulk Arken recracha le Fukanreï, le projetant au loin. Celui-ci durant sa chute, prononça rapidement et d'une voix claire l'ensemble des paroles d'un sortilège magique tout en exécutant des gestes rituels. Ces paroles antiques créées par les Dieux et les mages permirent simplement la sublimation de la glace en vapeur sans que l'eau ne puisse repasser par l'état liquide. C'est ainsi que le descendant de Floëls provoqua sciemment une magistrale ébullition au sein du corps de ce monstre qui par le déclenchement d'une réaction en chaîne dans toutes les cellules de son être, mourut d'une explosion quasi-instantanée.

Le Fukanreï au terme de son héroïque action, termina son vol en tombant dans l'eau. Le choc fut rude et Niiru ne refit pas surface de suite. Këros libéra ses hommes de leur entrave protectrice et sortirent rapidement à l'air libre. Inquiet il se jeta dans l'Océan Australis pour porter secours à son ami qui était remonté à la surface, flottant et gisant dans la mer. Il ramena le corps du Fukanreï maladroitement, surnageant tant bien que mal sous le poids de son ami. En remontant Niiru, il s'aperçut alors que l'un des crocs acérés de leur adversaire avait entaillé le bras droit de l'Héritier des Dieux.

Le descendant de Floëls, une fois revenu à lui, fut dépité de voir l'état pitoyable de l'inébranlable vaisseau. Désormais ni rames, ni voiles ne pouvaient leur porter secours. Les hommes se résolurent à ne pas s'apitoyer sur leur sort et préférèrent se reposer, suite à la multitude d'efforts fournis pour déblayer la nef. Chacun se restaura et vaqua à d'autres occupations dans l'attente d'un ordre ou d'un signe miraculeux. Niiru, quant à lui, tout comme son ami Këros, ne restait pas inactif, loin de là.

Il ne voulait pas voir échouer cette quête aussi près du but et se pencha sur les moindres détails du vaisseau. Il inspecta le bâtiment de fond en comble afin de résoudre cet évènement plus que problématique qui se posait à eux. En faisant le tour du navire, quelque chose avait retenu son attention, Niiru remarqua qu'il lui était impossible de se rendre dans la partie la plus basse de la calle, celle qui était en dessous de la dernière rangée de rameurs. Cela le laissa très perplexe. Il était tenté de recourir à sa force physique et de transpercer le sol là où il était agenouillé, mais la peur de couler le navire retint son geste. Il fut tout à coup prévenu par un soldat que le fils de Narsos le demandait. Niiru se rendit alors auprès de ce dernier dans la cabine à l'arrière du vaisseau.

- Me voici Këros, que se passe-t-il ? Pourquoi m'as-tu fait appeler aussi expressément ?
- Niiru, les Dieux nous sont cléments. La grâce des Gaïanor ne nous a pas abandonnés. En revenant dans la cabine de commandement, suite à ton combat, j'ai entraperçu un défaut dans la cloison de droite. En fait, il s'agissait d'un emplacement très discret pour ne pas dire secret.
- Et qu'y avait-il d'aussi intéressant dans cette cachette ?
- Des choses dont je n'avais pas connaissance et dont mes ancêtres n'avaient jamais entendu parler. Je viens de trouver les plans manquants expliquant tout le détail de structure du bateau et il y a des indications complètement oubliées aujourd'hui.
- C'est-à-dire Këros, parle je t'en prie !
- Je suis désormais en possession du dernier des moyens de propulsion de ce flamboyant navire. Ces écrits m'ont révélé que le vaisseau utilise une autre technique pour se mouvoir. J'ai analysé et étudié les plans en détail, je te propose de les tester
- Certes, je suis partisan de jouer notre dernier va-tout. Espérons qu'il ne s'agit pas là d'un fol espoir. Et comment allons-nous faire pour actionner les mécanismes de secours ?
- Très simplement, mon ami. En abaissant simultanément les deux leviers qui contrôlent le déploiement de la grand-voile et celui qui replie les rames et, en actionnant le centre de la barre, il devient possible de déclencher le système de secours.
- Et comment cela se concrétise-t-il ?
- Niiru, ce mécanisme actionne une force de propulsion qui n'est ni humaine ni mécanique. Il semble en effet que les Magus ont béni le Navire Céleste et qu'ils y ont placé une puissante

source d'énergie. Celle-ci alimente de façon inaltérable et ininterrompue les trois moteurs entrainant des pales placées sous le navire à l'extrémité de la coque et dont l'efficacité surpasse les deux autres moyens pour se déplacer.

- Tu sais comment ça marche ?
- À vrai dire, en déchiffrant le texte, j'ai cru comprendre qu'il s'agissait de roues équipées de plusieurs ailettes orientées du haut vers le bas et de l'avant vers l'arrière qui cn tournant brassent l'eau plus vite que ce dont sont capables mes soldats.
- Tu crois que c'est efficace ? Personnellement je n'ai jamais vu une telle chose !
- Qui ne risque rien n'a rien ! Allons-y mon ami ! J'ai besoin de ton aide.

Niiru sortit en ouvrant violemment la porte de la cabine et fut suivi de près par le Prince de Sudarïa. Une fois sur le pont, il parla de sa puissante voix qui résonna au loin et demanda à l'ensemble des hommes d'équipage de monter puis de stationner sur les extrémités du pont. Il rejoignit Këros qui s'apprêtait à abaisser le levier. Il s'approcha de l'autre partie du panneau de commandement dont la largeur ne permettait pas à un seul homme d'activer le mécanisme. Il hocha la tête pour acquiescer la volonté de son ami et montrer qu'il se synchronisait avec lui.

Les deux hommes abaissèrent en même temps les deux lourdes manettes. Këros accourut ensuite au milieu du poste de pilotage et se mit à effectuer une rotation du centre de la barre en forme de tête de dauphin. De nombreux bruits étranges se produisirent, déstabilisant le navire l'espace d'un instant. Un changement radical apparut suite au processus. Le bateau tangua légèrement, l'espace de repos et l'accès aux cales se refermèrent complètement, ne pouvant plus laisser les rameurs faire leurs manœuvres. Les hommes s'inquiétèrent de ces modifications inattendues. Ils virent alors la zone centrale du bateau s'élever et s'avancer vers la proue. Le reste du mât se rangea dans un espace prévu à cet effet, les quelques rames encore présentes furent éjectées et les interstices les laissant dépasser s'obstruèrent.

Enfin, à l'arrière du vaisseau, chacun vit que deux parties identiques se détachèrent et se déployèrent majestueusement de part et d'autre des flancs du bateau. Ces nouvelles coques supplémentaires assuraient maintenant une stabilité sans égale au bateau devenu un immense trimaran. Maintenant, le Navire Céleste ressemblait presque à un oiseau ouvrant ses ailes pour s'envoler. Une fois cette modification achevée, une sphère de couleur bleue saphir apparut sur le pont arrière à la place du poste de pilotage qui s'était renversé. La cale quant à elle se rouvrit, sa structure avait changé, et les hommes constatèrent que l'espace de repos était plus imposant et qu'une plus grande partie d'entre eux pouvaient s'y détendre.

Tous les hommes aux ordres de Këros s'installèrent à nouveau à leur poste respectif. Le vaisseau ne bougeant pas d'un mètre, ils crurent que toute cette action s'était avérée inutile jusqu'à ce que le Prince ait pris le temps de leur expliquer comment faire avancer le bâtiment. Këros incita Niiru à tenter l'utilisation de la fameuse sphère :

- Veux-tu avoir l'honneur de conduire le navire ?
- J'en serai flatté, j'y vais de ce pas !
- Excuse-moi Niiru mais… En fait je suis trop impatient et si tu ne m'en veux pas, je vais abuser de mon rôle de capitaine et être le premier à le piloter !
- Comme tu le désires, c'est le navire de ta famille après tout !
- Merci mon ami, je te passerai le relais une fois que nous aurons passé ces îles qui s'annoncent bientôt à l'horizon.

A cet instant précis, le Prince de Sudaria apposa pleinement sa main sur le globe à couleur azur et une chose extraordinaire se passa. Këros prononça l'ordre d'avancer et, sans l'aide de qui que ce soit, le bateau se mit en branle, d'abord lentement puis au fur et à mesure de la distance accomplie, la nef accéléra jusqu'à atteindre une vitesse de croisière surpassant d'au moins deux fois l'animal marin le plus rapide. Les hommes du Sud réalisèrent, dès lors, que l'avancée du vaisseau n'avait plus aucune commune mesure avec la célérité précédente.

La rencontre avec le monstre fut finalement bénéfique pour la navigation qui se poursuivit sans aucun problème pendant deux journées. Pourtant, alors que l'aube du sixième jour débutait dans la bonne humeur et une ambiance chaleureuse pour l'expédition, les visages changèrent lorsqu'ils entendirent Niiru déclencher l'alarme depuis son poste situé à la proue du Navire Céleste. Il remarqua au loin des navires étranges qui surgissaient de derrière un groupe de petits îlots. Il nota bien vite qu'il s'agissait de bâtiments aux couleurs de la marine Damaloch marqués par l'emblème de la Tour Noire de Durtal. Il semblait, à priori, que ces bateaux n'étaient pas si récents et que, très certainement, les îles servaient d'installation à une partie de l'armée navale de Fulk Arken laissée là depuis de nombreuses années avant son retour.

Niiru se préoccupa de la tournure des évènements, tandis que Këros de Sudaria et les soldats de son peuple furent tout d'abord étonnés de la présence des ces arrogants navires ennemis. Cela s'avérait d'autant plus étrange, qu'il n'y avait pas eu d'affrontement naval dans cette partie de l'Océan depuis le milieu du Second Cycle. C'est ainsi que pour la première fois de leur existence, les Sudaréens participèrent à un affrontement naval en haute mer, chose qui n'avait pas eu lieu depuis des centaines d'années, les combats se limitant à quelques assauts non loin des côtes. Les navires adverses, au nombre de six avançaient à vive allure en direction du vaisseau Sudaréen. Il s'agissait de trois puissants cuirassés, d'un destroyer et de deux embarcations. Niiru, à travers l'horizon, remarqua qu'ils étaient fortement armés et que l'ensemble des forces en présence penchait plutôt en défaveur du navire blanc. Loin d'essayer de s'enfuir, le Navire Céleste mené par Këros fit volte-face. La totalité des hommes de l'équipage du Prince se mirent aux postes de combats. L'affrontement ne se fit pas attendre, les bateaux échangèrent des jets de flèches et des projectiles furent envoyés dès la première approche.

Chaque vaisseau fit demi-tour au large pour revenir et réaliser une nouvelle attaque plus efficace et plus meurtrière. Ce passage fut plus ardent. Les deux petites embarcations n'eurent pas le dessus et chavirèrent alors qu'elles rentraient en collision avec la coque du Navire Céleste. La rage de vaincre se lisait dans les yeux et sur les traits des visages des soldats des deux camps. Niiru qui était remonté d'un bond majestueux sur le pont central, demanda aux hommes de tenir les rangs pour une troisième approche. Il s'adressa à Këros toujours en train de contrôler les manœuvres :

\- Këros, nous pouvons avoir les trois cuirassés, mais le destroyer est d'une taille trop proche de la nôtre et pourrait nous saborder et nous couler. De plus, ce bateau comporte un nombre de soldats équivalent aux nôtres, en cas d'abordage la lutte sera, à mon avis, très serrée. Que comptes-tu faire ? Nous devons arriver sains et saufs sur le Continent Perdu, ta stratégie me semble un peu risquée !

\- Ne t'inquiète pas Niiru, j'ai une idée ! Tu vas comprendre pourquoi ce splendide vaisseau s'appelait la Lame Blanche.

Le Prince de Sudaria se concentra et le navire accéléra incroyablement, s'échappant ainsi des griffes adverses. Il faire demi-tour au bateau et il prononça des paroles en Ogarudh :

- Lameïa aluca zeïkanedh ! (Lame Blanche, dresse-toi !).

Les paroles que prononcèrent Këros furent comprises par Niiru se trouvant sur le pont avant grâce à son ouïe extrême. Il put alors constater un phénomène très étonnant : une immense lame de couleur blanche pareille à une épée, sortit en partie de l'eau et se dressa de manière impressionnante. Elle brillait sous les rayons du soleil, aveuglant les adversaires. Au troisième passage, le Navire Céleste prit les cuirassés par le biais et les transperça sans retenue. Les trois vaisseaux sombrèrent entièrement, ne laissant aucun homme d'équipage en vie. Seul l'énorme destroyer restait entier et tentait de s'approcher du bateau Sudaréen. L'affrontement s'acheva avec l'abordage que tentèrent les Damalochs contre le blanc navire.

Les esclaves du Sombre Seigneur n'avaient pas prévu qu'ils trouveraient sur le bâtiment du royaume du Sud autant de soldats Humains. Ils ne se doutaient pas non plus que Niiru serait ici. Celui-ci se chargea de contenir les hommes de Fulk Arken qui tentaient de débarquer en empruntant les cordes et autres câblages. Le Fukanreï recourut à la puissante magie du vent en créant des bourrasques qui brisaient les liens entre les deux navires ou les emmêlaient. Au final, l'avantage de l'abordage s'inversa en faveur des hommes de Këros. Les Sudaréens, sur l'ordre de leur Prince et grâce au soutien des pouvoirs de Niiru s'emparèrent du navire de l'Armée Noire dans un fracas assourdissant et ahurissant. Ils taillèrent en pièces leurs assaillants, laissant leur bateau brûler. Il n'y eut aucun prisonnier et encore moins de survivants chez leurs adversaires.

Le voyage continua dès lors sans plus qu'aucun évènement

funeste ne se dressa contre eux. Le vaisseau avait désormais une vitesse de pointe exceptionnelle et cela permit à l'expédition de rallier plus rapidement les rivages du Continent Perdu. Après une nuit et une journée supplémentaire, ils arrivèrent à proximité des plages de la mystérieuse contrée. Celles-ci restaient pourtant invisibles car hors de vue des hommes du navire. Chaque fois qu'ils manœuvraient pour approcher des côtes et qu'ils semblaient toucher terre, une force invisible les repoussait sans cesse vers le large. Niiru, qui dirigeait l'avancée du navire, grâce à la sphère magique, tenta par trois fois de pénétrer ce voile impalpable le séparant de sa quête. Malgré ses manœuvres, Niiru, Këros et les soldats Sudaréens furent renvoyés violemment en haute mer.

- Il y a de la magie là-dedans ! Un champ de force d'origine divine doit protéger l'accès du territoire de Rîîga.
- Ça je suis prêt à te croire sur parole, si tu m'avais dit que ceci pouvait s'expliquer par les forces de la nature, je ne t'aurais pas cru !
- Oui. Je sens de puissantes vibrations, elles sont largement supérieures à celle d'Enoguëra et de Danreb !
- Këros, avance le navire jusqu'au point de rupture, je m'occupe du reste.

Këros obéit au Fukanreï et approcha son bateau à la limite de la force divine qui les stoppait. Niiru cherchait vainement un moyen de passer au travers de cette force mystique qui barrait la route et pouvoir ainsi débarquer sur le continent austral pour quérir l'aide du Gaïanor. Il remarqua aussi que dans cette partie de l'Océan Australis se concentrait un grand nombre de requins mais, loin de prendre peur, Niiru s'attacha à une corde, et plongea sans sourciller, dans des eaux relativement glaciales, ne se préoccupant pas des squales qui s'agitaient çà et là.

Il ressortit la tête de l'eau et les gouttes ruisselaient sur son visage tandis qu'il nageait avec difficulté dans la houle. Les requins frétillaient et se dirigeaient lentement vers lui. Il nagea encore sur une courte distance, environ une trentaine de pieds du navire, puis s'immobilisa. Il ferma les yeux et se concentra uniquement sur le chemin à suivre pour lever l'interdiction et dépasser le champ de force, tout en prononçant un psaume magique :

- J'implore la grandeur du Seigneur Rîîga ! Que le chemin jusqu'à ses terres me soit révélé pour mon salut et la gloire de Floëls ! Je requiers la force de me fondre dans les vagues de l'océan pour comprendre les mouvements de la mer.

Niiru s'appuya sur sa magie et sur une grande harmonie avec l'eau pour se confondre avec le va-et-vient de la mer. Cela lui permit de ressentir la résonnance des vagues contre les plages du Nirvë. D'un calme imperturbable, sa recherche pour percevoir les affinités avec la mer dura près de trois minutes avant qu'il ne réussisse à capter le mouvement de l'océan. Un premier requin se rua sur le fils de Kanwë et le frôla de ses dents acérées, blessant légèrement Niiru. En lui faisait perdre un peu de sang, le requin avait mis en branle l'ensemble de son groupe, poussant le reste des squales à s'agiter de plus en plus frénétiquement. Niiru comprit ce qui se passait et décida de plonger sous l'eau laissant croire à ses coéquipiers qu'il allait être dépecé.

Seul un peu de sang continuait de rougir à la surface de l'eau, les soldats ne purent rien faire et virent les requins plonger en direction de leur proie. Ils pensaient tous que Niiru était perdu car aucun n'avait assisté au combat du Fukanreï contre le monstre marin et ils ne savaient donc pas ce dont il était capable. Tous furent ahuris, lorsque, lentement la mer se mit à bouillonner, laissant s'échapper de longues fumées de vapeur. De petites bulles apparurent tout autour du navire grossissant de plus en plus jusqu'à ce que se produise une chose plus qu'incroyable. Les hommes de Sudaria assistèrent à la remontée progressive des cadavres de tous les requins, le ventre à l'air, révélant ainsi l'hécatombe survenue dans la mer. Le Fukanreï au bout de quelques instants sortit la tête de l'eau. Reprenant tout d'abord son souffle, il nagea ensuite en direction du navire où il fut hissé à bord. Tous le questionnèrent pour savoir ce qui s'était passé. C'est Këros qui narra le mieux l'évènement :

-       Bravo Niiru ! User de la magie du feu et surtout de la puissance de la chaleur pour ébouillanter tes nombreux adversaires dans ces eaux si froides demeurera longtemps dans les chroniques de notre monde comme une idée de génie !
-       Seulement si Fulk Arken ne nous détruit pas !

Sur ordre de Niiru, le bateau suivit une route très restreinte. Aux termes d'un parcours de deux heures, le vaisseau accomplit la fin du voyage et put lâcher l'ancre dans une magnifique et immense baie du Nirvë. Les hommes du sud d'Yrneh exprimèrent leur joie de voir enfin les rives d'un monde que personne ne verrait probablement plus jamais : les terres du dernier espoir. Le Fukanreï sortit son cheval depuis la partie basse du gaillard arrière. Trois grosses chaloupes furent mises à la mer juste après que Niiru se soit installé avec son cheval dans l'une d'entre elles. Këros fit de même en accompagnant une poignée d'hommes dispersée sur six canots et qui, une fois à terre, surveillerait les alentours au départ de Niiru. Le Fukanreï interpella le Prince de Sudaria :

-       Donne-moi une semaine. Si je réussis, mon retour avec Rîîga sera, je pense, quasi-instantané. Dans le cas contraire, ne m'attendez pas et partez tous sur le champ.

- D'accord Niiru, nous ferons selon ta requête. Tu as sept jours, pas un de plus. Après, quoi qu'il arrive, nous partirons rejoindre mon père à la guerre. Là, nous y serons plus utiles.

Après avoir tous ramé jusqu'à la plage de sable fin, Niiru salua ses compagnons, serra la main du Prince Këros puis monta rapidement sur son destrier. À peine sur le dos de son rapide coursier, il s'élança dans une chevauchéc d'une rare célérité ...

Chapitre XIV : Le retour espéré d'Hersendis

Hersendis passa plus de deux jours sur le Continent de glace, avant de reprendre en sens inverse le même chemin qu'elle avait parcouru. Elle retrouva au plus vite ses nefs elfiques qui mouillaient l'ancre entre les blocs de glace. Le chemin du retour fut plus court qu'à l'aller. En effet, cette fois-ci, elle ne s'arrêta pas dans les ruines du Palais de Floëls.

Les Elfes de la compagnie de la fille d'Enoguëra furent heureux de voir leur Princesse revenir saine et sauve de son expédition polaire. Sur son navire personnel qui la ramenait alors en direction du nord d'Yrneh, la douce Damoiselle raconta ses mésaventures, dont le fameux incident avec les Damalochs et les Orcs sur les étendues verglacées. Elle informa aussi les Elfes de la présence de trois Morlochs de Fulk Arken. Sur mer, à mi-parcours de la voie empruntée pour rejoindre Yrneh, le vent cessa définitivement de souffler, empêchant de ce fait les voiles de se gonfler et de faire avancer l'ensemble des trois magnifiques bateaux blancs. Il semblait qu'une puissance négative se faisait sentir et se glissait de plus en plus subrepticement sur l'Océan nordique.

Les mouvements de l'air se trouvaient comme retenus par un sortilège. D'une façon ou d'une autre, Fulk Arken avait eu vent de l'expédition vers le Septrion et il entendait bien empêcher le retour d'Hersendis. La Princesse elfique était consciente de ce qui pouvait se passer et savait pertinemment que le Seigneur des Ténèbres possédait la faculté de jouer sur les éléments. Face à cette menace, la réaction d'Hersendis ne se fit pas attendre.

- Je vois ! Fulk Arken a déjà fait en sorte de contrecarrer nos plans et de nous empêcher de rentrer. Foi d'Hersendis ! Il n'est pas question que le Seigneur de Durtal me barre la route !

Hersendis se dirigea à l'arrière du navire au poste de pilotage. De sa magnifique stature, elle leva ses bras de chaque côté de son corps parfaitement proportionné, les dressant en direction du ciel. Là, son attitude changea, son visage devint plus dur, surprenant par sa colère, l'ensemble des Elfes et les émissaires Simériens présents sur le premier vaisseau. D'une voix puissante et claire comme le cristal où l'on sentait une forte colère, elle entama le chant d'un charme magique dont elle avait appris la maîtrise et la signification profonde au cours de ses nombreuses années d'apprentissage. De sa douce bouche sortirent de puissantes paroles reflétant l'étendue de ses pouvoirs :

- Ae of Septrii, iradh voeïa-eor, proskyneïa naren-eor, hern of Floëls kirsedh-eor nora gaïar eneal-eor aerec callisten of Yrneh ogaë asul, unedh e denedh urn amet thaalas-eor ! (Que les vents du Nord se plient à ma volonté. Par la puissance de mes ancêtres, que la grâce de Floëls me prête la force de conduire ma compagnie vers les rivages d'Yrneh. Souffle Céleste ! Concentre-toi et gonfle maintenant les voiles de mes navires !)

Pendant le temps où la belle Elfe exerça le sortilège, tous purent admirer l'énergie spirituelle qui se matérialisait et parcourait le contour de son corps. L'Aura d'Hersendis se mit à vibrer de plus en plus vite et de plus en plus fort jusqu'à ce que les soldats Elfes voient une pluie de rayons lumineux se mettre à émaner de leur Princesse, illuminant ainsi l'horizon et éclairant d'un scintillement violent les trois navires.

Sans qu'un seul nuage ne se forme dans les cieux, la fille d'Enoguëra fit naître un puissant souffle venant de l'arrière des vaisseaux, en provenance du Nord et orienté vers le Sud. D'une façon tout à fait inattendue, les voiles se gonflèrent intégralement permettant aux navires elfiques d'avancer en marche, et de parcourir en moins de temps que prévu l'Océan de glace. Hersendis, pour maintenir la force de son sortilège, prit alors une position méditative, assise en tailleur, les mains jointes, les yeux fermés. Elle continuait de commander aux éléments de l'air. Les vaisseaux des Elfes ne connurent, dès lors, plus aucun problème de navigation et les pilotes des trois nefs ramenèrent l'ensemble des équipages au point de départ de leur mission sans une seule avarie.

L'expédition envoyée par le Haut-Roi des Elfes descendit des trois nefs après avoir accosté sur une des plages du nord de l'Yrneh. Une fois toute la compagnie débarquée, l'ensemble des Elfes montèrent sur leurs chevaux pour repartir au plus vite rejoindre leur Seigneur au pied du Ravin Bleu. Pour la plupart, ils avaient oublié l'existence des Simériens et certains se trouvèrent étonnés par la présence des quatre énormes tigres des glaces – des montures encore plus imposantes que des taureaux et dont les quatre Simériens, envoyés comme ambassadeurs par les gens du Nord, maîtrisaient d'une main de fer. Les Elfes, versés également dans les sciences de la nature, n'auraient jamais pensé que ces animaux du Grand Froid puissent réussir à tenir sous les températures d'Yrneh qui étaient largement plus chaudes que celles des blizzards. Ils furent donc surpris de constater que les tigres étaient capables de courir aussi vite que des coursiers traditionnels.

La célérité de l'expédition permit à la troupe des Elfes de l'Ouest de ne faire qu'un seul arrêt pour se reposer. Ils installèrent un camp de fortune à proximité de la Forêt Pagalsique. Une fois le camp installé, la nuit tomba et chacun vaqua à ses occupations, les uns se restaurant, d'autres s'occupant des chevaux tandis que certains, en compagnie des Simériens, montaient la garde pour assurer une quiétude à l'ensemble des membres. La Princesse Hersendis s'éloigna de ses compagnons et fut rejointe par sa suivante. Devant celle-ci, elle se mit à communiquer avec les oiseaux afin de savoir si les maisons elfiques de ce royaume enchanté étaient vides et si les Elfes se trouvaient bien sur la route de la guerre. Alors que le soleil finissait de se coucher lentement au-delà des Monts Anciens, le chant d'un groupe de moineaux affirma que les habitants de ce domaine s'étaient armés et avaient pris la route récemment.

Le chant des doux oiseaux et les sifflements des petits écureuils lui indiquèrent qu'une présence ennemie se trouvait à proximité du campement. Un certain nombre d'Orcs rôdaient dans les parages depuis la désertion des bois Pagalsiques. Des créatures au service des Ténèbres se trouvaient ici depuis plusieurs jours, ayant entendu l'appel du Seigneur Noir et son prochain retour. La Princesse, désormais convaincue de ses premières impressions, s'enfonça en compagnie d'Emeliana dans la Forêt. Au bout d'une centaine de pas, elle ne fut pas étonnée de se retrouver en face de trois Orcs, l'un d'entre eux plus grand, plus fort et plus vicieux semblait être le chef. Elle entendit au loin, le cri d'alarme poussé par l'un des Simériens et l'ordre de rassemblement donné par une autre de ses suivantes.

Les êtres gluants et verts préparaient une rude embuscade au nom de leur Seigneur et Maître. Hersendis se demanda tout de même comment ces hideuses créatures avaient pu pénétrer dans ce domaine sacré, dans ce lieu béni par la magie des Elfes. Il n'y avait que deux explications, soit la chute du champ de force était maintenant effective et le Sombre Seigneur était en marche vers le Ravin Bleu, soit les Elfes s'étaient résolus à reprendre leur sortilège de protection des frontières pour en user pendant la grande bataille.

Les Orcs, loin d'être intelligents, ne se doutaient pas qu'ils rencontreraient d'aussi habiles guerriers. Le chef de ces viles créatures ne croyait pas qu'il aurait à faire face à une Elfe aussi courageuse que ses frères d'armes. Hersendis, loin de s'enfuir, fit face à l'Orc de la même façon qu'elle avait tenu tête au chef des Morlochs. Elle n'utilisa pas une seule fois ses pouvoirs magiques pour contrer le chef de la troupe. La Princesse, comme tout le monde le savait, n'était pas une partisane du combat physique.

C'était une chose qu'elle répugnait énergiquement, elle l'avait d'ailleurs fait savoir à ses compagnons suite au choc avec le Morloch. Pourtant elle se trouvait dans une situation qui l'obligeait à recourir de nouveau à la violence pour se protéger et pour chasser ces monstres des magnifiques forêts elfiques. La hideuse créature se confrontait à une vraie guerrière. Au-delà des sortilèges, elle connaissait parfaitement la maîtrise du combat au corps à corps et des techniques d'escrime. Seuls les gens de sa race et de son royaume connaissaient la fusion de sa grâce, de sa technique et de ses origines. Cette cohésion de talents permettait de la considérer comme une des meilleurs bretteurs de tout le continent.

Elle possédait, dans la besace qu'elle portait en bandoulière, deux parties d'un même bâton qu'elle s'empressa de joindre et, sous l'effet d'un pouvoir qui n'était pas le sien, l'arme de défense se reconstitua intégralement. Une fois assemblée, son arme mesurait près de cinq pieds. La douce Damoiselle elfique jongla avec grâce et une dextérité incroyable, avant de prendre une position de garde menaçante à l'encontre de son opposant. Elle l'observa pendant près d'une minute. Le chef des Orcs, de son côté, ordonna à ses subalternes de se reculer afin de faciliter le combat.

Les deux monstres verts s'exécutèrent sur le champ tout en grommelant. Le regard d'Hersendis était ferme et appuyé, Emeliana comprit, en voyant les traits du visage de sa Princesse, que celle-ci ne laisserait pas son adversaire sortir vivant du combat. Deux autres Orcs vinrent à son encontre, mais dans un mouvement sec, la jeune suivante ne leur laissa pas la moindre échappatoire puisqu'en bondissant et en s'appuyant sur les arbres elle put très simplement égorger le premier avant de briser la nuque au second. Elle revint ensuite derrière la fille d'Enoguëra et se tint légèrement en retrait, écoutant les paroles tranchantes de celle-ci :

- Ce chef Orc est pour moi ! Il n'est pas question que tu interviennes, quant aux deux qui restent, je me les réserve aussi. Leur existence a souillé ces lieux, je vais les punir pour cet affront.
- Ahahahaha, frêle Elfe, tu crois pouvoir m'effrayer en parlant ainsi à ta suivante. Un Orc n'a jamais peur d'un combat !
- C'est vrai, mais tu es aussi bête que laid, et si le vent n'a pas porté jusqu'à toi ma victoire contre les Morlochs du Septrion alors, pauvre fou, prépare-toi à mourir dans d'atroces souffrances.
- Huhuhuhu ! Une Elfe qui me parle de souffrance, j'aurai tout entendu !

Son regard se mit à briller et elle se lança à l'assaut de son adversaire qu'elle affronta avec une facilité déconcertante. Plusieurs fois, l'Orc tenta de porter une série d'estocades qui s'achevèrent dans le vide. Il revenait sans cesse à l'assaut et la belle Princesse évitait sans relâche les coups du chef Orc. À un moment précis, elle s'élança dans les airs et se posta hors d'atteinte sur une branche. De là haut, elle toisa la verte créature avant de se jeter sans retenue dans sa direction.

Elle évita à nouveau les gestes grossiers du pauvre scélérat, et se retrouvant derrière lui, elle lui décocha sans attendre un coup de pied fouetté dans le visage, tandis que celui que les autres appelaient Rezag se retournait, encaissa de plein vol le considérable soufflet. Hersendis se ria de lui et avec un geste de la main, elle le provoqua, tandis qu'il se releva rouge de colère. Il lança son épée énergiquement dans la direction de la Princesse que l'on crut perdue tant la vivacité du mouvement surpassait les précédentes attaques. In extremis, Hersendis s'en sortit intacte grâce à ses réflexes extraordinaires. Dans un saut puissant, elle se retrouva sur le plat de la lame de son adversaire qui se trouvait plantée dans le tronc d'un arbre. Du haut de ce perchoir la fabuleuse guerrière contemplait son opposant, un sourire en coin pour marquer son mépris. Alors que son triste rival courait en sa direction, elle décida de contre-attaquer pour en finir au plus vite.

Elle fit la démonstration du maniement de son bâton et dans un enchaînement rarement comparable à ce qui se faisait, elle désarma le chef des Orcs simplement en le frappant brutalement sur la main, de toute sa force, lui faisant valser au loin sa grossière épée, récupérée quelques instants auparavant. Il tenta de se protéger de l'offensive elfique, mais la jeune Princesse finit brièvement par franchir le bouclier qui servait de médiocre défense à son assaillant, maintenant en position de victime. Sans aucune pitié, elle lui transperça le corps de part en part alors qu'elle lui tournait le dos. Faisant appel à la magie, elle prononça soudainement le mot « lameïa ». Sous cet appel magique, Hersendis put extraire de son bâton encore fiché dans l'orc, une lame très fine et à double tranchant.

Sans attendre la possible réaction de sa victime, elle prit appui sur ses jambes. Réalisant un magistral saut périlleux arrière, lui permettant d'atterrir juste derrière le chef des Orcs, elle lui administra une rapide et furieuse décapitation, projetant ainsi à plusieurs pas de distance l'infâme tête de l'Orc, juste devant les pieds des deux acolytes qui se tenaient en arrière attendant bêtement l'ordre de prêter main forte. Ceux-ci, pris d'effroi, s'enfuirent en courant, prenant leurs jambes à leur cou en direction de la plaine qui bordait la Forêt.

Hersendis se redressa après cette lutte et se retournant en direction d'Emeliana, elle s'obligea à faire acte de contrition pour avoir souillé cet endroit pur et magnifique. Elle considérait qu'en ayant livré bataille ici, elle venait de bafouer un lieu sacré, un havre de paix qui n'aurait jamais dû être sali. Elle demanda à sa suivante de repartir au camp et de préparer ses affaires. Elle la suivit juste après avoir empoigné le crâne de l'Orc. De retour au campement, elle trouva ses compagnons en train de dresser un tumulus avec les cadavres d'Orcs, d'Humains et de quelques Damalochs composant la compagnie adverse.

Aucune perte ne fut à déplorer au sein de la troupe elfique qui avait réagi promptement à l'assaut des créatures maléfiques. De plus, la présence des Simériens avait renforcé la puissance d'attaque des compagnons d'Hersendis et, ces derniers en avaient profité pour exécuter les esclaves armés du Noir Seigneur. En sortant du bois, elle vit juste que les deux autres orcs qu'elle avait vus avec leur chef, étaient morts, l'un criblé d'une multitude de flèches dans le corps, la gorge et les yeux et l'autre littéralement accroché au tronc d'un arbre avec une hache plantée dans le corps. Hersendis, quant à elle, lança la tête de son funeste adversaire après l'avoir brandi dans les airs. Sa suivante rattrapa la tête et la rangea dans un sac qu'elle ferma. Hersendis chargea deux Elfes de jeter l'ensemble du corps dans les braises du tumulus et surtout de bénir à nouveau l'endroit qu'elle avait sali.

Après le geste d'Hersendis avec la tête du chef des Orcs, tous décidèrent en chœur de la surnommer l'Angélique Tueuse. Après cet évènement, la majorité des Elfes se mirent en stase tandis que les quatre Simériens se proposèrent de monter tour à tour la garde en se disposant aux quatre coins de l'escorte. Une fois ce repos pris, La Princesse elfique, appela à elle Emeliana :

- Douce amie, je t'ai demandé de te préparer plus vite que le reste des soldats car tu seras mon Héraut auprès de mon père. As-tu toujours la tête de l'Orc que je t'ai lancée ? Remets-là à mon père en l'informant de notre bonne fortune.
- Je suis à tes ordres, ô ma Princesse. Quand dois-je partir ?
- Dès maintenant ! Va et file comme le vent sur ton cheval. Surtout, ne te retourne pas !
- Salut à toi, Fille d'Enoguëra, nous nous reverrons au ravin.

Emeliana monta en selle, prit un arc et une épée, releva la capuche de sa longue cape et lança son coursier à bride abattue pour chevaucher toute la nuit. Elle ne marqua aucun arrêt, et eût pour seul guide la lueur des étoiles du firmament et le croissant de la lune montante. Sa mission approcha de son terme quand, au petit matin, elle arriva à proximité de la porte Nord préparée pour bloquer les intrusions qui viendraient de l'Ouest. Une fois au niveau de l'immense arche, elle se présenta et réclama qu'on prévienne Enoguëra qu'elle apportait des nouvelles de l'expédition qui revenait du Septrion.

Les soldats ouvrirent les deux battants de porte et la suivante de la Princesse Hersendis put s'y engouffrer de son côté. Le Haut-Roi des Elfes se précipita à la rencontre d'Emeliana afin de connaître au plus vite ce qu'il advenait de la compagnie et de sa fille. Une fois en présence du Roi, la belle jeune femme s'inclina légèrement et attendit qu'Enoguëra lui demande de se relever. L'instant d'après, il pria instamment la jeune Elfe de l'informer car il s'inquiétait de ne voir qu'une seule personne en cette heure matinale. Emeliana ne fit pas attendre le Haut-Roi qui la questionna :

- Salut à toi, jeune Emeliana ! Comment se fait-il que tu sois seule sur le chemin du retour ? Avez-vous été attaqués, y'a-t-il des blessés, des morts ? Et Hersendis où est-elle ?
- Sire, votre fille va très bien, je n'ai que quelques heures d'avance sur la compagnie. J'ai été dépêchée par Hersendis pour vous prévenir que nous avions déjoué une embuscade fomentée par un groupe d'Humains, de Damalochs et d'Orcs. Ils étaient une bonne centaine !
- Personne ne manque à l'appel ? Ma fille, que fit-elle ?
- Eh bien messire, notre douce Princesse a montré sa maîtrise des armes. C'est elle qui, de ses propres mains, a tué le chef de l'expédition ennemie. Aucun de nos hommes n'a été blessé. L'Angélique Tueuse est entrée dans la légende ! Voici la tête de leur chef !
- Et qu'en est-il des Simériens ? Ne vous ont-ils pas accompagné ?
- Si ! Au nombre de quatre, sur leurs puissants tigres des glaces.
- Quatre ? C'est bien peu comme renforts !
- Seule votre fille connaît les détails de l'affaire dont vous l'avez chargée. Conformément à vos instructions, c'est elle qui vous entretiendra de la décision du peuple nordique. Permettez-moi de me retirer votre Altesse.
- Faites Emeliana, faites ! Allez vous restaurer, la nuit a dû être longue, prenez du repos, vous l'avez bien mérité.

Le Haut-Roi des Elfes s'éloigna et rentra à l'intérieur de la Forteresse en passant par le pont-levis. Sur son ordre, la magnifique Emeliana se retira en saluant Enoguëra. Ensuite, elle alla rejoindre certaines personnes de sa lignée avec qui elle prit son repas du matin. Plus tard, elle disparu sous une tente afin de méditer et de se reposer. Enoguëra ressortit après plusieurs heures du nouveau quartier général flambant neuf. Dehors, il passa du temps à s'occuper des troupes.

Il vérifia les points de finitions et corrigca les défauts et les minuscules détails restants. Se trouvant au milieu des siens, il pressentit l'arrivée imminente de sa fille Hersendis. Lorsque les gardes présents au-dessus de l'arche surplombant la porte Nord annoncèrent l'arrivée de la troupe d'Elfes et de Simériens, le cœur d'Enoguëra s'emplit alors de joie. Tout comme pour Emeliana, il partit rejoindre son héritière et lorsque cette dernière se présenta à lui, il la serra dans ses bras.

- Hersendis, ma douce fille, la grâce de Floëls emplit mon cœur ! Quelle joie de te retrouver saine et sauve. Viens avec moi auprès du conseil pour nous faire part de ta mission. J'ai tremblé pour toi pendant tout ce temps. Viens, suis-moi dans la Forteresse !
- Elle est achevée ?
- Oui. Elle est magnifique n'est-ce pas ?
- C'est incroyable, elle est totalement imprenable ?
- Totalement !

Après avoir rejoint la forteresse, Hersendis fut présentée aux autres dirigeants arrivés depuis peu sur place.

- Ma fille, nous voici en présence des chefs déjà convaincus. Je te présente le Roi de Sudarïa, les Elfes des deux grandes forêts de l'Est, ceux du Sud, le Roi d'Ach, le Seigneur de la cité Le Mans et enfin tous les Ogariths qui ont accepté de se ranger sous la conduite du Seigneur de tous les Ogarith, Danreb !

- Mais alors s'ils sont là, c'est que Baldric et Niiru ont réussi ! Sont-ils parmi nous ?

- Non ! Niiru est avec le Prince Kёros en espérant qu'ils ont réussi à trouver le Continent Perdu. Quant à Baldric, il est censé être arrivé à Anviliä.

Une fois devant l'Assemblée, elle raconta les différents périples que sa troupe avait rencontrés sur le chemin. Elle termina son exposé des faits en parlant des alliés du Nord :

- Eh bien, comme vous le constatez, les Elfes de la Forêt Pagalsique se sont joints à nous. Ensuite, mon escouade et moi-même avons embarqué pour le Septrion. Une fois là-bas, nous avons dû faire face à une troupe d'Orcs accompagnés par trois Morlochs dont un Maître-Morloch.

- Trois Morlochs ! – Fit un des Magus. – Qu'est-il advenu de ces puissants démons ? Vous avez pu fuir ?

- Fuir ? En aucun cas je n'ai fui devant le danger ! L'intervention de Dame Daskalia m'a permis d'utiliser des pouvoirs dont je n'avais pas conscience. J'ai tué les deux Morlochs Mineurs et quant au dernier il a un œil en moins et il a pris la fuite.

- Incroyable ! – Dit la voix tremblante de Danreb. – Tu as vaincu un monstre dont la force et la magie dépassent le commun des serviteurs de Fulk Arken. Digne est l'héritière d'Enoguёra, noble est le sang de cette famille.

- Et ensuite ?

- J'ai réussi à convaincre le peuple Simérien de se joindre à nous sans avoir recours à l'anneau du Légat. Dame Daskalia a convoqué les chefs des tribus du Septrion. Les quatre Simériens présents ici ne sont que les Hérauts du Septrion. Les chefs du Continent de glace ont accepté de nous rejoindre. Il leur fallait un peu de temps pour rassembler l'ensemble de leurs guerriers car ils viennent tous, sans aucune exception, gens d'armes et simples paysans ! Tous abandonnent leurs demeures et reviennent sur les terres originelles pour les protéger.

Danreb, Enoguëra et les Magus furent à la fois étonnés et satisfaits de la tournure des choses. Dame Daskalia en rassemblant les dirigeantes Simériennes menait un contingent incroyablement fort physiquement. Il était indéniable que l'ajout de ce peuple pour la rude bataille ne serait pas négligeable afin de contenir les Damalochs et autres créatures de force presque équivalente. La belle Princesse, quant à elle, s'empressa de demander des nouvelles plus détaillées sur les périples de Baldric et Niiru. Elle avait compris que leurs quêtes respectives s'achevaient mais elle voulait savoir ce que les deux hommes avaient déjà accompli.

Hersendis fut conviée à écouter les Ogariths des Monts Nivéal et de la Chaîne Corcyréenne mais aussi les Elfes du Sud qui lui racontèrent tour à tour leurs rencontres avec les deux héros. La jeune Princesse était satisfaite et soulagée de voir que les peuples les plus anciens de ce monde avaient donné leur confiance aveugle à ces deux valeureux hommes et que leur retour au sein du Ravin Bleu serait à juste titre une très belle récompense. Finalement, elle salua les dirigeants puis les quitta au terme d'une passionnante discussion qui dura près de trois heures.

Là, elle s'en alla retrouver ses quartiers. C'est alors que son père vint la rejoindre dans sa chambre pour s'entretenir sur des faits nouveaux. On savait le Haut-Roi dur dans les affaires de son peuple et dans l'avenir du monde, mais ce puissant personnage d'Yrneh était capable de compassion, d'amour et de douceur envers les membres de sa famille. Pour la première fois, depuis longtemps, sa voix vacilla mêlant en cet instant la majesté et l'émotion car au moment où il s'adressa tendrement à sa fille, une larme coula tout le long de sa joue. C'est alors que la regardant avec les yeux d'un père fier de sa progéniture, il s'adressa à elle :

- Hersendis, mon unique fille adorée, le récit qui nous a été conté sur ton affrontement avec les Orcs et avec les trois Morlochs montre à quel point tu es digne de tes ancêtres. Depuis fort longtemps, il n'y avait pas eu de femme Elfe ayant accompli un tel exploit, pas depuis ta mère la Reine Ysolina. C'est elle qui me sauva des griffes du chef des Morlochs lors de l'une des batailles du Vendôr. Je viens te remettre son héritage puisqu'en accomplissant par trois fois ton devoir, tu as prouvé que tu étais aussi puissante et courageuse qu'elle. Je l'ai toujours pressenti ma fille.
- Merci père. Mais, ma mère m'a laissé un héritage ?
- Oui ! Elle avait, en contrepartie, donné des instructions m'indiquant que je ne pourrais te remettre ses biens les plus précieux qu'après que tu aies accompli tes premiers exploits de guerre. Je viens te faire deux présents en ce jour clément pour t'aider plus tard au moment de notre dernière bataille. Il s'agit tout d'abord de son médaillon, celui-ci te permettra de canaliser et de disposer de la totalité de tes pouvoirs magiques – Il lui passa le médaillon en Uldarium rehaussé d'un diamant.
- Et voici la plus précieuse de ses possessions, il s'agit de l'épée qu'autrefois j'ai forgé pour ta mère comme cadeau de mariage. Elle est la seule femme que j'ai jamais aimée et depuis je n'ai plus réalisé d'arme aussi parfaite. Cette épée est constituée d'un alliage très pur comprenant de l'or, de la poussière d'étoiles et surtout d'un Uldarium légèrement argenté. Cet artefact te revient de droit, tout comme ta monture qu'Ysolina sauva autrefois, lors des prémices de la Grande Guerre. J'espère que son héritage spirituel renforcera ton âme et tes sortilèges. Quant à toi, utilise cette arme à bon escient pour aider et protéger toutes les

créatures libres d'Yrneh. Aide-moi, avec nos alliés, à conduire ce continent vers le chemin de la vie.

La Princesse Hersendis remercia très tendrement son père en l'enlaçant comme une petite fille. Ensuite, elle se recula de quatre pas, et sortit la lame du fourreau. Elle put ainsi découvrir une arme de très grande facture comme il en restait peu en ce monde. L'arme était très légère, son maniement émettait une sonorité enchanteresse, presque musicale. De chaque côté du plat de la lame, Hersendis put remarquer le nom de sa mère mais aussi son propre patronyme gravé sur la garde.

En examinant le manche, elle releva qu'une phrase y était gravée et s'enroulait tout autour de la poignée : « une lame pour la plus belle des Dames, que son pouvoir fasse perdurer sa gloire ». La jeune Princesse laissa une larme perler sur sa joue au moment où elle acheva de lire l'inscription que son père avait réalisé lors de la forge d'Isealia, la dernière des épées issue de sa science métallurgique. La larme de la belle Elfe quitta sa joue et s'échoua sur la lame pour mourir lentement depuis la garde jusqu'à la pointe de l'épée qui se mit à scintiller d'un halo diffus et apaisant.

- C'est étrange ! L''épée n'a pas brillé de cette manière depuis le jour où je l'ai terminée. Quel est ce sort ? Ce peut-il que depuis l'Infini ta mère te prête assistance ?
- Je ne le sais guère ! Mais ce que je sais père, c'est que vous serez fier de moi quoiqu'il advienne. Je me montrerai digne de la majestueuse combattante que fut ma mère. Je gage que son amour pour moi franchisse les portes de la mort et qu'elle m'aide à œuvrer pour la victoire d'Yrneh.
- Oui, ma douce Hersendis. J'attends désormais avec impatience le retour de Baldric et de l'homme que tu aimes. Maintenant, suis-moi, je dois te faire visiter l'ensemble de la

Forteresse. Cela te sera peut-être utile si nous devons nous y replier.

Le Haut-Roi Enoguëra s'enfonça dans les longs couloirs de la puissante forteresse en compagnie de sa fille. Il commenta les différentes constructions réalisées, comme la porte du Nord, la tour de guet au Sud-est, les pièges disposés loin en avant du Ravin dans les prémices de la grande plaine juste avant le petit replat où s'étaient massés les soldats et les civils. Il lui expliqua aussi que les diverses grottes creusées dans la roche permettaient de faire évacuer la population, mais aussi quadriller les champs de bataille pour les archers postés en amont. Après cette visite, tous deux sortirent à cheval du puissant château. Ils parcoururent la vaste prairie où se mêlaient les hommes couverts de métal et de cuir. Au bout d'un court chemin, ils passèrent au-delà de la tour de guet et Enoguëra conduisit sa fille là où se tenait l'ensemble des civils, rassemblés là depuis la nouvelle de la reprise de Levïaïa par Fulk Arken.

- Les gens de l'Ouest se sont réfugiés ici car nous avons ouï-dire que le Sombre Seigneur vient de retrouver sa légendaire épée.
- Le champ de force n'est plus intact alors ? Fulk Arken a réussit à le détruire ? Depuis quand ?
- Oh, cela est tout récent, tout au plus deux jours. Les Humains intégrés à l'Armée des Ténèbres ralentissent sa progression. Et s'ils se rebellent, il faudra encore plus de temps pour que le Roi Noir puisse parvenir jusqu'ici. De surcroît, il engage toutes ses créatures dans la guerre, je redoute la venue de certaines d'entre elles.
- Que veux-tu dire père ? Tu penses que le Morloch va venir ?
- J'en suis certain, il va vouloir se venger et te défier. Prends bien garde ma fille. Mais ce n'est pas le Morloch que je redoute, c'est une autre créature, j'ai bien peur que Fulk Arken ne requière

la puissante Ganerya.

- Qui est-ce ? Dites-le-moi père !

- La monture du Seigneur des Ténèbres, un être affreux, hideux. C'est un hybride entre un dragon et une chauve-souris. C'est elle qui sauva la vie de Fulk Arken en haut de la Colline du Vendôr.

- Mais père, il nous reste Baldric et l'Armée de l'Aurore, de plus Niiru reviendra avec Rîîga ! Il nous reste du temps.

- Il nous en reste, mais je compte chaque seconde qui passe…

Chapitre XV : Niiru et le Continent perdu

Après la périlleuse traversée à bord du Navire Céleste, Niiru avait pu débarquer sans encombre sur les côtes du Continent oublié. Le Fukanreï descendit de son bateau posant le pied en Nirvë et mena son cheval sur le bord de la plage. En selle, il était parti très rapidement à travers cette immense étendue totalement inconnue. Sur son impétueux cheval, Niiru avait embarqué plusieurs sacoches bien remplies de nourriture et d'eau, toutes choses utiles pour une course effrénée qui durerait cinq à six jours. Il avait aussi pris le nécessaire pour dormir lors des haltes qu'il ferait à chaque fois à la nuit tombée.

Sur le bateau et sur le bord de la plage, les Sudaréens et leur Prince regardèrent le Fukanreï s'éloigner très vite vers l'horizon pour ne plus devenir qu'un petit point à l'Est. Tous prièrent les anciens Dieux de protéger Niiru dans sa quête car il était le seul capable de retrouver Rîîga. Aucun autre que lui n'aurait le pouvoir de le convaincre de revenir en Yrneh pour abattre le Sombre Seigneur. Niiru ne s'attarda nullement et ne s'arrêta que pour manger, boire, dormir ou s'occuper de sa monture. Tout en chevauchant sur le dos de son cheval, il prit tout de même le temps de prêter attention au paysage l'entourant. Il remarqua que ni végétation, ni forme de vie ne se manifestait tout autour de lui. Pas une seule route n'était tracée et seul son instinct le guidait auprès du dernier Gaïanor. Niiru, remarqua toutefois que ce semblant de stérilité n'était pas le fait d'une destruction ou de la disparition de la vie mais il eut plutôt le sentiment que quelqu'un avait fait en sorte qu'il n'y ait de réel essor de la faune ou de la flore.

La première nuit, il s'arrêta une fois les derniers rayons du soleil disparus car ni la lune ni les étoiles ne pouvaient le guider dans sa course. Après avoir retiré le harnachement du dos de son coursier, il prit un rapide repas et donna un peu d'avoine à sa monture pour qu'elle puisse se repaître et se reposer de la distance avalée durant cette longue journée. Ce repas léger terminé, il prépara son lit de fortune en laissant reposer sa tête sur la selle et se couvrant d'une grosse couverture car la fraîcheur s'était fait sentir progressivement tandis que le soleil avait décru à l'ouest. La proximité du feu magique qu'il avait créé avec quelques rondins de bois lui apporta la lumière et la chaleur nécessaire pour la nuit.

Dès le lendemain, aux aurores, il prit rapidement son déjeuner puis, sans perdre une seconde, il rééquipa son cheval et repartit de nouveau à bride abattue, forçant encore plus sur l'allure afin de parcourir une plus grande distance avant la nuit. Il continua toujours dans la même direction que celle choisie lors de son départ. Son sixième sens, qu'il avait développé sous la conduite des Elfes, lui permettait de pressentir qu'il s'agissait de la bonne route. Niiru, comme à son accoutumée, s'appuyait aussi sur l'instinct des chevaux, capables de trouver le meilleur chemin à suivre. Cela s'avéra d'autant plus utile pour la quête du Fukanreï puisqu'aucune carte, à ce jour, n'avait pu recenser d'informations sur cette lointaine contrée perdue.

Ce fut au bout du cinquième jour, que Niiru ressentit de plus en plus fortement une paisible force qui le submergeait, palpable dans le souffle du vent. Cette présence amicale et son dernier rêve, empreint de visions troublantes sur l'Armée des Ténèbres et sur sa douce Hersendis le conjurant de revenir, lui ordonnèrent d'avancer. Contrairement aux autres nuits, il ne s'arrêta pas pour dormir. Il put enfin chevaucher car les astres nocturnes étaient réapparus dans le ciel et favorisaient sa longue course. De surcroît, Niiru savait qu'il pouvait compter sur la résistance de son puissant cheval. Niiru arriva enfin, au petit jour, aux abords d'une des plus incroyables cités, sans doute la plus grande qu'il ait jamais vue parmi toutes les villes qu'il avait visitées au cours de sa longue vie dans tout l'Yrneh.

Les constructions de la capitale du Continent Perdu étaient magnifiques et la nature s'y mêlait extraordinairement, chevauchant les pierres et épousant la forme des murs. La ville s'étendait sur une légère pente autour d'une immense montagne et se détachait sur trois niveaux. Il y avait le château de Rîîga qui se trouvait sur un replat, un plateau d'une taille inouïe dominant une immense bâtisse et la citadelle elle-même. Le Fukanreï secoua la bride de son coursier afin d'entrer dans la cité qui se présentait à lui. Il suivit une belle route qui commençait au milieu de nulle part à près de deux lieues en amont de la porte principale. Il put pénétrer sans résistance sous l'arche de l'entrée car la porte n'était pas fermée ni même gardée. De nombreuses personnes circulaient, çà et là, au sein des différentes demeures. Il passa une deuxième porte d'entrée, alignée avec la première et qui était surmontée par un magnifique fronton comportant de nombreuses gravures très finement travaillées.

À l'intérieur de la cité, il remarqua rapidement qu'aucun soldat ne sortait de la masse des gens qui, sans prêter attention à Niiru, vaquaient à leurs occupations. Niiru fut, par ailleurs, très étonné de rencontrer ces étranges créatures d'apparence presque humaine. En effet, elles se différenciaient des autres races par une capacité équivalente à celle des caméléons, ils apparaissaient au fur et à mesure que le Fukanreï les dépassait, tandis qu'en face de lui ils étaient capables de se confondre avec tous les éléments les entourant.

L'un d'entre eux se détacha et s'avança rapidement depuis le fond de la cité. Arrivant à la hauteur de Niiru, il s'adressa à lui en devant totalement visible. Il lui indiqua que les astres avait prédit depuis bien longtemps qu'un jour, un étranger, différent de tous ceux qui étaient venus, se présenterait sur un cheval et que l'étoile guidant son destin serait alors parfaitement alignée avec la Montagne Solitaire et la porte d'entrée de la ville. Niiru sembla surpris des dires de son hôte car il n'avait jamais entendu telle prédiction.

- Ta venue était prévue depuis longtemps, étranger. La prophétie de Floëls, sœur de notre Commandeur, s'est révélée exacte car tous les signes concordent. Il ne restait qu'une inconnue dans notre attente, le jour exact de ta venue nous restait caché.
- Je suis ici pour…
- Pour voir le Seigneur Rîîga, il t'attend, ne t'inquiète pas ! Demain, tu pourras aller dans son Palais.
- Merci, je ne m'attendais pas à votre accueil ! Mais je dois voir Rîîga de toute urgence !
- Malgré toute la diligence dont tu fais preuve c'est impossible ! Notre Seigneur sait que tu es là, mais les portes de sa demeure resteront closes jusqu'à demain matin.

Le personnage se nommait Héark et il était celui que le Commandeur avait désigné comme hôte du Fukanreï. Lors de leur conversation, il pressa Niiru de profiter en premier lieu d'une visite complète de la ville même si ce dernier souhaitait se rendre le plus promptement possible auprès du Gaïanor. Niiru descendit de son cheval pour continuer à pied, mais une grande faim le tenailla suite au rationnement qu'il s'était imposé durant tout son parcours. Son hôte, très prévenant, n'insista qu'une seule fois pour l'inviter à se restaurer.

- Messire Niiru, je vous prie de me suivre, un repas copieux va vous être servi en ma demeure…

- Je vous remercie sincèrement. Grâce à vous, je vais pouvoir me nourrir convenablement et enfin me reposer un peu de toute la fatigue accumulée à parcourir votre continent.
- Oui, c'est une judicieuse idée. Il n'est pas aisé de gravir le chemin menant au palais de Rîîga car il est situé très en hauteur sur les pentes de la montagne.

En chemin, Niiru, grâce à ses capacités visuelles, étudia en détail les lieux et les créatures que son hôte nomma « Nirvërius » et dont la présence se faisait grandissante derrière lui. Ceux-ci n'étaient ni laids, ni étranges, ils ressemblaient fortement à la race des Humains même s'ils s'en distinguaient par le fait d'être dépourvus de toute extension nasale. A la place du nez se trouvaient seulement de très fines narines qui affleuraient juste entre leurs deux yeux. Leur bouche était petite, leurs oreilles légèrement pointues et leur corpulence s'approchaient plus de la taille et de la fine stature elfique que de celle des Hommes.

Une fois chez Héark, il discuta avec son nouvel ami :

- Vous êtes un peuple étrange mon cher Héark ! Vous semblez posséder les capacités des autres races, la finesse des Elfes, la robustesse des Humains…
- Nous avons aussi la capacité de nous dissimuler, notre force est comparable à celle des Damalochs, notre résistance est aussi grande que celle des Simériens et nous avons l'endurance des Nains.
- C'est incroyable, mais comment nomme-t-on ce peuple ?
- Nous sommes le plus jeune de tous les peuples. Rîîga créa nos ancêtres, juste après la défaite de Fulk Arken au Vendôr. Les Nirvërius sont fidèles à Rîîga qui prit le meilleur de toutes les créatures de ce monde pour nous donner vie. Notre capacité à disparaître comme les caméléons est un choix de notre Seigneur

pour camoufler notre existence au Sombre Seigneur.

- Alors, vous êtes au courant de tout ?

- Nous avons tout relaté dans nos propres chroniques. De la chute de Fulk Arken jusqu'à aujourd'hui. Notre maître nous a donné pleine liberté, le libre-arbitre, une cité, un mode de vie. Il nous a expliqué l'utilité de notre existence comme étant un bienfait pour le monde et pour lui-même.

- Comment ?

- Eh bien, en se détournant d'Yrneh et en se consacrant à ses propres créations, il a oublié ce que pouvaient représenter les races d'Yrneh, il a essayé de compenser les mauvais choix du passé. Ce continent est le nôtre pour toujours. Nous le peuplons depuis plusieurs millénaires déjà, mais pour le bien du monde la révélation de notre existence ne sera faite que si tu vois Rîîga.

- Héark ! Parle-moi de la cité, de l'immense bâtiment en contrebas du Palais. Raconte-moi aussi les détails du palais, et dis-moi pourquoi Rîîga n'est pas venu m'accueillir.

- Eh bien, notre cité est construite en arc de cercles sur les bas flancs sud de la montagne. La bâtisse est le seul accès pour se rendre au Palais.

- Je suis intrigué par le Palais, il est fabuleusement gigantesque et d'une beauté incomparable. Il y a du monde qui y vit hormis le Seigneur des Mers ?

- Cher Niiru, la demeure du Gaïanor est difficilement accessible pour les étrangers. L'accès nous est tout aussi proscrit depuis bien des siècles. Cela fait longtemps que notre Seigneur ne nous a plus convoqués, mais lorsque nous étions appelés par celui-ci, nous nous abstenions, sur son ordre, de révéler ce pourquoi nous nous étions rendus auprès de lui. La seule chose que je peux te dire sur le bâtiment en deçà de la demeure de Rîîga c'est que quelques hommes sont venus avant toi depuis la mer. Ils ont tous tenté l'exploit, mais aucun n'en est jamais ressorti, nous ne savons pas s'ils sont restés près de notre Maître, s'ils ont disparu ou s'ils sont morts. Notre créateur n'est pas descendu de sa demeure depuis l'an sept mille cent de vos chroniques.

- Qu'est-il devenu ?

- Nous n'en savons rien, si ce n'est que durant cette année là, il y a eu beaucoup de mouvements dans le Palais, comme si Rîîga œuvrait à quelque chose de plus grand et de plus imposant que notre création.

- Donc, depuis ce temps, personne ne va plus du tout au Palais ?

- Personne, car le Seigneur Rîîga a construit seul, en aval de son Palais, cet immense bâtiment afin d'empêcher les éventuels intrus de s'y rendre directement.

- Je suis encore plus intrigué par ce que cache cet édifice mon ami !

- Je suis dans l'incapacité totale de te donner les informations nécessaires, mais le chef de notre communauté sera à même de te renseigner sur les secrets que renferme cette construction et sur l'accès désormais secret du Palais.

Le repas fini, ils quittèrent la table tous deux et se dirigèrent vers la maison d'Héark qui avait fait préparer une chambre pour son fabuleux hôte. Niiru se retira pour se reposer avant de compléter son précieux codex qui le suivait partout. A son réveil, il y écrivit ceci :

Cette cité est incroyablement belle et grande, ses habitants sont chaleureux. J'y ai découvert que, dans leur totalité, les murs sont composés d'un mélange d'or, d'argent, de nacre, mais aussi de perles, du jade et des pierres précieuses : diamants, saphirs, émeraudes et parfois des rubis. Par endroits, on trouve de l'Uldarium qui parachève les maisons et contraste avec l'absence de vie dans tous le reste du Continent Perdu.

Le soleil se coucha et finit par laisser la nuit s'installer et ainsi clore le sixième jour de voyage du preux Niiru. Dans l'habitation de son hôte, le Fukanreï goûta au calme et à la plénitude. Il se restaura aussi avec tous les mets délicieux dont les Nirvërius avaient le secret et que la compagne d'Héark, Riona venait de confectionner. La nourriture présente sur la grande table ressemblait, en aspect et en goût, à ce que Niiru avait goûté lors de ses innombrables voyages dans les différentes régions d'Yrneh. Après le copieux repas, Niiru resta au coin du feu, intéressé par son sympathique ami qui se remémora de précieuses paroles sur la légende du sauveur d'Yrneh qu'il déclama :

Aux termes d'une périlleuse traversée,
Et d'une longue chevauchée,
Un homme viendra,
Suivit de la belle étoile.
Par son immense pouvoir il vaincra,
Et sur l'avenir lèvera le voile.

De nombreuses épreuves,
Plus violentes que le cours d'un fleuve,
Se poseront face à son engeance divine.
Pourvu d'une intelligence fine,

Il combattra par trois fois,
Pour arriver jusqu'à moi.
À sa requête en mon Palais,
Avec lui je conviendrai,

De mon intervention,
Pour sauvegarder l'union.
Je reconnaîtrai son adresse,
Car il est l'Héritier de Floëls.

- Cette place, très haute dans la hiérarchie, est à double tranchant. Elle rappelle mes origines, les obligations qui s'y rattachent. Elle m'impose de tout réussir, car je suis le descendant des Héritiers directs de la déesse Floëls. – Comme l'indique ce lai légendaire racontant ma venue en ces murs. –
Il n'en demeure pas moins qu'en faisant reposer tant de choses sur moi, si jamais j'échoue, Yrneh ne s'en relèvera pas ! J'ai si peur de ne pas tenir mon rang !
- Même si tu détestes être considéré comme l'égal des Dieux, tu ne peux pas déroger à ton destin. Celui-ci se déroule devant toi et même si tu redoutes d'être submergé par certains sentiments négatifs comme la colère, la vengeance ou la haine, tu dois les dissiper, les faire disparaître absolument, afin de sublimer ton rôle et ton pouvoir. Tous peuvent résister au Seigneur des Ténèbres. Mais personne d'autre que toi ne peut affronter et vaincre Fulk Arken !
- Comment peux-tu en être si sûr ?
- Bien des gens ont confiance en toi. Enoguëra, Baldric, Hersendis et bien d'autres…
- Co… Comment les connaissez-vous ?
- Eh bien, ma lignée a été dotée par le Seigneur Rîîga du pouvoir de lire dans les esprits. Je sais, grâce à lui, qui sont ces personnes. Maintenant, va te reposer. Demain sera un jour très long et très difficile pour toi.

Niiru, le descendant de Floëls, interloqué par ces derniers mots, finit par se retirer dans sa chambre. Le Fukanreï intégra à son codex les détails des créations de Rîîga pour pouvoir laisser aux générations futures une trace de sa vision sur cette région oubliée. Finalement, harassé par son long périple et sa visite de la citadelle, il décida d'aller se coucher afin de reprendre des forces car il savait qu'il allait rencontrer dès le lendemain le Commandeur mais ignorait qu'un grand nombre d'épreuves se présenteraient à lui.

Il se déshabilla et se glissa sous les couvertures qui le réchauffèrent de la légère fraîcheur de l'endroit. Niiru ne ferma pas les rideaux de l'unique fenêtre de sa chambre et s'endormit sous les paisibles rayons de la lune. La nuit qu'il passa fut extrêmement tranquille car aucun bruit ne troubla son sommeil bien mérité. Ce n'est que le lendemain, lorsque la lumière naissante du matin traversa les carreaux qu'il se réveilla. Niiru sentit l'inquiétude qui envahissait à nouveau ses idées. Il redoutait les choses qui pouvaient se présenter à lui dans cette immense bâtisse.

Ensuite, il se rendit au milieu de l'étendue herbeuse. Le Fukanreï, debout dans l'herbe fraîche, tentait de se calmer et de se rassurer en se remémorant la multitude des gestes de combat, l'ensemble des formules magiques et des sortilèges enseignés par les Magus. Alors que le soleil finissait de transpercer le voile de la nuit, Niiru mangea le fruit, but à sa gourde, et tenta de méditer pour essayer de retrouver la paix intérieure. Tellement de choses reposaient sur lui maintenant. Niiru, malgré sa force, son savoir et ses exploits, craignait contre toute fortune, que le destin ne lui prête plus les atouts nécessaires pour réussir les dernières épreuves et parvenir à affronter le Sombre Seigneur avec l'aide de Rîîga.

Instamment, il fut tiré de sa quiétude par les quelques petits oiseaux du matin ressemblant à des moineaux. Il avait aussi ressenti instantanément, grâce à son extraordinaire ouïe, la présence de son hôte et guide. Celui-ci venait pour le convier auprès des anciens, afin que le doyen de la cité lui indique les épreuves qu'il devrait traverser en pénétrant dans la bâtisse qui trônait au point le plus haut de la ville. Niiru suivit instamment son interlocuteur et se présenta devant le conseil des anciens. Leur patriarche s'adressa au Fukanreï :

- Présente-toi étranger !
- Je suis Niiru, fils d'Uria et de Kanwë lui-même fils de Lingün et de la demi-déesse Judeïha, fille de Thulfanor le Terrible et de la grande Gaïanor Floëls mère de tous les Humains. Je suis venu au monde le jour du solstice d'été de l'an sept mille cent, lors de ma naissance, l'étoile du matin brilla intensément pour saluer mon apparition. Je suis le Fukanreï et je viens quérir l'aide du puissant Seigneur Rîîga. Puisse la grâce et la bonté des anciens Dieux me protéger !
- Très bien Fukanreï ! Je ne te mentirai pas en te disant que de mortelles épreuves t'attendent. Je n'en connais pas la teneur et personne ne peut en témoigner. Je sais seulement que la dernière ne se basera que sur le sang qui coule dans tes veines. Tu devras avoir recours à l'ensemble de tes talents pour réussir à parvenir jusqu'au trône de notre Maître. Il restera une ultime épreuve mais elle ne nous sera révélée que si tu y parviens. Un évènement funeste nous indiquera ta réussite ou ton échec. Sache, pour autant, que jamais personne n'est parvenu à vaincre les travaux qui vont se présenter à toi. Ainsi, je te révèle que tes prédécesseurs ont tous échoué et sont tous morts ou ont disparu dans cet endroit. Que la grâce de Floëls, la protectrice des Hommes soit sur toi. Es-tu prêt Niiru ?
- Rien ne me fera reculer ! Je n'ai pas le choix !

Niiru tourna les talons, sortit calmement, quitta la grande place et, malgré l'appréhension, se dirigea pas à pas vers l'entrée de l'énorme bâtiment. Seul son hôte l'accompagna jusqu'au bout du chemin, en amont de la grande porte métallique qui s'ouvrit d'elle-même tout en grinçant. Le Fukanreï se retourna pour saluer la communauté Nirvërienne qui se trouvait en retrait de la mystérieuse entrée. Niiru salua chaleureusement Héark et s'engouffra dans ce passage noir, vers le doute et l'inconnu…

Chapitre XVI : Surpasser ses craintes…

Niiru, au fur et à mesure qu'il se dirigeait vers la porte, se sentit devenir incroyablement petit devant la construction du Dieu commandant à la mer. La porte, dont la gigantesque taille surplombait ce dernier semblait, l'écraser de tout son poids. En sa présence elle s'ouvrit en deux battants bien distincts, ce mouvement lent et inquiétant, car aucune créature ne semblait l'activer. Juste avant d'entrer dans ce mausolée, se retournant pour regarder l'ensemble de la population, il marcha à reculons saluant son ami et, plus vite qu'il ne le crût, se retrouva à la limite du passage. Le Fukanreï se retourna derechef, regarda l'entrée du sol à la voûte, et d'un pas assuré, entra dans la sombre pièce qui précédait un long couloir, non sans avoir eu un moment d'hésitation.

Niiru pressa le pas pour pénétrer au sein du passage béant et, une fois à l'intérieur au milieu de cette antichambre, il se retourna pour voir les deux parties gigantesques de l'entrée se refermer une fois pour toute dans un bruit cinglant surprenant le Fukanreï, juste l'espace d'un instant. La salle où il se trouvait ressemblait fortement à un hall qui n'était éclairé que par quelques torches disposées çà et là et qui venaient de s'allumer les unes derrière les autres. Au bout de cette pièce, Niiru grâce à son acuité visuelle et ses talents de nyctalopie put apercevoir un immense couloir. Celui-ci était si grand, si sombre qu'il ne put en prévoir la fin malgré ses exceptionnelles facultés. Niiru regarda tout autour de lui, dans l'antichambre, il constata qu'un bon nombre de squelettes gisaient çà et là sur le sol. Tous étaient morts de façon identique, les membres écrasés ou désarticulés. Niiru tenta d'abord de voir s'il pouvait rouvrir les battants de la porte mais son instinct et sa fierté lui dirent de ne pas reculer maintenant.

Il n'avait pas le choix, soit il avançait, soit il mourrait ici de faim. Le Fukanreï n'eut pas besoin de réfléchir très longtemps pour comprendre que le premier des pièges se trouvait dans ce passage mal éclairé et étrangement calme. Par nature prudente et par souci de stratégie, son premier geste fut de faire prudemment glisser son pied droit sur le sol. Comme il l'avait prévu, au contact d'une des dalles pavant le chemin, il déclencha un dangereux et funeste mécanisme qui entraîna l'activation de plusieurs pans de murs.

Ceux-ci allèrent s'entrechoquer de façon alternée les uns contre les autres, barrant de ce fait le passage et broyant l'imprudent qui aurait eu l'audace de s'aventurer. Le valeureux et talentueux guerrier qu'il était, chercha comment passer cette épreuve. Il ramassa alors un amas constitué de morceaux d'os qu'il rangea dans sa besace là où il n'avait emporté que le strict nécessaire comme des armes, son codex, une corde et de la nourriture. Il se remit en face du couloir puis jeta trois restes d'Humains à différentes distances pour voir jusqu'où ce premier piège allait. Les deux premiers, en heurtant le sol, déclenchèrent à nouveau le mécanisme, mais le dernier os tomba à près de quarante pieds. Lors de la chute de cet ultime bout d'os, aucune réaction ne fut provoquée dans cette partie du mystérieux couloir.

- C'est bien ma veine, quarante pieds de distance, ce n'est pas une mince affaire, je me demande comment ne pas finir réduit en osselets ! Le plafond est trop bas pour que je tente de sauter et si je surestime mon bond il se peut que je tombe sur un autre piège. Bon voyons, ah oui je sais, je vais utiliser ma vitesse au maximum de mes possibilités et une fois la distance parcourue je m'arrêterai net ! Tentons, je n'ai plus rien à perdre.

Niiru se recula lentement jusqu'à s'appuyer aux portes de l'entrée. Puisant dans ses jambes la force d'être plus rapide que le vent, il s'élança promptement et courut à pleine vitesse jusqu'à la partie neutralisée du couloir. Le Fukanreï grâce à sa célérité et ses capacités physiques hors normes passa si vite sur cette distance que le mécanisme ne s'activa que tardivement et n'eut pas le temps de pouvoir effleurer l'élu des Dieux. Arrivé à l'endroit où se trouvait l'os qu'il avait jeté le plus loin, il s'arrêta, le ramassa pour le relancer à nouveau sur une même distance. Il s'efforça de voir le piège qui venait de se déclencher, mais la noirceur du couloir ne lui permit pas de déterminer la nature de celui-ci. Il sortit de sa besace plusieurs fragments qu'il jeta d'abord à une distance identique que la première fois puis plus loin, mais espacés à chaque fois de cinq pieds. Niiru avança lentement son pied droit puis le gauche avant de comprendre que l'espace où il demeurait depuis plusieurs minutes n'était qu'un répit de faible taille.

Il regarda le plafond et remarqua que celui-ci était plus haut, c'est alors que Niiru se résolut à recourir à ses qualités de saut. Après s'être reculé au maximum, il s'élança en prenant assez de tension pour obtenir un élan lui permettant de couvrir la distance que lui avait alloué le dernier os jeté. Arrivé au bout de son espace d'élan, il bondit sur une distance équivalente à la précédente. Là, il atterrit légèrement plus loin que quarante pieds, la pointe des pieds appuyant sur d'autres dalles piégées desquelles sortirent des pieux aussi acérés et tranchants qu'une épée. Niiru eut juste le réflexe de retirer ses pieds à temps pour éviter d'être transpercé.

Il se recula et sortit un grand nombre d'os qu'il jeta de façon à ce que ces morceaux ricochent sur le plafond avant d'aller s'écraser contre le sol. Tous les morceaux de restes d'Humains provoquèrent le déclenchement du piège de même nature que le précédent. Ce ne fut que son lancer le plus violent qui lui permit de calculer la nouvelle distance. Son jet atterrit à près de quatre cents pieds. Cette distance fut définie par le Fukanreï qui s'appuya sur son ouïe très fine. Le résultat était là, il constata qu'aucun pieu ne venait de sortir du sol.

Niiru comprit que la nature de l'épreuve changeait et qu'il ne pouvait pas reproduire les deux exploits précédents. Il lui était impossible de courir ou même de sauter cette aussi longue distance. Il observa autour de lui la meilleure manière de parvenir à déjouer cette épreuve machiavélique, la possibilité de faire demi-tour et de retourner en arrière avait été déjà rejetée. Il chercha pendant plusieurs minutes, le meilleur moyen de contourner l'obstacle. Tout à coup, l'image des os rebondissant contre le plafond lui revint à l'esprit. Le plafond pouvait être la solution. Niiru fit longuement les cent pas sur place, estima que la largeur du couloir était équivalente à sa propre taille. C'est alors qu'il décida de s'en servir en se positionnant perpendiculairement aux murs du couloir.

- J'espère que mon calcul est juste, si jamais les murs s'écartent l'un de l'autre, je suis perdu. Allons-y ! Espérons que Naör veille sur moi. J'aurais peut-être dû utiliser des torches, mais en voyant le début de ce tunnel je suppose qu'elles pouvaient provoquer un piège.

À partir de cet instant, Niiru escalada lentement les deux murs prenant toute la largeur. Il s'ensuivit rapidement une chorégraphie assez étrange et burlesque, mais qui s'avéra fort nécessaire pour que Niiru puisse avancer. En commençant sa fastidieuse progression, Niiru s'était aperçu que le plafond présentait des travées de pierre à intervalles réguliers ce qui gênait ainsi son passage. Cette difficulté supplémentaire obligea le Fukanreï à alterner son étrange déplacement latéral par des rotations répétées au moment où il se trouvait au contact de ces obstacles. Forçant Niiru à se retrouver tour à tour face à face avec le plafond puis dos contre le plafond, puis à nouveau face au plafond. Au bout d'un moment du parcours, alors qu'il se trouvait au-delà des trois quarts du passage, Niiru ressentit une grande faiblesse dans ses membres postérieurs provoquant ainsi une inévitable chute dont l'issue pouvait être fatale.

Par une chance extraordinaire, ou un regain de vitalité inespérée, le Fukanreï réussit à se rattraper de justesse dans sa chute alors qu'il était seulement à quelques centimètres du sol et du piège mortel. Seules quelques gouttes de sueur perlèrent sur son front pendant que l'aventurier remontait très posément jusqu'au plafond. Les gouttes finirent par quitter son visage et, elles s'écrasèrent sur les dalles du plancher. La respiration de Niiru s'arrêta nette lorsque celui-ci entendit le piège se déclencher. Lorsqu'il ouvrit à nouveau les yeux, il comprit que son heure n'était pas encore venue et qu'il avait bien fait de se coller au plafond. Il bénit ses aïeux pour cet évènement inespéré qui venait, sans aucun doute, de lui sauver la vie. Le Fukanreï une fois remonté et le piège arrêté, reprit sa position initiale et finit cette épreuve en réalisant encore une fois le mouvement qu'il avait entamé. Niiru parvint finalement sain et sauf à atteindre l'autre partie du couloir qui changeait d'aspect. Celui-ci s'élargissait et le jeune héros se trouvait une sorte de sas dont l'accès faiblement éclairé débouchait sur une pièce de taille plus grande.

Au premier abord rien ne laissait ici prévoir un quelconque maléfice ou de mécanisme savamment pensé. Aucune épreuve spécifique ne semblait exister. C'est seulement une fois l'entretoise franchie, qu'une porte encastrée dans le mur glissa de haut en bas, scellant derrière lui le passage emprunté. Niiru attentif à son environnement réagit rapidement lorsque le piège se déclencha. Une fois au centre de la pièce, il se trouva totalement impuissant car une chose inattendue se produisit alors. Le sol chuta dans presque toute sa totalité, dalle par dalle jusqu'à ce qu'il ne reste plus qu'une unique plate-forme centrale où stationnait Niiru ainsi qu'une minuscule terrasse en aval au bout de laquelle se trouvait une autre porte ouverte. Même s'il savait qu'il possédait une capacité hors norme en matière de saut, le Fukanreï avait calculé qu'en s'appuyant sur la taille de la plate-forme où il se trouvait stationné, sa réception s'avérerait trop juste et que la sanction serait sans appel, il chuterait immanquablement dans l'abîme froid et obscur.

L'inspiration lui vint rapidement lorsque celui-ci, après une courte observation de la pièce, put entrevoir un point possible de fixation dans le mur au-dessus de la porte de sortie. Niiru sortit son épée du fourreau, s'assura que la lame était bien effilée, il prit ensuite la corde qu'il avait dans sa besace. Il ramassa son épée à laquelle il attacha cette corde qu'il avait déroulée en totalité. D'une grande partie de sa force musculaire et s'appuyant sur une précision sans faille, il lança son arme qui, dès le premier coup, vint se ficher dans le mur de pierres juste au-dessus du passage suivant. En tirant dessus, l'épée se détacha malheureusement de son réceptacle, ce qui empêcha Niiru d'utiliser cette solution bien qu'il tenta plusieurs jets au même niveau.

-       Par les flammes souterraines du monde, j'ai mésestimé mon coup, mon épée a pénétré trop facilement cette partie de la roche, j'espère qu'au prochain coup, la résistance s'effectuera. Allons ne perdons pas courage, il faut plus de force, je vais viser juste au-dessus ça me semble excellent. La roche me parait plus dure.

Ainsi, malgré quelques doutes justifiés par des jets infructueux, Niiru réédita une nouvelle fois son action de force et de précision. Mais cette fois ci, il visa légèrement plus haut que les premières tentatives, là où la roche semblait plus solide et moins usée par le temps. Il fit encore une fois mouche sans aucun problème et dès lors, le Fukanreï s'élança dans les airs pour réussir à atterrir enfin sur ce chemin qui lui semblait quelques secondes auparavant, bien éloigné. C'est pourtant là, durant son envol, qu'il faillit perdre la vie car son élan, trop violent, le fit passer par l'autre porte. Une fois de l'autre côté il voulut sauter pour atterrir. Il discerna trop tard la présence d'un escalier qui partait directement sur sa gauche dont la vertigineuse descente laissait entrevoir un vide béant, en face du chemin qu'il avait emprunté.

Il put subir une chute sans fin en lâchant la corde de sa main droite, mais finalement dans un réflexe incroyable Niiru effectua une rotation sur lui-même et rattrapa la corde avec son autre main. Ce réflexe lui permit de rattraper la corde, plus bas. Mais celle-ci, dans le mouvement de retour qu'elle avait adopté, fit entrer violemment en collision le Fukanreï et la rambarde métallique de l'escalier. Niiru se rattrapa de justesse à l'escalier puis remonta sur la plate-forme où il reprit son calme et se massa énergiquement les côtes. Il n'avait d'autre choix que de se résoudre à emprunter et à descendre l'escalier, puisque aucun autre passage ne se proposait à lui.

Niiru tenta un sortilège pour éclairer là sa descente, mais la lumière ne parvenait pas à fournir une quelconque intensité et cet escalier, au fur et à mesure de sa longue descente, lui semblait sans fin. Jamais, durant toute sa vie, la luminosité n'était demeurée aussi faible et son regard pourtant capable de percer l'obscurité ne parvenait pas à distinguer le fond de cette pièce et la base de l'escalier. Le Fukanreï toujours très prudent descendit à pas feutrés, tout en se tenant sur ses gardes afin de réagir au moindre problème qui se présenterait. Après un parcours de plusieurs heures, Niiru arriva à la base d'un nouvel escalier en colimaçon partant dans une tout autre direction.

Une fois en bas de cet autre escalier, il suivit l'unique couloir que la pièce lui proposait, seul endroit où un semblant de lumière émanait et vacillait. Le Fukanreï tout comme précédemment s'avança lentement dans ce sombre endroit où il redoutait encore la présence de piège. Au gré de sa prudente progression, s'approchant de l'autre bout du couloir, il commença à entendre un murmure qui, un pas après l'autre, se transformait en un bruit très fin. Une fois sa progression parvenue à son terme le son s'amplifia jusqu'à devenir un vacarme assourdissant. Ce ne fut qu'au bout de ce long et noir parcours, une fois la tête passée précautionneusement au-delà du passage, qu'il fut surpris du spectacle qui s'offrit à lui :

- Une cascade, c'est incroyable, comment se fait-il qu'une source puisse s'écouler ainsi ? Suis-je bête ! Je suis sur les pentes d'une montagne, il n'y a rien d'exceptionnel à cela. J'aurai dû me douter, en voyant l'abondance d'eau dans la cité Nirvërienne, qu'elle provenait forcément d'ici. – Niiru regarda longuement l'endroit pour détecter la présence d'un éventuel passage ou d'une indication pour l'aider. Il finit par découvrir quelque chose – Et se dit tout fort – Tiens il semblerait que deux interstices aient été creusés dans la roche pour alimenter ce qui me semble un système d'irrigation, je pourrais peut-être m'en servir comme point d'appui, mais en attendant je ne vois pas de passage s'offrant à moi.

Alors que le grondement sourd de l'immense cascade résonnait dans l'ensemble de la gigantesque pièce et que l'eau torrentielle s'écoulait, Niiru leva la tête et put apercevoir que la cascade trouvait naissance dans une sorte de caverne située plus haut, juste en face de l'esplanade où il stationnait. Niiru remarqua la pièce était plus grande que ce qu'il avait vu en entrant ici. Il se trouvait à présent dans une sorte d'immense colonne, et la plate-forme où il venait d'arriver se trouvait à mi-chemin entre l'ouverture de la résurgence et le fond présumé, là où l'eau semblait finir sa course dans un fracas redoutable. Son premier réflexe fut de sortir un reste d'os de sa besace, de s'avancer sur le rebord de la passerelle juste en face, là où l'eau de la cascade tombait. Sur le rebord de cette falaise taillée dans le roc, le Fukanreï calcula une distance d'environ vingt pieds entre lui et le flot, distance qu'il détermina à vu d'œil et par le simple fait que des gouttelettes d'eau pure lui parvenaient au visage. Il prit l'os, se décala par rapport à la cascade sur le côté gauche et lâcha celui-ci afin d'estimer si la profondeur du ravin se en contrebas. L'objet chuta sans jamais laisser entendre la fin de sa chute tant le bruit de la cascade résonnait de manière assourdissante.

- Voilà qui est fort inquiétant, pas de bruit, même infime, et je n'ai pas jeté cet os dans la cascade. J'aurai dû entendre au moins un bruissement. C'est si profond que si je saute c'est la mort assurée, il me semble que cette falaise est plus haute que les pentes du Ravin Bleu. Cherchons une sortie envisageable, car si je m'appuie sur ce que je vois, le toit de cette pièce est au-delà de ma vue, la violence de la cascade me noiera sans aucun doute !

En scrutant longuement la cascade, il remarqua une chose anodine, un semblant de fil ou de tissus flottait en amont de la cascade. Niiru fixa attentivement son regard au-delà de celle-ci et vit une toute petite plate-forme complétée par la présence d'un passage permettant sans aucun doute de continuer son fastidieux chemin. Pourtant rien ne lui permettait d'y accéder car la puissance de la cascade se révélait incontrôlable. Le Fukanreï s'installa en position de tailleur pour trouver une parade à cette délicate épreuve. Malgré son désappointement, il se rappela les deux interstices pour grimper ce qui ne semblait pas impossible car ces dernières étaient tracées à la sortie de la cascade, juste en dessous de sa possible échappatoire. Il tenta d'agripper de sa main gauche la rigole creusée au sein des murs et de la roche, mais il la retira rapidement car la puissance de l'écoulement lui avait entaillé son gant.

- Les Dieux ne m'aident pas dans ma quête, mon gant est complètement déchiqueté, il y a quelque chose de bizarre, l'eau est sous pression. La cascade est puissante, mais l'eau ne peut pas être projetée aussi rapidement ou alors l'évacuation de l'eau est obstruée par la taille de cette caverne, s'amoncelant comme on arrive à le faire avec un barrage. Je suis perplexe, je n'ai aucun moyen de parvenir là-haut, ma force physique me permettra tout au plus d'arriver au sommet de la cascade, mais de là, je ne vois pas comment prendre appui à nouveau.

Le Fukanreï s'était persuadé, en entrant dans la bâtisse pour y défier les épreuves, que ses pouvoirs magiques ne pouvaient pas s'exercer ici. Durant le conseil, le doyen des Nirvërius avait laissé entendre que, durant les épreuves, Niiru devait faire preuve de bravoure. Il n'était aucunement question de la magie, son esprit ayant résumé sa seule force et sa seule intelligence comme divers moyens de prouver sa bravoure. De surcroît, il s'était persuadé que la puissance de Rîîga empêchait le recours à la magie pour éviter que des mages ou d'autres sorciers puissent tenter l'exploit.

Au milieu de ses pensées, un frémissement de paroles se fit entendre, puis les voix de tous ses amis se dressèrent ensemble pour lui intimer d'utiliser la magie en cet instant car aucune autre solution ne s'offrait à lui. Résolu à ne plus attendre un seul instant, Niiru décida de faire appel à ses forces intérieures, à ses aptitudes en magie. En se concentrant sur l'eau composant la cascade, il choisit de transformer celle-ci en un moyen d'arriver jusqu'à la sortie. Il prononça des paroles en Ogarudh jusqu'à ce que la réaction se produise. Par ses seules paroles et par sa volonté, il réussit en moins de deux minutes à faire baisser la température de l'endroit jusqu'à ce qu'un froid glacial, digne du Septrion, s'installe au cœur de la pierre et domine l'eau afin de geler la cascade.

En transformant l'élément liquide en glace, il savait que l'action une fois réalisée permettait une augmentation non négligeable du volume de l'eau. C'est ainsi que la cascade se changea en un énorme bloc de glace qui, touchait désormais directement la plate-forme où stationnait le descendant de Floëls. Niiru se recula, sortit ses deux dagues qu'il avait à la ceinture, puis dans une course effrénée il prit son élan de toutes ses forces afin de bondir et ainsi se retrouver accroché assez loin en hauteur sur la grande cascade glacée. Mais à peine le Fukanreï avait-il parcouru quelques mètres sur ce bloc, qu'un tremblement se produisit sous lui.

Les sens en éveil et sa vigilance en alerte, il réagit violemment depuis la résurgence, en se projetant en arrière dans un double saut périlleux afin de revenir sur la plate-forme de départ. Il comprit, en fait, que son action n'avait pas été assez énergique et que le froid ne s'était pas révélé assez fort ni assez rude. La glace se rompit discrètement sous son poids avant de se briser littéralement lors de son envol après s'être mise à craquer d'un peu partout sous l'effet incontrôlable du courant provoqué en amont. La chute d'eau reprit complètement ses droits une fois le pied droit et le genou gauche de Niiru posés sur le sol.

Niiru, une fois revenu à son point de départ, se retrouva totalement trempé de la tête aux bottes par la terrible explosion provoquée par la surface glacée revenue à l'état de cascade. Déçu de sa futile tentative, il rangea ses dagues sur ses flancs puis, se risqua à tester une autre voie en examinant les parois qui se trouvaient de chaque côté de l'entrée de la pièce. Il essaya de voir si son couteau elfique pouvait se planter dans la sombre roche, mais le bel artefact se détruisit au moment de l'impact. Faisant à nouveau les cent pas, le Fukanreï se décida finalement à pratiquer une fois de plus la magie en tentant de nouveau la même expérience qu'auparavant.

Mais cette fois-ci, il se concentra plus longuement, plus intensément, afin d'engranger un plus grand potentiel d'énergie mystique. Sous son inconcevable puissance magique, la salle en forme de cheminée redevint encore plus froide qu'à la première tentative, encore plus infernale qu'aucun autre endroit dans ce monde. Lentement, sûrement et implacablement, tous les murs autour de lui se cristallisèrent jusqu'à éclater en certains endroits : le froid qui émanait provoquait des vapeurs et une inlassable brume. La cascade, quant à elle, gela progressivement du fond de la caverne jusqu'à son sommet et au-delà, de la surface jusqu'en son centre.

Le Fukanreï, au moment où il découvrit que les pierres de la grotte, où sortait l'eau, se déchaussaient de leur emplacement initial comprit qu'il ne fallait, dès lors, plus attendre et qu'aucun instant ne devait être gâché pour pouvoir vaincre cette épreuve et grimper la cascade glacée jusqu'à son sommet pour atteindre la sortie. Encore une fois il se recula pour parcourir toute la plate-forme et acquérir la célérité nécessaire pour un bond de la même qualité que le précédent. Une fois dans les airs, il atterrit contre le bloc de glace et, à l'aide de ses deux dagues, s'arrima avant de monter le plus rapidement possible et ce, malgré la raideur de l'incommensurable pente.

Par sa volonté et son physique il se dépêcha de parvenir au bout de sa course et de son labeur. Le Fukanreï sentit pourtant que son sortilège commençait à se défaire comme si un temps imparti avait été instauré par le créateur de ces lieux. C'est alors que, prenant appui sur ses instruments d'escalade, et dans un ultime effort, le Fukanreï se propulsa grâce à sa force musculaire présente dans ses bras afin de se projeter en direction de la minuscule plate-forme juste au-dessus de lui.

Là, il rattrapa de justesse, avec ses deux mains, le rebord et se hissa tant bien que mal, car l'usage d'un sort si puissant l'avait fatigué et que tous les efforts conjugués qu'il venait d'initier sous un froid insupportable avaient endolori son corps. Niiru tomba comme une masse et resta inanimé sur le sol pendant un bon moment. Niiru finit par se réveiller sans savoir combien de temps s'était écouler. Il se releva assez vaseux, et avant de se diriger au travers du passage s'annonçant devant lui, il sortit son codex, y inscrivit plusieurs choses et griffonna une esquisse et une sorte de plan. En se relevant à l'aide d'un des pans du mur et grâce à sa main droite, il entendit le bruit de la chute d'eau lui rappelant qu'il venait de perdre ses deux dernières armes valables et, qu'il ne lui restait désormais que son unique épée, émoussée par les combats.

- Quelle épreuve incroyable, j'ai préféré endurer les pièges qui m'ont été tendus juste avant. Combien de temps ai-je perdu en m'évanouissant. Quelle heure peut-il être, suis-je encore loin de Rîîga ?

En passant lentement l'entre porte, Niiru déboucha dans une belle salle entièrement ornementée par de fabuleuses gravures à même la roche. La seule chose qui attira réellement son regard fut la présence de statues étrangement humaines mais constituées de pierre. Le Fukanreï fut impressionné, étonné et inquiété par la présence dans le fond de la pièce, de ces trois statues qui semblaient le regarder. Elles étaient de taille imposante, aussi massives que son ancêtre Thulfanor le Terrible.

Elles se caractérisaient par des détails identiques, aussi bien dans les motifs qui parcouraient leurs corps que par les vêtements qu'elles portaient. Niiru entra pleinement dans cet endroit, avança un pas après l'autre, fort de la réussite des épreuves passées. Une fois au milieu de la pièce, il entendit le passage se refermer sèchement derrière lui, laissant entendre un nouveau piège à affronter. Au même instant, les trois statues se déplacèrent de leurs socles respectifs. Niiru les suivit du regard pour observer leur manière de bouger. Tout en les fixant et en se déplaçant sur le côté, il se remémora un de ses nombreux souvenirs que le visage de ses vis-à-vis avait réveillés.

Il se rappela soudainement qu'il avait déjà vu ces personnages sur de très vieilles tapisseries et des peintures elfiques. Le Fukanreï se trouvait en présence des anciens soldats de la garde prétorienne de Rîîga, les plus proches serviteurs du Gaïanor des Mers, les surpuissants Golems. Les statues étaient très étranges car leurs faces se trouvaient être la réplique exacte de celle du Dieu disparu. Leur puissance était moindre que celle des Commandeurs car pour limiter leur force, Rîîga ne leur avait attribué, au moment de leur création, qu'une seule qualité attenante à son rôle de Commandeur des mers, seuls ils étaient extrêmement forts, et ensembles totalement invulnérables.

Le Golem de gauche fut celui qui s'avança en premier, il fit une dizaine de pas lents et lourds pour parvenir à proximité du Fukanreï qui restait immuablement stoïque, la main sur le manche de son épée, prêt à dégainer celle-ci dès que le géant de pierre manifesterait une quelconque intention hostile. Comme prévu, celle-ci ne se fit pas attendre bien longtemps, car le premier des trois Golems passa à l'action en tentant d'asséner un puissant coup de poing que Niiru évita de justesse grâce à son inégalable célérité. Il esquiva par la suite deux séries d'une quinzaine de coups en rafale, si bien qu'il dut s'évertuer à arrêter l'un d'entre eux lorsqu'après cette première attaque il se retrouva acculé à un des murs de la salle. La violence du choc fut tellement rude que le coup déplaça l'air jusqu'à faire flotter au vent les cheveux de Niiru qui, de son côté, encaissa la secousse sans faiblir ni faillir.

Niiru n'avait pas eu vraiment le temps d'analyser toutes les actions possibles pour se défaire de ses nouveaux agresseurs. Il tenta de leur parler mais sans succès :

- Pourquoi m'attaquez-vous ? Qui vous a ordonné ceci, où est votre maître le Seigneur Rîîga ? Répondez-moi !

Aucun mot ne sortit de leur bouche, mais c'est à ce moment très précis qu'il se souvint des enseignements et du savoir qu'un des Magus lui avait prodigué bien des années auparavant, alors qu'il se trouvait présent au royaume de l'Aurore :

- Qui sont les Golems Seigneur Vasu ? Pourquoi Rîîga les a-t-il créés ?
- Mon cher Niiru, le Commandeur des mers n'a jamais donné de réelles explications à propos de cette création étrange. Il les a façonnés à son image et les a pourvus de qualités en accord avec Floëls et Naör durant les âges anciens. Ils ont été fidèles et nécessaires à Rîîga puisqu'ensemble, lorsqu'ils chassèrent Fulk Arken, quand ce dernier se nommait encore Maahar, ils aidèrent le Gaïanor des mers, après la proposition d'une funeste alliance faite par le Sombre Seigneur. Ce que je sais, c'est que chacune des statues de pierre possède sa qualité majeure mais un défaut qui lui est propre. Souviens-toi que dans bien des occasions, le feu peut résoudre bien des problèmes face à la pierre !

- J'espère me souvenir de cet enseignement un jour !

Une fois ce souvenir ressurgi des profondeurs de sa mémoire, sans attendre une réaction de plus de son adversaire, de façon spontanée, le Fukanreï attrapa le bras de son massif opposant et une fois bien agrippé à celui-ci, commença à augmenter progressivement la température de ses mains jusqu'à ce que celle-ci fasse fondre une bonne partie du géant de pierre. Aussi rapide qu'un oiseau et aussi souple qu'une panthère, Niiru s'attaqua ensuite à l'autre bras du colosse, puis aux jambes afin de le réduire totalement en un petit tas de cendres. La destruction du premier Golem engendra une réaction instantanée. Le Golem de droite fut celui qui s'activa et vint à la rencontre du vainqueur du précédent affrontement. Niiru prêt à cette intervention ôta expressément la lame de son épée hors de son fourreau et, sans coup férir, se rua immédiatement dans une charge bestiale à l'assaut de l'imposant adversaire.

Son attaque n'eût aucun effet sur l'homme de pierre, et le Fukanreï fut repoussé par ce dernier qui, au moment du choc de l'épée, ne ressentit aucune blessure. Niiru prit à nouveau le temps de cerner ce mystérieux personnage afin de trouver son point faible comme il l'avait fait juste un instant plus tôt. Par deux fois, il dut esquiver les pieds du géant en effectuant plusieurs sauts et roulades mais, il ne put échapper au puissant revers de main que le Golem orchestra aux termes de la troisième attaque.

- J'ai vaincu le premier Golem avec l'élément du feu, mais ils n'ont pas tous, cette faiblesse. Je dois trouver au plus vite la magie adaptée pour celui-ci, sinon je suis définitivement vaincu.

Niiru se risqua, à tout hasard, à recourir à l'efficace magie de l'eau qui, contre toute attente de la part du Fukanreï, opéra sur le géant de pierre alors que l'endroit dépourvu d'eau ne se prêtait pourtant pas à cette magie. Le Fukanreï, au lieu d'utiliser bêtement un sortilège d'eau dans une pièce dépourvue d'un tel élément, eût l'intelligence d'ouvrir sa gourde pleine d'eau et d'asperger entièrement la statue vivante, déversant toute l'onde pure sur la surface du Golem.

Niiru prononça une formule simple et radicale en langue humaine pour exercer le sortilège désiré :

Que l'eau des océans,
Face à cet ennemi menaçant
Me prête son pouvoir maintenant
Pour que je le réduise à Néant !

A peine la formule achevée, le puissant colosse perdit de sa superbe en redevenant définitivement un tas immonde et visqueux de terre glaise sur lequel Niiru posa un pied afin d'avancer vers l'autre Golem. Fort des deux expériences enchaînées, sans attendre l'agression du troisième géant, Niiru prononça encore des paroles en langue ancienne afin d'utiliser la magie de l'élément du vent comme Danreb lui avait appris.

Niiru concentra alors entre ses mains, l'équivalent d'une tempête miniature et égale aux phénoménales tornades des océans. Cette manœuvre du Fukanreï eut alors pour effet de projeter le dernier Golem de l'autre côté de la pièce et ce, malgré une résistance acharnée du colosse. L'immense masse recula lentement mais de plus en plus loin au fur et à mesure que l'ire du Fukanreï recouvrait en totalité la salle, Suite au terrible choc, le personnage muet finit par se disloquer contre les murs.

Une fois les trois impressionnants personnages réduits au néant, la porte, qui avait été cachée jusque-là par le dernier assaillant de

Niiru, s'ouvrit. Le descendant de Floëls, satisfait de ses combats, se rua jusqu'à la porte suivante pour continuer son périple. Il s'y engouffra joyeusement avant d'avoir, une fois de plus, le souffle coupé. Là, il éprouva un fort étonnement car il se retrouva dans une salle totalement identique à la précédente, mais plus grande en taille et plus finement travaillée. La ressemblance alla jusqu'à retrouver en son sein la présence non pas de trois mais de quatre statues de Golems pareilles aux précédentes et qui cette fois-ci se détachèrent en même temps de leurs socles respectifs pour aller à la rencontre du vaillant guerrier. Leurs attaques furent totalement synchronisées et, la simultanéité des coups portés étonna incroyablement Niiru. Pourtant, le Fukanreï fut encore plus surpris de voir l'incroyable rapidité qu'exercèrent les quatre combattants lorsqu'ils arrivèrent à proximité de lui.

Il ne trouva son salut qu'en esquivant les quatre attaques en bondissant fiévreusement dans les airs et en s'appuyant à nouveau sur l'angle d'un des murs pour reprendre de l'élan afin de pouvoir atteindre une sorte de petit rebord émergeant à peine de la pierre. Niiru se trouvait maintenant dans les airs, et il était maintenu par la seule force de sa main droite. Perché là-haut, il regarda fixement les quatre énergumènes qui l'attendaient en bas et essayaient de l'atteindre tant bien que mal en frappant les murs de la salle. Niiru réfléchit encore quelques instants et s'assura que sa grande célérité serait son atout et se décidant à jouer son va-tout il imita la rapidité de ses ennemis et essaya même de la surpasser.

Le Fukanreï, une fois son point d'agrippement escaladé, poussa sur ses jambes pour se propulser très haut dans la salle et s'envoler ainsi dans les airs pour réussir à atteindre le plafond. Là, il y reprit appui et s'éjecta en direction du sol, tout en réalisant une attaque en piquée digne du plus rapide des Ogariths. Finalement son audace s'avéra payante, puisque, grâce à cette formidable idée, il réussit à déclencher un capharnaüm sans nom entre les Golems qui, en tentant de le frapper, après avoir voulu se mettre en position pour l'encercler, cafouillèrent laissant à Niiru le soin de les éviter et entraînant dès cet instant une situation inattendue.

Les quatre poings entrèrent en contact instantanément et, sous l'ardeur de la charge, ils se détruisirent mutuellement. En se relevant, Niiru se rendit compte que sa vitesse avait été très légèrement insuffisante et qu'un de ses adversaires avait tout de même réussi à lui porter un coup tandis qu'il s'esquivait du cercle de ses assaillants. En le frôlant il lui avait lacéré le bras droit. Désormais Niiru était blessé, son sang commençait à perler lentement hors de sa blessure. Alors que son combat s'achevait, la porte défendue par les géants de pierre s'ouvrit et Niiru décida d'abord de déchirer une partie de sa veste afin de serrer son muscle et empêcher le sang de jaillir trop abondamment avant de passer la porte.

-      Je n'ai pas de quoi me faire un pansement, si je ne parviens pas assez vite auprès de Rîîga, je mourrai dans les heures qui vont suivre, cette blessure commence à s'ouvrir de plus en plus, le Golem ne m'a pas raté ! Këros ne pourra m'attendre pas bien longtemps et il devra repartir sans moi. Mon sort est plus que funeste. Je dois tout de même remplir ma mission. J'accomplirai les épreuves qui restent et Rîîga reconnaîtra ma valeur. Il acceptera ma requête, il n'a plus le choix !

Malgré cette blessure, Niiru fut loin de se laisser abattre par cet évènement. Il passa la seconde porte et se retrouva à nouveau dans la même salle, précisément dans une salle identique aux deux autres mais encore plus grande et plus magnifique que la précédente, Niiru, désappointé, commençait à ne plus apprécier la répétition de ce type d'épreuves avec les mêmes puissants personnages et se demandait s'il ne tournait pas en rond.

Il était lassé de cette mise en scène, de ces tests, car pour son plus grand déplaisir, il aperçut encore deux golems, juste en face de lui. Le premier Golem de la troisième pièce se plaça devant le Fukanreï qui se mit lui-même en posture pour le combat pour pouvoir réagir l'instant venu. Niiru remarqua que son adversaire arborait sur le front le symbole de la force, le dessin qui représentait la force pure que les Dieux possédaient. Par son impatience et son courage fou, il brandit son épée de la main gauche et, avec la lame de celle-ci, il frappa son opposant avec force et violence. Mais l'arme, contrairement à ce qu'elle aurait dû faire, se fracassa en plusieurs petits morceaux qu'il ne put regarder qu'avec le plus grand des désarrois.

- Je n'ai plus rien, ni couteau, ni épée. Je suis épuisé spirituellement par les sorts de magie. Je suis arrivé au bout de mes limites. À part la force de mes poings et de mes pieds, il ne me reste plus rien. Mon bras droit me fait souffrir, comment vais-je pouvoir les vaincre tous les deux ?

Comme il se l'était répété, il ne lui restait alors que sa force physique. Pourtant, en dépit de sa blessure il voulait y avoir recours. Tant de combats sur son chemin venaient maintenant de le faire douter encore une fois de ses capacités. Il craignait ne pas pouvoir affronter le géant, car son bras droit le désavantageait énormément et sa main gauche ressentait encore le choc de l'explosion de l'épée. L'immense personnage de pierre attaqua rapidement et rudement Niiru, ce qui le mit dans un premier temps en déroute plusieurs fois de suite. Le vaillant et courageux Fukanreï se trouvait plaqué sur le sol, évitant les assauts répétés du monstre de pierre.

Niiru tenta de se relever une première fois alors qu'il se trouvait à distance de son ennemi, puis une deuxième fois et c'est alors qu'il trouva de quoi rassembler les dernières forces qui lui restaient. L'énergie du désespoir montait en lui par la réminiscence des enjeux de sa quête, et de l'accomplissement des missions respectives d'Hersendis et de Baldric. Malgré son bras plein de sang, Niiru le ramena près de son flanc, leva le bras gauche en position de garde comme s'il possédait un bouclier et réagit au moment où le Golem s'avança une fois de plus pour l'achever. Le Fukanreï fit une double roulade en arrière se retrouvant acculé à la porte derrière lui, fermée depuis son entrée et, en concentrant toute sa force dans son bras presque invalide, il frappa le sol comme il l'avait déjà fait à proximité de Sudarïa en libérant le Navire Céleste.

Niiru, en heurtant le sol, provoqua une énorme onde de choc qui se propagea sur l'ensemble des dalles remplissant la pièce. Il fit trembler les murs, jusqu'à pouvoir produire une rupture qui partagea le sol en deux, créant ainsi une profonde crevasse qui engloutit l'infernal, mais néanmoins, fabuleux géant de pierre. Les entrailles de la terre s'ouvrirent sur presque la quasi-totalité de la salle depuis le poing de Niiru jusqu'à l'ultime Golem que comptait la garde rapprochée de Rîîga. La faille créée par le descendant de la Gaïanor, commandant à la strate de la terre, fut très puissante et aurait dû briser totalement le lieu mais elle s'arrêta net devant l'être de pierre. Niiru sentit ses forces l'abandonner définitivement. Une fois revenu dans un état normal, il hurla de douleur car son bras droit était complètement réduit en charpie, les os étaient broyés et les muscles atrophiés, le sang se répandait de plus en plus sur le sol. Tout en s'affalant, Niiru demanda pardon à tous ceux qui comptaient sur lui. Il n'avait pas pu être le Fukanreï tant attendu, il venait d'échouer.

Regardant finalement son adversaire dans un dernier coup d'œil, il s'évanouit et s'effondra de tout son long. Alors que le Fukanreï gisait inconscient, le dernier des neuf Golems, vint jusqu'à venir à sa rencontre, le souleva de terre en prenant son corps et ses jambes sur ses propres bras et se retourna en direction de la dernière porte qu'il ouvrit sans prononcer un mot. Là, se trouvait un immense escalier qui montait sans fin, tout droit. C'est là que le géant de pierre grimpa en emportant dans cet édifice la dépouille meurtrie de Niiru …

Chapitre XVII : L'ultime épreuve

Les étendues herbeuses couraient à perte de vue. Au loin les montagnes brillaient en leur sommet, reflétant, avec puissance, les rayons du soleil. Le vent soufflait très faiblement, parcourant délicieusement la chevelure de la belle Hersendis qui était là, allongée contre Niiru. Lui-même était assis contre un arbre dont les feuilles le laissaient à l'ombre. Niiru regardait tendrement la princesse Elfe, il venait de lui mettre une fleur dans les cheveux. Hersendis lui souriait, attendrie, puis elle se laissa embrasser avec passion par le Fukanreï. L'instant d'après tout autour de lui se mit à tourner de plus en plus vite avant de disparaitre dans des ténèbres complètes…

Niiru se réveilla lentement, tout cela n'était qu'un rêve qui s'étiolait au fur et à mesure qu'il sortait de sa torpeur. Il ouvrit un œil puis l'autre puis se rendit compte qu'il était couché sur le sol. Il regardait fixement le ciel d'un bleu incroyable puis tourna la tête à gauche et à droite pour reconnaître l'endroit où il se trouvait.

- Où suis-je ? Quel est ce lieu ? Cet endroit est étrange, tout est calme, pas un bruit, les rayons du soleil courent sur mon visage. Je n'ai pas froid, je n'ai pas faim. Suis-je mort ? Est-ce cela le paradis, l'Infini qu'ont rejoint mes ancêtres ? C'est peut-être encore un de mes rêves. Ma tête me fait mal ! Je me souviens maintenant, je me suis effondré après avoir vaincu l'avant-dernier Golem.

Niiru souleva légèrement son cou et secoua sa tête afin de reprendre ses esprits. Il se croyait encore perdu dans les nombreuses visions qu'il avait eues lors de son coma après sa chute face au géant de pierre.

- C'est incroyable ! Comment ai-je pu sortir de cette maudite salle ? Le Golem ne m'a pas tué me semble-t-il, je sens encore mon cœur battre et le contact avec le sol est bien réel. C'est un miracle ! Les Dieux m'ont prêté à nouveau la vie ! – Fit-il en tapotant son talon contre les dalles. –

Niiru se redressa en s'appuyant instinctivement sur les mains. Une fois assis, il réalisa l'incroyable : son bras et sa main droite fonctionnaient, ils n'étaient plus brisés. Il regarda sa main, la ferma en poing et la rouvrit en faisant bouger l'ensemble de ses doigts. Avec son autre main, il palpa son bras et vérifia sa musculature, pas une seule séquelle de sa blessure ne subsistait. Le Fukanreï appuya sa main droite sur son genou pour se mettre debout.

Une fois sur ses deux jambes, il vérifia l'intégrité de son corps sans trouver ni plaie ni saignement. Puis il regarda devant lui et remarqua que le dernier des Golems se trouvait là, immobile, mais observant du coin de l'œil. Le jeune héros fit quelques pas et se trouva fort étonné de ne plus ressentir les vives douleurs physiques et morales qui l'avaient marqué tout au long des épreuves. Il observa, avec détail, le regard du géant de pierre qui pesait sur lui. Il s'adressa à son interlocuteur :

- Tu es le dernier des neuf Golems de la garde rapprochée du Seigneur Rîîga. Je suis tombé mort juste devant toi, comment ai-je pu survivre ? Qui m'a soigné de mes nombreuses blessures ? Ton Maître doit être à l'origine de ce miracle ! Il est tout de même bien étonnant que tu ne m'aies pas achevé quand tu en avais l'occasion. Suis-je bête ! Tu ne me répondras pas, aucun homme de pierre n'a la capacité de parler !
- Détrompe-toi – Fit le Golem. – Je sais parler et je comprends

très bien ce que tu me dis, même si l'Ogarudh est la langue de mes origines. Je suis le seul des neuf à avoir été doté de la parole, mais il n'est pas nécessaire d'en abuser.

- Tu… Tu parles !
- Oui, n'en sois pas étonné. Et si tu n'es pas mort c'est bien du seul fait du Seigneur des Mers. Nous avons tous reçu un ordre précis de Rîîga, nous t'avons tant attendu, des siècles d'attente. J'ai eu pour unique tâche de te soigner après les dures épreuves imposées par notre Maître. La vie t'a quitté un instant et tu as fini par sombrer. Quoiqu'il en soit, et pour une raison inconnue tu as réussi un prodige digne des dieux, tu es revenu d'entre les morts.

- Qu… Quoi ? Je suis mort ?
- Oui !
- Mais comment suis-je revenu à la vie ? Comment ai-je pu réussir cet impossible tour de force ?
- Je ne peux pas t'expliquer ce phénomène, tu es le premier à revenir à la vie ! Sans doute que ton statut y est pour quelque chose…
- Et maintenant ?
- Profite de l'endroit, car tu ne le verras qu'une seule fois. Je t'informe aussi que j'ai pris le temps de compléter les notes dans ton codex.

L'Héritier des Dieux s'attarda longuement dans ce formidable endroit où il se tenait désormais debout en pleine forme. Il prit le temps de visiter ce qui était simplement le jardin que Rîîga créa pour parfaire son Palais. De là, on voyait d'un côté l'immense montagne et l'entrée du Palais accolé à la roche, de l'autre, en direction du Sud, on surplombait la fameuse bâtisse aux épreuves encore plus grande que ce qu'on pouvait imaginer vue de l'extérieur et au-delà de celle-ci, l'unique citadelle du Nirvë. Le Fukanreï fit le tour complet du jardin dont la taille n'avait d'égal que les anciens jardins de Naör dans la cité d'Ogarithia.

Cet espace de verdure se constituait essentiellement d'une imposante esplanade en marbre sur laquelle on trouvait différents arbres en fleur, d'autres végétaux et au centre une immense fontaine de forme arrondie, très finement travaillée dans le même marbre rose que le reste de la place centrale. De nombreux détails et gravures couraient un peu partout afin de rehausser la décoration, tout comme le grand nombre de plantes qu'il remarqua et qui recouvraient une majeure partie de l'édifice. En plus de la flore, plusieurs animaux, herbivores et carnassiers se promenaient avec insouciance sans aucune agressivité, la paix régnait dans ce paisible endroit.

Au-dessus de la fontaine, dominait une sorte de pyramide servant de promontoire à une resplendissante statue du Gaïanor Rîîga qui se tenait majestueusement le bras gauche levé avec l'index tendu, pointant vers le ciel. Niiru souriant observa avec attention une scène toute particulière, celle d'un petit moineau virevoltant et se posant sur le doigt de la belle statue. Le Golem arrêta l'observation que menait le Fukanreï, en émettant une sorte de grommellement pour l'interpeller :

-    Il est temps Fukanreï, tu as achevé ta visite ici et ton destin t'appelle, Rîîga m'a demandé de te faire entrer dans son Palais. Suis-moi que je puisse t'indiquer le chemin.
-    Oui. Me voici ! Je suis prêt à le rencontrer
-    Je peux t'annoncer aussi que Fulk Arken a récupéré son épée et qu'il a percé le champ de force, il se dirige implacablement vers le Ravin Bleu. Maintenant suis-moi, nous allons pénétrer dans le palais !

Niiru s'exécuta rapidement. Après les paroles de son hôte, il se mit en marche juste derrière le géant quand ce dernier pivoter un pied en arrière, vers la droite. Une fois de profil, le garde de pierre proposa à Niiru de se diriger vers la porte alignée avec la longue allée qui partait depuis la fontaine et qui s'accordait parfaitement. Le passage se dévoilant devant le regard du Fukanreï était un immense couloir ouvert constitué en premier lieu d'un magistral fronton. Celui-ci était recouvert d'un toit soutenu par deux longues rangées composées chacune d'une dizaine de colonnes, d'au moins une centaine de pieds de haut qui rejoignaient le mur principal du Palais.

Le Palais, vu de près, était aussi grand que les ruines de la Demeure de Floëls, et épousait d'une manière parfaite les flancs de la montagne. Niiru circula entre les colonnes et au bout de ce passage, il tomba nez à nez avec une porte d'une taille avoisinante celle des murs. Elle se composait de deux battants indépendants et, elle lui semblait, de prime abord, incroyablement lourde. En s'approchant, il vit que la porte était faite dans un matériau inconnu et en certains endroits, on trouvait des parcelles d'Uldarium. Niiru avait voyagé partout en Yrneh et il n'avait jamais rencontré pareille matière. La fameuse porte se constituait d'une multitude d'ornementations où s'entremêlaient de l'or, de l'argent, du platine ainsi qu'une couche de végétaux.

Le Golem empoigna pleinement les deux parties de la porte. Il poussa les deux gigantesques battants dont les énormes masses s'éloignèrent au fur et à mesure l'une de l'autre, jusqu'à toucher les murs à l'intérieur de l'entrée du Palais dans un chambardement infernal. Ils finirent par entrer tout deux dans la première salle du Palais qui se distinguait par une immense voûte au plafond, et la présence de nombreuses colonnes accolées contre les quatre murs. Niiru compta quinze colonnes de chaque côté de la pièce qui formait ainsi un carré parfait. Le Fukanreï s'attarda dans l'enceinte de cette pièce de protocole, il l'observa sous plusieurs aspects et voulut sortir son codex pour dessiner et inscrire tout ce qu'il voyait.

Tout d'abord l'existence de deux portes de cinq mètres de haut de part et d'autre de la salle qui se faisait inéluctablement face dans une symétrie parfaite et, en avant des colonnes du fond de la salle, s'imposait un double escalier menant à un balcon presque aussi large que l'antichambre. Là-haut, surplombant le hall, apparaissait une troisième porte de trente pieds très belle, richement décorée de pierreries et de métaux précieux, constituée de deux parties s'enchevêtrant l'une dans l'autre. Le Golem l'en empêcha lui, indiquant qu'il avait déjà relaté tous ces détails dans le codex.

-      J'ai détaillé l'ensemble du palais dans tes écrits. Sur la gauche de l'antichambre il y a une porte qui débouche sur l'aile Ouest dans laquelle se trouve un jardin d'une taille plus petite que celui où nous étions. Il y a une petite cour très calme, de couleur ocre, qui donne accès aux nombreux appartements répartis sur deux niveaux comprenant les cuisines, des salles de détentes, une grande bibliothèque et une multitude de chambres. Malheureusement il n'y a plus personne ici depuis des siècles. L'endroit est resté étrangement vide.
-      Tout est inscrit dans mon codex ?
-      J'ai pris le temps de réaliser les croquis et les notices pour que tu puisses faire perdurer le souvenir de cette demeure.
-      Et l'autre porte ?
-      En face, elle donne en direction de l'est et il n'y a qu'une immense salle au bout d'un long couloir. L'endroit est incroyablement grand. Il s'agit d'une sorte de mausolée érigé au culte de la vie.

Le Fukanreï resta bouche bée devant les descriptions que lui contait le Golem.

- Cette salle possède bien des détails sur les créations des Dieux, plusieurs rangées de statues reproduisant l'apparition des créatures issues de Naör, de Floëls et de l'esprit de Rîîga. Tout au fond de celle-ci se trouve une immense et incroyable fresque murale représentant la formation du monde, les balbutiements du Continent Unique et le début de la création de la faune et de la florc par les quatre Gaïanor.
- Ce spectacle me semble magnifique !
- En levant les yeux au plafond on peut apercevoir une splendide voûte reproduisant toutes les étoiles du firmament que l'on peut observer depuis les terres australes. Pour parachever cette œuvre, une longue phrase court tout autour de la voûte. Les inscriptions en langue Ogarudh qui se trouvaient respectivement au plafond et en bas de la grande peinture, indiquaient de belles paroles, très simples et sans fioritures :

- Istedh-eor Rîîga, khä Gaïanor of Delios e Yrneh. Eor fulk ardeïa of feriën, eyedh-eor ni haverü of nunken-eor e acadeïa equadh-eor aanen an oni. Erella iden baathen e uden paledath oladh on aden terran yrnen geriin. (Je suis Rîîga, le quatrième Souverain du Délios et d'Yrneh. Moi, Seigneur de la Strate des mers, j'illustre ici l'œuvre de mes pairs et la contribution que j'ai apportée durant le Premier Cycle. Que toutes les créatures sauvages et les plantes peuplent encore pour longtemps les terres des mondes libres.)

Au plafond une autre phrase :

- Henäth e ranë vas Gaïanor atedh kamedh Mogforn, proskynë avaedh gwedh Yrneh e ith zen istedh-eor nirvë. (Ceci est un hommage et un souvenir aux deux Commandeurs qui ont rejoint l'Infini, puissent leurs pouvoirs protéger Yrneh et ceux dont je me suis éloigné.)

-      La magnificence de cette pièce est, de surcroît, sublimée par les rayons de soleil qui traversent les vitraux de la salle. – Niiru s'émerveilla des observations de toutes les scènes de l'histoire que le Golem lui révélait. Ce dernier prit le temps de se pencher sur tous les détails des chroniques de ce monde, de l'apparition des Gaïanor, la création des paysages, l'existence de la Faille de Dion, la naissance des Ogariths, celle des Elfes, mais aussi la traîtrise de Maahar, son changement en Fulk Arken puis le reste des 2 Cycles suivants, dont les sept mille années précédant sa naissance. –

Après toutes ces explications Niiru s'orienta finalement vers le double escalier dont il gravit les marches quatre à quatre avant d'arriver au milieu du balcon où un puissant rayonnement s'échappait de la jointure centrale de la porte depuis son arrivée devant celle-ci. Il fut très intrigué de cette manifestation, et encore plus lorsqu'une fois le pied droit à peine posé près de la porte, un mécanisme d'ouverture se déclencha tranquillement, laissant, dès lors, un très large passage à Niiru. Le jet de lumière aveugla pendant un instant Niiru avant de disparaître. Une fois son champ de vision intégralement restauré suite à cet éblouissement, il s'engouffra sans aucune hésitation dans la salle principale, pressé de s'adresser à Rîîga.

Il monta un autre escalier, droit et plus court, ce qui selon ses calculs le mettait à un étage au-dessus du hall d'entrée. Il se trouva alors en présence d'un lieu immense et peu commun, de taille plus impressionnante encore que toutes les salles royales que le Fukanreï avait visitées. Dans sa totalité, la monumentale salle du trône se constituait d'un sol en or massif, coulé d'un seul tenant. Deux rangées de vingt-quatre colonnes sur les flancs Est et Ouest tout en platine, serties de pierres précieuses. Entre ces somptueuses arcatures on entrevoyait, sans problème, de beaux interstices qui laissaient voir généreusement les étendues du paysage du Nirvë, situées de part et d'autre de la cité et de la vertigineuse montagne.

Niiru se retourna en entendant la porte se refermer lourdement en contrebas de l'escalier qu'il avait laissé un pas derrière lui. Il constata que le mur qui se trouvait derrière lui était en argent massif et qu'il masquait toute visibilité en direction de la ville au pied du Palais. Seul le regard d'un Dieu pouvait sans complexe passer au travers de cette structure pour observer la citadelle sans que les invités du Dieu n'aient à savoir ce qu'il pouvait faire ou dire par les voies de l'esprit à ses fidèles sujets. Niiru s'approcha tout de même du mur, l'ausculta, et en le touchant, remarqua qu'il avait, lui aussi, la possibilité d'admirer la fameuse cité construite en arc de cercle entourant en totalité le flanc sud de la montagne.

Il se retourna derechef et, en face de lui se présentait, sans retenue, une immense estrade largement surélevée et à laquelle on accédait à l'aide d'un escalier droit d'une cinquantaine de marches. Il gravit les marches sereinement et une fois en haut de cette tribune, il put faire comme Rîîga, dominer l'assistance. Niiru vit que là, était placé un imposant trône, le dernier siège divin existant dans ce monde puisque ceux de Naör et de Floëls n'avaient pas survécu au fil du temps et aux innombrables batailles en Yrneh et sur le Septrion. Une beauté incroyable se dégageait du trône, l'assise de très grande taille, était adaptée à la morphologie particulière des Commandeurs. Celui-ci se terminait de façon colossale par des accoudoirs dont la finition s'exprimait en une réalisation de deux pommeaux en forme de têtes de lions assez larges pour permettre à Rîîga de laisser reposer ses mains.

Le dossier possédait sur ses flancs la présence de deux défenses offertes autrefois par le tout premier éléphant de la création, chose que Niiru avait pu constater dans une des peintures du mausolée, d'ailleurs, il se demanda si le Gaïanor était au courant que les éléphants avaient été décimés. Ces défenses étaient orientées vers le haut, rejoignant au sommet du siège deux grandes statues de dauphins dressés, regardant chacune dans des directions différentes, l'une vers le Sud-est, l'autre vers le Sud-Ouest. Enfin, au milieu de ces reproductions de cétacés, on pouvait admirer la présence d'une copie presque vivante d'un aigle royal déployant ses ailes comme pour abriter Rîîga. Toute cette architecture méticuleuse sublimait l'une des plus belles œuvres de ce monde.

Niiru fut stupéfait de voir Rîîga se dresser debout devant le trône mais celui-ci, après avoir regardé le Fukanreï dans les yeux, disparut sans un mot. Il ressentait encore l'essence du puissant Gaïanor. Niiru ne comprit pas ce qui arrivait et escalada les marches pour parvenir jusqu'au trône. C'est là, que Niiru remarqua la présence d'un long cartouche doré, fermé et portant le sceau de Rîîga, posé le plus simplement du monde sur un coussin en plein milieu du siège. Le Fukanreï hésita un instant puis, s'empressa d'ouvrir le mystérieux réceptacle afin de savoir ce qui demeurait à l'intérieur. Son impatience fut vite récompensée en faisant sortir un parchemin dont la conservation demeurait exceptionnelle, lorsqu'au début de la lecture, le Fukanreï remarqua que celui-ci datait de l'année 7100, au jour où il vint au monde :

Gédros, Troisième cycle d'Yrneh.

Solstice d'été de l'an de grâce 7100.

Si tu lis ce testament alors tu es le Fukanreï, l'héritier descendant des Dieux et dont le destin est d'anéantir Fulk Arken ou de succomber sous ses assauts. Moi Rîîga, Gaïanor de la strate des mers, créateur de la faune et de la flore, je m'adresse à toi, descendant de Floëls. Si tu lis ce parchemin, c'est que sans aucun doute que tu auras vaincu toutes les épreuves que je t'ai imposé pour parvenir jusqu'à mon Palais. Toi l'enfant, né au matin du solstice d'été prédit par Floëls elle-même au sein de sa lignée, tu as en toi nos capacités. Tu auras su allier, l'intelligence, la sagesse, mais aussi la force, la magie et la ténacité qui font de toi presque mon égal et celui de mes pairs.

Au moment où je fais rédiger ce parchemin par l'un de mes Golems, Athora l'Etoile du matin brille déjà d'un éclat incomparable, il est maintenant certain que l'Héritier de ma sœur vient de naître. J'ai donc décidé de lui laisser, moi aussi, un héritage, mais pour cela il devra me prouver sa valeur une fois encore.

J'aurais dû être présent au moment où tu lis mon testament. Mon devoir était d'occuper mon trône afin de convenir avec toi des modalités de ma participation et de mon soutien à la dernière guerre contre Fulk Arken. Si tu es ici c'est qu'elle est aux portes des territoires libres. Je ne me suis jamais impliqué dans les autres conflits mêlant mes frères car, je n'en éprouvais pas la nécessité. De plus ; le temps a passé, je suis devenu las des changements déclenchés dans ce monde suite à la disparition de Floëls et la mise en marche des derniers desseins de notre frère.
J'ai toujours été rigoureux dans mes actions et dans le respect des règles. Ainsi mon Cycle de régence se présentait normalement après celui de Maahar, mais ce dernier préféra se tourner vers le mal avant même d'effectuer la régence qui lui a échu au début du Gédros. Enfin je ne me suis jamais senti assez proche des Humains et des autres créatures comme les Elfes, les Nains ou les Ogariths, je me suis entièrement dévoué à la nature jusqu'à ce que

le Léviathan soit la victime du Seigneur des Ténèbres, à ce moment là j'ai rompu tout lien avec l'Yrneh.

Je n'implore ni le pardon de mes prédécesseurs ni celui des Yrnéens, je demeurerai, au-delà de mon départ de ce monde, convaincu que l'espoir viendrait d'une alliance totale menée par le Fukanreï. Comme l'a dit Naör après la première des guerres, ce sont les habitants d'Yrneh qui se sauveront eux-mêmes des machinations du Seigneur Noir. C'est pourquoi j'ai décidé de m'éclipser de ce monde en abandonnant les liens qui m'y retiennent tout en vous laissant dans l'incertitude la plus totale sur votre sort. Fukanreï, c'est en haut de la Montagne, que j'ai nommé, le Mont du Dernier Espoir que tu trouveras mon héritage. Prouve que tu le mérite !

Rîîga.

Niiru au terme de la lecture, fut interloqué par la défection de Rîîga :

-     C'est impensable, Rîîga tu nous as abandonné à notre sort, tu nous as trahi ! Désormais rien ne pourra s'opposer à Fulk Arken, tu étais le seul à avoir une puissance de même envergure. Soit, je vais gravir jusqu'au sommet de la Montagne. Mais je n'ai aucun espoir d'y trouver le salut d'Yrneh ! Comment obéir à de telles paroles ?
-     Il le faut !
-     Pourquoi monter sur cette montagne du dernier espoir ? Je ne vois pas comment je peux y trouver le salut d'Yrneh, mais il est évident que je n'ai pas le choix !

Niiru suivit, avec scrupules, les dernières instructions laissées par le dernier des Dieux, l'ultime rival de Fulk Arken maintenant parti pour l'Infini. Le Fukanreï repassa encore une fois derrière l'incroyable trône, Il vit qu'un rideau cachait un passage menant au sommet de la Montagne du Dernier Espoir. Le valeureux combattant franchit le rideau de couleur rouge brodé d'or qu'il poussa lestement de la main gauche. Le Fukanreï se retrouva en face d'un autre escalier dont la fin se laissait deviner bien au-delà des nuages cachant le sommet de la montagne, un lieu que personne n'avait jamais vu. Sûr de ses appuis et désormais pressé par le temps, il entreprit la course la plus rapide qu'un Humain ct même qu'aucune race n'eût jamais accomplie.

Niiru escalada avec aisance et agilité les innombrables marches composant le chemin qui menait vers un destin inconnu. Au fil des marches, sa course se ralentit, la fatigue s'accumula et les jambes du Fukanreï, malgré ses capacités, se firent de plus en plus lourdes. Après un temps relativement long pour parvenir à escalader les milliers de marches, le Fukanreï réussit enfin à passer au travers des nuages pour se retrouver finalement au sommet de l'unique montagne du Nirvë.

Son exploit accompli, il tomba à genoux mais releva la tête avec vivacité. Il eut là, la plus étrange révélation qu'il connut de sa vie. Devant lui se présentait une immense esplanade en forme de cercle épousant la montagne qui en constituait le sol, chose résultant, sans aucun doute, de la suppression du pic par l'ancien Gaïanor. Au milieu de cette forme parfaite résidait un très bel autel, très simplement travaillé et décorée de petites gravures. Le sol présentait de nombreux dessins formant un étrange ccrcle d'invocation. Le Fukanreï remarqua aussi la présence de trois curieux personnages placés chacun à équidistance des deux autres formant ainsi un triangle parfait.

Les étranges personnages possédaient chacun une particularité bien précise les différenciant de leurs pairs, une stature d'homme pour tous mais une dissemblance dans leurs épidermes bien particuliers. L'un était recouvert d'écailles, le second de fourrure et le troisième de plumes. Le Fukanreï s'avança vers l'autel lentement et sûrement. En se rendant au milieu de l'endroit, Niiru fut vite interrompu par les trois gardiens du lieu qui prononcèrent en même temps un discours totalement identique et synchronisé en tous points. Ces fameuses phrases résonnèrent longuement dans le ciel sans fin :

- Voyageur qui vient de loin, toi, le Fukanreï, tu es le seul à être parvenu jusqu'à nous et le dernier tu seras. De toi viendra l'espoir si tu te montres digne d'être l'héritier de Floëls. Si ce n'est pas le cas, alors sur toi et Yrneh le pouvoir des ténèbres s'étendra et la mort s'abattra.

Pendant que ces derniers s'adressaient à lui, Niiru avait remarqué un présentoir sur l'autel. Celui-ci, de forme ronde, était serti de nombreuses pierres précieuses dont des diamants bien plus gros et disposés selon un ordre cardinal. Dessus se présentait gracieusement un semblant d'épée ou tout du moins le manche d'une arme, équipé d'une garde mais totalement dépourvue de lame.

- Tu vois cette épée Fukanreï, prends là et brandit là ! Si elle te reconnaît comme étant digne et de descendance divine, alors son pouvoir se déploiera, dans le cas contraire, c'est la mort qui viendra.

Mais loin d'être effrayé par cette menace, Niiru refusa de renoncer à passer cette ultime épreuve. Il avait déjà trop souffert et avait enduré trop d'épreuves. De plus la disparition de Rîîga lui avait ôté tout espoir. L'intrépide chevalier qu'il était ne voulait pas que ceux qu'il aimait ainsi que l'ensemble de sa vie et de son monde ne tombent une fois pour toute dans l'escarcelle du plus mortel des ennemis d'Yrneh sans tenter de l'affronter. Il s'empara fermement du manche et brandit avec toute son assurance l'épée avec sa main droite. C'est à ce moment très précis, où toutes les ondulations du monde semblaient se focaliser sur lui, que Niiru sentit une violente vibration se déclencher en lui pour remonter jusqu'à la pointe de l'épée.

C'est alors que se produisit l'improbable miracle tant attendu par les trois personnages. Sous les yeux de Niiru et ceux des gardiens de l'autel, le manche et la garde de l'épée se mirent à briller intensément. À la suite de ce sortilège la lame se reconstitua intégralement en apparaissant progressivement mais rapidement. Celle-ci une fois intégralement achevée, un faisceau de lumière émana, aveuglant tout sur son passage et s'élevant jusqu'aux confins du ciel et des étoiles, éclairant, par la même occasion, de toute sa splendeur le Continent Perdu. D'ores et déjà, Niiru sentait en lui toute la puissance divine que cette épée possédait et toutes les actions dont elle était capable. A ce moment les gardiens s'adressèrent à lui :

-       Tu as réussi Niiru, Fukanreï tant espéré. Grâce à toi, voici Gaïana l'épée des Dieux totalement restaurée. Elle est unique en son genre, aucun Dieu n'a forgé pareille arme. Sa constitution très spéciale réside dans un mélange d'Uldarium pur, d'or et de poussières d'étoiles provenant d'Athora, celle là même qui a régi ta naissance. En forgeant cette lame pendant une très longue période, notre maître Rîîga y a inséré toute sa puissance, celle qu'il aurait dû utiliser lors de son éventuel règne ou pour t'aider au combat. En effet, ayant peu employé sa puissance au fil des siècles, le Commandeur de la strate des mers conserva la quasi-totalité de son essence d'origine. Il savait très bien en la fabriquant, que seule une personne descendant directement des

Dieux serait ainsi à même de la manier et de contrôler la puissance incalculable qui en émane. Désormais avec Gaïana tu es pratiquement devenu l'égal des Gaïanor, du Seigneur Fulk Arken. C'est à toi de réussir à maîtriser au mieux tes émotions et tes capacités pour le surpasser et faire pencher vers toi la balance du destin …

Une fois ce sermon solennel terminé, les créatures se présentèrent sous le nom d'Aüfen. Niiru, en possession de l'artefact mythique, voulut repartir instamment par le chemin d'où il était venu. Les trois gardes se dressèrent devant lui, barrant la route de sortie et le haranguant pour lui déconseiller ce choix :

- Fukanreï, le temps qui s'est écoulé, entre le jour de ton départ de la côte et celui de ton arrivé ici, fut long. Cette voie ne te permettra pas de retrouver le bateau qui t'a mené au plus près de nos rivages. Ton cheval, certes, t'attend en bas dans la citadelle. Il est, sans aucun doute, pour toi le seul moyen de transport, un moyen rapide. Mais sache que le Navire Céleste est déjà reparti depuis plusieurs heures car nous sommes maintenant au crépuscule du septième jour de ton voyage. Nous avons surveillé tes faits et gestes depuis cet endroit. Tu as convenu avec Këros, le Prince de Sudarïa, que ses hommes et son vaisseau devaient appareiller dans des délais impartis par toi-même.
- Mais alors… Il est trop tard pour les rejoindre, tout est perdu, je n'ai plus aucune chance de leur venir en aide …
- Nous ne le permettrons en aucun cas, Fukanreï, Notre Maître fut clairvoyant jadis et si nous sommes là c'est pour parer cette éventualité. Nous allons récupérer, en moins d'un mouvement d'air, ton cheval et rejoindre ensuite le splendide navire Sudaréen en haute mer.
- Mais comment allons nous faire ?
- Ceci est mon affaire. – Indiqua Æris la première des trois

créatures. –

Æris était l'Aüfen possédant un corps constitué de plumes. Il déploya alors son propre pouvoir et parvint en un tour de main à se changer en un gigantesque oiseau pareil au Phénix, en aspect et en taille. Sur son dos, il embarqua Niiru ainsi que ses deux frères : Terkal et Ferieïs avant de s'envoler au-dessus des nuages et de plonger en direction du Palais qu'il dépassa pour parvenir à la cité et s'en aller prendre au passage le cheval du Fukanreï. Ils fendirent l'air avec une célérité légendaire en direction de la citadelle. Là, le cheval de Niiru fut attrapé au vol par les serres d'Æris qui dominait sans partage le ciel. Tous les cinq prirent la route du Nord-est à destination d'Yrneh, pour croiser puis rejoindre au plus vite la majestueuse embarcation.

Pendant ce temps, à l'autre bout du monde, Fulk Arken fébrile s'apprêtait furieusement à récupérer sa fameuse Levïaïa. Loin d'être au courant de ce qui se tramait dans certaines parties du monde, il ne ressentit pas l'essence de Gaïana. En effet, le charme que Rîîga avait jeté sur ses propres contrées protégeait et masquait totalement aux yeux du Noir Seigneur les nouveaux évènements survenus pour Niiru.

Chapitre XVIII : Baldric au pays du levant

Quatre longs jours venaient de passer, et le jeune Prince avait dû parcourir les territoires de l'ouest d'Yrneh au plus vite après son altercation aux abords de la Forêt, à quelques lieues du fleuve Orï. Baldric de Dol, toujours surveillé de loin par Bir-Keren, arriva enfin en vue de la grande et splendide cité d'Anviliä, la capitale du royaume de l'Aurore. L'Héritier de Sertrach poussa un ultime soupir de soulagement, il allait enfin voir sa quête s'achever au-delà de son espérance même si le temps continuait de jouer contre lui. Baldric était à bout de souffle, la solitude et ses blessures lui pesaient de plus en plus. La superbe contrée où il arrivait, tranchait avec les paysages forestiers et se marquait singulièrement par de riches pâturages, de vertes et d'immenses forêts claires, le tout magistralement dominé par la présence de l'imposante citadelle de l'Est. Le fameux cavalier qu'était Baldric poussa son cheval encore de l'avant malgré son épuisement et ses propres blessures, finissant sa diligence afin d'arriver le plus vite jusqu'au Palais du Roi d'Anviliä.

Son élégant coursier blanc galopa avec la célérité que tous les gens de l'Ouest lui connaissaient, parcourant, sans s'arrêter, la large route édifiée par les fondateurs de ce royaume. Celle-ci circulait librement entre les vertes prairies et le fabuleux cheval de Baldric, mena son maître promptement aux portes de la capitale de l'Aurore qu'ils franchirent tout deux sans s'arrêter. Une fois dans la rue principale de la ville, Geriis ne ralentit pas de lui même son allure, mais il s'empressa de continuer car le temps filait.

Une fois dans l'avenue royale, juste après la fontaine centrale de la ville, le majestueux cheval changea d'allure et trottina car Baldric montrait un exténuement le plus total résultant de son voyage et des dernières nuits qu'il avait dû passer dehors sans dormir sur sa monture. Le cheval plein de superbe, mena le Prince de Dol aux termes de son voyage. Baldric, mort de fatigue et en bien piteux état, finit sa course. Il descendit de cheval, fit quelques pas hésitants et finit par s'effondrer juste devant la première marche de la somptueuse résidence royale, juste après avoir posé le pied à terre.

La tragique scène fut suivie par les nombreux gardes royaux qui, malgré leurs lourds équipements, s'empressèrent de porter au plus vite assistance au jeune homme. Ils n'étaient pas les seuls à avoir pu constater l'état de Baldric même si pour eux il ressemblait à tous les étrangers en visite dans la cité. Néanmoins, ce spectacle avait attiré l'attention car, depuis l'un des balcons, l'évènement avait été observé par deux femmes, l'une plus jeune que l'autre. La plus âgée et que le Prince de Dol avait à peine entrevue dans sa chute, envoya une de ses suivantes jusqu'aux hommes, leur donnant des ordres à propos du preux chevalier dont l'identité restait encore secrète.

On traita l'Héritier de Sertrach avec tous les égards convenus pour une personne reçue par la famille royale. On s'occupa de lui d'une manière très convenable puisque ce dernier fut conduit dans des appartements destinés aux invités de marque. Une fois à l'intérieur de sa chambre, Baldric fut déposé sur son lit où l'on prit soin de le débarrasser des frusques qu'il avait sur le dos, on le soigna et on lui pansa ses blessures afin qu'il puisse ne garder aucune séquelle lorsqu'il reviendrait à lui. L'Héritier du trône de Sertrach dormit de longues heures et finit par se réveiller le lendemain tandis que les rayons matinaux du soleil jouaient avec son visage. Il se réveilla mollement et mit plusieurs minutes avant que sa vision ne s'éclaircisse et qu'il ne récupère toutes ses capacités cognitives.

Il put alors constater que ses blessures s'étaient rapidement réduites grâce à des capacités de récupération hors normes mais aussi avec l'aide de la magie prodiguée par Bir-Keren qui l'avait soigné à l'insu de tous. Le Prince Baldric, une fois les yeux ouverts, tâtonna puis poussa les couvertures. Il descendit de son lit et chercha au plus vite ses affaires. Alors qu'il se levait à demi nu, une femme de chambre sortit d'un vestibule attenant à l'immense chambre, c'est là que se trouvait le nécessaire pour se laver.

Celle-ci le voyant ainsi dévêtu se mit à rougir jusqu'aux oreilles, elle était en face d'un inconnu complètement consterné et décontenancé de se voir ici et en vie au sein d'un palais inconnu. Elle indiqua à Baldric en montrant du doigt la présence de vêtements neufs et prêts à être portés sur un des nombreux coffres de la chambre. Alors que le jeune Prince demeurait encore éberlué par l'endroit où il se trouvait, il enfila une chemise blanche posée dans le vestibule et passa rapidement dans la salle de bain attenante. Le Prince de Dol ressortit la tête vers la chambre et après s'être retourné vers la jeune femme il s'excusa auprès d'elle de sa tenue, de son impolitesse et de son manque de savoir-vivre. Se grattant la tête pour exprimer une certaine espièglerie, la jeune suivante n'en fit rien et s'adressa à Baldric :

-       Il n'y a aucun tort messire, je n'aurais pas dû me trouver là. On m'a chargée de vous informer que ces vêtements neufs vous sont destinés, et que vous êtes invité à circuler librement dans l'enceinte du château comprenant ce bâtiment et les jardins. Pour faire vos ablutions, vous avez trouvé la salle d'eau juste après que j'en sois sortie, un bain chaud vous y attend.
-       Un bain chaud ? C'est vrai ! Vous ne mentez pas ?
-       Non, monseigneur !
-       Que les Gaïanor bénissent ce Palais, je crois rêver ! Cela me changera des cours d'eaux gelés et de ces quatre derniers jours de

crasse.

La demoiselle se retira sans ajouter mot, refermant la porte de la pièce, ne laissant à Baldric que le temps de prononcer quelques onomatopées :

- Mais, je … – Bégaya-t-il – Eh là ! Cet endroit est encore bien mystérieux. Malgré mes interrogations ce bain fumant n'attendra pas !

Un des nombreux rêves du Prince se réalisait enfin, depuis plusieurs jours il attendait l'opportunité de prendre un bon bain chaud parfumé avec de nombreuses et de douces fragrances, de quoi se laver, et se raser. Arrivé dans la salle d'eau il se jeta, sans retenue dans l'immense baignoire. Il continua de se prélasser dans ce large bain pendant près d'une heure. Une fois totalement décrassé, nettoyé et plus présentable à la cour et au Roi, Baldric sortit enfin de la salle d'eau et se sécha vigoureusement pendant de longues minutes puis se vêtit afin de sortir de sa chambre. Une fois en dehors il traversa un long couloir dont une partie s'ouvrait sur le jardin.

Il décida de s'y promener même s'il ne savait pas du tout où il se trouvait. Il déambula pendant un certain temps parmi la douce végétation et profita des bienfaits de celle-ci et des rayons du soleil qui éclairaient largement l'endroit. Durant sa petite escapade dans le jardin, il stoppa net la conduite de ses pas lorsqu'il leva les yeux pour regarder vers l'Est. Il aperçut alors une fine silhouette qui une fois sortie du contre-jour, troubla sa vision. Le soleil haut dans le ciel brillait fort et le regard du jeune Prince, bien que gêné par l'astre du jour restait néanmoins très clair et très attentif. Il se rendit compte que cette silhouette longiligne était celle d'une splendide jeune femme qui venait de se retourner dans sa direction et avait observé Baldric l'espace d'un instant, juste avant d'être appelée au loin par une autre femme.

Baldric n'en crût pas ses yeux, il les essuya plusieurs fois pour se demander s'il ne rêvait pas encore, car la dame en question était d'une immense beauté. Malgré la courte et distante entrevue, l'Héritier de Sertrach connota une beauté pareille à celle de la Princesse Hersendis chez les Elfes, ses yeux étaient verts émeraude, ses cheveux mélange d'auburn de blond vénitien, tiraient vers le roux. Ils flottaient dans le vent, et une grâce inégalable se dégageait de sa personne, la jeune femme était grande, élancée et sa stature semblait frôler une perfection angélique.

La disparition trop rapide de la charmante damoiselle, laissa Baldric le souffle court et l'esprit rêveur. Il se rendit tout de même là, où la jeune femme se tenait quelques minutes auparavant. Son doux parfum composé de vanille et d'autres senteurs exotiques et sucrées, était encore présent dans l'air, le jeune Prince respira avec délicatesse cette délicieuse fragrance qui lui rappellerait pour toujours cette exquise mais trop furtive vision.

Le Prince de Dol ne resta pas dans cette partie du jardin. Ne voyant personne venir à sa rencontre, il s'en retourna dans ses appartements. Une fois sur les lieux, il remarqua qu'une partie de ses affaires n'étaient plus là et s'aperçut que le Sabre du Dragon ne se trouvait plus sur la table, là où Baldric l'avait posé avant de sortir. Il fouilla dans tout son équipement de voyage pour voir si rien d'autre ne manquait à l'appel. Puis il se décida à ressortir pour aller retrouver son merveilleux cheval, son ami de toujours afin de savoir comment celui-ci était traité dans les écuries royales.

Une fois hors de sa chambre, il croisa un jeune page dans le couloir auquel il s'adressa et qui lui indiqua où se trouvaient les écuries royales. Après avoir suivi très précautionneusement les instructions du jeune garçon, Baldric marcha jusqu'au bout du couloir, descendit en quelques instants les marches de plusieurs escaliers avant de reprendre un autre couloir débouchant sur une cour. Le jeune Prince de Dol retrouva son magnifique destrier qui se trouvait dans des écuries situées sous le Palais, taillées dans la roche.

Le cheval était aussi propre qu'au moment de leur départ de la cité d'Ach. Baldric voulut s'entretenir un peu avec son cher Geriis, mais le jeune homme remarqua de l'autre côté du garrot, une main qui brossait lentement et soigneusement le corps du cheval. Cette main, plus petite que celle d'un homme, fine, très belle et bien manucurée, intrigua Baldric qui, en passant de l'autre côté de la tête de son coursier, rencontra jeune demoiselle. Celle-ci très jolie et souriante, exhalait un doux parfum de miel. Loin d'être timide, elle se présenta au propriétaire de Geriis :

-    Je me présente à vous, je m'appelle Claudia et vous avez là un magnifique cheval, j'en ai rarement vu d'aussi beau et d'aussi altier. Comment s'appelle-t-il ?
-    Moi, je m'appelle Baldric, et voici mon destrier qui est aussi mon plus fidèle ami. Il s'appelle Geriis. Il est le plus beau et le plus rapide de tous les coursiers sur terre après la dernière des licornes.
-    Enchantée sieur Baldric, j'ai été ravie de m'occuper de votre cheval, je gage que nous nous reverrons très bientôt ! – Sur ces mots la jeune demoiselle, altière et fine, parée d'une belle toilette, s'éloigna tranquillement, se retourna et fit un grand sourire avec les yeux fermés au Prince. –
-    Quelle étrange demoiselle, beaucoup de malice et

d'espièglerie dans son regard ! Et toi, mon cher Geriis, te plais-tu ici ? T'a-t-elle bien traité ?

Le Prince de Dol parla avec son fidèle ami, et Baldric lui raconta sa journée dans ce Palais, et étudia de près la robe de son destrier pour constater les bons traitements que ce dernier avait reçus. Le Prince de Dol s'excusa auprès de son cheval quand il fut tout à coup interpellé par une voix solennelle, un peu rauque lui demandant de se rendre d'ici quelques minutes dans la salle du trône où il était attendu en grande pompe. Baldric se retourna rapidement alors qu'il caressait encore la crinière de Geriis, c'est alors qu'il vit un homme d'âge mûr, très respectable, majestueusement paré.

La personne présente à ce moment n'était autre que le chambellan en second de la famille du Royaume de l'Aurore. Le Prince de Dol ne se fit pas prier, sa main glissa sur le cou du cheval avant de s'en détacher. L'Héritier de Sertrach suivit de près son hôte dans les longs couloirs qui les menèrent à la splendide salle du trône. Les deux hommes passèrent l'entrée de l'immense pièce qui pouvait s'enorgueillir sans complexe de ses décorations en marbre blanc, de ses gravures elfiques, de dorures travaillées par des Ogariths et de colonnes doriques dont la pierre était tirée des prestigieuses carrières du Levant, donnant à ce chef-d'œuvre une beauté rarement atteinte. Ce qui étonna le plus Baldric fut le plafond car celui-ci était d'une rare facture. Il s'agissait en fait d'un dôme massif dont les motifs reproduisaient avec scrupules la structure, les couleurs du ciel et la position des étoiles présentes dans tout le firmament.

Dans l'assistance, tout le monde retint son souffle tandis que se levait le Roi. Baldric prêta toute sont attention à la présence de cet homme de haute stature, beau, fort et fier. Le personnage en question portait une magnifique couronne qui désignait, à ne pas en douter, Albior, le Roi du pays de l'Aurore. Face à lui, le Prince de Dol marqua son humilité et sa reconnaissance au puissant Seigneur car, en deçà de l'estrade où se trouvaient Albior et son trône, Baldric posa un genou à terre et baissa la tête. Le Roi Albior regarda, tout d'abord avec sévérité, celui qu'il venait de convoquer, les nobles de sa cour en firent de même puis reprirent leurs attitudes de départ quand le Roi s'adressa au jeune Prince de Dol en brandissant à bout de bras, le Sabre du Dragon, Anarya encore dans son fourreau :

- Où as-tu trouvé cet artefact jeune chevalier ? Sais-tu de quelle arme il s'agit ? D'où connais-tu son existence ? Es-tu au courant que tu avais avec toi Anarya le …
- … Le Sabre du Dragon – Fit Baldric en se relevant lentement – L'arme forgée la plus puissante qui soit, celle qui a été ordonnée par les Magus, bénie par Naör, fondue et refondue par le souffle du Roi des Dragons. C'est l'épée qui possède un pouvoir inégalable car celui qui peut la sortir de son fourreau est le seul capable de commander aux Dragons de feu et les autres Dragons. Selon l'ancienne prophétie formulée il y a presque deux cycles, l'homme qui brandira Anarya réveillera à nouveau Tenerius.
- C'est incroyable ! Comment sais-tu cela ? Qui a pu te mettre au courant d'une chose dont moi-même je n'ai pas toutes les informations ?
- Pardonnez-moi sire, mais celui qui m'a confié ce fabuleux sabre, m'a informé sur tout ce que je devais savoir. Et les nombreuses personnes que j'ai croisées dans ma quête m'ont fourni des détails au fur et à mesure.
- Qui donc ? Qui sont ces personnages possédant un aussi grand savoir ?
- Danreb, Prince des Ogariths, mon ami de toujours, et j'ai glané d'autres informations auprès de Mu-Erech, le Roi d'Ach.

- Mais qui es-tu ? D'où viens-tu ? Je connais tes armoiries !
- Je me nomme Baldric, Prince de Dol, je suis le dernier descendant de la famille royale de l'Ouest et l'unique Héritier de, feu mon père, le Roi Emergard de Sertrach, Seigneur de tout l'Extrême-Occident.
- Que viens-tu faire ici ? Et avec cette légendaire épée ?
- Je me présente à vous en tant que Héraut des forces d'Yrneh car, Fulk Arken est de retour, il a entamé la conquête de nos territoires, et le mien n'est plus que cendres et désolation. Votre peuple, votre armée et votre alliance font parties de nos derniers espoirs, aidez-nous à combattre ce fléau. Venez avec moi au Ravin Bleu !

Le Roi de l'Aurore porta sa main gauche à son menton qu'il tint tout en demeurant longuement silencieux. Albior fit les cent pas sur l'estrade tout en réfléchissant à ce qu'il pouvait se résoudre à faire, tandis que l'assistance restait suspendue à ce que le Roi dirait face à une telle requête. Tout à coup, il revint lentement devant son majestueux trône, s'arrêta et en se tournant, provoqua un mouvement ample et élégant de sa cape. Il regarda alors Baldric comme un père regarde avec fierté son fils et lui dit :

- Relève la tête noble Prince, tu n'es pas un simple chevalier, tu es mon égal et mon hôte privilégié. Je te rendrai Anarya plus tard, pour le moment je vais te présenter mon chambellan en premier, il s'agit de mon frère.

Par la suite Baldric de Dol fut aussi présenté aux Généraux de son armée qu'il saluait en serrant vigoureusement tour à tour leurs mains. Au milieu de toutes ces civilités, le Prince en exil cherchait du regard une personne bien précise, et ce fut le Roi qui l'interrompit dans cette infructueuse recherche.

- Eh bien Prince de Dol, il me semble que tu recherches une personne bien particulière, de qui s'agit-il ?
- Sire je n'ose vous le dire, mais je dois m'y résoudre. J'ai aperçu tout à l'heure, une divine créature dont la beauté égale celle des Elfes, une femme aux cheveux tirant sur le roux. J'ai ensuite fait la connaissance d'une autre demoiselle lui ressemblant mais plus jeune avec un sourire singulier, mais, par ma foi, j'ai dû sûrement rêver.

Le Roi de l'Aurore s'assit à nouveau sur son siège puis, de sa main droite il se caressa la barbe tout en riant. Devant ce rire, Baldric fût décontenancé et, s'il n'avait pas eu le contrôle de ses sentiments, il aurait certainement été gêné. Le Roi lui demanda de s'approcher et lui glissa à l'oreille :

- Mon cher ami, vous semblez faire allusion à mes douces filles, l'aînée qui se nomme Dame Anne et la seconde répond au doux prénom de Claudia. Il est reconnu par tous qu'elles sont les plus jolies de toutes les demoiselles du pays, elles sont ma fierté. La première n'est point ici et doit encore chevaucher en direction de mon Palais, elle adore se promener sur les falaises qui bordent nos côtes. Quant à la plus jeune, du nom de Claudia et bien elle est comment dire ? … espiègle, elle se cache derrière mon trône. S'il te plaît Claudia sors et viens te présenter au sieur Baldric !
- …
- Enchantée de vous rencontrer à nouveau Seigneur Baldric, ma sœur a fait allusion à votre chute devant le Palais. J'ai fais preuve de peu de courtoisie en ne vous demandant pas l'état de vos blessures ?
- Ma fille, tu le connais déjà ?
- Oui. J'ai fait un peu connaissance avec lui dans l'écurie, je m'occupais de brosser son cheval, un animal du nom de Geriis. J'adorerais partir en randonnée avec ce splendide coursier, mais je

me répète, allez-vous mieux cher Prince ?

- Oui, Dame Claudia, je n'ai quasiment plus aucune blessure ni aucune séquelle de mon voyage ! C'est assez miraculeux mais je sais que j'ai une faculté de récupération quand je me repose vraiment mais mon corps ne m'a jamais habitué à cela, il s'est soigné très rapidement !

- C'est l'air de l'Océan qui y est pour quelque chose… ou alors vous avez sans doute une bonne étoile, gentil chevalier.

- Eh bien Baldric de Dol, tu connais déjà ma plus jeune fille, pour ce qui est de Dame Anne, elle ne va pas tarder. Sache tout de même, que je n'ai aucun courroux contre l'intérêt que tu lui portes, car tu es de très haute naissance. Tu dois tout de même savoir que ma fille est avec sa sœur les choses les plus précieuses que je possède. Dame Anne est une personne très affirmée, il est rare qu'elle prête attention aux personnes, elle se sent plus proche de la nature. Je gage surtout qu'il te sera très difficile de retenir son attention, mais le destin ne révèle jamais rien aux hommes avant qu'ils ne soient au pied du mur. Et puis elle est en âge de se marier !

- Sire, je ne pensais pas jusque là, j'ai juste souligné sa singulière beauté. Mon seul but est de revenir avec une force nécessaire pour vaincre les Légions de Durtal.

- Ah ah ah ! Certes mon garçon, nous verrons tout cela ! Nous avons des affaires plus urgentes à mener.

À la fin de cet entretien, Baldric demanda à se retirer afin de vaquer à d'autres occupations, le Roi Albior lui accorda congé. Le Prince de Dol se retourna vers le grand chambellan auprès duquel il réclama l'accès aux archives, son interlocuteur attendit le regard du Roi qui, acquiesça rapidement. Ce fut le second chambellan, celui qui l'avait intronisé dans la salle du trône, qui se proposa de l'accompagner jusqu'à la bibliothèque, Baldric le suivit. Tous deux sortirent de la salle du trône, parcoururent plusieurs couloirs et escaliers avant de monter dans un bâtiment placé légèrement en retrait du Palais.

Là, Baldric informa son guide qu'il voulait effectuer des recherches sur tous les écrits consacrés dans ce royaume sur Anarya et sur l'histoire du chef de tous les Dragons, le fameux Tenerius. Les deux hommes cherchèrent pendant plusieurs heures dans les nombreuses collections de livres, les compilations de parchemins, sans réels, succès. Laissant de côté pour un bref instant ses investigations, le Prince exilé se mit à une des tables situées au fond des archives et entre deux livres parcourus, il prit une plume et un parchemin neuf sur lequel il rédigea spontanément un poème que lui inspirait le souvenir persistant de la Belle Princesse de l'Aurore, de Dame Anne. Il rédigea une ode magnifique, qu'il se garda de montrer au chambellan. Les paroles énigmatiques d'Hersendis et de Danreb s'accomplissaient sans pour autant que le jeune Prince ne pense à faire le lien.

Quand il eût fini ses quelques proses, Baldric s'arrêta, resta immobile, son regard vagabonda dans cet endroit poussiéreux jusqu'à ce que son attention se porta, tout à fait par hasard, sur des livres très anciens, dont les magnifiques reliures titraient sur les chroniques du Premier cycle, celle du règne de Naör. La chance fait toujours son office pour certains hommes comme le Prince de Dol car, en tentant de déplacer les vieux et lourds écrits, il fit malencontreusement heurter son poing gauche contre l'arrière de l'immense armoire en tentant de ramener les livres à lui. Cette action inattendue lui dévoila un espace creux, il le fouilla et découvrit là un codex de taille moyenne rangé dans cette astucieuse cachette. Il dégagea le bois qu'il avait fendu et qui semblait vermoulu, mais se rendit compte que le bois était d'une qualité bien inférieure à l'armoire. Baldric le retira avec la plus grande précaution de son emplacement.

Le Codex était magistralement intact, les reliures dorées brillaient et la couverture rouge pourpre n'avait aucun accroc. Les très vieilles écritures, composées d'un mélange de langue commune et d'Ogarudh, ne lui posèrent pas de problème et, Baldric commença à le feuilleter. Le Chambellan était déjà reparti et le Prince en exil put le consulter consciencieusement. C'est au cours de sa lecture, que Baldric s'aperçut du thème de ce codex. Il s'agissait de l'histoire la plus complète et la plus détaillée sur les origines oubliées d'Anarya et ses liens avec Tenerius. Très vite il déchiffra les paroles jusqu'à ce qu'un des passages attira encore plus son attention. Sur la page d'en face se trouvait une belle gravure sur la scène de la création du sabre dans des flammes soufflées par Tenerius. Les paroles du chroniqueur ayant rédigé le codex indiquaient ceci :

Anarya, la plus puissante de toutes les armes faites pour un Humain, fut créée il y a bien longtemps lors des premiers jours de l'Axda c'est-à-dire sous la régence du premier Gaïanor durant le Premier Cycle. Le Seigneur Naör, selon une de ses secrètes prophéties, savait que le monde aurait besoin, dans l'avenir, d'un allié puissant. Des Magus furent choisis par le Dieu pour surveiller sa conception. Il délégua un Elfe et un Ogarith pour aider dans le futur les Humains afin de la forger. Naör demanda aussi au Haut-Roi des Dragons, Tenerius, ami fidèle des Magus, de souffler le moment venu, dans le foyer du forgeron afin de produire le feu nécessaire à la fonte de la lame et du reste de l'arme constituée d'Uldarium et d'autres matières que personne ne pouvait modifier en dehors des flammes émanant du Dragon-Roi. La conception de la lame prit près d'une année au sein d'un foyer qui jamais ne s'éteignait.

Sa lame fut trempée et retrempée près d'un millier de fois et elle fut exposée à toutes les saisons. Sa manche et sa garde furent réalisées et sculptées conjointement par les Elfes et les Ogariths. Enfin on sertit les pierres précieuses offertes par les Nains. Une fois achevée par le dernier coup des deux forgerons Humains, Anarya fut bénie par les Magus et indirectement par le Gaïanor commandant à la strate des airs qui avait déjà avalisé cette arme des siècles bien avant sa création. L'arme en question avait été réalisée par l'ensemble des races dont les ancêtres des Maisons de l'Aurore et de Sertrach. Mais la puissance et la singularité de cette arme ne se résumaient pas qu'en sa conception.

En effet, bien avant la naissance d'Anarya, Naör entra en concertation avec le plus fort des Dragons et demanda à Tenerius de se lier avec cet artefact pour jouer son rôle plus tard dans l'avenir. Naör usa de sa magie et, mis au point une formule consacrée, transmit au Magnus Regnus qui le moment venu enfermerait pour de longs siècles Tenerius dans l'artefact béni. Cette formule secrète gardée, par certaines personnes, permettrait si cela s'avérait nécessaire et si la formule était prononcée par la bonne personne, de commander aux dragons de feux et de réveiller Tenerius…

- J'ai maintenant toutes les cartes en main sur la connaissance du Sabre du Dragon, mais cela ne me permet pas de le contrôler. Je vais ranger ce codex dans mon sac et je le porterai au Roi au moment le plus propice.

Baldric avait maintenant trouvé toutes les informations qui lui étaient nécessaires pour son usage personnel afin de comprendre et éventuellement de maîtriser le pouvoir gigantesque d'Anarya. Il fut interrompu dans sa lecture par un page qui vint le presser de rejoindre le second chambellan qui l'attendait à la porte de la bibliothèque afin de se rendre au festin qu'avait commandé plus tôt dans la journée le Roi Albior. Le Prince de Dol se garda bien de parler du livre au chambellan même si celui-ci lui semblait digne de confiance. Il voulait montrer sa trouvaille au Roi de l'Aurore et voulait lire le codex durant la longue soirée, après un banquet tellement attendu. Le Prince de Dol fut suivi avec le chambellan, par le jeune page qui se trouvait dans la bibliothèque. Une fois arrivé dans la salle du festin, on installa gracieusement Baldric à la droite du Roi Albior.

L'Héritier de Dol attendait un tel repas avec impatience depuis la tablée dans la cité d'Ach. À la Gauche de Baldric se trouvait l'imposant Albior, tandis qu'à sa gauche était assise la délicate et espiègle Dame Claudia. Derrière le Roi se trouvait une personne que Baldric ne voyait pas, mais une place plus loin se trouvait le frère du Roi. Le Seigneur de l'Aurore demanda à Baldric de bien vouloir raconter ses nombreuses aventures survenues entre la chute de la Grande Muraille et son arrivée dans la citadelle d'Anviliä, ce que fit sans attendre le Prince de Dol :

- Certes ! Mon royaume était en guerre depuis plusieurs mois avec un ancien vassal de mon père, le Seigneur de la Guerche. Celui-ci avait secrètement prêté allégeance au Seigneur des Ténèbres. Après avoir abattu la Muraille séparant notre territoire en deux, renforcé par les troupes de Durtal composées d'Orcs, de Trolls, de Damalochs, il a dévasté villes et villages jusqu'à instaurer le siège de la capitale. J'avais réussi à contenir ses forces et préserver certaines places, mais rien ne fit devant leur puissance et leur nombre, obligeant notre population à se retrancher pendant plusieurs semaines dans les murs de Sertrach. Celle-ci résista le temps d'évacuer la population par une voie secrète creusée dans les flancs de la montagne. La cité est finalement tombée, mon père, mes frères et moi, en plus de notre armée, avons résisté dans notre Forteresse de Dol. Au cours des tous derniers jours, mon père et mes jeunes frères sont morts sous les coups de nos adversaires. J'ai eu beaucoup de chance, en sauvant la vie de certains soldats et surtout celle d'un petit garçon qui n'avait pas été évacué.

- Qu'est-il advenu de cet enfant ?
- Eh bien, je l'ai mis en scelle sur mon propre cheval et je l'ai fait partir à bâton rompu vers la Trouée du Mogforn, il fut ainsi le dernier à passer l'endroit avant qu'un champ de force ne soit érigé par les Magus. J'ai tenu la Forteresse jusqu'au bout, jusqu'à lutter sur le toit de mon donjon. Je n'ai eu la vie sauve que, parce que dans un saut désespéré, je fus rattrapé par mon ami Danreb en plein vol.
- Mais comment avez-vous réchappé de ce saut ? Qui est ce Danreb ?
- Danreb, si vous ne le savez pas, est le Prince des Ogariths et ses ailes nous ont porté loin du donjon…
- Et par la suite ? – Fit le chambellan. –
- Nous avons ensuite fait un arrêt dans les Monts Anciens vieille demeure du Prince Danreb. Nous sommes repartis jusqu'au Ravin Bleu. Là, j'ai reçu ma mission comme l'ont reçu Hersendis, fille d'Enoguëra, et Enië. Je suis allé quérir l'aide du Seigneur d'Ach, et de votre vassal, le Seigneur de Le Mans. Tous deux ont accepté et sont en chemin. Je suis passé volontairement par les montagnes et les forêts de votre territoire et j'ai obtenu l'Alliance des Ogariths et des Elfes. Aujourd'hui le Ravin Bleu se remplit des forces armées de la plus grande alliance, appuyée par une immense forteresse. Voilà ce qui s'est passé jusqu'à aujourd'hui.
- Une chose m'intrigue, tous les grands personnages de ce monde sont là-bas ?
- Oui !
- Vous connaissez Enië ?
- Oui, c'est un ami, un frère, mon mentor !
- Alors il y a déjà un allié de poids là-bas !

Postérieurement, Baldric informa ses hôtes que Fulk Arken avait dépêché des soldats en direction du désert de Mogforn à la recherche de Levïaïa. Il ponctua ses longues phrases par la nourriture qu'il avalait et la boisson qu'il buvait pour ingérer les nombreux mets. Pourtant, pressentant certaines choses durant sa conversation, il se garda bien de révéler l'utilisation d'Anarya contre les maraudeurs qu'il avait châtiés. Au fur et à mesure que Baldric prodiguait de belles paroles sur son voyage, le visage d'une très belle jeune femme apparut juste derrière celui du Roi.

Ce magnifique visage était éclairé par la curiosité d'en savoir plus sur ce voyage, plein de périples. Les précédentes paroles de Baldric l'avaient intriguée. La Princesse de l'Aurore, installée à la gauche de son père, se présenta au Prince de Dol et montra un singulier intérêt de plus en plus grand, face aux paroles du jeune homme. Baldric venait de se rendre compte que c'était elle la femme de son souvenir, il ne l'avait pas vue plus tôt car il était rentré très rapidement dans la salle, préoccupé par le codex trouvé et n'avait donc pas prêté attention aux divers convives. – Chose assez étonnante de sa part –

- C'est donc vous que j'ai vu devant le Palais et tout à l'heure dans le jardin !
- O… Oui ! C'était bien moi ! – Balbutia Baldric. –

Une fois le repas terminé, le Roi prit congé des gens présents et laissa sa fille, ainsi que le Prince de Dol, continuer leur conversation. Le Roi partit pour ses appartements, tandis que Baldric s'excusa auprès de Dame Anne et se dirigea dans le couloir. Une heure plus tard il se retrouva seul dans les jardins, et fut finalement rejoint, après quelques instants, par la belle Princesse. Il sentit sa présence et son parfum et, se retourna vers elle en tendant sa main dans laquelle se trouvait une rose de couleur rouge qu'il avait cueillie discrètement, et lui déclara :

-       Cette rose est pour vous. Je vous l'offre, même si elle vous appartient déjà, tout comme ce jardin !
-       Merci Seigneur Baldric.
-       Belle dame de l'Aurore mon cœur se trouble en votre présence, la rose n'est que l'humble témoignage de mes sentiments et cette fleur ne pourra jamais rivaliser avec votre incroyable beauté.
-       Vous me flattez incroyablement, mais je dois vous dire…
-       Je sais … mais je n'attends rien de vous !

Il se retourna à nouveau et tout en admirant les étoiles qui brillaient dans la nuit, il chanta le poème qu'il avait composé alors qu'il se trouvait dans la bibliothèque.

J'ai pendant longtemps,
Cru connaître la beauté.
Et pourtant,
Je ne me suis jamais autant émerveillé,

Qu'en vous voyant ce matin charmante dame.
J'aperçus votre doux visage,
Il alluma en moi la plus grande des flammes,
Vous m'étiez alors apparue tel un mirage.

Je souhaitais revoir votre beauté,
Mais je me persuadais d'avoir rêvé.
J'ai passé sans encombre mille orages,
Et aujourd'hui, c'est de vous dont je suis l'otage.

Mon intérêt pour vous est croissant,

Espérant un jour être votre amant.
Ô ma mie,
C'est par votre charme,
Que mon âme,
Me fut ravie.

La charmante femme, tandis que Baldric lui tournait le dos, se mit à rougir puis elle sourit. Le Prince de Dol finit par se retourner sans dirc un mot, et Dame Anne prit derechef son air calme et serein, ne laissant rien paraître au jeune homme. Elle avait été totalement charmée par tant de franchise et d'attention que venait de lui déclamer le doux Baldric. Elle lui répondit sans complexe :

- Charmant Prince, votre courtoisie n'a d'égal que votre courage, elle me touche et m'émeut profondément. Si les temps s'étaient montrés plus cléments pour nous, j'aurai porté toute mon attention envers vous, mais le temps semble être à la guerre, et mon père semble plus qu'enclin à vous accompagner. Je ne puis me permettre de m'attacher à un homme que je ne reverrais peut-être pas.

Baldric au fond de son cœur en fut comme dévasté, les dires du Roi étaient exacts, il était bien difficile de conquérir le cœur de la Princesse de l'Aurore. Fulk Arken jouait de son pouvoir indirectement car la menace de la guerre et de la mort engendrerait des obstacles d'une infranchissable difficulté. Baldric, toujours altier dans son attitude, ne dit plus rien, mais ne laissa pas paraître son dépit. Il dirigea son regard vers l'Est où se trouvait la Forteresse d'Albior et pris d'émotion, il laissa s'échapper une larme qui perla sur sa joue avant de disparaître dans la faible obscurité. Dame Anne s'inquiéta en voyant la réaction de Baldric et l'interrogea :

- Mais pourquoi ces larmes preux chevalier ?
- Non. Ce n'est rien, c'est juste que le tableau de votre Forteresse sous la lune me rappelle celle de Sertrach, la nuit avant le dernier assaut des Légions Noires, alors que je me promenais avec mon père Emergard …
- Il me semble que vous aviez beaucoup d'amour pour lui …
- … Et de l'estime, car c'est grâce à lui si je suis encore en vie, il m'a appris tout ce que je sais. Par son savoir j'ai pu sauvegarder ma vie et porter secours à mes frères et à lui-même, mais durant la nuit qui précéda ma fuite par les montagnes, il fut tué ainsi que le reste de ma famille. Durant cette guerre j'ai pu les secourir de nombreuses fois, mais le destin m'a refusé de les aider une fois encore.
- Ne dites plus rien charmant homme, vos paroles vont au-delà de la noblesse de naissance, elles relèvent de la noblesse du cœur. Je vous avoue que vous m'avez touchée au plus profond de mon âme.

Baldric n'ajouta plus aucune parole et raccompagna courtoisement Dame Anne jusqu'à ses appartements, il la quitta puis se dirigea vers sa propre chambre. Là-bas, jusqu'à une heure avancée de la nuit, il parcourut vivement les nombreuses pages du fameux codex tout en étant confortablement allongé sur son lit. Il finit par trouver dans le livre la formule consacrée, mais les paroles étaient écrites en Ogarudh et dans une autre vieille langue que le Prince de Dol ne reconnut pas tout de suite. Il rangea consciencieusement le livre sous son lit et décida de s'endormir. Il tourna plusieurs fois dans son lit spacieux avant de finir par trouver le sommeil du juste. La nuit commença agréablement.

Mais au milieu de la nuit, on vint le réveiller et il fut tiré de force de sa couche et de sa torpeur par plusieurs gardes l'accusant du meurtre du Roi de l'Aurore. Albior avait été trouvé un poignard dans l'estomac, gisant près de son lit. Il fut alors décidé de le jeter au cachot en attendant que le frère du Roi devenu alors Régent, ne décide de son sort. Le lendemain matin, il fut présenté devant la cour où il vit la Princesse en larmes, marquée par la tristesse et la colère ; elle s'approcha tout en s'adressant à lui :

- Je ne comprends pas cet acte odieux, après tout ce que vous m'avez dit. Pourquoi avoir tué mon père ? Immonde personnage !

Elle le gifla sans retenue. Au reste, le Régent accusa publiquement Baldric du meurtre commis pendant la nuit. Par ailleurs, un des Généraux demanda quelles preuves pouvaient réellement témoigner de l'ascendance noble du jeune homme, car le Sabre du Dragon avait pu être dérobé. En réponse Baldric réclama qu'on lui ôte sa chemise, ce qui fut fait devant l'assistance entière. Là, il dévoila sur son épaule gauche une scarification représentant le symbole de Floëls, créatrice des Humains, témoignage indéniable de son haut rang. Seule Dame Claudia n'avait rien dit, mais son regard montra à Baldric qu'elle avait confiance en lui et qu'elle savait qu'il n'était pas un meurtrier.

Le Prince de Dol, confiant en ses forces et en son innocence, répliqua au frère du Roi, l'application de la loi de l'épée, un duel à mort entre l'accusé et l'accusateur, dont l'issue départagerait la vérité du mensonge. Le Régent n'eut pas d'autre possibilité que d'accepter car cette coutume, très ancienne chez les Humains, s'appliquait partout en Yrneh. De surcroît, Dame Claudia rappela l'obligation faite aux hommes d'origine noble de participer à cette antique tradition. La place royale fut désignée comme le lieu de l'affrontement entre les deux hommes et, après quelques préparatifs dans le choix des armes, les deux adversaires entrèrent enfin sur la place consacrée où ils se firent face courageusement, prêts au combat.

C'était là la plus funeste des façons de découvrir la seule et unique vérité. Maintenant plus rien n'empêchait que le combat ne s'engage. Le choc des épées fut rude, rapide et bruyant. Une impartialité au niveau de la technique d'escrime s'installa entre les deux personnages dont les compétences s'égalaient parfaitement. Même les armes pourtant identiques tout comme leurs protections, ne donnaient avantage à aucun des deux. Le sort du combat ne dépendait que de leurs talents respectifs et des ouvertures qui s'offriraient à eux. Baldric et Adhémian, le nouveau Régent du royaume de l'Aurore, se démenèrent tous deux comme de beaux diables afin de se départager dans ce combat dont la seule issue était la mort. Aucun ne réussit à prendre réellement l'avantage sur les phases d'escrime classique qui se succédèrent. Ils étaient tous deux d'excellents bretteurs, le meilleur dans leur royaume respectif.

Pourtant le Prince de Dol prouva sa supériorité lorsqu'il changea de main, en prenant son épée de la main gauche, utilisant ainsi la main la plus forte. Il compléta son action en s'appuyant sur des techniques qu'il avait apprises auprès des Elfes de Sertrach. C'est à ce moment-là, qu'il démontra une aisance quasi mystique dans ses coups et sa gestuelle, c'est de cette façon qu'il surprit son opposant et réussit à le blesser légèrement à la cuisse. Adhémian, un peu décontenancé, se trouva rapidement désarmé et à terre, assis aux pieds de Baldric qui le tenait en joue avec son épée. Les jeux étaient faits et désignaient le jeune émissaire d'Yrneh comme innocent. Fort de son succès, il s'adressa au frère du Roi et intima ce dernier de se plier à sa volonté :

-    Retirez-vous de l'affaire, noble Régent, admettez votre erreur. Je suis venu ici en tant qu'émissaire de l'Alliance pour avoir le soutien de votre Roi, votre peuple et votre armée, non votre meurtre et celui d'Albior sur la conscience. Je sais très bien qui est l'instigateur de cet assassinat, car quel sens aurait pour moi la mort de votre Roi, alors que ce dernier m'avait convoqué dans sa chambre et m'avait confié son aval pour lever des troupes, Adhémian, si je vous tue à votre tour pour me venger, ma quête n'aura été que trop sanglante.

Le Prince de Dol répugnant à exécuter le Régent, jeta son arme à terre, se retourna et se décida à quitter la scène du combat pour préparer son retour au Ravin Bleu. À ce moment, le Régent se remit sur pied et s'empara de l'épée du vainqueur. Par pure traîtrise il courut en direction de Baldric avec son arme et vociféra d'inquiétantes paroles :

-      Je n'ai pas besoin d'une alliance avec toi Baldric, ou même avec Yrneh. Celle de Fulk Arken me suffit bien, avec lui nous dominerons les terres libres et rien n'entachera sa gloire.

L'assistance fut surprise et choquée par ses propos douteux et, alors qu'il allait pouvoir décocher un coup mortel à Baldric en train de se retourner, Dame Anne se leva devant l'acte qui semblait inévitable, mais elle fut poussée sur le côté par sa jeune sœur Dame Claudia qui relaya le geste de Bir-Keren. Elle eut le juste réflexe de lancer Anarya enserrée dans son fourreau et de le faire parvenir par la voie des airs au preux chevalier afin qu'il puisse au moins stopper le coup. Ce dernier dans un mouvement aussi rapide que l'éclair dégaina le sabre de son magnifique étui, achevant l'étonnement de la cour. La lame rougeoyante comme le feu se dressait maintenant face à Adhémian.

Elle brisa à la fois l'arme et la vie du Régent en un seul coup. Touché mortellement, il tomba à genoux devant Baldric, qui retira son arme du corps de son adversaire le laissant s'écrouler, puis gésir dès lors sans vie. Le Prince de Dol ramassa le fourreau d'Anarya et rengaina le Sabre du Dragon, pour l'enfiler en bandoulière. Baldric, affligé par son acte et la modification de ses plans, se retira du lieu de ce funeste combat, rongé par les remords d'avoir vu deux frères mourir l'un après l'autre pour d'obscures promesses engagées par le Seigneur des Ténèbres.

Chapitre XIX : L'inaltérable Baldric

Le Prince de Dol sortit, écœuré de ce combat. Il avait très mal accepté d'avoir été accusé à tort par des gens qui n'avaient pas eu l'intelligence de voir à qui pouvait profiter l'assassinat d'Albior.

Il avait été surtout touché au plus profond de son âme par la colère qui avait animé la gifle que Dame Anne lui avait donnée lorsqu'il avait été jeté au cachot. Seule Dame Claudia avait montré une amitié sincère et une loyauté irréprochable. Baldric s'était rendu dans ses appartements où il avait fait ses bagages en prévision de son départ le lendemain matin.

Il ruminait à présent sa déception dans sa chambre, allongé sur son lit, regardant le plafond avec insistance. Il méditait aussi sur son sort et le devenir d'Yrneh car les évènements avaient sans doute changé la donne et l'Aurore ne serait pas forcément de la partie. Tout à coup, il fut dérangé lorsqu'il entendit que l'on tapait aux carreaux de sa vitre. Il ouvrit la grande baie vitrée donnant sur un large balcon et trouva Bir-Keren qui, l'attendait là, adossé à la rambarde.

- Eh bien Baldric tu as encore fait preuve de ta valeur, en ayant recours à cette tradition. Je vois que tu n'as pas eu besoin de mon aide.
- Tu étais là ?
- Oui. Je m'excuse de t'avoir surveillé, mais je pressentais que des embûches se dresseraient face à toi.
- Je ne t'en tiens pas rigueur mon ami. Tu t'es inquiété pour moi, c'est un témoignage de ton amitié.
- Mais en tuant Adhémian je me suis hasardé sur la succession, je ne vois pas qui peut succéder au Roi et au Régent. Je ne connais pas les coutumes royales de cette contrée, et j'ai peur que le pouvoir n'aille à un Héritier peu enclin au combat. Chez moi la

succession se transmet à l'aîné des garçons, mais ici Albior a laissé deux filles, et si Adhémian a un fils il est probable que ce soit lui qui hérite du pouvoir royal c'est ainsi que se font les successions dans mon pays. Je m'inquiète de devoir à nouveau exposer le problème à un autre successeur dont l'attitude sera incertaine et donc dangereuse pour la lutte contre Fulk Arken.

Baldric et Bir-Keren furent dérangés en fin d'après-midi par un page du château qui vint leur annoncer la présence de Dame Claudia.

-    Baldric, Bir-Keren.
-    Vous vous connaissez ?
-    Oui. Votre ami est venu nous voir, mon père et moi, juste avant que vous vous rendiez pour vous entretenir avec lui. Tous les deux nous avons entendu la conversation et nous savons qui fut le meurtrier de mon père. Vous l'avez jeté à bas.
-    Oui. Mais le sang a déjà trop coulé ici !
-    Je viens vous dire que la passation de pouvoir avait eu lieu et que notre nouveau dirigeant du royaume se trouve être ma sœur Dame Anne qui, désormais revêt le titre de Reine de l'Aurore, elle n'est plus Princesse.

Le Prince de Dol et l'Ogarith saluèrent la nouvelle avec joie, mais Baldric garda une certaine réserve car il avait remarqué que les notables du territoire étaient tous des hommes et il pensait que l'influence d'une femme serait difficile à imposer. Dame Claudia pria les deux invités de venir dans la salle du trône où l'attendait la nouvelle Reine, la resplendissante Dame Anne. Là, la jeune femme altière reçut les deux hommes en toute simplicité et discuta avec eux de la tournure des évènements. Leurs points de vue respectifs n'étaient pas identiques, seul Bir-Keren préféra ne pas se prononcer et Dame Anne prit la parole :

- Cher Prince, je tiens tout d'abord à m'excuser de ma pitoyable conduite envers vous. Je vous ai jugé, nous vous avons jugé trop hâtivement. J'ai été troublée et aveuglée par les perfides conseils de mon oncle à votre égard. J'ai cru que …
- Dame Anne, cela n'est rien ! Je vous en ai voulu, mais ceci est révolu. Je ne garde aucune rancune à votre encontre. Je suis reconnaissant envers votre sœur de m'avoir sauvé en me donnant Anarya au moment le plus crucial.
- Je dois vous avouer Baldric, que je suis fière de son geste inespéré. Elle a montré qu'elle était capable de cerner les évènements mieux que moi, je regrette encore une fois mon geste.
- N'y pensez plus.
- Merci. Maintenant, à propos de la guerre et de l'aide militaire que vous avez demandée à mon père, et que vous allez certainement me réclamer, j'aurai du mal à vous donner satisfaction. Je ne connais pas la force dont nous disposons. De surcroît je ne suis pas encline à mener une guerre comme mon père. Sacrifier mes sujets est une décision lourde et, les combats se passeront loin d'ici, je gage que vous aurez assez d'alliés pour vaincre Fulk Arken.
- J'en doute fortement ma douce amie. J'en doute fortement.

Sur ces derniers mots, Baldric sortit de la pièce sans rien dire, laissant derrière lui Bir-Keren un peu mal à l'aise en face de la Reine Anne. Baldric se dirigea vers les écuries pour s'occuper de son destrier et préparer son retour après cet infructueux entretien. Il fut rejoint, peu de temps après, par la jeune Dame Claudia courant derrière lui.

- Baldric ! Seigneur Baldric, ne soyez pas en colère, ne précipitez pas votre retour. Ma sœur ne sait pas comment réagir face à son nouveau rôle.
- Ce n'est pas grave, au moins j'aurais eu le mérite de tenter. Je

ne pensais pas qu'elle puisse revenir sur la décision d'Albior. Mais si vous arrivez à la persuader je vous en serai éternellement reconnaissant.

À cet instant, Baldric et Dame Claudia furent dérangés par le chambellan en second qui arrivait et qui priait les deux nouveaux amis de revenir et de le suivre au plus vite jusque dans la salle du conseil. Baldric refusa par deux fois, avant de finir par accepter, à la demande de Dame Claudia. Baldric fit toutefois un détour et fut suivi par la jeune Princesse. Une fois dans ses appartements, il alla prendre rapidement le Sabre du Dragon afin le remettre définitivement à la nouvelle Reine, sa légitime propriétaire. Il se rendit ensuite à la salle en question, où tous les Généraux se trouvaient en présence de la Reine qui, assise sur un siège, imposait respect et magnificence.

Là, elle réitéra les propos qu'elle avait tenus auprès du Prince durant leur entretien en impliquant toutefois que sa décision reposait sur la consultation de ses chefs de guerre. L'un d'entre eux se trouvait être un cousin éloigné de la Reine, réclamait par ailleurs qu'on lui remette Anarya en main propre car, il s'estimait capable d'utiliser l'artefact tout comme l'avait fait Baldric lors du précédent combat. La Reine acquiesça avec douceur en regardant l'Héritier de Sertrach. Baldric retira le Sabre du Dragon qu'il portait en bandoulière et le jeta dans les bras du cousin de la Reine. Celle-ci se leva aussitôt pour entendre Baldric clamer un violent discours :

- Soit ! Je rends cet objet à votre famille. Ce que réclame votre cousin comme un dû n'en est pas un ! Il ne pourra jamais sans servir !
- Et comment en êtes-vous si sûr ?
- Il n'y a que très peu de personnes qui peuvent recourir à son

utilisation. Cet artefact magique pourrira dans un caveau.

- Vous êtes trop présomptueux – Fit le cousin de la Reine –

- Personne ne peut l'utiliser, hormis moi, même votre Roi Albior tenta de sortir Anarya du fourreau lorsqu'il me convoqua. Mais sa sagesse lui a dicté de ne pas dévoiler cette information. Je connais les secrets de cette lame. Que votre cousin essaye de l'utiliser, jamais Anarya ne l'y autorisera. Il n'y a que Dame Claudia qui soit censée pour prêter attention à mes paroles ?

- Seigneur de Dol je vous demande d'excuser Anne, elle ne pensait pas devoir se préparer aussi vite et aussi tôt à son rôle. Je vous prie de l'excuser. – Fit Dame Claudia –

- Soit, ce sont des erreurs de jeunesse…

- Je saurai la convaincre. Ce n'est pas notre cousin qui commandera ce royaume, faites-moi confiance ! – Souffla discrètement Claudia à l'impétueux Prince. –

Le cousin de Dame Anne prit glorieusement le Sabre du Dragon disposé sur la table. Il s'en empara, tenta d'extraire avec force la mythique épée de son précieux fourreau. Malgré tous ses nombreux efforts la lame resta bloquée dans son étreinte. Baldric reprit alors son discours :

- De toute façon, Anarya n'a aucune utilité pour ma propre personne. Il n'a de valeur que s'il représente votre peuple. S'il ne me permet pas de protéger vos sujets, de vous sauvegarder gente Dame, je préfère m'en retourner seul vers le Ravin Bleu et mener le combat le plus désespéré de ma vie avec une armée moitié moins grande que celle du Noir Seigneur.

Dame Claudia prit la parole :

- Personne, hormis Baldric à notre époque, ne peut utiliser Anarya, j'étais là quand il s'est entretenu avec notre père, Le

Prince de Dol est le dernier descendant du forgeron d'Anarya, c'est inscrit dans le codex que Baldric a retrouvé dans notre bibliothèque. Quand vous vous êtes emparé de lui pour le jeter en prison comme un vulgaire meurtrier, j'en ai profité pour récupérer ces chroniques. J'ai regardé les pages contenant la généalogie. Notre Père le savait car c'était un des devoirs de nos rois que d'entretenir secrètement ce volume. Baldric n'a pas utilisé Anarya pour la première fois dans l'arène, il a déjà eu recours à son pouvoir dans une de nos forêts contre des bandits.

À ces mots prononcés par sa jeune sœur, Dame Anne suivit et retint le Prince de Dol par le bras puis lui répondit :

\-   Doux Baldric, votre courage et votre droiture vous honorent, vous avez par de trop nombreuses fois prouver votre vaillance. En utilisant cet artefact vous avez fait preuve, une fois de plus, de votre ascendance. Ayant délivré mon peuple de la tyrannie qu'aurait pu exercer mon oncle, j'ai finalement décidé de partir en guerre à vos côtés, je vais maintenant retourner auprès des mes fidèles conseillers et je décrète de l'urgence qu'il y a à réunir mon armée. Sur mon ordre direct, chacun de mes Généraux, en signe d'allégeance à mon pouvoir et à la mémoire de mon père, enverra un pigeon auprès de ses troupes stationnées à proximité d'Anviliä. Dès demain mes armées seront les vôtres. Ils ont cette soirée et toute la nuit pour rassembler nos forces.

Le visage de Baldric s'illumina à nouveau, et il esquissa un sourire avant de lui répondre élégamment :

\-   Non, ma Reine. Vous êtes la Dame de l'Aurore, ce sera votre armée, celle du monde libre… d'Yrneh.

\-   Quant à vous, Dame Claudia, vous avez finement joué de vos paroles. Je n'aurai pas fait plus honnête discours. J'espère que votre destin sera aussi glorieux que celui de votre grande sœur. – Dit-il en murmurant. –

Il reprit Anarya des mains du cousin de Dame Anne pour le narguer et lui montrer les liens existants avec le sabre, ôta un quart de la lame du fourreau qui retenait son immense pouvoir. Il reposa l'arme devant la nouvelle Reine puis disparut derrière la porte et s'en alla dans les longs couloirs du Palais. À peine eût-il parcouru quelques dizaines de mètres, qu'une violente altercation éclata entre Dame Anne et son cousin. Le Prince de Dol fut interpellé par Dame Claudia, l'intimant de revenir au plus vite sur ses pas. Le Prince de Dol s'empressa de retourner dans la salle et là, il vit la jeune Reine, face à face avec son assaillant.

Tous deux tenaient une épée à la main, prêts à s'étriper pour conquérir ou maintenir le pouvoir. Baldric voulut intervenir pour aider la gente femme en empruntant, sans le demander, une arme d'un des Généraux. Mais il ne put couper court au combat puisque deux autres Généraux lui barrèrent rapidement la route de leurs bras tout en lui indiquant d'observer avec la plus grande attention l'engagement du combat :

- Monseigneur, vous ne pouvez intervenir, ceci est un duel pour la revendication du trône et celui qui en sortira vainqueur pourra assurer la couronne. Nous avons nos propres lois !
- Mais comment Dame Anne va-t-elle s'en sortir ?
- Laissez faire et voyez !
- Baldric, je sais que ma sœur peut s'en sortir, c'est Adhémian qui la forma il y a plusieurs années. Même si c'est son premier vrai combat, elle saura le mener à bien.
- J'attends de voir, ma chère amie, mais, Généraux ou pas, je m'interposerai à votre cousin si celui-ci tente de tuer Dame Anne.

Le duel s'engagea sans merci puisque, pour les deux belligérants, les enjeux étaient extrêmement élevés, l'un briguait le pouvoir, et l'autre tentait de défendre sa primauté et surtout son allégeance à l'Alliance du monde libre. Chacun des deux protagonistes se battait avec la plus grande des ardeurs, mais il ne fallut pas longtemps à Dame Anne pour contrecarrer son cousin. En effet comme l'avait fait comprendre Dame Claudia, lors de sa courte et discrète discussion avec Baldric, Dame Anne maîtrisait l'escrime aussi bien que son propre oncle.

La belle Reine eut raison bien vite de son assaillant en feignant une chute. Alors qu'il allait se jeter sur elle, Baldric bouillonnant s'apprêtait à passer Xénias par le fil de l'épée, mais Dame Anne affalée par terre réagit instinctivement en transperçant la cuisse de son cousin avec une grande partie de son épée. Elle tourna l'épée par deux fois dans la jambe de Xénias afin de laisser cette blessure comme un symbole de sa force. Elle retira sa lame avant de faire perdre l'équilibre à son opposant.

- Eh bien mon cousin ! Maintenant que vous boitez, croyez-vous être en mesure de vouloir encore me disputer une fois le trône ? Faites-moi serment d'allégeance ou soyez banni de mes territoires !

Le Général et cousin de la Reine de l'Aurore, fit amende honorable regrettant son geste, puis affirma sa vassalité à la belle souveraine, il fit repentance d'avoir pu penser qu'une femme ne pouvait tenir ce rang. Dame Anne le condamna à l'exil sauf s'il acceptait de se joindre à eux pour la guerre en tant que commandant en second des Armées de l'Aurore, ce dernier accepta la proposition de sa Suzeraine sans émettre aucune d'objection. Baldric s'adressa au cousin de la Reine en le nommant dès lors : Xénias le boiteux. Cette blessure faisait de lui un membre bien particulier de la caste dirigeante et le détachait de tous les autres Généraux.

Baldric s'était montré inquiet au début du combat et, au fur et à mesure, il fut rassuré par les paroles de Dame Claudia et avait même fini par prendre une attitude nonchalante en s'adossant singulièrement contre la porte d'entrée son pied gauche, les bras croisés et un petit sourire en coin de bouche. Après avoir donné son surnom à Xénias et satisfait de la réussite de la femme qu'il aimait, il se retira à nouveau et partit une fois de plus dans le jardin du Palais. Un peu plus tard il fut rejoint par Dame Anne qui s'était équipée d'une tenue plus masculine et qui portait une épée au côté gauche. Elle regarda le jeune homme et après quelques propos échangés, lui proposa un duel, au terme duquel le vainqueur obtiendrait une requête accordée par le perdant. Baldric joueur et toujours prompt à accepter un combat, releva le défi. Il demeurait très sûr de lui et pensait pouvoir s'en sortir malgré quelques possibles difficultés. Une des suivantes de la Reine tendit au Prince de Dol désarmé, une épée identique à celle de sa souveraine.

Baldric prit l'arme en main, la jaugea et tous deux ayant observé les duels menés respectivement par l'un et par l'autre, consacrèrent les premières minutes de leur combat à se juger respectivement sur leurs intelligences et sur leurs forces. Baldric choisit de prendre son arme dans la main droite puis ils se saluèrent tour à tour, avant d'engager cet affrontement qui se déroula partout dans l'immense jardin, car chacun prenait tour à tour l'avantage du terrain. Chaque combattant était emporté par la volonté de gagner afin de pouvoir imposer sa requête au perdant. Les techniques d'escrime et les bottes secrètes qu'ils utilisaient rendaient le combat très équilibré et l'issue incertaine, car aucun ne permettait à l'autre de trouver une éventuelle ouverture.

L'avantage tourna d'abord en faveur du Prince de Dol lorsque celui-ci, d'un enchaînement magnifique changea son rythme en prenant son épée dans sa main gauche. À partir de là, il démontra sa supériorité en matière de combat. Mais son intégrité d'homme chevaleresque lui ordonna de ne pas vaincre la Reine. Il ne fit plus attention au terrain et se concentra seulement sur le fait de parer les coups de Dame Anne qui put tourner le combat à son avantage, au moment où elle remarqua la présence d'un des petits ruisseaux qui parcouraient joyeusement le grand jardin royal.

Baldric déséquilibré, et ne connaissant pas le terrain, faillit glisser une première fois sur l'herbe humide bordant le petit cours d'eau, puis sous les assauts répétés de la belle Dame, finit par trébucher, se retrouvant à terre, désarmé, l'épée à une bonne distance de deux pas. Dame Anne s'interposa entre lui et l'arme, le visage de Baldric se trouvait dès lors sous la lame de la Reine de l'Aurore qu'il aurait pu faire trébucher, à l'aide de son pied si son éducation princière l'en avait dissuadé. Dame Anne superbe de sa victoire toucha avec le plat de son épée la poitrine du Prince, coupa l'un des cordons qui tenait le col de sa chemise, lui réclamant en toute majesté son dû puisqu'elle était sortie victorieuse :

- Jeune Prince, il semble que j'ai remporté la victoire, il est tout à fait juste que je puisse réclamer mon prix ! Vous n'y voyez pas d'objection, j'espère ?

Baldric se trouva fort dépourvu face à la demande instante de Dame Anne :

- Je suis un homme de parole et jusqu'à aujourd'hui, j'ai toujours honoré mes promesses. Soit ! J'accepte la sentence que vous allez m'infliger, que voulez-vous de moi ? Qu'allez-vous bien pouvoir me demander ? Ne souriez pas ainsi et dites-moi franchement. Je vais finir par redouter le pire !

\-   Doux Prince, ne craignez rien et chassez ces sombres idées de votre esprit. Le combat était amical et se déroulait entre deux alliés. Je ne veux qu'une seule chose, nous sommes assez loin de tous les protocoles et les gens de mon Palais.

\-   Et de votre jeune sœur !

\-   Taisez-vous mon charmant ami, je ne désire rien d'autre en cet instant qu'un fougueux baiser de votre part.

\-   Mais je … je …

Baldric fut assez étonné de la spontanéité de la Reine, car c'était la première fois de sa vie qu'une femme prenait une telle initiative. Mais en son for intérieur il se disait qu'il avait vu et entendu bien des choses depuis sa venue au monde. Il ne s'exécuta pas et, contre toute attente ce fut Dame Anne qui avec toute sa tendresse et sa passion vola un long et passionné baiser à Baldric qui rougissait d'avoir été pris au dépourvu par cette magnifique jeune femme. Après ce langoureux baiser, Baldric réitéra le geste en prenant l'initiative à son compte. Il décida de prouver une nouvelle fois son affection au travers des vers incroyablement belle et digne de la poésie des Elfes. Baldric les cheveux flottants au vent, prit les mains de Dame Anne et les joignit entre les siennes. Il regarda avec une infinie tendresse sa mie et lui déclama plusieurs strophes :

Quand je vois ton doux visage,
Qui illumine mes yeux,
Je ne peux rester sage,
Tellement tu es fabuleuse.

Cet espiègle petit nez (lui touchant très délicatement le nez)
Qui sans cesse m'amuse,
Me fait chavirer,
Ô toi ma noble muse,

Tes magnifiques lèvres (y apposant un simple baiser),
Pour mon plus grand bonheur,
Provoque en moi cette fièvre,
Et cette charmante langueur,

C'est contre ton corps,
Que je m'éveille tous les matins,
Et toutes les nuits que je m'endors,
Sans jamais connaître le chagrin.

La Reine de l'Aurore, la belle Dame Anne ne sut pas quoi répondre mais les larmes de joies qui s'écoulèrent sur ses joues exprimèrent la réciprocité de ses sentiments envers Baldric. Le jeune Prince la serra un instant dans ses bras et, après ce romantique intermède, les deux amoureux décidèrent de ne rien dire à personne puis se rendirent, alors que le soleil commençait à se coucher, jusqu'à la grande salle pour se restaurer. Là-bas, ils retrouvèrent la jeune Dame Claudia et avec elle, ils continuèrent longuement à parler sur divers sujets.

Plus tard dans la soirée, alors que les convives de ce fabuleux festin étaient partis se coucher, Baldric raccompagna Dame Anne jusque devant ses appartements. Là il lui demanda ce qu'il était advenu du corps d'Albior. Dame Anne lui expliqua que la cérémonie de crémation avait eu lieu au petit matin, de façon très discrète, et que les restes du Roi avaient été entreposés dans le caveau de la famille. Baldric s'excusa de rappeler ce funeste évènement.

-   Ce n'est rien Baldric, ma sœur a été la dernière à voir mon père juste avant qu'il ne meure. C'est elle qui fit prévenir nos gens lorsque mon père fut poignardé. Ses paroles avant de mourir conseillèrent à Claudia, tout comme à moi, de ne pas être triste car sa mort était un sacrifice nécessaire pour laisser paraître la vérité. J'ai perdu un père, mais j'ai trouvé l'amour et ma sœur un ami.

Flatté des douces paroles de la belle Reine, le Prince de Dol plus sûr de lui, déposa sans retenue un tendre baiser sur les lèvres de sa dulcinée. Cette fois-ci, la Reine de l'Aurore rougit à nouveau et après cette étreinte embrassa la joue du Prince puis se retira derrière sa porte, sans un mot, laissant au Prince de Dol, le souvenir de ses yeux d'un vert magnifique. Baldric s'en retourna dans sa chambre après un joyeux soupir, et le cœur rempli d'amour il se délesta de ses bottes et de son manteau. Quelques instants plus tard Bir-Keren frappait à sa fenêtre.

-     Me permets-tu d'entrer Baldric ?
-     Faites mon ami, je ne suis pas encore disposé à prendre du repos.
-     Vous êtes soucieux, je le vois dans vos yeux, dites-moi ce que vous redouter !
-     Eh bien Bir-Keren, je demeure encore bien craintif sur la taille de l'armée de l'Aurore. Comment Dame Anne peut-elle réussir à mobiliser tous les hommes de l'Orient en une seule nuit. Il faut tant d'hommes derrière moi lorsque je reviendrai au Ravin !
-     Combien faudrait-il de soldats pour compléter l'Alliance, Prince de Dol ?
-     Au bas mot il nous faudrait huit cent mille hommes, mais un million serait extraordinaire.
-     Il est vrai que vous en demandez beaucoup à cette nouvelle Reine.
-     Je sais Bir-Keren, mais c'est bien un miracle dont j'ai besoin, les alliés ne peuvent plus compter sur l'armée de Dol. Avec un peu de chance, vu la concentration d'habitants, demain il y aura quatre à cinq cent mille soldats qui se trouveront massés dans la

cité ou dans ses environs.

- Mon ami, je vais vous laisser et m'envoler vers le Ravin Bleu, je préviendrai de votre retour.
- Merci, mais surtout ne fixez aucun chiffre, je ne veux pas désespérer Danreb ou Enoguëra.
- Nous nous reverrons bien assez vite, jeune Baldric !
- Au plaisir !

Une fois l'Ogarith sorti de la chambre et reparti dans les cieux, Le Prince exilé s'installa confortablement dans son lit, il se pencha vers la table de chevet, passa sa main en dessous de celle-ci, retira une pointe de flèche avec laquelle il avait fixé la page du codex où se trouvait la formule consacrée. La feuille en main, il s'attacha une partie de la nuit à déchiffrer et à apprendre par cœur la formule pour requérir les pouvoirs de Tenerius. Les deux langues constituant les phrases étaient composées d'un mélange de la langue commune et de l'Ogarudh, dans une forme relativement primaire. C'est après un travail consciencieux qu'il put totalement se rendre compte, que rien ne distinguait cette langue de celle utilisée par les Elfes et les Ogariths, hormis la forme de l'écriture et la prononciation. Le sens des mots était identique

- Je dois absolument savoir prononcer cette invocation dans la langue des Ogariths, sinon je ne pourrai en aucun cas m'en servir. Il n'y a pas de différence notable avec l'Ogarudh de mon époque, et au pire Enoguëra me conseillera si je me suis fourvoyé dans ma traduction, lui seul s'est efforcé de consigner toutes les évolutions linguistiques des peuples. Je vais tout retranscrire en Ogarudh, et si les souvenirs de grammaire que m'a enseignée Danreb ne sont pas trop lacunaires, je pense réussir à rédiger quelque chose de bon.

Baldric fut très vite fatigué par ce labeur et crut ne jamais pouvoir enfin finir mais, il vit qu'il avait définitivement achevé la traduction sans s'en rendre compte. Satisfait de son dernier effort, il posa sa transcription, enleva sa chemise, s'allongea entièrement dans son lit moelleux, tira une bonne fois les couvertures jusqu'à son cou et s'endormit sans trop de difficultés. La nuit qu'il passa ne fut pas aussi calme qu'il aurait pu espérer, car d'horribles visions hantèrent ces rêves. Il voyait ses amis en proie aux pouvoirs maléfiques du Seigneur des Ténèbres, subissant déjà les tortures et les afflictions. Ses nombreux cauchemars finirent par le réveiller.

- Ce n'était qu'un cauchemar ! Rien n'est encore fait, mais ce rêve avait l'air si réel – Fit-il en haletant –

La sueur perlait à grosses gouttes sur son front et, après avoir lutté contre ses frayeurs nocturnes Baldric tenta de se rassurer avant de se rendormir. La fin de la nuit se passa bien plus calmement. Le lendemain matin, tandis que le soleil pointait légèrement au-dessus de l'horizon, à l'Est de la capitale, Baldric, encore sous ses couvertures, fut réveillé par un bruit sourd qui débutait sous ses fenêtres. Ce grondement attira bien vite l'attention du jeune Prince qui s'habilla rapidement pour se rendre sur balcon. Là, une fois les fenêtres ouvertes, le plus tumultueux des vacarmes se déchaîna plus puissant que précédemment.

Le chambardement cessa et le Prince de Dol découvrit un immense spectacle des plus inattendus, dont Dame Anne avait été l'instigatrice. C'était la totalité des forces armées qui se trouvait ici. Le contingent était tellement important, que les légions ressemblaient à un déferlement de vagues dorées, composées de milliers d'armures qui se tenaient côte à côte. Éberlué, Baldric descendit quatre à quatre les marches du Palais, et finit son périlleux parcours en effectuant un imposant bond depuis les trente dernières marches, laissant les pages et les dames du Palais complètement stupéfaits. Puis, toujours en courant, le Prince de Dol rejoignit les dirigeants à l'entrée de la demeure royale. Là, il y trouva tous les Généraux du pays alignés et armés, dont Xénias le boiteux, et surtout la majestueuse Reine de l'Aurore vêtue d'une armure aussi légère que résistante. De sa belle svelte stature, elle annonça fièrement à son égal tout en le regardant du coin de l'œil :

- Monseigneur Baldric, je vous offre ce que vous étiez venus chercher. L'armée de l'Aurore est à votre disposition !
- Il y a au moins cinq ou six cent mille hommes, incroyable !
- Prince de Dol, vous vous trompez le nombre que vous annoncez n'est pas juste, j'ai rassemblé plus de neuf cent mille soldats pour l'Alliance. La totalité des hommes disponibles sur mes terres, en âge de se battre et sachant manier les armes se trouvent devant vous. Admirez la plus Grande Armée d'Yrneh !
- Neuf cent mille soldats, le miracle a eu lieu. Mais comment cela est-il possible ? – Rétorqua Baldric, les yeux écarquillés et se tournant vers Dame Claudia –
- Eh bien mon cher Baldric, comme vient de le dire ma sœur aînée, il s'agit bien là de neuf cent mille guerriers prêts à combattre les Noires légions. La chance a été avec nous car notre père Albior, le jour où vous vous êtes entretenu, avait déjà, à l'insu de tous y compris de ma sœur, envoyé des ordres par coursiers et pigeons voyageurs. Sa bague, dont le chaton fait sceau, certifia définitivement les ordres promulgués.
- Votre sœur a pu ainsi profiter de la bienveillance d'Albior par delà sa mort. Vous êtes une grande famille royale.
- Merci ! – Fit Dame Claudia en esquissant un large sourire espiègle. –

Baldric suivit Dame Claudia et la Reine Anne jusqu'à la salle du conseil où il aperçut de nombreuses cartes terrestres et maritimes disposées sur la table empiétant les unes sur les autres. En regardant l'attitude des Généraux il comprit clairement que ces derniers étaient en total désaccord sur la manière de se joindre au reste d'Yrneh. La Reine de l'Aurore sollicita la réponse de Baldric en dernier ressort. Celui-ci prodigua un choix qui demeura sans appel :

- Selon moi le gros des troupes doit passer par Terre c'est le chemin le plus cours à cheval et pour les chars de combats, je dirais qu'il nous faut sept cent mille hommes par voie terrestre et deux cent mille guerriers qui prendraient la route maritime afin de prendre à revers les forces du Damalioch en débarquant par le nord du Continent. Il n'y a que la porte du Nord qui puisse s'ouvrir qu'en direction du Ravin Bleu.
- Je suis d'accord avec Baldric, foi de Claudia ! Mais nous devrions partager l'armée en trois légions : une menée par Xénias sur les navires, une autre qui franchira le passage entre l'Orï et le désert Auros. Et la dernière commandée par un troisième dirigeant qui passera par le Sud pour mieux vous rejoindre ensuite. Je crois qu'il vaut mieux nous séparer avant le départ.

La réaction de Dame Anne ne se fit pas attendre, elle s'adressa à Baldric :

- Soit ! Vos idées, mes amis, me semblent logiques et judicieuses, celle-ci est de loin la meilleure. Claudia est un fin stratège et vous Baldric êtes le seul à connaître la situation du terrain, nous pouvons donc partir.
- Je veux bien, mais je n'ai plus mes protections pour le combat, et je ne pourrai pas me présenter sans armure face aux Légions du Mal.
- N'ayez crainte Baldric, retournez dans votre chambre, j'ai fait déposer quelque chose pour vous.

- Grandement merci, Reine de l'Aurore.

Le Prince de Dol remercia instamment sa douce amie en la saluant d'un signe de la tête. La Reine sortit pour se mettre en route avec ses hommes. Une fois le Prince de Dol équipé, l'un des Généraux accompagna Baldric et s'adressa à lui, car il avait remarqué ce qui se tramait entre des deux personnages royaux :

- Un conseil jeune Prince, cette femme est la plus belle chose sur terre, conquérir son cœur va requérir toute votre ardeur. Cela sera bien plus rude que de combattre le Seigneur Noir. Je suis sûr que mon ami et mon Roi, le regretté Albior vous a tenu les mêmes propos.

Arrivant tous deux à la chambre, ils trouvèrent l'armure du Roi Albior comme présent.

- Je crois Baldric, que mes paroles ont été trop pessimistes, si elle vous offre l'armure de son père c'est qu'elle tient à vous.
- Je veux bien, mais cette armure n'est pas à ma taille, le Roi était légèrement plus grand que moi !
- Enfiler la tenue sans vous soucier, celle-ci est magique, elle va s'adapter à votre corps, croyez-moi il n'y a pas meilleure armure dans tous Yrneh, sauf celle de Thulfanor. Une autre chose, ne décevez pas Dame Claudia, elle sait que vous aimez sa sœur, et elle vous voit comme un grand frère.
- Je vous le promets Général.
- Ne me le promettez pas, promettez-le à Dame Claudia car elle vient aussi à la guerre.
- Ah bon ? Mais elle est jeune et je voudrais l'écarter de ce danger. Elle dirigera le royaume en notre absence !
- Vous avez cru vous en débarrassez aussi vite. La jeune Princesse est tenace et a du caractère. Et puis, à quoi cela sert-il

qu'il y ait un Souverain à la tête d'une contrée vide et promise à la destruction ? Je pense que comme l'a dit notre Reine, elle est un fin stratège, et pourrait mener une des trois légions ainsi qu'elle l'a laissé entendre !

- Soit ! L'idée est en fait excellente, je pense que la Reine a déjà accepté cette idée
- Elle n'a pas eu le choix ! Claudia sait ce qu'elle veut !

Le Prince de Dol enfila alors la tenue d'Albior et comme l'avait indiqué le Général, les diverses parties formant l'armure se modifièrent, se resserrèrent jusqu'à épouser parfaitement la puissante carrure de Baldric qui, resplendissait dans son nouveau vêtement de combat. Contrairement aux chevaliers, il n'eut pas besoin d'aide pour monter en selle sur Geriis tellement son armure était légère. Il lança son cheval pour rejoindre Dame Anne qui venait quelques minutes auparavant de lancer ses troupes.

- Quelle route allons-nous emprunter ? Nous allons longer le Désert Auros ?
- Non, Baldric ! Nous perdrions une bonne journée de voyage, nous embarquons tous sur mes navires, mais nous couperons par la baie qui fait face à la chaîne Corcyréenne. Nous allons même peut-être gagner deux jours de route. Quand à Claudia elle passera par la voix terrestre du Sud, nous serons moins handicapés ainsi. Puis, elle nous rejoindra au point de ralliement.

Baldric, tout comme la Reine, sa sœur Dame Claudia et les innombrables cavaliers et fantassins s'entassèrent dans les milliers de bateaux chargés au maximum. Une fois l'embarquement achevé tous les vaisseaux prirent la route de l'Est, sauf un tiers des navires commandés par Xénias qui s'orientèrent, comme prévu pour faire route vers les mers du Nord …

Chapitre XX : Le Seigneur Noir en Marche

Fulk Arken, maintenant qu'il se trouvait armé de Levïaïa, était au faîte de sa gloire. Plus rien ne s'opposait à sa glorieuse marche vers le Ravin, surtout après qu'il eut déchiré de ses mains le champ de force protégeant, depuis plusieurs semaines, le reste des territoires d'Yrneh. Fulk Arken au terme de sa brutale action contre le rempart magique des Magus, venait de recevoir des informations de ses lieutenants qui lui affirmaient le contrôle total de tout l'Extrême-Occident. Il fit avancer ses troupes pendant plusieurs jours sur une distance avoisinant les deux cents lieues.

Ses hommes, fatigués par la longue route, lui demandèrent enfin de leur accorder du repos pour la nuit qui s'annonçait. Le Seigneur des Ténèbres décida de répondre favorablement à leur requête en faisant arrêter son Armée. Mais, loin de perdre du temps, il détacha une de ses nombreuses légions afin de vérifier ses intuitions, et voir si les forces adverses allaient en s'accroissant. Il voulait aussi reconnaître le terrain dans sa totalité et permettre ainsi à l'intégralité de son armée une progression sans faille. Sur son ordre, une garnison composée de dix mille hommes partis en direction de l'Est.

De son côté, le Maître de Durtal s'affairait à passer la majeure partie de ses cohortes en revue, attendant que l'ensemble de la masse armée, en provenance de la Trouée ait fini de rejoindre le champ de bataille. En effet, la longue colonne de piétaille qui constituait l'Armée Noire mit toute une journée et une partie de la nuit à parvenir jusqu'au nouveau campement. Même si la Trouée n'était plus protégée par le sortilège des Magus, il restait un passage extrêmement exigu obligeant ainsi les escouades du Damalioch à prendre la forme d'une mince et longue corde de métal. Le lieu forçait les hommes de l'Armée du Mal à passer dix par dix, constituant un goulet d'étranglement, ralentissant considérablement les noirs desseins de Fulk Arken. Le Pouvoir du Sombre Seigneur n'avait pas élargi le passage entre les hautes dunes et les montagnes car même lui ne pouvait modifier les structures du paysage dont les formes avaient été façonnées par les anciens Gaïanor.

Le Sombre Seigneur toujours monté sur son monstrueux destrier, s'estimant trop supérieur pour s'abaisser à poser pied à terre, s'en revint de son inspection et s'en alla à l'arrière de ses dernières troupes. Il trouva une grande tente, érigée sur ses prérogatives, dont il chassa ses serviteurs. Il descendit de son cheval et se dirigea derrière son quartier général de fortune. Là, loin du regard de tous et dans la tranquillité la plus absolue, il prononça un certain nombre de formules incompréhensibles y compris pour les Damalochs puisque personne ne réalisa que le Seigneur des Ténèbres réveillait les divers éléments de sa garde rapprochée constituée de démons et d'autres monstres qu'il avait créés ou asservis à sa cause.

Fulk Arken, comme toujours, voulut s'appuyer sur ses plus fidèles et plus puissants vassaux car eux seuls pouvaient le remplacer pour commander une armée qui était très hétéroclite, bien plus qu'autrefois. À ce jour, six races différentes coexistaient dans les rangs de l'Armée du Chaos, mais aucune ne pouvait supporter les autres tellement leurs intérêts divergeaient. La cohésion de tous ces soldats ne dépendait que du dévouement et de la crainte que leur maître avait insufflée dans leurs âmes. Pendant la première partie de soirée, les feux de camps apparaissaient çà et là et palliaient la disparition du soleil au-delà de l'horizon. Les diverses races de cette Grande armée, utilisèrent les flammes des foyers pour cuire leur nourriture et ainsi faire ripaille des animaux et des cadavres qu'ils avaient collectés.

Pendant que les serviteurs de Fulk Arken se restauraient et se reposaient, celui-ci, du haut de son immense stature ordonna à deux de ses chefs de partir dès l'aurore avec un détachement pour seconder l'avant-garde qu'il avait déjà envoyée. Il décida aussi de faire partir en manœuvre deux légions qui iraient l'une en direction de la Simérie et l'autre en direction du Sud, dans l'unique but de couper la route aux éventuelles forces qui s'avanceraient pour rallier le Ravin Bleu. Ce fut durant les heures les plus sombres de la nuit, juste après que les trois chefs convoqués aient reçu les ordres par le Seigneur des Ténèbres, que plusieurs rixes se mirent à éclater entre les nombreuses races qui se trouvaient rassemblées et stationnées à proximité les unes des autres. Ces affrontements trouvaient leur source dans un différend entre les hommes et les Orcs.

Les premiers étaient venus s'opposer à ce qu'on fasse cuire vivant un de leurs congénères qui avait été capturé, tandis que les nombreuses beuveries se multipliaient chez les Orcs, les Damalochs et les Trolls. Ceux qui étaient sous l'emprise de l'alcool ne trouvèrent pas meilleur spectacle que d'entendre un Humain crier dans les flammes et ce, juste pour le plaisir. Là-dessus, d'autres motifs stupides vinrent renforcer la haine entre les parties, lorsqu'un Orc se targua d'avoir violé des femmes d'un village du Vendôr, plusieurs soldats Humains en colère décidèrent de se ruer et d'assassiner leurs alliés provisoires.

Fulk Arken, qui se délectait de cette nuit d'une noirceur sans précédent, d'un moment sans aucune étoile ni lune éclairant le ciel, fut alors dérangé par cet étrange brouhaha qui montait à ses oreilles et qui pourtant était éloigné de la tente du Maître de Durtal. Informé par certains de ses gardes, il ne prit pas le temps de monter en selle pour se diriger plein de courroux et d'un pas inquiétant, vers le lieu des combats. Sa monture le suivit tout en écrasant les insignifiants informateurs.

Une fois en présence des groupes d'Hommes et d'Orcs qui s'étaient battus et qui avaient désobéi à sa volonté d'unifier tous les êtres vivants sous son pouvoir, il resta immobile. De ses neuf pieds de haut, son regard sombre et cruel toisa l'attroupement, faisant ainsi comprendre qu'il ne tolérait pas que l'unicité de son pouvoir soit remise en question par des combats inutiles. Son cheval arriva en se ruant sur une partie de l'assistance qu'il heurta violemment pour les punir.

Fulk Arken porta sa main à la ceinture pour se saisir du manche de Leviäïa et, dégainant son épée, sans aucune pitié ni retenue, il extermina, en un seul coup, le reste des différents belligérants qui se trouvaient ici et qui avaient évité le fougueux et monstrueux cheval. Une fois son coup porté, un nombre incroyable de soldats gisait et agonisait sur le sol, au milieu des flammes du bûcher qui venait de s'effondrer se superposant çà et là aux autres cadavres et aux membres mutilés. C'est alors, que le Noir Seigneur ouvrit les lèvres et dans un puissant souffle s'exclama de sa profonde voix rocailleuse :

-      J'ai rassemblé cette immense et inexpugnable armée pour mes noirs desseins. Je n'ai qu'un seul but, me venger des dirigeants d'Yrneh qui m'ont fait battre en retraite autrefois. Chacune des races dont vous êtes les représentants, a fait vœu d'obéissance à ma personne. En tant que votre Dieu, votre Suzerain, vous ne pouvez et vous ne devez en aucun cas, remettre en question mon pouvoir qui affirme que vous m'appartenez tous et que le désordre et les disputes ne doivent jamais entacher nos rangs. Vous voulez de la viande fraîche, vous voulez faire rôtir des

Humains, des Elfes et des Ogariths vivants, Eh bien attendez quelques jours car vos ennemis sont plus loin là-bas à l'Est au sein du Ravin Bleu, ils s'y rassemblent. Une fois vaincus, je vous autoriserai à faire ripaille avec les soldats capturés et les cadavres, à violer, tuer et piller mais, en aucun cas je ne tolérerai une nouvelle fois un tel écart de conduite au sein des mes troupes. Hommes, Damalochs, Orcs et autres créatures du mal je vous rappelle, encore une fois, que vous m'êtes soumis. Si vous refusez de vous entendre et de cohabiter le temps de la guerre cela reviendrait directement à me trahir. Dorénavant, pour un crime de ce type, c'est-à-dire de lèse-majesté, vous savez quelle est la sanction que j'appliquerai sans détour. Je ne laisserai en vie aucune tribu, aucun groupe et aucune race ayant pris part à des conflits internes.

Le discours du Maître des Ténèbres fut entendu loin dans les environs et de façon simultanée par tous ses soldats. Une fois achevé, la voix caverneuse et effrayante du Seigneur des Ténèbres résonnait encore dans le camp et, en mouvement synchronisés, l'ensemble des troupes de Durtal s'agenouilla dans sa direction. Fulk Arken s'adressa à nouveau à une dizaine de soldats présents à proximité du lieu de la rixe et il leur ordonna :

-       Vous vouliez vous nourrir ? Eh bien ces charognes feront partie de votre repas, ramassez-les et régalez-vous ! Quant à vous deux, vous viendrez enlever les immondes cadavres que mon cheval a laissés en plan devant ma résidence, cela fait désordre. Vous jetterez ces immondices à mes Loups-garous, ils ont faim. Et à vous tous, je vous rappelle que la route de demain sera plus longue. J'ai décidé que nous ne nous arrêterons qu'une fois en vue de nos ennemis, lorsque nous serons en léger amont de la grande plaine. Je coupe court à vos festivités car ceux qui sont fatigués du fait de leur faible constitution, doivent se reposer maintenant.

Nous partirons à l'aube et nous laisserons mourir les trainards.

La nuit passa lentement pour les soldats de l'Armée de Durtal et dès le lendemain, les quatre légions choisies par Fulk Arken partirent les premières et se dirigèrent vers leurs destinations respectives. Alors que le soleil apparaissait maintenant juste au-dessus de l'horizon, Fulk Arken, qui s'était plongé dans une profonde torpeur afin de méditer, finit par sortir de sa tente. Il siffla son cheval, sur lequel il monta en selle et se dirigea dans le camp où toutes les troupes étaient prêtes pour continuer l'expédition punitive. Une fois au milieu du camp, il quitta sa monture, leva les bras tout en brandissant son épée et harangua ses foules :

-       Soldats de Durtal, soyez fiers du rôle que chacun d'entre vous va jouer pour célébrer ma victoire complète. Nous partons à cette heure en direction de notre destin, de ma victoire finale. Prenez seulement le strict nécessaire pour la guerre, nous n'avons pas besoin de nous encombrer inutilement. Il va falloir, dès aujourd'hui, parcourir une distance de près de six cents lieues. Notre progression doit absolument être rapide et en aucun cas je n'attendrai les blessés et les retardataires. Je parle bien évidemment, des Humains qui doivent tous avoir un cheval ou un char pour progresser infatigablement vers le Ravin Bleu. Maintenant je vais attribuer un nouveau chef par légions. L'Idole de feu mènera les troupes de Damalochs et d'Orcs. Les Trolls restent sous la coupe de leur chef, Les Humains ! Les Elfes Noirs ! Voici votre chef, mon plus fidèle lieutenant ! – C'est alors qu'une gigantesque ombre apparut au loin laissant ses pas résonner lourdement contre le sol. – Voici le Maître des Morlochs ! Quant à moi, je mènerai la cavalerie lourde et je m'occuperai personnellement des chefs d'Yrneh.

Pour chacune des races, les Généraux ordonnés par Fulk Arken, nommèrent différents commandants et lieutenants qui se distinguaient des autres soldats par un casque d'une couleur plus sombre, noir et vert, orné de pointes dorées. Parmi ces funestes personnages se trouvait Xanten de la Guerche, l'ancien vassal du Roi de Sertrach, celui-là même qui avait vendu son âme à Durtal. Fulk Arken avait décidé durant la nuit précédente d'appeler toutes les forces démoniaques qui restaient tapies dans l'ombre, il fit appel à leur nombre, à leur pouvoir au travers d'incantations magiques. Le résultat ne s'était pas fait attendre puisqu'en ayant absorbé le pouvoir des Magii, il avait définitivement rompu les sceaux emprisonnant d'innombrables monstres et de nombreuses créatures hybrides et innommables qui se déversaient maintenant dans le camp.

Elles apparaissaient çà et là au milieu de formations rangées de soldats. Le rassemblement était complet et Fulk Arken passa en revue une grande partie de ses troupes avant de se positionner devant la cavalerie. Là, il brandit encore une fois son épée et lança son armée dans une inexorable avancée. Pendant ce temps, les cinq légions, envoyées par le Sombre Seigneur, rencontrèrent de sérieuses difficultés puisque la troupe partie en direction du Sud s'était heurtée à trente mille Hommes menés par trois Magus. Les pouvoirs de ces derniers et le surnombre de leurs adversaires les avaient vite submergés ne laissant que quelques rescapés. La formation qui était partie pour le nord du Continent fit une rencontre des plus fortuites avec un contingent imprévu, l'avant-garde Simérienne composée de cinq mille hommes.

Les soldats dévoués à Durtal ne firent pas un pli contre la cohésion des Hommes du Nord. Enfin, les trois dernières légions qui s'étaient approchées du Ravin Bleu furent décimées au trois quarts par des troupes que Danreb avait placées judicieusement en avant de la Plaine Bleue afin de tendre une embuscade à un nombre peu élevé de troupes.

Fulk Arken fut vite mis au courant par plusieurs rescapés en provenance des lieux de combats. Le Gaïanor déchu avait prévu la fin de ses avant-gardes, car son but était, en fait, de percevoir l'ensemble des forces de ses adversaires afin de déterminer la meilleure stratégie le moment venu. Toutefois, même si les soldats de l'Alliance se tenaient prêts pour l'affrontement, la présence des Noires Légions qui marchaient en leur direction les faisait s'agiter sérieusement. Malgré la Grande armée d'Yrneh qui était constituée en contrebas du ravin et malgré la promesse des Simériens, l'absence de Baldric et de Niiru marquait cruellement le moral de certains dirigeants et le Haut-Roi Enoguëra s'impatientait de plus en plus de leur retour.

Fulk Arken et ses maléfiques légions mirent près de trois jours pour arriver enfin en vue de l'entrée de la plaine. L'Armée du Mal, au cours de sa longue marche, ne laissa derrière elle que cendres et désolation, des quelques fermes et villages qui avoisinaient la plaine. Partout les habitants étaient éventrés et brûlés. Fulk Arken ne se préoccupa nullement de ces minuscules concentrations d'Humains, et il ne se nourrissait exclusivement que de son idée de vengeance et de domination complète de tout l'Yrneh. Il appela quatre de ses plus proches cavaliers les plus dévolus à sa cause, des êtres hybrides qu'il avait dotés de quelques pouvoirs et qui se caractérisaient par une plus importante stature, le port de casques différents et des visages d'animaux sauvages et maléfiques. Le premier des cavaliers avait une tête en forme de squale, et les autres, celles d'un serpent, d'une araignée et d'un loup.

Le Seigneur des Ténèbres venait de dépêcher là, parmi ces plus hideuses créatures qui avaient reçu le titre de Nonces du Chaos, les plus cruels de ses lieutenants. Sur un simple geste de Fulk Arken les quatre cavaliers annonceurs de l'apocalypse s'en allèrent en direction de la Forteresse, affublés d'une bannière blanche afin de parlementer, en tant que Hérauts, avec les chefs d'Yrneh. Une fois au milieu du futur champ de bataille et en présence de certains chefs de l'Alliance, ils s'adressèrent de leurs voix caverneuses et de façon synchronisée à l'ensemble de leurs interlocuteurs :

- Chefs Yrnéens, nous venons sur les ordres de notre Maître à tous. Rendez-vous et son courroux ne s'abattra pas sur vous. Si vous refusez, du sang pleuvra sur vos armées. Implorez la clémence de notre Suzerain et acceptez sa domination !

Danreb et Enoguëra ne bronchèrent pas et se tournèrent vers les Magus qui, aussi puissants qu'insondables, se mirent à répondre de suite aux lourdes menaces des Nonces du Chaos :

- Il n'en est pas question ! Nous combattrons et nous mourrons libres. En aucun cas nous n'accepterons de nous soumettre à Fulk Arken. Chacun d'entre nous préférera la délivrance de son âme plutôt que de vivre servilement pendant des siècles. La promesse de clémence de votre Maître n'est rien de plus qu'un des nombreux mensonges qu'il a déjà prononcés par le passé. Nous ne nous fourvoierons pas dans les Ténèbres car, une fois son pouvoir instauré sur tout notre monde, le néant régnera et jusqu'à preuve du contraire, dans le néant il n'y a pas de vie, il n'y a que la mort et au mieux l'esclavage. Nous mourrons probablement juste avant que le soleil ne se couche ou demain, mais nous mourrons avec honneur. Jusqu'à notre dernier souffle nous nous battrons.

Au moment précis où la phrase des Magus s'acheva, le cavalier le plus à gauche, celui qui possédait une face de loup pointa son index en direction du ciel et rétorqua aux magiciens :

-      Très bien ! Notre Suzerain a très bien compris votre message. Il n'accepte pas que vous lui teniez tête. Je vais donc faire s'abattre sur vous son courroux. Voici la mort !

Le cavalier de la mort pointa son index vers le ciel et, une sorte de rayon s'éleva jusqu'à toucher les nuages. Le site s'assombrit petit à petit alors que le soleil commençait à peine sa descente vers l'Ouest, des éclairs déchirèrent le ciel. Le tonnerre retentit, et comme l'avait indiqué l'hybride au visage de loup, du sang commença à se déverser des cieux puis, le second cavalier à la tête de serpent, dans une phrase magique, attira la foudre à lui, et ordonna à celle-ci de se projeter avec violence et fracas contre les Magus.

Ces derniers totalement impassibles face à ce sortilège ne bougèrent pas. Contre toute attente, ce fut la main droite du Haut-Roi Enoguëra qui s'interposa, puis capta et désintégra sans aucun effort, la prodigieuse charge magique dirigée contre les Magus. Stupéfaits, les Nonces du Chaos tentèrent de reproduire par deux fois le même sort, mais Enoguëra les jugula alternativement avec la main gauche puis la droite. Il se tourna vers les Magus pour tenter de comprendre pourquoi ceux-ci n'avaient pas réagi :

-      Comment cela se fait-il que vous n'ayez pas réagi face à cette attaque ?
-      Nous Connaissions le type d'attaque qu'ils produiraient et nous savions aussi que tu t'interposerais, tu restes le fier guerrier d'autrefois.
-      Certes… Mais ces quatre monstres me mettent dans une rage noire.
-      Ah ah ah ! Pauvre Enoguëra – Fit l'un des Nonces. – Tu veux

toujours mener le combat, mais n'oublie pas que j'ai failli te tuer sur la Colline du Vendôr !

- Je reconnais ta voix Fulk Arken ! Serais-tu devenu lâche au point d'envoyer ces hybrides pour nous défier ? Viens en personne, je me ferai un plaisir de te jeter à bas ! De toute façon, tes envoyés n'auront plus guère le temps d'observer le nombre de nos troupes, tu as trop joué avec ma patience. Regarde le Ravin Bleu une dernière fois avant que les yeux de tes Hérauts ne se ferment à tout jamais !

C'est alors qu'Enoguëra entra dans une incommensurable rage que personne ne lui avait connue jusqu'à présent. Il s'approcha à une distance de cinq pas des quatre cavaliers toujours sur leurs selles, et il leur fit face invariablement altier dans sa démarche. Là, le Haut-Roi des Elfes laissa paraître très visiblement son aura d'une couleur bleutée qui s'avérait magistrale et largement plus étendue que sa personne physique. Il leva le bras droit en direction du ciel et d'un revers de main, il balaya les nuages, assombrissant le paysage presque nocturne. Son aura disparut puis, ses yeux devinrent d'une couleur très pâle, presque transparents. Il pointa son poing droit en direction des Hérauts du Chaos, tendit à son tour l'index et répondit aux menaces qu'avaient proféré les quatre Nonces :

- Si Fulk Arken désire la guerre et bien il va l'avoir. Mais votre Maître aurait pu vous gratifier de plus de magie, votre sortilège est si insignifiant qu'il ne représente vraiment rien à mes yeux. En vous attaquant à mes amis, les Magus, vous n'avez fait qu'attiser mon mépris et mon courroux sera aussi implacable que celui de votre Seigneur, une mort simultanée sera ma seule réponse à votre ignominie !

- Que penses-tu pouvoir nous faire ?

- Admirer votre mort ! Vos âmes impures iront brûler dans la lave des douves de Durtal ! Fulmina of erkë alucaë narnedh adeth

inerthïan (Que la foudre de l'éclair blanc purifie vos âmes souillées).
- Mais qu'est-ce ?

C'est alors qu'apparut, de nulle part une sorte de sphère composée d'arcs électriques d'un blanc éclatant, irradiant l'espace et qui se changea instantanément en un magnifique et magistral éclair blanc que le Haut-Roi des Elfes continua à concentrer pendant un court instant. Une fois sa forme totalement changée, le sortilège obéit au doigt d'Enoguëra et l'éclair qui stagnait haut dans le ciel s'abattit immédiatement sur les envoyés de Fulk Arken. Enoguëra, fatigué de voir ses visages horribles, se retourna sans daigner regarder la mort violente des quatre démons. La foule qui s'était massée en retrait des chefs d'Yrneh avait assisté à l'incroyable scène qui venait de se produire.

Tous restèrent éberlués, des plus vieux Elfes aux plus jeunes Humains. Depuis bien des millénaires on n'avait jamais vu le Haut-Roi Enoguëra user de la magie de cette façon ni d'éprouver une telle colère. La belle et douce Princesse Hersendis, se remémora le sortilège qu'elle avait déclenché sur les terres de glaces contre le Morloch et il lui parut alors presque insignifiant. Elle fut plus qu'impressionnée de voir son père jouir d'un tel sortilège. Elle admira ses immenses capacités, un pouvoir défiant l'imagination. Ce dernier ayant repris une apparence moins effrayante, s'approcha de sa fille qui lui demanda :

- Comment le Seigneur Fulk Arken sera-t-il mis au courant de notre refus ? J'ai eu beau regarder loin à l'horizon, il est totalement resté en dehors de mon champ de vision !
- C'est une chose fort simple, le Seigneur des Ténèbres est omniscient sur ce qu'il a créé. Les quatre personnages que tu viens de voir sont issus directement de lui. Il s'agit de créations de son

esprit qu'il a mêlé autrefois aux âmes de certains chefs rebelles. Il est ainsi capable d'anticiper tous nos choix. Je n'ai fait que supprimer l'image de ces créatures. Fulk Arken voyant au travers d'elles, connait déjà mon refus tout net de négocier et maintenant il doit être fou de rage. Nous devons, au plus vite, nous préparer à l'assaut qu'il fomente déjà car ses légions sont rassemblées pour nous assaillir demain dès l'Aurore. Tu n'as pu le voir jusqu'à présent car il est masqué par la colline en avant de la plaine, il se dissimule pour mieux nous surprendre.

- Que dois-je entendre par vos mots père ?
- Le Seigneur des Ténèbres n'attendra plus, il va utiliser une grande partie de ses armées pour nous frapper de plein fouet. Nous allons devoir tenir au moins la journée et si nous avons de la chance la nuit, durant laquelle nous pourrons viser les feux qui seront allumés par nos ennemis pour éclairer la plaine et le ravin. Mais, en deçà du plateau, dans le ravin, aucune lumière ne pénétrera, nous avons jeté un sortilège, j'espère que nous les piégerons !
- Père, à quoi ressemble Fulk Arken ? Comment vais-je le reconnaître ?
- Hersendis, tu pourras le voir car il sera à l'avant de ses troupes, un personnage grand, massif, encore plus noir que le fond des abysses, juché sur un cheval monstrueux ou un monstre volant.

Comme venait de l'indiquer Enoguëra, Fulk Arken fut instantanément informé de la décision du Haut-Roi des Elfes, entendant les paroles et en ressentant les effets de la magie elfique en temps réel. Sa colère fut, comme à l'accoutumée, tonitruante. Il décida de changer ses plans et d'abandonner sa monture terrestre. Il se tourna vers l'Ouest et appela, par de sombres paroles, sa créature préférée, celle qui l'avait sauvé de sa chute depuis la colline du Vendôr, celle qui l'avait servi depuis des siècles. Sa monture était là, elle s'approchait depuis l'horizon, venant de l'ouest d'Yrneh.

D'abord au loin, une minuscule ombre fit son apparition, puis au fur et à mesure, elle se fit de plus en plus grande jusqu'à devenir immense. De sa stature, elle couvrait le soleil qui se couchait derrière elle. Ses ailes déployées montaient et descendaient lentement, déchirant l'air puis, son cri se fit entendre dans l'immensité du territoire. Celui-ci qui émanait de l'immonde bête glaça le sang de toutes les troupes maléfiques et inquiéta au plus haut point l'ensemble des races alliées qui n'aimaient guère voir cette créature car elle ranimait de mauvais souvenirs, et son féroce appétit ne faisait jamais de distinction sur ses éventuelles proies.

La monstrueuse Ganerya, une chauve-souris gigantesque et hideuse n'obéissait qu'aux seuls ordres de son Maître. La bête tournoya plusieurs fois au-dessus du camp de l'Armée Noire et se rapprocha de plus en plus du Maître de Durtal. Une fois arrivée près de lui, elle se posa, replia ses ailes nerveuses et s'abaissa pour laisser Fulk Arken monter en selle. Dès lors, il survola par trois fois ses légions, passant en rase-motte, continuant ainsi de provoquer encore et toujours l'effroi chez ses propres hommes. Fulk Arken leva alors son épée au-dessus de lui, et une fois sa prodigieuse monture posée, donna l'ordre du premier assaut à l'encontre des forces alliées massées dans le Ravin Bleu.

Un immense brouhaha se déclencha du Nord au Sud, symbolisé par la course des furieuses troupes noires en direction des peuples libres, ainsi que par le bruit du battement des ailes de la monture du Seigneur Noir et l'incroyable nuage de poussière qu'elle provoqua au moment où elle décolla pour dominer le théâtre des funestes évènements. Le Haut-Roi des Elfes n'avait pas prévu pour tout de suite cet épisode. Le sol de la Plaine Bleue était encore fleuri et immaculé. Près de onze légions entrèrent en contact avec les hommes de l'Alliance et se déversèrent sans difficulté dans le ravin. Les cent autres légions restèrent stationnées en retrait, comme l'avait exigé leur Maître.

Cette première vague de Damalochs, d'Orcs, de Trolls et d'Humains rebelles, qui n'était qu'un prélude à la vraie bataille, rencontra, pour son plus grand malheur et pour le bonheur des Alliés, les incalculables obstacles et les nombreux pièges essentiellement conçus par les Nains et disséminés par les forces Yrnéennes, sous le commandement de Soünor et les hommes du Roi d'Ach. Les chausse-trappes, les trous, les pieux arrêtèrent une grande partie des Hordes maléfiques qui succombèrent embrochées, tandis que l'autre partie s'écroulait inévitablement sous les coups des archers. Malgré la prudence dont avaient fait les soldats de l'Alliance, un certain nombre d'agents des Ténèbres parvinrent jusqu'aux guerriers de l'Alliance qui s'étaient reculés, faisant de ce fait des ravages impressionnants au sein de la première ligne de défense.

Les Yrnéens ne purent faire qu'une seule chose en cet instant, constater l'amoncellement renouvelé de cadavres dans la belle plaine qui se changeait lentement et sûrement en le plus macabre des cimetières. Chaque chef, de Danreb à Hersendis, en passant par les Magus et Enoguëra, se démenait corps et âme pour le moral de ses propres contingents en participant dès les premières minutes au périlleux combat. Ce ne fut que par leur courage et la force de leurs soldats qu'ils purent repousser tour à tour les assauts répétés. Leurs flux et reflux se faisaient de plus en plus espacés tandis que les esclaves de Durtal se raréfiaient.

Fulk Arken épuisait l'ensemble de ses premières légions contre l'Armée de la Lumière et la formidable Forteresse. Maintes et maintes fois, tous crurent la fin arrivée car le soleil tardait à se coucher et les ultimes rayons de l'astre parvenaient encore sur la gigantesque forteresse.

Personne dans le ravin et dans la forteresse, n'espérait plus un miracle quand, tout à coup, résonnant dans le clair obscur et venant de l'Est, le chant de cors résonna plusieurs fois. Ils furent doublés par une autre mélodie jouée par un autre instrument, un ocarina que les oreilles elfiques et Ogariths furent les premières à percevoir. Enfin la musique parvint aux hommes réchauffant comme par magie leurs cœurs et ranimant la flamme de la vie. Au fur et à mesure que la mélodie se rapprochait, toutes les forces d'Yrneh, présentes en ces lieux, s'arrêtèrent un instant et entendirent simultanément la mélodie et un grondement de plus en plus violent.

C'est alors que certains Elfes notèrent au loin, au Sud-Est du Ravin Bleu, par-delà la forteresse, l'apparition d'une très longue traînée pareille à un serpent de feu. Cette imposante masse qui se répandait dans la campagne se précisa révélant des cavaliers et des fantassins magnifiquement rangés et prêts à la guerre. Les Elfes et les Ogariths scrutèrent cette masse puis, après quelques secondes, réalisèrent alors qu'il s'agissait en fait des troupes de l'Armée de l'Aurore dont les armures dorées brillaient sous l'effet de flammes.

Chapitre XXI : Le retour de Baldric

A l'avant des colonnes formées par les soldats vêtus par de splendides armures, trois ombres altières se détachèrent. Toutes trois se distinguaient par le port de longues capes blanches à capuche, dont l'unique but était de les dissocier de l'agglomérat massif de guerriers et destiné aussi à cacher leurs identités. Les visages de ces mystérieux cavaliers restèrent inconnus pendant quelques temps. Le Prince des Ogariths, Danreb, présent sur l'une des parties de la porte Nord ne les reconnaisse qu'au moment où il croisa le regard du premier personnage. Il réalisa alors que le premier chevalier, composant ce trio particulier, n'était autre que le Prince Baldric de Dol, qui venait de se trahir par son regard en coin, toujours pétillant et unique mais surtout par le nom de sa monture qu'il venait d'arrêter.

Le Prince exilé qui avait mené sa mission à terme, enleva son capuchon à l'aide de ses deux mains puis de sa voix haute et claire, demanda au second personnage de le rejoindre rapidement devant l'entrée de la Porte verrouillant l'accès au-delà du ravin. Cette mystérieuse personne ne se fit pas attendre, elle lança son coursier après avoir donné l'ordre aux généraux d'arrêter immédiatement la progression de l'immense armée de l'Aurore, consigne qu'elle fit appliquer d'un seul geste de la main.

D'après Danreb, qui conversait télépathiquement avec Enoguëra, ce personnage avec tant de pouvoirs et d'autorité ne pouvait être qu'Albior, Roi de l'Aurore. Pourtant la surprise fut grande car le Prince de Dol, interpellant le chef des Ogariths par les voies de l'esprit, assura son ami qu'il se méprenait sur son suivant. En effet, après avoir rejoint Baldric, le dirigeant du royaume de l'Aurore, une fois aux côtés du jeune homme, abaissa aussi sa capuche, laissant les chefs alliés ébahis lorsqu'ils découvrirent que le souverain du plus puissant des territoires d'Yrneh était, non pas un homme, mais bel et bien une femme. Celle-ci se révéla à leurs yeux d'une grande beauté, impériale et, elle n'attendit pas qu'on le lui demande pour se présenter au premier de ses pairs qui la dominait du haut de l'immense édifice. Celui-ci sauta de la plate-forme et dans un mouvement gracieux d'ailes, il atterrit devant la fameuse cavalière :

- Je suis Danreb, Prince suprême de la race des Ogariths, je vous salue Reine de l'Est !
- Je vous salue aussi, puissant Souverain des airs, je suis Dame Anne, héritière du royaume de l'Aurore et, à ce titre, j'en suis la souveraine. Voici mon armée que je mets à votre entière disposition. Il y a derrière moi près de sept cent mille soldats, prêts à mener le plus grand combat de toute leur vie !

De son côté, Le Prince de Dol resta discret, mais esquissa tout de même un sourire de satisfaction. Le plaisir ne fut nullement partagé par le Seigneur des Ténèbres, qui, à l'autre bout du ravin, vit que son allié dans l'Est avait échoué et que les nombreux pièges qui avaient été disséminés selon ses ordres, n'avaient pu entraver la marche et le courage de Baldric. Depuis son destrier volant, Fulk Arken explosa de mécontentement. Le Haut-Roi Enoguëra se montra très heureux du retour de Baldric et pleinement satisfait de la réussite de la quête qu'il avait soumise à ce dernier.

Le Prince de Dol siffla un troisième personnage qui se détacha du groupe de dirigeants et mena sa monture dans l'ombre de la porte. Dame Claudia se dévoila et se présenta à Danreb comme étant la sœur de Dame Anne, et fraîchement nommée Supra-Stratège et commandant en second. Danreb ordonna au Magus, présent sur la plate-forme, d'ouvrir le passage afin de permettre à l'armée et à son Etat-major de pouvoir se rassembler dans le ravin avec les autres alliés. Les trois chefs de cette incroyable armée se rendirent, accompagnés des généraux, sous les contreforts de la grande forteresse où l'autre Magus prédisposé à activer le pont-levis, exécuta son ouverture, laissant apparaître l'arche d'entrée de la première muraille. Dame Anne et sa jeune sœur Claudia s'étonnèrent de voir s'abaisser l'immense structure de métal et d'acier, par la seule action des pouvoirs surnaturels du magicien.

La porte qui empêchait toute intrusion se mit en branle en effectuant un mouvement semi-circulaire. La structure vint se poser lourdement sur le talus en contrebas, après une descente incroyablement lente. Le choc entre le pont-levis et le sol provoqua un important nuage de poussières, permettant à ces trois personnages, ainsi qu'aux Généraux de l'armée, de pénétrer dans le château afin d'y être protégés par la magie, le temps de mettre au point une bonne stratégie et un nouveau plan d'attaque et de défense. Une fois à l'intérieur, Baldric enleva sa cape et la donna à un écuyer puis s'en alla saluer ses différents amis. Dame Anne l'accompagna, tandis que Dame Claudia les suivait fidèlement. Baldric prit Danreb à part quelques instants, et demanda à la Reine et à sa sœur de l'attendre.

- De quoi voulais-tu m'entretenir mon jeune ami ?
- Eh bien, je dois vous remercier de m'avoir confié Anarya, il m'a été d'un grand secours et s'est révélé un allié possédant un potentiel magique incroyable.
- Tu l'as remise au Roi ?
- Oui. Il a pu juger de ma loyauté, et il m'a indiqué certaines choses. Mais il a été assassiné.
- La Reine Anne est-elle en possession du Sabre du Dragon ?
- Non ! C'est moi qui l'ai, je suis le seul à maîtriser son

pouvoir. De plus j'ai trouvé la formule consacrée, mais je ne sais pas si cela marchera !

- Chaque chose en son temps ! Si Anarya t'a été confiée par mes soins, le but n'était pas de mon ressort, mais il a plu aux Gaïanor de t'attribuer des capacités au-delà de mes attentes. Fais-en bon usage et c'est toi qui déclencheras les enfers sur les Légions de Durtal !

- Merci mon ami !

Danreb alla se joindre aux chefs dans la grande salle de la forteresse, laissant à Baldric et à ses alliées le temps de se rendre auprès d'Hersendis, à qui le Prince de Dol raconta son aventure en compagnie de Dame Anne. La Princesse des Elfes vint à leur rencontre et tous les quatre entamèrent une longue discussion :

- Ma chère Hersendis, je te présente Dame Anne, Reine de l'Aurore. C'est …

- …Elle ! Les paroles prophétiques que j'avais exprimées avant que tu ne partes vers l'Est se sont révélées vraies. Comme tu vois je ne me suis jamais fourvoyée dans mes prophéties !

- Vous aviez prévu notre rencontre ? – Fit Dame Anne –

- Non. J'ai juste suggéré à Baldric que l'Est lui réserverait quelques surprises. Il n'a jamais été question de vous, ça c'est Danreb qui informa Baldric que l'inspiration poétique lui viendrait une fois là-bas, loin de son territoire.

- Quels étranges pouvoirs !

- Dame Anne a capturé l'âme de Baldric, ce cœur indomptable et longtemps resté mélancolique. Je dois maintenant vous quitter car je dois rejoindre les autres dirigeants. Je sais que Baldric doit aller saluer d'autres personnes. À plus tard dans la salle du conseil au fond de la forteresse, à l'intérieur du donjon.

- Quelle délicieuse personne, mon cher Baldric, une grande beauté et une gentillesse incroyable émanent d'elle !

- Oui ! Elle a été une grande sœur admirable, et je lui souhaite de tout cœur le retour de Niiru ! Venez avec moi, ma douce amie, je dois aller m'entretenir avec certains nobles et autres chevaliers de mon royaume.

Dame Anne et Baldric se déplacèrent jusqu'à dans l'aile ouest du château où se trouvaient les derniers hommes de haut rang appartenant à l'ancienne cour du royaume de Sertrach.

- Je vous salue Princes du royaume d'Emergard.
- Salutations Prince Baldric, nous vous présentons nos respects. Nos cœurs sont remplis de joie de vous revoir en vie.
- Moi aussi je suis heureux de me savoir en vie !
- Ahahahahahahaha ! – Firent les nobles. –
- Le Roi de la cité d'Ach, m'a ordonné de vous saluer en son nom, Seigneur Baldric, il renouvelle son allégeance à votre couronne. Il se trouve avec les autres dirigeants !
- Malheureusement je suis un Prince en exil, ma couronne n'est plus d'actualité…
- Mais doux Baldric…
- Non, belle Reine ! Je ne peux pas nier que je n'ai plus ni territoire, ni sujets !
- Eh bien Prince de Dol, vous devez changer votre vision. Nous nous sommes entretenus entre grands du royaume de Sertrach et avec le plus haut dignitaire, en la personne du Roi Mu-Erech et, nous sommes tous tombés d'accord : l'invasion de Fulk Arken vous a peut-être volé votre royaume, mais nous avons sauvé la couronne de vos ancêtres, la voici.
- Eh bien soit ! Considérez-moi comme votre chef mais c'est par la lance et par l'épée que je dois reconquérir mon royaume. Avec l'aide de Dame Anne et avec Anarya je me ferai un devoir d'annihiler les troupes d'Humains rebelles et j'irai affronter, seul à seul, Fulk Arken si c'est le seul moyen.

-    Votre détermination le prouve, vous êtes notre Roi ! Et Dame Anne votre Reine.

Tous les hommes dans la salle posèrent un genou à terre en signe de soumission à Baldric et à la Reine de l'Aurore.

-    Pour prouver notre allégeance nous porterons les mêmes armoiries que les armées de l'Est. Permettez-nous de nous retirer et d'aller rejoindre nos soldats.
-    Faites, mes amis, mes pairs ! Souvenez-vous de ceci, lorsqu'Anarya sera brandie, la bataille finale commencera ! Maintenant, Dame Anne et moi, nous allons rejoindre les autres chefs de l'Alliance.
-    Que la nuit vous prodigue un pieux repos gentilshommes.

La Reine de l'Aurore et le nouveau Souverain de Sertrach, s'éloignèrent dans les couloirs de la forteresse pour rejoindre la salle du conseil qui se situait au premier étage du donjon. Ils passèrent tous deux sous l'arche de l'entrée et retrouvèrent tous les dirigeants de l'Alliance Yrnéenne. Là, les deux Souverains saluèrent ceux qu'ils n'avaient pas encore vu, puis ils s'installèrent chacun sur un siège. Une fois assis, Enoguëra et le Magnus Regnus leur exposèrent la situation, la répartition des hommes, les pièges déclenchés ou inutilisables mais aussi les pertes subies du côté de l'Alliance.

On les informa qu'Hersendis tiendrait le flanc nord des légions alliées afin de verrouiller l'accès à la colline surplombant le Ravin Bleu. Enoguëra en compagnie de Narsos et de Mu-Erech mènerait le front en trois franges tandis que l'on confiait à Dame Anne la défense du flanc sud du ravin capable d'accueillir la majeure partie de ses forces et celle du Prince de Dol. Danreb quant à lui réitéra son utilité à mener le commandement de l'ensemble des archers et des réserves militaires situés dans la Forteresse et sur les hauteurs du Ravin Bleu.

De multiples discussions eurent lieu par la suite avant de parvenir à instaurer plusieurs plans de sauvetage et de repli au cas où les évènements ne tourneraient pas en faveur de l'Alliance. De plus, personne n'était parvenu à obtenir des nouvelles des Simériens, ni des hommes sous les ordres de Xénias le Boiteux. Tout en discutant sur les derniers détails pour l'affrontement du lendemain, les convives dînèrent tous ensemble des plats et des mets délicieux.

Hersendis et Enoguëra parlèrent de Niiru et de leur inquiétude à ne point le voir revenir avec Rîîga. À la fin du repas, les deux derniers dirigeants Yrnéens, arrivés au sein de la Forteresse, demandèrent à se retirer du conseil et choisirent de se rendre dans une pièce afin de prendre un peu de repos, pour pallier la fatigue de la longue et rapide chevauchée qu'ils avaient effectuée. La nuit était tombée et Enoguëra qui avait été désigné comme chef de l'ensemble des armées, accepta que ces derniers prennent congé du conseil. Danreb rattrapa Baldric par le bras :

- Baldric puis-je te parler un instant ?
- Oui, mon ami, je t'écoute !
- Me tromperais-je si je disais que Dame Anne est la femme que tu attendais ?
- Non. Nous sommes simplement des amis et des alliés !
- Ami, je sais lire dans l'avenir et j'ai aussi de très bonnes oreilles. Mais mon plus grand atout est que je sais comprendre aussi dans le cœur des hommes, et ce que j'avais entrevu s'est réalisé, et Hersendis l'a confirmé. Dame Anne est l'élue de ton cœur, la muse qui t'inspire.
- Danreb, je suis sans voix, tu m'étonneras toujours de cette

clairvoyance !

- Peut-être suis-je clairvoyant ou simplement à l'écoute du discours de Dame Claudia qui vantent vos mérites dans la longue conversation que j'ai eu avec elle avant votre arrivée dans la salle du conseil. En attendant, ne nie pas ton amour pour ta douce, seulement garde l'esprit clair dans la bataille, sinon la fougue de la passion pourrait te jouer un tour. Maintenant, allez tous deux profiter d'une bonne nuit au sein de mes appartements peut-être qu'elle sera la dernière de nos vies. Demain à l'aube nous aurons besoin de vous. La nuit nous protège pour le moment, le pouvoir des Magus et du Haut-Roi des Elfes joue en notre faveur.

Sur ces judicieux conseils, le Prince de Dol prit les clés de la chambre allouée au profit de Danreb et mena Dame Anne jusqu'aux luxueux appartements que le Prince des Ogariths avait agencés lui-même pendant l'époque précédant la guerre. Il s'agissait d'une salle attenante au donjon, dans les derniers étages du flanc Est, à l'arrière de la Forteresse, à l'intérieur d'un renflement du ravin. Là, après quelques instants de marche, une fois arrivés tous deux devant la chambre, les deux amoureux laissèrent un silence s'installer pendant plus d'une longue minute et, Baldric enleva fébrilement la chevalière qu'il portait à la main droite pour la mettre délicatement à l'index gauche de la femme qu'il aimait.

Cette dernière réagit en déposant un doux baiser sur les lèvres du Prince de Dol. Elle ouvrit quelque peu la porte pour prendre temporairement possession de la majestueuse pièce et alors que le Prince de Dol, toujours aussi galant et prévenant, s'apprêtait à se retirer pour laisser Dame Anne au calme, celle-ci le pria d'entrer. Baldric entra lentement dans la chambre, referma la porte derrière lui, se retourna et d'un pas sûr et audacieux s'en alla rejoindre sa mie. Une nuit fougueuse s'ensuivit, les amants entrelacés dans de délicieux ébats, de tendres caresses et de baisers passionnés que les deux amoureux s'accordèrent tour à tour, se déclarant ainsi ouvertement leurs sentiments. La nuit bien avancée, les deux cœurs enlacés, finirent par s'endormir paisiblement du sommeil du juste.

Le lendemain matin, juste avant les premiers rayons du soleil, la réalité de la guerre ressurgit, car un soldat envoyé par Danreb vint frapper à la porte annonçant l'imminence du lever du soleil. Ce fut Dame Anne qui alla faire ses ablutions et qui sortit la première de la chambre, suivie peu de temps après par Baldric qui, lui aussi comme à l'accoutumée, se lava et s'habilla. Après s'être tous deux restaurés de mets elfiques, ils parcoururent un dédale de couloirs et d'escaliers pour parvenir sur les premiers remparts de la Forteresse. Le jour se levait désormais sur le Ravin Bleu qui était totalement submergé par le métal scintillant des chevaux et des armures.

En face des forces alliées, l'Armée de Fulk Arken demeurait aussi noire et féroce que la veille, couvrant une immense partie de la plaine en aval. Baldric et Dame Anne, partirent tous deux rejoindre leur commandement respectif en passant par le fameux pont-levis, après avoir retrouvé les autres Souverains. Une fois la distance parcourue pour parvenir au centre de la première ligne de charge, tout comme le reste des guerriers, ils assistèrent pendant quelques instants à un silence de mort. Les deux camps s'observèrent sans dire mot et sans bouger, sentant que la tension montait progressivement avant de battre son plein. Le Seigneur des Ténèbres se trouvait sur son fameux monstre volant dans une posture arrogante et tout comme le Haut-Roi des Elfes passa ses troupes en revue sur toute la largeur de la plaine qu'occupait l'ensemble de sa machiavélique armée.

Seul, au milieu d'un calme insondable, le chant du coq résonna dans l'immensité du lieu pour marquer le début du jour, le deuxième jour des combats. Puis, un long silence oppressant se fit ressentir pendant une très longue minute traversant toutes les légions, toutes les rangées de soldats, d'un côté comme de l'autre. Au terme de ce sinistre mutisme durant lequel le temps semblait s'être ralenti, la totalité des soldats aux ordres du Sombre Seigneur ou de l'Alliance Yrnéenne, de part et d'autre du champ de bataille se mirent à frapper lourdement leurs armes contre leurs boucliers pour se donner du courage et de la hargne au cœur. C'est alors qu'au même moment, avant que les deux armées ne se mettent en marche, chacun des dirigeants se décidèrent à haranguer ses troupes pour les exhorter au dur combat qui se présentait à eux :

- Faites honneur à votre Dieu ! Pour ma gloire et la domination des Ténèbres qui s'étendra sur tous les continents après ma victoire, Légions Noires, obéissez maintenant, partez en guerre et ne laissez personne en vie, sus à l'ennemi !

De l'autre côté du Ravin Bleu, Enoguëra répondit ainsi :

- Pour Yrneh ! Par Naör et Floëls, que leur grâce et leur puissance guident nos pas et soutiennent nos bras ! À mon commandement, Soldats de l'Aurore, déchaînons la tourmente des enfers sur l'Armée de Durtal ! Pas de quartier car vos ennemis ne vous épargneront pas ! Combattez glorieusement et mourrez libres ! – Fit Baldric à l'autre bout de la plaine. –

Après ces discours vivifiants, avançant de plus en plus vite, les deux immenses masses vivantes composées de chair et d'acier entrèrent violemment en collision, provoquant dès le départ un grand nombre de morts dans chacun des camps. Le premier choc passa, après les échanges de coups d'épées, de lances et de tirs de flèches, chacune des colossales armées se retrancha derrière une ligne imaginaire pour reformer rapidement les rangs qui s'amenuisaient de minute en minute. Après quelques instants, un deuxième assaut fut lancé par les chefs Yrnéens et par le Roi Noir. Il se révéla tout aussi meurtrier que le premier, mais il marqua sans aucun conteste la supériorité de l'Armée de Fulk Arken dans le combat à pied. À la fin de cette seconde charge, Hersendis qui menait ses hommes, dut se replier. Assise sur sa fabuleuse licorne sur le flanc droit de la Forteresse, en contrebas des défenses, elle laissa naître des larmes de tristesse dans ses magnifiques yeux. Celles-ci coulèrent et s'effacèrent progressivement le long de ses joues. Dans un court moment de répit elle entama une langoureuse et poignante complainte dans laquelle elle s'attristait de la mort des guerriers d'Yrneh :

C'est pour nous l'ultime bataille,
Qui nous aura réunis sans faille,
Mais elle demeure le plus invraisemblable des carnages,
Provoqué par des Hordes écumant de rage.

Autrefois douce plaine et aujourd'hui champ de morts,
Jamais nous n'oublierons nos frères et leur funeste sort,
Dans ce qui fut le plus noble des ravins,
J'ai aujourd'hui perdu beaucoup des miens.

Je ne renonce pas à les pleurer,
C'est par ma voix que je les chante pour ne jamais les oublier,
Des hommes courageux,
Des Ogariths et des Elfes audacieux,

Qui aux termes d'un courage fougueux,
Seront tombés face aux êtres les plus odieux.

Ils auront affronté l'ennemi sans frémir,
Sans coup férir, ni même blêmir.

Désormais dans nos cœurs,
D'innombrables larmes,
Symbole de notre malheur,
Alimenteront la fureur de nos armes.

Toute notre passion,
Foudroiera les Noires Légions,
Afin que jamais Fulk Arken,
N'instaure une éternelle peine.

Après cette complainte pleine de mélancolie, La Princesse Hersendis tourna les yeux vers le ciel et se mit à soupirer :

- Ô Niiru, mon amour, où te trouves-tu ? Nous avons tellement besoin de toi et des forces que tu es parti chercher. Enië, entends-tu mon appel, tu me manques tellement …

De son côté, Baldric, habillé de l'armure du Roi Albior et secondé par la belle Souveraine du royaume de l'Aurore, attendait un nouveau mouvement, agencé par Danreb et Enoguëra, pour repartir à l'assaut des troupes du Seigneur des Ténèbres. L'Armée de l'Alliance se réorganisa et sonna la troisième charge qui fut lancée rapidement sans attendre le regroupement des troupes composées par les créatures au service de Fulk Arken. Les combats se succédèrent et se montrèrent encore plus féroces que les précédents, laissant encore une fois des amas de cadavres çà et là sur l'herbe.

La plaine, autrefois prospère et florissante pour les Hommes, continua de plus belle à se couvrir de sang et à rougir partout où les nombreux soldats tombaient. Les forces du Damalioch se montraient plus ambitieuses et plus agressives, elles submergeaient de toutes parts le contingent militaire de l'Alliance Yrnéenne. Fulk Arken avait sauté de sa monture pour s'engager dans la bataille, lui permettant, dans le feu de l'action, de se diriger directement vers la Forteresse.

Il avait un seul et unique plan en tête, celui de s'en prendre aux chefs ennemis, pour régler définitivement le sort d'Yrneh au plus vite, afin de saper le moral des troupes adverses et de renforcer la détermination de ses ouailles. Son funeste plan ne fut déjoué que temporairement grâce à une idée ingénieuse des vaillants Danreb et Enoguëra qui se jouèrent de lui en ayant recours à la magie. Ils étaient postés à divers endroits de la plaine et ils l'attiraient tour à tour en augmentant instantanément leurs auras pour le désorienter. Mais Fulk Arken ne fut pas dupe bien longtemps de ce petit jeu, il refusa de s'impliquer dans ce méticuleux stratagème. Au lieu de se jeter dans les filets de ses deux adversaires, le Sombre Seigneur resta un moment en arrière car un autre plan germait encore au sein de son cruel esprit.

Égal à lui-même, le Seigneur des Ténèbres se décida à accélérer son plan en se réengageant sans plus attendre dans la bataille. Son retour au milieu du champ de ruines, et cette fois-ci à pied, recommença à terroriser les guerriers des territoires libres, car, à sa vue, l'espoir fondait incontestablement comme neige au soleil, et le passage du Maître de Durtal signifiait tout simplement la mort. Chaque pas qu'il faisait au cœur du champ de guerre laissait une immense empreinte qui brûlait l'herbe de la prairie jusqu'aux racines, pourrissant de ce fait le sol. Les coups qu'il portait avec une extrême violence étaient capables de détruire jusqu'à trois ou quatre centuries.

Alors que l'ignoble personnage se frayait un chemin à l'aide de sa noire épée, des voix résonnèrent un peu partout dans l'immensité de la plaine. C'est alors qu'apparurent tous les Magus, sauf ceux qui gardaient la Forteresse et la porte Nord. Ils se rejoignirent et conjuguèrent ensemble leurs puissances bénéfiques afin d'arrêter l'inexorable progression du Gaïanor déchu.

Ainsi, pendant un court moment, Fulk Arken se retrouva complètement immobilisé par ce puissant et subtil sortilège. Le Sombre Seigneur se rendit compte que ces derniers avaient encore mûri en pouvoirs depuis la chute d'Angwë et qu'ils étaient encore capables de rivaliser avec lui. Profitant de l'immobilisation de l'infâme Seigneur Noir, le Seigneur Bir-Keren, ami de Baldric se rua, armé seulement de sa lance pour tenter de percer le flanc du plus éternel des ennemis. L'Ogarith parvint à son but. Il planta son arme au travers de l'armure du Gaïanor déchu, mais en la retirant du torse du Maître de Durtal, il vit que sa pointe, composée en totalité d'Uldarium, était définitivement réduite en poussière au moment de l'impact, il réalisa alors que Fulk Arken n'avait même pas sourcillé à son attaque.

Bien qu'immobilisé par la magie, le Noir Seigneur pouvait encore se mouvoir dans un espace restreint et, par la taille et par son allonge, il parvint à attraper Bir-Keren en saisissant directement la tête de son frêle, mais néanmoins courageux adversaire. L'ami de Baldric se trouva totalement surpris de ce qui lui arrivait maintenant. Là, devant les Magus assemblés, Fulk Arken se tourna vers les Sorciers, les regarda et souleva son assaillant le plus naturellement du monde. Il serra progressivement la tête du Seigneur Ogarith. L'action du Maître des Ténèbres pulvérisa immanquablement le crâne de Bir-Keren ne laissant que le corps de ce dernier s'affaler de tout son long.

Le Sombre Seigneur esquissa un sourire démoniaque avant de se mettre finalement à rire à gorge déployée. Il contacta, par télépathie, son destrier volant qui s'attaqua à l'un des puissants sorciers, Ganerya déstabilisa le charme magique permettant, dès lors, à Fulk Arken de se dégager sa prison invisible et de repartir à l'assaut de la Forteresse.

- Ce sort a été inutile ! Chers magiciens vous faites encore preuve de futilité. Votre pouvoir est grand et il a augmenté depuis l'épisode du Vendôr mais jamais il ne parviendra égaler le mien !
- C'est ce que tu crois Vil Seigneur ! Jamais nous n'abandonnerons face à tes menaces.
- Non ! La seule chose à laquelle je crois c'est que vous allez mourir tôt ou tard. Quoi qu'il arrive, le destin d'Yrneh est joué, et je m'en vais écourter prochainement vos misérables vies !

Définitivement dégagé de l'oppressante emprise des Magus, Fulk Arken s'orienta vers eux pour tenter de les frapper tour à tour, mais ceux-ci, très rapides, s'évanouissaient à chaque fois que le Roi Noir portait un coup contre leurs personnes grâce à la téléportation qui les ramenait à l'intérieur des murs de la Forteresse. Le Sombre Seigneur continua de traverser tranquillement la plaine tout en massacrant bon nombre de guerriers adverses. De nombreux chevaliers tentèrent de s'opposer à lui et de l'arrêter mais, la puissance conjuguée de l'ancien Dieu et de son épée légendaire le rendait invulnérable. Baldric cabra son cheval pour aller venger son ami que le Sombre Seigneur venait d'exécuter mais, tout comme ce dernier, il se retrouva retenu par des entraves invisibles.

- Non, Prince de Dol. Tu ne pourras pas venir jusqu'à moi ! Je me garde bien de t'affronter.
- Aurais-tu peur d'un simple Humain ?

- Peur de toi, ce n'est nullement la question, mais ta précieuse épée pourrait freiner mon action. Il ne te sera pas possible d'user d'Anarya contre moi.
- Détrompe-toi !
- Non. Personne ne sait utiliser les pleins pouvoirs du Sabre du Dragon, son secret est perdu à jamais. De plus j'ai d'autres projets pour toi cher Baldric. Mon unique but est de passer par le fil de mon épée les Seigneurs Ogariths et Elfes, ce sont les seuls qui, depuis le Vendôr, soient encore en vie.

Sur ces inquiétantes paroles, il se prépara à faire brûler la Forteresse, mais les Magus dressèrent une aura protectrice pour défendre la totalité de la Forteresse, de ses bases jusqu'au sommet du donjon. Fou de rage, car son sortilège venait d'échouer, le Noir Seigneur décida de se tourner en direction du Sud, là où se trouvait l'armée de l'Aurore. Les légions menées par Dame Anne et Baldric s'en sortaient beaucoup mieux face aux attaques ennemies, même si les démons donnaient un peu de fil à retordre.

Fulk Arken se résigna à s'en détourner car sa prévoyance lui rappela d'éviter absolument le Prince de Dol, et l'Héritier du trône de Sertrach faisait montre d'une incroyable capacité à manier le Sabre du Dragon. Pour ne pas se retrouver dans l'étau que pourraient composer les différents dirigeants maîtrisant la magie, Fulk Arken sécurisa sa stratégie d'attaque en frappant très violemment le sol du pied gauche, provoquant ainsi une importante secousse sismique. Celle-ci eut pour effet de déchirer une grande partie de la plaine, séparée désormais en deux entités parcourues par une profonde fissure laissant les entrailles de la terre exposées à l'air et aux yeux ébahis des combattants.

Par cette action imprévue, la frange sud du ravin, resta isolée de l'entrée du refuge des Alliés, laissant Dame Anne mener sa propre bataille tandis que Baldric luttait et se débattait comme un beau diable contre le sortilège du Roi Noir. Il n'y avait plus, pour les légions Aüris, qu'une seule solution, celle de vaincre les hommes de Durtal qui se trouvaient au même endroit puis de contourner le ravin en passant derrière la colline jouxtant les contreforts du ravin de la Forteresse et du Ravin Bleu afin de se retrouver derrière la porte du Nord et ainsi rallier les armées menées par Hersendis. Une fois l'action accomplie, Fulk Arken se retourna vers les phalanges situées au Nord du Ravin Bleu. Il s'approcha lentement d'elles tout en repoussant ses troupes pour se frayer son propre chemin. Il porta alors son regard vicieux et cruel sur la belle et vaillante Princesse Hersendis.

Alors qu'un boulevard s'ouvrait devant lui pour aller capturer cette dernière et exiger rançon et reddition de la part d'Enoguëra, il préférerait en fait, la tuer, puisque tout indiquait dans son esprit que le Roi des Elfes n'accepterait en aucun cas une tractation de quelque nature que ce soit, même s'il s'agissait de la sauvegarde de sa propre fille contre une promesse de capitulation. Hersendis qui était occupée avec plusieurs Orcs ne vit pas le Sombre Seigneur s'approcher d'elle et ne comprit que tardivement ce qui allait lui arriver.

Ce dernier tenta de lui porter une rapide et imparable estocade, mais lui non plus ne put prévoir que l'arrivée impromptue de Danreb la sauverait in extremis. Alors que Levïaïa partait pour se figer dans le corps de la douce Elfe, le courageux Prince des Ogariths, après un vertigineux piqué, poussa des deux mains la belle guerrière et reçut de plein fouet la maléfique lame noire de Levïaïa dans l'épaule gauche.

Ce dernier lâcha un hurlement glacial qui traversa le champ mortuaire, de part en part, stoppant d'un trait l'élan de tous les guerriers engagés dans la guerre. Enoguëra, qui se trouvait alors dans l'enceinte de la seconde muraille pour organiser une nouvelle salve de combattants à cheval, se mit en connexion télépathique avec sa fille encore en position de détresse. Il demanda aux Magus de le téléporter en dehors des murs, lui permettant ainsi de bondir d'un trait avec son rapide destrier. Cette action inouïe provoqua une incroyable célérité pour protéger Hersendis et le vaillant Prince ailé. La course du cheval du Haut-Roi des Elfes lui permit de rejoindre Hersendis en moins d'une minute. Une fois arrivé à la hauteur de Fulk Arken, il sauta de sa monture pour affronter le Sombre Seigneur.

- Très bien ! Vous voilà mon cher Enoguëra, c'est exactement ce que je désirais. La capture de votre fille vous importe peu, mais l'idée de sa mort n'a fait qu'attiser votre fébrilité.
- Viens Fulk Arken, je n'aurai besoin d'aucune aide pour te ridiculiser !
- Ahahahah ! Pauvre fou d'Elfe, votre orgueil vous perdra. Adieu Haut-Roi Enoguëra !

Alors que le bras armé du Seigneur des Ténèbres allait s'abattre contre l'épée d'Enoguëra, une chose survint mettant le Roi Noir en déroute. Les Magus, au moment où Enoguëra essayait de s'interposer à Fulk Arken pour sauver la vie de sa fille et de son ami, téléportèrent les trois dirigeants directement au sein de la seconde muraille barricadée comme les premiers remparts de la Forteresse. Le mot d'ordre avait été clair lors de la réunion des chefs. En aucun cas les dirigeants des différentes races d'Yrneh ne devaient périr, au risque de voir le moral des troupes voler en éclats. Une fois à l'intérieur, la conversation entre les trois rescapés alla bon train :

- Hersendis, vous êtes sauve !

- Oui. Grâce à vous messire Danreb, je vous en serai toujours votre obligée.
- Il n'en est rien ! Aaaaargh ! Cette plaie est profonde – Siffla l'Ogarith – Qu'en pensez-vous Enoguëra ?
- Eh bien Danreb, votre constitution d'Ogarith vous est favorable, mais il s'agit là d'une blessure causée par l'épée la plus maléfique que ce monde ait jamais portée ! Seule l'aide de la magie elfique pourra vous éviter de mourir ou de vous changer en Ogarith Noir à la solde de Fulk Arken. Ma fille possède les connaissances de guérison les plus développées, après les miennes, mais mon devoir se trouve sur le champ de bataille, je vous laisse à ses bons soins.
- Je salue votre sacrifice, ami Danreb !
- Hersendis, son destin est entre tes mains. Moi, je m'en vais réorganiser mes hommes. Adieu !
- Non mon père, c'est Emeliana qui s'occupera du Seigneur Danreb, ma place est dans la plaine.
- Obéis, ma fille, je dois trouver un moyen de tenir, Niiru n'est pas là, je crains désormais pour lui, et les Simériens ne sont toujours pas là. Cette guerre est désespérée, nous tiendrons encore quelques heures, mais après il sera trop tard.
- Père, je vous répète encore une fois, quitte à vous désobéir, je retournerai en bas, vous ne m'avez pas confié l'arme de ma mère pour qu'elle ne serve pas.

Sur ces mots houleux, le Haut-Roi des Elfes sortit, et d'un seul bon, monta à nouveau en selle tout en exhortant ses guerriers présents dans la Forteresse du ravin à repartir au combat. Fort d'un contingent frais et épargné par le début des combats, Enoguëra put lancer la première contre-offensive victorieuse lui permettant de repousser les armées de Durtal. Fulk Arken analysa la situation et remarqua que les forces en présence se rééquilibraient.

Il se résigna, tout de même, à faire battre en retraite ses troupes largement amoindries tandis que la journée avançait rapidement. Il regroupa ses forces, beaucoup moins nombreuses et parut toutefois content du spectacle macabre qui s'offrait à lui.

Il assista à la venue des armées de l'Aurore se joignant aux troupes du Roi Enoguëra, qui avait réussi à se départir de leurs assaillants et venaient de contourner la colline jouxtant l'arrière de la falaise du Ravin Bleu. Fulk Arken s'avança au-devant des premières lignes de ses sbires et planta son épée devant lui. À partir de Levïaïa, il dessina avec l'ongle de son index gauche d'étranges dessins rituels et entama dans sa propre langue, qu'il avait créé autrefois, une formule magique inconnue de tous mais qui avait pour but de donner définitivement l'avantage à ses soldats.

Chapitre XXII : Niiru ! Le temps presse …

Alors qu'il venait de récupérer la puissante Gaïana, l'arme forgée par le Seigneur du Nirvë, Niiru venait d'achever l'ultime épreuve. Il en était sorti vainqueur grâce à sa vaillance et à sa bravoure et avait voulu repartir sur ses pas, afin de retrouver son cheval dans la cité et de parcourir le chemin qu'il avait effectué en sens inverse pour trouver Rîîga. Il fut très vite stoppé par l'Aüfen des airs prénommé Æris qui se plaça entre le Fukanreï et la première marche de l'escalier d'où Niiru avait surgi quelques instants auparavant.

-       Tu ne peux pas repartir par là Fukanreï !
-       Æris laisse-moi passer, je n'ai pas de temps à perdre à me quereller avec toi !
-       Non, Niiru ! En aucune façon je ne m'ôterai de ta route !
-       Tu voudrais me défier moi et Gaïana ?
-       Je n'ai aucune chance contre toi, avec ou sans Gaïana. Mais ce n'est pas raisonnable de passer par ce chemin, le Navire Céleste a déjà appareillé, il est reparti en mer sans toi. Këros a obéi à ton ordre, il ne t'a pas attendu.
-       Comment faire pour les rattraper, je ne pourrai pas venir en aide à l'Yrneh. Il me faudrait plusieurs jours pour revenir là où nous avions lâché l'ancre.

En voyant le Fukanreï désappointé par cette annonce, Æris s'adressa à Niiru :

-       Une chevauchée aurait été inutile, mais les Dieux ne t'ont pas abandonné, Rîîga nous a créé pour t'aider, calme-toi maintenant et regarde !
-       Quoi ?

Tandis que Niiru s'étonnait du discours, Æris, sans prononcer de formule, s'était transformé en un gigantesque oiseau de même forme que le Phénix et dont les plumes possédaient une couleur bleu nuit. Une fois sous l'apparence d'un massif rapace, Æris se tourna vers ses deux frères et Niiru :

- Nous n'avons plus de temps à perdre, Fukanreï dépêche-toi de monter sur mon dos. Imite mes deux frères, installe-toi et laisse-toi guider.
- Très bien je te fais pleinement confiance Æris.
- Accroche-toi Niiru nous partons rejoindre tes amis et le Navire Céleste.

Juste après avoir décollé, l'oiseau de proie qui portait les trois personnages avait plongé à pleine vitesse en direction de la cité Nirvéenne.

- Où allons-nous ? L'océan est derrière nous !
- Je suis un maître de la faune, je me dois d'aller rechercher ton cheval. Fukanreï tu en auras besoin une fois en Yrneh !
- Soit, je ne dis plus rien et je te laisse faire.

Ce plongeon ne dura pas très longtemps puisque très rapidement le fameux coursier, que Niiru avait laissé près d'un des arbres du parc de la citadelle, fut attrapé puis maintenu par Æris dans ses puissantes et imposantes serres. Par la suite, dans un extraordinaire battement d'ailes, l'oiseau et les personnages qu'il transportait arrivèrent au bout d'une heure en vue du plus fabuleux vaisseau des mers. Æris fit plusieurs passages pour reconnaître l'endroit où il se poserait et estimer l'angle d'atterrissage.

L'immense oiseau de proie, approchant une première fois le

bateau, inquiéta l'équipage ainsi que le Prince Këros qui en voyant revenir l'animal crut en premier lieu à une attaque d'un des fidèles lieutenants du terrible Fulk Arken. Mais l'Aüfen Æris ralentit sa course afin de maintenir un vol stable au-dessus du Navire Céleste. La force du battement et l'envergure incroyable de ses ailes déstabilisèrent les Sudaréens qui essayèrent, tant bien que mal, de se retenir aux cordages et aux pavois de leur bâtiment de guerre.

Le gigantesque oiseau déposa d'abord le cheval de Niiru, puis une fois celui-ci évacué à l'arrière, Æris posa ses serres l'une après l'autre sur le pont du bateau, le faisant ainsi chanceler quelque peu, vu l'importance du poids de la créature, qu'était devenu l'Aüfen. À cet instant, les deux autres maîtres de la faune et le Fukanreï descendirent de leur fabuleuse monture qui se transforma derechef pour retrouver son apparence d'origine. Këros et ses hommes changèrent d'attitude une fois qu'ils constatèrent la présence de Niiru, tout en demeurant surpris par le sortilège d'Æris.

Finalement, le descendant de Floëls s'avança vers son ami le Prince de Sudarïa, qui le trouva changé de par ses vêtements, mais aussi par les traits de son visage qui exprimaient une plus grande maturité. Le Fukanreï indiqua que ses habits avaient été confectionnés par les deux personnages qui étaient sur le dos de ce qui ressemblait à un phénix. Son ami le Prince se réjouit de le savoir encore en vie :

-      Niiru ! Mon ami je ne pensais jamais vous revoir. Je regrette d'avoir obéi à vos ordres et d'être parti sans vous attendre.
-      Vous avez suivi mes instructions, c'est tout ! Vous avez choisi la meilleure de toutes les solutions, car Yrneh à aussi besoin de vous de votre commandement et de vos hommes.

- Toujours aussi franc et humble Niiru, je n'arrive pas à comprendre votre comportement quand on connaît votre ascendance. J'ai une question : Rîîga est-il parmi les personnes descendues de cet oiseau ou est-ce l'oiseau lui-même qui est le dernier Gaïanor ?

- Eh bien Këros, je vais vous répondre sur le champ, les trois personnages qui vous semblent curieux et qui m'accompagnent sont des Aüfen, plus exactement les trois gardiens au service du Commandeur de la strate des mers. Quant à Rîîga, il n'a pas pu se joindre à nous.

- Mais, mais… Il a refusé de se joindre à nous ?

- Non. Lisez ceci, c'est son testament, le dernier des Gaïanor est parti comme ses pairs pour l'infini …

- Qu… Comment ??? Il nous a abandonnés, alors tout est perdu, nous n'aurons jamais assez de puissance pour pouvoir vaincre l'Armée des Ténèbres. Fulk Arken est sûrement en marche contre la Forteresse, il nous aura jusqu'au dernier.

- Këros, reprenez-vous voyons ! Lisez ce testament et veuillez tempérer vos propos, le Seigneur Rîîga ne nous a pas abandonnés, et s'il était encore de notre monde, il ne tolérerait pas ce défaitisme.

Këros répondit à la demande du Fukanreï, il lut attentivement les paroles du Gaïanor, et découvrit la fameuse épreuve ultime que le Fukanreï avait réussie.

- Il semble que vous ayez dû passer par de nombreuses épreuves, Niiru !

- Je les ai toutes consignées, sans exception, dans mon codex, cela fait partie de l'histoire. Toute chose dans ce monde joue un rôle !

- Mais quelle est cette fameuse chose capable de nous débarrasser du Noir Seigneur, quel est cet héritage, ce cadeau que

Rîîga vous a fait ?

C'est alors que Niiru, montra l'épée dans son fourreau, celle qu'il avait obtenue au sommet de la Montagne.

-       Voici mon ami, la formidable épée forgée par le dernier des Gaïanor, elle se nomme Gaïana, le Commandeur y inséra toute son essence divine. Elle est faite des plus durs et plus purs matériaux que comporte notre monde, ainsi que de la poussière d'étoile.
-       En effet, l'épée de notre maître est désormais la possession de Niiru, lui seul est capable de la manier, d'utiliser son plein potentiel et donc de rivaliser avec Fulk Arken, mais l'épée ne sera d'aucune utilité si le Fukanreï ne réussit pas à former une seule entité avec elle. C'est à cette condition et cette condition seulement que Niiru atteindra le stade ultime, qu'il deviendra l'égal des Dieux.
-       Il faut alors que je m'y exerce dès maintenant ! Je n'ai pas le choix il me semble…

Niiru fut résolu à accomplir sa destinée et voulut sortir, dès lors, sa nouvelle alliée, mais alors que le Fukanreï posait les doigts sur le manche de celle-ci, Æris dans un geste brusque, mais nécessaire, retint la main de l'Héritier des Gaïanor en s'adressant à lui dans des termes rassurants :

-       Non, Fukanreï ! Vous ne devez en aucun cas sortir l'artefact forgé par feu notre Seigneur.
-       Pourquoi ?
-       Fulk Arken est déjà en marche pour le ravin, il vient de passer la protection qu'avaient créée les Magus, et le pouvoir de Gaïana ne doit pas lui être dévoilé. D'ailleurs regardez ! Voyez par vous-même la garde de l'épée, sa forme a changé, elle s'est rétractée et repliée contre le manche, Gaïana possède sa propre

conscience et elle a sciemment modifié son aspect pour que nous puissions passer inaperçus.

- Nous avons donc en fait un effet de surprise, c'est un avantage, certes, mais contre un Dieu comme Fulk Arken, sommes-nous sûrs que cela marchera ?
- S'il ne sait pas que nous possédons un tel pouvoir et que le Fukanreï n'est pas mort, l'engagement du Sombre Seigneur dans la guerre sera total, nous pourrons tous en profiter !

Un des deux autres Aüfen, recouvert d'écailles se détacha du petit groupe et indiqua à l'ensemble des personnes présentes sur le navire de se tenir fermement aux différents points de préhension et aussi de permettre au cheval du Fukanreï d'être mené à l'abri pendant la fin du voyage.

- Il est nécessaire d'obéir, soldats, si vous ne vous accrochez pas au bateau, alors vous passerez par-dessus bord !
- Mais pourquoi donc Æris ?
- La suite de notre voyage va être plus que mouvementée, nous allons atteindre une vitesse que personne n'a jamais acquise sur mer !
- Que dites-vous ?
- Très bien Æris ! Këros, écoutez-le et prenez cette corde, attachez-vous fermement, je vais faire de même.

Le second Aüfen, possédant des pouvoirs sur les mers, se rendit sur le pont arrière du bateau, il avança très calmement montant une marche après l'autre pour parvenir à l'extrémité de la plate-forme. Là, observant la mer avec un regard égaré il leva les bras vers l'avant et il se mit à réciter une longue formule à voix basse, à la fin de sa dernière phrase ses deux bras étaient orientés vers le ciel. Devant la formidable puissance dégagée par le sortilège, les bras de cet étrange personnage commencèrent à vibrer, puis des convulsions de plus en plus rapprochées provoquèrent l'extrême concentration nécessaire pour mouvoir les navires. Ce furent seulement quelques secondes après, qu'un frémissement de la mer se changea en un immense grondement.

Celui-ci se fit entendre de plus en plus fort tandis que Niiru et Këros se trouvaient attachés tous les deux sur le pont arrière du vaisseau. Au rapprochement du bruit, ils se retournèrent et virent une chose incroyable pour leurs yeux, un mur d'une taille incommensurable se dressait au loin derrière eux. C'était une immense vague qui avait été déclenchée après la fin de la formule secrète prononcée. Celle-ci parvint très vite à proximité du bateau.

La vitesse et la masse de la vague déferlante soulevèrent très rapidement l'embarcation en la propulsant à une vitesse vertigineuse au sommet de sa crête. Këros tout en se maintenant fermement, vit défiler de part et d'autre de son navire la mer puis les côtes de l'immense royaume de son père. Il se montra très étonné quand il réalisa que la direction qu'ils suivaient, déviait quelque peu de leur chemin, puisque le jeune Prince pensait que lui et ses soldats débarqueraient près de la cité sudaréenne. Il demanda alors vers où s'orientait le navire :

- Niiru, ce n'est pas le chemin de Sudaria, pourquoi nous diriger vers le détroit de l'Ile Solitaire, il est dangereux de se rapprocher des territoires du Noir Seigneur !
- N'ayez aucune crainte, mon ami, je crois comprendre le plan de notre navigateur ! De surcroît, les seules forces de Durtal présentes sur mer nous les avons détruites à l'aller, il n'y a plus un seul soldat de l'Armée des Ténèbres capable de nous affronter sur mer. Observe maintenant …
- Comment ?
- Eh bien, si je ne m'abuse, nous allons bientôt passer par le

détroit et très certainement nous arrêter dans la région située entre le Bois-Vert et le Désert du Mogforn. Par contre je ne sais pas comment nous allons modifier la trajectoire !

- Nous allons gagner une grande distance, mais pourquoi pas plus loin ? Et comment arrêter cette vague ?

Æris qui lévitait à quelques centimètres du plancher et qui ne ressentait pas les effets de la vitesse répondit car il s'était entretenu longuement avec son frère par le biais du pouvoir de la télépathie, au sujet de leur tactique :

- Il nous est totalement impossible d'aller plus loin vers l'Ouest car le pouvoir du Noir Seigneur bloque tout mouvement en Mer Centrale. Il n'y a ni vent ni courant, et un Aüfen ne peut pas lutter contre un tel pouvoir. Pour ce qui est du problème de la vague nous ne pourrons pas bloquer son choc avec le rivage, mais pour pallier ce problème, je me transformerai en animal plus grand que celui que je fus pour nous mener ici, je déposerai alors le Navire Céleste le plus loin possible sur le fleuve Rïn. À partir de notre point de débarquement, nous progresserons à couvert en parcourant la route qui longe à la fois le Désert du Mogforn et la grande chaîne montagneuse du Lanep. Enfin nous nous arrêterons à Eä avant de rejoindre le Ravin Bleu.

- Æris ! Pourquoi ton frère vient-il de s'éjecter du bateau ? Il est devenu fou ou a-t-il pris peur ?

- Ne vous en faites pas, j'ai le contrôle de cette vague, simplement mon frère, commandant au monde de la mer a une autre mission qui l'attend depuis l'Île solitaire, mais cela ne nous concerne pas.

Le Navire Céleste continua de progresser rapidement, laissant respectivement derrière lui, l'Océan Australis puis le fameux Détroit Solitarius. Depuis le haut de la vague à proximité de l'île, délimitant la Mer Centrale, chacun des protagonistes pu apercevoir un lieu entré dans les légendes : le Ravin Solitarius, lieu où, au terme d'une longue chasse, fut mis à mort l'Ouroboros, le ver géant, le deuxième Fondamental régulant le monde terrestre et souterrain. Après une sanglante capture, exigée par Fulk Arken durant le Second Cycle, la créature perdit la vie pour alimenter le pouvoir du Sombre Seigneur.

La vague gardait la même orientation et filait tout droit vers les rives du Damalioch, mais comme l'avait expliqué Æris, la vague modifia sa trajectoire sous la volonté de l'Aüfen, en se courbant, ramenant de ce fait le vaisseau des mers vers le lieu prévu pour leur débarquement. Tandis que la déferlante continuait de progresser immanquablement vers l'Yrneh, Æris se concentra encore une fois pour se changer en oiseau comme il l'avait dit et, de sa taille incroyable enserra le vaisseau de Këros de la cale à la dunette en passant pas la proue et l'emmena au-dessus de d'Yrneh en survolant le fleuve Rïn.

Il remonta le cours d'eau jusqu'à proximité de sa source, un peu avant les montagnes puis en douceur, il déposa le Navire Céleste au pied des pentes du Lanep, là où la rivière se transformait en un puissant et large fleuve. Une fois pleinement posé dans l'onde calme et pure, l'ancre fut jetée par-dessus bord et, les marins purent enfin descendre du vaisseau afin d'établir un premier camp de base pour se restaurer puis se reposer pour la nuit.

Les installations de fortune furent totalement achevées dès que le soleil fut couché. Au milieu du crépuscule, quelques feux de camps apparurent çà et là, en contrefort de la chaîne montagneuse, chacun se réchauffa et se nourrit pendant que Këros et Niiru écoutaient les propos tenus par Æris sur les plans pour la journée du lendemain :

- Mes amis, nous partirons dès demain pour les ruines de la cité d'Ogarithia, que vous connaissez sous le nom d'Eä. Nous y ferons aussi une halte car nous ne pouvons désormais progresser qu'à dos de cheval. Mon frère et moi sentons le pouvoir de Fulk Arken, sa présence sur le continent bloque indirectement nos pouvoirs, il nous faudra alors deux jours de déplacement.
- Très bien Æris. Mais comment allons nous faire ? Il n'y a que deux chevaux ici !
- Je suis d'accord avec vous Niiru, un cheval, ce n'est pas suffisant. Mais au fait, quelle est le pouvoir du deuxième Aüfen, il est resté muet jusqu'à présent !
- Non, mon frère n'est point muet, il se nomme Terkal et ne parle que s'il juge utile de s'exprimer. Son aide nous sera des plus essentielles pour demain matin.
- Mais comment ?
- Vous le verrez demain. Fukanreï, le monde vous réserve encore des surprises. Pour le moment reposons- nous, le chemin de ta destinée est encore long.

La nuit que passèrent les hommes à proximité du fleuve Rïn se déroula sans aucun encombre, puisque, depuis les deux derniers jours, les forces du Mal se concentraient en totalité dans le Ravin Bleu, et parce que les soldats ne dormiraient que d'un œil. Une fois que le soleil débuta sa course dans le ciel, Terkal l'Aüfen, commandant aux éléments de la terre, se leva lentement, s'écarta progressivement du camp et, chanta une formule rituelle dont le son n'était pas audible par les Hommes.

- Mais que fait Terkal ? Niiru savez-vous quelque chose ?
- Nullement, Prince Këros. Tout comme vous j'attends pour voir ce qu'il nous réserve !
- Un mauvais sort pensez-vous ?

- Je ne pense pas, je crois en une éventualité, mais, dans le doute, je préfère m'abstenir.

Attendant patiemment comme les soldats, Niiru et Këros virent quelques instants plus tard, une formidable manifestation, précédée par un mouvement puissant qui résonnait au contact du sol par intervalles réguliers, finissant par laisser apparaître plusieurs centaines de chevaux qui vinrent à ce moment entourer toute la petite armée du Prince de Sudarïa.

- Eh bien, je crois que le Seigneur Aüfen nous a gâté, il a pu en moins d'une nuit rallier autant de chevaux que nécessaires pour le nombre d'hommes présents ici afin de les mener jusqu'au Ravin Bleu !
- Oui ! Réjouissons-nous de cette bonne formule mon ami.

Terkal s'approcha de Niiru et lui expliqua une partie de son plan :

- Pour rallier rapidement Eä, l'ancienne cité d'Ogarithia, et par la suite le Ravin Bleu, il nous faut parcourir la distance avec ces chevaux. Ils sont tous de la meilleure des races et resteront constant tout au long de notre parcours.
- Merci de ton aide Terkal !
- Ce n'est pas moi qu'il faut remercier, tu devrais mieux louer le Seigneur Rîîga, car c'est lui qui m'a confié ce pouvoir sur la faune !
- Je vois, il avait déterminé que tu étais une pièce de l'édifice.
- Les voies des Gaïanor restent impénétrables !

Tous les soldats furent ravis de constater qu'ils ne progresseraient pas à pied. Sans plus attendre ils montèrent tous à cru sur leurs nouveaux destriers, sans effort. Niiru s'en alla rejoindre rapidement son propre cheval. Il ordonna alors, sous l'œil bienveillant de Këros, la mise en marche de la troupe afin de se rendre le plus vite possible vers leur seconde étape. Une fois en tête de la cohorte, il accéléra le pas et se mit à galoper. Il se rendit vite compte que toutes les autres montures progressaient à ses côtés avec une vitesse égale à la sienne, approchant de plus en plus celle dont était capable le fameux Geriis, connu comme étant le destrier le plus rapide au monde.

La chevauchée dura une bonne partie de la journée, car sur les conseils des deux Aüfen, il ne fallait même pas s'arrêter pour manger, chaque seconde pouvait compter dans le basculement du destin d'Yrneh. Ainsi, dans une gestuelle rapide et efficace, les soldats de Sudarïa firent circuler entre eux la nourriture et l'eau afin de pallier leur faim et leur soif. Au terme de leur course incroyable et sans répit, les hommes ayant composé l'expédition Nirvéenne arrivèrent enfin, sur le haut d'une très longue colline qui s'étirait d'Est en Ouest et qui donnait vue sur le reste des ruines de l'ancienne cité d'Ogarithia.

Une fois au milieu des bâtisses en ruine, ils installèrent un nouveau camp de fortune sans rencontrer de problème de prime abord. Tout se passa tranquillement jusqu'à ce que, dans le soleil couchant, une colonie, comptant de nombreuses gargouilles, n'arrive à proximité de l'ancienne cité. Niiru, fort de ses succès précédents, voulut s'occuper d'eux mais, Æris et Terkal lui demandèrent de se tenir tranquille et de se dissimuler au plus vite afin de ne pas éveiller la méfiance des créatures de la nuit qui pourraient, par un lien psychique, prévenir leur Maître.

- Il est de ton devoir de ne rien faire, tu ne pourras intervenir qu'en ultime recours, mais Terkal et moi, nous sommes assez puissants pour tenir en échec ces monstres volants !
- Cache-toi dans ces ruines là-bas et n'en sors que lorsqu'on te

le conseillera !

Les monstres s'approchèrent de l'ancienne capitale des Ogariths et, tout en volant dans cette direction, ils virent bientôt les hommes de Këros. À cette vue, ils décidèrent instamment de piquer dans cette direction pour les attaquer sans vergogne. Les soldats préparés à cette éventualité ripostèrent à cet assaut avec vaillance et réussirent à tuer certaines des nombreuses gargouilles. À cause de l'aisance de ces maléfiques créatures dans les airs aucun de leurs talents respectifs ne permit une éradication totale des assaillants.

Elles parvinrent tout de même à blesser et tuer un petit nombre de soldats qui s'étaient éloignés, avant que les vils assaillants ne furent d'abord contenus par Æris et sa magie des airs, puis complètement repoussés par les sortilèges de Terkal, l'Aüfen terrestre. Les créatures au service de Fulk Arken revenaient sans cesse et ce fut sans compter sur l'intervention de Niiru qui, scella le destin des ignobles assaillants. Ce dernier prit des mesures plus qu'expéditives en ayant recours à un puissant sortilège de magie du feu qui ne manqua pas de réduire en cendres toutes les gargouilles, jusqu'à la dernière.

La nuit se passa très calmement, comme si cet évènement guerrier n'avait pas eu lieu quelques heures plus tôt. Niiru et Këros se restaurèrent avec les deux Aüfen et les soldats autour d'un grand feu. Plus tard quand la fatigue physique se fit sentir, Le Fukanreï fut le premier à partir dormir, et ce soir-là, la veille de sa grande bataille, il sombra dans un sommeil inébranlable. Le lendemain à l'aube, tandis que le vent faisait bruisser les feuilles des arbres, tous les soldats de Sudaïa se rassemblèrent et se remirent promptement en route pour se rendre, sans délais jusqu'à la Forteresse Yrnéenne qui avait bien besoin de leur soutien. Niiru, à l'écart du groupe, s'éloigna encore pour s'entretenir avec Këros qui prit d'abord la parole :

- Au fait Niiru, mon cher ami, vous avez longuement parlé dans votre sommeil cette nuit, vous avez parlé d'une certaine demoiselle du nom d'Hersendis ?
- Je ne vous dirai rien là-dessus. Vous voulez vraiment savoir qui est Hersendis, Prince Këros ?
- Oui. J'en serai fort aise !
- Je n'aime pas trop parler de ma vie privée, mais Hersendis est la Princesse des Elfes de Sertrach, la fille du Roi Enoguëra et elle est celle que je chéris plus que tout au monde, c'est mon âme sœur !
- Oh quel dommage pour moi de ne pas l'avoir su plus tôt, nous aurions pu converser.
- Pour le moment l'amour est futilité, nous avons un seul objectif : vaincre Fulk Arken et nous sommes là pour nous battre au nom d'Yrneh. Je pense qu'Æris vous a indiqué que nos chemins se séparent ici, vous prendrez la route du Nord qui vous mènera directement au pied du Ravin Bleu, tandis que moi je contournerai seul le ravin. Les Aüfen iront avec vous, ils vous assureront un soutien de magie non négligeable. Bon vent mon ami, nous nous reverrons bien assez vite
- Oui. Nous allons renforcer les forces d'Yrneh et ainsi nous couvrirons votre arrivée au sein du ravin.
- Adieu mes amis, je vous retrouverai probablement sur le champ de bataille.
- Adieu !

Niiru se détourna de la route menant vers le Nord, il s'écarta progressivement de la petite armée conduite par Këros, et lança sa monture dans une violente chevauchée. À peine quelques minutes après cette séparation, il se retourna pour ne plus voir personne, et réalisa dès lors qu'il se retrouvait encore une fois tout seul face à son destin. Il sut, à partir de ce moment, que son cheminement spirituel n'était pas terminé et que son trajet physique, bien que long et très rapidement avalé par les sabots de son coursier, ne marquait en aucun cas la fin de son véritable parcours. La distance fut parcourue en un éclair et à quelques kilomètres de la colline surplombant le Ravin Bleu, Le Fukanreï savait qu'il finirait par dominer le spectacle chaotique de la guerre et qu'il mènerait, au milieu de ses nombreux amis, l'affrontement final qui déterminerait le destin d'Yrneh pour toujours.

- Eh bien, c'est maintenant que tout se joue, je crois que pour la dernière fois je dois abandonner mon nom et mon identité. Niiru n'est plus, à partir de cet instant, je ne suis plus que le Fukanreï et mon unique but est de vaincre Fulk Arken. Quant à toi, mon destrier, je te rends la liberté. Tu n'auras pas à supporter cette guerre, vas mon ami. Je vais finir seul mon voyage…

Chapitre XXIII : Le vrai visage de l'armée de Durtal

Les corps étalés sur le champ de bataille ne pouvaient se calculer, du fait de la violence et de la cruauté des combattants. Maintenant, la lutte venait de cesser pour un moment entre les deux camps et, les forces du Ravin Bleu tentaient de se reconstituer difficilement à cause d'un terrain devenu de plus en plus accidenté par le choc des armes et donc désormais peu propice au combat en formations rangées. Il fallait adopter une nouvelle stratégie pour pallier la dispersion des troupes Yrnéennes. De son côté Fulk Arken n'avait pas encore usé de toutes les ressources dont il disposait et, il avait gardé plus d'un tour dans son sac pour surprendre les hommes de l'Alliance.

Dans un premier temps, il fit appel au renfort de la Horde des Trolls qu'il avait laisse judicieusement en arrière. Mais comme l'avaient si bien pressenti les Magus et le Haut-Roi Enoguëra, le Vil Seigneur des Ténèbres avait dans sa manche un plan secret, et comme l'exprima le chef des Elfes, il fallait absolument se méfier des ressources que les forces du Mal pouvaient dissimuler.

- Regnus, Baldric, les vibrations que je ressens sont particulièrement négatives !
- Que percevez-vous Enoguëra ? – Demanda le Regnus. –
- Oui, dites-nous, Seigneur Elfe ! – Fit Baldric. –
- Je ne sais pas ce que Fulk Arken a derrière la tête, mais j'ai peur d'une chose. Je crains que le sanglant affrontement qui dure depuis presque deux jours ne serve ses noirs desseins.
- Que voulez-vous dire Haut-Roi Enoguëra ?
- Eh bien, Reine Anne, Fulk Arken est, comme indiquent les anciennes chroniques, un ancien Dieu qui a renié ses semblables et ses origines. Il a commandé à la vie au tout début de notre monde,

mais désormais il est l'antithèse de celle-ci, il gouverne la mort elle-même !

Les forces Yrnéennes se réorganisèrent tant bien que mal, mais en attendant, aucun des dirigeants de l'Alliance ne put savoir exactement quel plan machiavélique Fulk Arken était en train de mettre au point. Aucun moyen en leur pouvoir, comme la magie, ou même l'envoi d'un espion dans les rangs ennemis, ne permit de s'informer, car le puissant Gaïanor déchu avait eu l'ingénieuse idée d'ériger, à son tour, un champ de force de même nature que celui des Magus, mais totalement opaque et infranchissable pour les soldats alliés. Le Roi Noir avait, depuis le début de la courte trêve, rappelé la quasi-totalité de ses troupes disponibles ainsi que son fameux monstre volant Ganerya. Alors que ses Noires Légions se reconstituaient en plus petites unités et se massaient en rangs serrés derrière l'immense et impénétrable voile magique tissé précédemment, le Seigneur des Ténèbres commença à mettre en œuvre un autre de ses nombreux cruels desseins.

En premier lieu, il demanda à plusieurs de ses soldats de récupérer des crânes encore intacts, parmi les corps des soldats des différentes races présentes sur la partie du champ de bataille qu'il avait protégé avec son sortilège. Pendant que ceux-ci s'afféraient à trouver des cadavres en bon état afin de les dépouiller de leurs peaux, tissus et autres muscles. Fulk Arken fit sortir de terre un promontoire d'une taille de dix mètres de long et autant de large afin de forme ni plus ni moins qu'un carré. A l'aide de son épée il traça en premier deux cercles d'une taille proche et les relia entre eux par soixante-quatre traits, espacé identiquement les uns des autres. A l'intérieur du plus petit des deux cercles, il traça un hexagone donc chaque sommet touchait le précédent cercle. Il continua à dessiner d'autre forme géométrique : un carré et enfin un losange. Plus le Seigneur des Ténèbres se rapprochait du centre du promontoire, plus les tracés qu'il réalisait, se réduisaient en taille. Une fois ces dessins géométriques achevés, il ordonna à l'un de ses hommes d'aller se quérir d'un objet :

- Va me cherche la petite surprise que je réserve pour le Prince héritier de dol !
- Il en sera fait selon vos désirs mon maître !

Alors que ce serviteur s'éloignait, les soldats qu'il avait désignés pour lui ramener les crânes de chaque espèce présente sur le champ de bataille arrivèrent devant lui. Il leur ordonna de disposer chacun d'entre eux sur l'ensemble du plus grand des cercles qu'il avait dessinés. Une fois tous déposés à même le sol, Fulk Arken s'empressa d'écraser sous ses bottes ces restes de squelettes jusqu'à les réduire en fines poussières. Une fois cette action réalisée, il revint au centre de l'espace où il avait créé un cercle d'invocation. Le serviteur qu'il avait envoyé chercher un objet bien particulier revint et le lui tendit :

- Maître, voici l'urne que vous conserviez pour ce moment…
- Très bien, donne-la-moi maintenant !

A peine eût-il saisit cette urne qu'il la projeta fermement contre le centre de son dessin. Celle-ci se brisa presque totalement et l'ensemble des cendres présentes en son sein se dispersa sur le cercle d'invocation. Fulk Arken paracheva son action en saisissant son épée et en se tailladant la paume de la main droite afin de faire couler son sang. Le Roi Noir fit en sorte que son fluide coule abondamment comme s'il ne craignait pas de se vider de celui-ci. Le liquide de couleur noire teintée de reflets verts, se répandit d'une manière peu banale puisqu'il alla remplir l'ensemble des tracés qui se creusaient dans le sol au fur et à mesure qu'ils se remplissaient.

Lorsque l'ensemble des sillons pleins du sang de Fulk Arken, ce dernier proféra des paroles inaudibles, et lança avec puissance la paume de sa main vers le sol, en plein milieu du promontoire. Sa main heurta violemment la terre et un cratère de la forme de son poing apparu. Au moment même de l'impact, d'étranges inscriptions se propagèrent depuis ses doigts pour aller épouser les différents dessins géométriques qu'il avait tracés.

De l'autre côté du champ de force, les Yrnéens se regroupaient et comptaient ce qui leur restait en hommes valides. Quant aux dirigeants de l'Alliance, ils restaient pleinement inquiets par ce mystérieux sortilège qui empêchait toute visibilité au-delà de mur totalement opaque. En les rendant aveugles, Fulk Arken avait intelligemment joué de ses atouts, et les grands personnages, comme Enoguëra, Danreb ou Baldric qui savaient la noirceur et la puissance de leur ennemi, n'oubliaient pas que ce nouveau coup du sort permettrait à l'esprit fourbe du Sombre Seigneur de les surprendre encore une fois. Tandis que les troupes se reformaient çà et là pour un autre assaut, Baldric détourna son attention de la discussion entre les chefs car de son côté il fut interpellé par un Elfe, qui s'excusa tout d'abord auprès de Dame Anne car il venait d'être informé d'une nouvelle totalement imprévue :

-    Qu'avez-vous à me dire messire Elfe ? Parlez-moi rapidement je vous prie.
-    Seigneur Baldric, mes compagnons n'en étaient pas sûrs jusqu'à tout récemment, mais un chant identique à votre instrument, votre ocarina, vient de résonner plusieurs fois dans l'immensité des airs et la façon dont la personne en joue est étrange.
-    Comment cela ? Pouvez-vous préciser ce que vous avez entendu ?
-    Eh bien il s'appuie sur les mélodies Simériennes, mais la

sonorité est d'origine Elfique Monseigneur !

- Qu'indique-t-il ?

- Prince Baldric nous l'avons déchiffré et voici justement sa signification : J'ai entendu ton appel, mon ami, mon ocarina répond au tien. Sache Baldric que mes armes t'aideront, mon indestructible massue et ma puissante hache seront là pour t'épauler, je viens pour m'acquitter de la dette que j'ai envers toi depuis de nombreuses années. Ami tiens bon, je suis tout proche !

- Je comprends mieux à présent, j'ai cru entendre cette mélodie dans mon cœur, j'ai pensé d'abord rêver. Mais maintenant j'en suis sûr, il est là, il va venir et son secours nous sera très très précieux.

Les yeux du Prince de Dol scintillèrent d'un nouvel éclat encore plus fort que lorsqu'il reçut l'accord de Dame Anne de conduire l'Armée de l'Aurore. Une grande satisfaction put se lire rapidement sur son visage lorsqu'il esquissa un sourire puis lorsqu'il se mit à rire aux éclats. C'est alors que la Reine Anne se rapprocha du Prince de Dol après qu'il se soit écarté pour écouter le message.

- Mon doux Baldric, quelle est cette nouvelle qui semble vous réjouir au plus haut point ? À en lire votre sourire, il semble que les Dieux vous prêtent grâce !

- C'est bien peu de le dire, Dame Anne. Un vieil ami est déjà en chemin pour le Ravin. Je crois que de nombreux soldats de l'Armée de Durtal vont essuyer son courroux. De surcroît, ce sont les Trolls qui risquent de passer une très mauvaise fin de journée. Patience, ma douce, il arrive…

- Qui est-ce donc, dites-le-moi !

- Si je vous parle de l'être dont la devise est « Deux cerveaux, un muscle », je pense que vous saurez de qui je parle !

- Je crois comprendre de qui vous parlez, mais pourquoi ne

prononcez-vous pas son nom ?

\-   Je préfère me taire pour ne pas qu'un espion ou que même Fulk Arken puisse l'entendre !

\-   En tous cas j'espère que cette fameuse devise n'est qu'un trait d'humour, et que sa présence va nous servir sur le terrain ?

\-   Ma belle Anne, soyez assurée qu'avec lui nous avons un énorme atout en réserve.

\-   Vient-il seul, où sera-t-il à la tête d'un contingent ?

\-   Ça je ne le sais pas, par contre de votre côté avec vous des nouvelles de votre sœur Dame Claudia ?

\-   Il semble qu'elle se soit défendue avec les honneurs et qu'elle ait réussi à appliquer des stratégies qui lui ont permis de préserver ses troupes le plus longtemps possible. Elle nous rejoindra le moment venu. Un autre point m'interpelle, selon vous Baldric, que peut bien faire Fulk Arken derrière ce rideau sombre ? Quel sortilège peut-il mener ? La seule chose que je sais c'est qu'il semble infranchissable par nos hommes.

\-   Je ne sais pas Dame Anne, mais avant même de le rencontrer le Sombre Seigneur ne m'a jamais inspiré confiance. Je crois que ce personnage mesquin nous prépare, en secret, un de ses fameux tours de magie noire. J'ai un mauvais pressentiment, un très mauvais pressentiment. Nous allons devoir être prudents. Je pense que les Maîtres Elfes et les Magus nous auraient déjà prévenus s'ils savaient quoi que ce soit sur les sombres desseins du Maître de Durtal.

Au même moment retranché, dans la Forteresse, le Haut-Roi Enoguëra continuait de se concerter avec les Magus et Danreb blessé, sur les plans de Fulk Arken.

\-   Alors messire Regnus, que pensez-vous du subterfuge que nous dresse le Seigneur du Mal ?

\-   Haut-Roi Enoguëra, il est malvenu d'utiliser ce mot de subterfuge. Fulk Arken est un traître, un monstre et il se cache peut-être derrière son champ de force, mais je ne pense pas que ce voile protecteur lui soit vraiment nécessaire. Nous autres Magus, nous pensons que son choix requiert simplement une grosse dépense d'énergie pour lui et tant qu'il ne l'aura pas mise en route, il ne pourra se renforcer en terme militaire. Quoi qu'il advienne, le Sombre Seigneur ne se détournera pas de l'affrontement final, il a toujours gagné dans les batailles qu'il a menées et plus encore dans les artifices et les guerres indirectes, mais il lui reste en travers de la gorge l'échec du Vendôr.

- Mais il a rasé la colline d'où il a chuté, cela aurait dû lui suffire ! Rien n'est assez suffisant pour apaiser la rancœur de ce personnage démoniaque ?

- Non mon ami ! Il ne sera rassasié que lorsqu'il dominera la totalité de ce monde. Souviens-toi de ce que je t'ai conté sur sa véhémence passée, lorsque que nous étions déjà là à la fin du Second Cycle, alors que Floëls était encore parmi nous sur le continent de glace. Cela ne l'a pas empêché de venir sur nos territoires ! Et je tiens à te rappeler, que Danreb, l'ensemble des dirigeants d'Yrneh et moi-même, l'avons fait chuter. C'est après nous qu'il en a.

- Oui. Et pour le dernier des responsables de sa chute, le Seigneur solitaire, l'ancien chef des Simériens, qu'en est-il ?

- Là n'est pas le problème pour le moment, ce qui doit nous intéresser, c'est comment encaisser et éventuellement repousser le prochain assaut.

- Eh bien alors, au lieu de parler, Magus Regnus, pourquoi n'attaquons-nous pas directement son sortilège ? Je pourrais, en prenant un grand nombre d'hommes, y faire une brèche et ainsi je vous permettrais de percer ses légions !

- Sûrement pas, Seigneur Narsos ! – Fit Enoguëra. – Je comprends que vous fassiez confiance à vos chevaliers, mais, même nous autres Elfes, sommes moins fatigués que vous qui avez déjà longuement combattu. La race des Elfes est forte, mes congénères sont résistants et fiers, mais ils ne sont pas invulnérables aux conséquences de cette grande guerre et de l'évolution du monde. Entrez maintenant avec votre armée dans ce rideau noir et je vous assure qu'aucun de vos soldats n'en ressortira vivant, ils mourront tous ou tomberont, au pire, dans l'escarcelle du Noir Seigneur. Ecoutez la voix des Magus et du Regnus, patientons encore un peu, nous aviserons si nécessaire.

-       Mais que faire ? Attendre ?

-       Avoir recours à l'arrière. Malgré notre clairvoyance, tout nous indique qu'il est nécessaire de faire participer l'ensemble des personnes qui se trouvent en arrière du ravin. Il faut aussi brûler le maximum de cadavres restant en deçà du champ de force car des vibrations négatives en émanent et pourraient nous supplanter.

-       Nous allons quérir les femmes et les enfants pour la bataille ?

-       Oui. Sans leur aide nous n'aurons pas assez de soldats pour nous défendre, n'y même gagner. Fulk Arken est un Dieu, il a des pouvoirs, et malheureusement pour nous, Ganerya, son monstre volant, est présent et le seconde à merveille. De plus, même si son armée est amoindrie, elle reste puissante. Et tant que Baldric ne réveillera pas l'incommensurable pouvoir d'Anarya nous serons confinés à cette triste situation.

Pendant que les conversations de stratégies et de bon sens allaient bon train dans la Forteresse, Baldric menait son cheval au galop pour s'assurer que toutes les troupes étaient disposées en position de combat, tandis que Dame Anne relayait l'ordre de Narsos de faire brûler les cadavres. Fulk Arken, qui avait auparavant pris place au centre de son dessin magique, se releva au milieu des figures géométriques. A ce moment précis, celles-ci se matérialisèrent à d'abord à quelques centimètres du sol tout en restant aussi impalpables que les nuages.

Chaque forme géométrique tourna dans un sens bien précis et les symboles et les écritures finirent par s'entremêler, tandis que le Sombre Seigneur tenait maintenant Levïaïa dressée dans sa main gauche. Les dessins accélérèrent leurs mouvements, s'espacèrent pour finalement former une spirale d'énergie. A l'endroit où se trouvaient la trace de sa main et les restes de l'urne et des cendres, il prit son épée à deux mains et la retourna pour la planter dans le sol. Il entama à nouveau un chant incantatoire en Damalior qui modifia complètement et définitivement l'aspect de son cercle ésotérique, devenant une sorte de demi-sphère d'énergie pure. C'est alors que tous entendirent, même au-delà du champ de force, les paroles magiques que vociféra lentement et méticuleusement Fulk Arken :

La mort devient la vie,
Ceux qui sont tombés,
Ici et aujourd'hui,
Vont se relever,

Car je suis Fulk Arken,
L'incarnation de la haine,
Par les gouttes de mon sang,
J'ai choisi de vous rendre vivants,

Par ces cendres,
J'en appelle aux morts,
Leurs âmes doivent m'entendre,
Afin de me rendre plus fort,

Levez-vous !
Rejoignez-moi dans un monde sombre,
Soyez l'arme de mon courroux,
Viens à moi, je t'invoque Armée des Ombres.

Alors qu'un grand nombre des soldats Alliés tentaient de brûler au plus vite un maximum de cadavres Humains et Elfes tombés aux champs de bataille et encore présents de leur côté du voile noir, les Magus réussirent à entrevoir le dessin correspondant aux violentes paroles du Seigneur des Ténèbres. Ils hurlèrent, tant bien que mal, aux soldats de se précipiter pour continuer leur fastidieuse tâche. Mais le stupéfiant sortilège était accompli et les effets de celui-ci se manifestèrent lorsque les chefs de l'Alliance virent que tous les corps gisant sur le sol de la plaine furent attirés, sans aucune distinction, au travers du champ de force, sans que personne ne puisse intervenir. Ni Enoguëra, ni le Magus Regnus ne purent faire quoi que ce soit, ils se résignèrent face à la perfidie de l'obscur Monarque.

En contrebas de la Forteresse, dans le Ravin Bleu, il n'y avait plus qu'un silence de mort qui unissait les guerriers complètements éberlués. Quelques hommes, çà et là, continuaient encore de s'occuper des nombreux charniers qui brûlaient, s'assurant, par là, que les âmes passées par le bûcher seraient purifiées. Les chefs de l'Alliance s'attendaient à moult et moult plans de la part de l'Usurpateur, mais ils n'avaient pas réussi à prédire cela. Le Roi Enoguëra, attristé par cette nouvelle perfidie prit sa tête dans sa main gauche révélant par là son désespoir devant les pouvoirs illimités de Fulk Arken :

-      Comment avons-nous pu nous laisser endormir ainsi ? Fulk Arken nous a bernés ! Nous étions déjà battus d'avance, il a verrouillé toutes les possibilités que nous avions pour gagner la guerre. J'étais et je reste persuadé de sa traîtrise et de sa perfidie, mais jamais je n'aurais pensé qu'il aurait fait appel aux morts, on dirait même qu'il n'a aucun respect pour eux. Jamais il ne l'aurait fait pendant la guerre du Vendôr !

- Non Enoguëra, tu te trompes sur ce point-là ! Il y a sept mille ans il voulait utiliser le pouvoir de l'anti-vie, mais il n'a pas pu le faire à cette époque. L'illustre Floëls était encore là et par son propre pouvoir elle l'a empêché de recourir au pouvoir de la mort. Depuis la création du Monde, Les quatre Gaïanor contrôlent le pouvoir de la vie. Mais, du fait de leur nature divine, ils possédaient la maîtrise de l'antithèse de la vie. Alors, par décence et respect pour les choses qu'ils ont façonnées, ils ont toujours refusé d'user de cette magie.
- Mais pourquoi ?
- Afin que ce savoir ne tombe jamais entre de mauvaises mains.

Les Légions Yrnéennes s'étaient réorganisées et avaient été renforcées par la venue de femmes et d'adolescents dont le nombre n'était pas négligeable. Ces derniers, tout comme les hommes en âge de se battre, avaient eu, eux aussi, l'entraînement nécessaire. Une partie des femmes Elfes et Ogariths qui s'occupaient du camp se trouvant au pied de la colline près du Ravin Bleu furent de ce dernier combat, même si, jusqu'à présent, personne n'avait cru qu'il aurait fallu avoir recours à ce supplément de bras. Le champ de force commença à se dissiper très lentement, se transformant au fur et à mesure en bandes de vapeur qui disparurent. Là, un autre style de fumée, noire et opaque et à l'odeur toxique, se dispersait au contact d'un air plus pur, laissant apparaître de nouvelles forces aux ordres de Fulk Arken : une armée complète de Morts-Vivants, obéissant aveuglément aux ordres de Durtal.

Baldric et Dame Anne demeurèrent aussi stupéfaits que les autres chefs de la race Humaine. Devant les regards désappointés des Elfes et des Ogariths encore en vie, les forces du Mal présentaient un nouveau visage et une puissance qui se trouvaient totalement recomposées. Désormais il n'y avait même plus le moindre espoir de vaincre les rangs de l'Armée des Ténèbres car ils pouvaient se reconstituer sans cesse. Enoguëra, toujours en harmonie avec sa conscience ne voulut pas sacrifier les enfants et les femmes au nom de cette guerre, même si l'enjeu en était la liberté de leur Monde. Baldric, de son côté, observait cette nouvelle Armée, il était de plus en plus mal à l'aise, le sentiment qu'il avait exprimé à Dame Anne auparavant ne faisait que grandir dans son cœur. Hersendis vint se joindre à lui :

- J'ai un affreux pressentiment, mes amies. Je sens la présence d'une personne que je connaissais…
- Oui Baldric, j'ai senti l'âme d'un de tes proches ici ! Mais j'ai aussi senti les vibrations du Morloch que j'ai laissé en vie !
- C'est plus grave encore que cette armée !

Ils ne furent guère trompés par leurs impressions respectives, car Fulk Arken vint se placer en avant de ses troupes pour s'adresser directement au Prince de Dol et à la Princesse des Elfes :

- Cher Baldric, Prince de Dol, j'ai une bonne surprise pour toi. J'ai décidé de réserver un traitement de faveur pour toi. Ganerya va être, pour moi, le destrier d'une personne chère à tes souvenirs les plus précieux ! Devine avec quelles cendres j'ai réalisé mon invocation !
- Tu n'as pas osé, vil serpent, tu n'as pas fait ça ! Tu n'as pas utilisé l'urne funéraire de mon …
- … Père ! C'est mal me connaître, jeune Prince, que de croire que je n'aurais jamais osé, ahahahahah. J'ai l'honneur de te présenter une de tes vieilles connaissances. Voici Emergard de Sertrach, mon nouveau vassal. Quelle ironie du sort ! Tu vas mourir de la main de celui qui t'as donné la vie…

À ce moment précis Fulk Arken s'écarta sur le côté, et une fois que sa cape ne flotta plus au vent, elle laissa apparaître un étrange personnage qui laissa Baldric totalement interloqué.

- Qui est-ce Baldric ?
- C'est … C'est… C'est mon pè…. Père !
- Comment ?
- Je ne sais pas, mais il a usurpé l'âme de mon père !

Les dirigeants d'Yrneh furent aussi tous estomaqués de voir en vie Emergard, le Roi de Sertrach. Mais de son côté, le Sombre Seigneur riait de satisfaction :

- J'espère que mon cadeau te plaît, je l'ai fait revenir spécialement pour toi. Auras-tu le courage de le combattre et de le tuer. Ou serais-tu trop faible pour ça ?
- Je te hais, monstre ! Tu as osé profaner les cendres de mon père, je ne te le pardonnerai jamais. Rien ne m'empêchera de prendre ta vie, ni celle de celui qui fut jadis mon père. Tu viens de réveiller son corps pour commander une partie de tes troupes, mais tu n'as pas eu son âme.
- Crois-tu ? Ahahahahah ! Quant à toi, Princesse Hersendis, mon fidèle lieutenant, que j'ai gardé en réserve va s'occuper de toi, car le chef de mes Morlochs à une revanche à prendre !
- Tu ne fais que confirmer mon intuition ! Je vois que tu n'en as pas eu assez !
- Ne sois pas si sûre de toi petite Elfe, je t'ai maudite après ma défaite sur le continent de glace, et je vais moi-même, appliquer cette menace, ahahahahahaha ! – Fit le Maître-Morloch en apparaissant au côté de son maître –

Des gouttes de sueur perlèrent sur le front du Prince de Dol, il avait un air grave et paraissait plongé dans ses pensées. La souveraine de l'Aurore réussit à le sortir de son état de léthargie en lui soufflant les souvenirs qu'il lui avait racontés autrefois dans le jardin du château de la cité d'Anviliä :

- Souvenez-vous, Prince de Dol, des paroles d'amour et d'admiration que vous avez tenues en ma présence sur mon domaine. Rappelez-vous que votre père est mort en héros et si vous lui portez autant de respect, et bien combattez-le et libérez son âme de l'emprise de Fulk Arken, brisez ce maléfice, montrez au Seigneur des Ténèbres que vous pouvez rivaliser avec son pouvoir !
- Belle Dame Anne, vous avez, sans aucun doute raison, je ne suis plus seul désormais et mon épée me portera secours. Mais d'abord j'ai un autre plan à mettre en œuvre.

C'est alors que finissant son discours, Baldric se ressaisit, et reprenant son courage à deux mains, tira la lame de son fourreau et brandit à nouveau Anarya. Quelques instants plus tard il sifflait un des rapaces du château et lui attacha un message à la patte :

- Va, bel oiseau ! Va jusqu'au Haut-Roi des Elfes et apporte-lui ce message !

A ces côtés dans le Ravin Bleu, la Belle Hersendis, même si son courage n'était pas entamé, elle semblait être dépitée par l'absence de ceux qu'elle était partie chercher dans le Grand Nord…

Chapitre XXIV : Les Simériens et les soldats de Xénias

Malgré la confiance restaurée de Baldric, l'espoir de vaincre les Noires Légions fondait comme neige au soleil, car une fois de plus le destin semblait continuer à vouloir s'acharner sur les forces défendant les territoires libres d'Yrneh. La reconstitution des forces Yrnéennes, en s'appuyant en dernier recours sur l'arrière-garde composée essentiellement de vieillards, de femmes mais aussi d'adolescents et parfois d'enfants, semblait devenir une réalité, mais, en aucun cas elle ne pourrait faire le poids face aux terribles Trolls. Cette armée, trop hétérogène, ne suffisait pas devant l'énorme masse des Morts-Vivants qui venaient de se lever et qui constituaient désormais la plus grande partie des troupes de Durtal.

Le Ravin Bleu n'espérait plus la venue de nouveaux alliés et Hersendis la Princesse des Elfes se trouvait désolée de l'absence du peuple du Septrion qui représentait à cet instant un manque non négligeable. Sa déception était renforcée par le fait que Dame Daskalia lui avait donné quelques Simériens pour se joindre à eux et combattre aux côtés des Hommes et des Elfes, afin de protéger les terres libres des souillures de Fulk Arken. Elle s'excusa, par télépathie, auprès de son père et des Magus pour ne pas avoir mené sa mission à terme. En retour, personne ne la blâma et Enoguëra lui répondit avec une singulière douceur :

- Je ne te reproche rien, ma fille, Fulk Arken est trop puissant, il a peut-être, pu agir sur le Septrion.
- Peut-être que le pouvoir du Seigneur Noir les a plongés dans les eaux profondes et glacées de l'Océan qui bordent leurs rivages ? Peut-être a-t-il dépêché plusieurs légions par-delà la mer ?

- Je ne peux pas te répondre ma fille, car je ne perçois rien pour le moment qui vienne depuis les contrées du Nord, et mon esprit est entièrement tourné vers la bataille. Je me focalise sur le moyen d'annihiler les nouvelles âmes damnées du Sombre Seigneur.

Un bruit fin et rapide vint troubler quelques instants le Haut-Roi des Elfes. Un faucon se percha alors sur son épaule. C'est là qu'il s'aperçut que l'oiseau portait un morceau de parchemin attaché à l'une de ses pattes. Il se décida à le prendre et lire ce qui s'y trouvait. Baldric de Dol venait de lui envoyer un message où il lui soumettait une possible solution pour gérer le nouveau problème soulevé avec la présence des légions de Morts-vivants réveillés par Fulk Arken.

- Enoguëra, j'ai une éventualité de riposte à vous soumettre. Il s'agit d'un plan reposant sur l'union de nos talents. Sa mise en place repose sur Danreb, vous-même et moi. Demandez à Danreb de vous transmettre, malgré sa terrible blessure, une partie de son pouvoir et de son contrôle sur le feu et le vent, cela générera un immense flux d'énergie, et une fois concentré en votre main, il faudra l'orienter en ma direction. De là, avec l'aide de ma précieuse Anarya, je projetterai un immense rideau de flammes. Celles-ci auront le pouvoir de purifier les âmes et les corps.

Le Roi des Elfes acquiesça et contacta ses alliés par télépathie :

- Prince de Dol, voilà une judicieuse idée ! Cette pensée que vous venez de me soumettre est tout simplement grandiose. Je vais prévenir Danreb et les autres chefs de l'Alliance afin que tous se tiennent en retrait ! Danreb, Magus, Rois de Sudarïa et d'Ach écoutez-moi maintenant !
- Oui, nous t'écoutons mon ami ! Dis-nous quel est ce plan ?

- Nous sommes attentifs, Haut-Roi ! – Firent les différents dirigeants d'Yrneh. –
- Baldric m'a fait part d'une idée qui peut fonctionner. Je vais projeter une grande partie de mon énergie, et comme je serai vulnérable à ce moment là, il va falloir me protéger en me téléportant dans la Forteresse. Je me posterai sur la tour plus au Nord et totalement à l'opposé de Baldric. Mais en attendant il me faut aussi récupérer vos pouvoirs Danreb afin de réaliser ce sort inédit.
- Pour Yrneh, je vous confie une grande partie de mon pouvoir sans aucune réticence. Voici ce dont vous avez besoin pour le plan de Baldric. Il nous faut tenter le tout pour le tout
- Merci mon ami !
- Quant à moi – Fit Hersendis. – Je retournerai dans la Forteresse après en avoir fini avec le Morloch.

Danreb se concentra et rassembla ses forces puis les extirpa de son essence. En cet instant, il commençait à ressentir sérieusement les effets de l'insidieux poison que Fulk Arken lui avait inoculé. Après avoir concentré la totalité de son aura, il la maintint entre ses mains et la transmit à Enoguëra en le tenant par la tête.

- Voici l'essence de mon pouvoir, vous en aurez plus besoin que moi qui suis mourant !
- Je suis prêt, allez-y !

Le choc fut rude mais finalement le Haut-Roi des Elfes soutint l'effort, puis ressentit ses nouvelles capacités et les pouvoirs du puissant Ogarith. Par la suite, le père d'Hersendis fut téléporté sur l'une des tours, celle placée dans l'axe opposé à Baldric et son armée. Enoguëra concentra, sans attendre, un flux mystique très brillant comme le lui avait recommandé son ami l'Ogarith pendant la transmission du pouvoir. Il finit par créer une sphère énergétique à la fois bleue et jaune. Il projeta toute cette énergie emmagasinée vers le Prince exilé. Baldric, de son côté, attendait avec impatience que cette puissance jumelée vienne à sa rencontre et surtout au contact de son arme légendaire. Une fois la boule de feu lancée, celle-ci fendit d'un trait l'air. Grâce à la vitesse incroyablement élevée qu'elle possédait, elle traversa la distance sans que personne ne puisse l'intercepter.

Baldric, par le biais de sa nouvelle dextérité, sortit encore une fois Anarya du fourreau. La précision d'Enoguëra ayant fait le reste, il absorba la totalité de l'énergie dans le Sabre du Dragon qui scintilla d'un large faisceau. C'est alors que, toujours en mouvement, le Prince de Dol traversa, avec son cheval Geriis, une grande partie du champ de bataille pour se rendre au point le plus au Sud de la plaine d'où il repartit à pleine vitesse. C'est dès le début de sa course que, dans un mouvement sec il relança l'énergie concentrée sur le Sabre du Dragon en une magistrale vague de feu qui courut sur toute la distance du terrain, formant ainsi un immense mur de flammes hautes et impénétrables qui dansaient et rougeoyaient devant l'ennemi.

Les premières rangées de l'armée composée de cadavres se trouvaient déjà en marche, et la riposte inattendue de l'Alliance fit que les soldats de cette nouvelle force se jetèrent, sans retenue aucune, dans les flammes. Fulk Arken comprit, trop tard, que celles-ci parvenaient, sans effort, à brûler leurs corps et à purifier leurs âmes. Fou de Colère pour avoir été à nouveau contré par l'association d'esprits aussi ingénieux que le sien, il ordonna à ses esclaves de stopper encore une fois leur avancée, un peu tard, car c'était l'équivalent de dix-neuf légions qui tombèrent dans le piège de l'Alliance. Il lui fallait maintenant supprimer ce puissant sortilège. C'est après quelques secondes de réflexion, qu'il ordonna au fantôme du Roi de Sertrach de se manifester dans le combat et de chevaucher Ganerya. En enfourchant la créature, il passerait au-delà des flammes, accompagné par le Morloch afin d'ouvrir un large passage dans l'espoir de parvenir à détruire cette muraille jaune et bleue.

Sur la selle réservée en temps normal au Noir Seigneur, l'âme souillée du Roi de Sertrach monta et saisissant les rênes, ordonna à la gigantesque chauve-souris de prendre son envol. Les deux compères s'élevèrent dans les airs et, une fois assez haut dans le ciel, ils passèrent rapidement et simplement au-dessus du feu purificateur et se retrouvèrent instantanément de l'autre côté tandis que le dernier des Morlochs faisait de même en planant au dessus du rideau protégeant les armées d'Yrneh. Le fantôme du Roi de Sertrach et sa monture se posèrent finalement de l'autre côté et, sans descendre de son monstrueux destrier, il commença à entamer un chant magique pour retourner le sortilège en faveur des forces du Mal.

Il y parvint, sans véritable difficulté, au bout de quelques minutes, tandis que certains soldats essayaient de lancer un assaut contre lui mais se voyaient repoussés ou étaient tués par le puissant Morloch. Le rideau de flammes avait, depuis peu, changé de couleurs et affichait à présent un mélange de noir et d'un bleu sombre, qui le constituaient à présent autorisant les soldats du Sombre Seigneur à pouvoir continuer leur progression.

Maintenant, l'inébranlable Armée des Ténèbres avançait à nouveau sur un rythme cadencé, laissant les hommes de l'Alliance, une fois de plus, désemparés. Alors que le danger se faisait de plus en plus proche, et que les soldats en premières lignes attendaient courageusement le choc avec l'acier adverse, un bruit étrange s'éleva, résonnant dans l'immense plaine et se répercuta sur les flancs du Ravin. Ce bruit mystérieux se répéta plusieurs fois, il parut moins lointain la seconde fois et se révéla donc de plus en plus audible aux oreilles des Elfes et de leurs alliés. Son intensité grandit jusqu'à ce que l'on puisse reconnaître enfin une multitude de feulements provoqués par l'arrivée en masse du peuple nordique monté sur leurs tigres des glaces. Dame Daskalia, tout d'abord au milieu des siens, fit avancer sa monture en avant du reste de ses troupes. D'une voix très féminine, mais portant au loin, elle s'adressa aux dirigeants de l'Alliance :

-     Chef d'Yrneh, vous aviez jusqu'à présent quatre de nos émissaires pour représenter notre Continent, désormais je vous apporte mon soutien et celui de cent mille guerriers, hommes et femmes confondus.

En entendant cette voix non loin d'elle, Hersendis prête à affronter le Morloch s'il s'approchait, releva la tête, et se réjouit de cette venue en lui criant :

-     Finalement vous êtes venue mon amie ! – C'est alors que dans un dernier bon, la Reine des Simériens se rapprocha de l'Elfe et lui répondit –
-     Oui ! Mais nous avons été retardés par la mer car nos bateaux ont coulé avant même notre embarquement. Il nous a fallu recourir à la magie des glaces pour pouvoir créer un pont avec une partie de l'Océan et ainsi nous frayer un chemin entre nos deux Continents. Le voyage a été plus long que prévu.

Baldric reconnut lui aussi, Dame Daskalia qu'il avait rencontrée autrefois. Il salua sa venue et celle d'un peuple farouche et prompt à la guerre. De surcroît, il savait que les Simériens possédaient des avantages considérables dans l'art et la maîtrise de la guerre. Leur force physique était incontestable et elle correspondait numériquement à celle de plusieurs Damalochs réunis et pour certains d'avoir la force de deux Trolls. De plus, ils avaient le bénéfice d'être plus rapides sur les terres d'Yrneh puisqu'ils étaient entraînés pour des affrontements dans la neige.

Enfin, au souvenir du Prince de Dol, ces derniers étaient les inventeurs d'un nouveau type de batailles rangées, utilisé dès la fin du Second Cycle : la technique de la phalange Simérienne, qui était, incontestablement la meilleure de toutes, mais que seuls les gens du continent glacé pratiquaient. L'un des Généraux du pays de l'Aurore eut alors une mauvaise critique, il laissa éclater un rire sarcastique en exprimant sa vision des choses :

- Ce sont de grands barbares, forts sans doute, mais leur regard sombre trahit le manque d'intelligence caractéristique des hommes du Septrion.

Baldric interrompit la désagréable réflexion du Général en lui faisant une remontrance, il lui rappela de ne pas juger les Hommes du Nord au premier coup d'œil, et d'éviter de se baser sur les fausses idées que les gens du Nord avaient laissés se répandre au cours des siècles.

- Sachez Général que les Simériens en termes de batailles rangées, possèdent une avance considérable sur vos légions et sur les miennes. Certes, ils sont moins nombreux que vos hommes, mais cette organisation de combat spécifique, leur donne un avantage indiscutable. Et leur potentiel physique est non-négligeable !
- Comment pouvez-vous dire cela ?
- Eh bien pour plusieurs raisons : les Simériens en général ont la force physique de deux voire trois Trolls, tandis que leurs dirigeants possèdent autant de puissance que cinq Trolls. De plus, j'ai autrefois étudié cette phalange ! Il s'agit pour les combattants

du Nord de se regrouper en un triangle rectangle. Cette figure géométrique permet d'augmenter le nombre de rangs sur le flanc droit renforçant de ce fait la puissance de la poussée.

Une fois que le flanc où les opposants les plus puissants sont positionnés a été submergé, les Simériens convergent pour encercler leurs ennemis et défaire au plus vite leurs chefs.

-    Je vois leur ingéniosité et leur efficacité ?

-    N'omettez pas non plus que Dame Daskalia possède la force de six Trolls et que comme elle, de nombreuses Simériennes pratiquent la magie des glaces.

En effet, au moment même où Baldric montra du doigt les troupes de Dame Daskalia, les différentes tribus, qui constituaient les légions prirent en plusieurs endroits, la forme annoncée par le Prince de Dol. Chaque troupe Simérienne réalisait un magnifique tour de force en attaquant de face et de côté les troupes de Morts-Vivants. D'autre part, les magiciennes Simériennes cristallisaient dans des blocs de glace bon nombre de corps morts, tandis que la cavalerie Simérienne comportant les fameux tigres, s'était empressée d'aller lacérer les restes d'Orcs, de Damalochs, d'Humains rebelles et d'autres créatures mortes pouvant alimenter l'Armée des Ombres.

Fulk Arken qui surveillait les différents fronts, se rendit compte que les Hordes de Trolls restaient relativement épargnée par le combat depuis un long moment. Il constatait que les soldats Yrnéens les évitaient comme la peste, ce qui rendait leur présence peu productive. Seuls quelques hommes du Grand Nord allaient s'y frotter à plusieurs reprises. Malgré toutes les précautions possibles, le flot de Morts-Vivants ne se tarissait pas car certains soldats, oubliaient parfois de brûler certains cadavres du fait de l'intensité et de la férocité du combat. Les forces du Nord réussissaient seulement qu'à contenir les adversaires des territoires libres. Dame Daskalia qui était en connexion télépathique avec Enoguëra, demanda à ce dernier de stopper le recours de la réserve qui se massait en retrait du Ravin, à l'ombre de la porte Nord.

Le conflit s'enlisait et il risquait de tourner à l'avantage des troupes du Sombre Seigneur. Elles demeuraient totalement étrangères à la fatigue, contrairement aux alliés. Les Hommes quant à eux, risquaient de tomber les uns après les autres si le conflit perdurait. De plus, si des Simériens mouraient et venaient à passer dans le camp adverse, le jeu des forces en serait totalement modifié. De leur côté, Baldric, Claudia et Dame Anne menaient leurs légions avec une stratégie très fine, et ils parvenaient, tant bien que mal, à se défendre et à limiter les pertes. Le Prince de Dol se tourna vers son amie et lui objecta :

- Que fait donc votre cousin, nous aurait-il abandonnés ?
- Je ne le sais guère, mon vaillant chevalier !

Quand tout à coup, sortie de nulle part, une troisième voix vint interrompre leur questionnement :

- Je savais bien que je pouvais me faire désirer, mais avec tout ce capharnaüm c'est bien plus que dans mes espérances. Je suis enchanté de vous avoir manqué, mais me voici maintenant à vos côtés.
- Mais que s'est-il passé ?
- Nous avons eu fort à partir avec la mer, et surtout l'Océan du Nord qui ne nous a pas été très favorable. Il a fallu border au large et revenir auprès des côtes pour lutter contre les courants et le vent. Pour le moment, je suis là avec quelques cavaliers qui me servent d'avant-garde, le reste des troupes va surgir d'ici quelques instants. Baldric, j'ai une chose à vous dire. Nous avons rencontré un étrange personnage lors de notre dernière halte, il s'en venait

par ici, avec une hache et un marteau.

Baldric ne dit mot et il continua à se battre en compagnie de Xénias, de Dame Anne et de sa jeune sœur. Seule la Reine de l'Aurore lui tint discours :

- Merci mon cousin, de ne pas m'avoir fait défaut. Votre dette est payée.
- Mais je vous en prie, ma Reine. Pour le moment je crains que l'heure ne soit pas aux remerciements officiels, ce monstre volant qui vient de prendre son envol et, qui plane désormais au-dessus de nous m'inquiète bien plus !
- Ne vous inquiétez pas mon ami, les Magus s'en charge. Ils vont lui réserver un traitement de choc.

À peine les lèvres de Dame Anne se refermaient-elles, que Ganerya recevait effectivement une très puissante décharge énergétique, l'étourdissant quelques instants, l'obligeant ainsi à se poser et permettre à son cavalier de se remettre du choc. Le champ de bataille, en dehors de cet épisode, voyait le rythme de l'affrontement s'amplifier puisque, près de deux cent mille guerriers, aux ordres du Seigneur Xénias, vinrent se mêler à la masse des combattants. Les chefs Simériennes usèrent de leur magie pour empaler les Morts-Vivants sur des stalagmites de glace, en les faisant surgir. Baldric, toujours au côté des deux grands dignitaires d'Anviliä, décida de s'écarter de ces derniers :

- J'ai une chose à faire, je viendrai vous retrouver. Pour le moment je dois régler un problème. Je dois me défaire d'un fardeau trop lourd à porter !

En fait, le Prince de Dol avait remarqué que le fantôme de son père se trouvait en plein milieu du champ de bataille, loin de sa monture depuis laquelle il avait sauté. Les deux personnages, coururent l'un vers l'autre avant de se stopper d'un coup. Ils étaient maintenant à proximité, face à face, tandis que Dame Anne continuait de questionner Xénias sur son difficile voyage.

- Nous avons dû innover en termes de navigation, il nous a été facile de lutter contre les vents et de les retourner en notre faveur, mais pour ce qui fut des courants, leurs forces nous ont obligées à utiliser le navire en amont des autres comme bouclier. Après cela, nous avons réussi à débarquer sur le Continent et il nous a fallu deux journées pour vous rejoindre. La dernière nuit nous avons affronté de nombreuses créatures nocturnes dévouées à Fulk Arken, mais notre nombre et l'aide d'un personnage, quelque peu déstabilisant, nous ont été fort utiles.
- Qu'a-t-il fait de si incroyable ?
- Il a fait preuve d'un courage incroyable et d'une force et d'une férocité extraordinaire. Je n'avais jamais vu un être humain si grand et aussi musclé. A lui tout seul, il a massacré plus d'un tiers de nos adversaires et ce, en moins de dix minutes !

L'arrière-garde de l'armée, sous les ordres du cousin de la Reine de l'Aurore arriva au sein du Ravin Bleu et donna définitivement l'avantage numérique aux forces d'Yrneh. En effet, celle-ci se trouvait constituée d'une grande quantité de nouveaux chars à faux qui, dès leur entrée sur le champ de bataille, se mirent à amputer les jambes et parfois d'autres membres chez leurs adversaires, beaucoup de Morts-vivants se trouvaient dans l'incapacité de se battre. Pendant ce temps, les défenses de la Forteresse avaient pu être renforcées par Enoguëra qui avait aussi fait évacuer les femmes non combattantes, les plus vieux et les plus jeunes qui se trouvaient en arrière de la Forteresse, en les envoyant en direction d'Anviliä.

Baldric, qui s'était détaché de ses amis et de ses soldats partit enfin à la rencontre de son père et se présenta devant son adversaire comme le Prince de Dol et l'unique prétendant à la couronne de Sertrach. Il affirma qu'aucun lieutenant, à la solde de Fulk Arken, ne pourrait tenter de l'usurper, pas même l'ombre de son père.

Le Noir Seigneur restait en arrière de la lutte car, il cherchait toujours à comprendre pourquoi les Trolls, ne se lançaient pas dans la bataille même si les soldats de l'Alliance ne les attaquaient pas. Il se demanda alors, si ceux-ci n'avaient pas reçu des ordres stricts au profit de quelqu'un ou de quelque chose. Pendant ce temps, le plus fidèle lieutenant du Maître de Durtal parvint jusqu'au pied de l'inexpugnable Forteresse, mais là, il tomba nez à nez avec la Princesse Hersendis qui avait deviné ses projets :

-    Il semblerait que nous devrions nous nous affronter ici, sous le regard de vos amis et de vos proches, Dame Hersendis !
-    J'aurai dû te poursuivre Morloch et en finir avec toi sur le continent de glace, mes coups n'ont pas été assez puissants jusqu'à présent.
-    Ahahahah… je connais ta puissance et ta magie et sache que je ne me laisserai plus surprendre !
-    Tu n'en a vu qu'une partie ! Maintenant, en garde Morloch !
– Fit la belle Elfe en serrant sa lame et en jetant un regard sombre au monstre. –

À ce moment de la bataille, Hersendis brandit l'épée de sa mère, ce qui ne manqua pas de faire sourciller le gigantesque monstre.

-    Je connais cette arme, c'est celle de…
-    De ma mère, Ysolina, femme d'Enoguëra.
-    Si vous contrôlez cette arme, Elfe, cela signifie que vous

possédez le même pouvoir !
- Tu sembles moins sûr de toi à présent, mais il est trop tard pour bavarder désormais. Tu mourras comme tes deux frères qui furent transpercés par cette lame il y a presque deux mille ans.

La conversation s'acheva, et la farouche Elfe ramena son épée derrière elle, prit son élan et courut en direction du monstre cornu. Elle sauta dans les airs pour atteindre le Morloch au niveau de la gorge, mais l'infâme créature réagit en sautant vers l'arrière et en déployant, de larges ailes déchirées. Le monstre qui se nommait Karoch plana alors pendant près d'une minute au-dessus de la jeune femme avant d'atterrir en essayant de l'écraser sous ses imposantes pattes. Avec toute sa haine, il entama une contre-attaque où il mêlait coups de poings et coups de pieds. La belle Elfe parvenait sans aucun mal, à éviter la violence de son adversaire grâce à la différence évidente de gabarit et à sa rapidité à esquiver. Elle tentait à son tour de contourner les assauts de son opposant pour parvenir à le blesser mais, les quelques attaques qu'elle réussissait à produire n'affectaient que très superficiellement le Morloch.

C'est alors qu'acculée au rebord de la douve en contrebas, la fille du Haut-Roi des Elfes n'avait plus aucune porte de sortie. C'est par un miracle qu'elle s'en tira de justesse. L'épée elfique nommée Isealia, se mit à scintiller dans les mains de la belle Princesse et l'aura d'Hersendis, sous cette action, augmenta au point d'irradier le regard du monstre. Cette fois-ci, sans élan, Hersendis sauta dans les airs tandis que le chef des Morlochs s'envolait lui aussi dans les airs, elle se retrouva rapidement au-dessus de lui et alors qu'elle voulut lui porter un coup décisif, il tenta de s'échapper. L'intervention surprise de Dame Daskalia permit à Hersendis d'achever Karoch, le lieutenant de Fulk Arken, une fois que ce dernier se retrouva avec les deux ailes gelées par la magie des glaces.

Il tomba lourdement sur l'une des murailles de la forteresse, ricochant ensuite sur le sol et écrasant dans sa chute plusieurs soldats des deux camps, rejoint quelques secondes après par la Princesse des Elfes qui avec son arme découpa l'estomac de l'ignoble personnage. Karoch, le dernier des grands serviteurs de Durtal, put tout de même se relever, briser la glace sur ses ailes avant de s'envoler puis de chanceler et de s'affaler à nouveau avec violence contre la première muraille de la Forteresse déjà endommagée. Les deux guerrières accoururent jusqu'au monstre gisant, et alors que dans un dernier souffle il tenta une ultime riposte inutile.

Elles l'achevèrent dans une incroyable furie, afin d'être sûres qu'il ne se relèverait jamais. Pendant ce temps, à l'arrière des combats, le Sombre Seigneur ragea de voir son guerrier le plus fort tomber sous les coups de la guerrière. Il hurla davantage lorsqu'il remarqua que les Trolls ne se battaient toujours pas et qu'ils semblaient attendre patiemment un évènement que le Maître de Durtal n'avait pas calculé. Il harangua les troupes restées, malgré elles, au repos :

-   Guerriers Trolls, partez au combat ! C'est un ordre !
-   Nous pouvons pas nous battre, personne nous attaque, nos frères qui se battent quand même, ne touchent pas nos adversaires. Nos ennemis Simériens refusent la bataille. Leur comportement est étrange, ils nous approchent mais que pour répéter une seule phrase qui siffle dans leurs bouches. Ils disent : « Préparez-vous, il est de retour… pour vous ».
-   Tout cela n'est que balivernes ! Vous êtes devenus des couards, vous n'avez qu'à courir après nos ennemis. Stupides Trolls ! Trolls vous êtes, Trolls vous resterez, grands et idiots.

Cette phrase que vous répètent inlassablement les Simériens ne veut rien dire ! Comment des Trolls aussi massifs et si nombreux peuvent-ils avoir peur d'une simple annonce ?
- Mais Maître, il s'agit de…
- Il suffit ! Une fois cette guerre finie, je vous annihilerai tous, vous ne méritez plus de me servir.

Tandis que le Sombre Seigneur jetait ses dernières réserves dans la bataille, Baldric se trouvait en face de l'ombre de son père et s'adressa à lui pour que ce dernier prévienne Fulk Arken :

- Informe ton Maître par télépathie que ce n'est pas la peine qu'il compte sur la Horde des Trolls, c'est inutile qu'ils se jettent dans la bataille. Une personne vient spécialement pour eux. Rappelle-lui ceci : Celui qui vient est le seul personnage assez fou pour avoir hurlé sous les murailles de Durtal, le seul personnage qui soit venu sur les pentes du Volcan Arken pour y tremper ses armes…
- Maître de Durtal, avez-vous entendu les paroles du Prince de Dol ?
- Oh Oui j'ai entendu ! Il ne manquait plus que ce maudit Barbare. Steelhammer ! Je te croyais disparu pour toujours… Il semble que la Mort n'a pas voulu de toi jusqu'à présent, mais elle se pliera à ma volonté ! S'en est fini de tes tribulations !

Après cette annonce, près d'une minute passa avant que les deux belligérants ne se portent la première attaque. Un très beau combat s'ensuivit, chacun possédait la même puissance, les mêmes techniques et la même maîtrise de l'épée. Les armes s'entrechoquaient, l'acier émettait de nombreux bruits lors des impacts de lames l'une contre l'autre. Tout en se battant ensemble, le père et le fils s'affrontaient par la parole :

- Crois-tu mon fils que tu puisses rivaliser avec ton Maître ?
- Bien sûr ! Je n'ai pas eu que toi comme mentor !
- Soit ! Tu en es persuadé ! Mais sache que je t'ai tout appris, enfin tout ce que j'ai jugé bon de t'apprendre. Ahahahah …
- Comment ?
- Eh oui cher fils adoré, tu ne pourras jamais me dépasser. Mes connaissances et mon expérience te domineront toujours, je t'ai enseigné tous ce que j'ai bien voulu t'apprendre !

Le combat qui se tenait en plein milieu de la guerre était âpre et difficile. Le fantôme d'Emergard appliqua rapidement ses paroles menaçantes en usant de techniques inconnues au Prince de Dol. Pourtant, il ne put jamais prendre le dessus. Par chance ou par miracle, Baldric arrivait à contrer toutes les bottes secrètes de son père qui s'étonnait au fur et à mesure de la performance de son fils :

- Comment cela est-il possible ? Tu ne peux pas connaître ces techniques.
- Non je ne les connais pas, je connais des variantes et j'ai eu d'autres professeurs lors de mes nombreuses aventures. De plus, j'ai désormais un allié de très grande facture !
- Quel allié ? De qui parles-tu ? Réponds !
- Eh bien, je parle tout simplement d'Anarya, le Sabre du Dragon. Il fait réagir mon esprit mais aussi mon corps de façon incroyable face à tous tes coups. Je pense que ton nouveau Maître, le Seigneur des Ténèbres, a omis de te rappeler que j'avais cet artefact entre les mains. Il semblerait, en plus, que le pouvoir mystique de ma légendaire épée soit en train de se réveiller.

Baldric contre-attaqua et finit par désarmer la réincarnation d'Emergard juste avant de le jeter à terre. Sa main était levée, prête à frapper son ennemi sans retenue, mais il préféra se retirer sans lui ôter une seconde fois la vie.

- Je ne peux pas vous tuer père ! J'ai trop de respect et d'amour pour l'homme que vous avez été autrefois. Reprenez vos esprits et libérez-vous de l'emprise des Ténèbres et de leur Maître !

Le visage du Roi de Sertrach était redevenu pendant un instant le même qu'avant d'être tué durant la prise de Sertrach. Baldric de Dol commençait à s'éloigner de son adversaire, lorsque celui s'adressa à lui :

- Je sais mon fils, tu es droit et honnête, ta conscience t'interdit le parricide, tu ne peux pas tuer ton père. Tu es bon, trop bon et c'est ce qui va te perdre, car ma conscience, elle, ne m'interdit pas de t'ôter la vie.

Le fantôme du Roi de Sertrach, loin d'avoir les mêmes scrupules, se releva insidieusement et, se mit à courir très rapidement en direction de son fils afin de lui porter un coup mortel. Le Prince de Dol avait déjà abaissé son arme et qui commençait à s'éloigner, ne s'attendait pas du tout à l'assaut de son père, il s'était retourné en entendant la parole de son père, et les yeux tremblant d'émotions, il ne put réagir.

- Meurs Baldric !
- Père…

À ce moment très précis, toutes les personnes qui connaissaient Baldric de Dol tournèrent les yeux vers lui, crièrent, le pensant définitivement perdu quand tout à coup, un hurlement violent déchira les airs :
- Noooooooooooooooooooooooon !

La maléfique réincarnation du Roi Emergard d'un coup extrêmement vigoureux, se retrouva projetée au loin, victime à quelques dizaines mètres de Baldric qui se trouvait un genou au sol. Toute l'assistance ne pu croire à ce qui venait de se produire et resta complètement étonnée et éberluée devant le tournant que venait de prendre l'affrontement. En aucune manière il ne pouvait s'agir d'une action de Baldric car celui-ci n'avait pas du tout bougé de son emplacement et son arme était toujours tournée vers le sol.

Les personnes qui avait fixé leur regard sur le corps sans vie du fantôme d'Emergard, relevèrent les yeux et se rendirent compte instantanément de la présence d'une ombre, une silhouette dont la stature était exceptionnellement développée. Tous constatèrent dans ce formidable coup d'arrêt, que la main de ce personnage venait de se poser sur l'épaule du Prince Baldric après avoir fait trois pas pour s'avancer vers lui. L'étrange silhouette tapota l'épaule du Prince de Dol comme en signe de réconfort et d'amitié. Ce mystérieux guerrier souleva le Prince de Dol avec une facilité déconcertante en tenant son épaule entre deux de ses énormes doigts. Baldric réagit instantanément et s'adressa à cet homme immense que personne n'avait encore reconnu.

- Mon ami ! Tu es venu, merci !
- Ne te l'avais-je pas promis ? Je te rappelle que j'ai une dette envers toi, et le bruit de l'ocarina que je t'ai donné autrefois, m'a interpellé alors que j'étais sur ce Continent en recherche de Trolls.
- Oui j'ai été informé de ta présence et, heureusement tu es arrivé pour me sauver à temps.
- En vérité mon ami, je ne viens pas d'arriver. J'ai observé ton combat depuis là-bas dans ce qui reste du sous-bois, j'ai attendu le meilleur moment pour intervenir. Connaissant la droiture dont tu avais fait preuve avec moi autrefois face aux Trolls des glaces, je

savais que tu ne pourrais pas t'abaisser à tuer ton père.

- Merci encore une fois !

- Juste une question, ça fait des jours que je n'ai pas vu de Trolls, durant tout mon périple en Yrneh où sont-ils passés ?

- Eh bien ami, le Sombre Seigneur les a rassemblés, toute les Hordes se trouvent là-bas en arrière de lignes de combats, il paraît qu'ils sont pour toi, très peu de tes frères Simériens ont osé les attaquer par respect pour toi.

- Mais c'est qu'il y en a beaucoup ! Sont-ils tous là ? Si oui, vous avez gâté mon ego.

- Si jamais tu avais besoin d'un coup de main et bien, je n'hésiterai pas.

- Comptes sur moi aussi !

- Ce sera avec nous ! – Firent Dame Anne et Dame Claudia arrivées à proximité des deux compères. –

- Xénias le Boiteux à votre service s'il le faut !

- Magnifique, ces Trolls vont passer une mauvaise fin de journée, et il n'y a pas qu'eux …

Chapitre XXV : Throud Steelhammer dans l'arène !

Au loin Baldric et le personnage qui lui avait sauvé la vie discutaient et s'éparpillaient en boutades en ce funeste jour, lorsqu'ils furent rejoints par Dame Anne, sa sœur mais aussi Xénias et Daskalia. La belle guerrière elfique, qu'était Hersendis, se hasarda à questionner Enoguëra par le biais de ses liens psychiques :

- Mais qui est cet homme là-bas ? Il semble être un ami intime de Baldric, mais il ne m'en a jamais parlé. Ce géant possède une stature incroyable pour un homme du Grand Nord. Je ne le connais pas et je ne crois pas l'avoir jamais auparavant ! Il est le plus massif que tous les Simériens que j'ai vus !
- Tu n'es sans doute pas la seule à ne pas le reconnaître, mais les gens de ma génération, les survivants de la dernière grande guerre le connaissent. Pourtant, peu de gens l'ont côtoyé de près, hormis Danreb, Daskalia, Niiru et moi-même. Pour Baldric, je ne saurai pas où et quand il a pu le rencontrer. Quant aux autres je l'ignore, les années passent si vite pour eux...

Danreb, bien que très affaibli, s'assit et s'appuya sur un pan de mur dans la Forteresse. Avec un ton positif et faisant fi de sa blessure il s'adressa au Haut-Roi Enoguëra :

- Ne me dites pas, Haut-Roi des Elfes, que le guerrier légendaire du Septrion est ici ! Le frère de Thulfanor le Terrible est revenu ? Je le croyais disparu depuis plusieurs années…
- Oui, il est parmi nous et sa présence est indéniablement une chance pour nous !
- Je le pense aussi, si lui et Dame Daskalia s'associent, le plus terrible des couples de Simériens va se faire un malin plaisir de

réduire en un tas de boue informe les Hordes de Trolls. Tout comme la dernière fois sa puissance ne sera pas négligeable !

- Comment se nomme cet homme, ô mon père ? – Fit Hersendis. –

- Cet homme, cet illustre Simérien n'est autre que Throud ! Il s'appelle Throud…

- … Steelhammer ? C'est lui Throud le Barbare ? Le Simérien légendaire dont toutes les histoires de nos frères du Nord parlent ! Ce n'est vraiment pas un Simérien comme les autres ! Je croyais pourtant que c'était un mythe.

- Throud est un personnage étrange, il erre de continent en continent et depuis longtemps personne ne connaît plus son vrai prénom. Cela fait plusieurs millénaires que nous le nommons ainsi, depuis la mort de son frère Thulfanor le Terrible, époux de la Gaïanor Floëls. Il possède donc un lien de parenté avec Niiru.

- Sa parenté avec Thulfanor fait de lui le régent des Simériens.

- Il est haut placé dans la hiérarchie d'Yrneh, mais le plus important est que sa force physique est aussi colossale que ma magie. Sa colère est rare mais tout aussi dévastatrice !

- Père, j'ai remarqué que Fulk Arken semble furieux depuis l'arrivée du Barbare sur le champ de bataille. Pourquoi donc ?

- C'est une longue histoire, une très longue histoire Hersendis. Pour tout te dire, il y a longtemps, après la mort de son frère, Throud est venu sur le Continent noir en l'an cinq mille huit cent six du Second Cycle. C'est à partir de là qu'il a arboré le nom de Steelhammer. En cette fin de Cycle, il fut le seul à défier le pouvoir du Seigneur Noir. Il se rendit sur les territoires de ce dernier et s'aventura sur les pentes raides du Volcan Arken. Là, à la barbe et au nez de Fulk Arken, il plongea et forgea ses deux armes dans la lave, il a ainsi rendu la hache de son défunt frère et son propre marteau bien plus puissants qu'ils ne l'avaient jamais été. L'ennemi de tous les peuples libres n'en a pris connaissance que bien trop tard et, lorsqu'il s'en est rendu compte, ce dernier envoya toutes ses troupes ainsi que toutes les Hordes de Trolls disponibles à la poursuite du Barbare qui, à cause du nombre de poursuivants bien aussi grand qu'aujourd'hui, dut fuir pour la première et dernière fois de toute sa vie, non sans avoir massacré un bon nombre d'ennemis. Mais il avait réussi son coup en narguant de très près le Maître de Durtal.

- Et Throud vient pour prendre sa revanche ? – Rétorqua la Princesse des Elfes. –

- En quelque sorte… Mais en vérité il y a deux raisons à sa présence. D'abord il a juré d'exterminer tous les Trolls qui ont tué autrefois sa première femme et ses enfants. Il veut ensuite se prouver et prouver à Fulk Arken qu'ils peuvent se battre l'un contre l'autre.

- C'est donc pour ça que vous nous avez donné l'ordre de ne pas attaquer les Trolls !

- Oui, tout à l'heure quand nous avons su que Throud était parmi nous, nous avons demandé à nos hommes de ne pas affronter ces créatures. Il doit s'en charger seul, c'est son combat. Il nous demandera de l'aide seulement si cela s'avère nécessaire. Son ego surdimensionné l'empêche d'accepter d'être aidé dans sa tâche et personne ne peut le délier du serment qu'il s'est promis d'accomplir, un jour, il a juré de tuer seul toutes ces maudites créatures. Aujourd'hui encore ils sont très nombreux pour lui, mais je crois que Throud a mûri en puissance et je pense qu'il pourra combattre ses adversaires armés de ses deux armes magiques. Mais qu'il le veuille ou non nous l'aiderons s'il le faut. – Conclut Emergard –

Pendant ce temps, Dame Anne, Dame Claudia et Xénias, le Boiteux qui se trouvaient près du Barbare et de Baldric, écoutaient la conversation des deux acolytes :

- Mon cher Throud cela fait si longtemps ! Alors, qu'es-tu

devenu après notre fameux épisode dans les grottes du Mont Simérus, là où ces maudits Trolls avaient installé leur repère ?

- Baldric, te souviens-tu de la bévue que Throud avait faite en laissant tomber malencontreusement sa hache dans cette immense crevasse ?

- Oui, je me souviens que tu avais fait tomber ta hache après une bataille effrénée ! Mais pardon de t'interrompre, il est toujours aussi difficile de te comprendre. S'il te plaît oublie un peu cette manie que tu as de parler de toi à la troisième personne ! Quelle erreur de débutant n'avais-tu pas commise là mon cher Throud. Ce Troll t'as un peu bousculé en s'enfuyant et tu as lâché ton arme. J'ai dû t'aider en tenant la corde pour te permettre de descendre dans cette lugubre caverne, mes muscles se souviennent encore de ton poids ! Mais une fois en bas, je n'ai plus jamais eu de nouvelles de toi. Tu m'avais recommandé de partir et en chemin, j'ai eu maille à partir avec quelques Trolls qui rentraient en direction de cette caverne !

- Figure-toi, que j'ai eu beaucoup de chance, car ma précieuse hache en tombant jusqu'au fond de ce trou, a fini sa course, fort heureusement, en plein milieu du crâne du chef de cette tribu. J'ai pu récupérer mon arme au milieu de ses putrides monstres déboussolés par la mort de leur Maître. Ensuite Throud…, pardon, J'AI massacré tout le reste des Trolls. Au bout d'une heure j'ai réussi à trouver la sortie et en remontant j'aurai pu te suivre à la trace, vu le nombre impressionnant de cadavres de Trolls que tu as laissés derrière toi ! Tu restes le plus fort des Humains que je connaisse, mais je t'en veux un peu, car ces Trolls dehors, c'était les miens !

- Tu m'en veux vraiment ?

- Mais non, pas le moins du monde, tu m'as rendu un autre grand service, j'aurai pu être surpris … Enfin, pendant trois ou quatre secondes, le temps d'écorcher leurs vertes écailles !

À peine la phrase du gigantesque Throud touchait-elle à sa fin, que Dame Anne, Dame Claudia et Xénias manifestèrent leurs présences en interrogeant le Simérien :

- Excusez-nous, mais qui est donc ce Throud dont vous parlez alors que nous sommes en plein combat ?
- Bah ! C'est de moi que l'on parle ! – Fit Throud le plus naturellement du monde. – Et si vous aviez remarqué, vous auriez vu que tous les soldats de Fulk Arken se sont immobilisés depuis mon arrivée ! Je suis connu belle enfant ! La rançon de la gloire !

Baldric demanda à Throud d'éclaircir rapidement la situation en s'expliquant avec les autres dirigeants :

- Depuis que je suis là, c'est simple, les Trolls ruminent leur peur, ils savent qui je suis et ils connaissent les traitements que j'applique à leur engeance ! Après les avoir éradiqués, j'irai affronter le Seigneur de Durtal qui acceptera le combat car il a une revanche à prendre.
- C'est donc vous le fameux chasseur de Trolls ? Le Barbare à la massue d'acier. – Fit la jeune princesse après son étonnement –
- Le Barbare au marteau d'acier précisément, Dame Claudia ! Je suis bien Throud Steelhammer, le plus fort de tous les Simériens. Mes hommages Princesse, mes hommages à vous aussi Reine de l'Aurore. – Fit Throud en exécutant un baisemain et tout en bloquant un Troll trop aventureux qui s'écrasa pour sa plus grande malchance contre l'énorme marteau en Uldarium. –
- Dame Anne vous en prie ! Rétorqua la belle femme.
- Je vois que vous avez de l'esprit et un trait d'humour, puissante Reine, tout comme votre mère.
- Comment êtes-vous au courant de mon rang ? Et d'où connaissez-vous ma mère ainsi que le prénom de ma sœur ?
- Oh, c'est très simple et surtout logique. – Tout en serrant

vigoureusement la main de Xénias qui esquissait une grimace de douleur. – J'ai fréquenté votre mère et votre père il y a fort longtemps, lorsqu'ils étaient encore en vie, j'ai séjourné chez vos parents. De plus, si Baldric porte aujourd'hui les armoiries du Roi de l'Aurore c'est donc qu'il a revêtu l'armure de mon ami Albior. Je suppose qu'il est donc mort récemment car personne d'autre n'a jamais enfilé cette armure et la volonté de cette protection est de se conformer à la stature de la personne qui est digne de succéder au Roi de l'Aurore tout comme Albior après Cyrus votre grand-père. Quant à vous, eh bien je vous ai déjà vues alors que vous étiez encore une toute petite fille et votre sœur un bébé.

-       Je vois que tu es toujours au courant de tout ! – Remarqua Baldric –

-       L'avantage d'avoir voyagé, d'entretenir les amitiés et surtout de parler avec les animaux et les plantes qui transmettent les informations. Mais trêve de bavardage maintenant, si ma chère Daskalia pouvait remuer un tant soit peu son royal postérieur et venir à mes côtés, je lui en saurai gré.

-       Médisant encore une fois mon cher Throud, je suis déjà là et derrière vous prête à combattre les Trolls.

Le Barbare se retourna et entre lui et Dame Daskalia un regard complice mais rival circula entre eux laissant présager bien des choses laissées en suspend.

-       Soit ! Allons guerroyer mon cher Steelhammer !

-       Ouais ! C'est l'heure de la Baston, héhéhéhéhé ! – Dit Throud tout en faisant claquer les os de son cou.

-       Ça va saigner !

-       C'est-à-dire Steelhammer ? – Demanda Xénias. –

-       Je vois Xénias que vous n'êtes pas allé souvent parmi les rustres du petit peuple !

-       Eh bien, allons nous battre contre ces infâmes monstres, car eux ne nous ont pas attendus. Les hostilités ont déjà repris.

\-   Ma foi, une petite rixe, je ne suis pas contre ! Je ne dirai qu'une chose, cher Baldric… BAAAAAAAAAAAAAASTON !
– Hurla Throud ! –

Sur ce violent cri de guerre, surgit de la bouche de l'ineffable Simérien, les dirigeants présents autour de lui ainsi que l'ensemble des Simériens s'élancèrent ardemment contre les Hordes de Trolls. Dans le feu de l'action, le Barbare indiqua à ses comparses comment se positionner intelligemment afin de se répartir au mieux la masse des Trolls. Ainsi, Throud s'accorda près des deux tiers de ses assaillants, laissant le reste à ses nouveaux alliés. Throud Steelhammer s'en donnait à cœur joie, il courait dans tous les sens après un nombre incalculable d'ennemis. Tout d'abord, il s'en prit au premier Troll qui se présentait à lui et lui arrogea un coup de hache sans même le laisser se défendre.

Juste après, il partit en course après d'autres assaillants qu'il écrasa avec son formidable marteau. Les pauvres Trolls étaient désemparés car le nom du Simérien signifiait pour eux, une crainte et une terreur sans nom, et la puissance de ces coups envoyait valser nombre d'entre eux dans les airs. Ainsi pour eux, la réalité se révélait encore pire que ce que la légende rapportait sur le Barbare. Celle-ci racontait qu'il avait décimé différentes Hordes d'Yrneh et de Simérie et surtout d'avoir tué leurs chefs respectifs. C'est ainsi qu'il avait acquis une réputation séculaire. À un moment, Throud se retrouva encerclé des dizaines de Trolls aidés d'Orcs qui s'adressèrent au Barbare :

\-   On est trente Trolls et une centaine d'Orcs contre toi, et pas des moins forts si tu en tues quelques uns, le reste aura raison de toi !

\-   Seulement trente Trolls et une centaine d'Orcs ? – Grogna

Throud. – C'est bien trop peu pour me vaincre. Savez-vous qui est plus fort que cinquante Trolls ?
-   Euh ?
-   Throud ! Qui est plus fort que Throud ?
-   Euh ? – Continuèrent les créatures désemparées. –
-   Personne ! – Vociféra Throud en lançant sa hache vers un des Trolls, en frappant d'autres créatures avec son marteau et en attrapant puis en employant l'un des nombreux protagonistes pour frapper le reste de l'insouciante troupe. –

Après avoir mis hors de combat l'ensemble de ces personnages, il fit tournoyer un autre Troll qu'il tenait encore par la botte et le propulsa dans les airs mais conserva maladroitement la botte dans ses mains. Ne sachant que faire de celle-ci il décida de la lancer de toutes ses forces contre le premier d'une Série de Trolls qui s'avançait vers lui. Il récupéra à nouveau sa hache et remarquant un chef Troll qui s'attaquait à Dame Claudia, la lança.

Elle réalisa plusieurs rotations effrénées passa à proximité de la princesse, avant de venir se figer entre les deux omoplates du chef de Horde. La créature boueuse et pleine d'écailles laissa un puissant râle sortir de ses entrailles. Loin de mourir sur le coup, le Troll tenta de l'enlever, tout en courant dans tous les sens, forçant Throud à venir la chercher.

-   AAAAAAAAAAAAAHHHH ! Enlevez-moi cette hache ! Argh !
-   Reviens ! Mais reviens, espèce de lâche ! Tu vas arrêter de courir dans tous les sens ? Reviens je te dis ! – Fit-il en finissant par récupérer une fois de plus son arme. –

Tandis qu'il traversait sans difficulté aucune, un nouveau flot d'ennemis Trolls, il en voyait certains qui s'enfuyaient, sans

même l'affronter, tellement la peur finissait par paralyser toute action combative chez ces créatures pourtant aguerries. Pourtant la fierté de Throud l'obligeait à abattre sans retenue tous ces soldats au service du mal. Throud s'adressa à ses amis :
- Je vous laisse finir avec ceux-là, je m'occupe d'autres ennemis

C'est ainsi qu'il disparut pendant un long moment de la vue de Baldric et des autres alliés. Tandis que Daskalia, Dame Anne, Dame Claudia et Xénias appuyé par de nombreux chevaliers repoussaient et faisaient tomber par centaines les adversaires.
Baldric de Dol quant à lui se démenait comme il pouvait, tel un beau diable bondissant de sa boîte. Alors que Xénias et Dame Anne s'étaient éloignés quelque peu de Dame Claudia et de Daskalia. Ceux-ci ne remarquèrent pas tout de suite que, sans crier gare, Ganerya l'immense monstre volant de Fulk Arken les chargea. Xénias en réchappa de peu, mais il ne put rien faire lorsque Ganerya s'empara avec ses griffes de la Reine de l'Aurore.

Le Prince de Dol ne put intervenir, car il était cerné de toute part. Le surnombre de Trolls le submergeait malgré la puissante Anarya. Xénias remarqua que la dépouille du Roi de Sertrach n'était plus allongée et il vit trop tard que l'âme damnée de Fulk Arken venait de le pourfendre. Baldric vit le cousin de la reine tomber sous l'assaut du fantôme d'Emergard mais, coincé, il recula sans s'arrêter pour se retrouver complètement adossé à un énorme rocher. C'est alors qu'un des Trolls s'adressa à lui :

- Rends-toi, Prince de Dol. Tu as perdu, nous sommes trop nombreux pour toi !
- Il n'en est pas question ! De toute façon, vous ne pouvez rien contre moi.
- Ah non et pourquoi ?

- Parce que j'ai un Throud, pardi ! – Fit ironiquement Baldric –
- Un quoi ? – Demandèrent les créatures –
- Un THROUUUUUUUUUUD. – Rétorqua bruyamment Steelhammer –

Lorsque ce cri résonna sur le champ de bataille, le Troll trop bavard et trop curieux reçut un magistral coup du marteau de Throud qui, balaya, par la même occasion, d'innombrables monstres baveux.

- J'ai eu de la chance de sentir ta présence Throud, sinon j'étais perdu. Mais où étais-tu passé ?
- Il a … j'ai eu un petit souci. Ma hache est allée se loger entre les deux omoplates d'un de ces cafards décérébrés. Ce maraud s'est enfui en courant n'importe où, avec mon arme qui lui pendait dans le dos. Je l'ai poursuivi et j'ai réussi à récupérer mon bien. Après il a fallu que je me dépatouille de quelques malotrus à gauche et à droite. Je suis fort désolé pour tous ces contretemps.
- Je ne t'en tiens pas rigueur, tu es indéniablement attaché de cette arme, c'est normal, elle appartenait à ton frère !
- Ouais c'est vrai. Mais heureusement pour toi Baldric, Throud est toujours là …
- … Au bon moment.
- Baldric !
- Quoi Throud ?
- Pousse-toi ! – Throud puisa dans toute sa force pour soulever Un rocher incroyablement gigantesque, qu'il finit par projeter en plein milieu de la masse informe que composait l'assemblée des Trolls. –

- Tu as fait un sacré ménage mon ami !
- Ouais et je vais continuer de la sorte. Mais, foi de Throud, je te conseille de partir voler au secours de ta gente Dame Anne.

Throud va te dégager le chemin ! Par contre pour Xénias c'est fini !

Comme à son habitude, le Simérien ne fit pas dans la dentelle, il déblaya sans commune mesure les Trolls et autres créatures se dressant sur son chemin. Baldric commença à partir en direction de la colline et se retourna quand il sentit qu'un Troll se trouvait derrière lui. Il regarda fixement cet adversaire et baissa son bras armé en parlant tout bas comme pour confier un secret au Troll :

- Qu'est-ce que tu veux me dire ?
- Rien, je crois juste que tu as un Barbare derrière toi, je ne te conseille pas de brandir ton arme !
- Ouais, ouais je vais me retourner y'aura personne et tu t'enfuiras !
- Pourquoi te mentirais-je ?
- Tu vas aussi me dire que c'est Steelhammer qui est derrière moi ?
- Bah, justement … Oui !

Alors que le monstre s'apprêtait à porter un coup en direction du visage de Baldric, il se sentit soulevé par une formidable force athlétique.

- Sale chiure de Troll, tu oses dire que mon ami est un menteur ?

Le Troll se trouva bien dépourvu devant cette question, mais lâcha tout de même son arme et se retrouva à terre. Là, le Barbare lui asséna un énorme coup de pied directement dans le nez avant de le finir avec son marteau.

- Mon nom c'est Throud ! Steelhammer n'est que pour mes

amis !
- Ce Troll est coupable, mon cher ami ?
- Je crois que mon marteau rend toujours la juste sentence !
- C'est rare que tu te trompes dans le jugement d'une personne ou d'une créature. Merci encore une fois.
- Mais de rien Baldric, voilà ta voie royale toute tracée mon ami. Cours et ne te retourne pas ! Dame Anne t'attend sûrement au-delà de cette petite colline.
- Merci. J'y cours.

Baldric s'éloigna à grandes enjambées, le Sabre du Dragon à la main, il siffla son cheval qui ne tarda pas à traverser les ennemis pour mener son maître plus loin. Le fameux Barbare resta au milieu de ses ennemis séculaires, mais il était en compagnie de Dame Daskalia, qui venait de le rejoindre. Elle aussi était très puissante tant sur le plan physique que sur le plan magique. Ses bourrasques glaciales cristallisaient les horribles créatures, tandis que Throud jouait avec son marteau et sa hache pour compléter le sortilège de Daskalia.

Le charme magique permettait au Barbare d'être encore plus efficace dans son combat. Les efforts conjugués des deux personnages réduisirent peu à peu l'énorme corps composé par l'ensemble des Trolls. Le nombre de ces guerriers s'amenuisait radicalement jusqu'à ce qu'il ne resta plus que les chefs. Ceux-là, étaient plus forts que de simples soldats. Dame Daskalia et Throud s'accordèrent pour affronter tour à tour les derniers rescapés de la Horde :

- À toi l'honneur, chère Daskalia !
- Je n'en ferai rien !
- Throud vous en prie !
- Si tu fais tant de galanterie Throud, alors j'accepte mais ne te

plains pas après !

C'est alors que parmi les quelques Trolls encore en vie, un des chefs s'approcha du couple de Simériens pour savoir s'ils s'étaient décidés :

-   Qui veut m'affronter le premier ?
-   Nous ! – Firent ils ensemble tout en frappant de leurs poings le Troll trop aventureux. –

Dame Daskalia décida d'y aller en premier. Elle se départit magnifiquement durant son combat puisqu'elle démembra sans pitié son opposant, jusqu'à ce que Throud lui fasse une remarque qui la déstabilisa un tant soit peu :

-   Tu as toujours d'aussi jolies jambes, elles sont très plaisantes, j'aime beaucoup.
-   Tais-toi Throud ou alors va cueillir des pâquerettes ! Laisse-moi l'achever.
-   Très bien, je retire ce que j'ai dit, tu es aussi laide qu'un Troll et, quoi qu'il en soit, tu te bats comme une jeune Simérienne qui vient de naître.
-   Nous ne sommes pas laids nous autres Trolls !
-   Et toi, ne me contredis pas ! – Harangua le Simérien –

La colère montant en elle, Daskalia esquiva le coup de son adversaire juste avant de lui asséner un violent revers d'épée entre les deux yeux, ce qui ne manqua pas de l'achever après de multiples blessures. Elle s'en retourna vers Throud et de tout son cœur lui envoya une gifle sur la joue.

-   Ose me reparler comme ça et je t'estropie, tu pourras dire adieu à tes rêves de descendance ! Non mais, quel goujat tu fais !

- Je t'ai vexé en te traitant de bébé Simérien ?
- C'est cela ! Ne reparle jamais de mes jambes devant des Trolls, ces jambes que tu as longtemps fréquentées avant de repartir à l'aventure sans me prévenir. Et à l'avenir ne me compare plus jamais à un Troll…

De l'autre côté de la scène, les Trolls, d'abord étonnés par cette dispute conjugale, se mirent à se moquer de Throud qui était d'abord devenu rouge de honte. Mais cette couleur fut celle de la colère quelques instants après puisque le Barbare s'avança vers les Trolls, et les interpella :

- On se moque de Throud ou d'elle ?
- On ne se moque pas d'elle, mais de toi !
- C'est bien ce que je dis, on se moque de Throud !
- C'est qui Throud ? – Bredouilla l'interlocuteur du Simérien qui était enragé par l'excitation de la bataille. –
- C'est MOIIIIIIIIIIIIII, pardi ! Ton pire cauchemar – Prononça-t-il, les yeux grands ouverts, tout en massacrant son pitoyable adversaire. –

Un autre Troll vint rapidement à lui. C'est alors que le Barbare, prompt à un réflexe de défense, lui prodigua un premier coup de marteau au visage, ce qui désarticula la mâchoire du Troll vers la gauche.

- Finalement t'étais plus beau avant ! La médecine des dents, ce n'est vraiment pas mon fort …

Il lui porta, à nouveau, un coup dans la mâchoire et, la replaça dans son état d'origine. Mais finalement, peu satisfait du résultat sur la face de son opposant, il l'acheva à l'aide de sa hache. Dame Daskalia venait prendre le relais pour en finir avec les trois derniers Trolls qui avaient échappé de justesse à la fureur de Throud. Il ne restait plus que le chef de tous les Trolls, Kolnürg Urkang. Les deux compères se retournaient pour s'en aller et laissaient finalement la vie sauve au dernier des Trolls sur le champ de bataille.

Ce dernier n'hésita pas, il bondit dans leur direction pour tenter de les abattre par surprise, mais il ne put éviter de se heurter aux armes de Dame Daskalia et du Simérien. Après leurs actions conjuguées, Throud Steelhammer se tourna en direction de Dame Daskalia afin de lire dans ses yeux bleus, s'il y restait encore un peu de rancœur contre lui. Il se réjouit de ne pas y trouver d'animosité mais plutôt une certaine mélancolie, une tristesse d'avoir été délaissée il y a fort longtemps. Il ponctua ce silencieux entretien par un doux baiser sur une des joues de la belle dame du Nord et par une courte phrase :

- Throud, est très heureux de t'avoir revue !
- Moi aussi Throud.
- Et moi, je n'en ai pas fini avec toi Throud ! – Fit une troisième voix –

Le Barbare se retourna vers Kolnürg, il le fixa pendant quelques secondes avant de l'interpeller :

- Très bien Kolnürg, je t'ai laissé une chance de survivre et de pleurer ton peuple !
- Tu es un pleutre Steelhammer, comme me l'ont toujours enseigné mes aïeux, ils ont dit que tu avais fui la nuit où ta femme et tes enfants moururent sous les coups de mon grand-père !
- Je n'ai jamais fui devant qui que ce soit. Et maintenant que je sais qui étaient les meurtriers, et bien toi, leur descendant tu paieras de ta vie ! Choisis l'arme de ta défaite ! La hache ou le

marteau ?
- Utilise la hache de ton frère !

Le barbare confia son marteau à Daskalia, et il s'avança à quelques pas de Kolnürg. Le dernier des Trolls n'était pas le moins fort, Throud savait les capacités de la famille dominante. Il ramena sa hache en arrière tout comme son adversaire. Il força sur son pied arrière et s'élança en direction du Troll :

- Il ne faudra que trois coups pour te tuer Kolnürg !
- Crève Barbare !

Comme l'avait promis Throud, au premier passage il porta un coup bas juste au niveau du genou gauche de Kolnürg qui perdit alors l'équilibre. Ce dernier tenta de riposter, mais Throud n'hésita pas à lui lacérer le torse avant de tournoyer sur lui-même et de planter sa hache en travers du crâne, le réduisant à néant. Steelhammer hurla sa joie d'avoir éteint le dernier d'une race qu'il exécrait. Il retourna vers Daskalia qui lui rendit son marteau. Il embrassa passionnément la belle femme du Nord et lui souffla :

- Maintenant je dois mener mon dernier combat.
- Non, n'y vas pas, ne t'attaques pas à …
- Fulk Arken ! – Hurla le Simérien –

Throud écarta Daskalia, s'éloigna au pas de course et se dirigea ensuite en direction du Noir Seigneur qui se trouvait au milieu de la bataille et qui fauchait les courageux chevaliers osant s'aventurer face à lui. Au passage, le Barbare acheva quelques Orcs, des Morts-vivants et d'autres créatures des ténèbres. Baldric, de son côté, recherchait encore Dame Anne lorsque, juste devant la colline, l'âme de son père se manifesta. Alors que Le Prince de Dol était confronté au fantôme de son père, une puissante vague gelée déposa Dame Daskalia et Throud à ses côtés.

- Je peux m'occuper de lui Baldric pendant que tu recherches Dame Anne.
- Il n'en est pas question Throud, c'est mon combat ! Je n'ai pas le choix, je dois l'affronter seul à seul. Tu devrais mener d'autres combats car notre armée en a besoin !
- Très bien je te laisse régler cette affaire ! Daskalia, ma chère amie va rejoindre nos alliés là-bas, mais avant propulse-moi vers qui tu sais !
- Pas question Steelhammer que je te jette dans la gueule du loup ! Tu n'as aucune chance…
- Ne t'inquiètes pas, mon pouvoir a grandi et je ne suis plus celui que tu as connu il y a longtemps…
- Très bien ! Mais je le fais à contrecœur !

Dans un puissant souffle glacé, le puissant Simérien fut soulevé et transporté par une gigantesque langue de glace. En un éclair, Throud se déplaça très loin jusqu'à pouvoir bondir au milieu de la plaine désolée. Il atterrit juste là où il l'avait rêvé. Maintenant il se dressait seul devant Fulk Arken.

- Throud, est très honoré de te revoir ici. Throud, te salue.
- Oui, tu peux être heureux de me revoir en cet instant où ma gloire exulte, mon cher Throud, car elle sera brève. Tu ne rééditeras pas l'intervention chanceuse que tu fis lors de la Trinité du Vendôr, tu ne pourras pas me faire chuter de la colline cette fois ci !
- Parlons sérieusement, Seigneur des Ténèbres, à cause de cet acte j'ai conservé une douleur à l'épaule et celle-ci m'a fait souffrir pendant des années, pourtant je ne regrette pas mon geste et peut-être qu'en te tuant ce mal s'effacera.
- Tiens, Throud parle à la première personne maintenant,

aurait-il perdu de sa superbe ? Que comptes-tu faire désormais Barbare ? Je sens que la peur ruisselle sur ton corps !

- Ce n'est pas la peur mais l'excitation de pouvoir t'affronter en combat singulier !

- Soit ! Si ce combat t'excite autant et bien j'accèderai à la requête d'un futur cadavre

L'entretien entre les deux puissants Seigneurs s'acheva et chacun prit une posture de combat. D'un côté Fulk Arken brandissait son épée Levïaïa en la tenant à deux mains et en les ramenant en garde haute sur sa gauche. Throud l'imita en faisant de même mais en tenant sa hache légèrement abaissée devant lui. En l'espace d'un instant, l'affrontement entre les deux belligérants éclata sans aucune retenue. Les deux ennemis possédaient une maîtrise équivalente du combat, ils esquivaient, tour à tour, les coups de l'adversaire. À un moment Throud crut prendre l'avantage car il perça la défense de son opposant et porta un coup au milieu de la poitrine du Sombre Seigneur.

- J'ai réussi ! Je t'ai touché au cœur…

- Crois-tu ? Stupide Barbare !

- Comment ? Que… Que se passe-t-il ?

Throud recula et constata qu'une des lames de sa hache s'était largement émoussée et fêlée la rendant, de ce fait inutile. Pourtant, loin de se laisser dépasser par la chose il tenta de frapper avec l'autre lame, qui rencontra enfin l'épée de Fulk Arken. La hache était devenue complètement inutilisable.

- Certes ! Ton arme est de très bonne facture Throud. C'était la plus prestigieuse arme de ton frère, que j'ai tué de mes propres mains. Tu as osé me défier en la faisant tremper dans la lave de mon Volcan, mais sa constitution reste toutefois insuffisante face à ma lame. Souviens-toi de ceci ! Mon épée a été forgée à partir des dents du Léviathan et mon armure est faite de la matière la plus résistante qui soit : la peau de l'Ouroboros ainsi que le sang du Phénix. Tu n'avais aucune chance ! Ceci est d'ores et déjà ton dernier combat !

\- Je n'abandonnerai pas ce combat, je ne m'avouerai jamais vaincu ! Pour Thulfanor je n'en ai pas le droit !

Le fameux Barbare recula d'un pas et prenant son énorme marteau en main, il se rua à l'encontre du Sombre Seigneur et toucha au but. À ce moment précis, le temps sembla ralentir complètement voire s'arrêter pour Throud. L'instant d'après, la réalité reprenait ses droits et le Barbare subit de plein fouet le contre-choc du coup qu'il avait tenté d'asséner au Seigneur du Mal. Les hauts dignitaires de l'Alliance assistèrent à la destruction de l'arme favorite du Simérien en un million de particules, puis à l'éjection de ce dernier loin dans les airs finissant sa course en écrasant dans sa chute un certain nombre de guerriers.

L'inébranlable Throud était désormais inanimé, gisant à terre. Seule Dame Daskalia put se propulser avec sa magie jusqu'au corps sans vie de l'immense personnage. Baldric quant à lui, au pied du flanc de la jeune colline évitait la première attaque du fantôme de son père, Il para les coups de ce dernier et le repoussa. Fulk Arken passa près de la chef suprême des Simériens et du Barbare sans daigner répondre aux menaces de Dame Daskalia. Il préféra dresser sa main dans la direction afin de lui signaler l'inutilité de toute discussion, menace ou action envers sa propre personne. La farouche Simérienne se releva, tenta de lancer des sortilèges que Fulk Arken repoussa ou absorba sans sourciller. Elle tenta une approche physique mais, il la balaya d'un revers de la main.

Baldric qui jetait un furtif coup d'œil, voulut essayer de rejoindre son ami, mais le Sombre Seigneur s'adressa à lui par des voies télépathiques au travers du spectre d'Emergard :

-   Tu es en face d'un cruel dilemme. D'un côté qui te dit que je ne vais pas tuer Steelhammer et cette piètre guerrière Simérienne ? De l'autre côté, Ganerya tiens encore Dame Anne entre ses griffes. Et il y a toujours le spectre de ton père. Quelle solution vas-tu choisir ? C'est si ironique…
-   Tu es la pire des ordures, Fulk Arken ! Mais je fais confiance à Throud il saura s'en sortir largement, et il y a assez de pouvoir magique pour le protéger, si nécessaire. Le sort de Dame Anne est entre mes mains. Si je supprime Ganerya et l'âme usurpée de mon père alors tu seras définitivement seul et tu n'auras plus aucune échappatoire.
-   Ne sous-estime pas ma puissance et mon armée, frêle humain !
-   Je ne mésestime rien, mais tu ferais mieux de regarder autour de toi. Tu verras que tous tes sortilèges ont été contrés et ton armée se réduit d'heure en heure.
-   Peu m'importe…
-   Je te hais Seigneur des Ténèbres !
-   Ahahahahahahaha ! – Fit le Noir Seigneur en s'éloignant en direction de la forteresse –

Chapitre XXVI : Quand Tenerius entre en scène…

Sur le flanc de la colline située au Nord du Ravin, le Prince de Dol resta là, assistant impuissant à la scène entre son ami Throud Steelhammer et l'infâme Fulk Arken. La présence de Ganerya et de l'âme noire de son père n'arrangeait pas les choses. Un vent, au parfum de mort, soufflait à cet instant sur le flanc de la colline. Baldric était pleinement frustré de cette situation et décida de ne pas faire deux fois la même erreur. Il s'était rendu coupable de ce qui était arrivé à Dame Anne en ne la protégeant pas au moment voulu. Le choc de voir Throud inanimé sur le sol fit monter des larmes dans ses yeux qui coulèrent le long de ses joues. Beaucoup d'idées confuses se mélangeaient maintenant au fond du cœur du jeune homme.

La peine avait grandi soudainement en son cœur et elle se mêlait désormais à une multitude de sentiments. La colère qui résultait de son exil et de l'assujettissement de son territoire, la haine contre le Sombre Seigneur et les exactions de celui-ci, tout s'enchevêtrait en même temps avec des sentiments plus purs et plus nobles comme l'amitié, l'amour qu'il éprouvait pour ses amis et ses alliés. L'enlèvement de la femme qu'il aimait par-dessus tout renforçait son désir de vengeance à l'encontre de Fulk Arken. Il allait se servir de ce pouvoir intérieur pour se tirer des griffes de l'âme damnée de Fulk Arken et pour arrêter Ganerya qui s'en était prise directement à Dame Anne.

Dans un moment aussi désespéré, n'importe qui aurait baissé les bras. Baldric aurait pu le faire depuis longtemps, mais les sentiments qu'il portait à la Reine de l'Aurore firent de lui le plus vaillant des héros, un homme capable de se sortir d'une situation inextricable. Même s'il s'était senti impuissant, face à la chute de la Forteresse de Dol et donc du royaume de Sertrach, il ne voulait pas mourir sans avoir abattu les derniers obstacles entre lui et son grand amour. Le Prince de Dol s'était immobilisé pour communiquer avec Fulk Arken, serra à nouveau le Sabre du Dragon entre les mains, juste devant lui pour saluer une dernière fois son adversaire. Il plaça un pied en arrière le laissant glisser dans la poussière juste avant de s'élancer, il s'immobilisa un instant et se retrouva en connexion avec l'esprit de Throud qui pourtant demeurait à terre :

- Baldric !
- C'est toi Throud ?
- Oui c'est moi, je suis inanimé, mais mon esprit est capable de vagabonder sur le champ de bataille et, quoi qu'il arrive, je sais que je suis protégé, même si je suis trop fier pour l'accepter.
- Pourquoi viens-tu t'adresser à moi ?
- Pour te dire comment vaincre ton adversaire. Je sais comment se débarrasser définitivement de lui pendant que Fulk Arken s'oriente vers la Forteresse.
- Et comment ?
- J'ai pu capter les échanges psychiques entre ton adversaire et le Noir Seigneur. Fulk Arken lui a ordonné de dresser un mur circulaire d'énergie autour de vous deux afin que vous vous battiez jusqu'à la mort de l'un ou de l'autre.
- Et si je gagne comment briser cette barrière ?
- Anarya, le Sabre du Dragon t'aidera ! Use non pas de sa lame mais du pouvoir qui s'en dégage !
- C'est-à-dire ?
- Enflamme cette arme avec ta colère, cela devrait suffire. Maintenant tu es seul…

Au loin, le battement des ailes de Ganerya se manifestait et se répétait, tel l'écho frappant la paroi du ravin. Ce monstre profitait de ces longs instants pour décimer les forces de l'Alliance. À ces mots prononcés par Throud dans son esprit, Baldric rouvrit les yeux et releva lentement la tête tout en lançant un regard froid, sombre et plein de colère. Il était tel une ombre, celle d'un homme que l'on n'attendait plus, celle d'un homme qui revenait de loin, une silhouette noire comme l'obscurité où seuls ses deux yeux brillaient. Baldric détacha le fourreau de son arme, l'empoigna et le jeta au loin tout en s'adressant à son père :

- Cette lame ne rentrera dans son fourreau qu'une fois ton maître définitivement vaincu !

Emergard recula d'un pas et Baldric esquissa un sourire narquois, puis ramenant son épée sur son flanc gauche, le Prince de Dol se prépara à frapper le fantôme de son père. Plus un mot ne fut prononcé entre les deux hommes. Le combat s'engagea sous l'initiative du spectre qui frappa en direction de Baldric. Celui-ci, renforcé dans son esprit et dans son corps, esquiva, sans mal, le coup en roulant sur le sol vers la gauche de son adversaire. Là, il riposta en portant avec violence son pied contre le visage du fantôme. L'esprit malin chancela, la tête en arrière, reculant sous la violence du coup. Il se ressaisit, et juste après avoir feinté le Prince de Dol parvint à lui faire une entaille sur la cuisse droite qui saigna. Pourtant Baldric ne sourcilla pas, comme si son corps n'éprouvait plus aucune sensation. Il échangea près d'une vingtaine d'attaques et d'estocades. Le combat était monté d'un cran par rapport au premier affrontement entre les deux antagonistes. Le futur Héritier de Sertrach prouva tout de même sa supériorité au combat lorsqu'il perça de part en part le corps du spectre. Celui-ci regarda Baldric et se mit à rire :

- Tu ne peux pas me tuer, je suis un pur esprit, je reviendrai sans cesse. Mon piège a fonctionné, tu es voué à la mort.

- Stupide spectre, tu penses m'avoir à l'usure ?
- Oui, et crois-moi la lame de ton sabre ne me fait rien du tout.

Le fantôme d'Emergard maintint l'arme de Baldric entre ses mains et il frappa le Prince Héritier directement dans l'estomac. Le jeune homme voltigea et atterrit sur le dos. Il se releva et eut juste le temps de reculer la tête pour éviter l'arme du spectre, qui érafla son nez et une partie de sa joue gauche. Du sang perla sur le visage du jeune chevalier. Il ragea et se décida à évincer tout sentiment pour cet ersatz de père. Avec son index et son majeur il macula ses joues de deux traits de sang. Il pointa l'index en direction du fantôme :

- Ceci est mon sang, le sang de la colère. C'est par lui que tu vas périr. Crois-moi, je vais purifier ton âme !
- Ahahahahahahah ! Et comment vas-tu faire puisque je t'ai désarmé ?
- Comme ceci ! – C'est alors que par un phénomène incroyable la lame retenue par le spectre d'Emergard se dégagea, et retourna, avec une célérité inégalée, dans la main de son légitime propriétaire. – L'arme possède sa volonté propre !

Au moment où Baldric reposa sa main couverte de sang sur le manche d'Anarya, les rubis formant les yeux du Dragon scintillèrent. Le Prince de Dol recula, prit son élan et courut en direction du spectre d'Emergard. Arrivant à sa hauteur et pour éviter le coup de son père, il réalisa une brusque glissade et planta à nouveau son épée dans le corps de son adversaire, juste au niveau du cœur. Le fantôme s'apprêtait à frapper mortellement la tête du Prince :

- Prince de Dol, salue la vie et rejoins la mort !
- Dommage, spectre ! Tu as perdu, car maintenant, Anarya a eu

raison de toi. – A peine le début de la phrase fut-il prononcé par Baldric, que la lame du Sabre du Dragon s'enflamma instantanément. –

- Comment ? L'épée s'enflamme ? Non ! Tu n'as pas pu parvenir à ça ! – La voix d'Emergard fut à ce moment doublée par celle de Fulk Arken — Si !

- Tu m'as vaincu Baldric, mais je ne m'en irai pas seul ! Je t'ai réservé une surprise. Je t'emmène avec moi !

Les flammes jaillirent du corps du fantôme d'Emergard qui finit par s'effondrer à genoux avant de se consumer intégralement et de disparaître en un tas de cendres. Ces mêmes cendres que Baldric avait fait mettre dans l'urne funéraire au lendemain de la mort du Roi de Sertrach. Le Prince de Dol se trouvait maintenant prisonnier de ce mur circulaire d'énergie maléfique qui avait resserré dangereusement son étreinte autour du vainqueur de ce funeste combat. Tandis que les parois de cette arène se rapprochaient de lui, Baldric chercha un moyen de s'enfuir. La hauteur de ce champ énergétique surpassait ses capacités physiques. Rien ne lui semblait possible, mais c'est en se remémorant les paroles de Throud qu'il refusa de se laisser mourir. Baldric frappa au dernier moment le mur avec Anarya, réussissant à provoquer une fissure.

Ne pouvant découper la paroi de haut en bas, il fit pivoter son arme et après une rotation sur lui-même, il trancha cette prison exigüe. La colère qu'il déchaîna détruisit purement et simplement cc qui l'entravait dans sa course pour rejoindre Dame Anne. Le choc de la destruction du champ de force créa une onde de choc tuant plusieurs centaines de soldats dans les rangs des Légions Noires. Le Prince de Dol reprit alors sa course et vint doubler la crête de la colline. Baldric trouva une multitude de cadavres jonchés un peu partout, mais bien moins nombreux qu'ailleurs comme si l'endroit avait été épargné à cause de la présence de Ganerya. En face de lui, l'Héritier de Sertrach vit au loin que le monstre volant battait des ailes et venait de sentir sa présence à l'instant. L'indéfinissable créature ailée se trouvait dans un alignement parfait pour porter un raid à l'encontre du courageux chevalier.

Baldric restait là. Il n'avait jamais vu cette hideuse créature d'aussi près. Celle-ci commença à l'attaquer plusieurs fois, blessant le Prince de Dol et le désarmant, projetant au loin Anarya. À terre, légèrement hagard, le fils d'Emergard rampait sur le sol, les yeux remplis de larmes et de sang. Il évita les nouveaux assauts du monstre et retrouva son arme. Il se releva, récupéra son arme, s'appuya sur son épée, se dressa de toute sa stature. Baldric tenait maintenant son épée dans la main gauche et il l'avait ramenée en garde contre la partie droite de sa poitrine, l'empoignant de ce fait avec l'autre main. Des larmes naquirent dans les yeux du Prince car il venait de remarquer, non loin, le corps sans vie de sa mie. Ses larmes s'écrasaient les unes après les autres, sur le sol sableux.

Tandis que ses larmes continuaient de couler, le vaillant Prince reprit son chemin en direction de la Reine de l'Aurore. Une larme coula le long de sa joue puis s'échappa de son visage, chuta et vint finir sa course en s'échouant sur le haut du sabre. Au fur et à mesure qu'elle perlait le long du tranchant du sabre pour atteindre la garde, Anarya répondait à cette action involontaire en se mettant à vibrer très faiblement. La goutte d'eau salée, poursuivit sa descente, passa sur les mains de Baldric et continuant son chemin, parvint sur la tête du manche où elle disparut dans l'un des deux rubis qui formaient les yeux du Dragon.

La lame se mit à briller de plus en plus fortement et elle dégagea progressivement une chaleur qui ne semblait pas troubler le Prince de Dol. Face à cette chose incroyable et inattendue, Baldric sentit pour la première fois les pleins pouvoirs du Sabre du Dragon lui parcourir le corps, des pieds à la tête, à l'intérieur de ses veines, et de ses muscles.

La monstrueuse créature volante au service de Fulk Arken tenta de réattaquer le Prince de Dol, mais elle freina net dans sa tentative de piqué. Elle semblait comme paniquée et horrifiée par cette nouvelle lueur qui émanait et rayonnait du sabre de Baldric. Ce dernier alors de s'avancer lentement vers la créature volante, qui à chacun de ses pas, reculait comme si l'effroi l'avait envahie. Baldric finit de sangloter et, proféra de nombreuses menaces à l'encontre de l'animal. Il stoppa son avancée, car Enoguëra, qui se trouvait au sein de la Forteresse, avait ressenti, au travers de l'éloignement géographique, le développement incroyable de l'aura du Prince de Dol, ainsi que la confusion des multiples sentiments présents dans le cœur du jeune Héritier de Sertrach. Le Haut-Roi des Elfes s'adressa à Baldric par lien télépathique :

- Baldric, écoute-moi !
- Seigneur Enoguëra ?
- Oui, c'est moi, je viens de sentir l'expansion de ton aura jusqu'ici. J'ai lu aussi dans tes pensées et la confusion de tous tes sentiments. Le sabre Anarya s'est totalement réveillé au moment où tu as laissé éclater ta colère. Tu as sans doute entendu comme un écho t'appelant au loin. Tu as réuni toutes les conditions de la prophétie annoncée par le dernier des Dragons.
- Comment ?
- Aurais-tu oublié, jeune Prince, que ton artefact est bien plus puissant que tu ne sembles le croire, il t'a aidé plusieurs fois et il ne l'a pas fait sans raison. Invoque la formule consacrée et réalise le rituel Dragonis ! Tu n'as plus d'alternative, libère l'âme de ton

arme. Tu représentes notre seul espoir.

-      Vous voulez dire, que j'ai le pouvoir de faire revenir à la vie …

-      … Tenerius, le chef des Dragons de Feu, le Haut-Roi de tous les Dragons, le plus vieux, le plus ancien et le plus fort d'entre eux.

-      Il y a si longtemps croyez-vous ?

-      Ne te pose plus la question, Ganerya va te tuer sinon. Fais-le ! Seul le Dragon-Roi peut en venir à bout !

Le Prince de Dol ne discuta pas le conseil d'Enoguëra et acquiesça intérieurement les paroles du Haut-Roi des Elfes. Hersendis lui exprima mentalement son soutien. Baldric hocha simplement la tête. Il ferma les yeux un instant pour se rappeler ce qu'il avait appris dans le codex, tandis que Ganerya revenait à la charge, et qu'un certain nombre de Morts-vivants venaient dans sa direction. Il rouvrit les yeux brutalement, releva la tête de la même façon que contre le spectre de son père. Tout en se concentrant, il fixa Ganerya et se mit à proclamer les paroles saintes que Naör avait formulées autrefois durant la création du Sabre du Dragon en accord avec les Magus et les autres instigateurs de l'artefact. Il prononça les vers en Ogarudh, en accélérant le rythme de chaque couplet de la formule :

Voeïa of Naör
Adelan Gaïanor
Acreadh-eor erella proskyneïa
Levinadh lameïa
Eskurfinedh aben adeth-eor
Sargeladh ganath-eor evendhil.
Renedh nar erdën,
Kunedh oreniadh ornë,
Loaredhïa lameïa,

Proskynedh aratadh-eor,
Oïdhion mogforn suhmë,
Aornedh urn reneüs.
Eklaenedh-eor, proskyneüs Tenerius,
Enië Magus,
Draco-ard artudhan,
Odonedh infirneïa naléa,
Zerkanedh vox-eor,
Aratianedh urn echarn-eor!
Voeïa of Naör
Adelan Gaïanor
Acreadh-eor erella proskyneïa
Levinadh lameïa
Eskurfinedh aben adeth-eor
Sargeladh ganath-eor evendhil.

(Par la volonté de Naör,
Qui régna autrefois,
J'appelle la toute puissance,
Qui réside en cette lame,
Réponds à l'écho de mon âme,
Pour exercer ma légitime vengeance.
Reviens du fond des âges,
Et fasse que gronde l'orage,
Par la maîtrise de cette épée,
Je puis te commander,
En troublant ton éternel sommeil,
J'invoque instamment ton réveil
Je t'implore, ô puissant Tenerius,
Compagnon des Magus,
Dragon-Roi oublié,
Obéis-moi en cette funeste journée,
Écoute le son de ma voix,

455

Apparais maintenant devant moi !)

Tout en déclamant la formule magique, Baldric réalisa une chorégraphie bien précise. Il avait d'abord élevé ses deux bras vers le ciel, le Sabre du Dragon toujours dans la main gauche. Le Prince de Dol joignit alors ses deux mains sur le manche du sabre et finit son geste en retournant sa lame vers le sol dans lequel il planta son arme à sa seule force physique. De nombreux symboles apparurent instantanément dans le sol comme pour répondre aux tracés faits plus tôt par Fulk Arken. Des dessins se rapportant aux dragons se dessinèrent au sein de plusieurs cercles d'invocation.

Un vent s'éleva de nulle part et se transforma tout à coup, en un puissant souffle qui se dégageait précisément de l'endroit où était Baldric et se propageant dans toutes les directions. Enoguëra se réjouit en voyant le ciel changer de couleurs devenant d'abord jaune puis orange flamboyant. Fulk Arken freina, une fois de plus, la course qu'il avait entamée en direction de la Forteresse. Il se tourna vers la colline et vit l'ombre de Baldric à l'intérieur d'une sphère d'énergie de couleur rouge qui tendait à se modifier en un flux s'élevant vers le ciel. Le Seigneur des Ténèbres, fou de colère, tendit vers le Prince de Dol un poing rageur.

- Non ! Je n'y crois pas ! C'est impossible. Tu n'as pas fait ça, Prince de Dol, tu n'as pas réveillé la race éteinte des Dragons, tu n'as pas pu faire revenir Tenerius, il est mort ! Décidément les Gaïanor m'ont réservé des surprises… Je te maudis jeune Baldric toi et toute ta famille. Quoi qu'il en soit, l'Ultime Dragon de feu ne sera pas un obstacle à ma réussite. Je ne laisserai pas cet affront impuni. Ganerya, occupe-t'en ! Appelle aussi des Morts-Vivants avec toi pour vous emparer d'Anarya. Moi, j'ai une affaire à achever, je m'en vais passer les dirigeants d'Yrneh par le fil de l'épée. Préparez-vous à mourir, vous autres qui avez, depuis trop longtemps, défié ma personne. – Fit-il en pointant les remparts de son index. –

Baldric, trop loin de cette partie du champ de bataille, n'entendit pas les paroles du Roi Noir et resta concentré face à la réaction qui se produisait devant lui. Une faille se déclencha à partir de la lame du Sabre toujours planté dans le sol. Puis un éclair frappant le ciel provoqua de nombreuses gerbes de flammes qui apparurent devant les pieds du jeune Prince, s'unissant alors en une gigantesque tornade enflammée. Le phénomène dura une longue minute, changeant de forme pour se concentrer en une sphère ardente, identique en couleur à celle qui était autour de Baldric. Ce champ d'énergie s'affina, s'estompa et finit par s'amenuiser totalement, laissant apparaître alors la plus fantastique des visions.

Maintenant dans les airs, loin de la Forteresse, se dressait un immense Dragon. Puissant, colossal, d'une beauté intrigante, dont les écailles enflammées constituaient une ardente carapace rouge, le majestueux saurien était serti d'un diadème d'or et de platine. Le fameux Tenerius déployait à nouveau ses larges et puissantes ailes. Battant plus lentement celles-ci, le grand Dragon finit par atterrir sur la terre ferme et Baldric put constater le gigantesque pouvoir du dragon lorsque le flot des Morts-Vivants tenta de le toucher pour le capturer. Aucun n'en réchappa et tous furent réduits instantanément en cendres.

Le mythique Dragon, oublié de tous par tant de siècles écoulés, posa enfin sa dernière patte au sol et s'avança nonchalamment face à face avec le Prince de Dol. Tenerius s'adressa à Baldric, le dernier détenteur d'Anarya et le seul à avoir réussi l'impensable tandis que Ganerya observait :

- Baldric, Prince Héritier du royaume de Sertrach, je te sais gré de ma libération. Force est de constater que le Commandeur Naör avait deviné juste en me conseillant d'être à l'origine de ce sabre, il avait réalisé que je serai plus utile à l'Yrneh dans un lointain futur.

- Comment connais-tu mon nom ?
- La raison la plus simple au monde, jeune Prince, enfin pour moi. Mon essence a été enfermée dans l'artefact que tu tiens en main, le manche de ton arme n'était autre que la reproduction de mon visage, j'ai été longtemps endormi, mais à ton contact je me suis réveillé. Je t'ai suivi dans toute ta quête et j'ai entendu ton nom durant le voyage que tu as accompli.
- Donc, si tu es revenu ce n'est pas par ma volonté ?
- Si, mais en partie seulement. Tu avais en toi l'audace, le courage, la sincérité, nécessaires pour me sortir de la torpeur des siècles passés dans ce sabre. J'ai fait le reste. Maintenant ordonne jeune guerrier et je t'obéirai, Commandeur d'Anarya !
- Certes, Dragon-Roi, j'ai besoin de ton pouvoir, je souhaite me venger de cet infâme monstre volant, de cette Ganerya. J'ai besoin de toi pour sauver l'Yrneh du Noir Seigneur.
- Tiens, cette hideuse créature, ersatz d'un Dragon noir, est encore en vie ? J'aurais dû en finir avec elle autrefois, je me suis trompé sur son sort et je l'ai laissé pour morte à l'époque, quelle erreur ! Soit, nous allons sauver ta mie, et régler le sort de cette putride créature. Monte sur mon dos !
- Mais comment ? Je risque de me consumer, tes écailles sont comme des flammes
- Non, tu possèdes Anarya et tu es marqué de mon sceau ! Regarde tes mains, le signe du dragon y est apparu ! En selle, le temps presse !

Tenerius abaissa son cou afin que Baldric puisse le chevaucher et le Prince de Dol n'attendit pas plus longtemps pour prendre place sur le dos du plus puissant des sauriens. Les deux comparses décollèrent ensuite dans un très majestueux mouvement d'ailes. L'action menée par le dragon leur permit de s'élever, et en un instant ils se trouvèrent haut dans le ciel, face à la créature aux ordres des Ténèbres. Ils étaient désormais prêts tous deux à mener le combat contre celle-ci. À chaque battement des ailes, le Dragon-Roi laissait des traînées de flammes qui illuminaient le ciel malgré l'obscurité qui avançait. Baldric harangua vivement Tenerius :

-    Nous devons nous débarrasser définitivement de cette créature. Les forces armées ne passeront pas la nuit si Fulk Arken et sa monture joignent à nouveau leurs forces.
-    Je sais, Prince de Dol, Ganerya nous barre la route pour affronter le Sombre Seigneur. Et tu dois retrouver Dame Anne ! D'ailleurs Dame Claudia est en train de faire route vers nous. Même si elle s'en sort très bien en taillant en pièces les rangs adverses avec ses hommes, nous devons aussi la protéger pendant qu'elle cherche sa sœur.

Tenerius s'orientait vers l'endroit où Dame Anne avait été déposée, mais lui et Baldric étaient poursuivis par l'énorme créature. Le Dragon accéléra et accru sa vitesse pour se dégager de la chasse que lui donnait Ganerya. Il réussit, par un tour dont il avait le secret, à repasser derrière le monstre noir. La poursuite entre les deux créatures volantes était âpre et difficile, mais ce combat n'en demeurait pas moins aussi intense que magnifique.

Chacun faisait preuve d'une habilité extraordinaire, et les soldats, sur le champ de bataille, les voyaient virevolter avec une aisance inégalée jusqu'ici. Tenerius prouva, sans conteste, sa supériorité au travers d'une plus grande souplesse et d'une vitesse plus élevée que celle de son adversaire. Les minutes s'écoulaient, les unes après les autres sans que personne ne prenne réellement le dessus, ni les griffes acérées de Ganerya, ni le souffle enflammé de Tenerius ne parvenaient à les départager. Seuls de nombreux soldats composant l'armée des Ténèbres, tombaient victimes de la fureur de ces deux animaux mythiques. Baldric, à cheval sur la base du cou de Tenerius s'y maintenait tant bien que mal. Il s'inquiétait de voir le combat s'éterniser ainsi, car il avait aperçu de l'autre côté du Ravin Bleu, le Noir Seigneur qui venait de parcourir le chemin de son triomphe. Il était malheureusement parvenu au pied des douves protégeant la grande Forteresse.

- Tenerius, je sais que notre adversaire est puissant, plus encore qu'à votre dernier combat, mais nous devons en finir au plus vite. Si jamais la Forteresse tombe et si Fulk Arken tue Enoguëra et achève Danreb s'en est fini d'Yrneh, l'Alliance n'y survivra pas !
- Très bien, Maître-Dragon, j'ai soudainement une flamboyante idée qui me vient à l'esprit. Nous allons prendre rapidement de l'altitude pour sortir du champ de vision de Ganerya, elle ne peut pas nous suivre au-delà des nuages, la strate de Naör. Elle ne pourra prévoir nos mouvements là-haut, ainsi avec une attaque en piqué nous arriverons à la tuer, pas. Es-tu prêt Baldric ?
- Oui allons-y Tenerius ! Mais, une fois au-dessus de Ganerya, laisse-moi engager l'action et tu n'auras qu'à suivre mon idée en te connectant télépathiquement à mon esprit.

Tenerius acquiesça et il commença s'éleva rapidement et continua son ascension alors qu'il se trouvait encore derrière la créature mi-dragon, mi-chauve-souris. Au fur et à mesure de son envol parmi les nuages, Baldric, qui était jusque-là assis sur le Dragon-Roi, se mit debout progressivement. Une fois au zénith de leur chevauchée, Baldric juste après avoir indiqué au Dragon ce qu'il allait faire, plongea singulièrement de son destrier en direction de Ganerya. En fin stratège qu'il était, Baldric avait judicieusement calculé sa chute et son point d'impact. Déboussolée, la créature de Fulk Arken tournait en rond, là où Tenerius lui avait échappé. L'épée en avant, acquérant une prodigieuse vitesse, il chuta à travers les nuages jusqu'à ce qu'il puisse cibler convenablement le monstre volant qu'il heurta violemment avec Anarya, pénétrant sans difficulté et en profondeur la chair de l'animal. Le monstre se mit à hurler frénétiquement, car la douleur lui était insupportable. Elle l'était à tel point que le rayon, dégagé par le Sabre du Dragon, lui sortait par la gueule. Le jeune Prince resta solidement accroché au manche de son artefact, tandis que Ganerya tentait de se débattre violemment afin de désarçonner son assaillant.

Comme convenu, Tenerius avait marqué un temps d'arrêt pour laisser à Baldric le soin d'exécuter la première phase du plan, puis il plongea à son tour en direction de son ennemie jurée qu'il voyait en mauvaise posture. Le Prince de Dol remuait l'arme dans les entrailles de sa proie, et il indiqua la marche à suivre au Roi des Dragons maintenant en lien télépathique. Durant sa vertigineuse chute, le plus puissant de tous les Dragons s'était transformé, en une flamme unique, profilée, telle une lame d'épée se projetant avec une célérité incroyable, qui précéda un incroyable souffle enflammé. Baldric qui tenait Anarya avec ses deux mains, fut protégé de l'attaque de son nouvel allié par une sphère d'énergie qui disparut dès que l'attaque flamboyante fut catalysée par le sabre qui traversa Ganerya.

Au moment où l'énergie du Dragon pénétrait entièrement à l'intérieur du monstre volant, le jeune Prince eût juste le temps d'ôter Anarya et de sauter de sa victime. Le destrier volant de Fulk Arken ne put réchapper à cette attaque inouïe qu'avaient fomentée les deux nouveaux acolytes. Ganerya explosa littéralement sous l'effet de la chaleur qui se dégagea des flammes purificatrices accumulées en son corps. Cette explosion ne manqua pas de déstabiliser Baldric dans sa chute sans fin. Désormais sonné, le Prince de Dol tombait inexorablement sous les yeux d'Hersendis et du Haut-Roi des Elfes. C'était sans compter sur la présence d'esprit et la vitesse de Tenerius qui sous l'influence d'Anarya réussit, in extremis, à le recueillir en douceur sur son dos, le corps blessé et inanimé du Prince exilé.

Finalement le Dragon-Roi se posa au bord du petit cours d'eau qui longeait le flanc nord de la colline, là où lui et Baldric avaient aperçu Dame Anne pour la dernière fois. Baldric chuta au sol depuis le corps de son nouvel ami, roula avant de s'affaler, inanimé. Au bout de quelques secondes il se réveilla, se ressaisit violemment tout en ressentant une vive douleur. Il avait le bras brisé. Il se traîna quelque peu sur le sol, mais Baldric eut pourtant vite fait de faire fi de sa lourde blessure en pensant de suite à Dame Anne.

-   Où est la Reine de l'Aurore ? Dame Anne j'ai peur de ne pas vous retrouver.
-   Dame Anne est par ici, mon ami, allons la trouver !
-   Tenerius, aidez-moi ! Je ne peux vous suivre !
-   Mais pourquoi donc ?
-   Eh bien, Dragon-Roi, je suis … Je suis …
-   Tu es aveugle Baldric ? Regarde-moi ! Tes yeux sont transparents et ton front est maculé de sang.
-   Mène moi jusqu'à Dame Anne !
-   Je vais t'aider Prince de Dol. Garde Anarya en main et il ne t'arrivera rien, le lien qui nous unit te permet de voir par mes yeux.
-   J'ai confiance en toi, allons-y !

L'Héritier du trône de Sertrach se releva, ferma les pupilles et se laissa guider par la voix et le lien psychique avec Tenerius qui le guidait vers la jeune femme. Arrivés tous deux à sa hauteur, Baldric la crut morte lorsqu'il s'approcha d'elle et qu'il la souleva de terre. La Reine de l'Aurore se trouvait complètement inanimée, le visage encore maculé de sueur, de boue et de sang. Le Prince exilé ne voulut pas croire tout de suite au pire et prit la peine de nettoyer les plaies de celle qu'il aimait, en compagnie de Dame Claudia qui les avait rejoints. Baldric après avoir ôté l'armure de la belle femme, constata que son corps était meurtri et abîmé par l'attaque menée par Ganerya. Pendant de longues minutes aucun souffle ne semblait sortir du corps de la jeune femme.

- Elle est morte ! Tenerius, je n'ai rien pu faire. Nous sommes arrivés trop tard – Fit-il en la serrant fort dans ses bras. –
- Ne vends pas la carapace du Dragon avant de l'avoir écaillé ! – Rétorqua Tenerius. – Je ne crois pas qu'elle ait trépassé. Je sens encore la présence de son âme. Le choc a été rude pour elle ! Maintenant toi et Dame Claudia séchez ces larmes ! Baldric regarde mieux avec les yeux que je te prête, tu verras qu'elle est encore en vie. Elle a eu une chance insensée !

La Reine de l'Aurore ouvrit très lentement les yeux, les cligna plusieurs fois et se tourna dans un gémissement vers le plus doux des Princes et le plus attentif des hommes.

- Ba… Ba… Baldric, est-ce bien vous ? Vous êtes venu ? Ne restez pas là ! La créature va vous attaquer ! – Fit-elle harassée –
- Oui, je suis là avec votre sœur, ne vous inquiétez plus de rien, Ganerya est morte, Tenerius, mon nouvel, ami s'y est employé avec moi. J'ai cru mille fois vous perdre. Promettez-moi de ne plus me quitter ! J'ai…
- Mon ami, j'ai pensé mourir, moi aussi. Ne me regardez pas ainsi, je ne suis pas présentable, je dois vous paraître affreuse !
- Boutades et trivialités Dame Anne, nous sommes en temps de

guerre, le beau linge n'est pas de mise, et puis … Je … Je vous aime Anne ! Mais je ne peux vous regarder !

- Moi aussi, doux Seigneur, je vous aime ! Et pourquoi refusez-vous de me voir ? Pourquoi gardez-vous vos yeux clos ?

- Je ne refuse pas de voir votre doux visage. Je ne peux pas, j'ai perdu la vue en tuant Ganerya. J'ai bien peur que ce soit irréversible.

- Aveugle ou pas, je tiens trop à vous pour m'arrêter à ce détail. Et si nous mourrons, il n'y aura plus de détails du tout !

En prononçant ces paroles, la Reine de l'Aurore déplaça maladroitement la chevalière que lui avait remise Baldric, de l'annulaire droit, elle l'enfila à la main gauche. Elle lui signifiait par là son désir de convoler en juste noce avec si la bataille s'achevait par leur victoire. Baldric fut plus que ravi de la réponse positive de Dame Anne. Il lui déposa un fougueux et ardent baiser. De son côté, Tenerius observait la scène avec ses yeux de Dragon, il était touché par les sentiments Humains mais fit revenir les amants à la dure réalité en toussant indiscrètement. Sa violente quinte de toux fit se retourner les amants vers lui.

- Hum hum, Baldric ne va pas si vite en besogne ! Ta cécité n'est que temporaire, tu vas recouvrer la vue plus vite que tu ne le penses.

- Et comment ?

- En demandant à la Reine de l'Aurore de t'appliquer deux de mes écailles sur les yeux. Mais la guérison ne sera effective que si Dame Anne y dépose aussi ses propres larmes.

- J'ai les yeux remplis de larmes, cher Tenerius c'est la providence qui vous a guidé jusqu'ici !

- Non, c'est Naör qui m'a mené jusqu'ici. Pardonnez-moi, belle enfant, je ne me suis pas présenté à vous. Je suis Tenerius, le Dragon-Roi, chef suprême des Dragons de feu. Commandeur de tous les sauriens du Délios. Je suis désolé de rompre le moment magique qui se produisait entre vous deux, mais la Forteresse a besoin de nous. Nous devons rassembler nos forces pour lutter contre l'Armée Noire.

- Allons directement attaquer Fulk Arken, puissant Tenerius !
- Non, Baldric !
- Et pourquoi, ô grand saurien ? – Fit Dame Anne –
- Mon pouvoir est immense Reine de l'Aurore, mais pas autant que celui du Gaïanor déchu. Nous ne serons pas utiles à nos alliés et de toutes les façons, cette partie de l'histoire n'est plus de notre ressort, Fulk Arken est entré dans la Forteresse. Nous n'avons plus qu'une seule véritable option, celle de détruire la totalité de ses noires légions pour isoler définitivement le Sombre Seigneur.
- L'avenir d'Yrneh ne nous regarde plus ? Comment peux-tu dire ça ? Pourquoi refuses-tu d'aller porter secours à Danreb, Enoguëra et Hersendis ?
- Eh bien, en premier lieu, Dame Claudia doit partir rassembler votre armée au pied de la colline et celle-ci, car vos hommes n'ont pas osé venir en présence du monstre volant. Maintenant nous avons une bataille à finir.
- Tenerius je refuse ta décision nous devons aller dans la Forteresse, je dois stopper Fulk Arken !
- Un sacrifice inutile Baldric ! J'y vais, je vais tenter de gagner du temps et le ralentir, car les signes ne trompent pas et une ancienne prophétie est en train de se confirmer ! Quelqu'un est là pour affronter le Seigneur du Néant !

Chapitre XXVII : Je suis là pour toi, Sombre Seigneur !

La bataille continuait sans relâche, malgré la réduction de la majeure partie des deux armées respectives. Baldric, Dame Anne, Dame Claudia et leurs alliés se lançait dans l'étape finale de cette guerre. De son côté, Tenerius avait eu la possibilité de se rendre pour contrer Fulk Arken qui avait déjà entamé sa marche finale. Son action avait été vaine, car les rafales d'énergie psychique envoyées par le Roi Noir avaient fini par l'envoyer au loin et à le jeter à terre, fortement étourdi. Le Seigneur des Ténèbres allait bientôt pénétrer la forteresse. Personne ici n'avait dorénavant assez de pouvoir pour l'arrêter. Ni Danreb, ni Enoguëra, encore moins Hersendis qui avait tout de même tenté de le ralentir par le biais de la magie sans succès.

Aidé de quelques beffrois ayant survécu à la plupart des attaques alliées, le Maître de Durtal venait de se lancer à l'assaut de la première enceinte de la Forteresse qui avait tenu, tant bien que mal, aux précédentes attaques que le Morloch et Ganerya avaient menées au milieu de cette capharnaüm. L'ancien Gaïanor arriva enfin devant un pont-levis fermé et une immense douve qui lui barrait la route. Toutefois, le duo formé par le Prince de Dol et Dragon-Roi Tenerius, lors du combat contre Ganerya, avaient provoqué de nombreuses brèches et fissures dans la muraille en de plusieurs endroits, en plus des multiples chocs des machines de siège.

Baldric, toujours aveugle, et le Sabre du Dragon toujours à la main ne put que constater, en compagnie de Dame Anne et de la jeune Dame Claudia les diverses phases, de l'action du Noir Seigneur. Fulk Arken avait levé son épée Levïaïa au-dessus de lui, l'empoigna très fermement en la tenant comme un javelot. Il se recula et prit quelques pas d'élan, lança sa puissante lame au-delà de l'impressionnante hauteur des remparts et juste avant de la lâcher dans les airs, il prononça ces paroles :

- Ma puissante Levïaïa, cherche le Magus qui retient le pont-levis ! Une fois que tu l'auras trouvé, transperce-le et reviens en ma main ! Va maintenant ! Exécute ma sentence !

L'épée réagit à l'ordre donné par son légitime propriétaire et s'exécuta. En très peu de temps elle pénétra dans la Forteresse. Flottant dans les airs, elle s'arrêta puis, localisa sa proie afin de se projeter, sans retenue, contre elle. Les guerriers présents dans la cour tentèrent de la freiner, mais, malgré l'interposition courageuse des soldats Elfes et Ogariths, bien plus rapides que les Humains, l'imposante arme noire transperça toute la colonne des honorables guerriers avant d'atteindre, en plein cœur, le Magus chargé de maintenir fermé l'accès de la place forte.

Une fois la cruelle besogne effectuée, l'épée maudite se dégagea du corps sans vie du puissant magicien en se remuant dans la plaie béante. Lorsque celle-ci s'échappa de son corps, le Magus se volatilisa. La mort de ce magicien provoqua la stupeur car aucun Magus n'était mort au combat depuis des siècles. Levïaïa, quant à elle, s'envola dans les airs et traversa les murs de la première enceinte de défense et poursuivit sa course pour retourner dans la main de son Maître et s'abreuver à nouveau du pouvoir de son maléfique propriétaire, au travers des minuscules aiguillons parsemant le manche.

Une chose, tant redoutée par Baldric, Enoguëra et Throud et les autres, se produisit. Le fameux pont-levis s'abaissa d'un seul coup, et heurta brutalement le sol avant de rebondir faiblement devant Fulk Arken. Une fois à ses pieds, et dans le nuage de poussière provoqué par cet affaissement, le Maître du Damalioch s'engagea fièrement sur la structure en bois et gravit le passage d'un pas lent et solennel, comme pour marquer que la proximité de sa victoire était inéluctable. Une fois arrivé en haut du replat qui constituait la partie supérieure du plateau rocheux où se trouvait le quartier général des Alliés, entre les deux tours formant l'entrée de la Forteresse, le Noir Seigneur asséna deux coups brutaux, l'un après l'autre de part et d'autre de l'entrée. C'est par le truchement de son épée qu'il réussit à provoquer ainsi, la chute totale du premier glacis de protection.

Le Gaïanor déchu, s'orienta ensuite vers la deuxième enceinte qui lui faisait face, toute aussi immense que la première. Au passage, il riposta à l'attaque des soldats Elfes, Ogariths et Humains. De nombreux Nains se postèrent devant lui, mais, d'un revers de main, Fulk Arken les balaya tuant de ce fait leur roi, Soünor. Une fois devant la deuxième muraille, le Seigneur des Ténèbres réédita une brutale agression à l'encontre de la seconde porte, seul passage permettant de circuler entre la première cour et la seconde. Le Maître de Durtal arriva au milieu de la haute-cour. Il s'arrêta, écarta ses pieds l'un de l'autre et campa sa haute stature face aux différents dirigeants d'Yrneh : Enoguëra, affaibli par son action magique, Danreb, épuisé par sa blessure et soutenu par Jarius, Comte du Mans, et Mu-Erech d'Ach, tandis que Këros et Narsos de Sudaïa s'étaient immobilisés devant les blessés, l'épée à la main et le bouclier en avant.

Les yeux de Fulk Arken se mirent à briller, symbolisant la pleine satisfaction qui, l'emplissait, et le cruel sourire qui parcourait son visage se changea en un rire effroyable. Un rire dont il avait habitué les rescapés des autres grandes guerres. Persuadé que personne ne pourrait désormais s'opposer à son pouvoir, le Sombre Seigneur leva son épée qu'il avait empoignée des deux mains. Il était en cet instant, prêt à achever Enoguëra et Danreb, complètement à sa merci, puisqu'en s'approchant des chefs d'Yrneh il avait soufflé, d'un revers de mains, Jarius, Mu-Erech, Këros et Narsos.

Le Roi de Sudarïa et son fils furent envoyés au loin dans la forteresse, le Seigneur d'Ach quant à lui, se retrouva projeté contre la paroi du donjon et s'écroula mal en point. Les deux plus emblématiques personnages de la résistance n'en menaient pas large et leurs amis assistaient, impuissants, aux préparatifs de leur mise à mort. C'est alors que jaillirent de nulle part les quelques Magus rescapés. Les étranges personnages encapuchonnés se dressèrent tous contre lui. Fulk Arken loin de prendre peur de cette futile intervention, proféra une menace à leur encontre :

-    Mon règne est venu, ma lame noire va vous frapper tous, les uns après les autres, et aucun des chefs d'Yrneh ne survivra à mon courroux, ma victoire est totale à présent !

Hersendis montra un courage exceptionnel en prenant position devant l'assemblée des mages. Elle s'adressa au plus vil de tous les ennemis :

-    Tu n'auras pas facilement la vie de mes amis et de mon père, Seigneur des Ténèbres, tu devras d'abord m'affronter !
-    Inutile, femme Elfe !

Tout en finissant sa phrase, la belle Elfe porta une violente estocade contre la poitrine de Fulk Arken qui se trouvait alors totalement à découvert. Sûre de la puissance de l'épée de sa mère, Hersendis resta clouée sur place lorsque son coup n'eût d'autre effet que de voir la frêle lame se briser, tel le cristal, en une infinité d'éclats contre l'impénétrable armure protégeant le corps de Fulk Arken. Face à la Princesse de Elfes, qui se trouvait décontenancée il rit à nouveau puis parla :

- Ce n'est que pure folie ! Princesse Hersendis, des dirigeants qui s'opposent à moi, vous serez la première à périr de ma main. Votre action a été purement et simplement inutile !
- Au moins, j'aurai tenté !
- Ce n'est pas important, ma munificence est infinie et tu auras le privilège de mourir la première.

Le Maître du Damalioch regarda l'ensemble des personnages présents. Il savait très bien que Tenerius n'aurait pas le temps d'intervenir et que le reste de l'Armée des Morts-Vivants les occuperait, lui et le Prince de Dol. Le Roi Noir qui allait porter un seul et unique coup afin d'ôter la vie de la fameuse jeune femme entendit tout à coup une voix venue d'outre-tombe :

- Fulk Arken, je t'ordonne sur le champ de ne pas porter la main sur Hersendis. – la voix résonna avec puissance au cœur du Ravin Bleu –

Cette voix qu'il n'avait jamais entendue, qui lui était pourtant inconnue, lui ravivait par ses intonations des souvenirs oubliés, cette façon de parler lui rappelait plusieurs personnages qui revenaient d'outre-tombe. Elle le déconcentra et fit dévier la trajectoire que prenait sa lame, sauvant, pour un instant la belle Elfe. Le Noir Seigneur tenta derechef de réaliser la même attaque, mais il fut encore interrompu par cette même voix qui lui dit :

- Je suis là pour toi, Sombre Seigneur !
- Qui ose me défier ? Personne n'est assez fou et assez puissant pour me parler ainsi, il était inutile de retarder l'inévitable. Hersendis va mourir !

- Maahar, je crois que tu n'as pas compris ce que je viens de te dire, ce combat ne regarde plus personne, ni dans cette Forteresse, ni ailleurs. C'est juste entre toi et moi.
- Où es tu espèce de cafard ? Pourquoi te caches-tu ? Et comment oses-tu prononcer le nom que j'ai renié, plus personne ne l'a fait depuis des cycles !
- Je ne me cache pas ! Mais si tu avais l'amabilité de regarder au bon endroit tu m'aurais déjà aperçu depuis longtemps. Tu es un traître à l'ordre établi, il est juste que je t'appelle par ton vrai nom.

Fulk Arken regarda autour de lui, faisant un tour complet avant de se rendre compte qu'il n'y avait personne derrière lui, que ce n'était pas Baldric de Dol mais seulement une aura se développait et croissait en intensité juste au-dessus de lui. Il leva la tête, mais ne vit qu'une ombre enveloppée d'une longue cape. Les derniers rayons du soleil couchant se réverbéraient sur les murs de la place forte et contre la falaise, gênant son regard, ne lui permettant pas de distinguer de suite les traits de ce nouvel opposant. Mais, par ses capacités divines, il força sa vision au-delà de tout obstacle et outrepassa le majestueux rayonnement solaire, il distingua alors la silhouette d'un homme vigoureux dont la capuche qui lui recouvrait la tête ne laissait aucunement entrevoir son visage.

- Qui es tu sombre fou ? Comment peux-tu te prévaloir d'être assez fort pour me contrer ? Eh bien soit ! Je laisse Hersendis de côté pour le moment mais, Enoguëra et ses acolytes mourront, ainsi l'ai-je décidé !

Le Gaïanor déchu poussa un cri, tout en tentant de porter préjudice à la vic des chefs de la Résistance. C'est alors que, dans un mouvement plus rapide que n'importe quel être vivant au sein de ce monde, l'ombre plongea du sommet du donjon lui servant de perchoir. Ce mystérieux personnage réalisa, par la suite, plusieurs périlleuses rotations enchaînées les unes aux autres juste avant d'atterrir avec une inégalable légèreté sur des amas de roches qui faisant partie de la forteresse.

Il ne laissa par conséquence, aux divers protagonistes que le soin d'entendre uniquement le bruit de ses bottes touchant l'une après l'autre le sol maculé de sang. L'ombre, le personnage mystérieux, était maintenant en bas du donjon, juste un pas devant d'Enoguëra et Danreb. Les Magus, quant à eux, s'étaient écartés, et Hersendis qui avait pu se projeter sur le côté, avait aussi reculé. Fulk Arken, toujours empreint de sa superbe, s'adressa encore une fois à cet intrus qui venait perturber ses plans.

-      Qui es-tu ? Je te le redemande encore une dernière fois !
-      Tu le sauras bien assez tôt ! – L'anonyme personnage se tourna vers les deux chefs suprêmes des Ogariths et des Elfes.
-      Enoguëra, Danreb vous avez mené vos prérogatives à terme. Maintenant, écartez-vous ! Këros et Narsos, prenez chacun un cheval et occupez-vous du flanc sud.
-      Réponds-moi étranger ! Qui es-tu ?

Le personnage, enveloppé de sa cape, ne répondit pas, toujours affairé à donner des ordres. Par mépris ou dédain, l'homme en cape agaça, par là même, l'ennemi de la liberté et de la vie. Sans hésiter, le Sombre Seigneur n'attendit pas pour frapper, sans retenue, l'inconnu qui avait encore la tête tournée. L'action interloqua Hersendis et les autres jusqu'à ce que tout comme Fulk Arken, ils virent que Levïaïa, la plus puissante de toutes les épées, la plus dangereuse de toutes les armes de ce monde, venait d'être bloquée par la main de cet étrange adversaire, sans que celui-ci ne prenne la peine de regarder Fulk Arken pour comprendre l'attaque que ce dernier lui portait.

- Impossible ! Personne n'a jamais eu la capacité de contrecarrer cette épée, hormis les Dieux et moi-même. Ma lame est l'arme la plus puissante de ce monde. – L'inconnu fit face au Gaïanor déchu qui lui porta un coup de poing de sa main droite et qu'il bloqua avec son avant-bras. –

- Détrompe-toi Fulk Arken ! Comme tu peux le réaliser, en ce moment même, je viens d'arrêter Levïaïa avec mon poing sans aucun problème. Contrer ton épée n'est pas la détruire, tu aurais dû nuancer ton propos. Je n'ai pas cherché à me protéger ou à me défendre j'ai juste suivi son mouvement Et si tu veux savoir absolument qui je suis, et bien sache que je suis celui qui va te juger et te condamner pour toutes les souffrances que tu as infligées et tous les crimes que tu as commis. Mon nom est Enië !

- Je n'ai jamais entendu parler de quelque Enië que ce soit. Ce n'est pas ton vrai nom, j'en suis sûr !

- Oh, pardonne-moi ! Il est vrai qu'Enië signifie l'ami, mais tu me connais sous un autre nom, un patronyme que j'ai dû abandonné il y a longtemps à cause de toi, l'assassin de mes parents. Je suis …

- Non, ce n'est pas possible, tu es mort il y a plus de deux cents ans. Tu ne peux pas être …

- … Niiru, lui-même ! Le descendant de tes ennemis, Thulfanor le Terrible, Floëls ta propre sœur, l'Héritier de Judeïha et le fils de Kanwë. Celui que la dernière prophétie appelle le FUKANREÏ !

Enfin, Niiru laissa paraître son visage et sa longue chevelure qui lui masquait un œil, en abaissant sa capuche lentement. Chaque personne présente au pied du donjon pouvait remarquer au sein de son regard, des flammes dont l'intensité n'avait d'égale que les rayons brûlants du soleil. Niiru ôta sa cape et apparut tout en armure, celle que portait fièrement Thulfanor autrefois. Enoguëra s'était décidé à la lui remettre en héritage, juste avant son départ pour le Nirvë. Fulk Arken, à l'affût du moindre, détail remarqua que la partie protégeant l'avant bras gauche était fissurée, conséquence du choc de son poing. Il entrevit aussi le manche et la garde de l'épée qui se trouvait rangée dans le dos de Niiru et qui dépassait largement une fois qu'il avait détaché sa cape.

- Je vois Maahar que tu as reconnu l'armure de mon aïeul, celle qui fut forgée par Naör, ne t'inquiète pas pour les débris sur mon bras. J'avais depuis longtemps prévu d'encaisser pareille agression. Mais ton regard te trahit, on dirait que l'aura de mon épée t'intrigue !
- En effet, quel est cet artefact que je n'ai jamais vu et qui me semble aussi familier ?
- Tu aurais dû reconnaître la pierre incrustée dans la tête du manche, elle est la marque d'un seul artisan. Je te présente Gaïana, l'épée forgée par Rîîga, la seule arme capable de s'opposer à la tienne. Le dernier Dieu y a mis toute son essence, la réalisant pour le jour ou je viendrai la prendre. C'est avec elle que j'appliquerai ma sentence !
- C'est ce qui l'a perdu ! User de toute sa force et de tout son savoir pour un résultat qui ne changera rien. Même si tu manies cette épée, je te tuerai avant même que tu ne puisses m'infliger un quelconque dommage. Pauvre Rîîga, les animaux n'auront pas été de bon conseil, il aurait dû gouverner durant son cycle.
- Ce qu'il a fait semblait le plus juste. Il a accepté notre émancipation.

Pourtant, Fulk Arken recula d'un pas et reprit la parole :

- Soit ! Je vais te combattre de toutes mes forces, avec toute ma haine, tu as les instruments pour égaler un Dieu, mais tu ne seras jamais un Gaïanor, d'ailleurs il n'y en a plus, ils vous ont tous abandonnés depuis si longtemps maintenant.

Le Fukanreï lui rétorqua :

- Il n'a jamais été dit que les Dieux nous sauveraient. Si nous sommes seuls, c'est qu'ils ont jugé que nous arriverions à nous sauver, nous-mêmes, de ton joug. Tes égaux étaient bien plus perspicaces que toi. La noirceur de ton cœur a fourvoyé ton jugement.
- Très bien, j'aurais dû me charger de te tuer moi-même depuis plusieurs d'années, je vais rectifier cette terrible erreur !

Niiru salua son vigoureux adversaire, tout en gardant un œil averti dans sa direction. Il se redressa rapidement et avança d'un pas. Maintenant, il était en position de corps à corps avec le Sombre Seigneur. Sans trembler, il leva le bras droit en sa direction et apposa sa main sur le plastron du Commandeur déchu et, le regarda fixement dans les yeux.

- Comment oses-tu porter la main sur moi ?

Fulk Arken n'eût pas vraiment le temps de comprendre ce que fit Niiru, car celui-ci concentra, en un instant, une immense force magique dont le choc d'une violence incalculable projeta le Maître des Forces du Mal en dehors de la Forteresse tel un fétu de paille. Le vol plané que fit Fulk Arken l'emmena à plusieurs centaines de mètres de son nouvel adversaire. L'ensemble de la foule fut éberlué par la rudesse de la puissance magique que le Fukanreï venait de démontrer. À l'impact du Sombre Seigneur, une onde de choc se propagea sur le champ de bataille puis s'atténua laissant l'immense personnage du Gaïanor dont la stature était supérieure à Niiru, s'affaler de tout son long sur le sol poussiéreux. Le nuage de terre et de poussière s'estompa dévoilant, alors, un immense cratère annihilant de toute forme de vie dans cet espace. Fulk

Arken se releva, tant bien que mal, sur le promontoire qui formait le centre de cet immense trou de plusieurs mètres de profondeur. Niiru indiqua aux Aüfen, qui venaient d'arriver, de s'occuper de Danreb et de réorganiser les troupes que Baldric avait laissées de côté, le temps de combattre Ganerya.

Le Fukanreï n'avait même pas encore dégainé son épée, laissant présager le titanesque combat à venir. Sur son espace réduit, le Seigneur des Ténèbres réalisait que le choc qu'il venait d'encaisser était aussi puissant que la force dégagée par Naör lors de la bataille des Mille Jours. Il avait sous-estimé Niiru qui venait de sortir de la Forteresse, détruisant sous ses pas l'unique accès à celle-ci, tout en se dirigeant vers son terrible et sournois adversaire pour engager définitivement le combat. Alors qu'il s'avançait lentement mais d'un pas ferme et résolu, Niiru passa son bras gauche derrière son dos, le ressortant équipé d'un écu fait de la même matière que l'armure.

De sa main droite, il empoigna vigoureusement la garde de son épée située en bandoulière puis, arriva à la hauteur du cratère. Là, il ne vit pas la personne du Gaïanor déchu, puisque la poussière provoquée par l'impact commençait seulement à se dissiper. Même s'il se trouvait sur ses gardes, il ne put esquiver le souffle puissant que lui envoya Fulk Arken, le heurtant de plein fouet. Niiru eût, heureusement, le réflexe de se protéger avec le bouclier et la force qui l'animait. Il recula tout de même sur une très longue distance avant de pouvoir bloquer, puis absorber le choc. À peine rouvrit-il les yeux, baissant un peu son bouclier, qu'il vit Fulk Arken lui bondir dessus, ne lui laissant qu'une très courte seconde pour l'esquiver de peu. En réponse, le Fukanreï sortit son épée du fourreau en prévision des prochaines attaques du Seigneur Noir.

-       Je suis prêt à t'affronter, et à mourir s'il le faut !

- J'exaucerai ton vœu, Fukanreï !

Au loin Tenerius fit une remarque à Baldric, Dame Anne et Dame Claudia :

- Le vrai combat vient de commencer !
- Nous pourrions peut-être l'aider ?
- Dame Claudia, ceci ne nous regardes plus. Nous ne pouvons interférer dans un combat de Dieux.

La férocité des deux protagonistes fut telle, qu'à plusieurs reprises, de nombreux soldats, mais aussi le paysage, reçurent de plein fouet la puissance dévastatrice de leurs coups. Les plus chanceux des spectateurs parvenaient à n'essuyer que des retombées. Niiru, dont l'esprit était encore plus ouvert qu'autrefois, se rendit vite compte que le combat titanesque entre lui et Fulk Arken multipliait le nombre des morts et risquait, par là même, d'annihiler toute présence dans le Ravin Bleu et d'alimenter les réserves de l'Armée de Durtal. Vasu, le Magus Regnus se connecta un court moment à l'esprit du Fukanreï et lui recommanda d'utiliser sans plus attendre l'un des pouvoirs dévolus aux Mages :

- Fukanreï, tu dois user du pouvoir de téléportation !
- C'est impossible, je n'ai pas appris ce sortilège et, je n'en ai pas les capacités.
- Si, tu peux le faire, même les Dieux avaient cette capacité, ils n'ont jamais prohibé la téléportation, ils ont simplement interdit à Fulk Arken de pénétrer, par ce biais, sur nos terres. Mais le Seigneur des Ténèbres n'a jamais empêché l'inverse. Il était persuadé qu'aucun de ses pairs ne viendrait s'emparer de ses territoires. Maintenant tu es en possession de cette technique que je viens de te transmettre. Alors vas-y n'hésite pas ! Porte la

guerre en son domaine et venge nos pères.

Sans insister davantage sur ces échanges, Niiru agrippa le bras de son adversaire qui tentait de se débattre pour se dégager. Il réussit à se concentrer pour réussir ce tour de force. Il produisit autour de lui et du Sombre Seigneur, une sphère magique si intense en énergie positive et négative qu'elle engloba au passage quelques infortunés soldats des deux camps, dans un rayon de trente mètres, avant de ne laisser qu'une sorte d'éclat aussi intense que bref. L'espace d'un battement de cils, les prisonniers du sortilège se retrouvèrent à des centaines de kilomètres de la Forteresse, près des ruines de la cité de Sertrach. Là, Niiru permit aux hommes d'Yrneh de se dégager en même temps que des Orcs et quelques Damalochs. Se rendant compte qu'il serait absurde de prolonger le combat dans cette contrée, il esquiva encore une fois les coups portés par Fulk Arken. Le Fukanreï rangea son épée et freina, une fois de plus, Levïaïa cette fois-ci entre ses deux mains.

Ne voulant pas rendre le pays de Baldric plus ravagé qu'il ne l'était déjà et donc définitivement stérile, Niiru réédita son exploit et tourna ses pensées vers un lieu bien précis mais qu'il n'avait jamais vu de ses yeux, le Castrum Of Durtal. Niiru venait ainsi de faire le choix du lieu où se finirait une fois pour toute, ce funeste combat : dans les terres du Mal, au pays du Damalioch, là où tout avait commencé il y a des milliers d'années. Toujours en maintenant la lame noire fermement entre ses mains, il reproduisit, pour la deuxième fois, le sortilège des Magus. Lui et Fulk Arken se retrouvèrent tous les deux sur le haut des pentes du plateau où était érigé depuis le premier cycle, le plus effroyable et imprenable des châteaux. Ils atterrirent précisément dans l'une des parties adjacentes du donjon, lieu central et éternel du pouvoir du Sombre Seigneur.

Cela ne bloqua en rien la reprise du combat dont la violence et la véhémence se renforça. Niiru qui avait opté, jusqu'ici, pour une tactique essentiellement basée sur la défense afin de tenir le plus longtemps possible, décida de changer son rythme et ainsi de passer dans une phase d'attaque. Le Fukanreï montra, avec une excellente virtuosité son savoir-faire dans le maniement de son épée. Sa force et son habileté révélaient qu'il avait mûri au cours des derniers voyages et des ultimes épreuves. Il avait pris conscience des responsabilités qui lui incombaient et surtout du pouvoir quasi-divin qui émanait de lui.

En fusionnant la totalité de ses sentiments, comme l'avait fait un peu plus tôt son ami Baldric, le Fukanreï n'était plus un personnage ordinaire, il confondait en lui la ténacité des Humains, la sagesse des Elfes, la grâce des Ogariths et l'endurance du peuple des Nains et la puissance Simérienne. Niiru était au-delà d'un héros, de tous les héros. Il avait oublié son nom et, tel qu'annoncé par l'ultime prophétie était devenu le Fukanreï, seule incarnation capable de réveiller Gaïana l'épée faite par un Dieu, et que seul un autre Dieu pouvait essayer de manier. La fabuleuse épée ne formait plus qu'un avec Niiru, elle était désormais le prolongement de son bras, de son être, de son aura et de sa vie.

La partie de ce combat passa successivement dans des phases d'attaques et de défenses. Les esquives de coups se multipliaient sans cesse car chacun des deux guerriers cherchait à éviter les chocs qui en résultaient. Les deux combattants se rudoyaient âprement sans relâche, attendant que l'autre fasse inévitablement une erreur qui provoquerait une ouverture et sa défaite. Fulk Arken, voyant l'égalité des forces en présence, eût recours à l'un de ses subterfuges. Il s'adressa à Niiru :

-    Rappelle-toi Fukanreï, comment tes parents sont morts,

comment mes Damalochs et mes Orcs les ont piégés. Ils sont morts en hurlant, en voulant te protéger. Imagines-tu que des êtres aussi inférieurs que mes soldats puissent tuer des êtres aussi exceptionnels que ta famille ? Alors pense que, face à moi, il n'y a aucune échappatoire. C'est la mort qui t'attend.

-    Fulk Arken, ne crois pas que je vais supporter ton discours persiflant. La vie m'a appris à ne jamais écouter les langues fourchues comme la tienne. Je préfère me battre et mourir en martyr plutôt que de renoncer à ma liberté et entrer dans ton monde. Tous les gens que je suis en train de protéger pensent la même chose.

-    Ainsi soit-il ! Je ne respecterai pas ta volonté ! La mort est trop douce pour toi, je prendrai un malin plaisir à t'infliger un châtiment éternel. Tu plieras physiquement, puis psychiquement sous mon pouvoir !

Tout en tenant leurs discours respectifs, les deux protagonistes tentaient d'infliger des blessures à l'autre. Niiru réussit le premier en assénant un violent revers de lame que Fulk Arken évita à peine. Le Seigneur des Ténèbres constata, dès lors, que son épaule était victime d'une importante entaille. L'armure du Roi Noir avait été pénétrée par Gaïana sur quelques centimètres et, quelques gouttes de son sang perlèrent. Juste après cette action, le Fukanreï avait aussi réagi en essayant de s'appuyer sur l'avantage qu'il pouvait tirer de sa taille, inférieure à celle du Gaïanor déchu. Le second mouvement qu'il avait porté, du bas vers le haut, n'avait pas touché Fulk Arken mais venait de heurter violemment le donjon de Durtal, laissant apparaître des fissures çà et là. Niiru prit le temps de reprendre une position stable, tandis que le Seigneur des Ténèbres hurlait de rage en voyant les dégâts apparents sur son donjon.

-    Fou que tu es, mon château est une de mes plus belles œuvres

et tu as osé porter un coup d'épée à son encontre. Quel blasphème as-tu commis là ! Tu vas payer pour cet affront.
-      Quand j'en aurai fini avec toi Maahar, je me ferai un devoir d'abattre toute cette construction aussi noire que ton cœur.

Les deux duellistes suprêmes se faisaient toujours face, et Niiru se trouvait posté à quelques enjambées du donjon situé derrière lui. Fulk Arken pour punir son ennemi de cet outrage, tenta de frapper le Fukanreï qui, dans un incroyable réflexe, eût le temps de sauter en l'air pour éviter d'être blessé. Pourtant il fut touché superficiellement par l'action menée par le Sombre Seigneur. Niiru, bien que doté d'une célérité exceptionnelle, ne put éviter complètement une attaque où la vitesse d'exécution était presque identique à sa défense. La jambe droite du Fukanreï avait essuyé en partie le contact de l'attaque et, maintenant son armure présentait plusieurs aspérités laissant supposer la force déployée par le Gaïanor déchu.

Ce coup, produit par Fulk Arken avec son épée, fendit l'air, et après avoir touché en partie la jambe, fut projetée contre la base du donjon qui vacilla pour la première fois. Niiru, à la suite de son saut en arrière vint atterrir sur les marches de l'escalier qui longeait, par l'extérieur, le fameux donjon noir. Il se trouvait toujours l'épée en avant et le bouclier en position de garde. Il attendait fermement la venue de son puissant adversaire, laissant ainsi le temps à sa jambe de récupérer les forces nécessaires pour reprendre le combat. Fulk Arken semblait plus que décidé à ne pas laisser un instant de répit au Fukanreï. Il le rejoignit d'un pas pressé et résonnant en bas des marches.

Niiru savait que l'escalier n'était pas l'un des lieux les plus propices au combat car son exiguïté ne pouvait donner l'avantage rapidement à l'un où à l'autre, mais le Fukanreï s'en accommoda fort bien. Fulk Arken escalada, lui aussi, encore une fois les marches pour se trouver, à nouveau en face de Niiru, à une distance d'épée. Le Seigneur des Ténèbres entama un autre style de combat en utilisant des techniques d'escrime qu'on exerçait seulement sur les terrains d'envergure très réduite. Le Seigneur des Ténèbres sous-estima encore le Fukanreï qui lui répondait, sans complexe, par le fer de sa puissante Gaïana. Le combat se poursuivit âprement et intensivement pendant que les deux protagonistes continuaient de gravir les marches qui se succédaient alors à un rythme effréné.

Le chemin qu'ils suivaient, sans commettre de faux pas, mena bientôt les deux incroyables belligérants au sommet de la tour aussi noire qu'étincelante. Là, le terrain se prêta mieux à leur joute titanesque. L'espace était immense, à la démesure de l'ego de Fulk Arken. Niiru put ainsi reculer sur une assez longue distance en glissant de façon assurée sur le sol en marbre noir de la salle du trône. C'était une immense esplanade totalement ouverte où, seul un immense siège royal se trouvait perché sur une gigantesque estrade. Une fois proche de l'endroit d'où le pouvoir maléfique de Fulk Arken s'exécutait, Niiru jeta un regard étonnamment vicieux au Chef des Forces du Mal. Il se retourna, grimpa les nombreuses marches. Une fois devant le trône, il le frappa avec Gaïana, sous les yeux ulcérés de son ennemi. Le Seigneur Noir ne supporta pas de voir son royal siège être réduite, en un vulgaire amas de roches. Il hurla sa rage à son opposant qui lui tenait tête.

- Tu ne recules devant rien pour attiser mon courroux jeune Fukanreï. Niiru, sais-tu que tu viens de briser ce qui fut jadis l'un des quatre sièges des Commandeurs des Strates ? Cet objet, au même titre que mes autres créations, m'était très cher. Je te réduirai à l'état d'un simple homme-tronc, une fois que je t'aurai vaincu. Tu imploreras ma clémence !

- Je n'ai pas peur de toi, mais je constate que même la source du mal s'attache à des détails matériels. Et je me rends compte que sans personne à dominer, tes projets tombent à l'eau. Tu vois, Maahar, même si les édifices durent des millénaires ils n'en restent pas moins des futilités pouvant être réduites en poussières d'un seul geste !
- Grâce à ce combat, mon règne s'étendra jusqu'à la fin des temps, car tu vas mourir ! Ensuite je retournerai en Yrneh prendre ce qui me revient de droit.

Le Seigneur du Damalioch prononça cette dernière phrase et, dans au même moment, loin à l'horizon, baigné par le soleil qui commençait à se coucher, le Volcan Arken entra en éruption. Il cracha des cendres et des scories aux alentours, laissant ainsi une épaisse fumée noire recouvrir totalement le ciel et se mêler aux coulées de laves. La tour centrale du château, dont la couleur noire brillait de mille reflets, se mit, elle aussi, à trembler en réponse à la colère du Volcan. Fulk Arken tenta de porter un coup à Niiru qui se trouvait quelque peu déstabilisé face aux ondes sismiques se propageant du cratère à la forteresse. Le Seigneur des Ténèbres sauta en l'air après avoir lui aussi grimpé, les marches, afin de retomber lourdement sur le Fukanreï et ainsi le frapper avec sa cruelle épée. Niiru, pour se dégager juste avant l'impact, réalisa un roulé-boulé sur le côté et ne reçut aucune séquelle du coup. Pendant le choc qui se produisit, un éclair frappa l'esplanade.

Le moment d'après, en réponse à cet incalculable coup, la tour s'effondrait de toute sa hauteur, fendue depuis son centre. Les deux personnages situés à son bord furent entraînés dans l'écroulement de la construction. Durant l'effondrement du titanesque édifice, les deux rivaux chutèrent violemment. Cette chute inexorable fut aussi longue que l'était le donjon, et ils tentèrent d'éviter tour à tour les blocs de pierre en s'appuyant sur ceux-ci afin de rester au dessus. Pourtant, aucun des deux ne réussit à éviter tous les lourds pans qui tombaient. Une fois la tour totalement abattue, un épais manteau de poussière recouvrit tous les environs du Castrum of Durtal ne permettant pas, dès lors, de voir ce qui pouvait bien s'y passer et si les combattants étaient morts…

Chapitre XXVIII : Victoire pour l'Yrneh !

La rencontre entre Fulk Arken et Niiru était inévitable car ce qui avait été dit et fait, indiquait l'inéluctabilité de la chose. Leur confrontation influait sur toutes les forces du monde qui s'agitaient maintenant dans les dernières heures de la plus intense des batailles. Partout, de faibles tremblements de terre se succédaient et s'amplifiaient. Les oiseaux en fuite ne savaient plus quel chemin suivre. Les cours d'eau ne s'écoulaient plus tranquillement, certains même remontaient vers les sources tandis que la mer se déchirait en gigantesques vagues s'écrasant sur les côtes. Il semblait à tous les hommes et toutes les femmes que la nuit et le jour se confondaient, mais d'aucuns ne croyaient pas à la fin de ce monde. Ce qui occupait ici le centre de la scène n'était pas tant la nature et les manifestations de ce qui semblait la fin des temps, représenté par le combat acharné le descendant des Floëls du bien et le Maître du Mal, que l'atout non négligeable qui allait régler définitivement l'issue de la guerre au sein du Ravin Bleu et qui était resté en retrait jusque-là.

En effet, lors de leur voyage de retour vers Yrneh, Niiru et ses acolytes durent laisser le dernier des trois Aüfen à hauteur des côtes de l'Île Solitaire. Ce dernier avait plongé au-delà de la gigantesque vague qu'il avait précédemment créée. Il avait, en réalité, finit par atteindre le rivage de la fameuse île où fut mis à mort l'Ouroboros par Fulk Arken, durant le Second Cycle. Une fois sur l'une des nombreuses plages, Ferieïs prit patience et telle une statue de marbre resta à scruter l'horizon en direction du Nirvë, il patienta ainsi près d'une journée et d'une nuit. Au lever du nouveau jour, il entra dans une méditation plus intense que la première fois sur le navire et, prononça les mêmes paroles magiques, nécessaires au le déclenchement de la monumentale vague qui avait porté le Navire Céleste sur plusieurs milliers de kilomètres dans un laps de temps réduit.

C'est ainsi que, à l'aide de son immense pouvoir sur les eaux de l'Océan Australis, Ferieïs déclencha une même sorte de lame de fonds sa taille était bien supérieure à l'autre et, cette fois-ci, c'était un raz-de-marée qui venait de naître près des côtes du Continent Oublié. Ferieïs savait beaucoup de choses et il avait entrevu une formidable armada qui s'était mise en branle sur les côtes du domaine de Rîîga. C'était là, la dernière instruction laissée aux Nirvërius. Il attendit pendant un temps équivalent à la durée de son trajet en compagnie de Niiru et de Këros. Il ne fallait surtout pas dévoiler toutes les cartes à Fulk Arken. Au bout de quelques instants, l'Aüfen des mers aperçut au loin la magistrale bande d'eau qui déferlait à toute vitesse. Il vit apparaître la multitude de vaisseaux composant la puissante flotte, des soldats Nirvërius préparés au combat et capables de se joindre à la bataille pour compléter les renforts de l'Alliance qui subissaient de nombreux délestages jusqu'alors.

L'Aüfen, posté sur le sable fin, avança lentement jusqu'à ce que l'écume des vaguelettes s'échoue à ses pieds. Il continua à s'enfoncer dans l'onde bleue et une fois l'eau à hauteur du bassin, Ferieïs plongea résolu, dans les eaux qui commençaient à s'agiter à l'approche de la gigantesque lame de fond. Il nagea à grande vitesse pour s'éloigner définitivement de l'Ile Solitaire et de ses plages sableuses pour rejoindre dès lors cette multitude de navires qui s'agglutinait. L'Aüfen des mers ne mit pas longtemps pour grimper sur le pont d'un des bateaux puisque, tel un dauphin, il replongea dans l'eau et accrut sa vitesse pour bondir hors du liquide pur. Il y parvint sans grande difficulté et, une fois à bord de l'un d'entre eux, il reprit enfin le contrôle sur la trajectoire de la vague qui s'écartait quelque peu de sa destination. Sur le navire qu'il avait choisi et en accord avec les Sages de ce peuple il mena les Nirvërius en direction de la côte ouest d'Yrneh.

À partir de cet instant le retard de cette force armée n'était plus que d'une journée et d'une nuit sur le Navire de Këros. Une partie de la vague se détacha lentement et permit à une centaine de navires de débarquer dans les mêmes conditions géographiques que Niiru et ses acolytes auparavant. Ces guerriers du Nirvë se dirigèrent, sans plus attendre, en vue des ruines d'Eä, qu'ils contournèrent sans s'arrêter pour une halte nocturne. Leur capacité de nyctalopie et de leur résistance à la fatigue permettaient aux créatures du Continent Perdu d'être sérieusement avantagées par rapport aux Humains.

Leur faculté de déplacement était telle qu'elle leur permit ainsi de parvenir à proximité de la Forteresse du Ravin Bleu, tandis que le combat entre Fulk Arken et le Fukanreï venait tout juste de commencer. Le déplacement extra-dimensionnel que venait d'effectuer l'Héritier de Floëls joua en leur faveur, puisque Ferieïs, le dernier Aüfen, contacta par télépathie ses deux frères. Il prévint directement Æris en train de combattre, de sa présence, pour que celui-ci soit en mesure d'insérer le premier flot de Nirvërius dans l'achèvement de la bataille au pied de la place forte et ainsi de permettre une victoire définitive de l'Alliance, poussant ainsi les Orcs, les Gobelins, les Loups-garous et les Damalochs survivants vers le Royaume de Sertrach où le reste du peuple dévoué à Rîîga achèverait la besogne.

La plus extrême des guerres était en passe de se clôturer irrévocablement, tout du moins pour l'ensemble des armées présentes en Yrneh. Dorénavant, le centre des combats s'était déplacé bien au-delà des terres de Baldric, plus loin que la Mer Centrale. Les combats, en cette heure tardive, ne ressemblaient plus en rien aux grandes et lourdes charges de troupes rangées et ordonnées des deux jours précédant la venue de Niiru. Les Alliés et leurs ennemis étaient encore nombreux, mais on se battait çà et là, le plus souvent par petits groupes.

Le champ de ruine ressemblait à une nébuleuse de petits amas de guerriers fatigués, mais encore féroces, cherchant à réduire les poches de résistance de l'Armée des Ténèbres. Throud Steelhammer qui s'était réveillé après la chute de Fulk Arken sur le sol, et Dame Anne légèrement tuméfiée avaient été amenés par Baldric et par Dame Daskalia au pied de l'énorme bâtisse défensive pour y recevoir les soins appropriés à leurs blessures respectives, quelques entailles superficielles pour la Reine de l'Aurore et un bras cassé pour le Barbare.

L'ensemble des cinquante mille guerriers venus du Continent austral demeurait une adjonction de force qui permit ainsi de sceller le destin des troupes du Mal. Les soldats de l'Alliance qui s'étaient battus toute la journée pouvaient, d'ores et déjà, se reposer, la relève était là, et quelle relève ! Afin de surprendre un reste de près de cent mille survivants faisant partie de l'Armée de Fulk Arken, certains des Nirvërius usèrent de leur pouvoir de discrétion et s'avancèrent, invisibles, en face de plusieurs regroupements de Damalochs et d'autres créatures abominables. Ils restèrent donc en embuscade, derrière les trois Aüfen qui semblaient affirmer par leur seule présence, le pouvoir de dérouter cette masse informe qui n'était plus que l'ombre des Noires Légions.

Les troupes du Gaïanor déchu se regroupèrent et rirent devant l'injonction des trois personnages qui leur intimaient de se rendre sans plus attendre et de connaître la clémence. Ils feignirent quelques instants d'accepter avant de se jeter dans le dernier choc puisque, tout en criant, ils se ruèrent avec virulence en direction de leur mort. Après une course de plusieurs centaines de mètres, la première ligne d'attaque se heurta violemment à la barrière invisible qui se dressait devant elle. Après cette surprise, les Nirvërius apparurent progressivement aussi bien en longueur qu'en profondeur sur le champ de bataille.

Cette technique, usée par les habitants du Continent Oublié, se montrait très utile, mais relativement limitée car les morts continuaient encore de se relever. Baldric qui était parti, juché sur Tenerius, retrouver son allié, s'empressa de parachever l'action en s'envolant et en envoyant de nombreuses salves de feu pour disperser les ennemis des peuples libres qui, comme il l'avait prévu, s'éparpillèrent sans demander leur reste. Ainsi, l'immense troupe se divisa en quatre parties qui prirent chacune un trajet différent. Les Troupes alliées, essentiellement formées d'Elfes, d'Ogariths, de Simériens et de Nirvërius, se séparèrent sous la conduite d'un chef afin de poursuivre les hordes maléfiques. La première légion composée par les Simériens prit la route du Nord en pourchassant directement ces derniers, et permettant à Këros et à ses cavaliers de les prendre à revers par la direction du Nord-Ouest.

Enoguëra, qui avait récupéré une bonne partie de ses forces, fut suivi par de nombreux Elfes et Ogariths qui s'orientèrent, sous ses ordres, vers la route du Sud-Ouest, forçant ainsi l'ennemi à prendre la route du Désert de Mogforn, se voyant acculé, une fois encore, à un combat perdu d'avance. Enfin la quatrième et dernière troupe alla plein Ouest en direction des Monts Anciens sous la conduite de Baldric et du Dragon-Roi Tenerius remis de son escarmouche avec le Maître de Durtal, et de Dame Claudia dont la fougue n'avait pas faibli. Le détachement du Prince de Dol, composé d'une grande partie des Nirvërius et d'Humains, se déplaça très rapidement, ce qui incita les Orcs et leurs acolytes à forcer l'allure créant ainsi une course poursuite sans précédant.

Baldric, quant à lui, descendit près du sol et attrapa au passage, la jeune sœur de la Reine de l'Aurore pour lui faire goûter à la joie de conduire un dragon. Tous les trois ils s'envolèrent très haut dans le ciel afin de passer inaperçus aux yeux de l'ennemi. Le Prince de Dol parvint à dépasser ses ennemis et demanda au puissant Tenerius de redescendre rapidement pour barrer la route aux fuyards. La partie de l'armée des Ténèbres qui s'était enfuie dans la direction de l'Ouest ne parvint jamais à atteindre les Monts Anciens. Une demi-heure après leur fuite, ils ne virent le puissant Dragon de feu qu'au dernier moment et comprirent, en cet instant, qu'ils se trouvaient bloqués dans leur fuite. Les flammes ardentes de l'animal légendaire arrêtèrent leur course effrénée. Les Nirvërius ne tardèrent pas à arriver. Sur place, ils massacrèrent, sans retenue et jusqu'au dernier, les créatures qui n'avaient pas fait de quartier les heures précédant la fin de la Guerre. Baldric vit les corps se ranimer, et décida de stopper ce phénomène en brûlant tous les cadavres à l'aide des puissants jets de flamme de son destrier volant.

Ils repartirent tous en direction du Désert afin de rallier Enoguëra et sa garnison et l'aider si nécessaire. Arrivés aux abords des premières avancées du sable, Baldric, Tenerius et les Nirvërius comprirent que le Haut-Roi des Elfes était sorti vainqueur en voyant un Tumulus encore flamboyant. En effet, la vitesse de déplacement des Elfes sur terre et des Ogariths dans les airs n'avait pas laissé espérer de répits aux soldats qu'ils avaient pris en tenaille. Enoguëra, Tenerius et Baldric convinrent de la nécessité de remonter vers le Nord pour rejoindre les Simériens. Ils prirent donc la route passant non loin du champ de bataille, et rencontrèrent les Hommes du Nord de retour de leur court périple.

Ils avaient poursuivi, sans aucun mal, les agresseurs d'hier. Les chefs de troupes firent leurs rapports aux dirigeants d'Yrneh :

- Seigneurs Baldric, Tenerius, Roi Enoguëra, les forces de ma maîtresse Dame Daskalia sont venues à bout des restes de légions que nous avions en chasse.
- Il ne reste plus aucun ennemi en direction du Continent de glace ?
- Non, aucune âme noire qui vive, nous nous sommes évertués à ratisser de fond en comble le secteur, nos tigres ont fini le travail, s'il n'y a, ne serait-ce qu'un survivant, il aura deux jours de vie tout au plus !
- As-tu d'autres nouvelles ?
- Oui, il m'a été envoyé un faucon avec un message à votre intention depuis le Ravin Bleu.
- Sont-ils attaqués ?
- Nullement, mais les Magus ont décidé de quelque chose, vous êtes mandé instamment.
- Pourquoi nous demandent-ils. – Fit Baldric –
- Je crois que le sceau de Fulk Arken est encore efficace, Prince de Dol. Tenerius a fait un gros travail, mais tant que cette magie reste vivace nous nous fatiguons pour rien.

Le Prince de Dol et Dame Claudia, accompagnés d'Enoguëra, s'envolèrent sur le dos du Dragon-Roi, laissant derrière eux les soldats qui ne s'attardèrent pas plus longtemps en ces lieux vides. Le retour des trois dirigeants se fit aussi rapidement que leur expédition punitive. Ils arrivèrent bien vite en vue de la Forteresse et furent étonnés de sa restauration, plus aucune faille ni de défaut. Le Roi des Elfes, une fois Tenerius posé, fut accueilli par un Throud en forme, malgré les chocs subis lors de son affrontement avec Fulk Arken.

- Haut-Roi Enoguëra, Throud est heureux de vous accueillir dans ce château intégralement rebâti. Votre fille se porte comme un charme. Nous vous avons mandé car le Seigneur Danreb s'est encore affaibli et nous croyons sa mort prochaine. Nous nous sommes enfermés pour résister aux agressions des Morts-Vivants. À chaque fois qu'un de nos soldats périt, il les rejoint.
- Pauvre Ami ! Ma magie est impuissante pour sauver le Prince Danreb, ma fille possède les mêmes pouvoirs de guérison que les miens. Elle était la seule à pouvoir l'aider.
- Nous avons aussi besoin de vous pour une autre chose. Les Magus réclament instamment d'ériger des sépultures à tous nos guerriers morts dans la plaine, il nous faut votre savoir magique pour les remplacer. De plus, Tenerius le Dragon-Roi se doit de nous aider pour détruire l'espace consacré par Fulk Arken afin que les morts ne puissent pas ressusciter. Malgré toutes nos tentatives, personne n'arrive à le pénétrer ni à le détruire. Nous craignons encore un réveil possible d'autres Morts-Vivants.

Tenerius intervint sans que Throud ne puisse finir sa phrase :

- Très bien ami Barbare j'effectuerai la charge qui m'est dévolue. Quant à toi Baldric, rends-toi auprès de ta chère et tendre, prend ceci pour Le Prince des Ogariths, ça ne sera pas de trop pour aider Hersendis dans un sortilège de guérison.
- Une écaille de Dragon c'est le plus précieux des cadeaux que puisse faire Tenerius ! – Fit Dame Claudia. –

Baldric prit l'écaille que lui tendit le puissant Dragon de feu tout en écoutant ses indications, il s'empressa de courir au chevet de son ami. Il trouva d'abord Dame Anne qui faisait les cent pas dans le couloir, devant la chambre où Danreb agonisait. Il prit le temps de l'embrasser sur les lèvres et passa la porte pour remettre ce que lui avait confié son ami ailé.

- Salut à toi Hersendis, comment va Danreb ?
- Il est au plus mal, il ne se change pas en serviteur du mal. Il est en train de rendre l'âme, sa mort est proche, je la sens grandir en lui.
- Prends ceci mon amie, Tenerius m'a fait un don. L'une de ses écailles pour que tu la consacres et que tu l'appliques sur la blessure.
- Je sais qu'elle ne fera pas acte de guérison, elle retardera l'inexorable, mais il vaut mieux tenter cela. Il est rare aujourd'hui, comme par le passé, qu'un dragon fasse don d'une écaille. Celle de Tenerius porte une grande magie, il ne faut pas laisser de côté cette précieuse opportunité.
- Je vais m'employer à consacrer ma science de guérison pour au moins ralentir l'emprise des Ténèbres. Mais il n'a aucune chance de survie.
- Si, il en a une ! – Fit Enoguëra en arrivant dans la pièce. – Elle se trouve en ce moment au Castrum of Durtal. Niiru tient le destin de Danreb entre ses mains, mais il ne le sait pas et il ne doit pas le savoir sinon le combat sera influencé en sa défaveur. S'il bat Fulk Arken alors il détruira le pouvoir de Levïaïa et Danreb sera sauf.
- Gageons que le Fukanreï réussisse !
- J'ai confiance en cet homme que j'aime comme mon fils, Ami Baldric !

Baldric de Dol se tourna vers Dame Anne, il approuva les paroles du Haut-Roi des Elfes puis, intima à la Reine de l'Aurore l'ordre de rester là, car il lui restait une dernière mission à accomplir. La nuit était tombée sur cette partie du Continent, mais les torches avaient, de nouveau le pouvoir d'éclairer la nuit. Le maléfique sceau se mettait à vibrer puisque le Gaïanor déchu était toujours en vie. Le Prince de Dol avait rejoint Tenerius afin de le chevaucher et de détruire ce sortilège imprégné de la noire magie du Seigneur des Ténèbres. Le Prince exilé et le Dragon-Roi s'envolèrent rapidement. Ils tentèrent cinq fois, par le feu et par la puissance d'Anarya, de détruire cet espace souillé. Rien n'y fit, pas même le feu purificateur du dernier des Dragons de feu. Ils se posèrent et le Prince de Dol montra son désappointement, c'était peine perdue tant que Fulk Arken ne s'avouait pas vaincu. Pourtant Tenerius n'abandonnerait pas aussi facilement la partie.

- Ne renonçons pas maintenant. La chose est malaisée, mais je crois que nous n'ayons guère le choix mon ami, une seule solution se présente à nous, à moi surtout et elle ne te sera pas agréable du tout.
- Comment ça ?
- Baldric, pour libérer une charge de vie et de mort supérieure au sceau du Sombre Seigneur, tu n'as qu'une seule possibilité. Tu dois me transpercer le cœur !
- Quoi ? Comment ? Je refuse catégoriquement, je ne peux pas accepter ton sacrifice.
- Tu n'as pas le choix, Maître-Dragon. Baldric, il te faut frapper maintenant et ainsi scinder mon cœur avec Anarya, la seule arme qui puisse y parvenir, car issue de mon pouvoir. Par là, tu libéreras tout mon potentiel et, en le faisant parvenir à son paroxysme, je m'élèverai là-haut dans le ciel, tel le Phénix au-dessus de la strate des airs et, dans un plongeon vertigineux j'irai exploser au contact du sceau, purifiant, de ce fait, la terre comme le fit jadis l'Ouroboros avant de mourir. J'ai un rôle à jouer !
- Je … Je …
- Accepte-le ! Même à contrecœur ! Tu n'as pas le choix. Baldric, tu es mon ami, tu es un frère, tu es mon seul maître. Désormais ne pense plus aux choses de ce monde en tant que Prince de Dol, mais en tant que Roi de Sertrach, tu as largement mérité ton titre. Avec Dame Anne tu unifieras le territoire d'Yrneh

à la seule condition que le Fukanreï parvienne à la victoire. Fais-moi cet honneur, fais honneur à ton défunt et illustre père, fais-le pour tous les hommes qui se sont sacrifiés afin d'assurer la liberté de ce monde !

- Je te le jure mon ami ! Adieu Tenerius ô puissant Dragon-Roi. – Alors qu'il finissait sa phrase, une larme perla sur la joue de Baldric. –
- C'est la plus belle image que je garderai de toi. Adieu !
- Et moi je n'oublierai jamais ta mort, c'est le plus grand de tous les cadeaux que tu auras fait à cette Terre !

Sans plus attendre et malgré ses larmes, Baldric sorti lentement du fourreau le sabre qui étincelait d'une lumière intérieure. Il empoigna le manche avec ses deux mains, prit une posture un pied en arrière, puis il avança d'un pas, perça avec violence la cuirasse du Dragon, et pénétra rapidement dans le corps du saurien, s'enfonçant jusqu'à ce que la garde la lame de l'artefact touche le cœur du Dragon. Lorsque l'épée parvint à lui pénétrer le cœur le majestueux saurien hurla pour la dernière fois à l'unisson avec Baldric, puis poussa un cri empreint de joie et de libération :

- Vie, vie pour Yrneh et échec à toi Fulk Arken !

Sa vie s'achevait en cet instant, mais il lui restait encore une mission. Comme il venait de l'affirmer quelques instants plus tôt, Tenerius qui s'était totalement embrasé, décolla, s'envola à tire-d'aile bien au-delà des nuages puis, une fois au zénith du ciel, plongea dans un alignement parfait avec le macabre sceau. Il entama une vertigineuse chute qui parut durer des siècles comme si tout se focalisait sur l'animal légendaire. Au moment où Tenerius entra au contact des dessins érigés par le Sombre Seigneur, un immense choc se produisit, s'exprimant au travers d'une explosion surpuissante. L'onde de choc souffla immédiatement le Prince de Dol qui ne put se tenir debout qu'avec difficulté en plantant son fabuleux artefact dans le sol. La vague d'énergie provoquée par le sacrifice du Dragon-Roi baigna le corps de toutes les personnes vivantes qui ressentirent l'aura du saurien, tandis que les morts transpercés par cet excès de pouvoir de vie, se consumaient dans de multiples implosions. Une fois l'énergie dispersée, la poussière retombée et l'onde de choc achevée, le Prince exilé fut rejoint par son ami Throud. Celui-ci posa son bras encore valide sur l'épaule droite du jeune homme et comme aux termes de chacune de leurs aventures, il trouva la juste remarque :

- On ne perd jamais un ami. Bien que votre rencontre fût brève, elle n'aura jamais d'égale en termes d'intensité. J'ai lu dans vos yeux, le même regard, la même volonté de bien faire et de réussir.
- Je sais …

Baldric se détacha de son musculeux camarade, et avança jusqu'à l'endroit où avait disparu Tenerius. Là, il remarqua que le sceau de Fulk Arken était intégralement effacé. Une chose l'intrigua, il balaya quelque peu l'endroit, à la place où Tenerius s'était désintégré en des millions de particules. Une fois la poussière chassée, le Prince Héritier découvrit une chose étonnante, un objet particulier. Après avoir déblayé quelque peu le terrain, un artefact se distingua et c'est alors que tous virent apparaitre un bouclier en forme de tête de dragon, faisant écho au manche d'Anarya. Baldric le dépoussiéra complètement. Il vit tout à coup qu'une inscription l'ornait :

- Il semble que Tenerius t'ait laissé un dernier présent, Prince de Dol !
- Oui, il y est écrit dessus pour Baldric Roi de Sertrach, et Maître-Dragon.

- Je crois que le dernier des Dragons vient de tirer la plus belle de toutes les révérences.

Baldric s'équipa de ce nouvel artefact et entendit encore une fois la voix de Tenerius résonner en lui :

- Merci Baldric, je ne t'oublierai jamais, désormais je vole vers l'infini où j'y rejoins mes pairs et les trois Commandeurs. Maintenant ton pouvoir est incontestable, Roi de Sertrach ce bouclier et le sabre sont, dorénavant, les symboles de ta royauté et celle de ta future épouse, si Niiru parvient à vous sauver.

Après le sacrifice du Dragon et la purification de l'ensemble des terres formées par la plaine et le Ravin, Enoguëra réclama un grand moment de silence.

- Je crois que Tenerius nous a encore montré que rien n'était joué d'avance et que la sauvegarde du plus grand nombre vaut bien le sacrifice volontaire d'un seul.
- Sans le caractère de Baldric – Fit Dame Claudia. – Jamais le Roi des Dragons ne serait revenu à la vie, et jamais nous n'aurions pu tenir aussi longtemps avant de vaincre.
- Enoguëra, une fois la paix totalement revenue, j'aimerais que la Forteresse arbore en son sommet la statue du Dragon-Roi. Demandes aux Magus de le faire en son souvenir et pour moi ! – Fit Baldric –
- Très bien, j'appuierai ta requête. Ce n'est que juste retour des choses. Maintenant je dois utiliser mes forces pour saluer la mémoire de tous nos défunts.

Alors que la nuit continuait d'avancer vers ses heures les plus calmes, le Haut-Roi des Elfes, se concentra longuement et dans un chant elfique et des mouvements précis, il fit apparaître des rangées de milliers de stèles, toutes adaptées en fonction de la race des morts. Il ordonna que ce jour devienne celui du sacrifice de Tenerius. Il serait fêté comme un jour faste, si les Commandeurs leur accordaient la grâce de survivre à Fulk Arken. Une fois son discours, en commémoration des frères tombés à la bataille, fini, Enoguëra remarqua, le premier que de la neige tombait très délicatement depuis le ciel comme pour parachever la purification du champ de bataille. Il lui semblait qu'elle venait pour apaiser les esprits et les cœurs meurtris par la cruauté de la guerre. Le Haut-Roi des Elfes s'adressa aussi aux hommes :

- Nous allons nous regrouper en différentes unités, certains soldats iront aider les Nirvërius pour reconquérir l'Extrême-Occident, d'autres viendront donner l'assaut à Durtal avec moi.
- Nous, Magus, venons en votre compagnie, nous devons aider le Fukanreï tant qu'il se peut !
- Moi et Throud venons aussi avec vous Enoguëra !
- Dame Daskalia rassemble ses troupes, elle va aussi permettre le retour des Sertrachois et aux autres habitants de revenir sur leurs terres.
- Ne devrions-nous pas attendre que le soleil se lève ?
- Pour ceux qui restent en Yrneh oui, pour les autres non, le soleil ne se lève plus depuis longtemps sur le Damalioch. Guerriers Ogariths, Elfes, Humains, Nains, en formation !

Les Magus survivants se scindèrent en deux groupes. Celui qui accompagna le Haut-Roi des Elfes se positionna autour du groupe armé. Ils récitèrent une formule incantatoire puis, au fur et à mesure des phrases, un grand nombre d'arcs électriques se multiplièrent entre eux, formant une barrière d'énergie autour de cette petite armée. Les Soldats clignèrent à peine des paupières avant de disparaître sous les yeux ébahis des hommes restés dans le Ravin Bleu. Une seconde plus tard, la légion menée par le chef de tous les Elfes, se retrouvait en terre hostile, là où personne ne s'était rendu depuis des millénaires. En Yrneh, il n'y avait plus de trouble au sein du ravin et tous purent passer une agréable nuit avant d'entamer la reconquête de l'Occident.

Chapitre XXIX : La fin d'un Héros

Les deux protagonistes avaient depuis peu disparu sous le violent tumulte provoqué par la chute du donjon. Ils se trouvaient désormais tous deux ensevelis sous une multitude de rochers, de débris, de résidus provoqués par la puissance et la férocité de leurs nombreux coups. Ce qui fut autrefois le plus haut de tous les donjons, dominant avec arrogance ce monde, n'était plus dès lors qu'un immense amas de cendres et de poussières. Au milieu de ce capharnaüm sans nom, seule la couleur noire de l'ouvrage continuait d'étinceler.

Malgré la distance impressionnante séparant Durtal du Ravin Bleu, certains des Magus avaient pu suivre une grande partie de l'affrontement, grâce à leurs projections astrales ou en étant directement connectés psychiquement à Niiru. Leur vision s'était brouillée à la suite de la vertigineuse chute imprévue. Depuis le dernier coup porté par Fulk Arken il régnait un silence de mort de plus en plus inquiétant sur le champ de ruines, pour l'ensemble des Mages. Aucun signe de vie ne se manifestait en faveur de l'un des deux adversaires. Ni le Sombre Seigneur et encore moins le Fukanreï n'étaient sortis de dessous l'immense monticule de gravats qui les recouvrait.

Pour les Magus, en projections astrales, il n'y avait plus, sous leurs regards inquiets, que quelques amoncellements de gravats qui s'étendaient en plusieurs endroits. Le trône de Fulk Arken, bien que brisé en deux énormes parties, avait résisté à la lourde chute, et malgré son état pitoyable, continuait encore de dégager une forte aura négative. Au plus proche des fondations de ce monstrueux donjon, de maintes et maintes petites coulées, où s'entremêlaient cailloux et poussières, se multipliaient sans arrêt et augmentaient en intensité. Celles-ci évoluèrent assez vite et se transformèrent finalement en un épicentre beaucoup plus important.

Cet étrange mouvement continua pendant un court instant jusqu'au moment où, une immense main noire métallique hérissée de pics émergea. Fulk Arken, le Gaïanor déchu, l'ennemi héréditaire des peuples libres et Maître des Ténèbres se relevait prudemment et péniblement de sa terrible chute. Sa main sortit laborieusement du trou où il se trouvait emprisonné. Cette cruelle main était maculée de sang, d'un sang aussi noir que son âme. Le Maître de Durtal tâtonna doucement le sol avec les cinq doigts de sa main gauche jusqu'à ce qu'elle finisse par attraper et enserrer des gravats, marquant, par là, sa fébrilité, la rage qui l'habitait et qui atteignait son paroxysme.

Cette main demeura fermée pendant un certain temps. Puis, le Roi Noir relâcha sa prise laissant sa main se rouvrir avant qu'elle dernière n'exerce un maladroit appui, permettant au Seigneur Fulk Arken d'émerger enfin de ce tas de débris. Le monstrueux personnage se complètement, non sans avoir chancelé. Il reprit ses esprits en agitant la tête et en vérifiant l'intégrité de son corps et de ses mouvements. Il se mit à la recherche de son épée, la légendaire Levïaïa qu'il avait laissé lâchée pendant qu'il tombait de son présomptueux donjon. Dans sa colère, il s'adressa directement au Fukanreï proférant d'effroyables menaces et psalmodiant les infamies les plus indescriptibles :

-     Ne t'inquiète, pas mon cher ami. Je vais prendre juste le temps nécessaire pour retrouver ma précieuse arme. Ensuite je n'attendrai pas que tu puisses reprendre force et courage. Je transpercerai vite ton cœur pour te punir de tes misérables affronts. Il n'est plus question que moi Fulk Arken je te laisse en vie, personne ne doit plus s'opposer à moi !

De son côté, Niiru avait, lui aussi, finalement chuté depuis le haut de l'esplanade. Il avait entamé une descente pour retomber sur ses pieds. Bien qu'ayant évité plusieurs ensembles de pierre, il ne vit pas celle qui l'assomma, le projetant au plus loin des bases du donjon de Durtal. Depuis ce rude coup et sa disparition sous une chape de pierres et de cendres, le Fukanreï ne donnait plus aucun signe de vie. Le choc encaissé avait été plus que rude, et contrairement au Sombre Seigneur, Niiru ne possédait pas en totalité toutes les facultés des Gaïanor.

Le Seigneur des Ténèbres, quant à lui, avait complètement repris pied et était en pleine possession de ses moyens physiques. Le Roi Noir finit, en très peu de temps, par retrouver son précieux artefact qui se manifesta à lui en diffusant sa propre aura négative. Une fois son intégrité combative retrouvée de pied en cap, par l'extension de son pouvoir avec cette fameuse arme, d'aucuns n'auraient pu parier sur la potentielle survie de Niiru si Fulk Arken l'avait retrouvé de suite.

Le Sombre Seigneur s'aperçut tout de même de quelques fluctuations dans un endroit situé un peu plus en aval de l'impérieuse pente qui ceignait l'ancienne tour noire. Le Sombre Seigneur se dirigea, aussi vite que faire se peut, vers sa prochaine victime. D'un pas assuré, sans attendre une quelconque manifestation du guerrier, Fulk Arken porta moult coups d'épée, transperçant profondément le sol avant de finir par buter contre un objet des plus inattendus. Surpris, le Maître de Durtal recula très légèrement d'un pas et vit le sol remuer un peu plus qu'au moment où il était venu en espérant trouver Niiru. Contre toute attente, ce ne fut pas le Fukanreï qui émergea du sol.

En fait l'aura qui s'exprimait aux pieds du Seigneur du Damalioch fut celle de Gaïana, la fidèle et divine épée que Niiru avait reçue en héritage de Rîîga. La fière lame une fois sortie du sol se présenta devant Fulk Arken la pointe tournée vers le sol et le manche en l'air comme si l'arme se présentait à lui et l'appelait à l'utiliser.

- Soit ! Il s'agit de l'épée forgée par mon frère. On dirait bien qu'elle a reconnu ma supériorité et l'inéluctabilité de ma victoire, je vais la prendre en main et l'utiliser contre toi jeune Niiru. Quelle chose risible et ironique, quelle situation ubuesque pour toi Fukanreï. Tu vas mourir sous la lame de, ce qui fut encore quelques instants plus tôt, ta propre épée, ahahahahahah ! – Fit Fulk Arken dans un rire sardonique. –

Le Seigneur de Ténèbres s'avança derechef et tenta de prendre l'arme de Niiru après avoir rangé sa propre épée. Il essaya de la prendre à pleines mains. À peine Fulk Arken eût-il posé la paume de sa main et ses doigts au contact du manche et de la garde, qu'une force magique considérable se manifesta à son encontre et le projeta contre un pan de mur. Surpris et choqué par l'impact, le Maître de Durtal s'écrasa dans un violent vacarme contre les restes du donjon dont il était si fier. Une grande partie de l'énergie qui repoussa Fulk Arken glissa au travers de ce dernier et, alla altérer, de plus belle, les restes de la tour principale de Durtal.

Le Seigneur des Forces du Mal ne pouvait être qu'amer, à la vue des ruines de la plus élevée des parties de sa Forteresse. Il se dégagea de l'impact que son corps venait de former dans le pan de mur où il s'était encastré. Sa rage redevenue intérieure, il ausculta son armure et y constata les nombreux dégâts. Fulk Arken concentra, en cet instant tout ce qu'il y avait en lui de mauvais, de perfidie et de vices afin d'être sûr d'en finir, une fois pour toutes avec le Fukanreï. Le Maître de Durtal s'était mis martel en tête. Tant qu'il ne se pencherait pas sur la dépouille démembrée et décomposée de Niiru, tant que tout son sang ne serait pas répandu à ses pieds, il ne considérerait pas Niiru comme mort.

Tout Gaïanor qu'il fut, et tout Seigneur des Ténèbres qu'il était, il accepta quand même les erreurs qu'il avait commises par le passé, en négligeant de faire lui-même la basse besogne qu'il avait délégué à ses suppôts. Son ego surdimensionné et vicieux lui avait longtemps masqué la vue sur les choses insignifiantes. Maintenant il payait cette indifférence plus que millénaire en constatant la destruction méticuleuse de sa demeure et surtout l'altération de son armure qui portait, depuis peu, les nombreux stigmates de l'affrontement avec un rival insoupçonné. Pour une fois dans sa très longue existence, Fulk Arken avait eu pleinement raison en ne prêtant pas un décès trop rapide et invérifiable à un extraordinaire combattant. En effet il avait compris ce que Gaïana venait de faire :

-    Je vois clair dans le jeu de l'épée forgée par mon frère, elle est aussi insondable que Rîîga. Elle ne s'est pas présentée à moi comme une offrande. Bien au contraire elle m'a barré la route de la victoire, elle a protégé le Fukanreï !

Fulk Arken se décida à repartir à l'assaut de Niiru. Alors que celui-ci s'avançait vers Gaïana dans l'intention de la repousser avec sa propre épée. Contre toute attente, l'Empereur du Damalioch se préparait à frapper l'artefact du Fukanreï, il se trouva déstabilisé par un certain nombre de secousses sismiques qui apparurent et s'amplifièrent au fur et à mesure que les secondes s'écoulaient et que le Seigneur des Ténèbres se rapprochait de l'épée sacrée. Il finit par se trouver à la hauteur de la belle arme mais il se rendit compte que ce n'était pas celle-ci qui se mettait à dégageait cet énorme potentiel énergétique. Il poussa finalement l'épée de Niiru avec sa propre lame et continua son chemin, sentant l'intensité de cette aura de plus en plus grandissante.

Ces étranges ondes sismiques naissaient d'un point central et se dispersaient de plus en plus vers l'extérieur du monticule, non loin du Maître de Durtal. Celles-ci stoppèrent puis renaquirent pour réaliser bizarrement le chemin inverse. À force de revenir vers le point central du modeste amas de roches et de poussière, les ondes sismiques, une fois concentrées, inquiétèrent le Roi Noir. Le temps parut alors s'arrêter l'espace d'un instant pour Fulk Arken qui, par le passé, n'avait jamais vraiment ressenti cette impression. Il réalisa pourtant que cette désagréable sensation ne lui était pas étrangère car il l'avait connue en présence de ses semblables et surtout de Naör. Une fois toutes ces vibrations totalement concentrées, le sol explosa littéralement, dégageant de multiples faisceaux de lumière et d'énergie. Une étrange chose venait de se passer. Niiru, être hybride et descendant des Dieux, venait de sublimer son pouvoir, abandonnant ainsi, en grande partie, son humanité afin de devenir définitivement le Fukanreï et s'élever irrévocablement et irrémédiablement au niveau des quatre Gaïanor.

La puissance que Niiru dégageait de son corps fit voler en éclats ce qui lui avait servi de tombeau temporaire. Des rafales de vent évoluant en petites tornades, soulevèrent en majorité des particules du sol, tandis que le reste des cailloux et des gravats s'élevaient dans les airs par la seule volonté de Niiru. Le Fukanreï se dressa fièrement en face du dernier des Gaïanor et ce, malgré la destruction en plusieurs endroits de son armure maculée de son propre sang. Le champion d'Yrneh esquissa un sourire empreint autant de vice et de satisfaction que Fulk Arken était capable d'exprimer. Son sourire méprisant n'inquiéta pas le Maître du Néant, mais il l'étonna car, tout Seigneur des Ténèbres qu'il était, Fulk Arken ne reconnaissait plus Niiru. Tout l'aspect mental et psychologique de ce dernier s'était complètement modifié et son esprit devenait désormais aussi insondable et impénétrable que les autres Commandeurs des Strates. Le Héros d'Yrneh s'adressa farouchement au Sombre Seigneur :

- Niiru n'est plus ! Fulk Arken, tu n'as plus d'Humain devant toi. Il n'y a que le Fukanreï, celui qui devait sauver les Peuples Libres, tout comme Floëls le prophétisa autrefois. Je n'ai plus qu'un seul et unique but, celui de t'abattre. Je m'en vais récupérer Gaïana. Puis toi et moi nous allons en finir. Je te prierai de t'ôter de mon chemin si tu ne veux pas essuyer mon courroux.

- Que comptes-tu faire ? Que crois-tu pouvoir accomplir ?
- Juste une chose !
- Et quoi donc ?
- Ceci !

En achevant sa réponse, le Fukanreï qui avait concentré sa force et sa rage, mit son poing en travers du visage de Fulk Arken avec une violence supérieure à celle, exprimée dans la Forteresse du Ravin Bleu. L'immense personnage subit la rudesse du choc et recula au loin, totalement déstabilisé par ce déchainement et cette puissance dont lui seul était capable jusqu'alors. Le Fukanreï laissa loin à sa gauche le Seigneur des Ténèbres qui s'était déporté suite au coup et qui essuyait le sang coulant de sa lèvre fendue. Celui qui n'était plus Niiru récupéra sa fameuse épée puis il la brandit à nouveau. Celle-ci rayonna davantage qu'auparavant, éblouissant au passage l'infâme Gaïanor déchu et illuminant le Damalioch sur une immense distance.

Nullement effrayé ou découragé par l'attitude nouvelle de Niiru, Fulk Arken se remit du coup et de cet aveuglement. En moins d'un instant, sûr de sa force et de sa supériorité, le Sombre Seigneur fit de même en opposant un pouvoir dont la profonde obscurité égalait la brillance dégagée par l'épée de son adversaire. Il n'était plus question, ni pour l'un, ni pour l'autre, de démordre :

- Abandonne, Fukanreï, tu ne peux pas gagner, je suis un Dieu, ton Dieu !
- Je viendrai à bout de ton joug, vil serpent, dussè-je mourir. Je te vaincrai avec mes propres armes… la force, la foi et le fer !
- Soit ! Stupide Fukanreï ! Utilise tes armes, mais sache que ton espoir, n'est qu'une idée, un concept inutile.
- Arrête de parler dans le vide ! Tes paroles n'ont aucune prise sur moi.

À partir de ce moment, l'un et l'autre prirent position. Chacun adopta une posture bien particulière : le Fukanreï, l'épée en arrière et Fulk Arken, l'épée bien au-dessus de lui. Leurs postures respectives achevées, les lames des deux inégalables belligérants se heurtèrent dans un fracas qui n'avait pas eu son pareil jusqu'alors. Les premiers coups d'épées qui furent portés touchèrent les adversaires à différentes hauteurs, aux bras, aux épaules ou même aux corps. Dans un second temps, Niiru et, Fulk Arken tentèrent de s'attaquer aux jambes de l'autre. Par la suite les phases de combats s'accélérèrent et s'intensifièrent pour atteindre une brutalité difficile à imaginer pour le commun des mortels et même de certains immortels.

Les deux êtres continuèrent de multiplier les attaques. Sous l'ineffable amplitude des efforts réalisés par l'un et l'autre, il ne fallut pas attendre longtemps, durant le combat final, pour voir les armures des deux titans voler en éclats. En s'abattant de toute sa puissance, Gaïana s'offrit le luxe de détruire, tour à tour, les pointes qui hérissaient les épaules métalliques du Seigneur des Ténèbres ainsi que les protections qui servaient à la couronne et au casque du Sombre Seigneur. La contre-attaque fulgurante, menée par le Gaïanor déchu, détruisit totalement le bouclier du Fukanreï puis, Levïaïa lui brisa une grande partie de cette fabuleuse armure que le Fukanreï venait d'hériter de ses ancêtres. Bien vite, les entailles, les éclats et les impacts apparurent un peu partout rendant les armures inutiles, handicapant les deux personnages, au lieu de les protéger.

Ces deux armures qui avaient, jusque-là, permis de prolonger le combat durant toute la nuit, s'effondraient petit à petit. Dans ce combat qui durait une éternité, aucun des deux belligérants n'arriva réellement à trouver l'avantage. Niiru, tout comme Fulk Arken, faisaient montre d'une force et d'une ténacité sans égales. Le Roi Noir dans toute sa perversion, tenta pourtant de frapper violemment le Fukanreï. Il ramena Levïaïa une fois de plus au-dessus de son casque en ruine et la prenant avec ses mains administra son coup dans un mouvement allant du haut vers le bas. Le Héros prophétisé par Floëls réagit légèrement trop tard. Il parvint à bloquer son adversaire en plaçant Gaïana de façon perpendiculaire au coup mené par le Maître des Forces du Mal.

Malgré toute la force dont il disposait, le Fukanreï ploya lentement sous la magistrale oppression que son ennemi lui appliquait. Niiru, dans un moment de faiblesse, finit par poser le genou droit à terre. Il crût plusieurs fois perdre définitivement la partie car, même s'il parvenait à repousser un peu la force de Fulk Arken, celle-ci exerçait toujours une nouvelle pression presque incommensurable. Le Fukanreï ne put reprendre confiance en lui que lorsque les Magus débarquèrent avec Enoguëra sur le lieu où guerroyaient encore l'ancien Dieu et le champion des Peuples Libres d'Yrneh.

Ceux-ci s'étaient détournés de leur chemin initial afin de détruire la statue du Seigneur des Ténèbres implantée sur l'île sacrée d'Angwë. C'est le Haut-Roi des Elfes qui s'adressa directement à l'esprit de Niiru.

- Fukanreï, l'Armée des Ténèbres est totalement annihilée, il ne reste plus aucun agent du Mal en Yrneh, nos hommes les ont tous achevés. Maintenant il ne reste que Fulk Arken qui soit un obstacle à notre liberté. Niiru, je t'en conjure, accomplis la prophétie, restaure la gloire passée de Floëls et de Naör !

Le Fukanreï agita la tête pour marquer son accord avec le Haut-Roi des Elfes. Niiru ferma lentement ses yeux, très lentement. Les pupilles closes, le possesseur de Gaïana continua de retenir la véhémence que Fulk Arken exprimait par le biais de sa propre épée. Le Fukanreï se concentra quelques instants puis, il rouvrit ses yeux rapidement. Son regard était empli d'un feu plus intense qu'à l'instant précis où il se lança dans son corps à corps avec le Sombre Seigneur.

- Eh bien, tu résistes ? Fou que tu es !
- Oh oui, je résiste ! Et je vais même aller au-delà. Prépare-toi à ma contre-attaque.
- D'où te vient ce sursaut salvateur ?
- Juste la nouvelle de l'éradication de ton armée, toutes tes malversations en Yrneh n'existent plus !
- C'est impossible !
- Ça l'est et, de surcroît, l'Alliance s'en va reconquérir tous les territoires que tu as envahis. Il est venu le temps d'en finir.
- Oui, il est venu le temps d'achever ce combat. Tu vas mourir immonde cafard !
- Avant de te tuer je te demande une chose Fulk Arken, que je succombe ou que je te batte, je veux voir ton visage. Si tu

conserves ce casque qui voile tes traits, c'est que tu dois être d'une laideur repoussante.

\- Ton vœu est accordé ! Mais quel est ce regard ? Il me semble que … Non … Ce n'est pas possible la couleur de tes pupilles, elles sont violettes ! C'est… C'est la même que celles de Naör !

Le Seigneur des Ténèbres savait que c'était maintenant que tout se jouait. Il ne chercha pas à s'enfuir même si le regard du Fukanreï lui inspirait une très vieille crainte. Il se recula, se retourna prestement pour enlever son casque à la demande, de l'Héritier des Commandeurs. Il accepta cette demande tout en sachant que le Fukanreï ne se risquerait pas à le prendre en traître au risque de bafouer tous ses préceptes. Le Roi Noir de dos, s'exécuta sans attendre et souleva, d'un coup, son inquiétant heaume qu'il avait porté depuis les premiers jours d'Yrneh. Une fois le casque de Fulk Arken retiré, il jeta celui-ci au loin, tournoyant sur lui-même pendant un très court laps de temps avant de s'échouer.

Au même moment il se retourna et laissa flotter puis tomber, une chevelure noire de geai dont la longueur atteignait le milieu du dos. Fulk Arken se retourna tranquillement et présenta son visage au champion d'Yrneh. Niiru se montra fort étonné en voyant un visage aussi beau et aussi pur. Il était persuadé, depuis toujours, que le Mal qui habitait le Gaïanor déchu lui avait rongé le visage et tout ce qui faisait de lui un être pur. Le Fukanreï s'attendait comme tous les spectateurs présents au pied de Durtal, à voir une chose terrible reflétant la noirceur de l'âme du Dieu déchu. Maahar se présentait devant lui, avec un large sourire afin de signifier sa satisfaction de briser les idées préconçues du Fukanreï mais aussi de toute l'humanité.

\- Je me suis exécuté, j'espère que tu es satisfait ! Tu vois enfin mon vrai visage. Celui auquel j'ai renoncé il y a trois cycles car il ne convenait pas à mes ambitions de terreur et de désolation.

- Oui ! Je suis satisfait, mais je souhaite savoir une dernière chose.
- Laquelle ? Je verrai, si avant de te tuer, je peux te l'accorder !
- Comment Maahar est-il devenu Fulk Arken ? Je n'ai jamais compris !
- Je vais faire très court, mais cela résumera bien des choses. Avant la venue des Gaïanor, ce monde existait déjà mais dans une configuration différente. Les quatre Commandeurs sont apparus et ils ont fait la guerre contre une entité maléfique qu'ils ont vaincue. Forts de ce succès qui libéra les ancêtres de vos ancêtres, ils ont préféré effacer les atrocités de cette première ère dans les souvenirs des habitants de l'ancien monde. Ils ont donc refaçonné ce qui devint le Délios. Croyant avoir détruit cette entité, ils ne se soucièrent pas d'un détail : la faille de Dion, car au plus profond de ses abîmes s'était tapi mon esprit, l'énergie de Fulk Arken.

Maahar s'était aventuré un peu trop loin lorsque je me suis manifesté. C'était là une chance inespérée, car privé d'un corps capable de me contenir, je n'avais pu me manifester plus tôt. C'est pour cela qu'une fois seul en sa misérable présence j'ai pris possession de son corps et j'ai détruit son essence vitale. Lorsque je suis remonté à la surface pour réclamer mon dû, les événements n'ont pas tourné en ma faveur car je n'avais pas la force d'abattre, ne serait-ce qu'un Gaïanor. J'ai donc récupéré les pouvoirs dispersés dans les Magus et les Fondamentaux pour augmenter mon potentiel que j'avais été obligé d'amputer en prenant forme humaine. Satisfait ?

- Plus que tu ne le crois, tu viens de me donner une carte maîtresse pour te tuer !
- Comment ?

Niiru ne lui laissa pas le temps de poser la question et tous deux repirent instantanément leur combat. Le Fukanreï fut le premier à réengager l'action, mais Fulk Arken évita toutefois le mouvement de ce dernier en se riant de lui pour se rassurer. Pourtant il fut forcé de constater que la destruction totale de sa forteresse et de son glorieux trône venait d'être effectuée par la vitalité du coup provoqué par Le Fukanreï.

- Grrrrrrr ! Tu ne peux pas me vaincre Niiru, non tu ne le peux pas.
- Si je peux, et je vais le faire. – La voix du Fukanreï se modifia et devint aussi caverneuse que celle du Commandeur de la Strate des Airs. – Voilà Sombre Seigneur, c'est la fin de ton règne ! Comment pourrais-tu dominer un monde sans ton propre trône, sans place forte et sans sujets ? C'est une situation pathétique, la réduction en poussière de ton trône annonce que ta chute est toute proche. – Niiru ôta les avant-bras de son armure et jeta à terre ses deux gants. – Vois maintenant les marques scarifiées sur mes mains, une chose que tu aurais dû prévoir depuis toujours. Les Dieux n'ont jamais abandonné personne et Niiru a été béni avec un peu de mon sang, il a été enfanté par les descendants de Floëls et il a obtenu la puissance de l'épée de Rîîga, il est maintenant trois Dieux à la fois et même si son corps d'Humain l'empêche de te vaincre facilement il parviendra à trouver le moyen d'en finir avec toi.
- Na … Naör ?
- Oui, tu as deviné juste ! C'est moi le régent des Dieux, ton frère…
- Ce que tu viens de dire, Naör, n'est pas important. Le Fukanreï n'aura ni le temps ni la capacité de me vaincre, je vais le punir comme il se doit. Niiru ne mourra pas car je lui réserve un châtiment pire que la mort. Il sera réduit à l'état d'esclave. Je te ferai souffrir jusqu'à la fin des temps. Vos pauvres manifestations temporaires à travers lui ne pourront rien y changer.

Le Fukanreï récupéra sa voix et ses esprits. Il riposta alors en se précipitant une fois de plus sur Fulk Arken afin de lui attraper le bras droit pour l'empêcher d'attaquer. Niiru lui déclara, en cet instant, une phrase fatidique :

-    Ce n'est pas ici que viendra ta fin. Oh non ! Tu vas disparaître là d'où tu es apparu, là où le Mal s'est emparé de Maahar. J'espère que tu n'as pas oublié ?
-    Que laisses-tu entendre ? Tu nous emmènes près de …
-    … De la Faille de Dion ! Exactement.

Finissant sa courte phrase, Niiru réalisa le sortilège enseigné par les Magus. Une fois de plus il se déplaça au-delà de l'espace et du temps. En un clin d'œil, toujours accroché à Fulk Arken, il se retrouva à proximité de la plus grande balafre de ce monde, plus précisément au bord du précipice. La courte nuit avait passé et le soleil pointait à l'Est, l'éclat de l'aurore annonçait l'achèvement de la guerre. Fulk Arken reconnut très bien l'endroit qu'il n'avait plus visité depuis le Premier Cycle. Contrairement à ce qui s'était provoqué jadis, lors de son apparition dans le corps de Maahar, Fulk Arken réalisa bien vite qu'une agitation se fomentait en ce point névralgique, des gaz toxiques s'échappaient du plus profond du gouffre, le lieu puait littéralement le Mal et la Mort.

Niiru savait, en son for intérieur, qu'il donnait un avantage non négligeable à son ennemi puisque c'est là qu'il puisait les racines de son pouvoir. Il n'avait pas eu vraiment le choix. Il avait choisi cette solution car les Magus, dans un dernier contact avec lui, l'avaient informé de la venue rapide d'un grand contingent de guerriers Alliés à proximité du Castrum of Durtal, il ne pouvait pas risquer leurs vies. De surcroît, il savait qu'en donnant une assurance supplémentaire à son ennemi, celui-ci commettrait, peut-être, une erreur fatale.

- Tu es vraiment inconscient Niiru ! L'avantage m'est totalement acquis ici. C'est d'ici que tout est parti !
- Peut-être, Sombre Seigneur, mais il en est ainsi ! Je suis pleinement conscient de mes choix.
- Cette faille sera ta tombe Fukanreï !
- N'annonce pas trop vite l'issue de notre combat, vil tyran !

L'endroit dégageait un calme incroyable, un silence religieux. L'ensemble des gaz disparurent en s'évaporant comme si de rien n'était. Les bruits du monde et les tremblements de la terre ne résonnaient plus du tout en ce paysage dévasté. Fulk Arken et l'Héritier de Floëls semblaient être seuls, bien au-delà du monde matériel. Tout deux se tenaient immobiles en face l'un de l'autre, sans un mot, une haine réciproque émanant de leur être. Ils se rapprochèrent l'un de l'autre en courant. Fulk Arken agitait son immense épée en l'air, tandis que Niiru tenait la sienne ramenée sur son flanc droit et orientée vers l'arrière.

Le choc qui en découla, fut invraisemblable. Au moment même du contact entre les deux lames, Niiru se trouva déstabilisé par l'impact, tout comme Fulk Arken, mais le Seigneur des Ténèbres se ressaisit plus vite. Niiru ne put revenir assez vite dans l'offensive. Il laissa quelques secondes de trop ses bras partir en arrière. Sans l'armure son corps n'avait plus de défense et il était totalement à découvert. Cette triste erreur laissa le soin à Fulk Arken d'en profiter pour le transpercer de part en part sans aucune retenue.

Celui qui devait être le salut d'Yrneh, celui béni par les Dieux, prophétisé autrefois et élu champion des Peuples Libres se trouvait maintenant avec une lame enfoncée à moitié dans l'abdomen.

Niiru ouvrit la bouche, laissa du sang couler sur ses lèvres et regarda Fulk Arken. Le Sombre Seigneur exulta de joie en voyant sa réussite. Par pur plaisir et par pure cruauté, il fit tourner Levïaïa dans le corps de Niiru qui hurla à nouveau de douleur. Les Magus qui s'étaient téléportés avec Enoguëra encore une fois jusque sur le lieu du dernier acte, crurent que la tournure du combat venait de décider de l'issue de la guerre. Pour eux, le Maître du Damalioch en était sorti vainqueur et Niiru semblait définitivement perdu.

Il le fut, tout du moins, l'espace d'un instant car, malgré cette irréparable blessure, la douleur qui en résultait et le sang qui s'écoulait sur son corps meurtri, le Fukanreï se ressaisit finalement et, rassemblant toutes ses forces, put parvenir à attraper puis à trancher l'avant bras du Sombre Seigneur, et de ce fait la main tenant Levïaïa. Après ce coup, le bras du Gaïanor déchu s'affala sur le sol, lâchant la noire épée encore présente dans l'estomac de l'Héritier de Floëls. Surpris par ce geste inattendu, Fulk Arken recula de deux pas en hurlant de douleur. Il comprit, trop tard, la stratégie mise au point par le Fukanreï. En tuant Niiru, Fulk Arken lui avait permis d'atteindre un niveau spirituel au-delà du monde. Le sursaut pré-mortel que subit Niiru lui donna définitivement l'avantage puisque, après avoir retiré la lame de son corps, le Fukanreï fit juste un pas, un seul pas de plus et, enchaîna une rotation. Ayant fait un tour sur lui-même, il mena son épée à hauteur du cou du Maître de Durtal. Celui-ci déclara :

- Si tu me tranches la tête, je trouverai un autre corps qui m'accueillera, comme le tiens par exemple !
- Trop tard ! Tu n'auras pas le seul corps qui aurait pu te contenir car tu m'as tué ! Si tu comptes sur les Magus ou les corps comme ceux d'Enoguëra ils se sacrifieront avant même que tu puisses tenter quoi que ce soit.
- Alors, même si je meurs, sache que mon essence se

dispersera dans le cœur de toutes les créatures.

- Tu as joué contre toi-même, tu t'es mis tout seul en échec et tes menaces ne changeront rien à ma résolution, je préfère mille fois que chacun possède une part de mal en lui. Le libre-arbitre est en chacun de nous et cette solution est préférable à celle de voir une seule personne concentrant un pouvoir sans limite et capable d'imposer un joug éternel. Adieu Fulk Arken !

Le Fukanreï, tout en achevant le nom de son adversaire, décapita, avec rapidité, précision et fermeté le cou de celui qui s'était substitué à Maahar. Voyant le cadavre inanimé du Sombre Seigneur s'échouer devant lui, la tête séparée du corps, Niiru changea d'aspect. Le devoir accompli, la fureur qui l'animait retomba instantanément en lui, il porta la main gauche à son estomac et vit du sang qui s'écoulait de ses entrailles, il fut pris d'une convulsion et il cracha encore du sang et laissa tomber à même le sol l'épée forgée par Rîîga.

Utilisant le reste de sa force, il jeta le bras qui avait tenu Levïaïa. Il empoigna la maléfique épée vidée de toute vie, et alla l'enficher dans la dépouille de Maahar qui explosa. Niiru donna un coup de pied dans la tête de son adversaire. Au moment où la tête chuta dans la Faille de Dion une nouvelle explosion se produisit. Après la déflagration, la faille se referma d'elle-même, après une série d'explosions beaucoup plus impressionnantes. À la place de ce lieu maudit plus aucune cicatrice ne subsista. Le Fukanreï totalement épuisé, sentant la mort proche, posa un bras à terre puis s'affala sur le sol juste avant de perdre connaissance. Il finit par se réveiller.

En rouvrant les yeux, il constata qu'il se trouvait dans les bras de celle qu'il avait aimée dès le premier regard, sa chère et tendre Hersendis. Non loin d'elle se trouvait le Haut-Roi des Elfes qui décida de s'éloigner pour laisser un peu d'intimité aux deux âmes sœurs. Niiru avait accompli son devoir. Il n'était plus le Fukanreï, ce glorieux personnage devenu l'égal des Dieux. Depuis peu il s'était réveillé tel qu'il avait toujours été : Niiru le discret, l'homme juste, connu sous le nom d'Enië, l'ami des Peuples Libres et des animaux. La plus belle des femmes Elfes l'aimait et maintenant le serrait avec tendresse contre sa poitrine. Une larme perla sur sa joue, puis la belle dame pleura doucement toutes les larmes de son corps. Elle leva d'abord la tête au ciel et porta son regard vers l'Infini, puis, après un temps d'arrêt, baissa les yeux pour fixer avec affection l'homme qu'elle chérissait plus que tout :

- Oh Niiru, je t'aime ! Tu ne peux pas mourir. Pourquoi les Dieux ne l'empêchent-ils pas …
- Je t'aime aussi ma douce Hersendis, mais ma blessure n'est plus guérissable et tes pouvoirs sont inutiles. Tout est fini ma Princesse.
- Pourquoi les Commandeurs nous ont-ils tenus si longtemps dans l'erreur ? Ils t'ont sacrifié …
- Non … Argh … Ils ne m'ont pas sacrifié, je suis descendant des Dieux et j'ai été choisi parmi nous tous, mon père aurait pu être le Fukanreï. Chaque chose à une explication, et je comprends le choix d'effacer de douloureux souvenirs d'un autre monde, d'un autre temps. Je ne regrette pas ma vie qui a duré un temps incroyablement long. J'ai vu, rencontré un maximum de gens et appris de nombreuses connaissances. Maintenant pour moi tout est fini, les mots que je prononce sont les … Arghhhhh … derniers.

Hersendis prit avec tendresse la main de son amant. Elle aida Niiru à se tourner vers elle pour lui faire face, plongea son regard dans le sien et s'arrêta de pleurer. Elle amena la main de Niiru vers son propre ventre et la posa précautionneusement. La Princesse des Elfes s'adressa à lui en ces termes :

- Rien n'est fini mon amour, désormais tout commence car tu as donné la vie !

Niiru ne dit pas un mot de plus, il serra amoureusement sa belle dame et après avoir admiré une dernière fois son doux visage, il lui sourit. Niiru avait compris ce que sa tendre Hersendis voulait lui faire savoir. Heureux d'avoir accompli sa tâche, son destin et apaisé de savoir que le monde et celle qu'il aimait, pouvaient vivre totalement libres de la menace du passé, Niiru laissa couler ses larmes et rendit son dernier souffle. L'héritier des Dieux, l'amant d'Hersendis abaissa ses paupières pour toujours.

Chapitre XXX : De la tristesse à la joie …

Au moment où Niiru ôtait la vie de Fulk Arken, ses amis Baldric et Throud, ainsi que plusieurs soldats, furent téléportés en vue de la faille de Dion. Ils assistèrent, malheureusement, au dernier souffle du Fukanreï. Depuis le lieu où ils se tenaient, ils avaient pu observer l'achèvement du combat, sa mortelle blessure qui leur avait laissé penser que la victoire était acquise au Seigneur des Ténèbres. À la vue de ce funeste geste, la fin de la liberté sur toutes les terres du monde devenait inévitable.

Seule la réaction inespérée de Niiru réussit à les surprendre. Jamais personne, pas même le sage Enoguëra, n'aurait pu prévoir que le descendant de Floëls réussirait là où tout le monde avait échoué pendant des siècles. Battre le Sombre Seigneur était un concept déjà prouvé par les maintes guerres d'autrefois, mais porter atteinte à l'intégrité physique du Dieu déchu en lui amputant la main et en le décapitant s'avérait le geste le plus prodigieux de toutes les chroniques. La troupe, arrivée en renfort et menée par les deux nobles guerriers, s'approcha d'Hersendis et du Héros jadis prophétisé.

Niiru, informé de l'existence de sa descendance, s'était éteint en emportant avec lui tous les secrets lui permettant d'égaler un Dieu mais aussi les mystères de l'Ancien Temps. Avec la disparition des Commandeurs, sa perte demeurait l'une des plus grandes et scellait, une fois pour toute, une ère troublée, instable, mêlée à la fois d'espérance et de doute. Sa mort marquait aussi la fin d'une noble race d'aventuriers intrépides et courageux. La nouvelle de cette disparition se propagea rapidement, plus vite que les sabots d'un cheval au galop et provoqua une grande peine dans toutes les populations ayant survécu à la guerre du Ravin Bleu. Il resta alors de Niiru le chant de ses louanges dans une longue ode dont il nous reste quelques bribes :

À la fin de notre âge,
Le monde courrait au naufrage.
Au sein du Ravin Bleu,
La plus sanglante des batailles eut lieu,
Dans ce qui fut la plus longue journée.
Jamais les peuples ne connurent autant de sang versé.
Alors que le Sombre Seigneur s'avançait vers la gloire,
Et tentait de nous imposer son pouvoir.
Un seul homme du nom de Niiru se dressa,
C'est par lui que notre destin changea.
Juste avant le mythique combat,
Le Fukanreï enleva sa capuche, puis sa cape il jeta.
Dans un long murmure,
Il révéla son éblouissante armure.
De son fourreau Gaïana flamboya,
Fulk Arken fut effrayé par cette aura.
La lutte parut sans fin,
Les deux combattants disparurent dans le lointain.
Au terme d'une longue nuit,
Aucun des deux n'avait fléchi.
De toute son âme Niiru lutta,
Mais c'est la mort qu'il trouva.
Dans un inattendu sursaut de vie,
Il permit notre survie.
Une dernière fois il recourut à Gaïana,
Et la tête du Sombre Seigneur tomba.
Jetant cette carcasse dans l'abîme sans fond,
Le Héros referma pour toujours la faille de Dion.

Même les hommes les plus endurcis furent touchés par la

mélancolie de cette disparition, certains disent que, pour la seconde et dernière fois, le Haut-Roi Enoguëra versa un torrent de larmes comme il l'avait fait pour sa femme. Niiru était un peu comme son propre fils. Il resta sans dire un mot pendant de longues semaines. Baldric, quant à lui, se sentit totalement impuissant lorsque son ami perdit la vie. Il tomba à genoux et éclata en sanglots. Ce personnage, cet ami, ce frère qui lui avait appris de nombreuses choses sur la vie, les êtres, les animaux et la nature, venait de le quitter une fois de plus. Throud s'avança près du Prince de Dol et le releva. Il le regarda attentivement et s'adressa plein de compassion :

-    Je t'envie Baldric de pouvoir pleurer en cette heure. J'ai autant de peine que toi, mais malheureusement je n'ai pas appris à exprimer ma tristesse. Je ne sais pas pleurer un être cher et ici je ne peux pas le venger. Je me sens tout simplement inutile.

En effet, Throud ne mentait pas car les larmes montèrent aux yeux du Barbare, mais jamais aucune d'entre elles ne coula. Pourtant le puissant Simérien resta là un peu hagard avec un regard plein de trouble. Enoguëra, encore empreint d'émotion, indiqua par sa gestuelle que les hommes qui l'accompagnaient s'évertuent à honorer le sacrifice de Niiru en réalisant au plus vite un moyen de transport digne d'acheminer l'Héritier des Gaïanor sur les terres qui l'avaient vu naître. Il refusa que l'on utilise la technique du déplacement instantané car, dans un geste symbolique, le Damalioch devait voir passer le convoi funéraire de l'homme qui avait accepté la mort pour sauver les territoires de l'emprise démoniaque de Fulk Arken et pour sauvegarder l'Yrneh. Tout le monde se devait de saluer les exploits du défunt, il fallait surtout le faire par respect de la belle Princesse Hersendis. Le Haut-Roi des Elfes s'approcha à nouveau de sa fille et s'adressa à elle par télépathie tandis que reposait encore dans ses bras le corps sans vie du Fukanreï :

-    Ma douce Hersendis, je suis désolé de ne pas avoir pu empêcher son sacrifice. Je n'avais pas ce pouvoir. J'aurais tellement souhaité te voir heureuse en sa compagnie, et pouvoir vous unir par le plus fastueux des mariages. Je regrette que Niiru ne m'ait pas demandé ta main.

-    Père, ne soyez aussi sévère avec vous. Je suis triste qu'il se soit physiquement détourné de moi dans la mort. Mais au fond de mon cœur je considère que ce n'est pas si grave. Je m'étais déjà donnée à lui avec amour. Le temps et le destin nous auront pris de court pour notre union, mais je porte la vie en moi, et c'est le plus beau des souvenirs qu'il m'ait faits.

-    Ô ma fille, je suis si heureux pour toi !

-    Père, je suis si fière !

Après ces échanges furtifs, Hersendis puisa dans toute la force physique dont elle disposait et, souleva lentement mais sûrement le corps de Niiru. Elle le porta un peu plus loin, à l'écart de tous et le posa sur la cape qu'une elfe venait de lui ôter. Là, la belle Elfe utilisa ses bienveillants pouvoirs et elle fit apparaître un plan d'eau, elle demanda à la gente damoiselle de l'aider à donner les ablutions nécessaires au corps de Niiru afin de le laver des souillures causées par le sang qui le recouvrait et le purifier de tous les tourments de ce monde. Elle se tourna vers l'elfe mais fut étonnée de voir qu'elle avait été remplacée :

-    Emeliana que faites-vous ici ? Je croyais que votre place devait être auprès du Seigneur Danreb pour le soigner. Retournez-y !

-    Je sais, pardonnez-moi, mais je devais faire le chemin.

-    Danreb est mort ?

-    Non, ma Princesse, au contraire, il est vivant et même bien

portant, comme si rien ne l'avait touché. Alors que la fièvre et le délire l'atteignaient jusqu'aux tréfonds de son âme, un miracle se produisit. Le Seigneur Danreb recouvrit complètement la santé. Et, comme il avait été dit, ceci ne pouvait être possible que si Fulk Arken mourrait, seulement s'il disparaissait pour toujours. En voyant cette chose impensable, j'ai compris et j'ai demandé à l'un des Magus de me mener jusqu'à vous.

-       Merci de votre sollicitude Emeliana, ma douce amie !

La cérémonie dura plusieurs heures sous le regard bienveillant de ses amis et parents. Au terme de l'opération elle demanda à ce qu'on lui apporte un drap avec lequel elle recouvrit le cadavre du Fukanreï. Throud ôta sa cape en pourpre rouge qu'il avait emprunté à Dame Daskalia et il la donna délicatement à la suivante d'Hersendis qui vint la remettre à la belle Elfe. Hersendis prit tout son temps pour que ce linceul recouvre tout le corps de Niiru. À la fin, seul le visage du Fukanreï restait visible à tous, exprimant par un sourire et les yeux clos un air paisible et tranquille. On vint annoncer à Hersendis, entourée de Baldric et du Barbare, que le char qui porterait la dépouille de Niiru venait d'être terminé et qu'il était à sa disposition. Hersendis souleva, à nouveau, le corps de son amant, suivie par Throud. Elle déposa le corps inerte de Niiru sur le char. La douce Princesse resta derrière le char. Baldric vint saluer son ami et se tourna vers Hersendis :

-       Hersendis, je viens de m'entretenir avec ton père et un des Magus. Je vais m'en aller avec Throud pour reconstruire mon pays et aider les autres royaumes à se rebâtir.

-       Je comprends Baldric, pars, je ne t'en tiendrai pas rigueur, car tu ne peux rien faire de plus.

-       En échange, j'ai proposé les services de mon cheval Geriis. Si tu acceptes, il tractera le char qui ramènera Niiru vers sa dernière demeure dans la nouvelle fondation d'Eä.

- Merci, toi et Throud vous devez partir, vos sujets ont besoin de vous.
- Nous nous reverrons bien assez tôt.

Throud Steelhammer accompagna le Prince de Dol et Dame Daskalia dans ce rapide voyage. Il posa sa main sur l'épaule de Baldric et tous deux saluèrent la procession. L'un des Magus récita une incantation et, un battement de cils plus tard les deux hommes avaient disparu. Le Simérien allait régler nombreuses affaires avant repartir pour le continent de glace. La chef Simérienne quant à elle, rentrait en Yrneh pour aider son peuple, à s'installer dans la nouvelle cité au sein du Ravin Bleu.

Baldric, de retour dans à la forteresse alliée, partit chercher sa mie, et Dame Claudia. Il incita ses sujets à le suivre vers Sertrach pour rebâtir la nouvelle capitale de son royaume. La procession, entama, par la suite, une très longue route adoptant un mouvement lent et majestueux sur l'une des pistes parcourant le Désert de l'Infirn, ce désert qui entourait l'ancienne Faille de Dion. La chaleur y était de moins en moins pesante depuis que Fulk Arken avait trépassé. Les pouvoirs des Magus et d'Enoguëra permirent d'atténuer encore plus les effets de la chaleur aux gens qui suivaient le char portant Niiru.

Le cortège, mené par Geriis, prit tout d'abord une étrange direction car le cheval s'orienta vers le Nord-Ouest. Personne ne tenta d'arrêter le coursier et après plusieurs jours de marche, ils rallièrent les terres du Castrum Of Durtal ou plutôt ce qu'il en restait parmi les ruines. Geriis, le majestueux cheval, s'arrêta une fois au pied des murailles. Là, tout le convoi fit de même lorsque Hersendis leva le bras. Enoguëra s'exclama et fit remarquer que Gaïana se mettait à briller d'une lueur de plus en plus éclatante au fur et à mesure que la sombre Forteresse paraissait proche.

Enoguëra s'approcha d'Hersendis. Il se tourna vers sa fille. Une fois à la hauteur de la belle dame et de la dépouille de Niiru, sauveur du monde libre, il empoigna l'épée intacte, malgré tous les combats.

Celle-ci, bien qu'animée par une volonté propre, se laissa manier par le Haut-Roi des Elfes sans montrer aucune résistance. Il ferma les yeux, se concentra pour user de sa magie au travers de l'arme la plus puissante qui soit. Enoguëra s'avança en contrebas de l'ancien château. Il prit l'épée à deux mains, la ramena en arrière. Rouvrant les yeux, il courut avec l'artefact divin et entra au contact des murs noirs. En moins d'un éclair il provoqua la destruction totale de toutes les murailles encore debout. Son unique coup fut si violent qu'il paracheva la fin du joug de Fulk Arken. La montagne, soutenant les soubassements de la forteresse, s'effondra d'un bloc. L'action du Haut-Roi des Elfes ne fit pas que supprimer l'endroit le plus maudit d'entre tous, il détruisit le Volcan Arken qui, depuis la mort du Sombre Seigneur, était éteint.

L'assemblée passa toute la nuit à camper sur les anciennes terres du Gaïanor déchu. Le climat était devenu très supportable puisque les torrents de lave s'étaient taris. Comme par miracle, le lendemain, dès le lever du soleil, tandis que le nuage de poussière qui émanait encore de l'ancien volcan se dispersait enfin, la cohorte d'Elfes reprit tranquillement la route, partant de l'entrée de Durtal et se dirigeant vers l'Est. La procession circulait sur la voie royale qui avait été construite autrefois sous les ordres de Fulk Arken pour envahir plus sèchement l'île d'Angwë et Yrneh. L'ensemble de l'escorte marcha encore pendant quelques jours et passa finalement par l'île d'Angwë où, certains des Magus s'étaient rendus au lieu d'aller à la Faille de Dion. Les puissants mages avaient décidé de s'atteler au plus vite à la restauration des temples et des dépendances.

Ils avaient entièrement réduit à néant l'immense statue à l'effigie du Sombre Seigneur et de son ego. Dans cet espace, à nouveau luxuriant, et affublé d'une béatitude sans bornes, la dépouille de Niiru y reçut un culte identique, à celui qui fut jadis dédié au premier Régent Naör lors de son départ. De cette manière les derniers dépositaires des pouvoirs divins considéraient que le Fukanreï s'était comporté comme le dernier Régent du monde, celui qui avait obtenu cette définitive liberté pour Yrneh. À la demande de la Princesse Hersendis, tous acceptèrent de s'y attarder quelques jours avant de reprendre la route de l'Est. La cérémonie en l'honneur de Niiru devait durer encore un peu.

Au bout d'une semaine, un messager vint des territoires de Baldric. Dans le message qu'il portait à Enoguëra, se trouvait l'invitation que leur faisait le Prince de Dol de se rendre dans le royaume de Sertrach. Là-bas, le royaume continuait de s'édifier sur de nouvelles bases avec de la bonne volonté des sujets. Baldric les incitait à venir au plus vite dans sa propre capitale où ils seraient reçus en grande pompe. Hersendis et son père accueillirent cette invitation avec plaisir et décidèrent d'aller dans la belle ville avec le corps de Niiru. Le Prince de Sertrach se trouvait chez lui en compagnie de Dame Anne, de Dame Claudia mais aussi en présence de son ami le Prince Danreb qui depuis s'était remis de sa lourde blessure. Le long cortège emprunta un navire qui rallia les rivages du Vendôr en un temps record.

Là, sur la plage, de nombreux chevaux furent mis à leur disposition pour rallier la nouvelle Sertrach restaurée où culminait une Forteresse de Dol encore plus belle qu'autrefois. Tous les amis d'Hersendis, de Niiru et d'Enoguëra prirent un peu de repos, permettant ainsi aux habitants de l'Extrême-Occident de venir se recueillir et de rendre hommage à la dépouille du Fukanreï dont le

Roi Baldric avait fait ériger une statue. Le corps de Niiru, protégé par le rituel de la Princesse elfique et les sortilèges d'Enoguëra et des Magus, resta exposé pendant trois jours à la vue de tous.

Par la suite, la procession grossit avec la venue de nouvelles personnes. Tous s'orientaient vers le Ravin Bleu en empruntant la Trouée du Mogforn comme chemin pour transiter près de la grande Forteresse reconstruite désormais sous la suzeraineté du Seigneur Throud et de Dame Daskalia. Tout autour, les Simériens établissaient, petit à petit, leur nouvelle cité. Dame Daskalia et Throud vinrent accueillir leurs amis et se joignirent aux autres grandes figures de la guerre pour l'accompagner le corps de Niiru. Le char, tirant l'enveloppe charnelle de Niiru, arriva au bout de deux jours dans la nouvelle cité d'Eä, rebâtie par les Nirvërius sur les anciennes ruines d'Ogarithia.

Au centre d'Eä, Throud Steelhammer avait contribué à l'établissement puis à l'achèvement d'une tour qui servirait de mausolée, en souvenir du Fukanreï. Le char freina. Hersendis souleva le corps de Niiru et le transmit au chef des Simériens. Le Barbare parcourut les nombreuses marches menant au sommet de la colline. Là, il se retourna vers toute la population qui s'agenouilla et observa le silence. Après une minute, Throud escalada les hautes marches de l'escalier et courut à l'intérieur de la vertigineuse tour. Une fois au sommet de cet incroyable mausolée, il fut rejoint par les grands dignitaires. Au centre de la pièce, résidait un très beau sarcophage à l'effigie du sauveur. La beauté de l'œuvre n'avait nulle égale en ce monde.

Il se composait de marbre, d'or, d'argent mais aussi de pierres précieuses et d'Uldarium, les mêmes matériaux que ceux utilisés autrefois pour créer les statues des quatre Commandeurs et qui furent perdues à jamais à cause des guerres successives. Danreb s'approcha, le premier, du sarcophage afin de l'ouvrir, mais il fut interrompu par Baldric qui le questionna :

- Allons-nous mettre notre ami, le sauveur d'Yrneh, directement dans cet édifice ?
- Non – Fit Throud. – Hersendis et le Haut-Roi Enoguëra vont y déposer les effets personnels du Fukanreï, son armure qui a été intégralement restaurée dans les forges de la Forêt de Sertrach, la belle Gaïana dont plus personne n'a l'utilité.
- Chacun d'entre nous pourra y laisser un présent symbolisant les liens entre lui et nous tous – Ajouta la belle Princesse des Elfes. –

Danreb reprit le geste qu'il avait entamé. Il ouvrit lentement le sarcophage afin de ne pas faire tomber brutalement la partie supérieure sur le sol du mausolée. Le Haut-Roi des Elfes prit le soin d'y introduire l'armure que Niiru avait revêtue pour son ultime combat. Ensuite, Hersendis posa Gaïana dont le manche était recouvert par les gants de l'armure, comme à l'accoutumée. Baldric déposa un médaillon que Niiru lui avait offert lorsque tous deux se rencontrèrent pour la première fois dans la Forêt de Sertrach alors que le nouveau Roi de l'Extrême-Occident n'avait pas encore treize ans.

C'est Dame Daskalia qui acheva le processus en installant un linceul sur l'ensemble des objets qu'elle avait conservés après la venue de Niiru sur le Continent des glaces en compagnie de Throud. Le Barbare, quant à lui, mena le corps de Niiru sur le balcon qui surplombait la ville. Sur cette extension se trouvait un bûcher funéraire. Alors que le crépuscule se levait, tous les hauts dignitaires, sans exception, assistèrent à cette ultime cérémonie. Après avoir prononcé des chants elfiques, Hersendis fut désignée pour allumer le bûcher.

Tenant une torche traditionnelle, la belle dame s'approcha pour mettre le feu au bois. Niiru tira sa révérence dans un prodige surprenant tout le monde. Son corps s'enflamma de lui-même. De grandes flammes, d'une couleur bleu pâle, consumèrent la dépouille du Héros. Ses cendres furent dispersées lorsque le Magus Regnus éleva une spirale venteuse qui les emporta jusqu'au plus haut du firmament.

Après la longue soirée, chacun des convives passa une nuit douce et paisible. Le lendemain, les chefs d'Yrneh, les rois, les Reines, les Princes et les Généraux se retrouvèrent tous dans la grande salle du festin afin de prendre ensemble le copieux repas du matin. L'ambiance était très agréable, apaisée comme si la tragédie des jours précédents n'avait jamais eu lieu. Une fois tous réunis autour de la table, chacun prétendit, tour à tour, avoir entendu dans leurs songes respectifs, la voix du Fukanreï qui les remerciait de toutes ces preuves d'amour et d'amitié. Baldric prit la parole et réclama le silence car il avait une nouvelle à déclarer. L'assistance se tourna vers lui, et plus un son ne sortit de leur bouche jusqu'à la fin de son discours :

-      Chers amis, cette nuit, Niiru, enfin Enië, m'est apparu en songe. Je l'ai longuement écouté et j'ai décidé de prendre mon courage à deux mains pour vous faire part d'une nouvelle qui ramènera un peu de soleil dans vos cœurs. J'ai préféré attendre pour vous annoncer que Dame Anne avait accepté, sur le champ de bataille, de devenir ma compagne et de s'unir à moi. Un seul obstacle se dressait pour que le projet se réalise : J'étais Prince, mais par la volonté de mon peuple et par la reconnaissance de mes pairs, je suis devenu Roi de Sertrach et j'ai ainsi pu prétendre à sa main. Nous convolerons en justes noces d'ici deux mois, et vous êtes tous attendus à la cérémonie dans la ville d'Anviliä, au Palais de ma future épouse. J'y serai solennellement sacré, tout comme ma tendre Anne.

Tous les participants dans la salle hurlèrent des Hourras pour exprimer leur joie et leur sympathie envers le futur couple. Dame Anne les interrompit aussitôt, certains auraient présagé un retournement de situation pour Baldric, mais ce ne fut pas le cas :

-    Ce que mon doux Baldric n'a pas pu vous dire, car je le mets au courant en même temps que vous tous, c'est que j'attends un heureux évènement, tout comme Hersendis !

La Reine de l'Aurore se tourna vers Baldric afin de voir sa réaction. D'abord surpris, il réagit en prenant sa future épouse dans ses bras et en lui donnant un fougueux baiser empreint d'amour. Une partie de la gente masculine l'envia et des murmures s'élevèrent. Baldric et Dame Anne prirent congé après avoir salué tous leurs amis et s'en allèrent pour le royaume de l'Aurore. On y prépara le mariage, un mois avant la grande date. Celui-ci eût lieu dans les beaux jardins du Palais. Il ne manqua personne à la fête, et la ville fut décorée entièrement. Jamais elle n'avait resplendi autant qu'en ce jour béni.

La cérémonie du couronnement clôtura les festivités. Toute la population exprima sa liesse et partagea le bonheur des deux époux. Une grande partie du peuple étaient venue du territoire de La Guerche, du Vendôr et même de Sudaria pour assister à l'évènement. La cérémonie de ces noces fut un souvenir qui marqua pendant longtemps les esprits. Une fois proclamés mari et femme, Baldric déclama une douce prose qu'il avait spécialement écrite pour l'occasion. Dame Anne lui répondit, elle aussi, en vers qui semblaient être en harmonie avec ceux de son époux :

> - *Toi, vision exquise,*
> *Pour toujours,*
> *Je t'ai conquise,*
> *Tu es mon seul amour !*

> - *Baldric j'ai choisi,*
> *De toute mon âme,*
> *Et pour la vie,*
> *D'être ta femme.*

> - *Je t'offre toute ma douceur,*
> *Pour que tu ne connaisses pas la peine,*
> *Fais battre mon cœur,*
> *Ô ma douce Reine !*

> - *Désormais unis,*
> *Je t'offre mon corps,*
> *Et, mes sentiments n'auront pas de répit,*
> *Même par-delà ma mort.*

La soirée qui acheva la fête fut somptueuse et prodigue en nourritures et en bons vins. Les mets et les délices du Royaume de l'Aurore émerveillèrent les convives, même le Haut-Roi des Elfes qui les avait unis ne retint pas ses paroles pour une fois. Au soir de la Noce, beaucoup de gens crurent apercevoir le Fukanreï souriant au loin sur un flanc de colline. Le lendemain, chacun des invités se réveilla en sachant que les époux convolaient déjà sur leur navire. Mais ils furent agréablement surpris en découvrant devant la porte de leur chambre un présent pour chacun d'entre eux, en réponse à tous les cadeaux qu'ils avaient offerts la veille. Certains allèrent saluer leur geste sur la falaise proche du Palais. À cet endroit, on pouvait encore y voir, dans le lointain, les contours du vaisseau qui emportait, pour une longue lune de miel, les deux altesses royales.

Le journal de bord, tenu par Baldric, indiqua les étapes de leur voyage. Après avoir contourné l'Extrême-Est, ils se dirigèrent vers une île légèrement au sud dans laquelle ils s'attardèrent environ une semaine. Ensuite, le navire continua sa route et stationna dans le détroit de Nuria avant de se rendre dans le port de Sudaïa où l'on fit leur ravitaillement. Baldric et Dame Anne visitèrent la somptueuse cité mais aussi les Monts du Sud avant de repartir en haute mer pour rallier la côte du Bois-Vert puis, de longer les abords du Désert de Mogforn.

Les destinations suivantes furent l'île d'Angwë que Baldric fit visiter à sa femme. Elle fut éblouie par l'endroit et demanda même aux Magus de pouvoir ramener certaines espèces de plantes et d'animaux. Les puissants sorciers répondirent favorablement à sa requête comme un cadeau de mariage. Enfin, Baldric et Dame Anne furent conduits sur les rives du Septrion où Baldric lui raconta en détail les péripéties qu'il avait affrontées sur ce Continent et sa rencontre avec Throud Steelhammer. Au terme de ce merveilleux voyage, les deux personnages royaux revinrent dans la ville natale de Dame Anne où ils y séjournèrent pendant plusieurs mois. Là-bas, on leur fit parvenir la nouvelle de la naissance de l'enfant d'Hersendis et de Niiru, une jolie petite fille venait de naître. Ils emboîtèrent le pas à la Princesse des Elfes lorsqu'un mois plus tard, Dame Anne mit au monde un héritier. Peu de temps après, ce fut au tour de Throud Steelhammer d'annoncer son choix de se lier définitivement à Dame Daskalia.

Le légendaire Simérien avait le don de surprendre ses amis. Par la suite, les mariages et les naissances se succédèrent. Le Continent se repeupla, année après année, entraînant des modifications dans les structures politiques d'Yrneh. Un conseil, composé de tous les dirigeants, œuvre à l'instigation de Baldric, se tenait dans la ville d'Eä, permettant les concertations entre peuples et favorisant ainsi une prospérité sans faille. Bien des décennies après ces évènements, les Magus se retirèrent du monde en rejoignant les Gaïanor depuis leur sanctuaire d'Angwë. Avec leur départ, la magie commença à péricliter, et seuls quelques élus entretinrent le mythe. Ainsi s'achève le Troisième Cycle, pourtant l'histoire n'est pas tout à fait terminée …

Epilogue : Quand l'histoire s'achève ...

Ce fut pour moi un doux plaisir de vous avoir conté une dernière fois l'histoire qui conclut la fin du Troisième Cycle d'Yrneh. Longue aura été la route que j'ai parcourue jusqu'à aujourd'hui. Beaucoup de temps s'est écoulé depuis ces évènements, tels les flots des torrents qui serpentent sous les ponts de la vie. En achevant ce récit, j'achève aussi l'œuvre de ma longue existence, un mince détail dans cette immense épopée, commencée il y a plusieurs millénaires. Je remercie mes aïeux de m'avoir transmis le savoir des longs siècles qui m'ont précédé.

Une histoire, le souvenir d'une époque marquée par le retour des ténèbres, qui, au lieu de conduire les différents peuples à fuir et à disparaître sous les assauts de Fulk Arken, auront poussé ceux-ci à s'unir à n'importe quel prix, au-delà de toutes leurs querelles, afin de se défendre et de vaincre les forces du Mal lors de la grande bataille du Ravin Bleu. Le Seigneur des Ténèbres et son immense armée ne sont plus désormais. Sa seule victoire aura été son influence psychologique au-delà des capacités de destruction de ses hordes démoniaques.

Vous pourriez sans doute critiquer bien sûr la véracité de mes dires car cette légende ne vous est pas connue. Elle fut l'apanage de quelques-uns, mais à cette date je suis, malheureusement, la seule personne en vie capable de vous la transmettre dans son intégralité car j'en suis une actrice directe. J'espère que mes descendants continueront dans cette droite ligne, et qu'ils feront perdurer ces annales.

Pardonnez-moi, je n'ai plus toute ma tête et je divague comme si je parlais toute seule. Mon grand âge me trouble et me fait oublier les bonnes manières et la bienséance. Je me rends compte que je vous ai raconté cette fabuleuse histoire, que l'on peut considérer désormais comme une légende, voire comme un mythe, sans m'être présentée. Je me nomme Iseadia, je suis issue de deux races des temps anciens qui, ont autrefois cohabité et lutté. Je suis une Demi-Elfe, la dernière de ma race. Les gens de mon époque savent qui je suis, mes descendants aussi. Sans vous faire plus attendre, je suis née il y a un peu plus de huit cents ans, du fruit de l'amour d'un Humain et d'une Elfe. Je suis de la descendant de la plus célèbre des familles royales elfiques, mon grand-père était le Haut-Roi Enoguëra, ma mère Hersendis la courageuse princesse et mon père Niiru, le Fukanreï, le héros qui au prix de son existence, réussit à battre le Noir Seigneur et ainsi mit un coup d'arrêt à toutes les exactions commises par ce dernier.

Si je vous ai conté une dernière fois cette histoire, c'est que j'ai senti l'appel du passé. Désormais, je suis à mon tour, épuisée et vieillie. Le temps ne m'a pas épargnée, je suis une femme très âgée, la mélancolie, elle aussi, est venue frapper mon cœur Ma place n'est plus ici, je ne suis plus de cette époque, je fais partie d'un temps oublié. Le monde a changé et il l'a été en bien. Je suis heureuse d'avoir contribué à l'équilibre du monde. Yrneh s'est totalement unifié sous l'égide d'un seul Roi, je vois que mon enseignement a servi. Je peux dès maintenant lâcher leur main. Ce monde est totalement mature. J'achève ici l'écriture de mes mémoires, car je ne me sens plus la force de continuer à m'appuyer une fois de plus sur mes souvenirs.

En refermant ce livre, je termine le long récit de la vie des nombreux héros et des souvenirs d'Yrneh. Mes yeux fatiguent, j'y vois trouble, je suis lassée, la nuit est tombée sur ma demeure, j'ai un peu froid, il faut me reposer maintenant, mes yeux se ferment, je vais dormir … Et rêver, une dernière fois, à cette lointaine

odyssée … La quête de plusieurs vies … La quête d'un monde…
La dernière chronique d'Yrneh…

FIN DES CHRONIQUES DU TROISIÈME CYCLE.

Les Chroniques du Troisième Cycle d'Yrneh : Le Gédros

An 1 – 6001 : Longue période d'accalmie ponctuée de quelques guerres internes, mais sans gravité. Améliorations techniques, économiques.

An 6002 : Eruption du Volcan Arken, la lave s'écoule et entoure Durtal tuant les hommes présents sur les flancs en deux endroits.

An 6012 : Pollution totale des eaux et forêts du Damalioch, les humains et les autres créatures installés en colons périssent.

An 6048 : la faille de Dion s'agrandit engloutissant la colonie elfique.

An 6065 : Un raz-de-marée géant détruit le palais de Floëls et les vestiges de la première cité Simérienne.

An 6089 : Naufrages répétés dans la baie de Callistos.

An 6173 : Tentatives de communication au-delà du Mogforn et des Monts Anciens, les galères commerciales sont détruites par des attaques de monstres marins.

An 6201 : Extension des déserts du Mogforn et de l'Infirn.

An 6223 : Expéditions Simériennes pour éradiquer les monstres marins dans l'océan nordique.

An 6234 – 6437 : Réapparition de Damalochs sur le Septrion.

An 6366 – 6399 : Reconstruction de la Grande Muraille, création du barrage sur le fleuve Chemillé. Développements de nouvelles cités et villages.

An 6402 – 6497 : Extension du désert Auros, seul le fleuve Orï permet des communications pour les marchands.

An 6598 : Le Roi de Sertrach reforme une immense armée.

An 6607 : Le territoire de La Guerche réalise sa première sédition. Les armées tentent de passer la Grande Muraille en compagnie d'Orcs, d'Elfes noirs mais les défenses tiennent et les résistants du Chemillé détruisent le barrage inondant la région où sont avancées les troupes ennemies.

An 6608 : le barrage est reconstruit, la fille de Floëls convole en justes noces avec un humain du nom de Lingün, elle donne naissance à un garçon du nom de Kanwë.

An 6744 : Depuis le Mont Oreros, Fulk Arken lance plusieurs expéditions à la recherche de son épée. Il reste immuable car il redoute les pouvoirs de son frère Rîîga.

An 6748 : Des Damalochs, envoyés par leur Seigneur, débarquent dans la forêt de la Roë, les Elfes les massacrent tous.

An 6771 : De nombreuses rumeurs font état de la présence de l'épée noire dans différentes parties du monde et surtout dans le désert du Mogforn, mais une tempête de sable continuelle empêche toute exploration.

An 6802 : Fulk Arken lance une vaste offensive maritime pour débarquer sur le Nirvë, beaucoup de bateaux se perdent, les autres sont détruits par un raz-de-marée.

An 7036 : Fulk Arken forme une autre flotte pour attaquer et envahir l'Yrneh à la fois par l'Orient et l'Occident.

An 7037 : Les objectifs du Noir Seigneur sont atteints sur la côte Ouest, il reprend l'Extrême-Occident. Sur la côte Est c'est un échec total car la flotte de l'Aurore, de triple puissance, rase les navires ennemis et ne perd aucun de ses hommes.

An 7038 – 7083 : Fulk Arken quitte progressivement le Mont Oreros pour reconquérir toute la frange sud de son continent. Une fois à la moitié de sa conquête, menée de façon méticuleuse, il stoppe son avancée et envoie des créatures pour assassiner les Magus qui sont réinstallés à Angwë. Le Magus Regnus et les 12 plus puissants Magus réussissent à s'enfuir vers les territoires de l'Aurore.

An 7084 : les Monts Tranchants sont à nouveau sous contrôle des Noires Légions. À la fin de l'année, le Seigneur des Ténèbres fond sur Durtal et reprend sa forteresse qui était sous bonne garde depuis plusieurs années. Il achève la reconquête totale du

Damalior. Il accepte l'allégeance de l'Extrême-Occident, mais il ne se rend pas en Yrneh, craignant toujours Rîîga.

An 7099 : Rîîga, sur son continent, réalise plusieurs œuvres. Il crée un jeune peuple : les Nirvërius. Il ramène à la vie ses neuf Golems et réanime les trois Aüfen. Il décide d'investir tout son pouvoir dans une création magnifique du nom de Gaïana.

An 7100 : Rîîga, qui a utilisé tout son pouvoir pour l'artefact Gaïana, rejoint l'éternité et demande à ses Aüfen de retrouver celui qui scellera le destin du Monde. Il disparaît au moment où l'étoile du matin scintille d'un éclat incroyable. Au même instant nait le fils de Kanwë. Celui-ci porte un symbole sur chaque main. Fulk Arken, mis au courant de cette naissance étrange, décide de faire tuer Kanwë et sa famille en pensant que ce dernier pourrait être le sauveur d'Yrneh. Kanwë réussit à sauver et à cacher son fils du nom de Niiru mais il périt avec sa femme. C'est le Haut-Roi Enoguëra qui recueille Niiru et l'élève avec sa femme Ysolina.

An 7111 – 7126 : Niiru apprend les us et coutumes des Elfes, ainsi que leur magie et leurs connaissances des arts et de la nature.

An 7126 – 7173 : Niiru disparaît et personne ne sait où il se trouve, Fulk Arken qui a appris son existence perd aussi sa trace.

An 7203 : Mort d'Ysolina, la femme d'Enoguëra, Niiru assiste à ses funérailles, mais en retrait.

An 7173 – 7324 : Niiru réapparaît sous une fausse identité, on l'appelle Enië et il se rend sur les terres du Roi de l'Aurore pour se former auprès des Magus. Rencontre entre Baldric de Dol et Enië.

An 7324 : Alors qu'il est accusé de vol, par un conseiller du Roi de l'Aurore, Niiru, refusant de répondre, se laisse enfermer pendant plusieurs semaines. Après cet épisode d'isolation voulue il accepte de provoquer son accusateur en duel. Juste avant le combat et pour épargner la vie de celui-ci, Niiru enlève ses gants et bandages afin de laisser apparaître, aux yeux du Roi, les symboles des Gaïanor. Il est lavé de tout soupçon.

An 7325 : Fort de ses connaissances acquises avec les Mages, Niiru décide de retourner dans la forêt de Sertrach auprès de sa famille adoptive. Le souvenir d'Hersendis le brûle et il est impatient de la revoir. Au terme de plusieurs semaines il repart.

An 7326 – 7336 : Paix en Yrneh, Niiru séjourne pendant dix ans dans la forêt de Sertrach. Baldric est parti en expédition dans le Septrion il y rencontre Throud Steelhammer.

An 7337 : Les hostilités reprennent entre La Guerche et Sertrach, la Grande Muraille est détruite par endroits, mais les armées du Roi de Sertrach tiennent fermement leurs positions.

An 7337 :

Evacuation des villages et cités des territoires de Sertrach.

Les Elfes de Sertrach, de La Roë et les Nains évacuent vers l'Est, les Humains passent par le passage secret de Sertrach et migrent vers le Ravin Bleu.

L'armée de Sertrach faiblit face à l'arrivée d'ennemis imprévus. Les forces de Baldric, de ses frères et de son père se replient dans la capitale et tiennent un long siège. En moins de quelques jours la cité et la forteresse de Dol tombent. Le royaume est pris et seul Baldric survit de justesse au massacre.

Les forces de l'Alliance se massent autour de la nouvelle Forteresse dans le Ravin Bleu. Niiru révèle son identité et il est envoyé pour chercher secours sur le continent perdu, auprès de Rîïga. Baldric part pour l'Aurore afin de ramener la seconde armée du continent. Hersendis, quant à elle, est dépêchée pour se rendre au Septrion et convaincre les Simériens de les aider.

Fulk Arken fait ériger une statue à son effigie dans le sanctuaire d'Angwë. Niiru, après avoir convaincu le Roi de Sudarïa de l'aider, s'embarque pour le Nirvë et parvient jusqu'à la cité perdue. Là, il subit de nombreuses épreuves et parvient jusqu'à

Gaïana.

Baldric convainc la nouvelle Reine de l'Aurore de mener campagne. Hersendis revient avec la promesse du soutien des Barbares.

Le Sombre Seigneur récupère son épée, franchit la Trouée du Mogforn et se rend dans la plaine, face au Ravin Bleu. La guerre s'engage, les renforts arrivent au fur et à mesure. L'avantage tourne à l'Alliance. Baldric réussit à invoquer le Dragon-Roi Tcnerius. De son côté Niiru est revenu et il engage l'ultime combat avec Fulk Arken.

L'Armée Noire est vaincue, Niiru tue Fulk Arken, mais perd la vie au terme du combat. Il laisse derrière lui une veuve et une héritière. Son corps est emmené dans la nouvelle cité d'Ogarithia, Durtal est détruite et le volcan Arken aussi. Baldric épouse Anne, la Reine de l'Aurore, il devient Roi de Sertrach et unifie son royaume à celui de l'Aurore.

De nombreuses campagnes sont menées et éradiquent définitivement les Damalochs, les Orcs, Trolls et autres viles créatures.

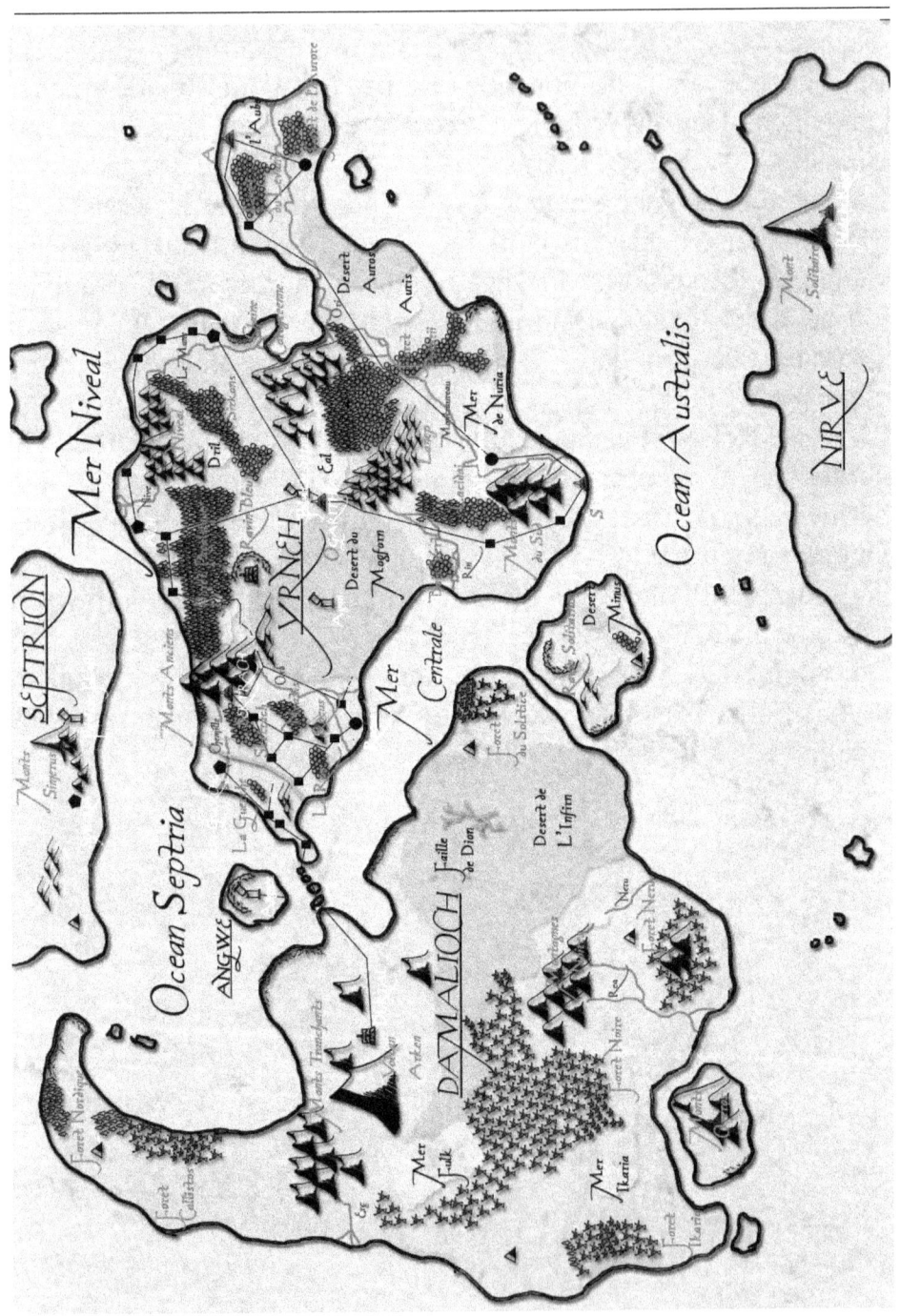

CHAPITRES

La dernière chronique d'Yrneh